Herman Melville

Abenteuer in der Südsee: Taipi + Omoo

e-artnow 2022

Herman Melville

Abenteuer in der Südsee: Taipi + Omoo

Ein Blick auf Polynesisches Leben

Übersetzer: Karl Federn

e-artnow, 2022
ISBN 978-80-273-4882-4

Inhaltsverzeichnis

Taipi: Ein Blick auf Polynesisches Leben

Vorwort

Der ewige Entdeckungsdrang der Menschen verlangt stets nach neuen Menschen und Ländern. Ein Kolumbus stieß auf seinem Schiffchen nach Westen vor, und die flache Welt wurde zur göttlichen vollendeten Kugel, einer Schwester der Sonne und der Sterne. Wer entdeckt die Literaturen? Wer erforscht, wer eröffnet neue Gebiete der Phantasie, durchschlägt die dünne, unsichtbare Wand, die Sprache von Sprache trennt, läßt neues Licht, neue Farbe, neue Stimmen und Menschen in einer alten Welt wie in einem feierlichen Zuge wandeln? Oft vergessen die Völker einen großen oder eigenartigen Geist, besonders einen, der unzeitgemäß in der Zeit wirkte. Dann kommt endlich die Generation, die ihn versteht und zu der er sprechen kann, und der Mann erwacht wieder zum Leben und nimmt Unsterblichkeit an. So war es mit Herman Melville, einem der originellsten Dichter, die Amerika jemals gebar. Man hat ihn wieder entdeckt, und das Wunder, das sich in ihm offenbarte, wirkt heute mächtiger als je. Seine Stunde ist gekommen, wie auch die Edgar Allan Poes und Walt Whitmans kam.

Unsere Zeit hat eine neue Magie gebracht. Diese Zeit, in der grellste und wildeste Abenteuer allabendlich im weichen Plüschsessel vor leuchtender Leinwand aus zweiter Hand erlebt werden können – die Abenteuer der anderen, die gedichteten und konstruierten. Die Technik des modernen Verkehrs hat ein neues Pathos geschaffen – das Pathos der Nähe, die Tragik der zusammengeschrumpften Welt. Einige Stunden – und der Luxusmensch, noch vom Duft seiner Salons umgeben, vermag im Urwald spazierenzugehen. Die Abenteuer des deutschen Sports, der von der Nachahmung des Fremden ausgehend, zu eigener Form gelangt, ist ein gesunder Ersatz für den Ruhm der Schlachtfeldromantik geworden. Die äußere Welt verengt sich, aber das Reich der echten Erlebnisse dehnt sich ins Unendliche. Da ist das Meer noch offen und uferlos, der Wald steht jungfräulich und voller Geheimnisse da, der Berg hebt sich strahlend in frischem Sonnenglanz wie am ersten Tag.

Dieser unsterblichen Frische und Jugend begegnen wir in der Welt Herman Melvilles. Er ist der Vorgänger der modernen Dichter der unbekannten Weltteile, Meere und Weiten. Er war vor Stevenson, vor Kipling, Conrad und Jack London. Er war der Gefangene dieser Welten, betrat sie aber als Dichter und Entdecker.

Herman Melville war ein Gentleman-Abenteurer aus alter amerikanischer Familie, der das Los eines einfachen Matrosen auf sich nahm. Er war Feuergeist, Dichter und Denker und wurde schließlich nach seinen langen Fahrten Mystiker, denn es floß in ihm von mütterlicher Seite das schwere Blut der Holländer aus dem Stamme Gansevoort. Die bunte Welt, die er auf den farbenprächtigen Inseln der Südsee oder im stahlblauen Reich der Rieseneisberge kennenlernte, hüllte sich kristallhaft in eine leuchtende Metaphysik ein, und der frühere Seemann wurde später zum Faust. Eine solche abenteuerliche, freisinnige und problematische Natur wurde von dem damaligen Amerika nicht verstanden – man sah seine Haltung als eine geistige Verwirrung an. Seine Mitbürger verdammten ihn dazu, als kleiner Zollbeamter seinen Lebensunterhalt im Hafen von New York zu verdienen, wie sie Poe durch die Redaktionsstuben und dann zur Verzweiflung trieben, und den elementaren Whitman in ein Amtszimmer in Washington bureaukratisch einsperrten. Er war in seiner Zeit nicht unbekannt und nicht ungeehrt, aber er war vor seiner Zeit, und die englisch sprechende Welt mußte ihm erst entgegenreifen.

Jetzt sind die Jahre von ihm abgefallen, und er steht als ein ganz Großer und Eigenartiger da. Durch den tiefen Zug im Wesen dieses Mannes der Tat und durch den Untertan des Übersinnlichen, der in seinen Worten liegt, wird er vielleicht lauter und eindringlicher zum deutschen Geiste reden, als er selbst durch seinen spielerischen Humor, seine phantastische Ironie zum Angelsachsen sprach. Die Magie, die uns in unserer Kindheit aus dem Robinson Crusoe entgegenströmt, ist wieder erwacht.

Herman Melville wurde in New York im Jahre 1819 geboren. Nach dem Tode seines Vaters schiffte er sich mit siebzehn Jahren als Schiffsjunge nach Liverpool ein, mit achtzehn war er Matrose auf dem Walfischfahrer »Acuschnet« aus New Bedford. Nach zwölf Jahren Wanderfahrten, darunter einer Reise auf einem Kriegsschiff »The United States«, ließ er sich als Schriftsteller in New York nieder, siedelte später nach Pittsfield (Massachusetts) über, pflegte eine Freundschaft mit dem Dichter Nathaniel Hawthorne und erlebte seinen literarischen Ruhm, den er dann wieder selbst durch seinen intensiven Individualismus, seinen satirischen Ausfällen gegen die Missionare und seinen zunehmenden Mystizismus vernichtete. So starb er halb vergessen in New York im Jahre 1891.

In diesem Band »Taïpi«, der im Original »Typee« heißt, führt uns Melville in das Paradies der königlichen Kannibalen ein, unter denen er gelebt und deren Leben und Wesen er studiert hat. Hier weht uns der Atem einer jungen Urwelt entgegen – in dieser Odyssee lebt wieder der ursprüngliche Zauber der Marquesas-Inseln auf mit seinen herrlichen, braunen Naturkindern und dem goldenen Zeitalter, das jetzt schon längst dem Untergang durch die Seuche der weißen Zivilisation geweiht ist.

Welch eine Kraft durchströmt, welch ein Feuer durchglüht dieses Werk, das unter seiner eigenen Asche lebendig begraben war! Magisch rollt diese polynesische Welt weiter im Buch »Omu« (»Omoo«), das bald diesem ersten Band in den »Romanen der Welt« folgen wird, um bald darauf von Melvilles Meisterwerk, »Moby Dick« – einem der genialsten und ungeheuerlichsten Werke der modernen Literatur, dem Epos des Kampfes mit dem uralten unheimlichen weißen Walfisch, der in grandioser Dichtung das ganze Leben, die ganze Natur und ihre Kräfte verkörpert, gekrönt zu werden. Manches andere Werk Melvilles ist schon in Vorbereitung. Mit »Taïpi« sei Herman Melville einem großen deutschen Leserkreis zum ersten Male vorgestellt. Das Schiff dieses Dichters ist nach langer Fahrt endlich in einem neuen Heimathafen eingelaufen. Es bringt eine kostbare Fracht. Und von irgendwoher ertönt eine seltsame Musik, die sich in deutschen Herzen einschleichen wird. Und alle diese Herzen werden fühlen, daß das Schiff ihnen etwas von der Jugend bringt, die das Alter überdauert hat und die dem Frühling einer neuen Welt entstammt.

Herman George Scheffauer

Erstes Kapitel

Sechs Monate auf dem Meer! Ja, Leser, so wahr ich lebe, sechs Monate hatten wir kein Land gesehen, sechs Monate kreuzten wir nach Pottwalen unter der glühenden Sonne des Äquators, auf den Wogen des weithin rollenden Stillen Ozeans hin und her geworfen, den Himmel über uns, das Meer um uns und nichts sonst! Seit Wochen hatten wir keine frische Nahrung mehr, keine süße Kartoffel, nicht eine einzige Yamswurzel. Die herrlichen Bananenbündel, die einst unser Heck und Achterdeck schmückten, waren leider verzehrt! Die wonnigen Orangen, die von den Körben und Stagen hingen, gleichfalls längst dahin! Alles weg und nichts übrig als gesalzenes Pferdefleisch und Schiffszwieback.

Oh, was würden wir für einen erfrischenden Blick auf ein bißchen Gras, für eine Spur, ein Riechen von ein wenig Lehm und Erde gegeben haben! Aber das einzige Grüne, das wir sehen konnten, war die grüngestrichene Innenseite unserer Reling, eine jammervolle, widerliche Farbe, als ob nichts, was an wirkliches frisches Grün erinnerte, so weit vom Lande gedeihen könnte. Selbst die Rinde, die einst an unserem Feuerholz war, hatte das Schwein, das der Kapitän hielt, abgenagt und aufgefressen, und das Schwein selbst war leider seit langem verzehrt.

Der Hühnerstall hatte nur noch einen einzigen einsamen Bewohner, der einst ein kecker und munterer junger Hahn war und sich tapfer unter den scheueren Hennen hielt. Jetzt steht er den ganzen Tag traurig auf einem Bein und wendet sich mit Ekel von dem muffigen Korn ab, das wir ihm vorsetzen können, und dem fauligen Wasser in seinem kleinen Trog. Vielleicht trauert er auch um seine verlorenen Gefährtinnen, die ihm eine nach der anderen entrissen wurden. Aber er wird nicht mehr lange trauern; Mungo, unser schwarzer Koch, sagte mir gestern, daß das Schicksal des armen Pedro besiegelt sei. Sein abgemagerter zäher Körper wird nächsten Sonntag auf dem Tisch des Kapitäns liegen, und vor dem Abend wird er in dem Leibe des Würdigen begraben sein. Niemand hätte es für möglich gehalten, aber die Schiffsmannschaft betet um sein Ende, denn sie sagen, der Kapitän wird den Bug nie nach dem Lande richten, so lange er noch frisches Fleisch an Bord hat. Der unglückliche Hahn ist das letzte Stück, und darum ist nicht einer unter uns, der ihm nicht gerne den Hals umdrehen würde, denn alle haben nur den einen Wunsch, das lebendige Land wiederzusehen. Selbst das alte Schiff sehnt sich danach, noch einmal aus seinen Klüsgatten aufs Land schauen zu können, und mit Recht sagte Jack Lewis neulich zum Kapitän, der seine Steuerführung bemängelte:

»Ja, sehen Sie, Kapitän Vangs,« sagte er keck, »ich bin ein so guter Steuermann, als je einer Hand an die Spaken gelegt; aber niemand kann die Alte mehr steuern. Wir können sie nicht mehr im Kurs halten, Herr; man kann tun was man will, sie fällt ab. Ich kann das Ruder noch so sanft umlegen und ihr zureden und schmeicheln, sie tut's nicht, sie wird bös, sie fällt wieder ab; sie weiß, das Land liegt in Lee und sie will nun mal nicht mehr gegen den Wind angehen.«

Und Jack hat recht, und »Dolly«, das Schiff, hat recht, denn ihre Planken sind auf dem Land gewachsen, und sie fühlt so gut wie wir.

Man sieht es dem armen alten Schiff an, wie es sich nach dem Land sehnt. Es sieht wirklich kläglich aus; der Anstrich, von der glühenden Sonne ausgedörrt, ist überall gesprungen und abgefallen. Es schleppt Tang und Unkraut mit, am Heck kleben die Entenmuscheln wie häßliche Geschwüre; und sooft eine See es in die Höhe hebt, sieht man den Kupferbeschlag abgerissen und in verbeulten und ausgebrochenen Streifen hängen.

Seit einem halben Jahr wird es jetzt ohne einen Augenblick Ruhe auf den Wassern umhergeworfen. Aber nur Mut; es kommt noch anders! Bald liegst du gemütlich in irgendeiner grünen Bucht vor Anker, vor allen Winden geschützt, und nicht weiter vom vergnüglichen Ufer, als einer ein Stück Zwieback werfen kann.

»Hurra, Jungens! Es ist abgemacht, nächste Woche halten wir Kurs auf die Marquesas!«

Die Marquesas! Welche seltsamen Gesichte zaubert der Name herauf! Kokosnußhaine, Korallenriffe, sonnige Täler, mit Brotfruchtbäumen bepflanzt, Bambustempel, geschnitzte Kanus, die auf blitzenden, blauen Wassern dahinschießen, liebliche Mädchen, tätowierte Häuptlinge, wilde Wälder, die von schrecklichen Götzenbildern bewacht sind, heidnische Gebräuche, Menschenopfer und die Feste von Kannibalen. Diese Bilder verfolgten mich, seltsam durcheinandergewirbelt, während unserer Fahrt aus dem Jagdgebiet. Unwiderstehliche Neugier ergriff mich, die Inseln zu sehen, die die alten Reisenden in so glühenden Farben geschildert hatten.

Eine der frühesten europäischen Entdeckungen in der Südsee – im Jahre 1595 zum erstenmal besucht –, sind sie noch immer von wilden und seltsamen Geschöpfen bewohnt. Als Mendaña nach irgendeinem Goldland kreuzte, waren diese Inseln plötzlich wie ein Zauberbild auf seinem Wasserwege aufgetaucht, und für einen Augenblick glaubte der Spanier, sein schöner Traum sei erfüllt. Zu Ehren des Marques de Mendoza, des damaligen Vizekönigs von Peru, hatte er sie die Marquesas genannt und der Welt bei seiner Rückkehr einen ungewissen Bericht von ihrer Pracht und Schönheit gegeben. Aber Jahre blieben die Inseln ungestört und versanken wieder ins Dunkel der Vergessenheit. Die Missionare segelten an ihrem lieblichen Ufer vorbei und überließen sie ihren Götzen aus Holz und Stein. Hier und da einmal im Laufe eines halben Jahrhunderts störte irgendein abenteuernder Seefahrer ihren Frieden, und so unbekannt waren sie geblieben, daß er, erstaunt über das ungewöhnliche Bild, sich beinahe das Verdienst der Entdeckung zuschrieb.

So weiß man wenig von ihnen; Cook hat sie kaum berührt, und erst in den letzten Jahren sind amerikanische und englische Walfischfänger gelegentlich, wenn ihnen der Vorrat ausging, in den bequemen Hafen eingefahren, der sich in einer der Inseln findet; aber die Furcht vor den Eingeborenen, die Erinnerung an das schreckliche Schicksal, das schon viele weiße Männer dort ereilt hat, schreckte die Mannschaften ab, und sie verkehrten nur so wenig als möglich mit der Bevölkerung, nicht genug, um irgendwelche Kenntnis von ihren Lebensgebräuchen und Sitten zu bekommen. So gibt es keine Inselgruppe im Stillen Ozean, von der trotz der langen Zeit seit ihrer ersten Entdeckung so wenig bekannt ist, wie die Marquesas, und ich freue mich, daß diese meine Erzählung den Schleier ein wenig lüften wird, der auf einem so romantischen und herrlichen Gebiet bisher lag.

Zweites Kapitel

Nie werde ich die achtzehn oder zwanzig Tage vergessen, in denen die leichten Passatwinde uns still auf die Insel zutrieben. Auf der Jagd nach dem Pottwal hatten wir, etwa 20 Grad westlich von den Galapagos, an der Linie gekreuzt; sobald der Kurs nach den Inseln beschlossen war, brauchten wir nichts weiter zu tun, als die Rahen vierkant zu brassen und das Schiff vor dem Winde zu halten, alles andere taten das gute Schiff und die stetige Brise von allein. Der Mann am Ruder brauchte die alte Dame nicht durch überflüssiges Steuern zu belästigen; er machte es sich an der Pinne bequem und schlummerte stundenlang. Die Dolly lief getreulich ihren Kurs, und wie jene braven Leute, die am besten arbeiten, wenn man sie ganz sich selbst überläßt, so schaukelte und schob sich die alte Seeveteranin auf ihrer Fahrt hin.

Wir aber hatten eine wonnige, lässige Zeit der Faulheit und Ruhe. Das Schiff glitt dahin, wir hatten nichts zu tun, was auch durchaus unseren Neigungen entsprach. An der Gaffel war niemand mehr zu sehen. Wir spannten eine Decke über das Vorderkastell und darunter aßen, schliefen und lungerten wir den ganzen langen Tag. Es war, als ob wir Schlafmittel genommen hätten. Selbst die Offiziere achtern, deren Pflicht ihnen gebot, sich nicht zu setzen, solange sie Deckwache hatten, versuchten vergeblich, sich auf ihren Stelzen zu halten. Sie schlossen schließlich ein Kompromiß zwischen Pflicht und Mattigkeit, sie lehnten sich an die Reling und schauten mit leerem Blick in die Weite. Lesen kam gar nicht in Frage; wenn man ein Buch in die Hand nahm, schlief man in der nächsten Minute ein.

Wenn ich auch meistens der allgemeinen Trägheit erlag, gelang es mir doch hier und da, mich aufzuraffen und die Schönheit des Anblicks ringsumher zu genießen. Der Himmel dehnte sich weithin im zartesten Blau; nur fern am Horizont hing eine dünne Draperie bleicher Wolken, die niemals Farbe oder Form änderten. In langen feierlichen Rhythmen, wie mit einem Trauergesang, wogte das Meer um uns, mit unzähligen winzig kleinen Wellen auf der Oberfläche, die im Sonnenschein funkelten. Hier und da sprang eine Schar fliegender Fische, aus dem Wasser unter dem Bug aufgescheucht, in die Luft, um im nächsten Augenblick wie ein silberner Regenschauer ins Meer zu fallen. Man sah den herrlichen weißen Thunfisch mit seinen leuchtenden Flossen durch die Luft schießen und in einem mächtigen Bogen niedersteigend an der Wasserfläche verschwinden. In der Ferne war der Speistrahl eines Walfisches sichtbar, und in der Nähe des Schiffes ein beutegieriger lauernder Hai, dieser gemeine Straßenräuber des Meeres, der aus vorsichtiger Entfernung mit bösen Augen nach uns sah. Bisweilen stießen wir auf irgendein ungestaltes Seeungetüm, das, wenn wir näher kamen, langsam in den blauen Wassern versank und aus dem Gesicht schwand. Aber das merkwürdigste war die fast ungebrochene Stille über Himmel und Meer. Kaum ein Ton war hörbar, außer dem gelegentlichen Schnaufen eines Schwertwals und dem leichten Schlagen des Kielwassers.

Als wir dem Lande näher kamen, zeigten sich unzählige Seevögel, die ich mit Entzücken begrüßte. Laut schreiend und in Spiralen um uns fliegend begleiteten sie das Schiff und ließen sich manchmal auf unseren Rahen und Stagen nieder. Der Vogel, der so räuberisch aussieht und den passenden Namen »Kriegsschiffhabicht« führt, mit seinem blutroten Schnabel und rabenschwarzem Gefieder, umschwebte uns in immer engeren Kreisen, bis wir das seltsame Funkeln seines Auges ganz deutlich sehen konnten; dann, wie befriedigt von dem, was er gesehen, stieg er hoch in die Lüfte und verschwand. Immer deutlicher wurden die Zeichen der Landnähe; und es dauerte nicht mehr lange und wir hörten die frohe Ankündigung von oben mit jenem besonderen langgedehnten Ton, den die Seeleute lieben: »Land ahoi!«

Der Kapitän stürzte aus seiner Kabine an Deck und schrie nach seinem Fernglas; noch lauter brüllte der Maat dem Mann in den Toppen zu: »Wo?« Der schwarze Koch schob seinen wolligen Kopf aus der Kambüse und »Bootsmaat«, der Hund, sprang zwischen den Ohrhölzern in die Höhe und bellte wie verrückt. Land ahoi! Ja, da war es, eine kaum sichtbare unregelmäßige blaue Linie, die den fernen Umriß der gewaltigen Höhen von Nukuhiva andeutete.

Diese Insel wird zu den Marquesas gerechnet, bildet aber mit Ruka und Ropo eine besondere Gruppe, die man auch die Washington-Gruppe nennt. Sie bilden ein Dreieck und liegen zwischen 8+° 38+‟ und 9+° 32+” südlicher Breite und 139+° 20+‟ und 140+° 10+” westlicher Länge von Greenwich. Aber ihre Einwohner sprechen den gleichen Dialekt wie auf den eigentlichen Marquesas, und ihre Gesetze, ihre Religion und Sitten sind die gleichen. Vielleicht hat man ihnen nur deshalb einen besonderen Namen gegeben, weil man von ihrem Dasein nichts ahnte bis zum Jahre 1791, in dem sie von Kapitän Ingraham aus Boston in Massachusetts entdeckt wurden, beinahe zwei Jahrhunderte nach der Entdeckung der Nachbarinseln durch den Agenten des spanischen Vizekönigs.

Nukuhiva ist die größte dieser Inseln, und die einzige, die oft von Schiffen berührt wird, bekannt und berühmt als der Platz, an dem der abenteuerliche Kapitän Porter während des Krieges von 1812 zwischen England und den Vereinigten Staaten seine Schiffe wieder seetüchtig machte, um von dort aus die gewaltige Flotte von Walfischfängern zu überfallen, die damals in den benachbarten Meeren unter der feindlichen Flagge segelte. Die Insel ist etwa 20 Meilen lang und ungefähr ebenso breit. An der Küste finden sich drei gute Häfen; der größte und beste wird von den Leuten, die dort leben, »Taiohi« genannt; Kapitän Porter taufte ihn »Bai von Massaschusetts«. Aber bei den Reisenden und unter den feindlichen Stämmen, die am Ufer der anderen Buchten leben, ist er zumeist unter dem Namen der Insel selbst, »Nukuhiva« bekannt. Die Einwohner sind durch den Verkehr mit Europäern in letzter Zeit ein wenig verdorben worden, aber was ihre besonderen Sitten und ihre Lebensweise betrifft, sind sie so primitiv und beinahe in dem gleichen Naturzustand geblieben, wie zur Zeit, da die weißen Männer sie zum erstenmal erblickten. Die feindlichen Stämme, die in den entferntesten Teilen der Insel leben, und nur äußerst selten mit Fremden in Berührung kommen, sind noch völlig unverändert und genau so, wie man sie zuerst kennenlernte.

In der Bucht von Nukuhiva lag der Ankergrund, nach dem unsere Fahrt ging. Gegen Sonnenuntergang hatten wir den ersten Schimmer der fernen Berge erblickt; die ganze Nacht lief das Schiff vor einer ganz leichten Brise, und am nächsten Morgen sahen wir die Insel dicht vor uns; da aber die Bucht, die wir suchten, an der anderen Seite lag, mußten wir eine Strecke am Ufer entlang segeln; und wir kamen auf dieser Fahrt an blühenden Tälern, tiefen Schluchten, Wasserfällen und wogenden grünen Hainen vorüber, die auftauchten und wieder verschwanden, die zwischen felsigen Vorgebirgen verborgen lagen und jeden Augenblick uns mit neuer Schönheit überraschten.

Wer die Südsee zum erstenmal besucht, wird von dem Anblick, den die Inseln, vom Meer gesehen, bieten, zumeist überrascht. Aus den ungewissen Berichten, die man von ihrer Schönheit hört, stellen die Menschen sie sich als sanft ansteigende smaragdgrüne Ebenen vor, mit entzückenden schattigen Hainen, durch die murmelnde Bäche laufen und die sich nur wenig über die Fläche des Ozeans erheben.

Die Wirklichkeit sieht ganz anders aus: wilde Felsenküsten, an denen die Brandung mächtig gegen steile Klippen schlägt, und die sich hier und da in tiefen Schluchten öffnen und den Blick auf dichtbewaldete Täler bieten, die durch mit Grasbuscheln bewachsene Gebirgsrücken getrennt sind und von den steilen zerklüfteten Höhen im Inneren sich zur See hin senken, geben den Inseln ihren Charakter.

Gegen Mittag waren wir auf der Höhe des Hafeneingangs angelangt, und endlich glitten wir langsam um das Vorgebirge und fuhren in die Bucht von Nukuhiva ein. Niemand vermöchte ihre Schönheit zu schildern; aber ich sah ihre Schönheit nicht; ich sah nur die dreifarbige französische Flagge, die am Heck von sechs Fahrzeugen wehte, deren schwere Schiffskörper und bestückte Breitseiten ihren kriegerischen Charakter verkündeten. Da lagen sie in der lieblichen Bucht, und die grünen Höhen am Strand sahen so ruhig auf sie nieder, als mißbilligten sie den drohenden Anblick. Nichts schien mir weniger zur Landschaft zu passen als die Gegenwart dieses Geschwaders; aber wir erfuhren bald, was sie hergeführt hatte: Der Konteradmiral Du Petit-Thouars hatte soeben im Namen der unbesiegbaren französischen Nation von der ganzen Inselgruppe Besitz ergriffen!

Wir erfuhren dies von einem höchst merkwürdigen Kerl, einem echten Südseevagabunden, der in einem Walfischboot längseits kam, sowie wir in die Bai einfuhren, und mit Hilfe einiger Menschenfreunde am Fallreep an Bord gelangte, denn er befand sich in jenem interessanten Stadium der Besoffenheit, in dem der Mensch friedfertig und hilflos ist. Obwohl er völlig außerstande war, sich aufrecht zu halten oder seinen Körper über das Deck zu steuern, erbot er sich doch großherzig, das Schiff nach einem guten und sicheren Ankergrund zu lotsen. Unser Kapitän, der kein großes Vertrauen in seine Fähigkeiten setzte, weigerte sich, ihn als Lotsen anzuerkennen; aber der freundliche Herr war entschlossen, seine Rolle durchzuführen; es gelang ihm mit mühevollem Klettern in das Boot an der Luvseite zu gelangen, dort hielt er sich an einem Segeltuch fest und begann sogleich mit erstaunlichem Wortreichtum und seltsamen Gebärden seine Befehle zu erteilen. Natürlich wurden sie von niemandem befolgt, da es aber ebenso unmöglich war, ihn ruhig zu kriegen, so fuhren wir an den Schiffen des Geschwaders entlang, während der sonderbare Kerl die ganze Zeit angesichts aller französischen Offiziere seine Mätzchen machte.

Später erfuhren wir, daß unser spaßhafter Gast einst Schiffsleutnant in der englischen Marine gewesen war, und in irgendeiner großen Hafenstadt sich irgend etwas hatte zu schulden kommen lassen und darauf desertiert war; dann hatte er sich manches Jahr auf den Südseeinseln umhergetrieben, und da er zufällig gerade in Nukuhiva war, als die Franzosen von der Insel Besitz ergriffen, war er von der neuen Obrigkeit zum Hafenpiloten ernannt worden.

Während wir langsam tiefer in die Bucht einfuhren, stießen zahlreiche Kanus von den umliegenden Ufern ab, und wir waren bald von einer ganzen Flottille umgeben. Die Wilden darin mühten sich heftig, an Bord unseres Schiffes zu gelangen und stießen einer den anderen bei ihren vergeblichen Versuchen zur Seite. Gelegentlich verfingen sich die vorspringenden Ausleger ihrer leichten Flachboote, wenn sie aneinander fuhren, unter dem Wasser, und die Kanus drohten zu kentern. Dann gab es eine unbeschreibliche Verwirrung. So seltsame Laute und so leidenschaftliche Gebärden hatte ich noch nie im Leben gehört oder gesehen. Es sah ganz so aus, als wenn die Insulaner einander ans Leben wollten. Während sie in der Tat nur in freundlichster Weise ihre Boote frei zu machen suchten.

Zwischen den Kanus, über die Bucht verstreut, sah man überall Kokosnüsse schwimmen, die kreisförmige Gruppen auf dem Wasser bildeten und mit jeder Welle auf- und niederschaukelten. Unerklärlich war, daß diese Kokosnüsse sich alle stetig dem Schiff näherten. Als ich mich neugierig über den Schiffsrand beugte, um das Rätsel zu lösen, und den Kranz von Nüssen, der den anderen am weitesten vorausschwamm, näher ins Auge faßte, da bemerkte ich, daß die Nuß in der Mitte von einer ganz merkwürdigen Art war. Sie wirbelte, bewegte sich und tanzte in der seltsamsten Weise zwischen den anderen, und als sie noch näher kam, zeigte sie ein paar Augen, einen kahlgeschorenen. Schädel: was ich für eine Frucht gehalten, war der Kopf eines Insulaners, der seine Ware in dieser seltsamen Weise auf den Markt brachte. Die Kokosnüsse waren alle durch teilweise von der Schale losgerissene Streifen ihrer zottigen äußeren Hülle aneinander befestigt und zusammengebunden. In die Mitte des Kranzes steckte der Eigentümer seinen Kopf und trieb sein Kokosnußhalsband durch das Wasser, indem er sich unter der Oberfläche mit den Füßen fortbewegte.

Ich war einigermaßen erstaunt, unter den vielen Eingeborenen, die uns umgaben, nicht ein einziges Frauenzimmer zu sehen. Ich wußte damals noch nicht, daß der Gebrauch von Kanus dem weiblichen Geschlecht auf der ganzen Insel durch ein »Tabu« aufs strengste untersagt ist. Kein Weib darf bei Todesstrafe auch nur ein auf dem Lande befindliches Kanu betreten; die Folge ist, daß eine Marquesas-Dame, die zur See zu reisen wünscht, sich der natürlichen Ruder bedienen muß, die ihrem schönen Leibe angewachsen sind.

Wir waren vom innersten Rande der Bucht nur noch anderthalb Meilen entfernt, als einige Eingeborene, die inzwischen auf die Gefahr, ihre Kanus unter Wasser zu setzen, an Bord geklettert waren, unsere Aufmerksamkeit auf eine seltsame Bewegung im Wasser in unserer Fahrtrichtung lenkten. Zuerst dachte ich, es müßte ein Zug von Fischen sein, die an der Oberfläche spielten, aber unsere wilden Freunde versicherten uns, daß es ein Zug von »Winhinis« (jungen Mädchen) sei, die vom Strande kämen, um uns zu bewillkommnen. Als sie näher kamen und ich sie beobachtete, wie sie sich in der Flut hoben und senkten, mit der rechten Hand ihren

Lendenschurz aus Tappa übers Wasser hielten und ihr dunkles langes Haar seitlich im Wasser nachzogen, schienen sie lauter Seejungfern zu sein; und wie Seejungfern benahmen sie sich auch.

Wir waren noch in einiger Entfernung vom Strande, in langsamer Fahrt, als wir mitten unter diese schwimmenden Nymphen gerieten, die sogleich von allen Seiten an Bord zu gelangen suchten; die einen hielten sich an die Püttings und sprangen in die Ketten; andere erfaßten auf die Gefahr, vom Schiff überrannt zu werden, die Wasserstage und hingen, ihre schlanken Körper um die Taue windend, in der Luft.

Alle aber kamen zuletzt an der Schiffswand hoch, an die sie sich klammerten, vom Wasser triefend, vom Bade glühend, während ihr kohlschwarzes Haar ihnen über die Schultern fiel und ihre sonst völlig nackten Körper halb umhüllte. Da hingen sie, funkelnd von wilder Lebenslust, und lachten einander zu und schwatzten in größter Fröhlichkeit. Dabei waren sie nicht müßig, sondern alle halfen einander augenblicklich bei ihrer allerdings höchst einfachen Toilette. Die üppigen Locken wurden von Schlamm und Tang gesäubert, aufgewunden und in den kleinsten Raum zusammengepreßt, der ganze Körper sorgfältig getrocknet und mit einem duftenden Öl gesalbt, das in einer kleinen runden Muschelschale von Hand zu Hand ging; dann gürteten sie ein paar lose Falten von weißem Tappa um die Mitte und waren fertig. Nun zögerten sie auch nicht länger, sondern schwangen sich leicht über die Reling und im nächsten Augenblick tummelten sie sich lustig über das Verdeck. Viele eilten nach dem Vorderschiff und hockten alsbald wie Vögel auf den Gallionsrelingen oder liefen aufs Bugspriet hinaus, andere fanden auf der Heckreling Platz oder legten sich der Länge nach auf die Boote.

Sie waren ein völliges Wunder für mich, alle ganz jung, die Farbe ein helles Braun, mit zartesten Zügen und unsagbar anmutigen Gestalten; die sanft gerundeten Glieder und die freie unbefangene Bewegung, alles ließ sie ebenso seltsam als schön erscheinen.

Die »Dolly« war erobert; und ich muß sagen, daß nie ein Schiff von einer keckeren und unwiderstehlicheren Schar geentert wurde. Das Schiff war genommen, uns blieb nichts übrig, als uns zu ergeben, und während der ganzen Zeit, die sie in der Bucht blieb, war die »Dolly« und ihre Mannschaft vollkommen in der Hand der Seejungfrauen. Am Abend, nachdem wir vor Anker gegangen waren, war das Deck von Laternen beleuchtet und die ganze malerische Schar von Sylphen veranstaltete, blumengeschmückt und in Kleider von buntem Tappa gehüllt, einen Ball in großem Stil. All diese Insulanerinnen tanzen leidenschaftlich, und in ihrer wilden Anmut und dem Geist, möchte ich sagen, der ihren Tanz beseelt, übertreffen sie alles, was ich je gesehen. Die mannigfachen Tänze der Marquesas-Mädchen sind wunderbar schön, aber es liegt eine wollüstige Hingabe darin, die ich nicht beschreiben werde.

Jede Art von Lust und Ausschweifung herrschte auf dem Schiff. Während der ganzen Zeit, die es dort vor Anker blieb, und mit nur sehr kurzen Unterbrechungen überließen sich die Leute, zumeist schändlich besoffen, dem gröbsten Genuß. Ach, um die armen wilden Geschöpfe, die so vollkommen verdorben werden! Sie geben sich natürlich und vertrauend hin und werden von den Europäern, die sie angeblich »zivilisieren«, zu jedem Laster verleitet und reuelos zugrunde gerichtet. Dreimal glücklich jene, die auf irgendeiner noch unentdeckten Insel mitten im Ozean leben und nie in die befleckende Berührung mit dem weißen Mann gekommen sind!

Drittes Kapitel

Unsere Ankunft auf der Insel fand im Sommer 1842 statt, und unser Schiff war noch nicht viele Tage in der Bucht von Nukuhiva, als ich den Entschluß faßte, es zu verlassen.

Man wird mir glauben, daß meine Gründe zahlreich und gewichtig waren, wenn ich mich lieber unter die wilden Bewohner der Insel wagen als noch eine Fahrt an Bord der »Dolly« mitmachen wollte. Um es in der geraden Seemannssprache zu sagen, ich war entschlossen »auszureißen«. Und da dieses Wort im allgemeinen eine wenig schmeichelhafte Bedeutung hat, so bin ich es mir wohl selber schuldig, mein Verhalten zu erklären.

Als ich mich für die »Dolly« heuern ließ, unterschrieb ich natürlich die Schiffsartikel und verpflichtete mich dadurch freiwillig und band mich gesetzlich für die volle Dauer der Fahrt; und unter gewöhnlichen Umständen hätte ich meine Pflicht auch erfüllen müssen. Wenn aber ein Teil seine Vertragspflichten nicht erfüllt, wird wohl auch der andere frei. Selbst die in den Schiffsartikeln besonders genannten Bedingungen waren unzählige Male verletzt worden. Die Behandlung an Bord war eine tyrannische; die Kranken wurden in unmenschlicher Weise vernachlässigt; die Nahrung wurde aufs spärlichste zugeteilt, die Kreuzerfahrten sinnlos ausgedehnt und verlängert. Schuld an alledem war der Kapitän, und es wäre töricht gewesen, zu erwarten, daß er sein Verfahren ändern würde. Man konnte nicht gewalttätiger und wilder vorgehen als er. Auf alle Klagen und Vorstellungen hatte er nur eine einzige rasche Antwort, die er mit dem dicken Ende einer Handspake gab, und die den Beschwerdeführer aufs überzeugendste und wirksamste zum Schweigen brachte.

Und wir konnten uns an niemanden um Abhilfe wenden. Gesetz und Recht hatten wir hinter uns gelassen, sobald wir Kap Horn umschifft hatten; die Mannschaft war, mit wenigen Ausnahmen, aus dem gemeinsten und völlig herabgekommenen Gesindel zusammengesetzt, überdies waren sie unter sich in Streit und nur darin einig, daß alle die Tyrannei des Schiffers widerstandslos ertrugen. Es wäre Wahnsinn gewesen, wenn zwei oder drei von uns allein den Versuch gemacht hätten, uns gegen die Mißbräuche und Mißhandlungen aufzulehnen. Wir würden nur die besondere Rache dessen heraufbeschworen haben, der für uns Herr über Leben und Tod war, und die übrige Mannschaft wäre noch schlimmer behandelt worden.

Schließlich hätten wir das alles eine Weile ausgehalten, wenn wir nur die Hoffnung gehabt hätten, die Reise in vernünftiger Zeit zu vollenden und unserer Sklaverei ledig zu werden. Aber gerade darin waren die Aussichten fürchterlich. Die lange Dauer der Walfischfahrten um Kap Horn ist sprichwörtlich. Häufig dauert so eine Fahrt vier oder fünf Jahre. So mancher junge Kerl mit langem Haar und bloßem Halse, der von Not und Abenteuerlust getrieben, sich in Nantucket einschifft, um, wie er meint, einen vergnüglichen Ausflug nach dem Stillen Ozean zu unternehmen, und dem die besorgte Mutter noch ein paar gut verkorkte Milchflaschen mitgibt, kommt als ein Mann von mittleren Jahren zurück.

Schon die Vorbereitungen für solch eine Expedition können einen erschrecken. Da das Schiff keine Ladung führt, wird der Schiffsraum lediglich mit Vorräten gefüllt. Die Lieferanten sind die Schiffseigentümer, und sie füllen die Speisekammer mit Leckerbissen besonderer Art: hauptsächlich Schnitten von Rind- und Schweinefleisch, die den merkwürdigsten Teilen des Tieres entnommen, sorgfältig eingesalzen und in Fässer verpackt, im Grad der Zähigkeit und des Salzgehaltes wirklich eine unendliche Abwechslung bieten. Sonst allerdings keine. Dazu das feinste alte Wasser in mächtigen Tonnen, das viele Monate lang aufbewahrt wird und von dem jeder an Bord täglich zwei Pinten voll erhält. Ein reicher Vorrat an Schiffszwieback, der vorher schon sorgfältig zu Stein gehärtet wird, offenbar um ihn vor Verfall oder Verderb zu schützen, bietet der Mannschaft einen weiteren Genuß. Die Menge, in der diese herrlichen Nahrungsmittel an Bord gebracht werden, ist unglaublich. Manchmal, wenn ich im Schiffsraum die unendlichen Reihen von Fässern und Tonnen aufgeschichtet sah, die wir im Verlauf der Reise leer essen sollten, verlor ich allen Mut.

Im allgemeinen hört ein Schiff, das kein Glück gehabt und nicht viel Wale getroffen hat, nicht auf, nach ihnen zu kreuzen, bis ihm kaum genug Mundvorrat bleibt, um nach Hause zu gelangen, dann wendet es und macht sich auf die Heimfahrt, wie es eben geht. Es gibt aber Beispiele, in denen besonders hartköpfige Schiffer sich auch davon nicht bewegen ließen, sondern die Frucht ihrer schweren Arbeit in den Häfen von Chile oder Peru gegen neuen Mundvorrat eintauschten und die Reise munter von neuem begannen. Vergeblich schreiben die Reeder ihm dringende Briefe und fordern ihn auf, um ihretwillen das Schiff heimzusteuern, da er offensichtlich keine Ladung schaffen kann. Das kümmert ihn nicht. Er hat ein Gelübde getan: er wird sein Schiff mit gutem Walrat füllen, und wenn es ihm nicht gelingt, niemals mehr Yankeeland ansteuern.

Der Seemannswitz erzählt von einem Walfischfänger, der nach langen Jahren verlorengegeben wurde; das letzte, was man von ihm gehört, war ein unsicherer Bericht, daß er eine jener schwimmenden Inseln in der fernsten Südsee berührte, deren seltsame Wanderungen in jeder neuen Ausgabe der Seekarten sorgfältig verzeichnet werden. Nach langer Zeit hörte man plötzlich wieder, die »Perseverance« – so hieß das Schiff – sei irgendwo am Ende der Welt gesehen worden, wo sie so munter kreuzte wie je, die Segel alle geflickt und mit Kabelgarn gestopft, die Spieren mit alten Röhren verschalt, das Tauwerk ganz verknotet und versplißt. Die Mannschaft bestand aus etwa zwanzig ehrwürdigen alten Teerjacken, die wie Pensionäre aus einem Seemannsheim aussahen und gerade noch über Deck humpeln konnten. Die Enden alles laufenden Guts, mit Ausnahme der Signalfallen und der Treiberschot am Schanzdeck, waren über Blöcke geschoren und führten zu Gang- und Ankerspillen; keine Rahe wurde gebraßt, kein Segel gesetzt, ohne diese Maschinerie zu verwenden. Der Rumpf war mit Muscheln so besetzt, daß er wie in einem Futteral stak. Drei zahme Haie folgten ihr im Kielwasser und wurden aus dem Mülleimer des Schiffkochs gefüttert, dessen Inhalt täglich über den Schiffsrand geleert wurde. Ein mächtiger Zug von weißen und gestreiften Thunfischen folgten ihr auf ihren Fahrten.

Was aus dem Schiff geworden, habe ich nie erfahren; es ist jedenfalls nie heimgekommen; vielleicht wendet es heute noch regelmäßig zweimal in vierundzwanzig Stunden irgendwo auf der Höhe der Buggerryinsel oder der Teufelschwanzspitze.

Angesichts der Dauer dieser Fahrten hatte die unsere erst begonnen, denn wir waren kaum fünfzehn Monate unterwegs; ich sah daher trübe in die Zukunft, um so mehr, als ich immer eine Vorahnung hatte, daß wir Unglück haben würden, und meine Erwartung bisher nur bestätigt worden war. Ich habe auch nachher gehört, als ich nach manchen Abenteuern heimkam, daß das Schiff sich noch auf dem Stillen Ozean befand und wenig Jagderfolg gehabt hatte. Der größte Teil der Mannschaft hatte es verlassen; die ganze Reise dauerte über fünf Jahre.

Ich hatte also beschlossen auszureißen; ein ruhmreiches Unternehmen war dies nicht; ich konnte mich nicht einmal für all das Unrecht rächen, das ich an Bord erfahren hatte, aber was blieb mir übrig?

Ich versuchte zunächst, soviel wie irgend möglich über die Insel und ihre Bewohner zu erfahren, um meinen Plan danach einzurichten. Und ich erfuhr folgendes: die Bucht von Nukuhiva, in der wir lagen, hat die Form eines Hufeisens; der Umfang beträgt etwa neun Seemeilen. Man fährt durch eine schmale Öffnung ein, zu beiden Seiten der Einfahrt liegen zwei kleine Zwillingsinseln, die kegelförmig aus dem Wasser bis zu einer Höhe von etwa fünfhundert Fuß ansteigen. Dann weicht der Strand beiderseits zurück und beschreibt einen tiefen Halbkreis. Vom Ufer der Bucht steigt das Land nach allen Seiten gleichförmig an, bis es von sanften grünen Hügelabhängen und mäßigen Erhebungen unmerklich sich zu majestätischen Höhen erhebt, deren blaue Umrisse den Blick von allen Seiten schließen. Tiefe Schluchten, die sich in fast gleichmäßigen Entfernungen zum Ufer senken und offenbar alle von einem gemeinsamen Mittelpunkt ausstrahlen, erhöhen die romantische Schönheit der Landschaft. Ihr oberes Ende verliert sich im Schatten der hohen Berge. Durch jedes dieser engen Täler fließt ein klarer Bach, der hier und da über einen Felsen fällt, dann unsichtbar weiterschleicht, bis er in größeren brausenden Wasserfällen wieder sichtbar wird und zuletzt still zum Meere hinab sich schlängelt.

Unregelmäßig in diesen Tälern verstreut, unter schattigen Zweigen der Kokosnußbäume, liegen die Häuser der Eingeborenen, aus gelbem Bambus erbaut, dessen Stäbe mit einer Art von Weidengeflecht geschickt und geschmackvoll verbunden sind. Das Dach besteht aus den langen spitzen Blättern der Zwergpalme.

Von unserem Schiff aus gesehen, das etwa in der Mitte der Reede vor Anker lag, glich die Landschaft um die Bucht einem weiten natürlichen Amphitheater, das in Verfall geraten und mit wildem Wein überwachsen schien, während die tiefen Schluchten ungeheuren Rissen glichen, die durch die zerstörende Wirkung der Zeit entstanden waren. Oft, wenn ich bewundernd vor soviel Schönheit stand, tat es mir leid, daß ein so bezauberndes Bild so vor aller Welt verborgen in jenen fernen Meeren lag.

Außerhalb der Bai ist das Ufer der Insel von vielen Buchten gezahnt, zu denen breite grüne Täler niedersteigen. Sie sind von ebenso vielen verschiedenen wilden Stämmen bewohnt, die zwar verwandte Dialekte der gleichen Sprache sprechen, dieselbe Religion und dieselben. Gebräuche haben, aber dennoch seit undenklichen Zeiten in Erbfeindschaft und ewigem Kampfe leben. Die Berge, die sie trennen, und die sich zumeist zwei- bis dreitausend Fuß über dem Meeresspiegel erheben, bilden auch die Grenzen dieser feindlichen Stämme, die sie nie überschreiten, außer um einen Kriegs- oder Beutezug zu unternehmen. Dicht bei Nukuhiva, nur durch die Berge, die man von der Bucht aus sieht, getrennt, liegt das liebliche Tal von Happar, dessen Bewohner mit denen von Nukuhiva den freundlichsten Verkehr pflegen. Jenseits von Happar liegt, dicht daran grenzend, ein herrliches Tal, in dem die gefürchteten Taïpis wohnen, die mit beiden Stämmen in unversöhnlicher Feindschaft leben.

Diese berühmten Krieger flößten den übrigen Inselbewohnern unsagbaren Schrecken ein. Schon ihr Name ist entsetzlich, denn das Wort »Taïpi« bedeutet in der Marquesas-Sprache »Menschenfresser«. Es ist allerdings sonderbar, daß gerade sie allein diesen Namen erhielten, da die Eingeborenen der ganzen Gruppe unverbesserliche Kannibalen sind. Vielleicht wurde ihnen der Name gegeben, um die besondere Wildheit des Stammes zu kennzeichnen und sie zu brandmarken. Denn die Taïpis sind auf der ganzen Inselgruppe berüchtigt. Die Eingeborenen von Nukuhiva schilderten unserer Schiffsmannschaft oft mit lebhaften Gebärden ihre schrecklichen Taten und zeigten uns die Wundnarben, die sie in wilden Kämpfen mit ihnen davongetragen hatten. Wenn wir auf dem Lande waren, versuchten sie uns manchmal zu erschrecken, indem sie auf einen ihrer eigenen Leute zeigten und ihn einen Taïpi nannten, und wunderten sich, daß wir dann nicht augenblicklich die Flucht ergriffen. Ganz amüsant war zu beobachten, mit welchem Ernst sie alle Neigung zum Kannibalismus ihrerseits leugneten, während sie ihre Feinde, die Taïpis, einer eingewurzelten Vorliebe für Menschenfleisch bezichtigten; aber darüber werde ich noch öfters zu sprechen Gelegenheit haben. Jedenfalls, obwohl ich überzeugt war, daß die Bewohner der Bucht genau so eingefleischte Kannibalen waren wie die anderen Stämme der Insel, fühlte ich doch einen besonderen und unbeschreiblichen Widerwillen gegen die Taïpis. Noch ehe ich selbst nach den Marquesas gekommen war, hatte ich von Leuten, die die Gruppe auf früheren Reisen berührt hatten, schauderhafte Geschichten über diese Wilden gehört; noch ganz frisch in meiner Erinnerung stand das Abenteuer des Schiffers der »Katharine«, der erst vor wenigen Monaten, als er sich in einem bewaffneten Boot unvorsichtig in jene Bucht gewagt hatte, um Tauschhandel zu treiben, von den Eingeborenen ergriffen, in ihr Tal geschleppt und vor einem grausamen Tode nur durch ein Mädchen gerettet wurde, das ihm des Nachts zur Flucht den Strand entlang nach Nukuhiva verhalf.

Ich hatte auch von einem englischen Schiff gehört, das vor vielen Jahren nach einer langen ermüdenden Fahrt den Eingang der Bucht von Nukuhiva gesucht hatte, und etwa zwei oder drei Meilen von der Küste einem großen Kanu voll von Eingeborenen begegnete, die sich erboten, ihnen den Weg zu zeigen. Der Kapitän, der die Insel nicht kannte, nahm den Vorschlag freudig an; das Kanu paddelte weiter und das Schiff folgte; es wurde nach einer herrlichen Bucht geführt und warf im Schatten des hohen Ufers den Anker aus. Noch in derselben Nacht kamen die treulosen Taïpis, die sie so in ihre Todesbucht gelockt hatten, zu Hunderten an Bord des verlorenen Schiffs, und auf ein gegebenes Zeichen ermordeten sie die gesamte Besatzung bis auf den letzten Mann.

Viertes Kapitel

Nachdem ich einmal entschlossen war, das Schiff heimlich zu verlassen und alles über die Bucht in Erfahrung gebracht hatte, was ich konnte, überlegte ich meinen Plan. Der unerträglichste Gedanke war mir der, eingefangen und schimpflich wieder aufs Schiff gebracht zu werden; ich wollte daher keinen unüberlegten Schritt tun, der zu solchem Mißgeschick hätte führen können.

Ich wußte, daß unser würdiger Kapitän, der um die Wohlfahrt seiner Mannschaft so väterlich besorgt war, es nicht leicht zugegeben hätte, daß einer seiner besten Leute sich den Gefahren eines Aufenthalts unter den barbarischen Eingeborenen der Insel aussetzte. Und ich war völlig sicher, daß er, wenn ich verschwand, viele Ellen herrlich bedruckten Kalikos als Lohn für meine Ergreifung bieten würde. Vielleicht schätzte er meine Dienste sogar bis zur Höhe einer Muskete ein, und dann, das wußte ich, machte sich die ganze Bevölkerung, von einem so herrlichen Preise gelockt, sofort zur Verfolgung auf.

Da mir bekannt war, daß die Insulaner aus Gründen der Vorsicht in den Tiefen der Täler zusammen wohnten und Wanderungen in den Bergen und selbst über die Uferhöhen vermieden, es wäre denn auf gemeinsamen Kriegs- und Beutezügen, so nahm ich an, daß ich unbemerkt in die Berge gelangen und leicht dort bleiben und mich von Früchten nähren könnte, bis das Schiff wieder unter Segel ging. Das aber mußte ich sofort wahrnehmen, da ich von oben den ganzen Hafen bequem überschauen konnte.

Dieser Gedanke schien mir praktisch und versprach überdies genußreich zu werden. Wenn ich mir die Freude vorstellte, mit der ich aus einer Höhe von einigen tausend Fuß auf das verhaßte alte Schiff heruntersehen und die grüne Landschaft um mich mit ihrem engen Deck und dem düsteren Vorderkastell vergleichen würde – der bloße Gedanke war erfrischend. Ich sah mich bereits unter einem Kokosnußbaum hoch oben in den Bergen sitzen, einen Pisanghain in erreichbarer Nähe, und die Bewegungen des ausfahrenden Schiffes mit kritischen Blicken verfolgen. Allerdings gab es auch Schattenseiten in dem erfreulichen Bild: die Möglichkeit, einer fouragierenden Truppe blutgieriger Taïpis zu begegnen, deren Appetit, von der Höhenluft geschärft, sie zu für mich unangenehmen Maßnahmen veranlassen konnte. Aber dagegen war nichts zu machen. Wenn ich mein Ziel erreichen wollte, mußte ich die Gefahr auf mich nehmen; ich rechnete auf meine Geschicklichkeit, in den Bergen hinreichende Verstecke zu finden, um den beutegierigen Kannibalen zu entgehen. Außerdem konnte ich mit einer Wahrscheinlichkeit von zehn zu eins annehmen, daß sie ihre Täler nicht verlassen würden.

Ich hatte beschlossen, meine Absichten keinem meiner Schiffsgenossen mitzuteilen und noch weniger einem zuzureden, daß er mich etwa auf der Flucht begleiten sollte. Dennoch geschah es in einer Nacht auf Deck, da ich meine Pläne überdachte, daß ich einen von der Schiffsmannschaft, offenbar in tiefe Gedanken versunken, sich über die Reling lehnen sah. Es war ein junger Bursche, etwa im gleichen Alter wie ich, der mir immer gut gefallen hatte; und Toby, so nannte er sich unter uns – seinen wirklichen Namen wollte er nie sagen –, verdiente das auch. Er war energisch, entschlossen, gefällig, von unbezwinglichem Mut und ungewöhnlich offen und furchtlos im Reden. Ich hatte ihm mehr als einmal geholfen, wenn er dadurch in Schwierigkeiten gekommen war, und er hatte vielleicht deshalb, oder weil eine gewisse Seelenverwandtschaft zwischen uns bestand, meine Gesellschaft stets bevorzugt. Wir hatten manche lange Wache zusammengesessen und uns die trägen Stunden mit Geplauder, Liedern und Geschichten vertrieben, unterbrochen von manchem kräftigen Fluch auf das üble Geschick, das uns beide betroffen hatte.

Toby hatte offenbar wie ich sich vorher in anderen Kreisen bewegt; sein Gespräch verriet es bisweilen, obschon er es zu verbergen versuchte. Er war einer jener Abenteurer, die man manchmal auf dem Meere trifft, die nie ihre Herkunft verraten, nie eine Anspielung auf ihr Zuhause machen und sich, wie von einem geheimnisvollen Schicksal verfolgt, in der Welt umhertreiben.

Vieles an Toby zog mich an; während das Äußere des größten Teiles der Mannschaft ebenso brutal war wie ihr Wesen, sah er ungewöhnlich gut aus. In seiner blauen Jacke und seinen Hosen aus weißem Segeltuch war er ein so schmucker Seemann, als je einer die Planken eines Verdecks betrat; er war auffällig klein und zierlich, aber außerordentlich kräftig und gelenkig. Seine von Natur aus dunkle Hautfarbe war von der Tropensonne noch mehr gebräunt, sein Haar hing in rabenschwarzen, dichten Locken um die Schläfen und ließ seine großen schwarzen Augen noch dunkler erscheinen. Er war ein seltsamer Mensch und wechselnden Stimmungen unterworfen, launisch, heftig, eigensinnig, melancholisch, zuzeiten fast finster und trübselig. Dabei war er von rasch aufloderndem, feurigen Temperament, und wenn er gründlich gereizt war, ging sein Zorn bis zum Wahnsinn. Ich habe kräftige Burschen, denen es sonst an Mut nicht fehlte, vor diesem zarten Jungen zittern sehen, wenn er einen seiner Wutanfälle hatte. Sie waren indessen nicht häufig und er wurde dabei die Galle los, die ruhigere Leute in beständigen kleinen Ärgernissen ausgeben.

Niemand hat Toby je lachen sehen, wenigstens nicht in herzlicher, freier Lustigkeit. Er lächelte mitunter und besaß einen trockenen, spöttischen Humor, der bei seinem unerschütterlichen Ernst um so wirkungsvoller war.

In der letzten Zeit hatte ich beobachtet, daß seine Traurigkeit zunahm; seit unserer Ankunft in der Bucht hatte ich ihn oft sehnsüchtig nach dem Ufer schauen sehen, wenn die übrige Mannschaft sich unten im Schiffsraum ihren wilden Vergnügungen hingab. Es war mir klar, daß auch er das Schiff verabscheute, und ich nahm an, daß er eine gute Gelegenheit zur Flucht gerne benützen würde. Aber der Versuch war an der Stelle, an der wir uns befanden, so gefährlich, daß ich mich für den einzigen Mann an Bord hielt, der tollkühn genug war, es zu wagen. Ich war jedoch im Irrtum. Als ich Toby so in Gedanken versunken über die Reling lehnen sah, kam mir sogleich der Gedanke, daß er Ähnliches im Sinne haben mochte wie ich. Und wenn ich einen meiner Schiffsgenossen zum Gefährten der Flucht wünschte, so war er es. Wer weiß, ob es mir nicht bevorstand, mich in den Bergen wochenlang versteckt halten zu müssen. Wie angenehm mußte dann ein Gefährte sein! Diese Gedanken schossen rasch durch mein Hirn, und ich wunderte mich, daß sie mir nicht früher gekommen waren. Es war noch nicht zu spät. Ein freundlicher Schlag auf die Schulter weckte Toby aus seiner Träumerei; er war bereit, und wenige Worte genügten uns zur Verständigung. In kaum einer Stunde hatten wir unseren Plan fertig. Dann verpflichteten wir uns gegenseitig mit einem freundschaftlichen Handschlag und begaben uns, um keinen Verdacht zu erwecken, jeder zu seiner Hängematte, um die letzte Nacht an Bord der »Dolly« zu verbringen.

Am nächsten Tage hatte die Steuerbordwache, zu der wir beide gehörten, Landurlaub: das war unsere Gelegenheit. Sobald als möglich nach der Landung wollten wir uns unauffällig von den anderen trennen und sogleich in die Berge fliehen. Vom Schiff aus gesehen, schienen ihre Gipfel unersteiglich; aber da und dort zogen sich sanfter geneigte Ausläufer fast bis ans Meer; sie glichen Strebepfeilern, die den Mittelstock des Gebirges stützten und jene ausstrahlenden Täler bildeten, von denen ich sprach. Einen dieser Kämme, der leichter zugänglich schien als die anderen, beschlossen wir hinanzuklettern, und wir suchten uns schon vom Schiff aus mit seiner Lage und den Örtlichkeiten möglichst vertraut zu machen, um dann am Ufer den Aufstieg nicht zu verfehlen. Dann wollten wir uns solange verborgen halten, bis das Schiff die Bucht verließ, hierauf versuchen, welche Aufnahme wir bei den Eingeborenen von Nukuhiva finden würden, und solange auf der Insel bleiben, wie wir den Aufenthalt angenehm fanden, um sie später bei der ersten günstigen Gelegenheit zu verlassen.

Fünftes Kapitel

Früh am nächsten Morgen stand die Steuerbordwache auf dem Achterdeck gereiht und der Kapitän hielt vom Kajütengang aus folgende Ansprache:

»Nun, Leute, da wir sechs Monate Kreuzerfahrt hinter uns haben und der größte Teil der Arbeit im Hafen getan ist, nehme ich an, daß ihr an Land gehen wollt. Gut, eure Wache soll heute Urlaub haben, und sobald ihr wollt, könnt ihr euch fertigmachen und gehen. Aber wohlverstanden, ich gebe euch Urlaub, weil ihr brummen würdet wie alte Kanoniere, wenn ich es nicht täte; wenn ihr aber meinem Rat folgt, so bleibt jeder Mutter Sohn an Bord und geht den blutigen Kannibalen aus dem Wege. Denn zehn zu eins, Leute, wenn ihr an den Strand geht, werdet ihr in irgendeine höllische Streiterei kommen, und dann ist's aus mit euch; denn wenn die tätowierten Halunken euch nur ein kleines Stück in ihr Tal hineinkriegen können, dann fangen sie euch ab, des könnt ihr gewiß sein. Viele weiße Männer sind hier ans Land gegangen, und man hat sie nie wiedergesehen. Erst vor zwei Jahren ist die alte ›Dido‹ hier eingelaufen und eine Wache ging auf Urlaub; eine Woche lang hörte man nichts von ihnen, die Eingeborenen schwuren, sie wüßten von nichts; nur drei von ihnen kamen je wieder an Bord, und dem einen war das Gesicht für immer entstellt, denn die verfluchten Heiden hatten ihm einen breiten Fleck hineintätowiert. Aber ich sehe schon, es ist zwecklos zu reden, denn ihr wollt ans Land; ich will euch also nur noch das eine sagen: meine Schuld ist's nicht, wenn die Kerle euch fressen. Vielleicht kommt ihr noch durch, wenn ihr in der Nähe des französischen Lagers bleibt und vor Sonnenuntergang wieder an Bord seid. Denkt daran, wenn ihr auch alles andere, was ich euch jetzt gesagt, vergeßt. Also los, rührt euch und macht euch klar zum Anlaufen! Nach zwei Glasen wird ein Boot bemannt, um euch an Land zu setzen, und Gott sei euch gnädig!«

Die Steuerbordwache hörte diese Rede schweigend an. Aber auf den Gesichtern drückten sich die verschiedensten Empfindungen aus. Sogleich nachher strömten alle nach dem Vorderkastell und machten sich trotz der Warnungen des Schiffers bereit. Über seine Rede sprachen sie sich recht offen aus; einer nannte ihn ein verfluchtes Lügenmaul und elenden Sohn eines Seekochs, der einem Kerl die wenigen Stunden Urlaub nicht gönnte; mit einem Fluch rief er: »Aber mich bringst du nicht darum, alter Kerl, mit all deinem Garn; und wenn jede Scholle am Ufer eine glühende Kohle wäre, und jeder Stock ein Bratspieß und die Kannibalen bereit stünden, mich gleich beim Landen zu rösten, ich ginge doch!«

Alle waren der gleichen Meinung, und wir beschlossen, uns trotz dem Gekrächze des Schiffers einen herrlichen Tag zu machen.

Toby und ich jedoch, die unser eigenes Spiel spielen wollten, nutzten die Verwirrung, die immer in einer Schiffsmannschaft herrscht, bevor an Land gegangen wird, um zu beraten und unsere Vorbereitungen zu treffen. Da wir so rasch als möglich in die Berge wollten, beschlossen wir, nichts Überflüssiges mitzunehmen. Daher kamen wir, während die übrigen sich schmuck machten, in festen neuen Segeltuchhosen, tüchtigen Schuhen und schweren Havrejacken und einem Paytahut.

Als die anderen sich darüber wunderten, sagte Toby in seiner drollig-ernsthaften Art, sie könnten machen, was sie wollten, er aber hebe seinen guten Landanzug für die spanische Küste auf, wo es auf einen besseren Matrosenknoten, ankommen könnte; für einen Haufen unbehoster Heiden werde er seinen Koffer nicht umstürzen; eigentlich hätte er Lust, selbst bloß mit seiner Haut bekleidet unter sie zu gehen. Die Leute hielten dies für einen seiner komischen Einfälle und lachten nur. Wir hätten uns ihnen nicht anvertrauen dürfen; es waren einige unter ihnen, die, wenn sie nur die leiseste Ahnung von unserem Vorhaben gehabt hätten, es für die geringste Hoffnung auf Lohn augenblicklich dem Kapitän mitgeteilt hätten.

Sowie zwei Glasen schlugen, erhielten die für den Urlaub bestimmten Leute Befehl, sich ins Boot zu begeben. Ich verweilte einen Augenblick im Vorderkastell, um einen Abschiedsblick darauf zu werfen, und eben, als ich auf Deck gehen wollte, fiel mein Blick auf die Brotback und die Fleischschüssel, die die Reste unserer letzten eiligen Mahlzeit enthielten. Obschon ich nie vorher daran gedacht hatte, uns für unseren Weg mit Nahrungsmitteln zu versehen, weil ich mich vollkommen auf die Baumfrüchte der Insel verließ, konnte ich jetzt doch nicht der Versuchung widerstehen, einen Teil dieser Reste für die nächste Mahlzeit mitzunehmen. Ich faßte also zwei Handvoll des kleinen, zerbröckelten, steinharten Zwiebacks, den man »Seekadettennüsse« nennt, und barg sie im Bausch meiner Jacke, in dem ich bereits vorher mehrere Pfund Tabak und ein paar Ellen Baumwolltuch untergebracht hatte, Dinge, mit denen ich mir das Wohlwollen der Eingeborenen zu erkaufen gedachte, wenn wir nach der Abfahrt des Schiffes uns unter sie begaben. Die etwas auffallende Anschwellung, die durch den letzten Nachschub entstand, verringerte ich, indem ich die Brotbröckel rund um mich herumschüttelte und auch die Tabakklumpen besser verteilte.

Ich war kaum damit fertig, als ein Dutzend Stimmen meinen Namen rief; ich eilte auf Deck, wo ich alle schon im Boot fand, ungeduldig abzustoßen. Ich ließ mich über den Schiffsrand hinab und nahm mit den übrigen unserer Wache auf den Achtersitzen Platz, während die armen Backbordleute ihre Riemen einlegten und uns an den Strand zu pullen begannen.

Es war just die Regenzeit auf den Inseln, und den ganzen Morgen hatte einer jener schweren Schauer gedroht, die in dieser Zeit so häufig sind. Bald nachdem wir das Schiff verlassen hatten, fielen große Tropfen klatschend aufs Wasser, und als wir landeten, goß es in Strömen. Wir suchten unter dem Dach eines ungeheuren Bootshauses Schutz, das hart am Strand stand, und wollten die erste Wut des Wetters vorübergehen lassen.

Es hörte indessen nicht auf; das einförmige Aufschlagen des Regens über uns begann die Leute schläfrig zu machen, sie warfen sich hier und da auf die großen Kriegskanus, schwatzten noch eine Weile und schliefen dann sämtlich ein.

Das bot uns die erwünschte Gelegenheit; wir schlichen uns aus dem Kanuhause und flohen in die Tiefe eines ziemlich ausgedehnten Palmenhains, der hinter ihm lag. Nach zehn Minuten schnellsten Gehens kamen wir an eine offene Stelle, von der aus wir den Rücken, den wir ersteigen wollten, trüb durch den Nebel des tropischen Regens erkennen konnten; die Entfernung dahin schätzten wir auf etwas über eine Meile. Der gerade Weg hätte uns durch einen ziemlich bevölkerten Teil der Bucht geführt; da wir jedoch den Eingeborenen ausweichen und ungesehen und unbehelligt in die Berge gelangen wollten, so beschlossen wir, lieber einen Umweg durch das Dickicht zu machen.

Der schwere Regen fiel unaufhörlich weiter und begünstigte unser Unternehmen; denn die Inselbewohner hielten sich alle in ihren Häusern, und wir begegneten niemandem. Unsere dicken Jacken waren bald vom Wasser durchtränkt, und ihr Gewicht und das der Sachen, die wir darunter versteckt hatten, hinderte uns nicht wenig. Aber wir eilten weiter, denn wir fürchteten jeden Augenblick von einer Schar von Wilden überrascht zu werden und unser Unternehmen gleich im Beginn aufgeben zu müssen.

Nach dem Verlassen des Bootshauses hatten wir kaum eine Silbe miteinander gesprochen, aber als wir jetzt eine zweite schmale Lichtung im Wald erreichten und den Hügelrücken wieder vor uns sahen, faßte ich Toby am Arm, wies nach seinem ansteigenden Kamm bis zu den mächtigen Höhen am oberen Ende und sagte leise: »Jetzt, Toby, kein Wort, keinen Blick zurück, bis wir da droben auf dem Gipfel stehen; jetzt so schnell als möglich vorwärts, und in ein paar Stunden können wir lachen. Du bist der Leichtere und der Gewandtere, also geh du voran, und ich folge.«

»Recht, Bruder,« sagte Toby, »schnell sein heißt die Parole, aber wir wollen uns dicht aneinanderhalten.« Und nachdem er das gesagt hatte, setzte er mit einem Sprung wie ein junges Reh über einen Bach, der quer über unseren Weg lief, und eilte vorwärts.

Als wir nicht mehr weit vorn Kamm entfernt waren, stießen wir auf ein Hindernis: hohes gelbes Rohr wuchs vor uns, so zäh und fest wie stählerne Ruten und so dicht, als es überhaupt beisammenstehen konnte; und zu unserem Leidwesen sahen wir, daß es den Abhang bis etwa in halber Höhe bedeckte.

Vergeblich sahen wir uns nach einem Weg um; wir mußten erkennen, daß uns nichts übrigblieb, als durch dieses Rohrdickicht zu dringen. Nun übernahm ich als der Schwerere die Führung, um uns einen Weg zu bahnen, und Toby folgte. Zuerst versuchte ich mich zwischen den Halmen durchzuzwängen, sie beiseitezubiegen, es gleichsam in Güte zu versuchen; aber ebensogut hätte ein Ochsenfrosch seinen Weg durch die Zähne eines Haarkamms nehmen können, und ich gab es verzweifelt wieder auf. Wütend über ein so unerwartetes Hindernis, warf ich mich dagegen und drückte das Rohr nieder, trat über die liegenden Halme und wiederholte dann das gleiche Manöver. So drangen wir ein wenig in das Dickicht ein; nach zwanzig Minuten war ich ganz erschöpft, und Toby, der mir bisher einfach gefolgt war, übernahm die Führung. Aber sein schlanker Körper machte nicht viel Eindruck, und so mußte ich wieder an die Front. Der Schweiß brach uns in Strömen aus, unsere Kleider wie unsere Haut waren von den scharfen absplitternden Bruchstücken des Rohrs zerrissen und zerfetzt. Wir waren bis etwa in die Mitte des Dickichts gekommen, als der Regen plötzlich aufhörte und die Atmosphäre unerträglich schwül und erstickend wurde. Elastisch wie das Rohr war, richtete es sich alsbald wieder auf und umschloß uns von allen Seiten, so daß die Luftlosigkeit uns zu ersticken drohte. Es wuchs auch so hoch, daß wir gar keinen Ausblick hatten und nicht einmal wußten, ob wir nicht die ganze Zeit uns nach der falschen Richtung bewegten.

Ich war völlig übermüdet und stand keuchend da, unfähig, irgend etwas zu tun. Ich rollte den Ärmel meiner Jacke auf und drückte das Regenwasser daraus in meinen ausgetrockneten Mund. Aber die wenigen Tropfen halfen mir nicht viel, und einen Augenblick warf ich mich gleichgültig und mutlos hin; da hatte Toby einen Einfall, der uns Luft machte. Er zog sein großes Messer aus der Scheide und mähte damit die Halme rechts und links ab wie ein Schnitter, so daß bald eine Lichtung um uns entstand. Von diesem Anblick belebt, zog ich auch mein Messer und schlug erbarmungslos um mich. Aber ach, je weiter wir eindrangen, desto dichter und höher wuchs das Rohr, und das Dickicht schien endlos. Ich begann schon zu glauben, daß wir hoffnungslos in die Falle gegangen und ohne Flügel nie wieder herauskommen würden, als ich plötzlich durch das Rohrdickicht rechts von mir Licht sah. Nun mähten wir beide mit frischen Kräften weiter, öffneten uns einen Weg und waren im Freien und ganz nahe am Kamm.

Wir ruhten einige Augenblicke aus, dann erreichten wir nach einigem tüchtigen Klettern die Höhe. Wir gingen aber nicht den Kamm entlang, auf dem die Wilden im Tal uns hätten von unten sehen und, wenn sie gewollt, uns leicht an irgendeiner Stelle den Weg abschneiden können, sondern wir krochen vorsichtig am Abhang entlang, wo das hohe Gras uns verbarg, durch das wir wie zwei Schlangen glitten. Als wir uns etwa eine Stunde in dieser unbequemen Weise fortbewegt hatten, erhoben wir uns und schritten kühn über den Grat weiter. Es war einer der Ausläufer der Höhen, die die Bucht umschlossen; er erhob sich in scharfem Winkel aus den Tälern an seinem Fuß und bildete, von einigen steilen Stellen abgesehen, eine weite schiefe Ebene, die von den entfernten Höhen zum Meer niederstieg. Wir hatten ihn beinahe an seinem Ende, wo er am niedrigsten war, bestiegen, und unser Weg nach den Bergen ging deutlich den Kamm entlang, der mit einem Teppich von sanftem Grün bedeckt und an vielen Stellen nur wenige Fuß breit war.

Stolz auf den bisherigen Erfolg und gestärkt von der frischen Luft, die wir atmeten, eilten Toby und ich rasch und wohlgemut aufwärts, als wir plötzlich aus den Tälern, die zu beiden Seiten unter uns lagen, das ferne Geschrei der Eingeborenen hörten, die uns eben entdeckt hatten; unsere Gestalten, die sich scharf vom Himmel abhoben, mußten ihnen ganz deutlich sichtbar sein. Wir sahen sie unten aufgeregt hin und her eilen; sie erschienen uns wie winzige Zwerge, und ihre weißen blatterbedeckten Wohnungen sahen wie Puppenhäuser aus. Wir fühlten uns sicher; selbst wenn sie an eine Verfolgung gedacht hätten, mußte sie bei dem Vorsprung, den wir hatten, ergebnislos bleiben, es wäre denn, sie verfolgten uns bis in die Berge, und das, wußten wir wohl, wagten sie nicht. Immerhin wollten wir die Zeit nutzen und liefen, wo der Boden es gestattete, rasch die Höhe entlang, bis ein steiler Fels uns Halt zu gebieten schien. Aber mit harter Kletterarbeit, bei der wir mehrmals Gefahr liefen, den Hals zu brechen, überstiegen wir ihn und setzten unsere Flucht fort.

Wir hatten den Strand am frühen Morgen verlassen, und nach ununterbrochenem, manchmal schwierigem und gefährlichem Steigen standen wir, etwa drei Stunden vor Sonnenuntergang, auf einem Gipfel, der der höchste der Insel zu sein schien. Es war ein ungeheurer überhängender Basaltfelsen, der mit Schmarotzerpflanzen bewachsen war. Wir mußten uns mehr als dreitausend Fuß über Seehöhe befinden, und die Landschaft, die wir erblickten, war von unerhörter Herrlichkeit.

Die einsame Bucht von Nukuhiva, auf der wie schwarze kleine Flecken die Schiffe des französischen Geschwaders zu sehen waren, lag am Fuß der sie kreisförmig umgebenden Höhen; ihre grünenden Abhänge, von tiefen Schluchten durchbrochen, die mit lachenden Tälern abwechselten, boten den lieblichsten Anblick; wenn ich hundert Jahre alt würde, das Gefühl entzückter Bewunderung, das ich damals empfand, würde ich niemals vergessen.

Sechstes Kapitel

Ich war nun nicht wenig neugierig, was wir auf der anderen Seite der Höhen sehen würden; ich hatte wie Toby erwartet, daß, sowie wir den Gipfel erreichten, wir sogleich die weiten Buchten von Happar und Taïpi auf der anderen Seite zu unseren Füßen sehen würden, so wie Nukuhiva vor uns ausgebreitet lag. Aber wir erlebten eine Enttäuschung. Während wir gedacht hatten, daß der Berg, den wir erstiegen, auf der anderen Seite sich in breiten Tälern zum Meer senken würde, schienen wir auf einem Hochland zu sein, das sich weit vor uns erstreckte und das, soweit das Auge reichte, aus einer Reihe von Kämmen und steilen Klüften dazwischen bestand; die jähen Wände waren vom glänzendsten Grün bedeckt, während hier und da das dichtere Laub eines Waldstreifens sich zeigte; nur daß wir nirgends jene Bäume fanden, auf deren Früchte wir so sicher gerechnet hatten. Das war eine höchst unerwartete Entdeckung, die unseren ganzen Plan zum Scheitern zu bringen drohte; denn wir konnten nicht daran denken, noch einmal nach Nukuhiva hinabzusteigen, um uns mit Nahrung zu versorgen. Wir wären zweifellos Eingeborenen begegnet, die, wenn sie nichts Schlimmeres taten, uns sicherlich aufs Schiff zurückgebracht hätten, um die Belohnung, die der Schiffer zweifellos dafür ausgesetzt hatte, zu verdienen.

Was sollten wir tun? Es konnten noch zehn Tage vergehen, ehe die »Dolly« absegelte, und wie sollten wir inzwischen leben? Bitter bereute ich unsere Unvorsichtigkeit, daß wir uns nicht hinreichend mit Zwieback versehen hatten, was uns doch so leicht gewesen wäre. Mit kläglicher Miene dachte ich an die spärliche Handvoll Brot, die ich in den Bausch meiner Jacke gestopft hatte. Ich schlug Toby vor, allen Vorrat, den wir aus dem Schiff mitgebracht hatten, gemeinsam zu untersuchen. Wir setzten uns ins Gras; ich sah, daß auch er seine Jacke ähnlich angefüllt hatte wie ich die meine, und bat ihn zu beginnen. Er schob die Hand hinein und brachte zunächst ein Pfund Tabak zum Vorschein, das einen festen Klumpen bildete, an dem außen die weichen Brotkrümel klebten. Zudem war es so triefend naß, als ob er es gerade vom Seegrund geholt hätte. Es war für uns im Augenblick ganz ohne Wert, und ich fragte eifrig, welche Nahrungsmittel er bei sich hätte; er griff noch einmal unter die Jacke und brachte eine kleine Handvoll von etwas, das so weich, schwammig und farblos war, daß wir zunächst beide nicht wußten, was sich da im Innern seiner Jacke gebildet hatte. Es war ein Gemisch von aufgeweichtem Brot und Tabak, von Schweiß und Regenwasser so getränkt, daß es eine zähe Masse bildete. So widerwärtig es zu anderer Zeit gewesen wäre, jetzt erschien es uns unschätzbar, und mit größter Sorgfalt legte ich diese Teigmasse auf ein breites Blatt, das ich von einem Busch neben uns abgerissen hatte. Toby hatte am Morgen zwei Zwiebackstücke eingesteckt, um, wenn er Lust bekäme, während der Flucht daran zu kauen; aus diesen war die merkwürdige Masse entstanden, die ich eben auf das Blatt gelegt hatte.

Ein weiterer Griff in die Jacke brachte vier oder fünf Ellen bedruckten Kalikos zum Vorschein, dessen hübsches Muster durch gelbe Tabakflecke einigermaßen entstellt war. Wie Toby den Stoff so zollweise hervorzog, sah er aus wie ein Taschenspieler, der endloses Band produziert. Dann kam ein kleiner Matrosenbeutel mit Nadeln, Zwirn und anderem Nähzeug; dann ein Rasierzeug und noch zwei oder drei Klumpen Tabak, die am Grunde der nun geleerten Jacke lagen.

Als ich an meine eigenen Vorräte ging, fand ich sie in einer ebenso traurigen Verfassung und zu einer Quantität verringert, die für einen Hungrigen, der nichts gegen Tabak einzuwenden hatte, ein halbes Dutzend Bissen gegeben hatte: ein paar Stücke Brot, ein oder zwei Faden weißen Wolltuchs und mehrere Pfund Tabakrollen war alles, was ich hatte.

Aus dem Stoff und dem Tabak machten wir ein festes Bündel, das wir abwechselnd tragen wollten. Mit den traurigen Überbleibseln des Zwiebacks gingen wir nicht so summarisch um; wir fühlten, daß unser Schicksal von ihnen abhing. Eine kurze Erörterung ergab, daß wir beide völlig entschlossen waren, vor der Abfahrt des Schiffes nicht nach Nukuhiva zurückzukehren. Ich schnitt daher das Brot in sechs gleiche Teile, dann nahm ich mein seidenes Halstuch ab, zerschnitt es gleichfalls und wickelte die sechs Brotstücke, die je eine Tagesration für uns beide bilden sollten, hinein. Toby wollte erst die Tabakkrümel, die an der teigigen Masse hafteten, davon ablesen, aber diese Feinschmeckerei, bei der die Quantität gelitten hätte, schien mir nicht zeitgemäß, und ich ließ sie nicht zu. Eine Tagesration war kaum mehr als ein Eßlöffel voll. Die sechs kleinen Seidenpakete vertraute ich Toby mit vielen Mahnungen und Warnungen an. Da wir heute schon ein Frühstück hinter uns hatten, beschlossen wir, den Rest des Tages zu fasten.

Wir erhoben uns wieder und sahen uns nach einem geschützten Lagerplatz für die Nacht um, die nach dem Aussehen des Himmels stürmisch und dunkel zu werden versprach. Da wir in der Nähe keine geeignete Stelle fanden, kehrten wir Nukuhiva den Rücken und begannen die andere Seite des Berges zu erforschen.

Soweit das Auge reichte, sahen wir kein Zeichen von Leben, nichts, das auch nur die vorübergehende Anwesenheit eines Menschen hätte erkennen lassen. Die ganze Landschaft schien eine vollkommene Einöde und das Innere der Insel offenbar unbewohnt seit dem ersten Schöpfungstage. Und wie wir so durch die Wildnis schritten, klangen unsere eigenen Stimmen seltsam in unseren Ohren, als ob menschliche Töne noch niemals die furchtbare Stille der Gegend aufgestört hätten, in der nur das leise Rauschen ferner Wasserfälle vernehmbar war.

Daß wir die verschiedenen Früchte nicht fanden, an denen wir uns während unseres Aufenthalts in der Wildnis zu laben gedacht hatten, schmerzte uns nicht so sehr, weil eben darum auch die Gefahr einer zufälligen Begegnung mit den wilden Stämmen verringert wurde, die, wie wir wußten, sich stets im Schatten der fruchtspendenden Bäume aufhielten. Wir wanderten daher weiter, in jeden Busch spähend, an dem wir vorüberkamen, bis ich, gerade als wir einen der vielen Kämme erstiegen, hatten, von denen die Höhe durchzogen war, im Grase einen undeutlichen Fußweg sah, der den Kamm entlang zu führen und sich mit ihm in eine tiefe Schlucht zu senken schien, die etwa eine halbe Meile vor uns sichtbar war.

Sicherlich war Robinson Crusoe über die unerwarteten Fußspuren im Sande nicht mehr erschrocken als wir bei dieser unerwünschten Entdeckung. Mein erster Impuls war, so rasch als möglich umzukehren und eine andere Richtung einzuschlagen, aber die Neugier trieb uns, dem Pfad zu folgen, um zu sehen, wohin er führte. Je weiter wir schritten, desto deutlicher wurde er, bis er uns an den Rand der Schlucht führte, wo er plötzlich ein Ende nahm.

»Es scheint also,« sagte Toby, in den Abgrund spähend, »daß jeder, der auf diesem Weg geht, hier hinunterspringt?«

»Nicht doch,« sagte ich, »ich glaube, man könnte auch so hinunterkommen; was meinst du, sollen wir es versuchen?«

»Und was, bei allen Höllengruben, können wir denn da unten tun, als uns den Hals brechen? Das Loch sieht schwärzer aus als unser Schiffsraum, und das Brüllen der Wasserfälle da unten könnte einem das Hirn zerbrechen.«

»Nein, nein,« rief ich lachend, »etwas muß drunten los sein, sonst wäre hier kein Weg, und ich möchte ausfindig machen, was es ist.«

»Ich werde dir etwas sagen, mein netter Junge,« erwiderte Toby, »wenn du hier überall hineingucken willst, wo deine Neugier erweckt wird, so wirst du unglaublich schnell eins über den Schädel bekommen; es ist todsicher, daß du bei deinen Entdeckungsreisen auf einen Haufen Wilder stoßen wirst, und ich zweifle, ob dir das besondere Freude machen würde. Hör' einmal auf meinen Rat; wir wollen wenden und in eine andere Richtung steuern; außerdem wird es spät, und wir müssen uns irgendwo über Nacht vor Anker legen.«

»Gerade daran denke ich,« erwiderte ich, »und ich meine, diese Schlucht ist gerade das richtige, sie ist geräumig, abgeschlossen, mit Wasser versehen und kann uns vor dem Wetter schützen.«

»Ja, und auch vor Schlaf, und außerdem werden wir uns Heiserkeit und Rheumatismus drin holen«, rief Toby, dem die Sache offenbar nicht gefiel.

»Oh, ganz gut, mein Junge,« sagte ich, »wenn du mich nicht begleiten willst, gehe ich eben allein. Auf Wiedersehen morgen früh!« Damit trat ich an den Felsrand und begann mich an den dichten und verworrenen Wurzeln, die aus allen Spalten der Felswand hingen, hinunterzulassen. Wie ich vorausgesehen hatte, folgte Toby trotz seinem Widerspruch meinem Beispiel; mit der Behendigkeit eines Eichhörnchens ließ er sich von Vorsprung zu Vorsprung fallen, so daß er mich schnell überholte und am Grunde: war, ehe ich zwei Drittel des Abstiegs vollbracht hatte.

Den Anblick, der sich uns bot, werde ich nie vergessen. Fünf schäumende Bäche, die durch ebenso viele Schluchten brachen, vom Regen geschwellt und reißend geworden, vereinigten sich in einem wahnsinnigen Sturz von nahezu achtzig Fuß Höhe; mit wildem Tosen fielen sie in einen tiefen schwarzen Teich, den sie aus den düsteren Felsen, die ringsumher gehäuft lagen, ausgewaschen hatten, und schossen von da aus in einer gemeinsamen Masse einen engen abschüssigen Gang hinab, der ins Innere der Erde zu führen schien. Zu Häupten hingen gewaltige Baumwurzeln von den Wänden der Schlucht herab, die von Feuchtigkeit troffen und infolge der donnernden Erschütterung des Wasserfalls beständig zitterten. Es war Sonnenuntergang, und das ungewisse schwache Licht, das in diese Höhlen und Waldestiefen drang, erhöhte ihr seltsames Aussehen noch und erinnerte uns daran, daß wir bald in tiefer Finsternis sein mußten.

Ich wunderte mich nur, daß das, was ein Weg schien, uns an einen so sonderbaren Ort geführt haben sollte, und ich begann zu vermuten, daß es vielleicht doch eine Täuschung gewesen war, als ich einen von den Inselbewohnern ausgetretenen Pfad zu sehen glaubte. Dieser Gedanke war uns sehr angenehm, um so weniger brauchten wir zu fürchten, zufällig auf sie zu stoßen, und ich kam auf den Einfall, daß wir hier das sicherste Versteck gefunden hatten. Toby war der gleichen Meinung, und wir begannen die herumliegenden Äste zusammenzutragen, um uns eine Art Schutzhütte für die Nacht zu errichten. Wir mußten, sie dicht am Fuß des Wasserfalls anlegen, weil der Strom die Schlucht fast ausfüllte. Die wenigen Augenblicke, die wir noch Licht hatten, verwendeten wir dazu, unser Dach mit einem Gras aus flachen Halmen zu bedecken, das aus jeder Spalte der Felsen wuchs. Unsere Hütte, wenn man sie so nennen konnte, bestand aus sechs oder acht möglichst geraden Ästen, die wir schief gegen die steile Felswand gelehnt hatten, die unteren Enden nur einen Fuß vom Wasserlauf entfernt. In den so abgedeckten Raum krochen wir hinein und brachten unsere müden Glieder darin unter, so gut es eben ging.

Es war eine schauerliche Nacht. Toby sprach kaum ein Wort; die ganze lange Nacht lag er vor Kälte zitternd, die Knie zum Kinn hinaufgezogen, den Rücken an die triefende Felswand gelehnt. Der Regen brach sogleich wieder in solchen Strömen los, daß unser Schutzdach einfach lächerlich wurde. Vergeblich suchte ich dem eindringenden Wasser zu entgehen; brachte ich eine Stelle in Sicherheit, so wurde die andere um so mehr durchnäßt. Ich bin im Leben oft getaucht worden, und es hat mir nie viel ausgemacht; aber die Schrecken dieser Nacht, die Todeskälte, die furchtbare Finsternis und das unheimliche Gefühl vollkommener Verlassenheit raubten mir fast allen Mut.

Sobald ich nur den schwächsten Schimmer von Tageslicht bemerkte, schüttelte ich meinen Gefährten am Arm und sagte ihm, es sei Sonnenaufgang. Der arme Toby hob den Kopf und sagte nach einer Weile mit heiserer Stimme: »Dann, Maat, sind meine Oberlichter ausgegangen, denn es scheint mir bei offenen Augen noch dunkler als bei geschlossenen.«

»Unsinn!« rief ich, »du bist nur noch nicht recht wach.«

»Wach!« brüllte Toby in Wut, »wach! Wagst du vielleicht zu behaupten, daß ich geschlafen habe? Es ist eine unerhörte Zumutung, daß ein Mensch an einem solchen Ort schlafen könnte.«

Ich entschuldigte mich bei meinem Freunde, daß ich sein Schweigen mißverstanden; es wurde etwas heller, und wir krochen aus unserer Lagerstatt. Der Regen hatte aufgehört, aber alles um uns troff von Feuchtigkeit. Wir zogen unsere durchnäßten Kleider ab und wanden sie aus, so gut es ging. Wir rieben unsere erstarrten Glieder kräftig mit den Händen, daß das Blut wieder in Umlauf kam, und nachdem wir uns im Strome gewaschen und unsere noch nassen Kleider wieder angezogen hatten, gingen wir daran, unser langes Fasten zu unterbrechen. Wir hatten vierundzwanzig Stunden nichts genossen.

Eine Tagesration wurde hervorgeholt, wir setzten uns auf ein Felsstück, teilten die Ration in gleiche Teile, wickelten den einen für den Abend ein, teilten den Rest in möglichst gleiche Hälften und losten darum. Ich hätte meinen Bissen auf einen Finger legen können, dennoch kaute ich sorgfältig zehn Minuten daran, ehe ich das letzte Stückchen verschluckte.

»Hunger ist der beste Koch.« Das winzige bißchen Nahrung hatte einen Wohlgeschmack, wie ihn der feinste Braten nicht besser hätte haben können. Ein tüchtiger Schluck von dem reinen Wasser, das zu unseren Füßen floß, vollendete die Mahlzeit, dann standen wir wirklich erfrischt auf und bereiteten uns zu weiteren Abenteuern vor.

Zunächst untersuchten wir die Schlucht sorgfältig, in der wir die Nacht verbracht hatten. Wir durchschritten den Wasserlauf, so daß wir an die andere Seite des dunklen Teiches gelangten, und fanden dort Beweise, daß der Ort kurz vorher von Menschen besucht worden war. Bei weiterer Beobachtung erkannten wir, daß er regelmäßig besucht sein mußte, und wir schlossen später aus besonderen Anzeichen, daß die Eingeborenen sich hier eine Wurzel holten, aus der sie eine Salbe gewannen.

Diese Entdeckung bewog uns, den Platz sofort zu verlassen, den wir ja nur der Sicherheit wegen aufgesucht; hatten; sonst war er wahrhaftig nicht verlockend. Nach einigem Ausschauen fanden wir eine gangbare Stelle, und nach halbstündiger Mühe waren wir wieder auf der Höhe des Felsens, von der wir am Abend vorher niedergestiegen waren.

Ich machte nun den Vorschlag, daß wir, anstatt durch die Insel zu irren und uns jeden Augenblick einer Entdeckung auszusetzen, uns irgendeinen Platz zum Wohnsitz für so lange Zeit, wie unsere Nahrung reichte, wählen, eine bequeme Hütte bauen und so vorsichtig wie möglich zu Werke gehen sollten. Mein Gefährte war einverstanden.

Wir untersuchten nun erfolglos eine kleine Senkung in unserer Nähe, überschritten mehrere der Kämme und befanden uns gegen Mittag beim Aufstieg über einem weiten Abhang; aber einen geeigneten Platz hatten wir nicht gefunden. Schwere, tiefe Wolken verkündeten ein nahes Unwetter, und wir beeilten uns, wenigstens in einem dichten Gebüsch Schutz zu finden, das wir am Ende der Steigung sahen. An der Windseite dieser Büsche warfen wir uns nieder, bedeckten uns so gut wie möglich mit dem langen Grase, das umherwuchs, und erwarteten den Schauer. Der kam aber nicht so bald, wie wir gedacht hatten, und nach wenigen Minuten war mein Kamerad fest eingeschlafen. Ich war allmählich auch im Begriff, in glückliche Vergessenheit zu versinken, als der Regen mit einer Heftigkeit niederstürzte, die jeden Gedanken an Schlummer verscheuchte. Wieder wurden unsere Kleider vollkommen durchnäßt; dies war ärgerlich genug, nachdem wir uns solche Mühe gegeben hatten, sie zu trocknen. Aber da war nichts zu tun. Und ich rate allen abenteuerlichen Jünglingen, die in der Regenzeit auf romantischen Inseln ihr Schiff verlassen, sich mit wasserdichten Mänteln und Regenschirmen zu versehen.

Nach einer Stunde war der Schauer vorüber. Mein Kamerad hatte die ganze Zeit geschlafen oder schien doch zu schlafen, und ich hatte nicht das Herz, ihn zu wecken. Ich lag auf dem Rücken, die Glieder im hohen Gras, die belaubten Zweige über mir, und dachte. Da begannen sich die Folgen der vergangenen Nacht zu zeigen. Ich fühlte abwechselnd kalte Schauer und heißes Fieber, während mir das eine Bein so anschwoll und solche Schmerzen verursachte, daß ich beinahe vermutete, es müsse irgendein giftiges Tier mich gebissen haben, das die Schlucht bewohnte. Ich möchte hier bemerken, daß, wie ich später erfuhr, alle Polynesischen Inseln gleich Irland im Rufe stehen, keine Giftschlangen zu beherbergen.

Da das Fieber zunahm und ich meinen schlummernden Gefährten nicht stören wollte, rückte ich zwei oder drei Ellen von ihm fort. Dabei schob ich zufällig einen Zweig zur Seite, und dadurch enthüllte sich mir plötzlich ein Anblick, den ich heute noch mit aller Lebhaftigkeit vor mir sehe. Ein Blick ins Paradies hätte mich nicht mehr entzücken können. Ich sah in die Tiefe eines Tales hinab, das sich in langen Hügelwellen bis zu den fernen blauen Wassern hinzog. Auf halbem Wege zum Meer leuchteten die mit Blättern der Zwergpalme bedeckten Häuser der Einwohner da und dort aus dem Grün; ihre Dächer hatte die Sonne zu blendendem Weiß gebleicht. Das Tal war über drei Meilen lang und an der weitesten Stelle etwa eine Meile breit. Zu beiden Seiten war es von steilen grünen Abhängen eingeschlossen, die sich nahe der Stelle, an der ich lag, vereinten und einen steilen Halbkreis von grasbewachsenen Felsen und viel hundert Fuß tiefen Abgründen bildeten, über die zahllose kleine Wasserfälle niederschossen. Aber die krönende Schönheit der Landschaft war ihr leuchtendes Grün, das den Zauber Polynesiens bildet. Überall unter mir, vom Fuß des Abgrunds, an dessen Rand ich ahnungslos geruht hatte, bis zum Ozean wogte ein grünes Meer. Dazwischen hingen die schweigenden Wasserfälle wie zarte silberne Fäden an der Bergwand und verloren sich unten in dem reichen Teppich des Tales.

Über dem Ganzen lag die tiefste Ruhe, die ich fast zu stören fürchtete, als könnte wie in einem Märchen der geringste Laut den Zauber verschwinden machen. Lange Zeit vergaß ich meine Lage und die Nähe meines schlafenden Freundes und lag und blickte um mich und begriff kaum, wie ich dazu gekommen war, all diese Herrlichkeit zu schauen.

Siebentes Kapitel

Als ich mich von meinem Erstaunen erholt hatte, weckte ich Toby und sagte ihm, welche Entdeckung ich gemacht hatte. Zusammen eilten wir an den Rand des Abgrunds, und er war nicht weniger entzückt als ich. Einiges Nachdenken sagte uns schließlich, daß wir nicht so überrascht zu sein brauchten, da die weiten Täler von Happar und Taïpi, die diesseits von Nukuhiva lagen und die tief ins Land eindrangen, ungefähr hier endigen mußten. Die Frage war nur, welches der beiden Täler wir vor uns hatten. Toby war überzeugt, daß es das von Happar sein müßte, während ich behauptete, es müsse von ihren Feinden, den wilden Taïpis, bewohnt sein. Nicht, daß ich völlig sicher gewesen wäre, aber Tobys Vorschlag, sogleich ins Tal hinabzusteigen und die Gastfreundschaft der Bewohner in Anspruch zu nehmen, schien mir so gefahrvoll, daß ich schon deshalb widersprach. Die Frage war von äußerster Wichtigkeit, denn die Eingeborenen von Happar lebten in friedlichen und freundlichen Beziehungen zu denen von Nukuhiva und standen im Ruf der Menschlichkeit, so daß wir bei ihnen eine freundliche Aufnahme, zum mindesten aber eine Unterkunft für die Dauer unseres Aufenthalts erwarten konnten. Dagegen flößte mir der Name Taïpi einen wahren Schrecken ein. Uns freiwillig in die Hände dieser grausamen Wilden zu begeben, schien mir Wahnsinn, und der Gedanke, uns in Ungewißheit, von welchem Stamm das Tal bewohnt war, hineinzuwagen, nicht minder.

Toby jedoch konnte der Verlockung nicht widerstehen, die das Tal mit seinem Reichtum an Früchten und sonstigen Genüssen für ihn hatte, und blieb bei seiner unvernünftigen Ansicht, die nicht zu erschüttern war. Vergeblich sagte ich ihm, daß wir nichts wissen konnten, und wenn wir voreilig hinabstiegen, vielleicht dem schrecklichsten Schicksal entgegengingen und unseren Irrtum zu spät einsehen würden. Er fand unsere gegenwärtige Lage und die Leiden und Schrecken der Einsamkeit nicht weniger bitter.

Um ihn abzulenken, wies ich ihm einen unbewaldeten Strich des Landes, der sich von den Höhen ins Tal vor uns senkte. Ich machte ihn auf die Möglichkeit aufmerksam, daß vielleicht jenseits dieses Kammes ein unbewohntes fruchtbares Tal lag, in dem wir vielleicht bequem bleiben konnten; denn daß es solche auf der Insel gab, hatte ich gehört.

Darauf ging er ein, und wir begannen sogleich einen Weg zu suchen; aber es blieb uns keine Wahl: vor uns lagen nur steile Kämme, mit dunklen Schluchten dazwischen, über die der Weg nach jenem Tal führte. Sie alle mußten wir übersteigen und durchqueren.

So schwer der Weg schien, beschlossen wir ihn dennoch zu versuchen, obwohl ich noch vom Fieber geschüttelt und mein Bein fast lahm war. Dazu kam die Schwäche infolge der mageren Kost, ein Ungemach, das Toby mit mir teilte. Aber eben darum sehnte ich mich, einen Ort zu erreichen, der uns Ruhe und Fülle versprach, ehe mein Zustand mich völlig unbeweglich machte. Wir begannen also sogleich die fast senkrechte Wand der nächsten Schlucht hinabzusteigen, die, steil und eng, überall von rohrartigen Halmen starrte. Es gab nur eine Art hinabzukommen. Wir setzten uns und glitten abwärts, uns am Rohr festhaltend. Das ging so schnell, daß wir bald an eine Stelle kamen, an der wir wieder die Beine gebrauchen konnten, und in kurzer Zeit am Ufer des Baches standen, der wild durch die Tiefe der Schlucht schoß. Wir erfrischten uns an einem Trunk aus dem eisigen Wasser und mußten dann an der anderen Seite der Schlucht ebenso hoch wieder hinaufklettern, was uns um so weniger Freude machte, als diese, senkrechte Art zu wandern uns um keine hundert Ellen dem Ziel näher brachte. Doch so bitter dies war, wir setzten unseren mühevollen Weg mit großer Geduld fort und hatten nach anderthalb Stunden dieses Schneckengangs etwa die halbe Entfernung durchmessen, als das Fieber, das inzwischen aufgehört hatte, mit größter Heftigkeit wiederkehrte. Zugleich empfand ich so wütenden Durst, daß Toby mich nur mit Mühe und Bitten davon abhielt, die Felsenwand, die wir eben erklommen hatten, wieder hinunterzueilen, um von dem Wasser, das verlockend unten floß, zu trinken. Alles andere war mir gleichgültig geworden. Es gibt eben in der Welt keinen so unwiderstehlichen Trieb wie rasenden Durst. Toby stellte mir vor, wie bald wir am Gipfel sein würden, von dem aus wir nur fünf Minuten zum Wasser im nächsten Tale haben mußten, während keiner von uns die Energie haben würde, noch einmal heraufzuklettern, wenn wir wieder in der Tiefe wären und die steile Wand nochmals vor uns hätten.

Dies mußte ich einsehen. Wir kletterten weiter und erreichten endlich den Gipfel der zweiten Erhöhung, die die höchste unter den parallelen Wänden zwischen uns und dem Tale, nach dem wir strebten, war. Von hier konnten wir die ganze Strecke übersehen, die uns noch von ihm trennte, und was ich sah, brachte mich zur Verzweiflung. Soweit das Auge reichte, nichts als dunkle, schreckliche Abgründe, die durch scharfgratige steile Kämme getrennt waren. Hätten wir von Gipfel zu Gipfel schreiten können, die Sache wäre leicht gewesen; so aber mußten wir in jeden Abgrund hinunter und an jeder der Wände wieder emporklettern. Selbst Toby, der nicht krank war, wie ich, fühlte seinen Mut sinken.

Aber wir hielten uns nicht lange mit dem Schauen auf, ich war zu ungeduldig, an die Wasser des Gießbaches zu gelangen, der in der Tiefe vor uns floß. Mit einer Gleichgültigkeit gegen die Gefahr, die mich noch heute schaudern macht, stürzten wir uns geradezu in den Abgrund; endloses Echo aus den Schluchten brach die Stille, da bei unserem Klettern fortwährend Steine und Felsstückchen in die Tiefe rollten; wir achteten nicht darauf, wie unsicher wir Fuß fassen konnten, noch ob die dünnen Zweige und Wurzeln, an denen wir uns festhielten, unser Gewicht eine Weile trugen oder verräterisch dem Griffe nachgaben. Was mich betrifft, so weiß ich kaum, ob ich die Wand hinunterfiel oder ob die furchtbare Schnelligkeit unseres Abstiegs mein Wille war.

In wenigen Minuten hatten wir den Grund der Schlucht erreicht; auf einen schmalen Rand triefenden Gesteins hinkniend, beugte ich mich über den Bach, und nach Genuß lechzend, tauchte ich die Lippen in das klare Element. Aber wenn die Äpfel Sodoms sich in meinem Munde zu Asche gewandelt hätten, der Widerwille und die Veränderung hätten nicht plötzlicher und stärker sein können. Beim ersten Tropfen schien jeder Blutstropfen in meinen Adern zu erstarren; das Fieber, das in mir gebrannt hatte, wich tödlichem Frost, der mich immer wieder schüttelte, während der Schweiß, der von der vorhergehenden Anstrengung auf meiner Stirne stand, zu eisigen Perlen wurde. Mein Durst war vorbei; ich sprang auf, der Anblick der feuchten Felsen, von denen aus jeder Spalte Wasser troff, und der dunkle Strom, der in dem unheimlichen Grunde dahinschoß, verursachten mir neue Schüttelfröste, und ich fühlte ein ebenso unbezwingliches Verlangen, wieder ans warme Sonnenlicht emporzuklettern, wie vorher in die Schlucht hinabzusteigen.

Nach zwei Stunden gefährlichen Klimmens standen wir auf dem Gipfel des nächsten Rückens, und ich konnte es kaum glauben, daß wir aus dem schwarzen und gähnenden Spalt kamen, der zu unseren Füßen klaffte. Aber der Ausblick von der Höhe war völlig niederdrückend. Es war ganz unmöglich, den Weg in gleicher Weise fortzusetzen, und ich gab den Gedanken auf, das Tal, von dem wir durch so viele Hindernisse getrennt waren, zu erreichen. Und doch wußte ich keinen anderen Weg für uns.

Nach Nukuhiva zurückzukehren, solange wir nicht wußten, daß das Schiff fort war, dachten wir keinen Augenblick; es wäre auch fraglich gewesen, ob wir es erreicht hätten, nachdem wir einmal so weit entfernt waren, und ob wir den Rückweg gefunden hätten. Aber der bloße Gedanke, daß all die furchtbare Anstrengung umsonst gewesen sein sollte, war uns unerträglich.

So stiegen wir denn wieder an der entgegengesetzten Seite der eben erklommenen Höhe nieder, obgleich wir nicht wußten, was wir damit erreichen wollten. Denn den Plan, der uns bis hierher gelockt, hatten wir stillschweigend aufgegeben. Es brauchte keines Wortes, wir lasen es einer in dem verzagten Ausdruck des anderen. Am Ende dieses beschwerlichen Tages standen wir in der Tiefe der dritten Schlucht, völlig unfähig, uns weiterzubewegen, ehe wir uns einigermaßen durch Essen und Ruhe gestärkt hatten. Wir setzten uns an die erträglichste Stelle, die wir fanden, und Toby zog das sorgfältig geschonte Päckchen aus dem Bausch seiner Jacke. Schweigend nahmen wir den schmalen Bissen zu uns, der von unserer Frühmahlzeit übrig war; dann standen wir auf und gingen daran, uns wieder eine Schutzhütte zu errichten, unter der wir den so notwendigen Schlaf zu finden hofften.

Zum Glück war die Stelle etwas günstiger als die, an der wir die letzte elende Nacht verbracht hatten. Wir reinigten ein kleines, aber fast ebenes Stück des Bodens von den hohen Rohrhalmen, die darauf wuchsen, und flochten sie zu einer korbähnlichen Hüttenwand und einem Dach zusammen, die wir mit einer Fülle langer und dicker Blätter von einem nahen Baum bedeckten. Wir ließen nur eine kleine Öffnung frei, die uns gerade gestattete, hineinzukriechen.

Diese tiefen Schluchten sind zwar vor den Winden geschützt, die oben auf den Kämmen tosen, aber so kalt und feucht, wie man es in diesem Klima nicht für möglich halten würde; da wir nur unsere Wolljacken und dünnen Segeltuchhosen hatten, pflückten wir alle Blätter ab, die wir erreichen konnten, und häuften sie in der Hütte auf dem Boden und über dem Geflecht an, um uns so warm wie möglich zu halten. In dieser Nacht hinderte mich nur der Schmerz in meinen Beinen am Schlaf. Immerhin schlummerte ich zwei- oder dreimal ein, während Toby neben mir sich eines so gesunden Schlafes erfreute, als ob er in den feinsten Leinwandbetten gelegen hätte. Zum Glück regnete es nicht, und dieses Elend wenigstens blieb uns erspart.

Am Morgen weckte mich die volltönende Stimme meines Reisegefährten, der mir in die Ohren schrie und mich aufstehen hieß. Ich kroch aus meinem Blätterhaufen hervor und staunte, wie eine Nachtruhe ihn verändert hatte. Er war munter und fröhlich wie ein junger Vogel und beschwichtigte seinen Morgenhunger, indem er die weiche Rinde eines zarten Zweiges kaute, den er in der Hand hielt, und empfahl mir das gleiche zu tun, da es ein herrliches Mittel gegen den nagenden Hunger sei.

Ich fühlte mich zwar wohler als am Abend vorher, aber der Anblick des Gliedes, das mir in den letzten vierundzwanzig Stunden solche Schmerzen verursacht hatte, machte mich besorgt. Um die gute Laune Tobys nicht zu stören, bezwang ich mich und rief ihm vergnügt zu, das Frühstück zu bereiten, während ich mich am Bache wusch. Dann schluckten wir die Bissen, die uns für diesen Morgen zukamen, oder vielmehr wir sogen an ihnen solange wie irgend möglich, und berieten, was wir tun sollten.

»Wir müssen einfach in das Tal hinabsteigen, das wir gestern sahen«, sagte Toby so laut und kräftig, als ob er heimlich einen Rinderbraten im nächsten Gebüsch verzehrt hätte. »Was sollen wir denn sonst tun? Wenn wir hier bleiben, müssen wir verhungern; und deine Furcht vor den Taïpis ist sicher unsinnig. Die Bewohner einer so wunderschönen Gegend können nicht anders als gute Menschen sein; und wenn du in einer dieser triefenden Höhlen zu verhungern vorziehst, ich wage mich lieber auf alle Gefahr ins Tal hinab.«

»Und wer soll uns den Weg dahin zeigen,« fragte ich, »selbst wenn wir uns dazu entschließen? Sollen wir etwa die Abgründe und Kämme, über die wir gestern gekommen sind, noch einmal hinauf- und hinuntersteigen, bis wir an die Stelle kommen, von der wir ausgegangen sind, und dann von dort etwa ins Tal hinunterspringen oder fliegen?«

»Wirklich, daran habe ich nicht gedacht,« sagte Toby, »ja freilich, zu beiden Seiten des Tales waren ja wohl steile Wände?«

»Jawohl,« gab ich zur Antwort, »so steil wie die Seiten eines Kriegsschiffes und hundertmal so hoch.«

Toby ließ den Kopf auf die Brust sinken und saß eine Weile tief in Gedanken. Plötzlich sprang er auf, während seine Augen leuchteten, als wäre ihm ein glänzender Einfall gekommen.

»Ja, ja, ich hab's,« rief er aus, »die Wasser fließen alle in der gleichen Richtung und müssen notwendigerweise ins Tal kommen, bevor Sie ans Meer gelangen; wir brauchen also nur dem Bach hier zu folgen, und früher oder später muß er ins Tal führen.«

»Da hast du recht, Toby,« rief ich, »da hast du recht; und es muß uns schnell hinabführen, weil das Bett so steil ist.«

»Ja, so ist es,« brach er los, überglücklich, daß ich ihm recht gab, »es ist klar wie der Tag. Also los; gehen wir gleich, laß deine dummen Gedanken von den Taïpis fahren, und ein Hoch dem schönen Tal von Happar!«

»Ich sehe schon, mein Lieber, du willst es einmal so haben; Gott gebe, daß du dich nicht täuschest«, bemerkte ich kopfschüttelnd.

»Amen, Amen!« schrie Toby, »aber es ist Happar und muß Happar sein. Ein so herrliches Tal, solche Wälder von Brotfruchtbäumen, solche Haine von Kokosnußpalmen, solch eine Wildnis von Guajavabüschen! Ah, Maat, bleib nicht zurück, ich vergehe vor Gier nach all diesen herrlichen Früchten. Komm, komm, sei munter, vorwärts! Kümmere dich nicht um die Felsen, stoß sie beiseite wie ich; und morgen, alter Junge, mein Wort darauf, sitzen wir im Klee. Komm! vorwärts!« Und damit stürzte er wie wahnsinnig die Schlucht entlang und vergaß völlig, daß ich unmöglich Schritt halten konnte. Nach wenigen Minuten war er jedoch bereits ruhiger geworden und hielt eine Weile an, so daß ich ihn einholte.

Achtes Kapitel

Seine furchtlose Zuversicht war ansteckend, und auch ich begann zu glauben, daß das Tal, in das wir stiegen, das von Happar sein müsse. Immerhin wurde ich auf dem Wege durch diese düstere Einöde eine gewisse Besorgnis nicht los. Wir kamen anfangs ziemlich leicht vorwärts, aber allmählich wurde es immer schwieriger. Das Bett des Wasserlaufs war voll von abgebrochenen Felsstücken, die von oben niedergestürzt waren und lauter Hindernisse für seinen reißenden Lauf bildeten. Die Wasser schäumten um sie herum, wurden gelegentlich zu kleinen Wasserfällen, schossen in tiefe Becken oder tosten wild auf die Steine nieder.

Die Schlucht war so eng und ihre Wände so steil, daß wir gezwungen waren, durchs Wasser zu waten; und jeden Augenblick stolperten wir über die Hindernisse des Bodens oder verfingen uns in mächtigen Baumwurzeln. Noch lästiger war uns eine Menge gebogener Äste, die beinahe wagerecht aus beiden Wänden hervorschossen und sich über der Wasserfläche zu einem phantastischen Gewirr vereinten und durcheinanderflochten, so daß wir nur gebückt unter ihren niedrigen Bogen hindurchkommen konnten. Dabei mußten wir auf Händen und Füßen kriechen, und rutschten oft auf dem schlüpfrigen Felsboden aus oder glitten plötzlich in unvermutete Tiefen und hatten kaum genug Tageslicht, um zu sehen, wo wir gingen. Dann stießen wir wieder mit dem Kopfe gegen einen Ast, und während wir die verletzte Stelle rieben, fielen wir schon auf scharfkantige Felsstücke, schlugen und schnitten uns blutig und lagen im Bachbett, dessen Wasser mitleidslos über uns weg strömte. Dennoch kämpften wir uns mannhaft vorwärts; wir wußten, daß vor uns die einzige Hoffnung lag.

Gegen Sonnenuntergang erreichten wir eine Stelle, an der wir übernachten wollten. Wir machten uns eine Hütte, ähnlich wie in der vorigen Nacht, krochen hinein und versuchten unsere Leiden zu vergessen. Toby schlief, glaube ich, recht gut; aber ich fühlte mich am Morgen, als wir uns aus dem Unterstand herauswälzten, beinahe unfähig, den Weg fortzusetzen. Als Heilmittel empfahl mir Toby, den Inhalt eines unserer kleinen Seidenpäckchen auf einmal zu nehmen. Aber darauf ging ich nicht ein; so nahmen wir den üblichen Bissen und setzten schweigend unsere Reise fort. Es war der vierte Tag, seitdem wir Nukuhiva verlassen, und der Hunger wurde unerträglich. Um ihn zu stillen, kauten wir wieder die zarte Rinde der Wurzeln und Zweige; wenn sie uns keine Nahrung gaben, hatten sie wenigstens einen angenehmen Geschmack.

In dem steilen Wasserlauf kamen wir natürlich nur langsam vorwärts, und gegen Mittag hatten wir kaum mehr als eine Meile zurückgelegt. Um diese Zeit wurde das Brausen stürzender Wasser, das wir schon am frühen Morgen von ferne vernommen hatten, lauter, und es dauerte nicht lange, da standen wir an einem Felsenabgrund von beinahe hundert Fuß Tiefe, der so breit war wie die Schlucht, und über den das wilde Wasser in einem einzigen Sturz hinabfloß. Zu beiden Seiten waren nur die steilen Wände des Felsenspalts, über dem Fall wie unterhalb des Falles, und es blieb kein Raum und kein Mittel, ihn zu umgehen.

»Was sollen wir jetzt tun, Toby?« sagte ich.

»Nun,« erwiderte er, »da wir nicht zurück können, müssen wir wohl vorwärts.«

»Völlig richtig, mein Lieber, aber wie stellst du dir diesen höchst wünschenswerten Gang vor?«

»Indem wir von oben hinunterspringen, wenn's nicht anders geht,« erwiderte er ohne Zögern, »es ist jedenfalls die schnellste Art, hinabzukommen; aber da du nicht ganz so leistungsfähig bist wie ich, werden wir wohl eine andere Art versuchen müssen.«

Damit kroch er vorsichtig näher und spähte über den Rand in den Schlund hinab, während ich mich fragte, wie wir nur über dieses allem Anschein nach unüberwindliche Hindernis gelangen sollten. Sowie mein Kamerad mit seiner Untersuchung fertig war, fragte ich ihn eifrig nach dem Ergebnis.

»Du wünschst das Ergebnis meiner Beobachtungen zu erfahren, ja?« begann er bedächtig und machte dabei seine drolligste Miene. »Nun, mein Junge, dieses Ergebnis läßt sich leicht mitteilen. Es ist zwar noch ungewiß, wer von uns beiden die Ehre haben wird, sich zuerst den Hals zu brechen; aber man kann hundert zu eins wetten, daß es der sein wird, der zuerst hinunterspringt.«

»Also ist die Sache unmöglich?« fragte ich niedergeschlagen.

»Nein, Maat, im Gegenteil, es gibt nichts Leichteres; das Peinliche daran ist nur, daß wir nicht wissen, in welchem Zustand unsere Glieder unten ankommen und in welcher Verfassung für die Weiterreise wir dann sein werden. Aber folge mir nur, und ich werde dir die einzige Möglichkeit zeigen, die uns bleibt.«

Damit führte er mich an den Rand des Abgrundes und wies auf eine Menge sonderbar aussehender Wurzeln, die, etwa drei bis vier Zoll dick und mehrere Fuß lang, aus den Spalten der Felswand hervorquollen und, unten spitz zulaufend, wie dunkle Eiszapfen in den Abgrund hingen. Sie bedeckten auf der einen Seite beinahe die ganze Felswand, und die untersten reichten bis ans Wasser. Viele waren moosüberwachsen und verwittert, mit abgebrochenen Enden, und die in der nächsten Nähe des Falles feucht und schlüpfrig.

Tobys verzweifelter Plan war, uns diesen verräterisch aussehenden Wurzeln anzuvertrauen und, von einer zur anderen kletternd und gleitend, hinunterzugelangen.

»Bist du bereit, es zu wagen?« fragte Toby, indem er mich ernst ansah, aber kein Wort über die Ausführbarkeit sagte.

»Ich bin's«, war meine Antwort, denn ich sah, es war der einzige Weg für uns, wenn wir vorwärtskommen wollten, und zurück wollten wir unter keinen Umständen.

Ohne ein weiteres Wort kroch Toby über den triefenden Steinboden bis zu einer Stelle, von der er die größte der hängenden Wurzeln eben noch erreichen konnte, erfaßte sie, sie zitterte in seinem Griff, und als er sie fahren ließ, gab sie einen Klang, wie wenn man auf starken Draht schlägt. Von dem Ergebnis befriedigt, schwang der leichtfüßige Mensch sich gewandt hinab, umfaßte die Wurzel nach Seemannsart mit den Beinen und ließ sich etwa acht oder zehn Fuß niedergleiten, bis sie mit seinem Gewicht wie ein Pendel hin und her schwang. Weiter hinab durfte er sich nicht wagen, er hielt sich daher mit der einen Hand fest, prüfte und schüttelte mit der anderen der Reihe nach die Wurzeln, die neben ihm hingen, und als er eine gefunden hatte, die ihm verläßlich erschien, wechselte er zu ihr hinüber und ließ sich weiter hinab.

Soweit war alles gut; aber ich verglich meinen schwereren Körper und meine Lahmheit mit seinem leichten Gewicht und seiner ungewöhnlichen Behendigkeit. Indessen half das nicht, und eine Minute später schaukelte ich über ihm. Sobald er mich erblickte, rief er in seiner gewöhnlichen trockenen Art: »Tu mir den einzigen Gefallen, Maat, und fall erst dann, wenn ich aus dem Wege bin.« Damit schwang er sich mehr zur Seite und setzte den Abstieg fort. Gefahr schien auf ihn nicht den geringsten Eindruck zu machen. Inzwischen wechselte ich vorsichtig von dem Wurzelstrang, an dem ich hinabglitt, zu ein paar anderen in der Nähe, da ich zwei für besser hielt als eine, und prüfte ihre Haltbarkeit sorgfältig, ehe ich ihnen mein Gewicht anvertraute.

Als ich gerade den zweiten Abschnitt dieser Reise in vertikaler Richtung vollendet hatte und die langen Wurzeln neben mir untersuchte, brachen sie zu meiner Bestürzung in meinen Händen ab wie Pfeifenstengel und fielen in Stücken die Wand hinunter ins Wasser, das unten floß. Eine nach der anderen gab nach und fiel, und ich verlor allen Mut. Die Wurzeln, an denen ich über dem Abgrund hing, schaukelten in der Luft hin und her und drohten jeden Augenblick zu reißen. Nur eine große Wurzel war noch in meiner Nähe, nach der ich krampfhaft griff, aber ich konnte sie nicht erreichen, obwohl meine Finger nur wenige Zoll von ihr entfernt blieben. Immer wieder versuchte ich es, bis ich halb rasend mit dem Fuß gegen die Wand stieß und mir dadurch einen so heftigen Schwung gab, daß ich bis zu der großen Wurzel flog, sie verzweifelt festhielt und meinen Körper hinüberzog. Sie zitterte heftig unter dem plötzlichen Gewicht, gab aber zum Glück nicht nach; mir wurde schwindlig bei dem Gedanken, was ich gewagt hatte, und unwillkürlich schloß ich die Augen, um die Tiefe unter mir nicht zu sehen. Für den Augenblick war ich in Sicherheit, und ich stieß ein heißes Dankgebet aus.

»Ganz gut gemacht!« schrie Toby unter mir, »du bist gewandter, als ich dachte. Du hüpfst ja von einer Wurzel zur anderen wie ein junges Eichhörnchen. Wenn du dich genug damit unterhalten hast, würde ich dir raten, weiter herunterzukommen!«

»Mit der Zeit, Toby, mit der Zeit! Noch zwei oder drei so tüchtige Wurzeln wie die da, und ich bin drunten.«

Von da ab ging es ziemlich leicht; die Wurzeln waren unten dichter, und da und dort halfen mir Felsvorsprünge. Nach wenigen Augenblicken stand ich an seiner Seite.

Ich hatte meinen Stock oben wegwerfen müssen und suchte mir einen neuen. Wir setzten unseren Weg im Bett des Gießbachs fort. Bald hörten wir vor uns ein Brausen, das immer lauter wurde, während das des Wasserfalls hinter uns allmählich erstarb.

»Da kommt ein neuer Absturz für uns, Toby!«

»Ganz gut! Wir wissen jetzt, daß wir hinabkommen können. Nur vorwärts!«

Nichts konnte den unerschrockenen Menschen einschüchtern oder niederdrücken. Die Taïpis oder der Niagara, er war für beide gerüstet, und ich beglückwünschte mich tausendmal, daß ich bei solch einem Unternehmen diesen Gefährten hatte.

Nachdem wir uns eine Stunde mühsam weitergearbeitet, kamen wir an den oberen Rand eines zweiten Falls, der noch tiefer war als der vorige und zu beiden Seiten von den gleichen steilen Felswänden umschlossen war, die aber doch hier und da unregelmäßige Absätze bildeten. Auf diesen Vorsprüngen hatte sich etwas Humus angesammelt, und es wuchs eine Fülle von Bäumen und Büschen auf ihnen, deren glänzendes Grün sich prächtig von dem schäumenden Wasser abhob. Toby, der nach wie vor den Pionier machte, rekognoszierte. Er berichtete, daß die Felsvorsprünge zur Rechten uns den Abstieg mit wenig Gefahr gestatteten. Wir verließen daher das Bett des Bachs scharf an der Stelle, wo er donnernd zur Tiefe stürzte, und begannen auf einem der geneigten schmalen Vorsprünge die Wand entlang zu kriechen. An seinem Ende angekommen, sahen wir wenige Fuß entfernt einen zweiten, der sich etwas stärker senkte, und indem wir einander halfen, gelangten wir heil hinüber. Wieder krochen wir vorsichtig weiter, uns an den Buschwurzeln festhaltend, die aus allen Spalten und Sprüngen im Gestein wuchsen. Immer enger wurde der schmale Weg, immer schwerer wurde es für uns, Fuß zu fassen, bis er um eine Felsecke bog und zwei Schritte hinter ihr, anstatt, wie wir gehofft hatten, etwas breiter zu werden, zu unserem Schrecken gänzlich aufhörte.

Toby hatte wie gewöhnlich die Führung, und ich wartete schweigend, was er nun vorschlagen würde. An der Wand weiterzukommen war unmöglich. Als mehrere Minuten vergingen, ohne daß er sich irgendwie geäußert hätte, rief ich: »Nun, mein Junge, was jetzt?«

Gelassen erwiderte er, daß es ihm das beste schiene, so rasch als möglich über diese schwierige Stelle wegzukommen.

»Gewiß, lieber Toby, aber sag' mir nur, wie!«

»Ungefähr so!« gab er zur Antwort, und gleichzeitig ließ er sich zu meinem Schrecken einfach vom Felsen herabfallen. Nur durch einen glücklichen Zufall, wie ich glaubte, fiel er in das breite Geäst eines palmartigen Baumes, der auf einem Felsvorsprung wuchs, seinen Stamm, aufwärts krümmte und beinahe zwanzig Fuß unter uns eine dichte Masse von Zweigen und Laubwerk bildete. Ich hielt den Atem an. Ich dachte nicht anders, als Tobys Körper, der einen Augenblick von den Ästen getragen wurde, durchbrechen und kopfüber in die Tiefe stürzen zu sehen. Aber zu meinem freudigen Erstaunen gewann er Halt, machte sich von den gebrochenen Zweigen frei, steckte den Kopf aus dem Laubwerk und rief lustig: »Komm, Herzenskind! Hier bleibt keine Wahl!« Damit verschwand er im Laubwerk, glitt am Stamme nieder und stand einen Augenblick später wohl fünfzig Fuß unter mir auf dem breiten Felsvorsprung, in dem der Baum wurzelte. Ich traute meinen Augen nicht, als ich ihn so weit unten sah: was er getan hatte, grenzte ans Wunderbare. »So komm doch!« rief er herauf, und da ich völlig den Mut zu verlieren fürchtete, wenn ich erst lange überlegte, so warf ich nur noch einen raschen Blick über die Tiefe, um mich über die genaue Lage des Baumes unter mir zu vergewissern, dann schloß ich die Augen, tat ein rasches dringliches Gebet, beugte mich über den Rand und fiel nach einem atemlosen Augenblick mit einem Krach in den Baumwipfel. Die Zweige brachen raschelnd und knackend unter mir, da ich tiefer und tiefer einsank, bis ein kräftiger Ast mich aufhielt. Wenige Augenblicke später stand ich am Fuß des Baumes und untersuchte meinen Körper, fand aber zu meinem Erstaunen, daß ich außer einigen Beulen und Quetschungen, die nicht der Rede wert waren, keinen Schaden genommen hatte. Der Abstieg ging nun leicht vonstatten, und eine halbe Stunde, nachdem wir wieder in die Schlucht gelangt waren, hatten wir unseren Abendbissen gegessen, unsere Hütte gebaut und lagen unter ihrem Schutzdach.

Am nächsten Morgen arbeiteten wir uns, trotz unserer Schwäche und dem wütenden Hunger, der uns quälte – obwohl keiner es zugestand –, auf unserem düsteren und noch immer schwierigen und gefährlichen Pfade weiter, in der Hoffnung, endlich und bald das Tal vor uns zu erblicken. Gegen Abend tönte das Brüllen eines Wasserfalls, der schon seit längerer Zeit wie ein tiefer Baß zur Musik der kleineren Fälle vernehmbar gewesen war, betäubend in unsere Ohren, und ehe die Nacht kam, standen wir am Rand eines Abgrunds, über den der dunkle Strom in eine Tiefe von vollen dreihundert Fuß hinabstürzte. Gerade unter ihm lag das Tal, zu beiden Seiten die hohen senkrechten Wände, die wie Vorgebirge in das wogende grüne Meer des Tales ragten; eine Reihe ähnlicher gewaltiger Felsenfestungen bildete einen ungeheuren Halbkreis um das Talende. Ein dichter Baldachin von Baumzweigen hing über den Wasserrand, unter dessen gewölbter Öffnung der Strom hindurchschoß, sodaß wir wie durch ein weites Bogenfenster in die malerische Tiefe sahen.

Das Tal war vor uns; aber statt durch den Wasserlauf in allmählichem Abstieg hinabgeführt zu werden, schien es, daß all unsere Mühsal angesichts des jähen Abgrunds umsonst gewesen war. Trotz unserer bitteren Enttäuschung wollten wir nicht verzweifeln. Da die Sonne im Sinken war, beschlossen wir die Nacht an dieser Stelle zu verbringen, am nächsten Morgen, vom Schlaf erfrischt, was wir an Nahrung hatten, auf einmal zu verzehren und dann den Versuch zu wagen oder dabei umzukommen. Noch in der Erinnerung überläuft mich ein Schauer, wenn ich an diese Nacht denke. Auf einer schmalen Felsplatte, die über den Abgrund vorsprang und von dem Schaum des Wasserfalls beständig genäßt wurde, lag ein mächtiger Baumstamm, der zweifellos von irgendeinem wilden Hochwasser hier liegengeblieben war. Er lag schräg, das eine Ende ruhte auf der Felsplatte, das andere lehnte an der Wand der Schlucht. Gegen ihn stellten wir in einem Winkel eine Anzahl der verwitterten Äste, die umherlagen, bedeckten sie mit kleineren Zweigen und Laub und erwarteten darunter den Morgen. Das Brüllen des Wasserfalls, das Heulen des Sturmwinds oben in den Bäumen, das Aufschlagen des Regens, der wieder eingesetzt hatte, und die tiefe Finsternis um uns nahmen mir allen Mut. Durchnäßt, halb verhungert und bis ins Herz durchfröstelt von der Feuchtigkeit des Orts, beinahe verrückt von den Schmerzen in meinem Bein, lag ich in Angst und Verzweiflung an der Erde; auch mein Unglücksgefährte schien sehr niedergeschlagen und sprach die ganze Nacht kaum ein Wort.

Endlich dämmerte der Morgen, wir erhoben uns von unserem elenden Lager, streckten die steifgewordenen Glieder, aßen, was uns noch an Brot geblieben war, und bereiteten uns auf den letzten Abschnitt unserer Reise vor.

Ich werde nun nicht mehr erzählen, wie oft wir um ein Haar breit dem Tode entrannen, wieviel Schwierigkeiten wir zu überwinden hatten, da es im Grunde das gleiche war wie bei unseren früheren Kletterwegen an den Abgründen. Genug, daß wir nach schwerer Mühe und großen Gefahren, beide heil, wenigstens ohne ein Glied gebrochen zu haben, am oberen Ende des herrlichen Tales standen, das sich fünf Tage vorher so plötzlich meinen Blicken gezeigt hatte, beinahe im Schatten jener Klippen, von deren Gipfel wir darauf niedergesehen hatten.

Neuntes Kapitel

Unser erster Gedanke galt den Früchten, die nun in erreichbarer Nähe wachsen mußten, und wie wir an sie herangelangen könnten.

Taïpi oder Happar, das war die zweite Frage. Ein schrecklicher Tod unter den Händen grausamer Kannibalen oder ein freundlicher Empfang durch einen wilden Stamm von menschlichen Sitten. Was stand uns bevor? Die Antwort mußte sich bald von selbst ergeben. Der Teil des Tales, in dem wir uns befanden, schien vollkommen unbewohnt. Ein fast undurchdringliches Dickicht bedeckte seine ganze Breite, und nicht eine Pflanze, die uns die ersehnte Nahrung geboten hätte, zeigte sich darin. Wir folgten dem Lauf des Wassers und warfen dabei rasche spähende Blicke in die Dschungeln zu beiden Seiten.

Auf Tobys Drängen hatte ich nachgegeben und war mit ihm in das Tal herabgestiegen; jetzt, da es geschehen war, begann er eine Vorsicht zu zeigen, die ich nicht erwartet hatte. Er schlug vor, daß wir, wenn wir nur genug eßbare Früchte fänden, in dem unbewohnten Teil des Tales bleiben sollten. Wir würden hier schwerlich von den Eingeborenen überrascht werden und könnten dann, sobald wir uns genug gestärkt fühlten und einen hinreichenden Reisevorrat gesammelt hätten, leicht nach Nukuhiva zurückgelangen; wir mußten nur so viel Zeit vergehen lassen, daß das Schiff unbedingt die Bucht verlassen haben mußte.

Gegen diesen Vorschlag erhob ich lebhaften Widerspruch: wir kannten die Gegend nicht, die Schwierigkeiten mußten unüberwindlich sein, ich erinnerte ihn an das, was wir bereits durchgemacht hatten, und meinte, wenn wir das Tal einmal betreten hatten, müßten wir auch die Folgen auf uns nehmen, um so mehr als ich überzeugt war, daß wir keine Wahl hatten. Jetzt hieß es, die Eingeborenen zu finden und zu sehen, wie sie uns aufnehmen würden. Mein Bedürfnis nach Ruhe und Pflege war so groß, daß ich mich zu weiteren Mühen und Entbehrungen ganz unfähig fühlte. Widerstrebend gab Toby nach.

Wir waren schon ziemlich weit ins Tal hineingekommen und hatten immer noch das gleiche undurchdringliche Dickicht zu beiden Seiten; ich kam schließlich auf den Gedanken, daß es vielleicht nur den Fluß entlang wuchs und in einiger Entfernung von seinen Ufern freier Boden sein mochte; ich bat Toby daher, nach der einen Seite auszuschauen, während ich auf der anderen nach irgendeiner offenen Stelle in dem Buschwerk spähte. Wir mußten doch endlich an einen Weg kommen, und vorsichtig achteten wir auf irgendwelche Zeichen, die die Nähe der Einwohner verraten konnten. Mit ängstlichen Blicken in den Schatten, der uns umgab, und mit großer Vorsicht schritten wir weiter; in jedem Augenblick konnte uns der Wurfspeer eines im Hinterhalt liegenden Wilden treffen. Zuletzt blieb Toby stehen und wies auf eine schmale Öffnung im Gebüsch. Wir drängten uns hindurch und gelangten bald auf einem, wenn auch undeutlich ausgetretenen Pfad durch das Dickicht zu einer verhältnismäßig freieren Stelle, an deren entgegengesetztem Rande wir Bäume sahen, die von den Eingeborenen »Anuih« genannt werden und die herrliche Früchte tragen.

Wie wir nach ihnen rannten! Das heißt, ich humpelte über den Boden wie ein alter Krüppel, während Toby wie ein Windhund über die Lichtung schoß. Im nächsten Augenblick hatte er zwei oder drei der Früchte von einem der Bäume geholt, aber zu unserem Kummer war nicht viel daran; die Schale war zum Teil von Vögeln aufgerissen und das Fleisch halb verzehrt, der Rest angefault. Aber was noch da war, hatten wir rasch vertilgt, und es schmeckte uns wie Himmelsspeise.

Der Pfad, dem wir bisher gefolgt waren, schien sich in der Lichtung zu verlieren, und wir standen, ungewiß, wohin wir uns wenden sollten. Wir beschlossen endlich, einen nahen Hain zu durchschreiten, aber wir hatten noch keine fünfzig Schritte zurückgelegt, als ich an seinem Rande einen noch völlig grünen Schößling eines Brotfruchtbaums von der Erde aufhob, von dem die zarte Rinde frisch abgezogen war. Er war noch ganz feucht vom Saft und sah aus, als hätte ihn eben jemand weggeworfen. Wortlos zeigte ich ihn Toby, der eine Bewegung der Überraschung machte, denn das bewies, daß die Wilden ganz nahe sein mußten.

Richtig fanden wir in geringer Entfernung ein ganzes Bündel der gleichen Schößlinge, die mit einem Rindenstreifen zusammengebunden waren. Hatte sie ein einsamer Wilder weggeworfen, der, über unseren Anblick erschrocken, davongeeilt war, um seinen Landsleuten die Nachricht zu bringen? Und war es ein Taïpi oder einer von Happar? Zum Umkehren war es in jedem Fall zu spät, wir gingen daher langsam weiter, mein Freund voran, mit vorsichtigen Blicken durch die Bäume spähend, als ich ihn plötzlich wie von einer Natter gestochen zurückfahren sah. Er ließ sich auf ein Knie nieder, winkte mir mit der einen Hand, zurückzubleiben, während er mit der anderen die Blätter zur Seite schob und scharf ausblickte. Ohne seine Warnung zu beachten, kam ich sogleich heran und sah zwei Gestalten, die zum Teil durch das dichte Laub verborgen waren; sie standen dicht nebeneinander und waren völlig regungslos. Offenbar hatten sie uns bereits vorher gesehen und sich in die Tiefe des Waldes geflüchtet, um nicht von uns bemerkt zu werden.

Ich war sogleich entschlossen, ließ meinen Stock fallen, riß unser Bündel auf, entrollte das Baumwolltuch, das wir vom Schiff mitgebracht hatten, hielt es in einer Hand hoch, während ich mit der anderen einen Zweig vom nächsten Busch brach, hieß Toby meinem Beispiel folgen und brach durch das Dickicht, und näherte mich, den, Zweig als Friedenszeichen hin und her bewegend, den beiden offenbar scheuen und erschrockenen Gestalten vor mir. Es waren ein halbwüchsiger Knabe und ein Mädchen, beide schlank und anmutig und bis auf einen schmalen. Rindengürtel, von dem vorn und rückwärts je ein rötliches Blatt des Brotfruchtbaumes hing, völlig nackt. Der eine Arm des Knaben war, von ihren wilden Haarflechten halb verhüllt, um den Hals des Mädchens gelegt, während er in der anderen Hand die ihre hielt; so standen sie nebeneinander, die Köpfe vorgebeugt, auf das schwache Geräusch lauschend, das wir beim Gehen machten, den einen Fuß vorgestreckt, wie bereit zur Flucht.

Wie wir näher kamen, wuchs ihre Besorgnis sichtlich. Da ich fürchtete, daß sie entfliehen könnten, blieb ich stehen und machte ihnen ein Zeichen, heranzukommen und die Gabe, die ich ihnen mit ausgestrecktem Arm bot, in Empfang zu nehmen; aber sie wollten nicht.

Ich versuchte es mit den wenigen Worten ihrer Sprache, die ich kannte; nicht, daß ich erwartete, daß sie mich verstehen würden, aber um ihnen doch zu zeigen, daß wir nicht vom Himmel heruntergefallen waren. Dies schien ihnen etwas Zutrauen zu geben; ich schritt daher näher, immer den Stoff in der einen Hand und den Zweig in der anderen, und sie zogen sich ebenso langsam zurück. Endlich ließen sie uns doch so nahe kommen, daß wir ihnen den Stoff um die Schultern werfen konnten. Dabei bemühte ich mich, ihnen verständlich zu machen, daß der Stoff ihnen gehörte, und suchte ihnen außerdem durch alle möglichen Gebärden begreiflich zu machen, daß wir Gefühle der wärmsten Freundschaft für sie hegten.

Das erschrockene Paar stand nun still, während wir ihnen klarzumachen versuchten, was wir brauchten und wollten. Insbesondere Toby vollbrachte die erstaunlichste Pantomime; er öffnete seinen Mund soweit als möglich, steckte die Finger hinein, fletschte die Zähne und rollte die Augen, bis ich zu befürchten begann, daß die armen Geschöpfe uns für ein paar weiße Kannibalen halten mußten, die sie zur Mahlzeit verzehren wollten. Als sie uns endlich verstanden, machten sie keine Miene, uns zu helfen. In diesem Augenblick begann es wieder heftig zu regnen, und wir machten ihnen mit Gebärden klar, daß sie uns irgendwohin führen sollten, wo wir Schutz finden könnten. Dazu schienen sie geneigt, aber wie sehr sie uns noch immer fürchteten, ging daraus hervor, daß sie zwar vorausgingen, aber die Augen stets nach rückwärts und auf uns gerichtet hielten, um jede unserer Bewegungen zu beobachten.

»Taïpi oder Happar, Toby?« fragte ich, während wir hinter ihnen hergingen.

»Natürlich Happar«, erwiderte er mit einer Sicherheit, die seine Zweifel verbergen sollte.

»Wir werden es gleich wissen«, rief ich; gleichzeitig trat ich auf unsere Führer zu, sprach die beiden Namen; fragend aus und zeigte dabei ins Tal hinab. Aber sie wiederholten die Worte jedesmal, wenn ich sie aussprach, ohne eines besonders zu betonen, so daß ich keine Ahnung hatte, was sie dabei dachten. Erst nachher erkannten wir, daß wir zwei schlaueren und vorsichtigeren Geschöpfen kaum hätten begegnen können. Ich aber, gespannt zu wissen, welches Schicksal vor uns lag, stellte nun die Worte »Happar« und »Mortarkih« in einer Frage zusammen.

»Mortarkih« heißt »gut«. Die beiden Eingeborenen wechselten rasche bedeutsame Blicke und zeigten kein geringes Erstaunen; da ich die Frage wiederholte, berieten sie kurz miteinander, und zu Tobys großer Freude gaben sie eine deutlich bejahende Antwort. Toby geriet in Ekstase, um so mehr, als die Wilden ihre Antwort energisch wiederholten, als wollten sie uns völlig klarmachen, daß wir unter den Happars uns in völliger Sicherheit befanden.

Obschon ich immer noch leise Zweifel hegte, stellte ich mich wie Toby höchst entzückt von ihrer Mitteilung, während er wieder durch eine ganze Pantomime seinen Abscheu vor den Taïpis und seine unermeßliche Liebe für das Tal, in dem wir uns befanden, kundgab; und die ganze Zeit sahen unsere Führer einander ungewiß an, als wüßten sie nicht, wie sie unser Verhalten deuten sollten. Dabei eilten sie weiter, und wir folgten ihnen, bis sie plötzlich einen seltsamen Ruf ausstießen, der von jenseits des Wäldchens erwidert wurde; im nächsten Augenblick standen wir auf offenem Grund, an dessen Ende wir eine lange niedrige Hütte und vor ihr mehrere junge Mädchen erblickten. Sobald sie uns sahen, flohen sie mit wildem Aufschreien in das nahe Dickicht gleich aufgescheuchten jungen Rehen. Wenige Augenblicke später widerhallte das ganze Tal von wildem Geschrei, und die Eingeborenen kamen von allen Seiten auf uns zu gelaufen.

Wäre eine feindliche Armee in ihr Gebiet eingebrochen, sie hätten keine größere Aufregung zeigen können. Bald waren wir von einer dichten Menge umgeben, die in ihrem Eifer, uns zu betrachten, uns beinahe den Weg versperrte. Eine gleiche Zahl umringte unsere jugendlichen Führer, die jetzt mit unglaublicher Gesprächigkeit alle Einzelheiten der Begegnung zu schildern schienen, und jedes Wort, das sie sprachen, schien das Erstaunen der Eingeborenen zu vermehren, und sie warfen forschende Blicke auf uns.

Wir kamen schließlich zu einem großen und stattlichen Gebäude aus Bambusrohr; man gab uns durch Zeichen zu verstehen, daß wir eintreten sollten, und die Eingeborenen öffneten eine Gasse für uns. Sowie wir drin waren, ließen wir uns, erschöpft wie wir waren, auf die geflochtenen Matten fallen, die den Boden bedeckten. Im nächsten Augenblick war der Raum dicht von Menschen erfüllt, und die, die nicht mehr herein konnten, betrachteten uns durch die Öffnungen im Rohrgeflecht der Wände.

Es war bereits Abend, und bei dem trüben Licht konnten wir gerade noch die wilden Gesichter unterscheiden, die von heftiger Neugier und Erstaunen glühten, sowie die nackten Gestalten und tätowierten Glieder kraftvoller Krieger; da und dort die schlankeren Gestalten junger Mädchen; alle aber redeten zugleich mit stürmischer Heftigkeit, natürlich über uns, während die beiden jungen Leute, die uns geführt hatten, die unzähligen Fragen kaum beantworten konnten, die an sie gerichtet wurden. Man kann sich das heftige Gebärdenspiel dieser Menschen, wenn sie einmal in lebhaftes Reden kommen, nicht vorstellen; sie schrien und tanzten dabei umher in einer Art, die uns fast mit Furcht erfüllte.

Nicht weit von uns saßen, die Beine gekreuzt, etwa acht oder zehn Männer von vornehmem Aussehen, Häuptlinge, wie sich bald herausstellte, die, beherrschter als die anderen, uns ernst und aufmerksam betrachteten; und dies beunruhigte uns noch mehr. Insbesondere einer, der im Range der Höchste schien, stellte sich gerade vor mich hin und sah mich mit einer so finsteren Strenge an, daß ich seinen Blick nicht ertragen konnte. Er sprach kein Wort, wendete sein Gesicht nicht ab, sondern fuhr fort, mich mit dem gleichen Ernst zu betrachten. Nie noch hatte jemand mich mit so sonderbaren und starren Blicken angesehen, die nichts von dem verrieten, was in der Seele des Wilden vorging, während er in der meinen zu lesen schien. Ich wurde zuletzt geradezu nervös davon, und um ihn irgendwie abzulenken und mir zugleich das Wohlwollen des Kriegers zu verschaffen, holte ich ein Päckchen Tabak hervor und bot es ihm an. Ruhig wies er das Geschenk zurück und bedeutete mir, daß ich es wieder an seinen Platz tun sollte.

Bei meinem früheren Verkehr mit den Leuten von Nukuhiva und von Teinor hatte ich stets gefunden, daß für ein kleines Stück Tabak jedermann sich zu allen gewünschten Diensten bereit fand. War das Verhalten des Häuptlings ein Zeichen von Feindschaft? Waren es nun Taïpi oder Happar?, fragte ich mich und fuhr empor, denn im selben Augenblick stellte das fremdartige

Geschöpf vor mir die gleiche Frage. Ich sah mich nach Toby um; und beim Flackerlicht der Fackel, die ein Eingeborener trug, sah ich ihn bei dieser verhängnisvollen Frage erbleichen. Ich zögerte eine Sekunde und sagte: »Taïpi«. Was mich dazu trieb, weiß ich nicht. Das düstere Standbild vor mir nickte beifällig und murmelte; »Mortarkih?« »Mortarkih!« sagte ich ohne weiteres Zögern, »Taïpi mortarkih!«

Das war eine Veränderung! Die dunkeln Gestalten um uns sprangen auf, klatschten entzückt in die Hände und schrien immer wieder die gleichen Silben, die wie ein Talisman alle Schwierigkeiten gelöst und beendet zu haben schienen.

Als die Erregung ein wenig nachgelassen hatte, ließ sich der Oberhäuptling noch einmal vor mir nieder und hielt, plötzlich in Wut geratend, eine Philippika, die sich wie ich der häufigen Wiederholung des Wortes Happar entnehmen konnte, gegen die Bewohner des Nachbartals richtete. Mein Genosse und ich stimmten ihm durchaus zu, während wir den Charakter der kriegerischen Taïpi priesen. Zwar war unser Lob lakonisch: wir wiederholten den Namen und fügten das bedeutungsschwere Wort »Mortarkih« hinzu. Aber das genügte durchaus; unsere Übereinstimmung in diesem Punkt schien mehr als alles andere geeignet, uns das Volk freundlich zu stimmen.

Endlich war die Wut des Häuptlings verraucht, und er wurde gelassen wie zuvor. Er legte die Hand auf die Brust und gab mir zu verstehen, daß sein Name »Mehivi« sei und daß er den meinen zu wissen wünschte. Ich zögerte einen Augenblick, da mein wirklicher Name für ihn schwer auszusprechen sein mußte, und bedeutete ihm in der besten Absicht, daß ich »Tom« hieße. Aber ich hätte keine verfehltere Wahl treffen können. Der Häuptling vermochte es nicht zu sprechen; »Tommo«, »Tomma«, »Tommi« sagte er, nur »Tom« ging nicht. Da ich sah, daß eine zweite Silbe nötig war, einigten wir uns auf »Tommo«; und so hieß ich während der ganzen Zeit, die ich mich im Tale aufhielt. Dann kam die Reihe an Toby, dessen wohlklingender Name leichter erfaßt wurde.

Der Austausch der Namen ist für diese einfach denkenden Menschen mit einer Erklärung der Freundschaft und des gegenseitigen Wohlwollens gleichbedeutend; da wir dies wußten, waren wir darüber höchst erfreut.

Auf unseren Matten ruhend, hielten wir nun eine Art Empfang ab; ein Trupp von Eingeborenen nach dem anderen kam herein; sie stellten sich vor, indem sie ihre Namen nannten, und zogen sich höchst vergnügt zurück, nachdem wir ihnen die unseren genannt hatten. Das ganze Zeremoniell schien sie aufs äußerste zu belustigen, jede neue Vorstellung von Seiten der Insulaner rief einen neuen Ausbruch von Heiterkeit hervor, so daß ich vermutete, daß wenigstens einige von ihnen die Gesellschaft harmlos auf unsere Kosten unterhielten, indem sie sich die unsinnigsten Titel beilegten, deren Bedeutung wir natürlich in keiner Weise verstanden.

All dies dauerte etwa eine Stunde; sowie das Gedränge ein wenig nachließ, wendete ich mich an Mehivi und gab ihm zu verstehen, daß wir dringend der Nahrung und des Schlafs bedurften. Der aufmerksame Häuptling sprach sogleich einige Worte zu einem der Anwesenden, der verschwand und wenige Augenblicke später mit einer Kalebasse voll »Poï-Poï« und zwei oder drei Kokosnussen zuruckkam, deren zottige Hülle entfernt und aus deren Schale ein Stück ausgebrochen war. Wir setzten diese natürlichen Becher an den Mund und leerten den erfrischenden Trank auf einen Zug. Dann wurde das Poï-Poï uns vorgesetzt, aber so ausgehungert ich war, wußte ich doch nicht, wie ich es essen sollte. Es ist eines der Hauptnahrungsmittel auf den Marquesas und wird aus der Brotfrucht bereitet. In seiner Konsistenz erinnert es an Buchbinderkleister, es ist gelb und der Geschmack ein wenig herb. Schließlich tauchte ich einfach die Hand in die weiche Masse, und zur stürmischen Heiterkeit der Eingeborenen zog ich sie zwar gefüllt mit Poï-Poï zurück, aber außerdem zog ich den Brei an jedem Finger in langen Fäden nach. So zäh war die Masse, daß ich beinahe die Schüssel mit in die Höhe hob. Toby ging es nicht besser, und unsere Ungeschicklichkeit erregte endloses Gelächter.

Sowie sie sich ein wenig beruhigt hatten, bedeutete Mebivi uns, auf sein Tun zu achten, tauchte den Zeigefinger der rechten Hand in die Schüssel, drehte ihn rasch und geübt wie einen Quirl in der Masse herum und zog ihn, mit ihr bedeckt, wieder heraus. Dann bewegte er den

Finger so geschickt, daß nichts heruntertropfte, steckte ihn in den Mund und zog ihn sauber wieder heraus. Ich versuchte wohl, es ihm nachzumachen, aber mit sehr geringem Erfolg.

Ausgehungerte Leute fragen nicht allzusehr nach den konventionellen Formen, besonders auf einer Südseeinsel, und so aßen wir das Pol-Pol in unserer ungeschickten Weise, wobei wir uns freilich das ganze Gesicht und die Hände mit der klebrigen Masse beschmierten. Das Gericht schmeckt auch für europäische Gaumen nicht unangenehm; nach wenigen Tagen war ich an sein eigentümliches Aroma gewöhnt und begann es sehr gern zu essen.

Dies war nur der erste Gang; weitere Gerichte folgten, einige davon waren ganz vortrefflich. Zum Schluß verzehrten wir noch zwei junge Kokosnüsse, dann wurde eine seltsam geschnitzte Pfeife herumgereicht, und wir gaben uns dem friedlichen Genuß des Tabakrauchens hin. Während der ganzen Mahlzeit beobachteten die Eingeborenen uns mit größter Neugier, sie verfolgten selbst unsere kleinsten Bewegungen und fanden reichlichen Gesprächsstoff. Aber ihre größte Überraschung kam, als wir unsere unbequemen durchnäßten Kleider ablegten. Mit Staunen sahen sie die weiße Hautfarbe unserer Körper und wußten sich den Kontrast zu der dunkeln Farbe unserer in sechs Monaten von der Sonne des Äquators völlig gebräunten Gesichter nicht zu erklären. Sie befühlten unsere Haut, wie ein Seidenhändler ein besonders feines Stück Atlas untersucht; einige berochen sie sogar. Ich war schon nahe daran, zu glauben, daß sie nie zuvor einen weißen Mann gesehen hatten; aber das war unmöglich, und ich fand seither eine befriedigendere Erklärung für ihr Verhalten.

Durch die schrecklichen Geschichten, die von den Taïpis erzählt werden, abgeschreckt, fährt nie ein Schiff in ihre Bucht ein, während sie infolge ihrer Feindschaft mit den Stämmen in den angrenzenden Tälern nicht nach den Teilen der Insel kommen, die gelegentlich von Schiffen angesteuert werden. Hier und da aber wagt sich doch irgendein besonders furchtloser Kapitän mit zwei oder drei wohlarmierten Booten, von einem Dolmetscher begleitet, ein kleines Stück in die Bucht hinein. Die Eingeborenen, die an der Küste wohnen, sehen die Fremden lange, ehe sie in ihre Gewässer eingefahren sind, und da sie wohl wissen, warum sie kommen, machen sie ihre Ankunft mit lauten Rufen bekannt. Die Nachricht dringt durch eine Art mündlichen Telegraphensystems in unglaublich kurzer Zeit bis in die entferntesten Winkel des Tales, und sogleich strömt fast die ganze Bevölkerung, mit Früchten jeder Art beladen, zum Strand hinab. Der Dolmetsch, der fast immer irgendein durch ein »Tabu« gefeiter Kanake *Das Wort »Kanake« wird heutzutage von den Europäern allgemein gebraucht, um die Eingeborenen auf den Südseeinseln zu bezeichnen. In den verschiedenen Dialekten der Hauptgruppen ist es eigentlich nur eine Geschlechtsbezeichnung für den »Mann«, die Person männlichen Geschlechts, wird aber heute auch von den Eingeborenen im Verkehr mit Fremden im gleichen Sinne gebraucht, in dem diese es verwenden. Durch ein »Tabu«, einen Ritus, von dem später ausführlich die Rede sein wird, kann jemand bis zu einem gewissen Grad »Unverletzlich« werden.* ist, springt mit den zum Eintausch bestimmten Waren ans Land, während die Boote mit eingelegten Riemen und jeder Mann an seiner Ducht gerade außerhalb der Brandung liegen, den Bug seewärts, bereit, beim ersten unangenehmen Zwischenfall in die offene See hinauszustoßen. Sowie der Handel abgeschlossen ist, rudert eines der Boote, immer von den schußbereiten Musketen der anderen gedeckt, heran, die Früchte werden rasch hineingeworfen, und die flüchtigen Besucher entfernen sich eiligst aus der mit Recht für so gefährlich geltenden Gegend.

Da also der Verkehr mit Europäern auf ein so geringes Maß beschränkt ist, war es kein Wunder, daß die Bewohner des Tals solche Neugier zeigten, als wir in so überraschender Weise plötzlich unter ihnen auftauchten. Ich zweifle nicht, daß wir die ersten Weißen waren, die so tief In ihr Gebiet hineingelangten, jedenfalls die ersten, die es von der Landseite betraten. Was uns hergeführt haben konnte, mußte für sie ein vollkommenes Rätsel sein. Und da wir ihre Sprache nicht kannten, vermochten wir es ihnen auch nicht zu erklären. Alles, was wir auf ihre Fragen, die ihr beredtes Gebärdenspiel uns verständlich machte, erwidern konnten, war, daß wir aus Nukuhiva kamen, und mit diesem Gebiet standen sie, wie man bedenken muß, in offenem Kriege. Die Mitteilung schien sie denn auch aufs lebhafteste zu erregen. »Nukuhiva mortarkih?« fragten sie. Und wir verneinten dies natürlich aufs allerenergischste.

Sie stellten dann noch tausend Fragen, von denen wir nur erfaßten, daß sie sich auf das Vorgehen der Franzosen bezogen, gegen die sie den wildesten Haß zu empfinden schienen. So begierig waren sie, über diesen Punkt mehr zu erfahren, daß sie noch lange fortfuhren zu fragen, obwohl wir ihnen deutlich gemacht hatten, daß wir völlig außerstande waren, sie zu verstehen. Gelegentlich glaubten wir irgendwie zu ahnen, was sie meinten, und suchten ihnen dann nach Kräften die gewünschte Auskunft zu erteilen. Dann kannte ihre dankbare Freude keine Grenzen, und sie verdoppelten ihre Anstrengungen, um sich uns deutlicher zu erklären. Aber es war alles umsonst, und zuletzt sahen sie uns verzweifelt an, als wären wir unschätzbarer Kunde voll, an die sie nicht zu gelangen vermochten.

Allmählich zerstreute sich die Gruppe, und gegen Mitternacht – so kam es uns wenigstens vor – waren nur die noch bei uns, die die dauernden Bewohner des Hauses zu sein schienen. Sie gaben uns frische Matten zum Liegen und Decken aus Tappa, dann verlöschten sie die Fackeln, warfen sich neben uns hin, wechselten noch ein paar Worte untereinander und lagen bald in festem Schlaf.

Zehntes Kapitel

Müde von den Anstrengungen des Tages lag Toby neben mir in schwerem Schlummer; mich hinderte der Schmerz am Schlafen, und lebhaft drängte sich mir die furchtbare Gefährlichkeit unserer Lage auf. Es war kein Zweifel mehr darüber möglich, daß wir uns im Tal der schrecklichen Taïpis befanden, und der Gedanke machte mich schaudern. Welches Schicksal lag vor uns? Gewiß waren wir bisher nicht nur nicht verletzt, sondern sogar freundlich aufgenommen und gastlich bewirtet worden; aber wer kann sich auf diese leidenschaftlichen Wilden verlassen? Ihre Verräterei war sprichwörtlich. Konnte sich nicht hinter dem schönen Schein eine treulose Absicht verbergen, auf den freundlichen Empfang eine schauerliche Katastrophe folgen? Düstere Ahnungen erfüllten mich, als ich ruhelos auf meinem Lager von Matten lag und rings um mich die im Dunkel nur ungewiß sichtbaren Gestalten der gefürchteten Feinde liegen sah.

Aus der schrecklichen Erregung sank ich gegen Morgen in einen unruhigen Schlaf, und als ich aus einem entsetzlichen Traum emporfuhr, sah ich in eifrige Gesichter, die sich über mich beugten. Es war heller Tag, das ganze Haus angefüllt von jungen Frauenzimmern, die phantastisch mit Blumen geschmückt waren, und deren Gesichter, als ich mich erhob, kindisches Entzücken und lebhafteste Neugier ausdrückten. Nachdem sie auch Toby geweckt hatten, setzten sie sich im Kreise um uns auf die Matten und ließen sich mit jener Forschungslust gehen, die dem reizenden Geschlecht seit unvordenklichen Zeiten nachgesagt wird. Diese von Kultur unbeleckten jungen Geschöpfe waren von keiner Duenna begleitet, sie hielten sich an keine Form, kannten keine künstliche Zurückhaltung. Sie beehrten uns mit den eingehendsten Untersuchungen und lachten dabei so laut und stürmisch, daß ich mir sehr schafsmäßig vorkam, während Toby über die Vertraulichkeiten, die sie sich gestatteten, aufs höchste empört war.

Dabei waren diese lebhaften jungen Damen zu gleicher Zeit überraschend höflich und menschlich; sie fächelten uns die Insekten fort, die uns gelegentlich ins Gesicht flogen, sie boten uns Nahrung und hatten für meine Schmerzen die mitleidigsten Blicke. Aber so liebenswürdig sie waren, meine Begriffe von Anstand verletzten sie entschieden, denn die Grenzen, die in Europa weiblicher Zurückhaltung vorgeschrieben werden, überschritten sie durchaus.

Als sie sich nach Herzenslust unterhalten hatten, zogen unsere jungen Besucherinnen sich zurück und räumten Scharen von Männern den Platz, die bis gegen Mittag unaufhörlich ins Haus strömten; um diese Zeit hatte sich zweifellos der größte Teil der Talbewohner an unserem Anblick gelabt.

Als ihre Zahl endlich geringer wurde, trat ein prachtvoll aussehender Krieger ein; er mußte sich bücken, um mit den wehenden Federn seines Hauptschmucks durch die niedrige Tür zu gelangen. Ich sah sogleich, daß er eine hervorragende Persönlichkeit sein mußte, denn die Eingeborenen behandelten ihn mit größter Ehrfurcht und räumten ihm den Platz, sowie er herantrat.

Er sah imponierend aus. Die leuchtenden, lang herabhängenden Schwanzfedern des Tropenvogels, mit farbigen Hahnenfedern abwechselnd, standen in einem mächtigen Halbkreis aufrecht um seinen Kopf; an ihrem unteren Ende waren sie in einem Halbmond von Glasperlen befestigt, der seine Stirne umspannte. Um seinen Hals hingen mehrere gewaltige Ketten von Eberzähnen, die glatt wie Elfenbein und so angeordnet waren, daß die längsten und größten auf seiner breiten Brust lagen. In seinen großen Ohrlöchern staken zwei kleine fein geformte Pottwalzähne, mit den Höhlungen, in denen frisch gepflückte Blätter staken, nach vorn, während sie am anderen Ende zu seltsamen kleinen Bildern und Zeichen geschnitzt waren. So vom Ohr herunterhängend, glichen diese barbarischen Schmuckstücke einem Paar von Füllhörnern. Die Lenden des Kriegers waren mit schweren Falten von dunkelfarbigem Tappa gegürtet, wobei vorn und hinten Büschel von geflochtenen Quasten hingen; Hals- und Knöchelringe aus gelocktem Menschenhaar vollendeten sein eigenartiges Kostüm. In der rechten Hand trug er einen schön geschnitzten Ruderspeer von beinahe fünfzehn Fuß Länge aus glänzendem Koarholz, der an dem einen Ende scharf zugespitzt und am anderen abgeflacht wie ein Ruder war. Schräg von seinem Gürtel hing in einer Schlinge aus Flechtwerk eine reich verzierte Pfeife. Das dünne Rohr, das den Stiel bildete, war rot gefärbt, und rings um ihn, sowie um den als Götzen geschnitzten Kopf, flatterten kleine Streifen von dünnstem Tappastoff.

Aber was an dem prachtvollen Menschen am auffälligsten erschien, das war die sorgfältige Tätowierung seiner herrlichen Glieder. Alle erdenklichen Linien, Kreise und Figuren waren auf seinen ganzen Körper gezeichnet, die in ihrer grotesken Buntheit und Überfülle an die seltsam gehäuften Muster kostbarer alter Spitzen erinnerten. Die einfachsten und auffälligsten zugleich zierten sein Gesicht. Zwei breite tätowierte Streifen, die von der Mitte seines kahl geschorenen Schädels ausgingen, liefen schräg über beide Augen, so daß sie die Lider färbten, und vereinten sich unter jedem Ohr mit einem anderen Streifen, der in gerader Linie die Lippen entlang lief und die Basis dieses Dreiecks bildete. Der Krieger war so wundervoll gebaut, daß man sagen konnte, die Natur habe ihn adlig gestaltet, und die Linien in seinem Gesicht bezeichneten vielleicht seinen hohen Rang.

Er setzte sich in einiger Entfernung von der Stelle nieder, wo Toby und ich ruhten, und die übrigen Wilden sahen bald ihn, bald uns an, als erwarteten sie etwas, das immer noch nicht kam. Als ich den Häuptling aufmerksam betrachtete, schienen mir seine Züge bekannt, und sowie er mir sein Gesicht voll zuwandte und ich dem seltsamen Blick begegnete, der sich in der Nacht vorher auf mich geheftet hatte, erkannte ich trotz der Veränderung in seiner Tracht den edlen Mehivi. Als ich ihn ansprach, kam er herzlich auf mich zu, begrüßte mich warm und schien den Eindruck, den sein barbarisches Kostüm auf mich gemacht hatte, nicht wenig zu genießen.

Ich beschloß sogleich, mir womöglich sein Wohlwollen zu sichern, da ich wohl erkannte, daß er großes Ansehen in seinem Stamme besaß und auf unser späteres Schicksal mächtigen Einfluß üben konnte.

Ich tat es mit Erfolg. Die Freundlichkeit, die er mir und meinem Genossen zeigte, hätte nicht größer sein können. Er streckte seine stämmigen Glieder neben uns aus und suchte uns begreiflich zu machen, wie groß sein Wohlwollen für uns war, und daß die Verständigung fast unübersteigliche Schwierigkeiten bot, ärgerte ihn nicht wenig. Er wünschte vor allem über die Sitten und Eigentümlichkeiten des fernen Landes unterrichtet zu werden, aus dem wir kamen, und das er immer wieder »Manikah« nannte.

Aber was ihn mehr als alles andere beschäftigte, das war das Vorgehen der »Frenih« – so nannte er die Franzosen – in der Bai von Nukuhiva. Darüber wurde er nicht müde uns zu befragen, aber alles, was uns ihm mitzuteilen gelang, war wenig mehr, als daß wir sechs Kriegsschiffe in der feindlichen Bucht liegen sehen hatten, als wir sie verließen. Sowie er dies hörte, begann Mehivi mit Hilfe seiner Finger eine lange Berechnung; er schien die Zahl der Franzosen abzuschätzen, die das Geschwader mit sich führen mochte.

Er schien gerade damit fertig geworden zu sein, als er die Schwellung meines Beines bemerkte. Er untersuchte es sogleich mit größter Aufmerksamkeit, dann schickte er einen Jungen, der gerade dastand, mit irgendeiner Botschaft weg. Wenige Augenblicke später kehrte der Bursche mit einem alten Manne zurück. Sein Kopf war kahl wie eine polierte Kokosnußschale, der er auch in Farbe und Glätte glich; ein langer silberweißer Bart reichte ihm fast bis zu dem Rindengürtel, den er trug. Um seine Schlafen lief ein Band aus geflochtenen Blättern des Omubaumes, das so über seinen Brauen lag, daß es seine schwachen Augen vor dem Sonnenglanz schützte. Er ging mit schwankenden Schritten an einem langen dünnen Stecken; in der einen Hand trug er einen frisch geflochtenen Fächer aus jungen grünen Kokosblättern. Ein flutendes Gewand aus Tappa, das über der Schulter zusammengeknüpft war, fiel in losen Falten um seine gebeugte Gestalt und ließ ihn noch ehrwürdiger erscheinen.

Mehivi grüßte diesen alten Herrn, bedeutete ihm, sich zwischen uns zu setzen, dann entblößte er mein Bein und bat ihn, es zu untersuchen. Der Wundarzt sah mich und Toby aufmerksam an, dann ging er ans Werk. Nachdem er das schmerzende Glied sorgfältig untersucht hatte, begann er die Behandlung; er schien anzunehmen, daß es gefühllos geworden war, denn er begann es in einer Weise zu kneten und zu hämmern, daß ich vor Schmerz brüllte. Vergeblich suchte ich Widerstand zu leisten; es schien nicht leicht, den Fängen des alten Hexenmeisters zu entgehen; er hielt das Bein fest, als wäre es ein Schatz, und während er eine Art Beschwörung murmelte, fuhr er mit seiner Behandlung fort, so daß ich beinahe wahnsinnig wurde; Mehivi aber hielt mich mit gewaltigem Griff fest, etwa wie eine liebevolle Mutter ein sich wehrendes Kind im Stuhle des Zahnarztes festhält, und feuerte den Kerl noch an, die Folter fortzusetzen. Beinahe verrückt vor Schmerz und Wut, brüllte ich wie ein Wahnsinniger, während Toby, alle Stellungen eines hervorragenden Mimikers annehmend, vergeblich versuchte, die Eingeborenen durch Zeichen und Gebärden von ihrem Tun abzubringen. Es sah absolut so aus, als ob er das Taubstummenalphabet vorgeführt hätte, und ob der alte Folterknecht Tobys Bitten nachgab oder aus purer Erschöpfung innehielt, weiß ich nicht; jedenfalls hörte er plötzlich mit der Behandlung auf, der Häuptling ließ mich los, und ich sank erschöpft und schwer atmend auf das Lager zurück. Mein Bein sah beinahe aus wie ein Rinderbraten, den die Köchin geklopft hat, ehe sie mit dem Schmoren beginnt. Der Arzt aber nahm nun einige Kräuter aus einem kleinen Beutel, der an seiner Seite hing, befeuchtete sie mit Wasser und legte sie auf die entzündete Stelle; dabei beugte er sich wieder darüber und flüsterte Zaubersprüche, wenn es nicht etwa ein vertrauliches Gespräch mit einem Dämon war, den er in meiner Wade vermutete. Dann wurde das Bein ganz in einen Verband aus Blättern gewickelt; ich dankte der Vorsehung für die Einstellung der Feindseligkeiten und hatte nun Ruhe.

Bald darauf erhob Mehivi sich, aber ehe er ging, sprach er gebieterisch zu einem der Eingeborenen, den er Kory-Kory nannte; und aus dem wenigen, was ich davon verstand, entnahm ich, daß er ihm das besondere Amt, für mich zu sorgen, übertrug. Ich weiß nicht einmal, ob ich das sogleich verstand, aber das Verhalten dieses meines wackeren Leib- und Kammerdieners in der Folge machte mir klar, daß es so gemeint war.

Sehr amüsant war, daß der Häuptling nunmehr eine Ansprache an mich hielt und wenigstens fünfzehn bis zwanzig Minuten so ruhig zu mir redete, als ob ich jedes Wort verstehen müßte. Ich habe dies nachher noch oft bei vielen anderen Bewohnern der Insel erlebt.

Als Mehivi gegangen war und der Hausarzt uns gleichfalls verlassen hatte, blieben wir – es war gegen Sonnenuntergang – mit den zwölf Eingeborenen zurück, die, wie ich inzwischen festgestellt hatte, den Haushalt bildeten, zu dem Toby und ich nunmehr gehörten.

Das Haus, in das ich zuerst geführt worden war, blieb auch meine ständige Wohnung während meines Aufenthaltes im Tale; es glich den meisten anderen Wohnstätten und läßt sich etwa in folgender Weise beschreiben:

Nahe der Talseite und etwa auf halber Höhe eines ziemlich steil ansteigenden, mit dem reichsten Grün bewachsenen Abhanges war eine Anzahl großer Steine bis zu etwa acht Fuß Höhe geschichtet, so daß sie eine ebene Fläche bildeten, auf der dann das Wohnhaus aufgeführt wurde. Vorn blieb ein schmaler Raum auf der Steinschicht – die die Eingeborenen »Pai-Pai« nennen – frei, der, mit einem kleinen Rohrzaun umgeben, eine Art Veranda bildete. Das eigentliche Gestell des Hauses besteht aus dicken, aufrecht eingesetzten Bambusstäben, die in Zwischenräumen durch Querstäbe aus dem leichten Holz des Hybiscus gesichert sind, die wiederum mit Riemen aus Baumrinde verknotet werden. Die Wände sind aus aneinandergebundenen Kokoszweigen zusammengefügt, deren Blätter sehr geschickt miteinander verflochten sind; die Rückseite ist ein wenig geneigt, sie erhebt sich vom äußersten Ende des Pai-Pais etwa zwanzig Fuß; das vorspringende Dach, das mit langen spitzen Zwergpalmblättern gedeckt ist, neigt sich stark geschrägt bis etwa fünf Fuß über den Boden; über die Fassade hängen quastengleiche Büschel herunter. Diese bestand aus schlanken, eleganten Rohrstäben, die eine Art Gitterwerk bildeten, das mit Gebinden, die es zusammenhielten, geschmackvoll verziert war. Die Seitenwände des Hauses waren in gleicher Weise angelegt, so daß die Luft von drei Seiten frei durchziehen konnte, während das Innere vor Regen völlig geschützt war.

Die Länge dieser malerischen Wohnstätte betrug etwa zwölf Ellen, die Breite kaum mehr als ebensoviel Fuß. Von außen erinnerte es mich mit seinen rohrgeflochtenen, metalldrahtgleichen Stäben an ein riesiges Vogelhaus.

Man mußte sich ein wenig bücken, um durch die schmale Öffnung an der Vorderseite einzutreten; zwei lange, vollkommen gerade und sorgfältig geglättete Kokosbaumstämme lagen in der ganzen Länge des Hauses, der eine an der Rückwand, der andere, etwa vier Schritte entfernt, parallel dazu; zwischen beiden Stämmen war eine Menge bunt geflochtener Matten gebreitet, beinahe jede mit einem anderen Muster. Dieser Raum bildete den gemeinsamen Lager- und Aufenthaltsplatz der Eingeborenen, etwa dem Diwan im Orient entsprechend. Hier schlummerten sie in der Nacht, hier lagen sie genießerisch den größten Teil des Tages. Der übrige Teil des Fußbodens zeigte nur die kalte glänzende Fläche der breiten Steine des Pai-Pai. Von der großen Querstange unter dem Dach des Hauses hing eine Anzahl von Bündeln herab, die in grobes Tappa gehüllt waren; einige davon enthielten Festgewänder und andere Kleidungsstücke. Mit Hilfe einer Schnur, die über die große Stange lief und mit dem einen Ende je an einem Bündel, mit dem anderen an der Wand festgemacht war, konnte man sie nach Belieben herunterlassen oder zur Decke hinaufziehen.

An der Rückseite des Hauses waren eine Menge Spieße, Wurfspeere und anderes Kriegsgerät geschmackvoll angeordnet. Außerhalb der Wohnung auf dem freien Platz davor befand sich ein kleiner Schuppen, der als eine Art Speisekammer gebraucht wurde und in dem die verschiedensten Gegenstände, die im Haushalt und sonst nötig waren, aufbewahrt wurden.

Wenige Schritte von dem Pai-Pai entfernt, befand sich ein großer Schuppen aus Kokoszweigen, in dem das »Poï-Poï« bereitet wurde und der überhaupt als Küche diente.

Ein bequemeres und für das Klima und die Leute geeigneteres Haus hätte man nicht erdenken können. Es war kühl, ließ überall Luft einströmen, war äußerst sauber gehalten und durch den steinernen Unterbau vor der Feuchtigkeit und allen Unsauberkeiten des Bodens geschützt.

Was die Bewohner betrifft, so hat mein treuer Diener Kory-Kory das Recht auf den ersten Platz. Sein Charakter wird im Laufe der Erzählung klar werden; hier sei nur sein Äußeres geschildert. Kory-Kory war der hingebungsvollste und gutmütigste Pfleger der Welt, aber leider scheußlich anzusehen. Er war etwa fünfundzwanzig Jahre alt, ungefähr sechs Fuß hoch, wohlgebaut und kräftig, dennoch bot er einen erstaunlichen Anblick. Der Kopf war sorgfältig kahl geschoren bis auf zwei kreisrunde große Flecke nahe dem Scheitel, an denen das Haar, das er an diesen Stellen erstaunlich lang wachsen ließ, zu zwei abstehenden Knoten geflochten war, die ihm geradezu ein gehörntes Aussehen gaben. Desgleichen war der Bart fast im ganzen Gesicht sorgfältig ausgerupft, nur zwei lange haarige Strähnen hingen von seiner Oberlippe, und zwei andere befanden sich am Kinn. Um sich weiter zu verschönern, hatte Kory-Kory sein Gesicht mit drei breiten Querstreifen tätowiert, die seine Nase überquerten, in die Augenhöhlen hinabstiegen und sich um seinen Mund zogen. Alle drei umspannten sein ganzes Gesicht: der eine verlief in Augenhöhe, der andere kreuzte das Gesicht in der Nähe der Nase, der dritte zog sich die Lippen entlang von einem Ohr zum anderen. So dreigeteilt schien sein Gesicht immerfort hinter Gefängnisstäben hervorzusehen, während der übrige Körper meines wackeren wilden Dieners über und über mit Darstellungen von Vögeln und Fischen und anderen ganz unbegreiflichen Geschöpfen bedeckt, an eine mittelalterliche Naturgeschichte erinnerte.

Dabei erscheint es mir fast herzlos, so von dem Armen zu sprechen, dessen unablässiger Pflege ich vermutlich mein Leben verdanke. Sein Anblick, mir so ungewohnt, entsprach nur der Sitte seines Landes.

Sein Vater war ein Eingeborener von riesiger Größe, der einmal ungeheuere Kräfte besessen hatte; jetzt war seine mächtige Gestalt von der Last der Jahre gebeugt, obwohl der alte Krieger niemals im Leben krank gewesen zu sein schien. Marheyo, so hieß er, schien sich von aller Teilnahme am Leben des Tales zurückgezogen zu haben; selten oder nie begleitete er die anderen auf ihren Zügen; den größten Teil der Zeit beschäftigte er sich mit der Errichtung eines kleines Schuppens neben dem Hause, an dem er, soweit ich weiß, vier Monate arbeitete, ohne sichtbare Fortschritte zu machen. Vermutlich befand er sich im Zustand greisenhaften Schwachsinns. Er hatte ein Paar auserwählter Ohrschmuckstücke, die aus den Zähnen irgendeines Seeungeheuers geschnitzt waren. Diese legte er wohl mindestens fünfzigmal am Tage an und nahm sie wieder ab, wobei er jedesmal still aus seiner kleinen Hütte ins Haus und wieder dahin zurückging. Manchmal, wenn er den Schmuck in die Ohren gesteckt, ergriff er seinen Speer, der lang und dünn war wie eine Angelrute, und schritt damit in den benachbarten Hainen auf und ab, als erwartete er irgendeinen Kannibalenritter zum Zweikampf. Aber bald kam er wieder zurück, barg seine Waffe unter dem vorspringenden Dach, wickelte seine plumpen Schmuckstücke sorgfältig in ein Stück Tappa und nahm seine friedliche Arbeit am Schuppen wieder auf. Bei alledem war er ein väterlicher, warmherziger alter Mensch, und glich darin durchaus seinem Sohne. Kory-Korys Mutter war die Herrin des Hauses, eine großartige Hausfrau und überhaupt eine höchst tätige alte Dame. Wenn sie auch nicht Marmeladen, Teekuchen und Puddings zu machen verstand, so war sie dafür vollkommen in die Geheimnisse, wie man »Emar«, »Poï-Poï«, »Koku« und andere kräftige Gerichte bereitet, eingeweiht. Sie war immer geschäftig; schoß um das Haus herum, wie die Besitzerin eines Wirtshauses auf dem Land, in das unerwartete Gäste gekommen sind; unaufhörlich gab sie den jungen Mädchen Aufträge, die diese nachlässigen Frauenzimmerchen oft genug nicht ausführten; jetzt schoß sie in diese Ecke, jetzt in jene, suchte in den Bündeln aus altem Tappa herum oder machte ein erstaunliches Geklapper mit ihren Kalebassen. Dann sah ich sie wieder mit gekreuzten Beinen vor einem ungeheueren hölzernen Becken sitzen, und ein gewaltiges Poï-Poï kneten oder mit dem Steinmörser hämmern, daß das Gefäß in Stücke zu gehen schien, dann lief sie wieder durch das Tal, um eine besondere Art Blätter zu finden, die sie zu ihren geheimnisvollen Künsten brauchte und kam keuchend und schwitzend nach Hause, und hatte ein Bündel aufgeladen, das die meisten Frauen nicht hätten tragen können.

Ich muß allerdings sagen, daß Kory-Korys Mutter die einzige derart geschäftige und tätige Person im ganzen Tale war; wenn sie eine kräftige und mittellose Witwe mit einer zahlreichen Kinderschar im trostlosesten Teil der zivilisierten Welt gewesen wäre, sie hätte nicht tätiger sein können. Hier auf der Insel aber war der größte Teil ihrer Arbeit vollkommen unnötig; die alte Dame schien einem unwiderstehlichen Zwang zu folgen; sie konnte einfach nicht in Ruhe bleiben. Dabei war sie nicht etwa ein Hausdrache oder sonst eine bösartige Person; sie hatte das gütigste Herz, und mich besonders behandelte sie wahrhaft mütterlich. Immer wieder brachte sie mir irgendeinen Leckerbissen, eine süße Speise, ein besonderes Gebäck der polynesischen Küche, genau wie bei uns eine verliebte Mutter ihrem kranken Jungen verzuckerte Pflaumen bringt. Ich habe an die gute, liebevolle, alte Teinor die wärmsten und dankbarsten Erinnerungen.

Außer den Genannten gehörten noch drei junge Leute zum Haushalt; liederliche, nichtsnutzige, lärmende Bengel, die entweder ihren Liebesangelegenheiten mit den Jungfrauen des Stammes nachgingen oder sich in der Gesellschaft verwandter Seelen, der größten Tunichtgute des Tales, mit »Arwa« betranken oder Tabak rauchten.

Ferner wohnten im Hause einige liebliche Fräulein, die zwar nicht wie aufgeklärtere junge Damen Piano spielten oder Romane lasen, dafür aber schönen Tappastoff webten, den größten Teil ihrer Zeit jedoch von einem Haus zum anderen hüpften, um mit ihren Bekannten zu plaudern und zu klatschen.

Ich muß indessen für die wunderschöne Fayaweh, meinen besonderen Liebling, eine Ausnahme machen. Ihre biegsame Gestalt war von vollkommener weiblicher Anmut und Schönheit. Ihre Hautfarbe war ein reiches Oliv, und wenn ihre Wangen glühten, dann war es, als ob sich unter einem durchsichtigen Email ein zartes Erröten zeigte. Das Gesicht des Mädchens war ein gerundetes Oval und jeder Zug so vollkommen, wie die Phantasie eines Mannes es nur träumen konnte. Wenn sie lächelte, dann zeigten ihre vollen Lippen blendend weiße Zähne, und wenn sie ihren rosigen Mund zu hellem Lachen öffnete, dann glichen sie den milchweißen Samenkörnern der »Arta«, einer Frucht des Tales, die, wenn man sie spaltet, diese Samenkörner in zwei Reihen, in rotem, saftigem Fleisch eingebettet, zeigt. Ihr tief braunes Haar, in der Mitte unregelmäßig geteilt, fiel in natürlichen Locken über ihre Schultern, oder, wenn sie sich vorbeugte, über ihre zarte Brust. Wenn sie nachdenklich war und ich in die Tiefe ihrer seltsamen blauen Augen sah, dann schienen sie ebenso sanft wie unergründlich. Wenn sie lebhaft bewegt war, funkelten sie wie Sterne. Fayawehs Hände waren so zart und fein wie die einer jungen Gräfin, denn durch ihre ganze Mädchenzeit und Jugend sind die Taïpi-Frauen von jeder härteren Arbeit befreit. Ihre stets bloßen Füße waren so klein und wohlgestaltet, wie sie unter dem Kleidersaum der Damen von Lima nicht zierlicher hervorsehen. Ihre Haut war durch das beständige Baden und den Gebrauch heilsamer Salben unsagbar zart und weich.

Damit sind wohl einige besondere Züge ihrer Schönheit hervorgehoben, aber die ganze Anmut ihrer Erscheinung vermag ich nicht entfernt zu schildern. Die freie, ungelernte, ungewollte Anmut solch eines Naturkindes, das seit seiner Geburt die Lüfte eines ewigen Sommers atmet und sich von den einfachen Früchten der Erde nährt, das frei und sorglos und unberührt von irgendwelchen Schädigungen dahinlebt, macht einen Eindruck, den man nicht wiedergeben kann. Man glaube mir, ich schildere kein Phantasiebild. Ich versuche lebendigste Erinnerung zu zeichnen.

Wenn man mich allerdings fragt, ob Fayawehs schöne Gestalt aller Tätowierung bar war, müßte ich dies leider verneinen. Aber die barbarischen Künstler, die die muskulösen Glieder ihrer Krieger so mitleidlos behandeln, scheinen zu erkennen, daß die Reize der Mädchen des Tales ihrer Nachhilfe nicht bedürfen. Die Frauen werden sehr wenig tätowiert, und Fayaweh und die anderen jungen Mädchen ihres Alters noch weniger als ihre älteren Schwestern. Warum, wird später erklärt werden. Drei winzige Fleckchen, nicht größer als Stecknadelköpfe, die in geringer Entfernung gar nicht sichtbar waren, zierten ihre Lippen. Über die Neigung der Schulter waren in einem Abstand von etwa einem halben Zoll zwei parallele, etwa drei Zoll lange Linien gezogen, und der Zwischenraum mit zart gezeichneten Figuren ausgefüllt. Diese schmale Tätowierung erinnerte ein wenig an die Streifen von Goldlitze, die unsere Offiziere in kleiner Uniform tragen, um an Stelle der Epauletten den Rang anzudeuten. Nur so weit war Fayaweh tätowiert und nicht mehr.

Ich muß nun noch die Kleidung beschreiben, die diese Nymphe des Tales trug. Und da muß ich gestehen, daß sie zumeist an jener Sommertracht festhielt, die im Paradiese gebräuchlich war. Aber dieses Kostüm stand ihr außerordentlich gut. Bei gewöhnlichen Gelegenheiten war sie genau so gekleidet, wie die zwei jugendlichen Wilden, die wir bei unserem ersten Eintritt ins Tal getroffen hatten. Manchmal, wenn sie in den Hainen spazierenging, oder die Häuser ihrer Bekannten besuchte, trug sie ein Röckchen von weißem Tappa, das vom Gürtel bis unter die Knie reichte; und wenn sie sich für längere Zeit der Sonne aussetzen mußte, dann schützte sie sich stets durch einen einfach umgelegten und frei fallenden Mantel aus dem gleichen Stoff, den sie lose um sich legte. Ihren Festanzug werde ich später beschreiben. So wie die Schönheiten in unseren Ländern sich gerne mit mannigfachem Schmuck aus Goldschmiedearbeit zieren, sie an die Ohren hängen, um den Hals oder ums Handgelenk legen, so pflegten das auch Fayaweh und ihre Gefährtinnen zu tun. Nur, daß Flora ihr Juwelier war. Sie trugen Halsketten aus kleinen roten Blumen, die wie Rubine an einem Tappafaden gereiht waren, oder eine weiße Knospe im Ohr, den Stiel durch die Öffnung gesteckt, so daß vorn die zart gefalteten Blumenblätter wie eine reine Perle sichtbar waren. Oft auch trugen sie Kränze, die in ihrer Anordnung den Krönlein glichen, die die Gattin eines englischen Pairs trägt, und die aus Blättern und Blumen geflochten waren. Auch Armbänder und Knöchelschmuck der gleichen zierlichen Art konnte man häufig sehen. Die Mädchen der Insel liebten Blumen leidenschaftlich und wurden nicht müde, sich damit zu schmücken.

Wenn auch, in meinen Augen wenigstens, Fayaweh unbestreitbar das lieblichste Weib war, das ich in Taïpi sah, so paßt die Schilderung, die ich von ihr gab, in gewissem Grade fast auf die ganze weibliche Jugend des Tales; der Leser mag sich vorstellen, wie schön diese Geschöpfe waren.

Elftes Kapitel

Als Mehivi das Haus verlassen hatte, begann Kory-Kory sofort, die Pflichten seiner Stellung zu erfüllen. Er brachte uns Nahrung verschiedener Art und bestand darauf, mich wie ein kleines Kind zu füttern. Vergeblich erhob ich ernsthaften Widerspruch; er legte eine Kalebasse mit Koku vor mich hin, wusch seine Finger in einem Gefäß mit Wasser, dann steckte er die Hand in die Schüssel, rollte die Speise zu kleinen Klößen und schob mir einen, nach dem anderen in den Mund. Wenn ich mich widersetzte, erhob er ein solches Geschrei, daß ich nachgeben mußte. Toby durfte sich selbst bedienen.

Als die Mahlzeit vorüber war, ordnete mein Diener die Matten, bedeckte mich mit einem weiten Mantel aus Tappa, dann betrachtete er mich wohlgefällig und rief »Kai-Kai muï, muï, ah! Muï, muï, mortarkih. – Viel essen, ah! Schlafen sehr gut.« An der Weisheit dieser Worte zweifelte ich nicht. Da ich mehrere Nächte keinen Schlaf gefunden und der Schmerz in meinem Bein sehr nachgelassen hatte, benützte ich die Gelegenheit.

Als ich am nächsten Morgen erwachte, sah ich Kory-Kory an der einen Seite neben mir liegen, und Toby an der anderen. Ich fühlte mich nach einer ruhigen Nacht merklich erfrischt und war mit dem Vorschlag meines Dieners, daß ich zum Fluß hinabgehen und mich waschen sollte, sogleich einverstanden, nur fürchtete ich, daß mir die Bewegung zuviel Schmerz verursachen könnte. Aber diese Sorge war überflüssig, denn Kory-Kory sprang vom Pai-Pai herunter, lehnte sich daran wie ein Träger, der einen Koffer auf die Schulter heben will, und gab mir mit lautem Zuruf und einem Übermaß von Gebärden zu verstehen, daß ich auf seinen Rücken steigen sollte, da er mich zu dem etwa vierhundert Schritt vom Hause entfernten Fluß tragen würde.

Unser Erscheinen auf der Veranda vor dem Hause lockte sogleich eine Menge Zuschauer herbei, die eifrig miteinander sprachen. Sobald ich meine Arme um den Hals des freundlichen Menschen geschlungen hatte und er mit mir davontrabte, folgte die Menge, die hauptsächlich aus jungen Mädchen und Burschen bestand, uns sogleich, fröhlich lachend und springend, und begleitete uns ans Flußufer. Dort watete Kory-Kory ins Wasser, das ihm bis zu den Hüften reichte, trug mich etwa bis in die Mitte des Flusses und setzte mich dort auf einen glatten schwarzen Stein, der sich einige Zoll über die Wasserfläche erhob. Die amphibische Schar, die uns auf den Fersen folgte, sprang hinter uns in die Flut; erkletterte die grasbewachsenen Felsen, die hier und da aus dem Bett des Baches ragten, und wartete neugierig darauf, meinen Waschungen zuzusehen. Mich aber machte die Gegenwart des weiblichen Teiles der Gesellschaft noch befangen; schließlich zog ich meine Jacke aus und wusch mich bis zum Gürtel. So wie Kory-Kory begriff, daß ich nicht weitergehen wollte, schien er starr vor Staunen, stürzte auf mich zu und in einem Schwall von Worten verwahrte er sich gegen diese Beschränkung des Bades und hieß mich durch unverkennbare Zeichen mit dem ganzen Körper ins Wasser tauchen. Und da er mich offenbar für ein unerfahrenes Kind hielt, dem er helfen mußte, selbst wenn es dies übel aufnahm, so hob er mich einfach vom Stein und badete und wusch mich mit zartester Sorgfalt. Als dies vorüber war und ich mich wieder hinsetzte, sah ich erst die ganze Szene, die sich um mich entwickelt hatte, mit staunender Bewunderung.

Von all den grünen Steinen, die ringsumher lagen, glitten die Eingeborenen ins Wasser, tauchten und schwammen nach allen Richtungen; die jungen Mädchen machten fröhliche Luftsprünge, so daß das lange Haar um ihre Schultern flog, ihre Augen wie Tautropfen in der Sonne funkelten, und bei jedem lustigen Vorfall hallte ihr frohes Gelächter durch den Hain.

Am Nachmittag erhielten wir neuerlich den Besuch Mehivis. Der vornehme Wilde schien in gleich freundlicher Stimmung und war so herzlich wie zuvor. Er blieb etwa eine Stunde, dann stand er auf und lud Toby und mich ein, ihn zu begleiten. Ich wies auf mein Bein; aber Mehivi wies auf Kory-Kory. Ich stieg wieder auf die Schultern des treuen Menschen und, wie der Meergreis auf Sindbad dem Seefahrer ritt, folgte ich dem Häuptling, von Kory-Kory getragen.

Der Weg, auf dem wir gingen, zeigte mir mehr als alles das lässige Wesen der Inselbewohner. Es war offenbar der betretenste Pfad des Tales, in den mehrere andere von beiden Seiten mündeten, und war vielleicht seit Generationen die Hauptstraße gewesen; dennoch schien er, bis ich mich an ihn gewöhnt hatte, genau so verwachsen und schwierig wie die tiefste Wildnis. Ein Teil führte am Fuß einer steilen Böschung hin, voll vorspringender Felsblöcke, deren Spitzen oft durch den üppigen Pflanzenwuchs und das hängende Laub verborgen waren. Bald führte der Weg direkt über diese Felsen, bald in einem weiten Umkreis um sie herum; bald führte er plötzlich über glatte Steine in die Höhe, stieg auf der anderen Seite in eine tiefe Schlucht hinab oder in das kiesige Bett eines Baches. Bald lief er mitten durch einen Wald, und man mußte sich beständig unter mächtige wagerechte Zweige bücken, bald über gewaltige Stämme und Äste hinwegschreiten, die quer über den Weg lagen und dort verfaulten.

Das war die Hauptstraße in Taïpi. Kory-Kory keuchte und schnob unter meiner Last; ich stieg daher bald ab, faßte Mehivis langen Speer und half mir damit; es war immer noch bequemer als die andere Art, die für mich und meinen müden Diener gleich beschwerlich wurde. Wir erstiegen einen Hügel, den wir plötzlich vor uns ansteigen sahen, und waren am Ziel. Es wird nicht leicht sein, die Stelle so lebhaft mit Worten zu schildern, wie ich sie vor mir sehe. Hier lagen die Haine des Tales, die »Tabu« waren, der Schauplatz manchen bis tief in die Nacht reichenden Festes, mancher schauerlichen Gebräuche, Unter den dunkeln Schatten der heiligen Brotfruchtbäume herrschte ein feierliches Zwielicht, ein Düster wie in einer Kathedrale. Der furchtbare Geist heidnischen Götzendienstes schien in dem Schweigen zu hausen, und jeder Gegenstand schien von ihm erfüllt. Da und dort in unheimlichem Schatten, durch überhängende Laubmassen halb verborgen, erhoben sich Altäre aus ungeheuren schwarzen, geglätteten Steinblöcken erbaut, ohne Bindemittel zwölf, fünfzehn Fuß hoch aufeinandergeschichtet und von einem einfachen offenen Tempel überragt, den ein niedriger Zaun aus Rohrpfählen umgab. Darin konnte man Opfer von Brotfrucht und Kokosnüssen in den verschiedensten Graden der Fäulnis und ebenso faulende Reste irgendeines kürzlich dargebrachten Opfers sehen.

In der Mitte des Waldes lag der geheiligte »Hulah-Hulah-Grund«, der für die phantastischen, religiösen Feierlichkeiten dieser Stämme dient. Auf einem weiten rechteckigen Pai-Pai stand an beiden Enden je ein hoher stufenförmiger Altar, und um ihn scheußliche hölzerne Götzenbilder gereiht, während sich an den beiden anderen Seiten je eine Reihe von einfachen Bambushütten befand, die gegen das Innere des Vierecks offen waren. In der Mitte standen gewaltige Bäume, die ihren tiefen Schatten über den ganzen Raum warfen und um deren massige Stämme Stufen aus leichtem Holzwerk liefen; wenige Fuß über den Boden erhöht und mit einem Rohrgeländer versehen, bildeten sie die einfachen Kanzeln, von denen die Priester zu ihrer Gemeinde sprachen.

Dieses Allerheiligste war durch das strengste »Tabu« vor jeder Entweihung geschützt. Jedes Weib, das den geheiligten Raum betrat oder berührte, ja, nur ihren Fuß in seinen Schatten setzte, war zu sofortigem Tode verurteilt.

Man betrat den abgeschlossenen Raum auf der einen Seite durch eine Art Laubentor, dem gegenüber sich turmhohe Kokosnußbäume erhoben, die in regelmäßigen Zwischenräumen auf einen flachen Grund von etwa zweihundert Schritt Länge gepflanzt waren. Am anderen Ende der Palmenreihe sah man ein Gebaude von beträchtlicher Größe, in dem die Priester und Diener des Haines wohnten. In seiner Nähe stand ein anderes bemerkenswertes Gebäude, das wie alle über einem Pai-Pai errichtet und wenigstens zweihundert Fuß lang, aber nicht mehr als zwanzig breit war. Die ganze Vorderseite dieses Gebäudes war völlig offen, und von einem Ende zum anderen lief eine enge Veranda, die am Rande des Pai-Pais durch einen Rohrzaun eingehegt war. Das Innere schien eine ungeheure Halle, der ganze Boden war mit mehreren Lagen von Matten bedeckt, die zwischen parallelen Kokosnußbaumstämmen ausgebreitet waren; die Stämme selbst waren die geradesten und regelmäßigsten, die im Tale zu finden gewesen waren.

Zu diesem Gebäude, das die Eingeborenen in ihrer Sprache das »Tai« nannten, führte uns Mehivi. Bis dahin hatte eine Schar von Eingeborenen beiderlei Geschlechts uns begleitet; aber sobald wir in die Nähe der Halle kamen, trennten sich die Frauen allmählich von der Schar und blieben zurück. Das mitleidlose Verbot des »Tabu« erstreckte sich auch auf dieses Gebäude.

Als ich das Haus betrat, sah ich zu meiner Überraschung sechs Musketen gegen die Bambuswand auf der einen Seite gelehnt; von ihren Rohren hingen ebenso viele Beutel aus Segeltuch, die zum Teil mit Pulver gefüllt waren. Um diese Musketen waren die mannigfaltigsten Spieße,

Ruder, Wurfspeere und Keulen in großer Zahl gereiht. »Dies«, sagte ich zu Toby, »muß das Arsenal des Stammes sein.«

Als wir am Gebäude weiter entlang schritten, erblickten wir vier oder fünf scheußliche alte Geschöpfe, die durch Alter und Tätowierung jede Menschenähnlichkeit verloren hatten. Denn bei den Kriegern wird die Tätowierung bis ins höchste Alter fortgesetzt; die Figuren verwischen sich zuletzt, und so war die Körperfarbe dieser alten Leute ein einförmiges stumpfes Grün geworden. Ihre Haut hatte ein schauerlich schuppiges Aussehen; ihre Glieder waren wie aus staubiger grüner Bronze. Ihr Fleisch hing stellenweise in unförmigen Falten herab, wie von den Flanken eines Nashorns. Ihre Köpfe waren vollkommen kahl, auf den verrunzelten Gesichtern wuchs kein einziges Barthaar. Am eigentümlichsten sahen ihre Füße aus: die Zehen waren auseinandergespreizt und wiesen wie die Linien der Windrose auf einem Schiffskompaß nach allen Richtungen des Horizonts.

Die abschreckenden Geschöpfe schienen den Gebrauch ihrer Glieder völlig verloren zu haben; mit gekreuzten Beinen saßen sie auf dem Boden und nahmen von uns nicht die geringste Notiz. Tatsächlich schienen sie sich unserer Gegenwart gar nicht bewußt.

Mehivi hieß uns auf den Matten Platz nehmen, und Kory-Kory sprach irgendein unverständliches Kauderwelsch. Wenige Augenblicke später trat ein Knabe mit einer hölzernen Schüssel voll Poï-Poï ein, und wieder mußte ich mich von meinem unermüdlichen Diener füttern lassen. Verschiedene andere Gerichte folgten; der Häuptling nötigte uns gastlich, uns zu bedienen und gab uns selbst das beste Beispiel. Als die Mahlzeit zu Ende war, wurde eine Pfeife angezündet, die von Mund zu Mund ging; sie hatte eine einschläfernde Wirkung und bei der Stille des Ortes, und da die Schatten der Nacht immer tiefer wurden, sanken Toby und ich in eine Art Dämmerzustand, während der Häuptling und Kory-Kory neben uns einzuschlummern schienen.

Gegen Mitternacht erwachte ich aus unruhigem Schlaf; ich richtete mich halb auf der Matte auf. Rings um uns war es völlig dunkel. Toby lag und schlief, aber unsere Begleiter waren verschwunden. Das einzige Geräusch, das die Stille unterbrach, war das asthmatische Atmen der Greise, die in einiger Entfernung von uns ruhten. Außer ihnen schien niemand mehr im Hause zu sein.

Schlimmes befürchtend, weckte ich meinen Gefährten; flüsternd erörterten wir das unerwartete Verschwinden der Eingeborenen, als plötzlich in der Tiefe des Haines vor uns Flammen aufschossen und die umgebenden Bäume hell beleuchteten, während alles ringsumher in noch tieferes Dunkel gehüllt schien. Jetzt wurden dunkle Gestalten sichtbar, die sich zwischen den Flammen hin und her bewegten, während andere tanzten und umhersprangen und den Eindruck von Dämonen machten.

Ängstlich fragte ich meinen Freund: »Was kann das bedeuten, Toby?«

»Oh, nichts!« erwiderte er, »vermutlich machen sie das Feuer zurecht!«

»Das Feuer!« rief ich, während mein Herz wie ein Schmiedehammer zu schlagen begann, »was für Feuer?«

»Nun, das Feuer, auf dem sie uns kochen wollen, natürlich! Zu welchem Zweck sonst würden die Kannibalen solchen Radau machen, wenn nicht dazu?«

»Laß jetzt deine schlechten Witze, Toby! Es ist nicht Zeit zu scherzen! Ich fühle, daß sich etwas vorbereitet.«

»Witze!« rief Toby wütend. »Ist es meine Gewohnheit, Witze zu machen? Wozu sollten die Teufel uns denn drei Tage gefüttert haben, als zu diesem scheußlichen Zweck? Hat der Kory-Kory dich nicht mit seinem verfluchten Brei gestopft, wie man Schweine mästet, bevor man sie schlachtet? Verlaß dich darauf, wir werden noch diese Nacht verspeist werden, und an dem Feuer da wollen sie uns braten.«

Diese Ansicht war nicht sehr beruhigend; wir waren ja tatsächlich einem Stamm von Menschenfressern auf Gnade und Ungnade ausgeliefert, und das Schreckliche war keineswegs unmöglich.

»Da, ich sagte es dir, da kommen sie, um uns zu holen!« rief Toby, als vier Gestalten, die sich scharf von dem erleuchteten Hintergrund abhoben, das Pai-Pai erstiegen und herankamen.

Geräuschlos glitten sie durch die Finsternis, die uns umgab, als fürchteten sie, uns aufzustören, bevor sie uns gefaßt hatten. Die furchtbarsten Gedanken drängten sich in diese eine Minute; kalter Schweiß trat auf meine Stirn, und regungslos vor Schrecken erwartete ich mein Schicksal.

Das Schweigen wurde durch die wohlbekannte Stimme Mehivis unterbrochen, die so freundlich klang, daß meine Furcht im Augenblick schwand. »Tommo, Toby, Kai-Kai!« – »Essen.« Er schien überrascht, uns wach zu finden.

»So? Kai-Kai!« sagte Toby grob; »dann kocht uns wenigstens erst – aber was ist denn das?« fügte er hinzu, als ein anderer Wilder erschien, der ein mächtiges Hackbrett trug, auf dem, wie deutlich zu riechen war, irgendein dampfend heißes Gericht lag und das er zu Mehivis Füßen auf den Boden setzte. »Vermutlich ein gebackenes Baby! Aber ich esse nicht davon, auf keinen Fall! Da wäre ich ja ein schöner Dummkopf, wenn ich mich hier mitten in der Nacht aufwecken ließe, um zu fressen und zu saufen, nur damit ich recht fett werde und so ein Haufen blutgieriger Kannibalen mich eines schönen Morgens verspeist! Nee, nee; ich weiß jetzt, was die Kerle wollen, und ich werde so hungern, bis ich nur noch Haut und Knochen bin; sie sollen eine Freude haben, wenn sie mich dann anrichten! Tommo, du wirst doch von dem Zeug da im Finstern nichts essen? Wie willst du denn wissen, was es ist?«

»Indem ich's koste«, sagte ich, und ich kaute bereits einen Bissen, den Kory-Kory mir in den Mund gesteckt hatte; »und ich kann dir sagen, es schmeckt vorzüglich, ähnlich wie Kalbfleisch!«

»Gebackenes Kinderfleisch ist's, beim seligen Kapitän Cook!« brüllte Toby. »Kalbfleisch? Auf der Insel gab es doch kein Kalb, bevor du gekommen bist. Ich sage dir, sie mästen dich mit irgendeinem toten Happar, so wahr ich lebe!«

Das war ein scheußliches Gefühl. Wie Brechmittel und lauwarmes Wasser! In der Tat, wo sollten denn die Teufel Fleisch herbekommen haben! Aber ich wollte sicher gehen, wendete mich zu Mehivi und machte dem dienstwilligen Häuptling rasch begreiflich, daß ich Licht wünschte. Als die Fackel gebracht wurde, blickte ich scharf auf das Brett und erkannte die verstümmelten Reste eines Ferkels! »Puerki!« rief Kory-Kory, wohlgefällig darauf blickend. Ich habe nie wieder vergessen, daß dies die Bezeichnung für Schweinefleisch in der Taïpi-Sprache ist!

Am nächsten Morgen, nachdem wir von dem gastlichen Mehivi nochmals reich bewirtet worden, erhoben Toby und ich uns, um zu gehen. Aber der Häuptling bat uns, unsere Absicht zu verschieben. »Abo, abo, wartet, wartet«, sagte er, und so setzten wir uns wieder nieder, während er von dem eifrigen Kory-Kory unterstützt, einer Anzahl Eingeborenen draußen Befehle erteilte. Wenige Augenblicke später ließ er uns kommen, und wir sahen, daß er eine Art Ehrengarde aufgestellt hatte, die uns nach dem Hause Marheyos zurückgeleiten sollte.

An der Spitze des Zuges schritten zwei ehrwürdig aussehende alte Wilde; jeder trug einen Speer, von dessen Ende ein Wimpel aus milchweißem Tappa flatterte. Nach ihnen kamen mehrere Jünglinge, die Kalebassen voll Poi-Poi auf den Häuptern trugen; ihnen folgten wieder vier stämmige Kerle mit langen Bambusstäben, von deren Spitze wenigstens zwanzig Fuß über dem Boden gewaltige Körbe voll grüner Brotfrucht hingen. Dann kam eine Schar von Jungen, die Bündel reifer Bananen und aus Kokospalmblättern geflochtene Körbe trugen, angefüllt mit frischen Nüssen, deren Schalen, von der zottigen Hülle befreit, aus dem grünen Weidengeflecht hervorsahen. Zuletzt kam ein stämmig gebauter Insulaner, der auf dem Kopf ein hölzernes Tranchierbrett trug, auf dem die Überbleibsel unseres nächtlichen Mahles mit Brotfruchtblättern zugedeckt lagen.

Der erstaunliche, grotesk aussehende Aufzug machte mich lächeln; es schien Mehivis Absicht, die Speisekammer des alten Marheyo aufzufüllen; vielleicht fürchtete er, daß seine Gäste sonst nicht so gut genährt werden könnten, wie er es wünschte. Sowie wir vom Pai-Pai herunterkamen, nahm der Zug uns in seine Mitte; Kory-Kory nahm mich auf die Schulter, und gelegentlich erleichterte ich es ihm unterwegs, indem ich ein Stück weit an einem Speer ging. Als wir uns in Bewegung setzten, begannen die Eingeborenen eine Art Rezitativ, das sie in Wechselgesängen fortsetzten, bis wir an unserem Bestimmungsort anlangten. Unterwegs kamen Scharen junger Mädchen aus den Wäldern der Umgebung, die uns unter lustigem Rufen und Lachen freudig begleiteten und beinahe die tiefen Töne des Marschrezitativs überschrien. Als wir uns dem Wohnort des alten Marheyo näherten, stürzten die Insassen heraus, uns zu empfangen; und während Mehivis Gaben verstaut wurden, machte der uralte Krieger den Hausherrn mit all der Wärme und vornehmen Gastlichkeit, mit der ein englischer Landedelmann seine Freunde in seinem Stammschloß empfangen und bewirten könnte.

Zwölftes Kapitel

Mit all diesen für uns so neuartigen Ereignissen war unmerklich eine Woche vergangen. Aus irgendeinem geheimnisvollen Grunde wurden die Eingeborenen mit jedem Tag aufmerksamer und dienstfertiger. Wir konnten uns ihr Benehmen gar nicht erklären. Jedenfalls dachte ich, können sie nichts Böses im Schilde führen, aber wozu dieses Übermaß von ehrerbietiger Güte? Was konnten sie von uns dafür erwarten? Es war ein Rätsel. Aber, obwohl ich gewisse Befürchtungen nicht völlig los wurde, der schreckliche Ruf, in dem diese Taïpis standen, schien gänzlich unverdient.

»Sie sind dennoch Menschenfresser!« sagte Toby, als ich den Stamm pries.

»Zugegeben,« erwiderte ich, »aber eine menschlichere, anständigere und freundlichere Gattung solcher Feinschmecker dürfte es im ganzen Stillen Ozean nicht geben.«

Aber obwohl wir so freundlich behandelt wurden, kannte ich die launische Natur der Wilden doch zu gut, und ich wünschte sehr, das Tal zu verlassen. Unter all dem lächelnden Schein konnte immer noch ein schrecklicher Tod drohen. Freilich konnte ich an kein Fortkommen denken, solange ich gelähmt war. Denn trotz all der Kräuter der Eingeborenen wurde das Übel immer schlimmer. Ihre milde Behandlung stillte den Schmerz, aber das Bein blieb lahm, und ich fürchtete, wenn ich nicht bald ärztliche Hilfe fände, daß es ein langes und schweres Leiden werden könnte.

Aber woher sie bekommen? Ich dachte an die Wundärzte der französischen Flotte, die vermutlich noch in der Bucht von Nukuhiva lag; aber wie sollte ich sie von meinem Fall verständigen? In meiner Not schlug ich Toby vor, er sollte versuchen, nach Nukuhiva zu gelangen, und wenn er nicht zu Wasser in einem Boot des Geschwaders nach dem Tal zurückkehren und mich mitnehmen könnte, konnte er mir vielleicht wenigstens geeignete Heilmittel mitbringen und zu Lande wiederkommen.

Mein Gefährte hörte mich schweigend an; die Sache schien ihm anfangs nicht zu gefallen. Auch er war ungeduldig, wegzukommen und wünschte die hohe Gunst, in der wir zur Zeit bei den Eingeborenen standen, zu benützen, um uns einen guten Abgang zu schaffen, ehe in ihrem Verhalten etwa ein plötzlicher Umschlag eintrat. Da er mich nicht in meinem hilflosen Zustand verlassen wollte, beschwor er mich, guten Muts zu sein, es würde mir sicher bald besser gehen und ich würde in wenigen Tagen mit ihm nach Nukuhiva aufbrechen können. Zudem war ihm der Gedanke, nochmals in das gefährliche Tal zurückzukehren, unerträglich, und meine Hoffnung, daß die Franzosen sich dazu bewegen lassen würden, ein bemanntes Boot herzuschicken, um mich aus den Händen der Taïpis zu befreien, hielt er für müßig. Er machte geltend, daß sie schwerlich den Stamm reizen würden, nachdem sie bisher die Bucht gemieden hätten, nur um die Befürchtungen der Taïpis zu beruhigen. »Und wenn sie selbst einwilligten,« sagte Toby, »würde das in dem Tal solch eine Aufregung hervorrufen, daß die Wilden uns leicht dabei umbringen könnten.« Darauf wußte ich nichts zu erwidern; aber ich meinte, daß wenigstens ein Teil meines Planes ausführbar wäre, und er willigte schließlich ein.

Als es uns gelang, den Eingeborenen unsere Absicht begreiflich zu machen, erhoben sie den heftigsten Widerspruch. Der bloße Gedanke, daß einer von uns sie verlassen könnte, betrübte sie aufs lebhafteste. Kory-Kory war vollkommen konsterniert; eine wahre Flut von Gesten sollte uns begreiflich machen, nicht nur, wie sehr er Nukuhiva und dessen barbarische Bewohner verabscheute, sondern auch wie erstaunt er war, daß wir, nachdem wir die herrlichen Taïpis kennengelernt, auch nur den leisesten Wunsch hegen könnten, ihre Gesellschaft, und wenn auch nur zeitweise, aufzugeben.

Ich aber wies auf mein lahmes Bein und versicherte, daß es rasch geheilt werden könnte, wenn Toby nur die geeigneten Mittel brächte. So wurde denn schließlich abgemacht, daß er, von ein oder zwei Bewohnern des Hauses begleitet, aufbrechen sollte, sie wollten ihm einen bequemen Weg zeigen, auf dem er die Bucht vor Sonnenuntergang erreichen könnte.

Bei Tagesanbruch am nächsten Morgen war alles im Hause in Bewegung. Einer der jungen Männer stieg auf einen Kokosnußbaum und warf Früchte herunter, denen der alte Marheyo rasch die grünen Zotten abzog und sie dann an einer kurzen Stange zusammenband. Sie sollten Toby auf dem Weg zur Erfrischung dienen.

Als alles bereit war, verabschiedete ich mich von ihm in nicht geringer Bewegung. Er versprach, spätestens in drei Tagen zurück zu sein, hieß mich in der Zwischenzeit guten Mutes bleiben, und von dem ehrwürdigen Marheyo geführt, verschwand er um die Ecke des Pai-Pais. Ich war sehr niedergeschlagen, kehrte ins Haus zurück und warf mich in fast verzweifelter Stimmung auf die Matten nieder, die den Fußboden bedeckten.

Zwei Stunden später kehrte der alte Krieger zurück und gab mir zu verstehen, daß er meinen Freund ein kleines Stück begleitet, dann ihm den Weg gezeigt und ihn verlassen hätte.

Es war am selben Tage gegen Mittag, zu einer Zeit, in der diese Leute gewöhnlich schlafen; ich lag wach im Hause, die anderen lagen schlummernd umher; das seltsame Schweigen um mich bedrückte mich, als ich plötzlich einen schwachen Ruf zu hören glaubte, der aus den Tiefen des Haines, der vor dem Hause lag, zu kommen schien.

Die Töne wurden lauter und kamen näher, und jetzt hallte das ganze Tal von wildem Geschrei. Die Schläfer um mich sprangen auf und eilten hinaus, um den Grund zu entdecken. Kory-Kory, der der erste gewesen war, kehrte atemlos und beinahe verrückt vor Aufregung wieder. Alles, was ich verstehen konnte, war, daß Toby etwas geschehen war. In schrecklicher Angst stürzte ich aus dem Hause und sah eine wildbewegte Menge, die unter Schreien und Klagen aus dem Hain hervorkam und irgend etwas trug, dessen Anblick sie mit solcher Trauer erfüllte. Als sie näher kamen, verdoppelten sich die Rufe der Männer, während die Mädchen, ihre bloßen Arme in die Luft schwingend, klagend riefen: »Awah, Awah! Toby möckih moih!« »Wehe, wehe! Toby ist tot!«

Die Menge teilte sich, und ich sah den leblosen Körper meines Freundes von zwei Männern getragen; sein Haupt hing schwer über die Brust des Vordermannes. Gesicht, Hals und Brust waren mit Blut bedeckt, das noch immer langsam aus einer Wunde hinter der Schläfe herabtropfte. Unter Aufruhr und Verwirrung wurde der Körper ins Haus getragen und auf eine Matte gelegt. Ich machte den Eingeborenen Zeichen, zurückzutreten und uns Raum und Luft zu lassen, dann beugte ich mich eifrig über Toby, legte die Hand auf seine Brust und fühlte, daß das Herz noch schlug. Überglücklich griff ich nach einer Kalebasse mit Wasser, schüttete sie ihm über das Gesicht, dann wischte ich das Blut weg und untersuchte ängstlich die Wunde. Sie war etwa drei Zoll lang, und als ich das verklebte Haar entfernt hatte, sah ich, daß der Schädel völlig bloßgelegt war. Mit meinem Messer schnitt ich die schweren Locken ab und wusch die Wunde wiederholt mit Wasser.

Nach wenigen Augenblicken kam Toby zu sich, öffnete die Augen, schloß sie aber sogleich wieder, ohne zu sprechen. Kory-Kory, der neben mir kniete, rieb seine Glieder sanft mit den flachen Händen; ein junges Mädchen, das ihm zu Häupten saß, fächelte ihm Luft zu, während ich fortfuhr, Lippen und Stirn zu befeuchten; bald zeigte mein armer Freund Lebenszeichen, und es gelang mir, ihm aus einer Kokosnußschale etwas Wasser einzuflößen.

Jetzt erschien die alte Teinor, sie hatte Heilkräuter in der Hand, die sie inzwischen gesammelt hatte, und bedeutete mir durch Zeichen, daß ich den Saft ausdrücken und in die Wunde träufeln sollte. Dies tat ich und hielt es dann fürs beste, Toby ungestört zu lassen, bis er von selbst wieder zu sich käme. Mehrmals öffnete er die Lippen, aber ich hieß ihn schweigen. Nach zwei oder drei Stunden richtete er sich auf und war genug erholt, um mir zu erzählen, was geschehen war.

»Wir gingen quer durch das Tal«, sagte er, »und erstiegen die gegenüberliegenden Höhen. Gleich hinter ihnen, sagte mir mein Führer, begann das Tal von Happar; über ihren Kamm, um das Talende herum ginge der Weg nach Nukuhiva. Marheyo begleitete mich nur ein kleines Stück die Höhe hinauf, dann blieb er stehen und bedeutete mir, daß er mich nicht weiter begleiten könnte; seine Gebärden sagten, daß er dem feindlichen Gebiet sich weiter zu nähern fürchtete. Er zeigte mir den Pfad, der deutlich vor mir lag, sagte mir Lebewohl und stieg rasch hinunter.

Ganz froh, so nahe bei den Happars zu sein, eilte ich aufwärts und erreichte bald die Höhe. Sie verlief in einem scharfen Grat, von dem ich die beiden feindlichen Täler überschauen konnte.

Hier setzte ich mich nieder, ruhte eine Weile und labte mich an den mitgebrachten Kokosnüssen. Ich setzte meinen Weg über den Kamm fort, als ich plötzlich drei Eingeborene, die offenbar gerade aus dem Tal von Happar gekommen sein mußten, in einiger Entfernung vor mir auf dem Wege stehen sah. Sie waren jeder mit einem schweren Spieß bewaffnet; einen hielt ich seinem Aussehen nach für einen Häuptling. Sie riefen etwas, das ich nicht verstehen konnte, und winkten mir, heranzukommen.

Ohne Zögern schritt ich auf sie zu und war noch zwei Schritte von dem vordersten entfernt, als dieser zornig ins Taïpi-Tal wies, einen wilden Ruf ausstieß, mit seiner Waffe blitzartig ausholte und mich zu Boden schlug. Ich verlor die Besinnung. Als ich wieder zu mir kam, sah ich die drei Insulaner eine kleine Strecke von mir entfernt stehen; sie schienen einen heftigen Streit zu haben, der mich betraf. Mein erster Gedanke war Flucht; aber da ich aufzustehen versuchte, fiel ich wieder um und rollte einen kleinen grasigen und steilen Abhang hinunter. Der Sturz schien mich zu mir zu bringen, ich sprang auf und floh den Weg hinab, den ich gekommen war. Ich brauchte mich nicht umzusehen, aus dem Brüllen hinter mir wußte ich, daß die Feinde mich verfolgten. Das Blut lief mir über die Augen und machte mich fast blind, aber von dem wilden, fürchterlichen Geschrei hinter mir gejagt, floh ich wie der Wind den Abhang hinunter. Ich hatte nahezu ein Drittel der Entfernung zurückgelegt, die Wilden schrien nicht mehr, aber plötzlich ertönte ein fürchterliches Geheul, gleichzeitig flog ein schwerer Wurfspeer an mir vorbei und blieb zitternd in einem Baumstamm neben mir stecken. Ein zweiter Wutschrei folgte, und ein zweiter und ein dritter Spieß flogen an mir vorbei und fuhren ein paar Schritte vor mir schräg in die Erde. Die Kerle brüllten vor Wut und Enttäuschung, wagten sich aber wohl nicht tiefer ins Tal von Taïpi hinab und gaben die Verfolgung auf. Ich sah sie ihre Waffen aufnehmen und umkehren, während ich so schnell als möglich weiter eilte.

Was diesen wilden Angriff von Seiten der Happars veranlaßt hatte, ahne ich nicht, es wäre denn, daß sie mich mit Marheyo hatten hinaufsteigen sehen, und daß die bloße Tatsache, daß ich aus dem Taïpi-Tal kam, genügte, sie dermaßen in Wut zu bringen.

Solange ich in Gefahr war, fühlte ich meine Wunde kaum, aber als die Jagd vorüber war, wurde sie mir beschwerlich. Ich hatte meinen Hut verloren und die Sonne brannte mir auf den Kopf. Eine Schwäche befiel mich, und mir wurde schwindlig; ich wankte fort, so gut ich es vermochte, und als ich den Talboden erreichte, sank ich zu Boden. Von da an weiß ich nichts mehr, bis ich auf den Matten hier liegend erwachte und dich mit der Kalebasse über mich gebückt sah.«

Dies war Tobys Bericht von dem traurigen Vorfall. Ich hörte später, daß an der Stelle, wo er umgesunken war, die Eingeborenen Brennholz zu holen pflegten. Ein Trupp von ihnen hatte ihn fallen sehen und ihn unter lauten Rufen aufgehoben; sie hatten vergeblich versucht, ihn am Bach zu sich zu bringen und waren dann mit ihm nach Hause geeilt.

Dieser Vorfall trübte unsere Hoffnungen. Wir waren von feindlichen Stämmen umschlossen und konnten ihr Gebiet nicht durchschreiten, ohne ihren Groll zu spüren. So schien uns kein Weg zur Flucht zu bleiben als übers Meer, das das untere Ende des Tales umspülte.

Unsere Taïpi-Freunde nützten Tobys Unfall, um uns begreiflich zu machen, wie gut wir es bei ihnen hatten, und sie verglichen ihre freundliche Aufnahme mit der Bosheit des Nachbarvolkes. Sie betonten die kannibalischen Neigungen der Happars, denn sie wußten, welche Wirkung dies auf uns machte, während sie ihrerseits derartig scheußliche Sitten in Abrede stellten. Sie wiesen uns endlich die Lieblichkeit ihres Tales, die verschwenderische Fülle, mit der es alle Früchte hervorbrachte, und priesen es vor allen anderen Tälern der Insel. Insbesondere Kory-Kory suchte uns richtige Ansichten hierüber beizubringen; wir hatten uns einige wenige Worte der Taïpi-Sprache angeeignet, und um uns das Verständnis zu erleichtern, faßte er sich so kurz wie möglich.

»Happar kikihno nui,« rief er, »nui, nui, kai-kai kannaka! – ah! ohle mortarkih!« Das hieß: »Schreckliche Burschen, diese Happars – fressen eine erstaunliche Menge Menschen! Ah! schrecklich böse!« Dazu machte er eine Fülle von Gebärden, stürzte mitten im Reden, aus dem Hause und zeigte mit deutlichem Abscheu nach dem anderen Tal; dann eilte er wieder ins Haus, damit wir nur ja kein Wort von dem, was er uns sagen wollte, verlören; zuletzt faßte er den fleischigsten Teil meines Arms mit den Zähnen, um mir klarzumachen, daß die Leute da drüben nichts sehnlicher wünschten, als so mit mir zu verfahren.

Als er sicher war, uns darüber völlig aufgeklärt zu haben, ging er zum zweiten Teil des Gegenstandes über: »Ah! Taïpi mi arkih! Nui, nui, meiori – nui, nui wai nui, nui poi-poi – nui, nui koku – ah! Nui, nui kai-kai – ah! Nui, nui, nui!« Das hieß frei übersetzt: »Ah, Taïpi! Das ist ein schönes Land! Hier kann man nicht verhungern, sag' ich dir! Viel Brotfrucht, viel Wasser, viel Pudding, ah, alles viel, viel, viel, viel!« All dies von nicht mißzuverstehenden Zeichen und Gebärden begleitet.

Und genau wie die Redner in kultivierteren Ländern, verlor sich auch Kory-Kory im weiteren Verlauf seiner Rede auf andere Gebiete, vermutlich erging er sich in moralischen Betrachtungen, die sich aus den früheren ergaben, und schwatzte fort, bis ich tatsächlich Kopfschmerzen hatte.

Dreizehntes Kapitel

Nach wenigen Tagen hatte Toby sich von den Folgen seines Erlebnisses mit den Happar-Kriegern erholt; unter dem Einfluß der guten Teinor und ihrer heilsamen Kräuter heilte seine Wunde rasch. Ich war weniger glücklich; mein Fuß blieb lahm, während die Ursache mir ein Geheimnis war. Ich wußte nun, daß die Heilkunst der Eingeborenen mir nicht helfen konnte; vom Verkehr mit der zivilisierten Welt war ich abgeschnitten; ich wußte, daß ich, solange ich in diesem Zustand war, selbst wenn sich mir ein Weg geboten hätte, das Tal nicht verlassen konnte, und da ich den Eingeborenen keineswegs traute, gab ich alle Hoffnung auf Heilung und Flucht auf und versank in Trübsinn. Weder das freundliche Zureden Tobys, noch Kory-Korys hingebungsvolle Dienste, noch Fayawehs sanfter Einfluß vermochten mich aufzuheitern.

Eines Morgens, als ich traurig und gleichgültig auf den Matten lag, kam Toby, der mich vor etwa einer Stunde verlassen hatte, plötzlich eilig zurück und erzählte mir jubelnd, ich sollte guten Muts und fröhlich sein, denn aus dem Treiben der Eingeborenen glaube er, daß Boote sich der Bucht näherten. Die Nachricht wirkte auf mich wie Zauber. Die Stunde der Befreiung schien gekommen. Ich sprang auf und sah alsbald, daß irgend etwas Ungewöhnliches bevorstand. Aus allen Richtungen scholl das Wort »Botih! Botih!«; aus der Ferne hörte man Rufe, die bei jeder Wiederholung lauter wurden und näher kamen, bis sie ein Bursche in einem Kokosnußbaum, wenige Schritte von uns entfernt, aufnahm und weitergab; im nächsten Hain wurden sie wiederholt und erstarben allmählich in der Ferne, während die Nachricht so bis in die letzten Winkel des Tales drang. Das war der mündliche Telegraph der Eingeborenen; auf diese Weise konnten kurze Mitteilungen in wenigen Minuten vom Meeresufer bis zur letzten Hütte über eine Entfernung von mindestens acht oder neun Meilen weitergegeben werden. Zur Zeit war dieser Telegraph in voller Arbeit, eine Mitteilung folgte der anderen mit unbegreiflicher Schnelligkeit.

Alle schienen in größter Aufregung. Bei jeder neuen Nachricht verdoppelten die Eingeborenen ihre Anstrengungen: sie sammelten Früchte, um sie den erwarteten Besuchern zu verkaufen. Einige rissen die zottige Hülle von den Kokosnüssen, andere in den Baumwipfeln warfen ihren Gefährten Brotfrüchte zu, die sie unten einsammelten, während andere mit raschen Fingern Laubkörbe flochten, um die Früchte zu befördern. Da und dort sah man einen stämmigen Krieger seinen Speer mit einem Stück alten Tappatuches putzen oder die Gürtelfalten um seine Lenden richten; oder ein junges Mädchen sich mit Blumen schmücken, da sie offenbar irgendeine Eroberung im Auge hatte, und wie überall in der Welt, wo es Eile und Verwirrung gibt, rannten viele Leute mit erstaunlichem Eifer hin und her, die durchaus nichts taten und die anderen nur hinderten.

Noch niemals hatten wir die Eingeborenen in solcher Aufregung gesehen, und der Anblick bewies zur Genüge, daß das Ereignis ein seltenes war. Und wenn ich dachte, wie lange es dauern konnte, bis mir eine ähnliche Gelegenheit zur Flucht sich bieten würde, beklagte ich bitter, daß ich nicht in der Lage war, diese Gelegenheit wirksam auszunützen.

Es sah aus, als ob die Eingeborenen besorgten, zu spät zum Strand zu kommen, wenn sie sich nicht außerordentlich anstrengten. Krank und lahm wie ich war, wäre ich sofort mit Toby aufgebrochen, aber Kory-Kory weigerte sich nicht nur, mich zu tragen, er wollte auch selbst die Nähe des Hauses nicht verlassen. Auch die anderen Wilden widersetzten sich unseren Wünschen und schienen über meine ernsten Bitten betrübt und erstaunt. Ich sah ganz klar, daß mein Diener zwar nicht dergleichen tat, aber ganz entschlossen war, mich am Mitkommen zu hindern. Und er schien, wie auch öfters nachher, einem Befehl zu gehorchen, obschon ich an seiner wirklichen Zuneigung für mich nicht zweifeln konnte.

Toby, der entschlossen war, mit den anderen hinunterzugehen, und sich gehütet hatte, solche Begier danach zu zeigen wie ich, stellte mir vor, daß ich ganz unmöglich den Strand rechtzeitig erreichen konnte. »Siehst du nicht,« sagte er, »daß die Wilden selbst zu spät zu kommen fürchten? Ich würde gleich losrennen, aber wenn ich zuviel Eifer zeigte, könnte ich meine Aussichten vernichten. Wenn du möglichst ruhig und uninteressiert bliebest, würde das ihren Verdacht verringern, und dann würden sie wenigstens mich mit zum Strand gehen lassen und vielleicht glauben, daß ich aus bloßer Neugier gehe. Sollte ich bis an die Boote gelangen, so kann ich den Leuten sagen, in welcher Lage du hier bist, und dann kann etwas für uns getan werden.«

Ich mußte dies einsehen. Und in der Tat, sowie die Eingeborenen begriffen, daß ich hierbleiben wollte, erhoben sie weiter keine Einwendung dagegen, daß Toby mit hinunterging, ja, sie begrüßten es mit Freude. Dieses seltsame Verhalten gab mir viel zu denken und ließ spätere Ereignisse noch geheimnisvoller erscheinen.

Die Eingeborenen liefen jetzt eiligst den Pfad entlang, der zur See führte. Ich schüttelte Toby warm die Hand und gab ihm meinen Paytahut, damit er seinen verwundeten Kopf vor der Sonne schützen konnte, weil er den seinen verloren hatte. Er erwiderte meinen Händedruck herzlich, versprach mir feierlich, zurückzukehren, sobald die Boote den Strand verlassen hätten, sprang davon und verschwand im Wäldchen.

Obwohl meine Gedanken keine erfreulichen waren, fand ich doch das eigenartige Schauspiel vor mir höchst unterhaltend. Auf dem engen Wege drängten sich die Eingeborenen, beladen mit Früchten jeder Art. Da versuchte einer vergeblich, ein widerspenstiges Schwein an einer Schnur vorwärtszubringen und mußte das Tier schließlich in die Arme nehmen und es, während es sich beständig sträubte und quiekte, an seiner nackten Brust tragen. Jetzt kamen zwei, die man für die hebräischen Kundschafter hätte halten können, als sie mit ihrer Riesentraube zu Moses zurückkehrten. An einer langen Stange, die auf ihren Schultern ruhte, hing ein mächtiges Bündel von Bananen, das bei ihrem schaukelnden Gang hin und her schwankte. Dort lief einer schwitzend, der eine Menge von Kokosnüssen trug und in der Angst, zu spät zu kommen, nicht darauf achtete, daß die Früchte aus seinem Korbe sprangen, und nur hinunterkommen zu wollen schien, ohne Rücksicht darauf, ob die Kokosnüsse mitkamen. Bald war der letzte vorüber und die schwachen Rufe erstarben allmählich. Unser Teil des Tales war fast völlig verlassen, nur Kory-Kory, sein alter Vater und ein paar andere alte Leute waren dageblieben.

Gegen Sonnenuntergang begannen die Insulaner in kleinen Trupps vom Strande zurückzukommen; aber vergeblich suchte ich unter ihnen Toby zu erspähen. Ein Trupp nach dem anderen kam vorüber, ohne daß ich ihn erblickte. Da ich indessen dachte, daß er mit jemandem vom Hause zurückkehren würde, wahrscheinlich mit der schönen Fayaweh, so blieb ich ruhig und wartete geduldig. Endlich sah ich die alte Teinor kommen, hinter ihr alle Mädchen und jungen Leute, die in Marheyos Haus wohnten, aber mein Genosse war nicht bei ihnen, und von tausend Ängsten erfüllt, suchte ich den Grund zu erfahren. Bei meinen dringenden Fragen schienen die Eingeborenen in Verlegenheit zu kommen. Ihre Auskünfte waren widersprechend; der eine gab mir zu verstehen, daß Toby in kürzester Zeit da sein würde, ein anderer sagte, er wüßte nicht, wo er wäre, während der dritte mir unter heftigen Schmähungen auf ihn versicherte, daß er sich fortgestohlen hätte und nie wiederkommen würde. Ich schloß daraus, daß sie mir irgendein schreckliches Unglück verhehlen wollten, und in wirklich großer Angst, daß etwas Verhängnisvolles sich ereignet hatte, suchte ich die junge Fayaweh auf, um von ihr, wenn möglich, die Wahrheit zu hören.

Das liebenswürdige Wesen hatte mich von Anfang an angezogen, nicht nur durch ihre außerordentliche Schönheit, sondern auch, weil der Ausdruck ihres Gesichtes ungewöhnliche Intelligenz und Wärme verriet und etwas überaus Gewinnendes hatte. Von all den Eingeborenen schien sie allein zu verstehen, was wir, Toby und ich, in unserer Lage fühlen mußten. Wenn sie zu mir sprach – besonders wenn ich in Schmerzen auf der Matte lag –, war in ihrem Wesen eine Zärtlichkeit, die ich weder mißverstehen noch der ich widerstehen konnte. Sooft sie das Haus betrat, zeigte ihr Gesicht die lebhafteste Sympathie für mich. Gewöhnlich kam sie auf mich zu, den einen Arm mit einer mitleidigen Gebärde ein wenig erhoben, sah mich mit ihren großen leuchtenden Augen lange an und murmelte mit klagender Stimme »Awah! Awah, Tommo!« und setzte sich dann traurig neben mich. Ich war überzeugt, daß sie tiefes Mitleid mit mir hatte, da ich so fern von meinem Land und allen Freunden völlig hilflos lag. Sie schien sogar zu begreifen, daß Bande mit der Heimat rauh zerrissen waren, daß Schwestern und Brüder auf unsere Rückkehr warteten, die uns vielleicht nie mehr sehen würden. So erschien mir Fayaweh wenigstens, und mit vollem Vertrauen in ihre Aufrichtigkeit und ihr Verständnis, wendete ich mich jetzt an sie. Meine Fragen schienen sie sichtlich zu betrüben. Sie sah die Umstehenden der Reihe nach an, als ob sie nicht wüßte, was sie sagen sollte. Endlich gab sie nach und bedeutete mir, daß Toby mit den Booten abgefahren war, aber versprochen hatte, nach drei Tagen zurückzukehren. Im ersten Augenblick warf ich ihm innerlich Treulosigkeit vor, da er mich so verlassen hatte, dann aber beruhigte ich mich in dem Gedanken, daß er nur die Gelegenheit benützt hatte, nach Nukuhiva zu kommen, um von dort aus irgend etwas zu unternehmen, damit auch ich das Tal verlassen könnte, Jedenfalls, dachte ich, wird er mit den nötigen Medizinen wiederkommen, und sobald ich gesund bin, kann es weiter keine Schwierigkeit geben. Damit tröstete ich mich und schlief diese Nacht froher ein als in der ganzen letzten Zeit. Der nächste Tag verging, ohne daß die Eingeborenen von Toby gesprochen hätten. Sie schienen den Gegenstand meiden zu wollen. Dies machte mich besorgt, aber als die Nacht kam, freute ich mich, daß der zweite Tag vorüber war und Toby am nächsten Morgen wieder hier sein würde. Aber der Morgen kam und verging, und er erschien nicht. Ah, dachte ich, er rechnet die drei Tage von der Abfahrt an, also wird er morgen kommen. Aber wieder verging ein öder Tag ohne seine Rückkehr. Auch jetzt wollte ich noch nicht verzweifeln. Ich dachte, daß irgend etwas ihn aufgehalten hatte, daß er warten mußte, bis ein Boot von Nukuhiva abfuhr; in zwei, drei Tagen würde ich ihn wiedersehen. Aber Tag auf Tag verging und zuletzt verlor ich alle Hoffnung. Ja, dachte ich finster, ihm ist die Flucht gelungen, und was mit mir geschieht, ist ihm gleichgültig. Ich Narr, zu glauben, daß einer freiwillig wieder in das gefährliche Tal zurückkehren wird, wenn er einmal daraus entkommen ist! Er ist fort, und ich muß mich allein all der Gefahren ringsum erwehren. Manchmal fand ich einen verzweifelten Trost darin, Tobys abscheuliche Perfidie ihm im Geist vorzuhalten, während ich zu anderen Zeiten bitter bereute, daß meine eigene Unklugheit mein Schicksal herbeigeführt hatte. Manchmal aber dachte ich, daß die verräterischen Wilden ihn vielleicht einfach beseitigt hatten und darum durch meine Fragen so verwirrt geworden und so widersprechende Antworten gegeben hatten; oder daß er vielleicht in einem anderen Teil des Tales gefangengehalten würde, oder noch schrecklicher, daß ihn das Schicksal erreicht hatte, vor dem mir am meisten schauderte. Aber all dies waren müßige Gedanken; Toby kehrte nicht wieder, und es kam keine Nachricht von ihm.

Das Benehmen der Eingeborenen schien unerklärlich. Sorgfältig vermieden sie jede Anspielung auf ihn, und wenn sie einmal auf meine Fragen antworten mußten, dann nannten sie ihn einen undankbaren Ausreißer, der seinen Freund verlassen und sich nach dem schändlichen und niederträchtigen Nukuhiva begeben hatte. Dagegen wurden die Eingeborenen immer freundlicher und aufmerksamer und behandelten mich beinahe, als ob ich ein himmlischer Gast gewesen wäre. Kory-Kory wich nicht von meiner Seite, es wäre denn, um mir einen Wunsch zu erfüllen. Zweimal an jedem Tag, in der Morgenfrische und in der Kühle des Abends, bestand der treue Mensch darauf, mich zum Fluß zu tragen und mich in seinen erfrischenden Wassern zu baden. Nachmittags trug er mich häufig an eine besondere Stelle am Fluß, deren Schönheit tatsächlich einen lindernden Einfluß auf meine Traurigkeit hatte. Die Wasser strömten dort zwischen grasbewachsenen Ufern, die mit ungeheuren Brotfruchtbäumen bepflanzt waren, deren mächtige Zweige sich über dem Fluß vereinten und ein Laubdach über ihm bildeten; in der Nähe waren einige glatte schwarze Felsen, und einer davon, der mehrere Fuß über die Wasserfläche ragte, hatte oben eine flache Höhlung, die mit frisch gesammelten Blättern gefüllt, ein entzückendes Lager bot.

Hier lag ich oft stundenlang mit einem gazeartigen. Tappaschleier bedeckt, während Fayaweh neben mir saß und mit einem aus frischen Kokospalmblättern geflochtenen Fächer die Insekten vertrieb, die mir gelegentlich ins Gesicht flogen, und Kory-Kory, um mich aufzuheitern, tausend Schwimmkünste im Wasser ausführte. Wenn mein Auge den Fluß entlang blickte, fiel es vielleicht auf die Gestalt irgendeines schönen Mädchens, das halb im durchsichtigen Wasser stand und in einem kleinen Netz eine winzige Art von Schellfischen fing, die die Leute dort besonders gerne essen. Oder eine schwatzende Gruppe saß mitten im Bach am Rand eines niedrigen Felsens, eifrig damit beschäftigt, Kokosnußschalen abzuflachen und zu polieren, indem sie

sie im Wasser rasch mit einem kleinen Stein rieben. Auf diese Weise machen sie daraus leichte und elegante Trinkgefäße, die beinahe wie Becher aus Schildpatt aussehen. Aber die schöne Landschaft und das reizende Leben in ihr war nicht mein einziger Trost. Jeden Abend sammelten sich die Mädchen um mich auf den Matten, jagten Kory-Kory fort – der sich indessen nie weit entfernte und sie eifersüchtig beobachtete –, dann rieben sie meinen ganzen Körper mit einem duftenden Öl, das aus einer gelben Wurzel gepreßt wird, die sie vorher zwischen Steinen zerstampften, und die in ihrer Sprache »Ekah« heißt. Dies rief stets ein wonniges Gefühl hervor, bei dem ich für eine kurze Zeit all meine Sorgen vergaß.

Manchmal, in der Kühle des Abends, führte Kory-Kory mich auf das Pai-Pai vor dem Hause hinaus, bereitete mir einen Sitz nahe am Rand und wickelte mich in Tappa ein, um mich vor den Insekten zu schützen. Er brauchte mindestens zwanzig Minuten, ehe er es mir seiner Ansicht nach bequem genug gemacht hatte. Dann holte er meine Pfeife, zündete sie an und reichte sie mir. Dazu mußte er oft eigenes Feuer machen, und das tat er in höchst merkwürdiger Weise. Ein gerader, trockener, zum Teil verwitterter Hybiscusstock, etwa sechs Fuß lang und drei Zoll im Durchmesser, sowie ein kleineres Stückchen Holz, das nur einen Fuß lang und kaum einen Zoll breit ist, finden sich in jedem Hause in Taïpi, so gewiß wie eine Streichholzschachtel in jeder Küche bei uns.

Der Eingeborene lehnt den dickeren Stock schräg gegen irgendeine Stütze in einem Winkel von fünfundvierzig Grad, setzt sich rittlings darauf, als wollte er Steckenpferd reiten, faßt dann das kleinere Holz fest mit beiden Händen und reibt dessen spitzes Ende langsam auf dem großen Stock wenige Zoll weit hin und her, bis in dem Holz eine enge Rinne entsteht, an deren oberem Ende sich die durch die Reibung gebildeten Stäubchen anhäufen. Zuerst ist die Bewegung eine ganz gemächliche, wird aber immer schneller, zuletzt fährt das spitze Holz wie rasend in der rauchenden Rinne auf und nieder, der Mann bewegt seine Hände mit erstaunlicher Schnelligkeit und der helle Schweiß bricht ihm aus. Er arbeitet keuchend fort und die Augen treten vor Anstrengung fast aus den Höhlen. Dies ist der kritische Augenblick; die ganze Arbeit ist umsonst, wenn er die Schnelligkeit der Bewegung nicht solange durchführen kann, bis der widerwillige Funke erzeugt ist. Plötzlich hält er inne, sitzt bewegungslos. Die Hände halten noch das kleinere Holz fest und drücken es krampfhaft gegen das obere Ende der Rinne, wo der feine Staub sich gesammelt hat, als hätte er eine Viper durchbohrt, die sich windet und sträubt, um ihm zu entkommen. Im nächsten Augenblick kräuselt sich der zarte Rauchfaden in die Luft, das Häufchen feinen Holzstaubs ist in Glut, und Kory-Kory steigt atemlos von seinem hölzernen Rosse.

Dieses Feueranmachen ist die schwerste Arbeit, die ich je auf Taïpi gesehen; und hätte ich ihre Sprache genug beherrscht, so hätte ich den einflußreichsten Eingeborenen vorgeschlagen, ein Kollegium von Vestalinnen einzusetzen, die in der Mitte des Tales das unentbehrliche Feuer zu pflegen hätten, wodurch viel Kraft erspart worden wäre. Aber vielleicht hätte die Durchführung ihre Schwierigkeiten gehabt.

Daran kann man den Unterschied zwischen wildem und kultiviertem Leben erkennen. Ein Herr in Taïpi kann eine zahlreiche Familie aufziehen und allen eine anständige Kannibalen-Erziehung geben, mit viel weniger Anstrengung, als er zum Feuermachen braucht, während ein armer europäischer Handwerker zwar in einer Sekunde Feuer machen kann, aber verzweifelt arbeiten muß, um seinen hungernden Sprößlingen die Nahrung zu schaffen, die die Kinder eines Polynesiers, ohne ihre Eltern zu bemühen, vom nächsten Baum pflücken.

Vierzehntes Kapitel

Alle Bewohner des Tales behandelten mich freundlich, aber was die vom Haushalt Marheyos für mich taten, war unbeschreiblich. Insbesondere sorgten sie für meinen Gaumen. Immer wieder luden sie mich zum Essen ein, und wenn ich endlich nicht mehr konnte und die Speisen ablehnte, dann suchten sie nach etwas besonders Pikantem, um meinen Appetit anzuregen. Zu diesem Zweck schlich sich der alte Marheyo bei Tagesanbruch zum Strand hinab, um irgendeine besondere Meerespflanze zu sammeln, die die Eingeborenen für einen großen Leckerbissen halten; damit verbrachte er den ganzen Tag und kam gegen Abend mit mehreren Kokosnußschalen voll verschiedenartigen, wie Wollhaar aussehenden Tanges zurück. Dann machte er sich an die Zubereitung mit all der Feierlichkeit eines erfahrenen Kochs, obschon das ganze Geheimnis darin zu bestehen schien, daß man die richtige Quantität Wasser darüber goß.

Als dieser Salzwassersalat mir zum erstenmal vorgesetzt wurde, erwartete ich natürlich, nachdem solche Mühe darauf verwendet worden war, etwas Herrliches; es war nicht mehr davon da als ein Mundvoll, und der alte Krieger war nicht wenig bestürzt, als ich sein Meistergericht mit größter Schnelligkeit wieder ausspuckte.

Die Seltenheit erhöht eben den Wert jeden Gutes in erstaunlichem Grade. In irgendeinem Teil des Tales, vermutlich in der Nähe des Meeres, sammelten die Mädchen gelegentlich kleine Mengen von Salz; ein Fingerhut voll war das Ergebnis, wenn fünf oder sechs den größten Teil des Tages daran setzten. Dann trugen sie die Kostbarkeit, sorgfältig in Blätter gewickelt, nach Hause, und um mir ihre ganze Hochachtung zu zeigen, breiteten sie ein ungeheures Blatt auf dem Boden vor mir aus, streuten einige winzige Körnchen Salz darauf und luden mich ein, sie zu kosten. Ich glaube, mit einem Säckchen gewöhnlichen englischen Salzes hätte man den ganzen Grund und Boden von Taïpi kaufen können. Mit einer Fingerspitze voll Salz in der einen Hand und dem Viertel einer Brotfrucht in der anderen, würde der größte Häuptling des Tales alle Genüsse eines Pariser Hotels verlacht haben.

Der Brotfruchtbaum, wenn er in vollem Saft steht, ist ein prächtiger Anblick und bildet einen hervorragenden Zug der Landschaft auf den Marquesas, ähnlich wie die Ulme in Neuengland. Er erinnert auch an sie sowohl in der Höhe als durch das weit ausgebreitete Dach kraftvoller Äste und den ehrwürdigen und imponierenden Anblick. Die Blätter sind groß und am Rande gezackt, wie der Spitzenkragen einer Dame. Bei dem alljährlichen Verwelken wetteifern sie in ihren glänzenden und allmählich wechselnden Farben mit dem flüchtigen Farbenspiel eines sterbenden Delphins. Der herbstliche Wald in Amerika, so herrlich er ist, läßt sich mit einem Hain von Brotfruchtbäumen nicht vergleichen. In einem bestimmten Stadium des Welkens mischen sich fast alle Farben des Prismas auf der Blattfläche, und dann verwenden die Eingeborenen die Blätter als herrlichen und höchst wirkungsvollen Kopfschmuck. Zu diesem Zweck wird das Blatt in der Hauptlängenfaser aufgeschlitzt und der Kopf dazwischengesteckt; das Blatt fällt, zur einen Seite geneigt, mit der Spitze über die Stirn, während die breiten unteren Teile hinter den Ohren sichtbar sind. Die Frucht ähnelt an Größe und Aussehen einer Melone von mittlerer Größe, hat aber außen keine Kerben. Die Oberfläche ist mit kleinen konischen Erhöhungen bedeckt, wie die gekörnte Platte eines alten Kirchentors. Die Rinde ist etwa ein Achtel Zoll dick; wird sie entfernt, so liegt, wenn die Frucht reif ist, das herrliche weiße Fleisch wie eine schöne Kugel bloß; bis auf den innersten schmalen Kern ist es völlig eßbar. Allerdings wird es nie roh gegessen. Meistens werden die frisch gepflückten Früchte, wenn sie noch grün sind, in heiße Asche gelegt und wie Kartoffeln geröstet. Nach zehn bis fünfzehn Minuten wird die grüne Rinde braun und springt, und das milchweiße Fleisch wird an den aufgesprungenen Stellen sichtbar. Sowie sie abgekühlt ist, fällt die Rinde ab, und man hat das zarte Fleisch im reinsten und köstlichsten Zustand. So gegessen, hat es einen milden und angenehmen Geschmack.

Mitunter nehmen die Eingeborenen die frisch geröstete Frucht mit raschem Griff aus der heißen Asche, drücken das Fleisch aus der Rinde, die dabei abgestreift wird, in ein Gefäß mit kaltem Wasser und verrühren das Ganze zu einer Mischung, die sie »Bo-e-scho« nennen. Ich habe es in dieser Form nie essen können, und die vornehmeren Taïpis pflegen sie gleichfalls nicht so zu sich zu nehmen.

Es gibt jedoch eine Bereitungsweise, in der die Frucht manchmal angerichtet wird, die sie zu einem Gericht für die Tafel eines Königs macht. Sowie sie vom Feuer genommen ist, wird die Schale entfernt, das Mittelstück herausgeschnitten, das übrige aber in einen flachen Steinmörser getan und mit einem Kolben aus gleichem Material tüchtig bearbeitet. Während eine Person damit beschäftigt ist, nimmt eine andere eine reife Kokosnuß, bricht sie geschickt entzwei und reibt das saftige Fleisch zu ganz kleinen Stückchen. Dies geschieht vermittels eines Stücks Perlmutterschale, das an der einen geraden Seite wie eine Säge gezahnt und mit der anderen an einem schweren Holzstock befestigt ist. Oft ist dies ein unförmiger Ast mit seinen Zweigen, auf denen er wie auf drei oder vier ungestalten Beinen auf der Erde steht. Der Eingeborene schiebt eine Kalebasse unter, setzt sich rittlings auf den Ast, dreht die halbe Kokosnuß mit der Innenseite schnell auf den scharfen Zähnen der Perlmutter und das reine weiße Fleisch fällt wie Schneeschauer in das untenstehende Gefäß. Hat er genug, so tut er es in einen Beutel, der aus einer netzartigen Fasersubstanz der Kokospalme bereitet ist, und drückt diesen Sack über der inzwischen hinreichend gestampften Brotfrucht in eine hölzerne Schüssel aus, wobei eine dicke sahnenartige Milch herausfließt. Der köstliche Saft sammelt sich um das Fleisch der Frucht, das gerade noch daraus hervorsieht.

Dieses Gericht heißt »Koku« und schmeckt wundervoll. In der Zeit, die ich in Marheyos Haus verbrachte, hatte Kory-Kory oft Gelegenheit, seine Geschicklichkeit in der Verwendung der geschilderten Werkzeuge zu zeigen.

Aber die Hauptspeisen, zu denen die Eingeborenen dieser Inseln die Brotfrucht verarbeiten, sind »Emar« und »Poi-poi«. Zu einer bestimmten Zeit, wenn die Frucht in den hundert Hainen des Tales völlig reif geworden ist und die goldenen Bälle von jedem Zweige hängen, schreiten die Insulaner zur Ernte und heimsen sie in Fülle ein. Rinde und Mittelstück werden entfernt und die Früchte in großen hölzernen Gefäßen gesammelt und mit dem Steinmörser zu einer zähen Masse gestoßen, die die Eingeborenen »Tuteo« nennen. Diese wird in Teile geschnitten und fest in Blättern verpackt, die mit Rindenschnur zugebunden und in unterirdischen Vorratskammern verstaut werden, aus denen man sie nach Bedarf herausholt. Dort bleibt das »Tuteo« manchmal jahrelang liegen, denn es heißt, daß es um so besser wird, je älter es ist. Soll es gegessen werden, so wird ein primitiver Ofen angelegt, indem man eine Vertiefung in der Erde gräbt, den Boden mit Steinen bedeckt und ein Feuer darin anzündet. Sowie die nötige Hitze erreicht ist, wird die Asche entfernt, die Steine mit einer dicken Blätterschicht zugedeckt, eines der großen Bündel mit »Tuteo« daraufgelegt und wieder mit einer Lage von Blättern bedeckt. Über das Ganze wird dann rasch die Erde gehäuft, so daß ein kleiner Hügel entsteht. Das so gebackene »Tuteo« heißt »Emar«: es ist eine amberfarbene, kuchenartige Substanz, eine Art Torte, die gar nicht schlecht schmeckt.

Um »Poi-Poi« zu machen, wird das »Emar« in ein Gefäß getan und mit Wasser gemischt, bis es eine puddingartige Konsistenz hat. Damit ist es fertig. Das ist die gebräuchlichste Form; wie man es dann essen muß, habe ich geschildert.

Könnte man die Brotfrucht nicht in dieser Weise aufbewahren, so würden die Eingeborenen Hungersnöten ausgesetzt sein; denn aus unbekannten Gründen tragen die Bäume in manchen Jahren keine Früchte, und dann sind die Eingeborenen auf ihre Vorräte angewiesen.

Dieser stattliche Baum, den man auf den Sandwich-Inseln nur selten antrifft und dann nur in weit geringerer Qualität, und der auch auf Tahiti nicht häufig genug ist, um das Hauptnahrungsmittel zu bilden, gedeiht im herrlichen Klima der Marquesas-Gruppe am besten; er wächst dort bis zu ungeheurer Größe und trägt Früchte in Fülle.

Fünfzehntes Kapitel

Wenn ich an diese Zeit zurückdenke und mich erinnere, wie zahlreiche Beweise ihrer Freundschaft und Achtung die Eingeborenen des Tales mir gaben, so begreife ich kaum, warum ich trotz alledem von den düstersten Ahnungen gequält wurde und meine Tage in tiefster Traurigkeit verbrachte. Wohl waren die verdächtigen Umstände, unter denen Tobys Verschwinden erfolgt war, an sich genug, um mich den Wilden gegenüber mißtrauisch zu machen, in deren Gewalt ich war, besonders wenn ich daran dachte, daß diese Leute, so freundlich und achtungsvoll sie mir begegneten, doch im Grunde Menschenfresser waren.

Aber die Hauptquelle meiner Sorge und was mir jeden Genuß verbitterte, war die geheimnisvolle Krankheit meines Beins, die unvermindert fortdauerte. Weder die Kräuterbehandlung Teinors, noch die härteren Maßnahmen des alten Wundarztes und Kory-Korys liebevolle Pflege hatten mir geholfen. Ich war nahezu ein Krüppel, und der Schmerz war manchmal geradezu unerträglich. Das unerklärliche Leiden zeigte keine Spur einer Besserung, im Gegenteil, es nahm täglich an Heftigkeit zu und drohte zum Schlimmsten zu führen, wenn nicht bald geeignete Abhilfe geschaffen wurde. Und jedenfalls wußte ich, daß ich, solange das Übel bestand, keine Gelegenheit zur Flucht aus dem Tal benützen konnte.

Ein Ereignis, das nach meiner Schätzung sich etwa drei Wochen nach Tobys Verschwinden zutrug, bewies mir, daß die Eingeborenen, aus welchem Grunde immer, mir unter keinen Umständen gestatten würden, sie zu verlassen.

Ich bemerkte eines Morgens, daß die Leute in der Nachbarschaft sich höchst aufgeregt benahmen, und ich entdeckte bald, daß ihre Aufregung von dem unbestimmten Gerücht herkam, daß man Boote in weiter Entfernung gesehen hätte, die sich der Bucht näherten.

Zufällig hatten meine Schmerzen an diesem Tage ein wenig nachgelassen; ich fühlte mich wohler als sonst, auch meine Stimmung war besser und ich hatte in Kory-Korys Aufforderung, den Häuptling Mehivi im »Tai« zu besuchen, gewilligt. Ich habe diesen Ort, der sich innerhalb der mit Tabu belegten Haine befand, bereits geschildert. Die geweihte Stelle lag nicht weit von Marheyos Wohnung entfernt, zwischen ihr und dem Meer; der Weg zum Strand lief an der Vorderfront des Tai vorüber und führte dann den Saum der heiligen Haine entlang.

Ich lag im Inneren des Gebäudes in Gesellschaft Mehivis und mehrerer anderer Häuptlinge auf den Matten, als jene Nachricht kam. Ein freudiges Erbeben lief durch meinen ganzen Körper: vielleicht kehrte Toby zurück. Ich sprang sogleich auf und unwillkürlich wollte ich ohne weiteres zum Strand hinabeilen, ganz ohne die Entfernung und meine Lahmheit zu bedenken. Als Mehivi bemerkte, welche Wirkung die Nachricht auf mich machte, und wie ungeduldig ich schien, ans Meer zu kommen, nahm sein Gesicht wieder jenen unbeugsam starren Ausdruck an, der mich an dem Nachmittag unserer Ankunft im Hause Marheyos so eingeschüchtert hatte. Als ich das Tai verlassen wollte, legte er mir die Hand auf die Schulter und sagte ernst: »Ebo! ebo!« – »Warte, warte.« Nur von dem einen Gedanken erfüllt, achtete ich gar nicht darauf, sondern wollte an ihm vorbeieilen, als er plötzlich in gebieterischem Ton »Moih« – »Setze dich nieder« zu mir sagte. Obschon die Veränderung in seinem Benehmen mir auffiel, war meine Aufregung doch zu groß, als daß ich dem unerwarteten Befehl gehorcht hätte, und ich humpelte noch auf den Rand des Pai-Pai zu, wobei ich Kory-Kory, der mich zurückzuhalten suchte, an dem einen Arm mit mir zog, als die Eingeborenen, die um mich saßen, aufsprangen und sich längs der offenen Front des Gebäudes in einer Reihe aufstellten, während Mehivi mich finster ansah und seinen Befehl in noch strengerem Tone wiederholte.

Fünfzig wilde Gesichter richteten ihre drohenden Blicke auf mich, und zum erstenmal begriff ich die ganze Tragweite der Tatsache, daß ich ein Gefangener war. Die plötzliche Erkenntnis war erschütternd, ich sah meine schlimmsten Befürchtungen wahr werden. Ich sah auch sofort, daß jeder Widerstand meinerseits nutzlos sein mußte, mir wurde elend zumute, ich setzte mich wieder auf die Matte und überließ mich der Verzweiflung.

Ich sah nun, wie die Eingeborenen, einer nach dem anderen, am Tai vorüber den Weg zur See hinabeilten. Die werden nun bald, dachte ich, vielleicht mit meinen Landsleuten zusammentreffen, die mich leicht befreien könnten, wenn sie von meiner Lage wüßten. Mir war unbeschreiblich jammervoll zumute; und bitter verwünschte ich die Treulosigkeit Tobys, der mich meinem Schicksal überlassen hatte. Vergeblich bot Kory-Kory mir Essen, zündete meine Pfeife an und suchte mich durch seine ungeschlachten Spaße, über die ich bisweilen gelacht hatte, abzulenken. Dieses letzte Mißgeschick, obwohl ich es oft vorausgesehen und gefürchtet hatte, schlug jetzt, da es wirklich eintraf, mich völlig nieder.

So allein meinem Kummer hingegeben, blieb ich mehrere Stunden im Tai, bis laute Rufe aus den Wäldern jenseits des Hauses die Rückkehr der Eingeborenen vom Strande verkündeten.

Ob an diesem Morgen Boote in der Bucht gewesen waren oder nicht, habe ich nie erfahren. Die Eingeborenen leugneten es, aber ich dachte, daß sie mich täuschen und die Heftigkeit meines Kummers damit lindern wollten. Wie dem aber sein mochte, ich wußte jetzt, daß die Taïpis mich gefangenhalten wollten. Dabei behandelten sie mich mit immer gleicher Aufmerksamkeit, so daß ich mir ihr Verhalten gar nicht erklären konnte. Wäre ich in der Lage gewesen, sie irgendwelche Handwerkskunst zu lehren, oder hätte ich mich ihnen sonst irgendwie nützlich erwiesen, so hätte ich einen Grund für ihr Benehmen gewußt; so blieb es mir vollkommen unbegreiflich.

Während meines ganzen Aufenthalts auf der Insel kam es nur zwei oder dreimal vor, daß die Eingeborenen sich an meine höhere Erkenntnis wendeten, und diese Vorfälle waren so komisch, daß ich sie erzählen muß.

Als wir in das Tal herabstiegen, hatten wir die wenigen Sachen, die wir von Nukuhiva mitgebracht, in einem kleinen Bündel mit uns geführt. In der ersten Nacht hatte ich es als Kopfkissen benutzt. Am folgenden Morgen hatte ich es aufgemacht, um den Inhalt den Eingeborenen zu zeigen; sie blickten darauf mit einer bewundernden Scheu, als ob ich ihnen ein Kästchen voll Diamanten gezeigt hätte und bestanden darauf, daß ein so kostbarer Schatz sicher aufbewahrt werden müßte. Es wurde daher an eine Schnur gebunden, die über die große Längsstange unter dem Dach lief, und daran in die Höhe gezogen, so daß es gerade über meinem gewöhnlichen Lager hing. Wenn ich etwas brauchte, streckte ich nur den Finger nach einem Bambus neben mir aus, und ließ an der Schnur, die daran befestigt war, das Paket herab. Dies war eine sehr bequeme Einrichtung, und ich gab den Eingeborenen zu verstehen, wie ausgezeichnet ich sie fand. Der Hauptinhalt des Bündels waren ein Rasiermesser mit seinem Futteral, Nadeln und Zwirn, oder ein oder zwei Pfund Tabak und ein paar Ellen bunten Kalikos.

Meine ganze Garderobe bestand aus einem Hemd und einem Paar Hosen. Kurz nach Tobys Verschwinden hatte ich im Gedanken, wie lange ich vielleicht noch auf der Insel würde bleiben müssen – wenn es mir überhaupt je gelang, davonzukommen! –, beschlossen, diese Kleidungsstücke abzulegen, um sie in einem erträglichen Zustand zu erhalten für den Tag, an dem ich wieder unter zivilisierte Menschen kommen würde. Ich selbst mußte daher die Tracht der Taïpis anlegen, die ich ein wenig veränderte, um meinen Begriffen von Anstand zu genügen, und in der ich zweifellos so vorteilhaft aussah wie ein römischer Senator in seiner Toga. Ein breiter Streifen von gelbem Tappa, um die Mitte meines Leibes gewickelt, fiel in Falten auf meine Füße, etwa wie ein Damenunterrock, nur daß ich ihn rückwärts nicht in der Weise ausstopfte, in der unsere lieblichen Frauen die erhabene Rundung ihrer Gestalt zu betonen pflegen. Das war mein Hausanzug. Wenn ich ausging, zog ich noch ein weites mantelartiges Kleid aus dem gleichen Stoff über, in das ich mich völlig einhüllte, um mich vor den Sonnenstrahlen zu schützen.

Eines Tages hatte ich ein Loch in den Mantel gerissen, und um den Eingeborenen zu zeigen, daß der Schaden leicht gutzumachen war, ließ ich mein Bündel herunter, nahm Nadel und Faden heraus und begann die Öffnung zuzunähen. Sie betrachteten diese herrliche Kunst mit äußerster Bewunderung, und während ich noch mit dem Steppen beschäftigt war, schlug sich der alte Marheyo, der sich unter den Zuschauern befand, plötzlich vor die Stirne, eilte in eine Ecke des Hauses, zog einen schmutzigen und zerfetzten Streifen ausgeblichenen Kalikos hervor, den er vermutlich einmal am Strande erhandelt hatte, und bat mich eifrig, meine Kunst daran zu versuchen. Ich tat ihm gerne den Gefallen, obwohl sicherlich noch niemals eine so kurze Nadel wie meine so riesenhafte Stiche durch Kaliko geführt hat. Als die Ausbesserung vollendet war, umarmte der alte Marheyo mich väterlich, löste seinen »Maro« – »Gürtel« –, schlug das Kalikotuch um seine Lenden, steckte seine geliebten Schmuckstücke in die Ohren, ergriff seinen Speer und schritt stolz aus dem Hause wie ein tapferer Tempelritter, der eine neue und kostbare Rüstung angelegt hat.

Mein Rasiermesser blieb während meines ganzen Aufenthaltes auf der Insel unbenutzt; obschon es gar nichts Besonderes war, bewunderten die Taïpis es sehr, und Narmonih, einer ihrer Helden, der besonders peinlich und sorgfältig in seiner Toilette war und auf seine Erscheinung hielt – er war der am scheußlichsten tätowierte Mann im ganzen Tale –, wünschte, daß ich es an seinem bereits geschorenen Schädel versuchte.

Die Eingeborenen benützten zum Scheren gewöhnlich einen Haifischzahn, der sich dafür so eignete wie eine einzinkige Gabel zum Heuaufladen. Es war also kein Wunder, daß der scharfsinnige Narmonih die Vorzüge meines Rasiermessers erkannte. Infolgedessen erbat er sich eines Tages diese persönliche Gefälligkeit. Ich gab ihm zu verstehen, daß es zu stumpf wäre und vorher geschliffen werden müsse. Um ihm dies klarzumachen, tat ich, als würde ich es an meiner Handfläche abziehen. Narmonih begriff meine Absicht sogleich, eilte aus dem Hause und kehrte im nächsten Augenblicke mit einem Block, groß wie ein Mühlstein, zurück und bedeutete mir, daß es das wäre, was ich brauchte. Es blieb mir nichts übrig, als ans Werk zu gehen. Er wand sich und schnitt Gesichter unter der Prozedur, aber von meiner Kunstfertigkeit überzeugt, ertrug er den Schmerz standhaft wie ein Märtyrer.

Ich habe Narmonih nie in der Schlacht gesehen, aber auf seinen Mut und seine Tapferkeit will ich schwören. Hatte sein Kopf vorher eine mit kurzen Borsten besetzte Fläche gebildet, so glich er am Schlusse meiner stümperhaften Arbeit einem Stoppelfelde, über das eine Egge gegangen war. Da aber der Häuptling nur die lebhafteste Befriedigung zeigte, hütete ich mich, eine andere Meinung auszusprechen.

Sechzehntes Kapitel

Tag für Tag verging, und nichts änderte sich in dem Verhalten der Eingeborenen gegen mich. Allmählich verlor ich die Zeitrechnung und versank in jenen Zustand der Apathie, der auf einen heftigen Verzweiflungsausbruch zu folgen pflegt. Plötzlich heilte mein Bein, die Schwellung nahm ab, der Schmerz ließ nach, und ich konnte hoffen, daß ich das Leiden, das mich so lange gequält hatte, bald vollkommen los sein würde. Sobald ich in Gesellschaft der Eingeborenen im Tale umherstreifen konnte, begann ich eine Elastizität des Geistes zu fühlen, in der all jene düsteren Ahnungen schwanden. Eine ganze Schar von Eingeborenen folgte mir, so oft ich das Haus verließ; wohin ich kam, wurde ich mit achtungsvollster Freundschaft aufgenommen, mit den köstlichsten Früchten bewirtet, von dunkeläugigen schönen Mädchen bedient; dabei standen mir stets die Dienste des treuen Kory-Kory zur Verfügung; für einen Aufenthalt unter Kannibalen konnte man es nicht besser haben.

Meine Wanderungen waren allerdings auf ein bestimmtes Gebiet beschränkt. Der Weg zum Strande war mir durch ein ausdrückliches Verbot untersagt; und nach zwei oder drei vergeblichen Versuchen, die ich ebensosehr aus Neugier, um zu sehen, was geschehen würde, als aus anderem Grunde unternahm, gab ich den Gedanken auf. Etwa heimlich hinzugelangen, war völlig ausgeschlossen, da die Eingeborenen mich stets in größerer Zahl begleiteten; ich kann mich nicht erinnern, daß sie mich auch nur einen einzigen Augenblick allein gelassen hätten.

Die steilen grünen Höhen, die das Talende, wo Marheyos Wohnung stand, umschlossen, machten jede Hoffnung, in anderer Richtung zu entfliehen, unmöglich, selbst wenn ich den tausend Augen der Wilden hätte entgehen können.

Aber diese Betrachtungen störten mich jetzt nur selten; ich gab mich dem Augenblick hin, und wenn mir etwa ein unangenehmer Gedanke kam, so scheuchte ich ihn fort. Wenn ich auf die grüne Landschaft hinaussah, in der ich verborgen lebte, oder zu den Gipfeln der herrlichen Berge emporblickte, die sie umschlossen, dann konnte ich mir gut vorstellen, daß ich mich in den »seligen Gefilden« befand, während jenseits der Höhen eine Welt von Mühsal und Sorge lag.

Nun erschien mir alles in einem neuen Licht, und je mehr ich Gelegenheit fand, die Sitten der Eingeborenen zu beobachten, desto stärker wurde der günstige Eindruck. Was mir als bewundernswert auffiel, war die beständige Heiterkeit, die in dem ganzen Tale herrschte. Es schien keine Sorgen, keine Trübsal, kein Ärgernis im Lande der Taïpis zu geben. Die Stunden flogen fröhlich dahin wie vergnügten Paaren auf einem ländlichen Tanzfest.

All die tausend Quellen der Verärgerung, die der zivilisierte Mensch sich ausgedacht hat, um sein eigenes Glück zu zerstören, gab es hier nicht. Keine Hypotheken, die fällig wurden, keine Wechsel zum Protestieren, keine Rechnungen, keine Ehrenschulden; keine unvernünftigen Schneider und Schuster, die durchaus ihr Geld verlangten; überhaupt keine Gläubiger irgendwelcher Art; keine streitsüchtigen Rechtsanwälte, die die Zwietracht ihrer Klienten nährten und beide Seiten ausbeuteten; keine armen Verwandten, die eine Stelle am Familientisch beanspruchten und sich im einzigen freien Schlafzimmer einquartierten; keine mittellosen Witwen mit hungernden Kindern, die der kalten Wohltätigkeit überlassen blieben, keine Bettler, keine Schuldgefängnisse, keine stolzen, hartherzigen Millionäre, um es mit einem Worte zu sagen: kein Geld! Diese »Wurzel alles Übels« gab es nicht.

In diesem abgeschlossenen Wohnsitz glücklicher Menschen gab es keine boshaften alten Weiber, keine grausamen Stiefmütter, keine vergrämten alten Jungfern, keine liebeskranken Mädchen, keine versauerten alten Junggesellen, keine unliebenswürdigen Ehegatten, keine schmachtenden jungen Männer, keine plärrenden Burschen noch lärmende Rangen. Alles war Lust, Scherz, Heiterkeit und glänzende Laune.

Hier sah man eine Schar Kinder den ganzen langen, Tag spielen und sich tummeln, ohne Zanken, ohne Streit. In unserer Heimat hätte die gleiche Schar keine Stunde miteinander spielen können, ohne daß es zum Kratzen und Beißen gekommen wäre. Dort konnte man eine Anzahl junger Frauen und Mädchen sehen, die einander nicht um ihre hübschen Gesichter beneideten; keine wollte feiner und vornehmer sein als die andere, sie trugen keine Fischbeinkorsetts, sondern waren unbefangen, frei und zwanglos glücklich.

Es gab Stellen in dem sonnigen Tale, an die sie sich häufig begaben, um sich mit Blumenkränzen zu schmücken. Wenn man sie so im Schatten eines der herrlichen Haine liegen sah, der Boden rings um sie mit frisch gepflückten Knospen und Blüten bestreut, aus denen sie Kränze und Halsbänder flochten, dann konnte man wirklich glauben, Floras Gefolge zu sehen, das seiner Herrin zu Ehren ein Fest feierte.

Die jungen Männer schienen immer etwas zu tun oder eine Unterhaltung zu haben, die ihnen das Leben abwechslungsvoll und genußreich machte. Ob sie fischten oder Kanus schnitzten oder ihre Schmuckstücke blank rieben, nie sah ich das geringste Zeichen von Streit und Zwietracht unter ihnen.

Die Krieger wahrten eine ruhige Würde; sie begaben sich gelegentlich von einem Hause zum anderen und wurden überall mit Aufmerksamkeit als angesehene Gäste empfangen. Die alten Männer, deren viele im Tale waren, erhoben sich selten von ihren Matten, sondern lagen stundenlang darauf und rauchten und plauderten miteinander mit der ganzen Geschwätzigkeit des Alters.

Das Glücksgefühl, das, soweit ich sehen konnte, im Tale zu herrschen schien, entsprang vornehmlich jenem alles durchdringenden Gefühl, das Rousseau, wie er sagt, einmal im Leben empfand: dem bloßen überschäumenden Gefühl vollkommener körperlicher Gesundheit. Krankheit war unter den Taïpis fast unbekannt. In der ganzen Zeit meines Aufenthaltes habe ich nur einen einzigen Kranken unter ihnen gesehen. Auf ihrer glatten reinen Haut sah man keine Spur irgendeines Leidens.

Indessen wurde die allgemeine Ruhe, die ich eben gepriesen, zu dieser Zeit durch einen Vorfall gestört, der immerhin bewies, daß auch die Bewohner dieser glücklichen Insel nicht ganz von jenen Ereignissen unberührt blieben, die die Ruhe in zivilisierten Ländern stören.

Da ich nun bereits eine beträchtliche Zeit im Tale gelebt hatte, begann ich mich zu wundern, daß die heftige Feindschaft zwischen seinen Bewohnern und denen der benachbarten Bucht von Happar niemals zu einem kriegerischen Zusammenstoß führte. Obgleich die tapferen Taïpis oft genug durch Gebärden ihren unauslöschlichen Haß gegen ihre Feinde und den Abscheu, den sie für ihre kannibalischen Neigungen fühlten, zum Ausdruck brachten, obwohl sie lang und breit von dem mannigfachen Unrecht erzählten, das jene ihnen zugefügt, schienen sie dennoch mit einer wahrhaft bewunderungswürdigen Langmut all diese Unbill geduldig zu ertragen und sich jeden Versuchs einer Vergeltung zu enthalten. Andererseits schienen mir die Happars, die beständig hinter ihren Bergen verschanzt blieben und sich niemals auch nur auf ihren Kämmen zeigten, keinen Grund für den übermäßigen Haß zu geben, den die heroischen Bewohner unseres Tales gegen sie zu empfinden vorgaben, und ich begann zu glauben, daß die blutigen Taten, die ihnen zugeschrieben wurden, stark übertrieben waren.

Und da bis zu dieser Zeit niemals Kriegsgeschrei den heiteren Frieden des Stammes gestört hatte, begann ich andererseits auch an der Wahrheit jener Berichte zu zweifeln, die den Taïpis einen so wilden und kriegerischen Charakter zuschrieben. Ich begann all die schrecklichen Geschichten für Fabeln zu halten, die ich von der unausrottbaren Erbfeindschaft, von ihrem tödlichen Haß und der teuflischen Bosheit gehört hatte, mit der sie selbst an den entseelten Körpern der Erschlagenen ihren Rachedurst scheußlich sättigten, und ich gestehe, daß ich sogar eine Art von Bedauern fühlte, daß meine gräßlichen Erwartungen so vollkommen enttäuscht wurden. Ich empfand ungefähr wie ein Lehrling, der ins Theater geht in der Erwartung, sich an einer blutigen Tragödie mit Mord und Totschlag zu weiden, und bitter enttäuscht ist, wenn statt dessen ein artiges Lustspiel aufgeführt wird.

Ich mußte tatsächlich denken, daß das Volk schlimm verleumdet wurde, und ich stellte moralische Betrachtungen über den Nachteil eines schlechten Leumunds an, der einen Stamm von Wilden, die so friedlich wie Lämmchen waren, in den Ruf eines Verbandes von Eisenfressern gebracht hatte.

Spätere Ereignisse bewiesen mir, daß meine Schlüsse ein wenig voreilig gewesen waren. Eines Tages, gegen Mittag, ich war gerade im Tai, lag dort in Gesellschaft mehrerer Häuptlinge auf den Matten, und hatte mich gerade einem wollüstigen Nachmittagsschlaf hingegeben, als ich durch einen fürchterlichen Schrei geweckt wurde und auffahrend sah, wie die Eingeborenen zu ihren Speeren griffen und hinausstürmten, während der kräftigste der Häuptlinge die sechs Musketen packte, die gegen die Bambuswand gereiht standen, und gleichfalls im Hain verschwand. Von allen Seiten ertönte wildes Schreien, und immer wieder ertönte der Ruf: »Happar! Happar!« Die Inselbewohner liefen am Tai vorüber, quer durchs Tal nach der Seite, die gegen Happar lag. Jetzt hörte ich das scharfe Krachen einer Muskete aus den nahen Hügeln und wilde Stimmen in der gleichen Richtung. Nun erhoben die Frauen, die sich in den Hainen versammelt hatten, ein gewaltiges Geschrei, wie sie es hier wie anderswo in jeder Aufregung und Angst zu tun pflegen, offenbar um sich damit zu beruhigen und andere zu verstören. Bei dieser Gelegenheit machten sie einen so unerhörten und andauernden Lärm, daß man nichts vom Gefecht in den Bergen hätte hören können.

Als ihre Aufregung ein wenig nachgelassen hatte, lauschte ich aufmerksam hinaus. Jetzt krachte ein zweiter Schuß, dem wieder Geheul von den Hügeln folgte. Wieder war alles still und so lange, daß ich zu glauben begann, die feindlichen Armeen wären zu einer Einstellung der Feindseligkeiten gekommen, als, bum! ein dritter Schuß krachte, auf den wie vorher ein wildes Geheul folgte. Dann geschah durch beinahe zwei Stunden nichts Bemerkenswertes, ausgenommen gelegentliche Schreie von der Hügelwand, die aber nicht anders klangen als das Hallo von ein paar ausgelassenen Jungen, die sich in den Wäldern verirrt haben.

Während dieser Zeit war ich auf dem Vorplatz des Tai stehengeblieben, der gerade auf den Berg von Happar hinaussah. In meiner Nähe waren nur Kory-Kory und jene uralten Wilden geblieben, von denen ich früher gesprochen. Diese rührten sich nicht auf ihren Matten und schienen sich nicht bewußt zu werden, daß irgend etwas Ungewöhnliches vor sich ging.

Kory-Kory dagegen schien der Ansicht, daß wir vor großen Ereignissen standen, und suchte mir von ihrer Wichtigkeit einen Begriff zu geben. Jeder Ton, der an unser Ohr drang, schien für ihn bedeutsame Aufschlüsse zu enthalten. Und als wäre er mit einem zweiten Gesicht bedacht, zeigte er mir pantomimisch aufs genaueste, wie die furchtbaren Taïpis in diesem Augenblicke den Übermut der Feinde züchtigten. »Mehivi henna pippih nuih Happar«, rief er alle fünf Minuten und gab mir zu verstehen, daß die Krieger seines Volkes unter ihrem tapferen Führer Wunder der Tapferkeit vollbrachten.

Da ich im ganzen nur vier Schüsse gehört hatte, so schloß ich, daß die Eingeborenen die Musketen ungefähr so handhabten wie die Türken unter Sultan Suleiman die schwere Artillerie bei der Belagerung von Byzanz, wo das Laden eines Geschützes ein bis zwei Stunden in Anspruch nahm. Da weiter nichts aus dem Gebirge zu hören war, schloß ich zuletzt, daß der Kampf irgendwie zu einem Ende gekommen war. Dies schien auch der Fall zu sein, denn bald nachher kam ein Läufer nach dem Tai, fast atemlos vor Anstrengung, und brachte die Nachricht, daß seine Landsleute einen großen Sieg errungen hatten: »Happar pu arva! Happar pu arva!« – »Die feigen Happars sind entflohen!« Kory-Kory geriet in Ekstase und hielt eine lebhafte Ansprache an mich, die, soweit ich sie zu verstehen vermochte, offenbar besagte, daß dies Ergebnis nur seinen Erwartungen entsprach, und er mir außerdem begreiflich machen, wollte, daß es selbst für eine Armee von Feuerfressern ein ganz hoffnungsloses Unternehmen sein würde, die unwiderstehlichen Helden unseres Tales bekämpfen zu wollen. All dem pflichtete ich natürlich vollkommen bei, und mit nicht geringem Interesse erwartete ich die Heimkehr der Sieger, deren Triumph, wie ich fürchtete, nicht ohne Verluste erkauft sein mochte.

Aber auch hierin irrte ich mich; denn Mehivi schien bei seinen kriegerischen Unternehmungen mehr der Taktik des Fabius Cunctator als der Napoleons geneigt, er schonte seine Hilfsquellen und setzte seine Truppen keiner unnötigen Gefahr aus. Der Gesamtverlust der Sieger in dieser so hartnäckig umstrittenen Affäre betrug an Toten, Verwundeten und Vermißten einen Zeigefinger nebst einem Teil des Daumennagels, den der frühere Eigentümer in der hohlen Hand mitbrachte, ferner einen recht arg gequetschten Arm und einen beträchtlichen Bluterguß am Schenkel eines Häuptlings, den ein Happarspeer wirklich schlimm getroffen hatte. Die Verluste des Feindes konnte ich nicht erfahren, ich nehme an, daß es ihnen gelungen war, ihre Toten mitzunehmen.

Dies war der Ausgang der Schlacht, soweit ich das Ergebnis beobachten konnte, und da sie für ein ungeheures Ereignis im Tale angesehen wurde, so schloß ich wahrscheinlich mit Recht, daß die Kriege der Eingeborenen nicht allzu blutig verliefen. Ich erfuhr später, wie es zu dem Scharmützel gekommen war. Man hatte eine Anzahl von Happars entdeckt, die auf der Taïpiseite der Berge umherschlichen und unmöglich Gutes im Schilde führen konnten; es wurde Alarm geschlagen und die Eindringlinge nach längerem Widerstand über die Grenze zurückgejagt. Aber warum hatte der unerschrockene Mehivi den Krieg nicht nach Happar hinübergetragen? Warum hatte er keinen Einfall in das feindliche Tal unternommen und Siegestrophäen heimgebracht, Material für das Kannibalenfest, das, wie ich gehört hatte, jedes Gefecht zu beschließen pflegte? Ich begann zu glauben, daß diese scheußlichen Feste sehr selten vorkamen, wenn es überhaupt der Fall war.

Zwei oder drei Tage lang war dieses Ereignis allgemeines Gesprächsthema; dann verlor sich die Aufregung allmählich, und das Tal war wieder ruhig und friedlich wie zuvor.

Siebzehntes Kapitel

Mit der wiederkehrenden Gesundheit und neuem Seelenfrieden gewann alles für mich ein neues Interesse. Ich suchte mir die Zeit mit allen Genüssen, die für mich erreichbar waren, zu vertreiben. Mit den Mädchen zu baden, war eine meiner Hauptbelustigungen. Manchmal erfreuten wir uns in den Wassern eines winzigen Sees, zu dem der Hauptfluß des Tales sich erweiterte. Diese fast kreisförmige Wasserfläche hatte einen Durchmesser von etwa sechshundert Schritt und war von unbeschreiblicher Schönheit. An den Ufern wogten überall die üppigen Massen tropischen Laubwerks, und hoch darüber sah man gelegentlich den säulenartigen Stamm einer Kokospalme, von dessen Krone die anmutigen Zweige wie wehende Straußfedern herunterhingen.

Die Anmut und Leichtigkeit, mit der die Mädchen des Tales sich im Wasser bewegten, und ihre Vertrautheit mit dem Element war geradezu erstaunlich. Bald glitten sie dicht unter der Oberfläche hin, scheinbar ohne Hand oder Fuß zu bewegen; jetzt warfen sie sich auf die Seite und schossen durch das Wasser, und plötzlich schnellten sie sich empor, so daß man ihre Gestalt eine Sekunde lang durch die Luft schießen sah; jetzt tauchten sie tief ins Wasser, und im nächsten Augenblick stiegen sie blitzschnell zur Oberfläche empor.

Ich erinnere mich, daß ich einmal unter eine Schar dieser Flußnymphen tauchte und, auf meine größere Kraft vertrauend, die eine oder die andere unter Wasser zu ziehen suchte. Ich mußte meine Kühnheit bald bereuen: die amphibischen jungen Geschöpfe umschwärmten mich wie eine Schar von Delphinen, packten mich an allen Gliedern und tauchten mich unter, bis ich mich bei den seltsamen Geräuschen, die in meinen Ohren brausten, und den übernatürlichen Gesichten, die vor meinen Augen tanzten, im Lande der Geister glaubte. Ich hatte sowenig Aussichten gegen sie wie ein schwerfälliger Walfisch, der von einer Unzahl von Schwertwalen von allen Seiten angegriffen wird. Als sie mich endlich losließen, schwammen sie lachend nach allen Richtungen davon und spotteten meiner schwerfälligen Versuche, sie einzuholen.

Es befand sich kein Boot auf dem See; aber auf meine Bitten und zu meinem persönlichen Gebrauch holten einige der jungen Leute von Marheyos Haushalt unter der Aufsicht und Leitung des unermüdlichen Kory-Kory ein leichtes und schön geschnitztes Kanu vom Meere herauf. Es wurde auf die Wasserfläche des Sees gesetzt, auf dem es anmutig schwamm. Aber leider hatte es nicht die Folgen, die ich erwartet hatte. Die süßen Nymphen, die früher mit mir im See gespielt hatten, flohen sogleich aus seiner Nähe. Das verbotene Fahrzeug, das unter strengem Tabu stand, machte auch das Wasser, in dem es lag, zu einem verbotenen Wasser.

Einige Tage hindurch begleiteten mich Kory-Kory und ein oder zwei andere junge Leute zum See, und während ich in meinem leichten Kanu umherpaddelte, schwammen sie mir schreiend und im Wasser spielend nach. Aber das war nicht, was ich gewollt. Ich begann der Sache rasch müde zu werden und sehnte mich nach der angenehmen Gesellschaft der Seejungfrauen, in deren Abwesenheit das Schwimmen und Rudern gleich langweilig war. Eines Morgens teilte ich meinem treuen Diener meinen Wunsch mit. Der Brave sah mich einen Augenblick verwirrt an, dann schüttelte er feierlich den Kopf, murmelte »Tabu! Tabu!« und bedeutete mir, daß, solange das Kanu nicht entfernt würde, ich die Rückkehr der jungen Damen nicht erwarten könnte. Gerade das wollte ich aber nicht; ich wollte nicht nur das Kanu behalten, sondern ich wollte, daß die schöne Fayaweh mit mir darin auf dem See umherfahre. Dieser Vorschlag verletzte Kory-Korys Anstandsbegriffe aufs schwerste.

Er tobte dagegen: es wäre eine Sache, zu ungeheuerlich, als daß man sie sich überhaupt vorstellen dürfte, denn es widerspräche allen religiösen Geboten. Aber obgleich ein »Tabu« eine kitzlige Sache war, beschloß ich, seine Widerstandskraft auf die Probe zu stellen. Ich befragte den Häuptling Mehivi, der mir meine Absicht auszureden versuchte, aber ich gab nicht nach; meine Bitten wurden nur noch dringender. Schließlich hielt er mir einen langen und zweifellos sehr gelehrten und beredten Vortrag über die Geschichte und das Wesen des Tabu, insbesondere in diesem speziellen Fall, und gebrauchte dabei die merkwürdigsten Worte, die, nach ihrer Länge und nach ihrem Klang zu schließen, vermutlich theologische Fachausdrücke waren. Aber sie überzeugten mich nicht, zum Teil vermutlich, weil ich kein einziges Wort davon verstand, vor allem aber, weil ich um die Welt nicht begreifen konnte, warum ein Weib nicht ebensogut in einem Kanu sitzen sollte wie ein Mann. Schließlich schien er vernünftiger zu werden und deutete mir an, daß er aus besonderer Liebe zu mir die Priester befragen und sehen wollte, was sich machen ließe.

Wie die Priesterschaft von Taïpi die Sache mit ihrem Gewissen vereinigte, das weiß ich nicht; aber Tatsache ist, daß Fayaweh schließlich von diesem Tabu dispensiert wurde. Ich glaube nicht, daß etwas Ähnliches sich jemals im Tal ereignet hatte; aber es war hohe Zeit, den Eingeborenen ein wenig Galanterie beizubringen, und ich hoffe, mein Beispiel hat wohltätig gewirkt. Es war doch wirklich lächerlich, daß die reizenden Geschöpfe wie Enten durchs Wasser paddeln mußten, während all die großen stämmigen Kerle in Kanus über die Oberfläche schossen.

Am ersten Tag nach Fayawehs Emanzipation machten wir einen entzückenden Ausflug auf dem See, die Dame, Kory-Kory und ich. Mein eifriger Kammerdiener trug eine Kalebasse mit Poï-Poï, ein halbes Dutzend geschälter junger Kokosnüsse, drei Pfeifen, ebenso viele Yamswurzeln und außerdem einen Teil des Weges noch mich auf seinem Rücken vom Hause nach dem See. Es war eine gehörige Last; aber Kory-Kory war für seine Größe ungewöhnlich stark und besaß ein kräftiges Rückgrat. Wir hatten einen höchst angenehmen Tag, mein treuer Diener bediente das Ruder, und wir glitten sacht unter den Schatten des überhängenden Dickichts am Ufer entlang. Fayaweh und ich lagen im Boot, die zarte Schöne setzte von Zeit zu Zeit die Pfeife an die Lippen und blies die milden Tabakwolkchen von sich, die ihr frischer Atem noch duftender machte. Es mag anderen sonderbar erscheinen, ich aber finde, daß nichts einem jungen und schönen Frauenzimmer vorteilhafter steht als das Rauchen. Wie entzückend sind die Damen von Peru, wenn sie in ihren bunten Grashängematten zwischen zwei Orangenbäumen schaukeln und dabei eine duftige Zigarre genießen! Aber Fayaweh sah noch viel entzückender aus, wenn sie in ihrer feingeformten olivfarbenen Hand das lange gelbe Pfeifenrohr mit dem seltsam geschnitzten Kopf hielt und von Zeit zu Zeit leichte Rauchwölkchen lässig aus Mund und Nase blies.

Wir verbrachten so mehrere Stunden im Boot, und wenn ich zu dem glühenden tropischen Himmel empor und dann wieder in die durchsichtigen Tiefen unter mir blickte und mein Auge von der zauberhaften Landschaft, die mich umgab, auf die grotesk tätowierte Gestalt Kory-Korys fiel und zuletzt Fayawehs nachdenklichen Blicken begegnete, dann war mir, als ob ich träumte oder in ein Feenreich entrückt wäre, so unwirklich erschien mir alles.

Dieses liebliche Wasser war der kühlste Platz im Tal, und ich verbrachte von nun an dort die heißeste Stunde des Tages regelmäßig. An der einen Seite des Sees endete eine lange, allmählich weiter werdende Schlucht, die bis zu den Höhen, die das Tal umgaben, emporführte. Wenn der kräftige Passatwind auf die Bergwände traf und um ihre Gipfel wirbelte und kreiste, dann wurde manchmal ein Luftstrom durch die tiefe Schlucht ins Tal hinabgetrieben, der die sonst ruhige und glatte Oberflache des Sees kräuselte.

Eines Tags, wir hatten schon eine Weile umhergerudert, schiffte ich Kory-Kory aus und paddelte das Kanu nach der Windseite des Sees. Als ich wendete, schien Fayaweh, die mit mir war, plötzlich einen glücklichen Gedanken zu haben. Mit einem wilden Ruf des Entzückens riß sie das weite Tappakleid, das zum Schutze gegen die Sonne über ihrer Schulter geknüpft war, vom Leibe, breitete es wie ein Segel aus und stand mit erhobenen Armen kerzengerade an der Spitze des Kanus. Wir amerikanischen Seeleute sind auf unsere geraden und sauberen Rundhölzer stolz, aber einen hübscheren kleinen Mast als den, den Fayaweh machte, hat es noch nie in irgendeinem Fahrzeug gegeben.

Im nächsten Augenblick schwoll der Tappastoff im Wind, Fayawehs langes braunes Haar flog, das Kanu glitt schnell durch das Wasser und schoß auf den Strand zu. Am rückwärtigen Ende des Bootes sitzend, lenkte ich seinen Lauf mit meinem Ruder, bis es das sanft ansteigende Ufer hinaufschoß und Fayaweh leicht ans Land sprang, während Kory-Kory, der unser Manöver mit vieler Bewunderung verfolgt hatte, entzückt in die Hände klatschte und wie ein Wahnsinniger brüllte. Dies wurde nun noch viele Male wiederholt.

Der Leser wird wohl schon bemerkt haben, daß ich Fräulein Fayawehs erklärter Verehrer war. Aus dem Kaliko, den ich vom Schiff mitgebracht hatte, wurde für das reizende Mädchen ein Kleid gemacht. Es war allerdings eine leichte Kleidung, etwa wie die eines Ballettmädchens; und wenn die Verhüllung dieser Damen zumeist etwa in Ellenbogenhöhe beginnt, die meiner Inselschönheit begann bei der Taille und endete in genügender Höhe über dem Boden, um die bezauberndsten Knöchel zu zeigen.

Der Tag, an dem Fayaweh dieses Kleid zum ersten Male trug, wurde dadurch denkwürdig, daß ich eine neue Bekanntschaft machte. Es war Nachmittag, und ich lag im Hause, als ich von draußen einen großen Lärm hörte; aber da ich nun an das wilde Hallo, das fast beständig durch das Tal scholl, gewöhnt war, so achtete ich nicht sehr darauf, bis der alte Marheyo ungewöhnlich aufgeregt hereinstürzte und die erstaunliche Nachricht brachte: »Marnu pimi!«, was übersetzt bedeutete, daß ein Individuum namens Marnu sich dem Hause näherte. Der wackere Alte erwartete offenbar, daß diese Nachricht mir einen ungeheuren Eindruck machen würde; er blieb eine ganze Weile stehen und sah mich ernst an, als wollte er sehen, wie ich mich in so einem Fall benehmen würde. Da ich aber vollkommen unbewegt blieb, schoß der alte Herr mit ebensolcher Eile wieder aus dem Hause, wie er gekommen war.

Marnu, Marnu, dachte ich, den Namen habe ich noch nie gehört. Muß vermutlich eine angesehene Persönlichkeit sein, nach dem ungeheuren Lärm zu schließen, den die Eingeborenen machen; denn das gewaltige Lärmen kam jeden Augenblick näher und näher, und »Marnu! Marnu!« rief jede Stimme.

Ich kam zu dem Schluß, daß irgendein wilder Krieger von Rang, der bisher noch nicht die Ehre einer Audienz gehabt hatte, mir bei dieser Gelegenheit seine Aufwartung machen wollte. So eitel war ich durch die außerordentlich ehrenvolle Behandlung geworden, an die man mich gewöhnt hatte, daß ich halb geneigt war, diesen Marnu zur Strafe für seine Lässigkeit recht kühl zu empfangen – da kam die aufgeregte Menge in Gesichtsweite, und ich erblickte einen der merkwürdigsten Menschen, die ich jemals gesehen.

Der Fremde konnte nicht älter als fünfundzwanzig Jahre sein und war ein wenig über Mittelgröße; wäre er um ein Haar länger gewesen, das unvergleichliche Ebenmaß seiner Gestalt wäre weniger vollkommen geworden. Seine nackten Glieder waren außerordentlich schön und seine Gestalt so elegant, seine Wangen so jugendlich und bartlos, daß er ein geeignetes Modell für einen polynesischen Apollo geboten hätte. In der Tat erinnerte mich das reine Oval seines Angesichts und die Regelmäßigkeit seiner Züge an ein antikes Bild. Nur daß an Stelle der Ruhe des Kunstwerks hier eine Wärme und Lebendigkeit des Ausdrucks war, wie man sie nur in der glücklichen Natur der Südseeinseln findet. Marnus Haare waren reich gelockt und braun und fielen in kleinen dichten Löckchen über Hals und Schläfen. Löckchen, die, wenn er beim Sprechen lebhafter wurde, auf und nieder tanzten. Seine Wangen waren zart wie die einer Frau, sein Gesicht war auch nicht durch die leiseste Tätowierung entstellt, wenn auch auf seinem ganzen übrigen Körper phantastische Figuren gezeichnet waren, die jedoch, während man sonst nur eine zusammenhangslose Bildnerei sieht, nach einem Plan angelegt schienen.

Insbesondere die Tätowierung auf seinem Rücken fiel mir auf. Der Künstler, der sie ausgeführt hatte, mußte ein Meister in seinem Beruf sein. Der Wirbelsäule entlang war der schlanke, spitz zulaufende und gleichsam mit Rauten besetzte Stamm des wundervollen »Artubaumes« gezeichnet. Zu beiden Seiten breiteten sich, am Stamm wechselnd angeordnet, die anmutigen Zweige aus, die mit ihren Blättern überhingen. All dies äußerst sicher gezeichnet und aufs feinste ausgearbeitet. Diese Tätowierung war das beste Kunstwerk, das ich bisher in Taïpi gesehen. Brust, Arme und Beine waren mit einer unendlichen Menge verschiedenartiger Figuren besetzt, von denen aber jede einzelne im Hinblick auf den Gesamteindruck entworfen schien. Die ganze Tätowierung war in glänzendem Blau ausgeführt, das gegen die helle Olivenfarbe der Haut eine einzigartige und geradezu elegante Wirkung hervorrief. Ein schmaler Gürtel aus weißem Tappa, kaum zwei Zoll breit, von dem vorne und rückwärts breite Quasten herunterhingen, bildete das ganze Kostüm des Fremden.

Er kam, umringt von den Eingeborenen; unter dem einen Arm trug er eine kleine Rolle heimischen Tuches, in der anderen Hand hielt er einen langen, reich verzierten. Speer. Sein ganzes Gehaben war das eines Reisenden, der weiß, daß er einen angenehmen Aufenthalt vor sich hat. Jeden Augenblick wendete er sich vergnügt zu der ihn umgebenden Menge und schien auf ihre unaufhörlichen Fragen stets eine überraschende Antwort bereit zu haben, so daß sie sich in unwiderstehlichem Gelächter krümmten.

Sein Benehmen und seine außerordentliche Erscheinung, die der der anderen Eingeborenen mit ihrem kahlgeschorenen Schädel und tätowierten Gesicht so ungleich war, machte auf mich solchen Eindruck, daß ich, als er das Haus betrat, unwillkürlich aufstand und ihm einen Sitz auf den Matten neben mir anbot. Aber ohne meiner Höflichkeit die geringste Beachtung zu schenken, ja, als ob er die Tatsache meiner Existenz nicht bemerkte, schritt der Fremde an mir vorbei und warf sich am entferntesten Ende des langen Lagers nieder, das quer durch das einzige Gemach von Marheyos Wohnung lief. Wenn eine anerkannte Schönheit im ganzen Stolz ihrer Anmut und Macht irgendwo auf der öffentlichen Promenade von einem verächtlichen Dandy geschnitten würde, sie könnte nicht empörter sein, als ich bei dieser unerhörten Mißachtung war. Ich fühlte ein grenzenloses Erstaunen. Das Benehmen der Wilden hatte mich gewöhnt, von jedem, der neu ankam, die gleiche ungewöhnliche Neugier und Achtung zu erwarten. Sein auffallendes Benehmen vermehrte meinen Wunsch, zu erfahren, wer dieser merkwürdige Fremde sein mochte, der jetzt alle Aufmerksamkeit auf sich zog.

Teinor setzte eine Kalebasse mit Poï-Poï vor ihn; der Fremde bediente sich, tat aber zwischen jedem Bissen irgendeinen raschen Ausruf, der eifrig aufgenommen und von der Menge, die jetzt das ganze Haus erfüllte, wiederholt wurde. Der Eifer, mit dem die Eingeborenen sich um ihn bemühten, und daß sie mich im Augenblick vollständig vernachlässigten, verletzte mich aufs tiefste. Tommos Herrlichkeit ist dahin, dachte ich, und je früher er das Tal verläßt, desto besser. Das war meine Empfindung, diktiert von jenem großartigen Grundsatz, der allen heroischen Seelen eignet, dem tiefen Entschluß, entweder das größte Stück Pudding zu bekommen oder ganz zu verzichten.

Als Marnu, der alle so ausschließlich anzog, seinen Hunger gestillt und ein paar Züge aus einer Pfeife getan hatte, die ihm gereicht wurde, begann er eine Ansprache, die die Aufmerksamkeit der Hörer aufs äußerste fesselte.

Sowenig ich noch von der Sprache verstand, begriff ich doch aus seinen lebhaften Gebärden und dem wechselnden Ausdruck seiner Züge, der von den Gesichtern um ihn her wie aus ebenso vielen Spiegeln widerstrahlte, leicht, welche Leidenschaften er in ihnen zu entflammen suchte. Aus der häufigen Wiederholung der Worte »Nukuhiva« und »Freni« – »Franzosen« – und einiger anderer Worte, deren Sinn ich kannte, schloß ich, daß er Ereignisse berichtete, die sich in den anderen Buchten der Insel zugetragen hatten. Aber woher er das alles wußte, begriff ich nicht, wenn er nicht etwa eben von Nukuhiva kam. Sein Aussehen – er war staubbedeckt von der Wanderung – ließ das vermuten, aber dann war wieder seine freundliche Aufnahme durch die Taïpis nicht zu erklären.

Jedenfalls hatte ich noch nie eine so machtvolle natürliche Beredsamkeit erlebt. Die Anmut der Stellungen, die sein geschmeidiger Körper annahm, die eindrucksvollen Gebärden seiner nackten Arme, das Feuer seines Blicks vor allem, ergaben vereint mit dem beständig wechselnden Klang seiner Stimme eine Wirkung, auf die der vollendetste Redner hätte stolz sein können. Jetzt sprach er, auf der Matte ruhend, gelassen auf seinen Arm gestützt, und erzählte die Übergriffe der Franzosen in allen Einzelheiten, ihre unerwünschten Besuche in den benachbarten Buchten, die er der Reihe nach aufzählte, Happar, Puerka, Nukuhiva, Teior; plötzlich sprang er auf, stürzte mit geballten Fäusten und leidenschaftlich verzerrtem Gesicht vor, eine Flut wütender Schmähungen ausstoßend. Dann wurde seine Stellung eine gebieterische, als er die Taïpis ermahnte, diesen Übergriffen entgegenzutreten. Mit triumphierenden wilden Blicken erinnerte er sie daran, daß der Schrecken ihres Namens sie bis jetzt vor einem Angriff bewahrt hatte, und mit höhnischer Verachtung und in schneidender Ironie schilderte er die großartige

Unerschrockenheit der Franzosen, die mit fünf Kriegskanus und mehreren hundert Mann die nackten Krieger dieses Tales nicht anzugreifen gewagt hatten.

Der Eindruck, den er auf seine Zuhörer machte, war außerordentlich; mit funkelnden Augen und am ganzen Körper zitternd sahen sie ihn an, als hörten sie die Stimme eines Propheten.

Aber es zeigte sich, daß Marnus Fähigkeiten ebenso mannigfach wie groß waren. Kaum hatte er seine leidenschaftliche Rede beendet, als er sich wieder auf die Matte fallen ließ und jeden einzelnen in der Menge beim Namen nannte und ihn scherzhaft ansprach, mit einem Humor, der mir zwar fast völlig unverständlich war, aber die ganze Versammlung mit lautem Entzücken erfüllte.

Er hatte für jeden ein Wort, wendete sich blitzschnell von einem zum anderen, machte irgendeinen raschen Witz, auf den schallendes Gelächter folgte. Er sprach zu den Frauen wie zu den Männern. Gott weiß, was er zu ihnen sagte, aber jedenfalls sah ich sie lächeln und erröten, wenn er sprach. Ich glaube gern, daß Marnu mit seiner bildhübschen Erscheinung und seinem gewinnenden Wesen ein schlimmer Verführer für die einfachen Mägdlein der Insel war.

Während der ganzen Zeit hatte er mich auch nicht eines Blicks gewürdigt. Es schien, als ob er meine Gegenwart überhaupt nicht bemerkt hätte. Ich konnte mir dieses ungewöhnliche Benehmen nicht erklären. Ich sah, daß er ein Mann von nicht geringem Ansehen unter den Eingeborenen war, daß er ungewöhnlich begabt sein mußte und mehr wußte als die Bewohner des Tals; eben darum fürchtete ich, daß er aus irgendeinem Grunde mir abgeneigt war und seinen mächtigen Einfluß dazu verwenden konnte, mir zu schaden.

Es war klar, daß er nicht im Tal zu Hause war, aber woher mochte er kommen? Auf allen Seiten waren die Taïpis von feindlichen Stämmen umgeben; wie war es möglich, daß er, wenn er zu einem von diesen gehörte, mit solcher Herzlichkeit aufgenommen wurde?

Die Erscheinung des rätselhaften Fremden machte die Sache für mich noch verworrener. Ein untätowiertes Gesicht und einen ungeschorenen Kopf hatte ich noch niemals in irgendeinem Teil der Insel gesehen, und ich hatte auch immer gehört, daß das Gegenteil das unentbehrliche Kennzeichen eines Marquesas-Kriegers war. Die ganze Sache war mir vollkommen unverständlich, und ich erwartete die Lösung mit nicht geringer Sorge.

Aus gewissen Zeichen argwöhnte ich, daß er nunmehr Bemerkungen über mich machte, obschon er sich sorgfältig hütete, meinen Namen auszusprechen oder nach der Richtung zu schauen, in der ich lag. Plötzlich erhob er sich von den Matten, auf denen er gelegen hatte, und kam, immer mit den anderen sprechend, auf mich zu, wobei jedoch sein Blick den meinen absichtlich mied; zuletzt setzte er sich, kaum zwei Schritte von mir entfernt, nieder. Ich hatte mich noch nicht von meinem Erstaunen erholt, als er sich plötzlich umwendete und mit dem liebenswürdigsten Ausdruck und anmutigster Gebärde mir seine rechte Hand bot. Natürlich erwiderte ich seine Höflichkeit, und sowie unsere Hände sich berührten, beugte er sich zu mir und murmelte mit musikalischer Stimme auf englisch: »Wie Ihnen gehen? Wie lang sind Sie schon in dieser Bucht? Sie lieben diese Bucht?«

Wenn mich drei Happar-Speere zugleich durchbohrt hätten, ich hätte nicht mehr emporfahren können als bei diesen einfachen Fragen. Einen Augenblick war ich so betäubt vor Überraschung, daß ich antwortete, ohne zu wissen, was ich sprach; aber sowie ich meine Selbstbeherrschung wiedergewann, schoß mir der Gedanke durch den Kopf, daß ich von diesem Menschen etwas über Toby hören könnte, was die Eingeborenen mir, wie ich argwöhnte, absichtlich verbargen.

Ich befragte ihn daher über das Verschwinden meines Gefährten, aber er behauptete, nichts davon zu wissen. Dann fragte ich ihn, woher er käme. Von Nukuhiva, antwortete er. Als ich mein Erstaunen aussprach, sah er mich einen Augenblick an, als genieße er meine Verwirrung, und rief dann mit seiner seltsamen Lebhaftigkeit: »Ah! mich tabu! – mich gehen Nukuhiva – mich gehen Teior – mich gehen Taïpi – mich gehen überall – niemand mich was tun – tabu!«

Diese Erklärung würde mir gleichfalls unverständlich gewesen sein, hätte sie nicht meine Erinnerung an eine seltsame Sitte der Inselbewohner wachgerufen, von der ich schon gehört hatte.

Obschon das Land im Besitz verschiedener Stämme ist, deren gegenseitige Feindseligkeit beinahe jeden Verkehr zwischen ihnen unmöglich macht, so weiß man doch Beispiele, daß jemand, der mit irgendeiner Person eines Tales, dessen Bewohner mit seinem Stamm im Kriegszustand leben, freundliche Beziehungen angeknüpft hat, sich unter bestimmten Einschränkungen ungestraft in das Gebiet seines Freundes wagen darf, in dem er unter anderen Umständen als Feind behandelt worden wäre. Das so geschützte Individuum gilt als »tabu« und seine Person bis zu einem gewissen Grade als unverletzlich. So hatte auch dieser Fremde Zutritt zu allen Tälern der Insel.

Ich war sehr neugierig, zu erfahren, woher er Englisch sprach, und befragte ihn darüber. Zuerst wich er aus irgendeinem Grunde aus, später aber sagte er mir, daß er als Knabe von dem Kapitän eines Handelsschiffs mit zur See genommen worden und drei Jahre bei ihm geblieben war; einen Teil dieser Zeit hatte er in Sydney in Australien gelebt und war bei einem späteren Besuch auf der Insel von dem Kapitän auf seine Bitte bei seinen Landsleuten gelassen worden. Sein Verkehr mit den Weißen hatte die natürliche rasche Auffassungsgabe des Wilden außerordentlich gesteigert, und seine teilweise Kenntnis der fremden Sprache verschaffte ihm eine große Überlegenheit über seine minder gebildeten Landsleute.

Als ich den nunmehr so leutseligen Marnu fragte, warum er mich nicht früher angeredet hatte, erkundigte er sich seinerseits eifrig, was ich von seinem Verhalten gedacht hätte. Ich erwiderte, ich hätte in ihm einen großen Häuptling oder Krieger vermutet, der schon viele weiße Männer gesehen und es nicht der Mühe wert gehalten, einen armen Seemann zu beachten. Er schien sehr geschmeichelt, daß ich eine so hohe Meinung von ihm gefaßt, und gab mir zu verstehen, daß er sich absichtlich so benommen hatte, um meine Überraschung, wenn er mich anspräche, zu vermehren.

Er wünschte nun von mir zu hören, wie ich ins Taïpi-Tal gekommen wäre. Er hörte mich mit sichtlichem Interesse an, aber als ich auf das noch unerklärte Fernbleiben meines Kameraden kam, versuchte er von anderem zu sprechen, als wäre das ein Gegenstand, den er nicht zu berühren wünschte. Es war, als ob alles, was mit Toby zusammenhing, bestimmt gewesen wäre, mich mißtrauisch und besorgt zu machen. Ich konnte den Verdacht nicht loswerden, daß Marnu die Unwahrheit sprach, als er nichts über sein Schicksal zu wissen behauptete; dieser Verdacht weckte die schrecklichsten Befürchtungen für mich selber, die ich für eine Zeit losgeworden war, aufs neue.

Gerade darum war es mein Wunsch, mir den Schutz des Fremden zu sichern und in seinem Geleit nach Nukuhiva zurückzukehren. Aber als ich dies andeutete, erklärte er es sogleich für ganz undurchführbar und versicherte, daß die Taïpis niemals zugeben würden, daß ich das Tal verließe. Obschon dies nur meine eigenen Eindrücke bestätigte, vermehrte es meinen Wunsch, aus einer Gefangenschaft zu entkommen, die zwar erträglich, ja in mancher Hinsicht wonnevoll sein mochte, aber zuletzt doch zu einem schrecklichen Ende führen konnte.

Toby war ebenso freundlich behandelt worden wie ich, und doch hatte all ihre Freundschaft für ihn mit seinem geheimnisvollen Verschwinden ein Ende gehabt. Es konnte mir ebenso ergehen. Ich erneuerte daher meine Bitte; aber Marnu erklärte mir noch entschiedener, daß jede Flucht ausgeschlossen sei, und wiederholte, daß die Taïpis es nie zugeben würden. Vergeblich fragte ich ihn, aus welchen Gründen sie mich hier gefangenhielten; Marnus Ton wurde sogleich wieder geheimnisvoll, und meine Befürchtungen begannen mich aufs neue zu quälen. Ich beschwor ihn, bei den Eingeborenen für mich zu sprechen und sie dazu zu bewegen, mich gehen zu lassen. Er schien sehr abgeneigt, gab aber zuletzt soweit nach, daß er mit mehreren Häuptlingen darüber sprach, die uns übrigens wie alle anderen während unseres ganzen Gesprächs scharf im Auge behalten hatten. Sein Verlangen begegnete der heftigsten Mißbilligung, die sich in zornigen Blicken und Gebärden wie in einem Strom leidenschaftlicher Worte äußerte, die an ihn und mich gerichtet wurden. Marnu schien den Schritt zu bereuen, den er getan; es gelang ihm bald, die Taïpis einigermaßen zu beruhigen, und der Lärm ließ nach.

Ich aber sah mit bitterem Gefühl diesen neuerlichen Beweis für den unabänderlichen Beschluß der Eingeborenen. Marnu sagte mir mit sichtlicher Besorgnis, daß er zwar Zutritt zur

Bucht hätte und freundlichen Empfang fände, sich aber nicht erlauben dürfte, sich in ihre Angelegenheiten zu mischen; täte er dies noch länger, so würden die Taïpis sich nicht weiter an das Tabu zu halten brauchen, das ihn, wenn er nichts dergleichen täte, vor den Folgen der Feindschaft, die sie gegen seinen Stamm empfanden, schützte.

In diesem Augenblick wurde er von Mehivi in zornigem Ton unterbrochen; zweifellos bedeutete er ihm, nicht weiter mit mir zu sprechen und sich nach der anderen Seite des Hauses zu begeben. Marnu sprang sogleich auf, bat mich noch rasch, ihn nicht mehr anzureden und vor allem, wenn mir mein Leben lieb sei, mit keinem Wort mehr von der Abreise zu sprechen, und zog sich, da der Häuptling seinen Befehl bereits mit zorniger Stimme wiederholte, zurück und setzte sich in einiger Entfernung nieder.

Ich aber sah mit nicht geringer Sorge in den Gesichtern der Eingeborenen denselben wilden Ausdruck, der mich damals im Tai erschreckt hatte. Sie warfen argwöhnische Blicke auf Marnu und mich; die Unterredung die wir in einer für sie unverständlichen Sprache führten, war ihnen offenbar verdächtig geworden, sie schienen zu glauben, daß wir bereits Maßnahmen verabredet hätten, um ihre Wachsamkeit zu täuschen.

Das lebhafte Mienenspiel dieser Menschen drückt jede Seelenregung wunderbar aus, die nervöse Beredsamkeit ihres Ausdrucks und ihrer Gebärden ersetzt reichlich die Unvollkommenheit ihrer Sprache. Ich konnte in ihrem wechselnden Ausdruck all die Leidenschaften deutlich wahrnehmen, die jetzt unerwartet in ihnen wach geworden waren.

Ich begriff, daß Marnus Warnung ernst zu nehmen war; und ich sprach, wiewohl es mich große Anstrengungen kostete, zu Mehivi in leichtem und heiterem Ton, um jeden schlimmen Eindruck wettzumachen. Aber der erzürnte Häuptling war nicht so leicht zu besänftigen. Er wies meine Freundlichkeit mit jenem finsteren Ausdruck zurück, den ich schon einmal geschildert, und ließ mich durch sein ganzes Benehmen sein Mißfallen und seinen Groll fühlen.

Marnu, der mir nützlich sein wollte, bemühte sich auf der anderen Seite des Hauses, die Menge mit seinen Späßen zu unterhalten; aber er hatte damit nicht mehr den gleichen Erfolg wie vorher, und da all seine Bemühungen vergeblich blieben, erhob er sich ernst, um zu gehen. Niemand versuchte ihn zurückzuhalten, er nahm seine Rolle Tappa und seinen Speer, trat auf das Pai-Pai, winkte der schweigenden Menge mit der Hand zum Abschied, warf mir noch einen Blick zu, in dem Mitleid und Vorwurf sich mischten, und trat rasch hinaus. Ich sah seine Gestalt im Dunkel des Haines verschwinden und blieb in großer Niedergeschlagenheit zurück.

Achtzehntes Kapitel

Die Erfahrung, die ich an diesem Tage gemacht hatte, ging mir sehr nahe. Marnu war zweifellos ein Mann, der dank seiner höheren Bildung und seiner Kenntnis von den Ereignissen, die sich in den anderen Buchten der Insel vollzogen, von den Bewohnern des Tales hoch geschätzt wurde. Er war aufs herzlichste empfangen worden. Die Eingeborenen hingen an seinem Munde, und jeder hatte sich aufs höchste geschmeichelt gezeigt, wenn er von ihm besonders bemerkt wurde. Aber einige wenige Worte, die er für meine Freilassung gesprochen, hatten nicht nur genügt, alle Eintracht und alles Wohlwollen zu verbannen, sondern, wenn ich seinen Worten glauben durfte, sogar seine persönliche Sicherheit zu gefährden.

Wie tief mußte der Entschluß der Taïpis sein und wie plötzlich waren ihre Leidenschaften entflammt! Der bloße Gedanke meines Fortgehens hatte mir Mehivi, der der einflußreichste unter den Häuptlingen war und der mir so viele Beweise seiner Freundschaft gegeben hatte, wenigstens für den Augenblick entfremdet. Auch die übrigen Eingeborenen zeigten sich meinen Wünschen durchaus abgeneigt und selbst Kory-Kory schien die allgemeine Mißbilligung zu teilen.

Vergeblich zermarterte ich mir den Kopf, weshalb die Leute mich durchaus hierbehalten wollten; ich konnte keinen Grund dafür finden.

Aber jedenfalls bewies mir dieser Vorfall, wie gefährlich es war und wie verhängnisvoll es werden konnte, sich den Wünschen des launischen und leidenschaftlichen Volkes zu widersetzen und es herauszufordern. Mir blieb nichts übrig, als die Eingeborenen glauben zu machen, daß ich mich in mein Schicksal fügte und gerne bei ihnen bleiben wollte, und durch ein ruhiges, fröhliches Verhalten den Verdacht, den ich unglücklicherweise geweckt hatte, wieder zu zerstören. Wenn ihr Vertrauen wiederhergestellt war, würden sie vermutlich in ihrer Wachsamkeit lässiger werden, und ich war dann besser in der Lage, mich einer Gelegenheit zur Flucht zu bedienen. Ich beschloß daher gute Miene zum bösen Spiel zu machen und, was auch geschehen mochte, männlich zu ertragen. Und darin hatte ich mehr Erfolg, als ich erwartete. Als Marnu seinen Besuch machte, war ich schätzungsweise etwa zwei Monate im Tal. Obschon meine unerklärliche Krankheit noch nicht völlig geheilt war und noch irgendwie in mir steckte, hatte ich doch keine Schmerzen und konnte mich bewegen. Ich durfte erwarten, vollkommen gesund zu werden. Da ich diese Befürchtung los war und im übrigen der Zukunft entschlossen ins Auge sah, überließ ich mich wieder all dem geselligen Vergnügen im Tal und suchte allen Kummer, alle Erinnerungen an mein früheres Leben mit den wilden Genüssen, die es bot, zu betäuben.

Je besser ich auf meinen Wanderungen die Bewohner des Tales kennenlernte, desto größeren Eindruck machte mir die leichtherzige Fröhlichkeit, die allenthalben herrschte. Diese einfachen Wilden, deren Seelen keine ernsteren Sorgen kannten, vermochten sich an den kleinsten Dingen, die in einem intelligenteren Gemeinwesen unbeachtet bleiben würden, aufs äußerste zu entzücken. All ihre Freuden entsprangen winzigen Vorfällen des flüchtigen Augenblicks; aber all diese Kleinigkeiten zusammen schwollen zu einer Fülle des Glücks, wie sie gebildetere Menschen selten genießen.

Wo würden zum Beispiel gebildete Menschen sich am Abschießen von Knallbüchsen erfreuen? Der bloße Gedanke würde sie ärgerlich machen, während die ganze Bevölkerung von Taïpi durch zehn Tage kaum etwas anderes tat, als sich diesem kindlichen Vergnügen hinzugeben, und vor Entzücken darüber schrie.

Eines Tages scherzte ich mit einem lebhaften kleinen Bengel, der etwa sechs Jahre alt war, er jagte mich mit einem etwa drei Fuß langen Bambusstöckchen und bearbeitete mich gelegentlich damit. Dabei entriß ich ihm den Stock und hatte den glücklichen Einfall, dem Jungen aus dem dünnen Rohr eines jener Kindergewehre zu machen, mit denen ich die Knaben bei uns oft hatte spielen sehen. Ich schnitt mit meinem Messer zwei parallele und mehrere Zoll lange Schlitze in das Rohr, schnitt den elastischen Streifen zwischen ihnen an einem Ende los, zog ihn zurück und mit dem Ende über eine kleine Kerbe, die ich zu diesem Zweck gemacht hatte. Jeder kleine

Gegenstand, den ich darauf legte, mußte mit beträchtlicher Kraft aus dem Rohr geschleudert werden, wenn man den elastischen Streifen aus der Kerbe schnellen ließ.

Wenn ich nur im entferntesten geahnt hätte, welche Sensation diese ballistische Erfindung machen würde, ich hätte sicherlich ein Patent darauf genommen. Der Junge sprang halb verrückt vor Freude davon, und zwanzig Minuten, später war ich von einer lärmenden Menge umringt, ehrwürdigen Graubärten, würdigen Familienvätern, tapferen Kriegern, älteren Frauen, jungen Männern, Mädchen und Kindern, die alle Bambusstöckchen in den Händen hielten und von denen jeder schrie, daß ich ihn zuerst vornehmen sollte.

Drei oder vier Stunden war ich damit beschäftigt, derartige Büchsen zu fabrizieren; schließlich überließ ich das ganze Geschäft einem begabten Jüngling, den ich in das Geheimnis der Kunst einweihte.

Peng! Peng! Peng! tönte es durch das ganze Tal; Duelle, Scharmützel, Schlachten und allgemeine Gefechte wurden ausgefochten. Man konnte nicht durchs Dickicht gehen, ohne in einen Hinterhalt zu geraten und das Ziel für eine Schar von Musketieren zu werden, deren tätowierte Glieder man gerade noch im Laubwerk erspähen konnte. Dort wurde man von der kriegerischen Garnison eines Hauses angegriffen, deren Bambusrohre zwischen den Rohrstangen der Wände sichtbar wurden. An der nächsten Biegung des Weges war man dem Feuer einer Abteilung von Scharfschützen ausgesetzt, die auf einem Pai-Pai Posten gefaßt hatten.

Peng! Peng! Peng! Grüne Guajavas, Samenkörner und Beeren aller Art flogen nach allen Richtungen. So gefährlich wurde die Sache, daß ich beinahe fürchtete, wie der Mann, der den ehernen Stier erfunden, das Opfer meiner genialen Idee zu werden. Aber wie alles, nahm auch diese Aufregung allmählich ab, wenn man auch noch immer gelegentlich die Knallbüchsen hören konnte.

Es war gegen das Ende dieser kriegerischen Tage, daß mich ein seltsamer und komischer Einfall Marheyos unendlich belustigte.

Ich hatte, als ich das Schiff verließ, ein Paar feste Schuhe getragen, die bei unserem Felsenklettern und in Schluchten hinabgleiten so mitgenommen waren, daß sie nahezu unbrauchbar schienen. Aber Gegenstände, die für einen Zweck unbrauchbar sind, können einem anderen dienen, wenn man nur genug Erfindungsgabe hat, und diese Erfindungsgabe besaß Marheyo im höchsten Grad. Er bewies es durch den Gebrauch, den er von diesen zerrissenen alten Schuhen zu machen wußte. Die Eingeborenen schienen jeden noch so geringwertigen Gegenstand, der mir gehörte, als geheiligt zu betrachten, und so blieben auch die alten Schuhe mehrere Tage, nachdem ich ins Haus gekommen war, unberührt dort liegen, wo ich sie zuerst hingeworfen hatte. Ich erinnerte mich später, daß ich sie dann nicht mehr dort gesehen hatte, und nahm an, daß Teinor als ordentliche Hausfrau das wertlose alte Zeug weggeschmissen hätte. Aber ich wurde bald eines anderen belehrt.

Eines Tages bemerkte ich, daß der alte Marheyo sich mit ungewohnter Lebhaftigkeit um mich beschäftigte und Kory-Kory ablösen zu wollen, schien. Er erbot sich, mich nach dem Flusse zu tragen, und als ich das ablehnte, fuhr er fort, wie ein bejahrter Haushund mich gleichsam zu umwedeln. Ich konnte ums Leben nicht herausbekommen, was der alte Herr hatte, bis er plötzlich die zeitweilige Abwesenheit aller übrigen benützte und mit den unmöglichsten Gebärden eifrig auf meine Füße und dann wieder auf ein kleines Bündel wies, das oben an der Stange hing. Ich glaubte ihn endlich zu begreifen und bedeutete ihm, das Paket herunterzulassen. Er tat dies sogleich, entfaltete ein Stück Tappa, und mit Staunen erblickte ich die alten Schuhe, die ich längst im Kehricht vermutete.

Ich verstand seinen Wunsch und schenkte sie ihm großmütig; sie waren bereits verschimmelt, und ich ahnte nicht, wozu er sie brauchen konnte. Aber noch am selben Nachmittag sah ich den ehrwürdigen Krieger mit gemessenen Schritten auf das Haus zukommen, den Speer in der Hand, die Ohrringe im Ohr, während dieses herrliche Paar Schuhe an einer Rindenschnur um seinen Hals hing und auf seiner breiten Männerbrust hin und her baumelte. Von da an bildeten diese kalbledernen Anhänger das Hauptstück in Marheyos Galaanzug.

Um von anderem und Wichtigerem zu reden: obschon das Leben der Talbewohner fast völlig frei von Mühe und Arbeit verlief, gab es doch einige leichte Beschäftigungen, die, obwohl sie eher vergnüglich und unterhaltend als mühselig waren, zu ihrem Wohlbefinden beitrugen. Die wichtigste war die Bereitung des Eingeborenentuches – »Tappa« –, das in verschiedenen Formen fast im ganzen polynesischen Archipel wohlbekannt ist. Man weiß, daß dieser nützliche und oft recht elegante Stoff aus der Rinde verschiedener Bäume hergestellt wird. Die Bereitung aber ist, glaube ich, noch nie geschildert worden.

Um das schöne weiße Tappa herzustellen, das auf den Marquesas-Inseln zumeist getragen wird, werden zunächst junge Zweige des Tuchbaumes in entsprechender Anzahl eingesammelt. Die äußere grüne Rinde wird als wertlos abgeschält, dann kommt eine dünne faserige Masse, die sorgfältig vom inneren Holz, an dem sie festsitzt, abgestreift wird. Wenn man genug davon beisammen hat, werden die Streifen in große Blätter eingewickelt, die die Eingeborenen genau wie Packpapier benützen, und mit einer Schnur, die ein paarmal herumgeschlungen wird, zugebunden. Das ganze Paket wird in fließendes Wasser gelegt und mit einem großen Stein beschwert, damit es nicht von der Strömung fortgetrieben werde. Nach zwei oder drei Tagen wird es herausgenommen und für eine kurze Zeit der freien Luft ausgesetzt, wobei jedes Stück genau untersucht wird, ob die Behandlung bereits die nötige Wirkung hervorgerufen hat. Dies wird solange wiederholt, bis die Masse im richtigen Zustand ist. Es ist ein Zustand beginnender Zersetzung; die Fasern sind weich und nachgiebig und vollkommen knetbar. Jetzt werden die einzelnen Streifen nebeneinander auf einer glatten Fläche, zumeist auf einem liegenden Kokosnußstamm, ausgebreitet, in verschiedenen Lagen aufeinandergeschichtet und der ganze Haufen jedesmal, so oft eine neue Lage aufgetragen wird, mit einer Art hölzernen Klöppel sacht bearbeitet. Der Klöppel ist aus einem harten schweren Holz gemacht, das an Ebenholz erinnert, etwa zwölf Zoll lang und zwei breit, hat an einem Ende einen runden Griff und sieht genau wie einer unserer vierseitigen Streichriemen aus. Die Seitenflächen des Instrumentes sind parallel flach gezahnt, und zwar sind die Zähne an den einzelnen Seiten verschieden groß, so daß sie sich für die verschiedenen Stadien der Behandlung eignen. Dadurch entstehen die cordähnlichen Streifen, die in dem fertigen Tappa sichtbar sind. Durch dieses Klopfen wird das ganze zu einer einheitlichen Masse, die gelegentlich mit Wasser angefeuchtet, allmählich durch ein Verfahren, das an die Goldschlägerei erinnert, bis zu jedem beliebigen Grad der Feinheit flach geklopft werden kann. So wird Tuch von jeder Stärke und Dicke hergestellt, je nach dem Zweck, zu dem es verwendet werden soll. Wenn es soweit ist, wird das frische Tappa auf dem Gras zum Bleichen und Trocknen ausgebreitet und wird sehr bald blendend weiß. Manchmal wird es gleich in den ersten Stadien der Zubereitung mit einem Pflanzensaft durchtränkt, der ihm eine haltbare Farbe gibt. Man sieht so gelegentlich ein reiches Braun oder ein glänzendes Gelb, aber der einfache Geschmack der Taïpi-Leute zieht meist die Naturfarbe vor.

Die bemerkenswert gescheite und geschickte Frau Kammahammahas, des berühmten Eroberers und Königs der Sandwich-Inseln, pflegte auf die Kunst stolz zu sein, mit der sie ihr Tappa mit den verschiedensten Farben und in regelmäßigen Mustern einfärbte; trotzdem wurde sie in ihren letzten Lebensjahren als eine altmodische Dame angesehen, da sie an dem heimischen Tuch festhielt und es dem bereits allgemein eingeführten Flitterkram europäischer Kalikos vorzog. Diese Kunst, das Tappa mit Mustern zu bedrucken, ist auf den Marquesas unbekannt.

Wenn ich durch das Tal ging, blieb ich oft stehen und lauschte dem Klopfen der Tappa bereitenden Frauen. Das harte schwere Klöppelholz gibt einen hellen, klingenden, musikalischen Ton, der auf weite Entfernung hörbar ist. Wenn mehrere Klöppel zugleich in nächster Nähe in Tätigkeit sind, so ist die Wirkung auf das Ohr äußerst angenehm.

Neunzehntes Kapitel

Die Tage folgen einander still und einer nach dem anderen vergeht in Behagen und Glück, und die Geschichte eines Tages ist die Geschichte eines Lebens.

Man stand nicht allzufrüh auf. Die Sonne schoß ihre goldenen Strahlen über den Berg von Happar, ehe ich meine Tappadecke abwarf, meine lange Tunika umgürtete und mit Fayaweh und Kory-Kory und allen anderen im Hause zum Fluß hinabschlenderte. Hier fanden wir bereits alle versammelt, die in unserem Teil des Tales wohnten, und badeten mit ihnen. Die frische Morgenluft und das kühlfließende Wasser brachten Seele und Leib in Glut, und wenn wir uns etwa eine halbe Stunde so erfrischt hatten, schlenderten wir wieder zum Hause zurück. Teinor und Maheyo sammelten auf dem Wege trockene Zweige, um Feuer zu machen; einige der jungen Leute holten im Vorübergehen ein paar Früchte von den Kokosnußbäumen; Kory-Kory trieb seine seltsamen Possen, um mich zu unterhalten, und Fayaweh und ich gingen, nicht Arm in Arm, aber doch manchmal Hand in Hand, die freundlichsten Gefühle für die ganze Welt und besonderes Wohlwollen füreinander im Herzen.

Unser Frühstück war bald bereit. Die Inselbewohner sind bei dieser Mahlzeit ziemlich enthaltsam und heben sich ihren kräftigen Appetit für eine spätere Tageszeit auf. Ich aß – immer mit Hilfe meines Dieners – eine mäßige Portion Poï-Poï, das mit dem milchigen Fleisch reifer Kokosnüsse gemischt nur für mich bereitet wurde. Ein Stück gerösteter Brotfrucht, ein kleiner Emarkuchen, ein Gericht Koku, zwei oder drei Bananen oder ein Mami-Apfel; eine Annui oder sonst eine angenehme und nahrhafte Frucht gaben dem Frühstück eine gewisse Abwechslung; zum Beschluß trank ich den Saft von ein oder zwei Kokosnüssen aus.

Dieses einfache Mahl nahmen die Bewohner von Marheyos Haus in altrömischer Weise in Gruppen auf dem Mattendiwan liegend zu sich, während fröhliche Gespräche die Verdauung förderten.

Nach dem Frühstück wurden die Pfeifen angezündet, darunter meine eigene besondere Pfeife, ein Geschenk des ritterlichen Mehivi. Die Inselbewohner, die immer nur in langen Zwischenräumen ein oder zwei Züge tun, und ihre Pfeifen beständig von Hand zu Hand gehen lassen, fanden meine Art, systematisch vier oder fünf voll gestopfte Pfeifen hintereinander zu rauchen, einfach wunderbar. Wenn zwei oder drei Pfeifen umhergereicht und ausgeraucht waren, brach die Gesellschaft allmählich auf. Marheyo begab sich zu der kleinen Hütte, an der er ewig baute. Teinor begann ihre Tapparollen nachzusehen oder flocht mit geschäftigen Fingern Grasmatten. Die Mädchen salbten einander mit ihren duftenden Ölen, flochten ihr Haar oder sahen ihren Putz nach und verglichen ihre Elfenbeinschmuckstücke, die aus Eberhauern oder Walfischzähnen geschnitzt waren. Die jungen Männer und Kinder nahmen ihre Ruder, Keulen, Kanugeräte und Kriegsmuscheln vor und beschäftigten sich damit, vermittels spitzer Muschelstücke oder Feuersteins alle Arten von Figuren hinein zu schnitzen und sie, besonders die Kriegsmuscheln, mit Quasten aus geflochtener Rinde und Büscheln von Menschenhaar zu verzieren. Manche warfen sich sogleich nach dem Essen wieder auf die einladenden Matten und nahmen die Beschäftigung der Nacht wieder auf, daß heißt sie schliefen wieder ein, und so fest, als ob sie wochenlang kein Auge geschlossen hätten. Andere schlenderten in die Haine hinaus, um Früchte oder Rindenfasern und Blätter zu sammeln; beides wurde beständig gebraucht und zu hunderterlei Zwecken verwendet. Einige der Mädchen verschwanden vielleicht in den Wäldern, um Blumen zu suchen oder trugen kleine Kalebassen und Kokosschalen zum Fluß hinab, um sie durch Reiben im Wasser mit einem, glatten Stein zu polieren. Das unschuldige Völkchen wußte sich immer einen Zeitvertreib, und es wäre nicht leicht, alle ihre Beschäftigungen oder vielmehr all ihre Vergnügungen aufzuzählen.

Meine eigenen Vormittage verbrachte ich in mannigfachster Weise. Manchmal wanderte ich von Haus zu Haus, überall eines herzlichen Willkommens gewiß, oder zog von Kory-Kory und Fayaweh und einer ganzen Bande vergnügter junger Müßiggänger begleitet, von Hain zu Hain und von einer schattigen Stelle zur anderen. Manchmal war ich zu träge, um mir Bewegung zu machen und nahm daher eine der vielen Einladungen an, die ich beständig erhielt, streckte mich auf die Matten irgendeines gastlichen Hauses und unterhielt mich damit, das Treiben der anderen zu beobachten oder selbst daran teilzunehmen. Wenn ich das letztere vorzog, kannte das Entzücken der Eingeborenen keine Grenzen, und immer gab es eine Menge von Bewerbern um die Ehre, mich irgendeine besondere Fertigkeit lehren zu dürfen. Ich war bald ein geschickter Arbeiter, der sich auf die Zubereitung von Tappa verstand; ich wußte eine Grasschlinge zu flechten so gut wie irgendeiner, und eines Tages schnitzte ich mit meinem Messer den Schaft eines Wurfspeers so vortrefflich, daß ich überzeugt bin, Karnunu, sein Besitzer, bewahrt ihn noch heute als besondere Probe meines Könnens auf. Wenn es gegen Mittag ging, kehrten alle, die das Haus verlassen hatten, der Reihe nach zurück, und wenn die Sonne wirklich in Mittagshöhe stand, hörte man im ganzen Tal kaum mehr einen Laut, denn alles lag in tiefem Schlaf. Diese genußvolle Siesta fiel kaum jemals aus, nur der alte Marheyo war von so exzentrischem Wesen, daß er sich an keine feste Gewohnheit hielt, sondern je nach der Laune des Augenblicks schlief, aß oder an seiner Hütte herumzimmerte, ohne sich um Zeit oder Ort zu kümmern. Manchmal hielt er sein Schläfchen draußen in der Mittagssonne oder nahm um Mitternacht ein Bad im Fluß. Einmal sah ich ihn achtzig Fuß über dem Erdboden im Wipfel eines Kokosnußbaumes sitzen und rauchen, und manchmal wieder bis zur Brust im Wasser stehen, damit beschäftigt, seine wenigen Barthaare auszurupfen, wobei er ein paar Muschelschalen als Zange verwendete.

Der Mittagsschlummer dauerte gewöhnlich anderthalb Stunden, oft auch länger; wenn die Schläfer sich von ihren Matten erhoben, griffen sie wieder zu ihren Pfeifen und trafen dann ihre Vorbereitungen für die Hauptmahlzeit des Tages.

Ich aber, gleich jenen wohlhabenden Herren, die zu Hause frühstücken und im Klub speisen, nahm, wenn ich gesund war, die Nachmittagsmahlzeit in der Regel mit den unverheirateten Häuptlingen im Tai, die sich immer freuten, mich zu sehen und mir alle guten Dinge verschwenderisch vorsetzten, die ihre Speisekammer bot. Mehivi tischte neben anderen Leckerbissen zumeist gebackenes Schweinefleisch auf, das, wie ich zu vermuten allen Grund habe, lediglich für meinen Genuß besorgt wurde.

Der Tai war ein sehr vergnüglicher Ort. Es tat meiner Seele wie meinem Leibe wohl, in ihm zu verweilen. Vor weiblichen Störungen sicher, ließen die Krieger sich in ungehemmter Heiterkeit gehen, genau wie die Herren in Europa, wenn die Tafel aufgehoben wird und die Damen sich zurückziehen.

Nachdem ich einen beträchtlichen Teil des Nachmittags im Tai verbracht, pflegte ich in der Kühle des Abends entweder mit Fayaweh auf dem kleinen See umherzusegeln oder mit den Wilden im Flusse zu baden, die zu dieser Stunde fast immer dort zu finden waren. Wenn die Schatten der Nacht sich senkten, versammelte Marheyos Haushalt sich wieder unter seinem Dach; Fackeln wurden angezündet, lange seltsame Lieder gesungen und endlose Geschichten erzählt – aus denen allerdings einer der Anwesenden nicht recht klug wurde – und mit geselligen Vergnügungen jeder Art die Zeit vertrieben.

Oft tanzten die jungen Mädchen im Mondlicht vor ihren Häusern. Es gab eine Menge verschiedener Tänze, aber nie sah ich die Männer daran teilnehmen. Alle bestehen aus lebhaften, ausgelassenen und mutwilligen Bewegungen, an denen alle Gliedmaßen beteiligt sind. Die Marquesas-Mädchen tanzen gleichsam mit dem ganzen Körper; nicht nur ihre Füße, sondern auch ihre Arme, Hände, Finger, ja ihre Augen scheinen mitzutanzen. Die Dämchen tragen dabei lediglich Blumen und ihre kurzen Galaröckchen, manchmal schmücken sie sich mit Federn.

Wenn kein besonderes Fest im Gange war, zog man sich in Marheyos Haus ziemlich früh zurück. Aber nicht für die ganze Nacht, denn nach kurzem, leichtem Schlummer standen alle wieder auf, zündeten die Fackeln an und nahmen die dritte und letzte Mahlzeit ein, bei der nur Poï-Poï gegessen wurde, dann taten sie noch einen Zug aus einer Pfeife und machten sich für die große Arbeit der Nacht, den Schlaf bereit. Man kann wirklich sagen, für die Bewohner der Marquesas ist der Schlaf das Hauptgeschäft ihres Lebens, denn den größten Teil ihrer Zeit verbringen sie in seinen Armen. Die angeborene Kraft ihrer Konstitution zeigte sich in nichts so sehr, wie in der Menge von Schlaf, die sie vertragen. Für viele von ihnen ist das Leben wirklich nur ein oft unterbrochener, wolllüstiger Schlummer.

Zwanzigstes Kapitel

Fast jedes Land hat seine berühmten Heilquellen. Die von Taïpi liegt in tiefster Einsamkeit und wird nur selten besucht. Sie liegt fern von allen Wohnstätten, ein Stück den Berg hinauf, nahe dem Talende; man gelangt zu ihr auf einem Fußwege, der von dem herrlichsten Laubwerk beschattet und mit tausend duftenden Blumen geschmückt ist.

Die Mineralquellen von Arva Wai Man könnte dies, denke ich, mit »Starke Wasser« übersetzen. »Arva.« ist der Name einer Wurzel, die sowohl berauschend als heilkräftig wirkt. »Wai« ist das Wort für Wasser in der Marquesas-Sprache. sickern aus den Spalten eines Felsens hervor, rinnen an seiner moosigen Wand herab und fallen zuletzt in großen Tropfen in ein natürliches Steinbecken, das am Rande mit Gras und tauig aussehenden kleinen violetten Blüten bewachsen ist, so frisch und schön, wie sie bei der beständigen Feuchtigkeit nur immer werden können.

Das Wasser der Quelle steht bei den Einwohnern der Insel in hohem Ansehen, einige halten es für ebenso wohlschmeckend wie heilkräftig; sie holen es in ihren Kalebassen vom Berg und bewahren es unter Haufen von Blättern in irgendeinem schattigen Winkel in der Nähe des Hauses. Der alte Marheyo liebte das Wasser sehr. Von Zeit zu Zeit schleppte er eine große runde umflochtene Kalebasse zum Berg hinauf und brachte sie, vor Anstrengung keuchend, gefüllt wieder zurück.

Das Wasser schmeckte wie eine Lösung aller möglichen unangenehmen Stoffe, so widerlich, daß, wenn die Quelle in einer zivilisierten Gegend gelegen hätte, der Besitzer ein Vermögen hätte machen können.

Ich bin kein Chemiker und nicht imstande, es wissenschaftlich zu analysieren. Ich weiß nur, daß Marheyo eines Tages in meiner Gegenwart den letzten Tropfen aus seiner großen Kalebasse schüttete, und daß ich auf dem Boden des Gefäßes eine geringe Menge eines kiesigen Niederschlags bemerkte, der ungefähr wie gewöhnlicher Sand bei uns aussah. Ob dieser Niederschlag stets vorhanden ist und dem Wasser seinen besonderen Geschmack und seine Kräfte gibt, oder ob er ein zufälliger war, wüßte ich nicht zu sagen.

Eines Tages, da ich auf einem Umweg von der Quelle zurückkehrte, sah ich etwas, das mich an Stonehenge und die Bauwerke der Druiden erinnerte.

Am Fuße eines Berges erhob sich, auf allen Seiten von dichtem Wald umgeben, eine Reihe gewaltiger Steinterrassen, die sich stufenweise an der Hügelwand hinaufzogen. Sie waren mindestens zweihundert Schritt lang und vierzig breit. Aber mehr noch als ihre Ausdehnung fiel die ungeheure Größe der Blöcke auf, aus denen sie errichtet: waren. Einige der rechteckigen Steine waren zehn bis fünfzehn Fuß lang und fünf oder sechs Fuß dick. Ihre Seiten waren vollkommen glatt, viereckig, ziemlich regelmäßig, dennoch verriet nichts, daß sie mit dem Meißel bearbeitet worden wären. Sie waren ohne Mörtel aufeinandergeschichtet; hier und da sah ich Lücken. Die oberste Terrasse und die nächste unter ihr wiesen eine Besonderheit auf. Beide hatten in ihrer Mitte eine viereckige Vertiefung, so daß der Terrassenboden um mehrere Fuß höher lag. Zwischen den Steinen hatten ungeheure Bäume Wurzel gefaßt und ihre breiten Äste waren so durcheinander gewachsen, daß die Sonne kaum durch das Laubdach dringen konnte. Über sie hin, von einem Stein zum anderen kletternd, zog sich ein Dickicht von Schlingpflanzen, so daß die Steine von ihren zähen Armen halb verborgen wurden, während an manchen Stellen dichtes Buschwerk sie gänzlich bedeckte. Ein wilder Pfad führte schräg über zwei dieser Terrassen, aber der Schatten war so tief und der Pflanzenwuchs so dicht, daß ein Fremder über ihn gehen könnte, ohne ihn zu bemerken.

Die Anlagen waren zweifellos uralt; Kory-Kory, der in allen wissenschaftlichen Fragen mein Gewährsmann war, versicherte mir, daß sie aus der Zeit der Schöpfung der Welt stammten, daß die großen Götter selbst sie erbaut hätten, und daß sie dauern würden bis ans Ende der Zeit. Kory-Korys Aufklärung, sowie daß er die Bauten auf göttlichen Ursprung zurückführte, bewies mir, daß weder er noch seine Landsleute irgend etwas darüber wußten. Als ich vor diesen Denkmälern einer ausgestorbenen und vergessenen Rasse stand, die in dem grünen Winkel einer Insel am Ende der Welt verborgen liegen, deren Existenz gestern noch unbekannt war, überkam mich ein tieferes Gefühl von ehrfürchtiger Scheu, als wenn ich am Fuß der Cheops-Pyramide gestanden hätte. Sie tragen keine Inschrift, kein Bildwerk, nichts, was einen Schlüssel zu ihrer Geschichte geben könnte: nichts ist da als stummer Stein. Wie viele Generationen der majestätischen Bäume, die sie überschatten, sind gewachsen und wieder verwittert und verfault seit ihrer ersten Anlage!

Diese Steinreste brachten mich auf mancherlei Gedanken. Sie beweisen das hohe Alter der Insel, obschon dies nicht zu allen Theorien stimmt, die man über die Entstehung der Inselgruppen der Südsee aufgestellt hat. Meiner Ansicht nach ist es ebenso wahrscheinlich, daß vor mehreren tausend Jahren Menschen die Täler der Marquesas bewohnten, wie daß sie im Lande Ägypten lebten. Nukuhiva kann keine Koralleninsel sein: wie unermüdlich dieses wundersame Tier auch schaffen mag, so kräftig kann es nicht sein, daß es Felsen bis zu dreitausend Fuß Höhe über dem Meeresspiegel aufschichtet. Daß das Land durch einen vulkanischen Ausbruch am Meeresgrund entstanden wäre, ist natürlich möglich. Niemand kann das Gegenteil beschwören, und wenn die Geologen dies vom ganzen amerikanischen Festland behaupten wollten, ich bin jedenfalls der letzte, der Widerspruch erheben dürfte.

Ich habe schon erwähnt, daß die Wohnungen der Eingeborenen stets auf massiven Steinfundamenten errichtet waren, die sie Pai-Pais nennen. Ihr Umfang sowie der der verwendeten Steine ist verhältnismäßig gering: es gibt aber andere ähnliche Anlagen, darunter die »Morais« oder Begräbnisplätze, sowie die Festplätze in fast allen Tälern, der Insel, die so ausgedehnt sind und deren Errichtung solche Mühe und Kunstfertigkeit erforderte, daß ich kaum glauben kann, sie seien von den Vorfahren der gegenwärtigen Bewohner errichtet worden. Wenn es dennoch der Fall sein sollte, dann hätte die Kunstfertigkeit der Rasse einen traurigen Niedergang erlebt. Von ihrer Trägheit nicht zu sprechen, mit welchen Maschinen hätte dies einfache Volk so ungeheure Massen fortbewegen und an ihre Stelle bringen können? Wie hätten sie sie mit ihren armseligen Instrumenten zurechtmeißeln und -hämmern sollen?

All diese größeren Pai-Pais – auch das auf dem Hulah-Hulah-Grund im Taïpi-Tal – trugen unverkennbar das Zeichen hohen Alters; und wahrscheinlich wurden sie von der gleichen Rasse errichtet, von der die eben geschilderten noch älteren Baureste stammen.

Nach Kory-Korys Bericht wurde das Pai-Pai des Hulah-Hulah-Grundes vor vielen vielen Monden unter der Leitung eines großen Häuptlings und Kriegers, namens Momu, erbaut, der, wie es schien, der große Baumeister der Taïpis war. Und zwar wurde es in der unglaublich kurzen Zeit einer einzigen Sonne und zu dem gleichen Zweck errichtet, dem es heute dient; dann wurde es unter großen Festlichkeiten, die zehn Tage und Nächte währten, den unsterblichen Holzgötzen geweiht.

Aber auch unter den kleineren Pai-Pais, auf denen die Wohnhäuser der Eingeborenen stehen, sah ich keines, das erst kürzlich angelegt schien. Überall im Tal findet man eine Menge dieser massiven Steinfundamente, auf denen keine Häuser stehen. Das ist natürlich für die Leute sehr bequem, denn so oft ein veränderungslustiger Eingeborener eine neue Wohnung sucht, braucht er nur auszugehen und eines der vielen unbenutzten Pai-Pais sich auszusuchen um ohne weiteres sein Bambuszelt darauf zu errichten.

Einundzwanzigstes Kapitel

Seitdem ich nicht mehr so lahm war, hatte ich täglich Mehivi im Tai besucht, der mich auch stets aufs herzlichste empfing. Fayaweh und der nie fehlende Kory-Kory begleiteten mich auf diesen Gängen. Sobald wir in die Nähe des Tai kamen, das dem ganzen weiblichen Geschlecht durch ein strenges Tabu verschlossen war, zog Fayaweh sich in eine benachbarte Hütte zurück, als ob sie aus weiblichem Zartgefühl einer Stätte fernbliebe, die man als eine Art Junggesellenheim betrachten konnte.

Denn obschon es der dauernde Aufenthaltsort mehrerer angesehener Häuptlinge, insbesondere der Mehivis war, so war es doch auch zu gewissen Zeiten der Ort, den alle fröhlichen, gesprächigen, älteren Wilden des Tales aufsuchten, genau wie solche Leute in zivilisierten Ländern ins Wirtshaus gehen. Stundenlang blieben sie dort, schwatzten, rauchten, aßen Poi-Poi oder schliefen zur Erhaltung ihrer Gesundheit.

Das Gebäude war gewissermaßen das Hauptquartier des Tales; alle Gerüchte gelangten dorthin; und wenn man es so von einer eingeborenen Menge, natürlich lauter Männern, gefüllt sah, und die erregten Gruppen sich unterhielten, während immer neue Scharen zuströmten oder abzogen, dann hätte man es für eine Art Börse halten können, auf der das Steigen und Fallen der polynesischen Aktien erörtert wurde.

Mehivi schien der Gebieter des Tai zu sein und verbrachte den größten Teil seiner Zeit dort; und wenn es zu bestimmten Stunden des Tages fast völlig verlassen lag und nur die hundertjährigen Greise, die aus grüner Bronze schienen und die zum Hause gehörten, sich noch darin befanden, den Häuptling selbst konnte man immer dort treffen und sein »otium cum dignitate« auf den bequemen Matten, die den Boden bedeckten, genießen sehen. So oft ich erschien, stand er unfehlbar auf, machte in vornehmster Weise den Wirt, bat mich Platz zu nehmen, wo es mir beliebte, und rief »Tammarih! – Junge!« Ein kleiner Bursche erschien, verschwand und kehrte mit irgendeinem schmackhaften Gericht wieder, zu dem der Häuptling mich nötigte. Die Wahrheit zu sagen, verdankte Mehivi der Vortrefflichkeit seiner Fleischspeisen die Ehre meines häufigen Besuchs. In der ganzen Welt sind Junggesellen dafür bekannt, daß sie die beste Küche führen.

Eines Tages bemerkte ich, daß außerordentliche Vorbereitungen im Tai im Gange waren, daß also ein Fest bevorstehen mußte. Es war beinahe, wie wenn in einem großen Hotel ein großartiges Jubiläumsessen stattfinden soll. Die Eingeborenen eilten dahin und dorthin, mit den mannigfachsten Aufträgen; einige schleppten ungeheure hohle Bambus zum Fluß hinab, um sie mit Wasser zu füllen; andere jagten zornige Schweine durch die Büsche, die sie fangen wollten; und sehr viele waren damit beschäftigt, Berge von Poi-Poi in gewaltigen Holzgefäßen zu kneten.

Eine Weile sah ich dem lebhaften Treiben zu, da hörte ich aus einem benachbarten Hain schreckliches Quieken. Als ich an Ort und Stelle kam, sah ich, wie mehrere Eingeborene ein großes Schwein am Boden festhielten, während ein kräftiger, mit einem Knüttel bewaffneter Kerl sich vergeblich bemühte, den Schädel des unglücklichen Borstenviehs mit einem tödlichen Streich zu treffen. Immer wieder verfehlte er sein sich windendes und sträubendes Opfer, arbeitete keuchend weiter und hatte schon eine hinreichende Zahl von Streichen geführt, um einem ganzen Trieb Ochsen den Garaus zu machen, als es ihm endlich gelang, mit einem krachenden Hieb das Tier zu töten.

Ohne daß man erst das Blut abfließen ließ, wurde es augenblicklich an ein in der Nähe angezündetes Feuer getragen; vier Wilde hoben es an den Beinen in die Höhe und zogen es rasch über den Flammen hin und her. Der Geruch versengter Borsten sagte, zu welchem Zweck. Dann wurde der Körper ausgeweidet und mit Wasser gründlich gewaschen, die Eingeweide wurden zu besonderer Verwendung beiseitegelegt. Nun wurde ein großes grünes Tuch, das aus den dicken Blättern einer Palmenart bestand, die geschickt mit kleinen Bambusnadeln zusammengeheftet waren, auf den Boden gebreitet, der Körper sorgfältig eingerollt und dann zu einem vorher bereiteten Ofen getragen. Hier wurde er sogleich auf die heißen Steine gelegt, mit einer dichten Lage von Blättern bedeckt und über dem Ganzen rasch die Erde aufgeschüttet.

So wird Schweinefleisch in Taïpi zubereitet und gibt einen Bissen, der auf der Zunge schmilzt, wie das Lächeln auf den Lippen einer jungen Schönheit. Ich empfehle diese Bereitungsart allen Fleischern, Köchen und Hausfrauen.

Noch manch ein wildes Grunzen, manch ein jämmerliches Quieken verriet, was im ganzen Tale vor sich ging: ich glaube, der Erstgeborene jedes Wurfes wurde geopfert, ehe die Sonne sank.

Um den Tai war große Bewegung. Schweine und Poï-Poï-Kuchen wurden in zahlreichen Öfen gebacken, die wie lauter Ameisenhaufen aussahen. Ganze Haufen von Wilden arbeiteten mächtig mit ihren Steinkolben, um Poï-Poï zu bereiten; andere sammelten grüne Brotfrucht und junge Kokosnüsse in den benachbarten Palmenhainen; während eine noch größere Zahl umherstand und nichts tat, aber unaufhörlich gewaltig schrie, um die anderen anzufeuern.

Es ist eine Eigenheit dieses Volkes, daß es bei jeder Beschäftigung einen ungeheuren Radau macht. Es kommt so selten vor, daß sie arbeiten; wenn sie es einmal tun, sorgen sie auch dafür, daß ein so verdienstliches Verhalten nicht unbemerkt bleibt. Wenn sie zum Beispiel einmal einen Stein eine kleine Strecke weit fortzuschaffen haben, den zwei kräftige Männer tragen könnten, dann sammelt sich eine ganze Schar um den Stein; sie halten zunächst ein großes Palaver ab, dann heben sie ihn alle zusammen empor, wobei jeder anzufassen sucht, und tragen ihn unter Brüllen und Keuchen fort, als ob sie etwas Ungeheures leisteten. Es sieht aus, als wenn eine Menge Ameisen sich um das Bein einer toten Fliege sammeln und es nach einem Loch zerren.

Nachdem ich diese Vorbereitungen zu einer fröhlichen Mahlzeit eine Weile mit angesehen, trat ich in den Tai, wo Mehivi saß, wohlgefällig auf das geschäftige Schauspiel hinausblickte und gelegentlich einen Befehl gab. Der Häuptling schien in der besten Laune und bedeutete mir, daß am nächsten Tage in allen Wäldern und besonders im Tai sich große Dinge ereignen würden, und bat mich, ja in der Nähe zu bleiben. Welchem Gedenktag das Fest galt, oder wem zu Ehren es gefeiert wurde, blieb mir unbekannt. Mehivi suchte mich aufzuklären, aber es mißlang ihm gänzlich wie damals, als er mich in die schwierige Geheimlehre des Tabu einführen wollte.

Als wir den Tai verließen, bemerkte Kory-Kory, der mich wie immer begleitete, daß meine Neugier nicht gestillt war, und er beschloß, die Sache zu erledigen. Zu diesem Zweck führte er mich durch die Tabu-Haine, machte mich auf eine Menge von Gegenständen aufmerksam und versuchte mir ihren Sinn mit einem so unbeschreiblichen und unverständlichen Redeschwall zu erklären, daß es mir körperlich wehtat, ihm zuzuhören. Insbesondere führte er mich zu einer Pyramide, die eine Grundfläche von etwa drei Quadratfuß hatte, etwa zehn Fuß hoch war und hauptsächlich aus großen leeren Kalebassen errichtet war, ein Paar geglättete Kokosnußschalen waren auch dabei; sie sah beinahe wie eine Schädelstätte aus. Mein Cicerone bemerkte das Erstaunen, mit dem ich auf dieses Denkmal wilder Kochkunst blickte und begann sogleich wieder, mir seine Bedeutung zu erklären: aber es war alles vergebens; die Sache ist mir bis heute ein vollkommenes Geheimnis geblieben. Da diese Pyramide indessen bei den bevorstehenden Schmausereien eine so bedeutende Rolle zu spielen schien, so habe ich diese für mich das »Fest der Kalebassen« getauft.

Am nächsten Morgen erwachte ich ziemlich spät und sah Marheyos ganze Familie eifrig mit den Festvorbereitungen beschäftigt. Der alte Krieger ordnete die zwei grauen Haarlocken, die auf seinem Schädel geduldet waren, zu kugelförmigen Knoten. Seine Ohrringe und sein Speer lagen, sorgfältig geputzt und geglättet, neben ihm, während das prächtige Paar Schuhe, das seinen Halsschmuck bildete, an einem Rohr hing, das aus der Hauswand hervorragte. Die jungen Leute waren ähnlich beschäftigt; und die schönen Fräulein, auch Fayaweh, salbten sich mit »Eka«, ordneten ihre langen Haarflechten und waren sonst mit ihrer Toilette beschäftigt.

Als sie fertig waren, zeigten die Mädchen sich in ihrem Galaanzug; das Wesentliche war eine Halskette aus weißen Blüten, von denen die Stiele entfernt und die an einer Tappafaser aufgereiht waren. Ähnlichen Schmuck trugen sie in den Ohren und geflochtene Kränze auf den Köpfen. Um den Leib ein kurzes Röckchen aus fleckenlosem weißen Tappa, und manche legten noch einen Mantel aus demselben Stoff um, der über der linken Schulter zu einer schönen Schleife gebunden war und in malerischen Falten die ganze Gestalt umhüllte.

So geschmückt hätte ich die reizende Fayaweh jeder Schönheit der Welt gegenüberzustellen gewagt.

Die Leute mögen über den Geschmack unserer eleganten Damen sagen, was sie wollen. Ihre Juwelen, ihre Federn, ihre Seidenkleider und Falbeln würden neben der wunderbaren Einfachheit des Anzugs, den die Mädchen des Tales bei dieser festlichen Gelegenheit tragen, sich kläglich ausgenommen haben. Ich möchte einmal eine ganze Galerie unserer Schönheiten, wie sie bei einer Krönung in der Westminster-Abtei versammelt sind, neben einer Schar dieser Inselmädchen sehen. Wie steif, wie gezwungen und affektiert würden sie vor der natürlichen Lebhaftigkeit und unbefangenen Anmut dieser wilden Jungfrauen erscheinen! Wie die Mediceische Venus neben einer Gliederpuppe!

Schließlich waren nur noch Kory-Kory und ich im Haus, alle anderen waren bereits nach den Tabu-Hainen aufgebrochen. Mein Diener verging vor Ungeduld und meine Langsamkeit verdroß ihn. Er benahm sich genau wie jemand bei uns, der zu einem Diner geladen ist und am Fuß der Treppe auf einen Begleiter wartet, der nicht fertig wird. Schließlich machten wir uns auf den Weg. Alle Häuser in den Hainen, durch die unsere Straße ging, waren vollkommen verlassen.

Als wir an den Felsen kamen, an dem der Pfad jäh endete, und der die festliche Szene unseren Blicken verbarg, konnte ich aus dem wilden Geschrei und dem verworrenen Stimmengeräusch erkennen, daß bereits eine große Menge versammelt war. Ehe Kory-Kory die Anhöhe hinanstieg, hielt er einen Augenblick an, wie ein eleganter Tänzer im Foyer eines Ballsaales, um seiner Toilette die letzte Vollendung zu geben. Dabei fiel mir ein, daß es gut sein könnte, wenn auch ich mich ein wenig um meine Erscheinung kümmerte. Da ich keinen Feiertagsanzug besaß, wußte ich nicht recht, was ich tun sollte. Aber ich wollte nun einmal Sensation erregen; ich wußte, daß ich den Wilden mit nichts mehr Freude machen konnte, als wenn ich mich nach ihrer Art richtete; ich legte daher das weite Tappakleid ab, das ich über den Schultern trug, wenn ich ins Freie ging, und behielt nur einen kurzen Rock an, der mir von der Mitte bis zu den Knien ging.

Mein Diener, der meine Absicht sofort begriff, wußte das Kompliment zu schätzen und ging daran, die Falten des einzigen Kleidungsstückes, das ich noch trug, besser zu ordnen. Während er dies tat, sah ich eine Schar junger Mädchen, die in unserer Nähe im Grase unter Haufen von Blumen saßen, die sie zu Kränzen wanden. Ich winkte ihnen, mir welche zu bringen, und im nächsten Augenblick wurde mir ein Dutzend Kränze zur Verfügung gestellt. Einen davon wand ich um den Hutersatz, den ich mir aus Zwergpalmblättern angefertigt hatte, aus mehreren anderen machte ich einen prachtvollen Gürtel. Sobald ich fertig war, stieg ich mit den langsamen und gemessenen Schritten eines eleganten Herrn im Frack den Felsenhügel hinan.

Zweiundzwanzigstes Kapitel

Die ganze Bevölkerung des Tales schien im Hain versammelt. In der Ferne sah man die lange Frontseite des Tais, den ungeheuren Vorplatz voll von Männern in den verschiedenartigsten und phantastischsten Kostümen, die alle laut und mit lebhaftem Gebärdenspiel durcheinander sprachen, während der ganze weite Raum zwischen dem Gebäude und der Stelle, an der ich stand, von Gruppen blumengeschmückter Frauen belebt war, die tanzten, sprangen und wilde Rufe ausstießen. Sowie sie mich erblickten, stießen sie einen Ruf des Willkommens aus; eine ganze Schar tanzte auf mich zu, und sie sangen irgendein wildes Rezitativ dabei. Die Veränderung in meiner Tracht schien sie zu entzücken, sie sammelten sich um mich von allen Seiten und begleiteten mich zum Tai. Allerdings, als wir uns ihm näherten, blieben die fröhlichen Nymphen stehen, wichen auseinander und öffneten mir einen Weg in das menschengefüllte Gebäude.

Sowie ich das Pai-Pai erstiegen hatte, sah ich, daß die Schmauserei bereits im Gange war. Es herrschte eine verschwenderische Fülle. Warwick, der sein Gefolge mit Rindfleisch und hellem Bier bewirtete, war ein Knauser neben dem edlen Mehivi! Längs dem Vorplatz des Tais waren schön geschnitzte Gefäße angereiht, wie Kanus geformt und manche bis zu zwanzig Fuß lang, die alle mit frisch bereitetem Poï-Poï gefüllt und durch breite Bananenblätter gegen die Sonne geschützt waren. Dazwischen lagen Haufen von grüner Brotfrucht in Pyramiden, so wie die regelmäßigen Haufen schwerer Stückkugeln im Hof eines Arsenals. In die Spalten zwischen den großen Steinen, die das Pai-Pai bildeten, waren mächtige Baumzweige gesteckt, von deren Zweigen, durch das Laub vor der Sonne geschützt, massenhaft kleine Pakete hingen. In ihren blättrigen Hüllen war das Fleisch der unzähligen für das Fest geschlachteten Schweine verpackt und aufgehängt, so daß die Gäste nur zuzugreifen brauchten. Am Geländer des Vorplatzes lehnte eine ungeheure Menge langer schwerer Bambusstämme, die am unteren Ende zugestopft und an ihrer vorspringenden Mündung mit einem Blätterpfropfen geschlossen waren. Sie waren mit Wasser aus dem Flusse gefüllt, und jedes Gefäß mochte etwa fünfzehn bis zwanzig Liter enthalten.

Die Tafel war gedeckt, man brauchte sich nur zu bedienen. In einem Augenblick waren die eingesetzten Bäumchen geplündert und ihre ungewohnte Frucht verteilt; Kalebassen von Poï-Poï wurden immer wieder aus den Riesengefäßen auf dem Vorplatz gefüllt, und eine Menge kleiner Feuer brannte um das Tai, um die Brotfrucht zu rosten. Das Innere des Gebäudes bot ein außerordentliches Schauspiel. Der riesige mit Matten belegte Raum zwischen den beiden parallelen Kokosnußstämmen, der durch das ganze Haus lief und mindestens zweihundert Fuß maß, war von ruhenden Häuptlingen und Kriegern besetzt, die mächtig schmausten oder die Sorgen des polynesischen Lebens durch Tabakgenuß linderten. Sie rauchten aus großen Pfeifen, deren Köpfe aus kleinen Kokosnußschalen verfertigt und zu seltsamen heidnischen Bildern geschnitzt waren. Sie gingen von Mund zu Mund, jeder der liegenden Raucher tat zwei oder drei mächtige Züge und reichte die Pfeife dem Nachbar, wobei er sich gelegentlich über den Körper eines Schlummernden beugte, den die anstrengende Tätigkeit an der Tafel bereits in Schlaf versenkt hatte.

Der Tabak, den die Taïpis rauchten, hatte ein besonders mildes und angenehmes Aroma; ich habe ihn stets nur in Blättern gesehen, und die Eingeborenen schienen reichlich damit versorgt. Ich nahm daher an, daß er im Tal wuchs. Kory-Kory bestätigte mir dies auch; ich habe indessen nie eine Tabakspflanze auf der Insel gesehen. In Nukuhiva und, soviel ich weiß, auch in den anderen Tälern ist das Kraut spärlich, man bekommt es in geringen Mengen von den Ausländern, und das Rauchen ist daher dort für die Einwohner ein großer Luxus. Woher die Taïpis so reichlich damit versehen waren, ahne ich nicht. Tabak zu bauen waren sie, meiner Meinung nach, zu träge; in der Tat gab es, soweit meine Beobachtungen reichten, keinen Zoll breit Erde, der nicht von Regen und Sonnenschein allein gepflegt und fruchtbar gemacht wurde. Aber vielleicht mochte die Tabakspflanze wie das Zuckerrohr in irgendeinem abgelegenen Teil des Tales wild wachsen.

Vielen im Tai schien der Tabak kein hinreichend kräftiges Reizmittel. Diese hielten sich an »Arwa«. Arwa ist eine Wurzel, die man in der Südsee ziemlich allgemein findet und aus der ein Saft gewonnen wird, dessen Wirkung zunächst eine mäßig anregende ist; sehr bald aber übt es einen narkotischen Einfluß und erzeugt wonnigen Schlummer. Im Tal wurde das Getränk auf folgende Weise bereitet: ein halbes Dutzend junger Burschen setzte sich in einem Kreis um ein leeres Holzgefäß, neben jedem lag ein Haufen in kleine Stücke zerteilter Arwawurzeln im Gras. Eine Kokosnußschale mit Wasser wurde in der jugendlichen Gesellschaft herumgereicht; sie spülten ihren Mund und gingen an die Arbeit, die darin bestand, daß sie die Arwa gründlich zerkauten und dann einen Mundvoll nach dem anderen in das Gefäß warfen. Wenn eine genügende Menge darin war, wurde Wasser darauf gegossen, die Masse mit dem Zeigefinger der rechten Hand umgerührt, und das Getränk war so ziemlich fertig.

Arwa hat auch heilkräftige Wirkungen. Auf den Sandwich-Inseln hat man sie mit Erfolg zur Behandlung der Skrofulose verwendet und zur Bekämpfung einer Krankheit, die durch Jahre jene schönen Inseln entvölkert hat. Die Bewohner des Taïpi-Tales, die von diesen Plagen noch nicht heimgesucht sind, verwenden die Arwa in der Regel nur, um die geselligen Freuden zu erhöhen, und eine Kalebasse davon kreist bei ihnen, wie die Flasche bei uns.

Mehivi, der über die Veränderung meiner Tracht sehr erfreut war, hieß mich willkommen. Er hatte mir eine herrliche Schüssel »Koku« aufgehoben, denn er wußte, wie gern ich dieses Gericht aß; und hatte außerdem, drei oder vier junge Kokosnüsse, mehrere geröstete Brotfrüchte und ein prächtiges Büschel Bananen für meinen besonderen Genuß beiseitegelegt. All dies wurde mir sogleich vorgesetzt, aber Kory-Kory hielt das Menü für völlig ungenügend, ehe er mich nicht mit einem der Blätterpakete mit Schweinefleisch versorgt hatte, das, wie primitiv die Zubereitung sein mochte, überraschend weich, und zart und außerordentlich wohlschmeckend war.

Da Schweinefleisch auf den Marquesas kein regelmäßiges Nahrungsmittel ist, kümmern sich die Einwohner wenig um die Aufzucht der Tiere. Die Schweine laufen frei in den Hainen herum, in denen die Kokosnüsse, die beständig von den Bäumen fallen, einen guten Teil ihrer Nahrung bilden. Allerdings haben die hungrigen Tiere eine unendliche Arbeit mit den Zotten und den Schalen, ehe sie an das Fleisch gelangen. Ich habe oft belustigt zugesehen, wie ein Schwein, nachdem es die Nuß lange Zeit erfolglos mit den Zähnen bearbeitet hatte, endlich in wilde Wut geriet, die Erde unter ihr aufwühlte und sie mit der Schnauze fortschleuderte. Dann folgte es ihr, biß wieder wild darauf, schleuderte sie wieder zur Seite und blieb dann stehen, als wunderte es sich, wo sie hingekommen war. Manchmal treibt das Tier eine Nuß so durch das halbe Tal.

Der zweite Tag des Kalebassen-Festes begann womöglich mit noch größerem Lärm als der erste. Unzählige Kalbsfelle schienen unter den Schlägen einer Armee von Trommlern zu erdröhnen. Durch das Wirbeln aus dem Schlaf geschreckt, sprang ich auf und fand den ganzen Haushalt zum Aufbruch bereit. Neugierig, was für seltsame Ereignisse diese neuartigen Töne verkünden mochten, sowie die Instrumente zu sehen, die einen so schrecklichen Lärm erzeugten, begleitete ich die Eingeborenen nach den Tabu-Hainen.

Der verhältnismäßig freie Raum zwischen dem Tai und dem Felsen war jetzt, sowie das Gebäude selbst, von den Männern völlig verlassen; der ganze Platz war von Scharen von Frauen besetzt, die in irgendeiner sonderbaren Aufregung schrien und tanzten.

Besonders komisch schienen mir vier oder fünf alte Weiber, die völlig nackt, die Arme flach an die Seiten gepreßt, in vollkommen gerader Haltung steif in die Luft sprangen, genau wie Stöcke, die man senkrecht ins Wasser stößt, kerzengerade wieder an die Oberfläche kommen. Dabei blieb ihr Gesicht völlig ernst, und sie unterbrachen diese sonderbare Bewegung keinen Augenblick. Die Menge schien sie nicht zu beachten, ich aber starrte sie verblüfft an. Fragend wendete ich mich an Kory-Kory, und der unterrichtete Taïpi erklärte mir die Sache sogleich umständlich. Aber alles, was ich davon verstehen konnte, war, daß die springenden alten Damen Witwen waren, die ihre Ehegenossen vor manchen Monden in der Schlacht verloren hatten, und die bei jedem Fest ihrer Trauer auf diese Weise öffentlichen Ausdruck gaben. Kory-Kory schien darin auch eine ausreichende Erklärung zu sehen; mein Anstandsgefühl, muß ich sagen, blieb verletzt.

Wir gingen nun nach dem Hulah-Hulah-Grund. Die ganze Bevölkerung des Tales schien in dem geräumigen Viereck versammelt: und bot einen merkwürdigen Anblick. Unter Bambushütten, die sich nach der Mitte des Platzes zu öffneten, lagerten die obersten Häuptlinge und Krieger, während eine bunte Menge es sich unter den riesigen Bäumen bequem machte, die ein majestätisches Laubdach über sie breiteten. Auf den Terrassen der gewaltigen Altäre, an jedem Ende des Platzes, waren Körbe aus Kokosblättern voll grüner Brotfrucht, breite Rollen von Tappa, Büschel weißer Bananen, Mammi-Äpfel, die goldfarbige Frucht des Artubaumes, gebackenes Schweinefleisch auf breiten hölzernen Tranchierbrettern, die mit frisch gepflückten Blättern geziert waren, niedergelegt, während Waffen und rohe Kriegswerkzeuge verschiedenster Art in wirren Haufen vor den scheußlichen Götzenbildern aufgeschichtet lagen. Längs der unteren Terrassen beider Altäre waren in regelmäßigen Zwischenräumen Stangen senkrecht eingepflanzt, an denen Laubkörbe mit Früchten verschiedener Art hingen. An ihrem Fuße standen zwei Reihen ungeschlachter Trommeln, die aus mächtigen hohlen Baumstämmen gemacht und etwa fünfzehn Fuß hoch waren. Oben waren sie mit Haifischhaut bespannt, und die Stämme außen mit vielen verschiedenartigen seltsamen Bildern und Ornamenten in Schnitzwerk verziert. In regelmäßigen Zwischenräumen waren sie mit bunten Bändern aus Rohrgeflecht umwunden und da und dort mit Streifen des heimischen Tuchs besetzt. Hinter diesen Instrumenten waren leichte Plattformen errichtet, auf denen eine Anzahl junger Leute stand, die heftig mit den flachen Händen auf das Trommelfell schlugen und den fürchterlichen Lärm machten, der mich geweckt hatte. Alle paar Minuten hüpften diese Musikanten herab unter die Menge, während andere sogleich ihre Stelle einnahmen. Ein unaufhörlicher Höllenlärm war die Folge.

Genau in der Mitte des Vierecks waren hundert oder mehr dünne, frisch geschnittene und geschälte Stangen senkrecht in den Boden gepflanzt, von deren Ende je ein Wimpel von weißem Tappa flatterte; rings um die Stangen lief ein kleiner Rohrzaun. Wozu diese Flaggenstangen dienten, konnte ich nicht erfahren.

Ferner fielen mir etwa zwanzig alte Männer auf, die mit gekreuzten Beinen auf den kleinen Kanzeln saßen, die die ungeheuren Baumstämme in der Mitte des Geheges umgaben. Diese ehrwürdigen Herren, die vermutlich die Priester waren, leierten eine ununterbrochene eintönige Litanei ab, die von dem Trommellärm beinahe völlig übertönt wurde. In der rechten Hand hielten sie schön gewebte Grasfächer an schweren schwarzen, merkwürdig gemeißelten Holzgriffen, und bewegten diese Fächer unaufhörlich hin und her.

Dabei schien niemand weder auf die Trommler noch auf die alten Priester zu achten; die Menge schwatzte, lachte, rauchte, trank und aß, und das ganze wilde Orchester hätte den ungeheuerlichen Lärm, den es verursachte, ebensogut unterlassen können.

Vergeblich fragte ich Kory-Kory und andere Eingeborene, was all diese seltsamen Dinge bedeuteten; ihre Erklärungen wurden mir in so unverständlichem Kauderwelsch und mit so seltsamen Gebärden gegeben, daß ich den Versuch verzweifelt aufgab. Den ganzen Tag tönten die Trommeln, psalmodierten die Priester, und die Menge schmauste und brüllte bis Sonnenuntergang; dann zerstreute sich das Gewühl und die Tabu-Haine lagen wieder in Ruhe. Am nächsten Tag wiederholte sich das gleiche Schauspiel bis in die Nacht, und dann war das merkwürdige Fest zu Ende.

Dreiundzwanzigstes Kapitel

Wenn auch meine Versuche, den Ursprung des Kalebassen-Festes zu erfahren, vergeblich blieben, so war es mir doch klar, daß es wesentlich, wenn nicht ganz und gar religiösen Charakter hatte.

Aber trotz allem, was ich dabei beobachtete, muß ich gestehen, daß ich über die Theologie der Taïpis keine Aufklärungen zu geben vermag. Ich bezweifle, daß sie selber dies vermöchten. Sie sind zu träge oder zu klug, um sich mit abstrakten, religiösen Fragen und Dogmen zu quälen. Solange ich unter ihnen war, fanden niemals Synoden oder andere Versammlungen statt, auf denen sie die Grundsätze ihres Glaubens erörtert hätten. Völlige Gewissensfreiheit schien im Tal zu herrschen. Wer wollte, durfte an einen greulichen Gott mit einer mächtigen Nase und unförmig fetten, über der Brust gekreuzten Armen glauben, während andere ein Bild verehrten, das keinem Ding unter dem Himmel oder auf Erden gleichsah und das man kaum einen Götzen nennen konnte. Da die Eingeborenen niemals indiskret nach meinen religiösen Ansichten fragten, so hätte ich es für höchst unfein gehalten, nach ihren zu forschen.

Obschon also meine Kenntnis der Taïpi-Religion eine sehr beschränkte blieb, lernte ich doch einen ihrer abergläubischen Gebräuche kennen, der mich sehr interessierte.

In einem der verborgensten Teile des Tals, etwa einen Steinwurf von Fayawehs See entfernt – so hatte ich den Schauplatz unserer Segelfahrten getauft – und dicht bei einer Gruppe von Palmen, die zu beiden Ufern des Flusses standen, befand sich das Mausoleum eines verstorbenen Häuptlings und Kriegers. Wie alle beträchtlicheren Bauten war es auf einem kleinen Pai-Pai aus Steinen errichtet, das ungewöhnlich hoch und daher weithin sichtbar war. Ein leichtes Dach von gebleichten Zwergpalmblättern hing wie ein frei in der Luft schwebender Baldachin darüber; erst wenn man ganz nahe kam, bemerkte man, daß es von vier dünnen Bambussäulen getragen wurde, die sich an den vier Ecken etwa über Mannshöhe erhoben. Ein freier Platz von geringem Durchmesser umgab das Pai-Pai und war von vier Kokospalmenstämmen eingeschlossen, die an den Ecken auf massiven Steinblöcken ruhten. Die Stelle war geheiligt. Das Zeichen des geheimnisvollen Tabu war in Form einer mystischen Rolle von weißem Tappa sichtbar, die an einer geflochtenen Schnur aus gleichem Stoff von der Spitze einer dünnen Stange innerhalb der Umzäunung hing. Weiß scheint die geheiligte Farbe auf den Marquesas zu sein. Die heilige Stelle war offenbar nie verletzt oder entweiht worden. Eine Grabesstille herrschte, und die friedliche Einsamkeit ringsumher hatte etwas Ergreifendes. Der sanfte Schatten hoher Palmen – ich sehe sie noch vor mir – lag über dem kleinen Tempel, wie um das störende Licht der Sonne fernzuhalten.

Von welcher Seite man sich auch der schweigsamen Stelle näherte, immer sah man das Bild des toten Häuptlings am Steuerende in einem Kanu sitzen, das auf einem leichten Gestell wenige Zoll über dem Boden des Pai-Pais stand. Das Kanu war etwa sieben Fuß lang, aus reichem dunkelfarbigen Holz schön geschnitzt und an vielen Stellen mit Gewinden von buntem Rohrgeflecht geschmückt, in das glänzende Muscheln geschickt eingesetzt waren; ein Gürtel von solchen Muscheln umgab es in seiner ganzen Länge. Der Körper der Figur war unter einem schweren Kleid aus braunem Tappa verborgen, nur die Hände und der Kopf waren sichtbar, der letztere trefflich aus Holz geschnitzt und mit einer prächtigen Federnkrone geschmückt. Diese Federn blieben keinen Augenblick in Ruhe, sondern nickten und bewegten sich im schwachen Luftzug über der Stirn des Häuptlings hin und her. Zwischen den langen überhängenden Palmblättern sah man den Krieger, wie er, vorgebeugt und das Haupt gesenkt, das Ruder mit beiden Händen zu bewegen schien, als hätte er Eile, seine Reise zu vollenden. Von der Spitze des Kanus starrte ihm unaufhörlich ein sauber geglätteter menschlicher Schädel ins Gesicht. Dieser gespenstische Schmuck war umgekehrt angebracht, so daß er zurücksah und der ungeduldigen Bemühung des Kriegers zu spotten schien.

Als ich diesen seltsamen Platz mit Kory-Kory zum erstenmal besuchte, sagte er mir – oder ich verstand ihn wenigstens so –, daß der Häuptling nach den »Reichen des Segens und der Brotfrucht«, dem polynesischen Paradies, rudere, wo die reifen Brotfrüchte unaufhörlich von den Bäumen fielen, wo es Kokosnüsse und Bananen in unendlicher Fülle gab; dort ruhten sie die lange Ewigkeit hindurch auf viel weicheren und schöneren Matten, als die von Taïpi waren, und badeten ihre heißen Glieder täglich in Flüssen von Kokosöl. In jenem glücklichen Lande gab es Federn, Eber- und Walfischzähne im Überfluß, weit schöner als all die leuchtenden Schmuckstücke und bunten Tappas der weißen Männer, und was das beste war, weit lieblichere Frauen als die Töchter der Erde in Unmenge. »Ein sehr angenehmer Ort,« sagte Kory-Kory, »aber schließlich – seiner Meinung nach – nicht sehr viel besser als Taïpi.« Wünschte er also nicht, den Krieger zu begleiten?, fragte ich ihn. O nein; er sei da vollkommen zufrieden, wo er sich befinde; er vermutete aber, daß er eines Tages, früher oder später, in seinem eigenen Kanu dahin reisen würde.

Soweit, denke ich, verstand ich Kory-Kory ganz gut, aber er fügte damals eine merkwürdige Äußerung hinzu, der er mit einer ebenso merkwürdigen Gebärde Nachdruck gab. Ich hätte viel gegeben, deren Sinn zu verstehen. Ich vermute, daß es ein Sprichwort war, denn ich habe ihn dieselben Worte später noch öfter und, wie mir schien, in ähnlichem Sinne wiederholen hören. Kory-Kory verfügte über eine ganze Menge kurzer, gescheit klingender Aussprüche, mit denen er das Gespräch belebte, und er gebrauchte sie mit einer Miene, die deutlich bewies, daß sie seines Erachtens die Frage, um die es sich eben handelte, erledigten.

Wollte er mir vielleicht auf die Frage, ob er nach diesem Himmel von Brotfrucht, Kokosnüssen und jungen Damen, den er mir beschrieben hatte, zu kommen wünsche, eine Antwort geben, die unserem Satz »Ein Sperling in der Hand ist besser als eine Taube auf dem Dach« entsprach? Dann war Kory-Kory ein verständiger Bursche, und ich muß seinen Scharfsinn loben.

So oft ich auf meinen Wanderungen durch das Tal in die Nähe dieses Mausoleums kam, wich ich immer vom Wege ab, um es zu besuchen. Die Stelle hatte einen eigenen Reiz für mich; ich weiß kaum warum. Wenn ich über das Geländer lehnend auf das seltsame Bild blickte und das Spiel seines gefiederten Hauptschmucks beobachtete, wie er unaufhörlich von dem Luftzug bewegt wurde, der leise durch die hohen Wipfel der Palmen hauchte, dann gab ich mich dem phantastischen Glauben der Eingeborenen hin und glaubte fast selber, daß der finstere Krieger nach seinem Himmel reise. Und wenn ich wieder wegging, bot ich ihm »Gute Fahrt in Gottes Hut«. Rudere nur, tapferer Häuptling, nach dem Geisterland! Für das körperliche Auge kommst du nicht weit, aber mit den Augen des Glaubens seh' ich dein Kanu die glänzenden Wogen teilen, die am fernen Strand des Paradieses sich glätten.

Dieser seltsame Aberglaube beweist wieder, daß der unwissende Mensch allenthalben in sich etwas Unsterbliches fühlt, das nach einer unbekannten Zukunft Verlangen trägt.

Obschon die religiösen Ansichten der Insel mir ein Geheimnis blieben, ihr praktischer täglicher Gottesdienst war deutlich sichtbar. Häufig kam ich an den kleinen Tempeln im Schatten der Tabu-Haine vorüber und sah die Opfergaben: verfaulende Früchte, die auf dem rauh gezimmerten Altar lagen oder in halb verfallenen Körben um irgendein ungeschlachtes, drollig aussehendes Götzenbild hingen. Ich war bei dem großen Feste gewesen, die grinsenden Götzenbilder in Reih' und Glied auf dem Hulah-Hulah-Grund sah ich täglich, und oft begegnete ich den Leuten, die ich für Priester hielt. Aber die Tempel lagen einsam; das Fest war nichts als ein fröhliches Gelage des ganzen Stammes gewesen; die Götzenbilder waren so harmlos wie andere Holzblöcke, und die Priester waren die vergnügtesten Kerle im Tal.

Kurz, die religiösen Angelegenheiten spielten in Taïpi keine große Rolle. Sie gingen den gedankenlosen Einwohnern nicht tief; und in der Feier ihrer seltsamen Gebräuche schienen sie nur eine kindische Unterhaltung zu suchen.

Einen merkwürdigen Beweis hierfür bot eine seltsame Zeremonie, an der ich Mehivi und andere Häuptlinge und Krieger wiederholt teilnehmen sah, aber niemals ein Weib.

Unter denen, die ich für die Priesterschaft des Tales hielt, war ein Mensch mir besonders aufgefallen, den ich für ihr Oberhaupt halten mußte. Es war ein vornehm aussehender Mann in den besten Jahren und mit dem gütigsten Ausdruck. Er hieß Kolori, und die Autorität, die er über die anderen auszuüben schien, die bischöfliche Rolle, die er beim Fest der Kalebassen spielte, sein glattes, wohlgefälliges Aussehen, die mystischen Zeichen, die auf seiner Brust tätowiert waren, und vor allem die mitraähnliche Kopfbedeckung, die er häufig trug – ein türmender Hauptschmuck aus einem Kokoszweige, dessen Stiel senkrecht über seiner Stirne stand, während die Blätter über die Schläfen und hinter den Ohren herabhingen–, all dies bewies, daß er der Fürst-Primas von Taïpi war. Kolori war eine Art Tempelritter, ein kriegerischer Priester; denn oft trug er die Tracht eines Marquesas-Kriegers und immer einen langen Speer, nur daß dieser nicht am unteren Ende nach der gebräuchlichen Art in ein Ruder ausging, sondern gekrümmt und zu einem heidnischen kleinen Bilde geschnitzt war. Vielleicht war dieser Speer das Emblem seiner doppelten Bestallung: mit dem einen Ende durchbohrte er die Feinde seines Stammes im fleischlichen Kampf; das andere war sein pastoraler Krummstab, mit dem er seine geistliche Herde in Ordnung hielt.

Aber von Kolori habe ich noch mehr zu sagen. Seine kriegerischen Gnaden trugen auch manchmal etwas, was wie die eine Hälfte einer zerbrochenen Keule aussah. Es war in Fetzen von weißem Tappa gewickelt und das obere Ende, das ein menschliches Haupt darstellen sollte, war mit einem Streifen aus Scharlachtuch von europäischer Herkunft verschönt. Es bedurfte keines großen Scharfsinns, um zu erkennen, daß dieser seltsame Gegenstand als Gott verehrt wurde. Neben den mächtigen Bildern, die vor den Altären des Hulah-Hulah-Grundes Schildwache standen, schien es ein bloßer Zwerg in Lumpen. Aber der Schein trügt überall. Kleine Leute sind manchmal sehr kräftig, und Fetzen bedecken manchmal große Ansprüche. Tatsächlich war dieses drollige kleine Ding der »feinste« Gott der Insel, er herrschte über all die hölzernen Kerle, die so grimmig und schrecklich dreinsahen, und sein Name war »Moa Artua«. *Das Wort »Artua« hat zwar auch einige andere Bedeutungen, wird aber in fast allen polynesischen Dialekten als allgemeine Bezeichnung für die Götter gebraucht.* Zu Ehren Moa Artuas und zur Unterhaltung derer, die an ihn glaubten, fand die merkwürdige Feierlichkeit statt, die ich schildern werde:

Mehivi und die Häuptlinge im Tai haben sich eben von ihrem Mittagsschlaf erhoben. Staatsgeschäfte sind nicht zu erledigen; und da sie im Laufe des Vormittags bereits zwei- oder dreimal gefrühstückt haben, fühlen die Großen des Tales noch keinen Appetit zum Mittagessen. Womit also sollen sie ihre Mußezeit ausfüllen? Sie rauchen, sie schwatzen und zuletzt macht einer einen Vorschlag, dem die anderen freudig zustimmen, worauf der erste aus dem Hause stürzt, zum Pai-Pai hinabspringt und im Hain verschwindet. Bald sieht man ihn mit Kolori wiederkommen, der den Gott Moa Artua in den Armen trägt und in einer Hand ein schmales Gefäß hält, das wie ein Kanu ausgehöhlt ist. Der Priester kommt, seinen Gott schaukelnd, daher, als ob dieser ein weinerliches Kind wäre, das er in gute Laune zu bringen wünscht. Jetzt betritt er den Tai und setzt sich auf die Matten, so unbewegt wie ein Taschenspieler, ehe er seine Künste zum besten gibt; die Häuptlinge sitzen im Kreise um ihn, und er beginnt mit seinem Hokuspokus.

Zunächst umarmt er Moa Artua liebevoll, legt ihn zärtlich an seine Brust und flüstert ihm zuletzt etwas ins Ohr. Alle warten begierig auf die Antwort, aber der kleine Gott ist taub oder stumm, vielleicht beides, denn er sagt kein Wort. Jetzt spricht Kolori ein wenig lauter, er wird böse und schreit ihn an, ganz wie ein cholerischer Herr, der sich vergeblich bemüht hat, einem Tauben ein Geheimnis mitzuteilen, in Wut gerät und es so laut herausschreit, daß jeder es hören kann. Aber Moa Artua verharrt in Schweigen, und Kolori, der sich anscheinend vor Zorn nicht mehr zu lassen weiß, haut ihm eins über den Kopf, reißt ihm sein Tappa und sein rotes Tuch herab, legt ihn nackt in den kleinen Trog und deckt etwas darüber. Alle Anwesenden begrüßen dieses Verfahren mit lautem Beifall und rufen immer wieder »Mortarkih!« mit nachdrücklichster Betonung. Dennoch fragt Kolori jeden einzelnen, ob er unter diesen Umständen nicht völlig das Richtige getan. Die Antwort ist stets »Ea! Ea!« – »ja, ja!« – und sie wird so oft und in einem Ton wiederholt, daß auch der Gewissenhafteste sich dabei beruhigen kann. Nach wenigen Augenblicken holt Kolori seine Puppe wieder hervor, bekleidet sie sorgfältig mit ihrem Tappa und dem roten Tuch und beginnt nun, sie bald zärtlich zu behandeln und bald zu schelten. Sobald der Gott völlig angezogen ist, spricht er nochmals laut zu ihm. Die ganze Gesellschaft lauscht gespannt, während der Priester Moa Artua an sein Ohr hält und ihnen verkündet, was der Gott ihm vertraulich mitgeteilt hat. Manches in dieser Mitteilung scheint auf alle einen außerordentlichen Eindruck zu machen, denn der eine klatscht entzückt in die Hände, ein anderer lacht vergnügt auf, der dritte springt empor und tanzt wie verrückt umher.

Was in aller Welt Moa Artua bei diesen Gelegenheiten Kolori zu sagen hatte, habe ich nie herausgefunden. Ich will auch nicht entscheiden, ob der Priester ehrlich mitteilte, was er von dem Gott zu erfahren glaubte, oder ob er die ganze Zeit den schändlichsten Schwindel trieb. Jedenfalls schien das, was er den Anwesenden im Auftrag des Gottes sagte, im ganzen sehr schmeichelhaft zu sein, was entweder Koloris Schlauheit beweist oder die Liebedienerei und den schwachen Charakter des schlecht behandelten Gottes.

Da Moa Artua nichts mehr zu sagen hat, schaukelt der Priester ihn wieder in den Armen, wird aber alsbald dabei unterbrochen, da einer der Krieger dem Gott eine Frage zu stellen wünscht. Wieder hält Kolori ihn an sein Ohr, lauscht mit großer Aufmerksamkeit und macht abermals den Dolmetscher. Nachdem auf diese Weise eine Menge von Fragen gestellt und zur Befriedigung der Fragesteller beantwortet sind, wird der Gott zärtlich in den Trog gebettet und die ganze Gesellschaft vereinigt sich zu einer langen Litanei, bei der Kolori den Vorsänger macht. Damit ist die ganze Zeremonie beendet, die Häuptlinge erheben sich in bester Laune, und der Erzbischof, nachdem er noch einen Augenblick geplaudert und ein oder zwei Züge aus einer Pfeife geraucht hat, nimmt sein Schifflein unter den Arm und entfernt sich damit.

Das Ganze machte durchaus den Eindruck einer Kinderschar, die mit Puppen spielt. Warum dieser arme kleine Gott, der jetzt Kopfstücke bekam und dann wieder gestreichelt und schließlich in eine Schachtel gelegt wurde, in höheren Ehren gehalten wurde als die ausgewachsenen und würdigen Herrschaften in den Tabu-Hainen, ahne ich nicht. Aber Mehivi und andere Häuptlinge – von dem Primas selber nicht zu reden – versicherten mich unzählige Male, daß Moa Artua der Schutzgott von Taïpi sei und mehr geehrt werden müsse als eine ganze Schar plumper Götzen auf dem Hulah-Hulah-Grund. Auch Kory-Kory, der in der Theologie des Stammes sehr bewandert war, denn er wußte die Namen aller Götzenbilder im Tal und hat sie mir oft aufgezählt, hatte eine bedeutende Vorstellung von der Macht Moa Artuas und den Ansprüchen, die er stellen durfte. Er erklärte mir einmal mit einer Gebärde, die nicht mißzuverstehen war, daß, wenn Moa Artua es wollte, er einen Kokosnußbaum aus seinem – Kory-Korys – Kopf könnte hervorsprießen lassen, und daß es ein Kinderspiel für ihn wäre, die ganze Insel Nukuhiva in den Mund zu nehmen und mit ihr auf den Meeresgrund hinabzutauchen.

In vollem Ernst, ich vermochte die religiösen Anschauungen des Tales nicht zu begreifen. Auch der berühmte Cook fand ja bei seinem Verkehr mit den Südsee-Insulanern ihre heiligen Gebräuche völlig unerklärlich, obschon er bei seinen Forschungen durch Dolmetscher unterstützt wurde. Andere hervorragende Reisende, Carteret, Byron, Kotzebue und Vancouver, haben dies gleichfalls zugegeben.

Obschon kaum ein Tag verging, ohne daß ich Zeuge irgendeiner religiösen Handlung wurde, so war es für mich doch nicht anders, als ob ich eine Gesellschaft von Freimaurern einander geheime Zeichen hätte machen sehen: ich sah alles, aber ich verstand nichts. Im ganzen möchte ich glauben, daß die Inselbewohner der Südsee überhaupt keine klaren und bestimmten religiösen Ansichten haben. Ich bin überzeugt, daß Kolori in große Verlegenheit kommen würde, wenn er seine Glaubensartikel aufsetzen und den Glauben, durch den er selig zu werden hoffte, hätte erklären sollen. Soweit ich beobachten konnte, gehorchten die Taïpis keinem Gesetz, das geheimnisvolle Tabu immer ausgenommen. Die »Wählerschaft« des Tales ließ sich weder von Häuptlingen und Priestern noch von Götzenbildern und Teufeln imponieren. Was die unglücklichen Götzenbilder betrifft, so bekamen sie mehr Schläge als sonst etwas. Ihre Anbeter waren so ehrfurchtslos, daß man nie wissen konnte, ob sie einen Götzen nicht demnächst umwerfen, zerbrechen und auf seinem Altar verbrennen, die Brotfruchtopfergaben in seinem eigenen Feuer rösten und frech aufessen würden.

Wie wenig Ehrfurcht die Eingeborenen vor diesen unglücklichen Gottheiten hatten, konnte ich bei einer Gelegenheit besonders deutlich sehen. Ich ging einmal mit Kory-Kory in den Wäldern umher, als ich auf ein seltsam aussehendes Götzenbild von etwa sechs Fuß Höhe stieß, das ursprünglich aufrecht vor einem niederen Pai-Pai mit einem verfallenen Bambustempel gestanden hatte, das aber schwach in den Knien geworden war und nur noch an der Steinwand lehnte. Zum Teil vom Laubwerk eines nahen Baumes überwachsen, bestand es aus einem grotesk geformten Block, so zurecht geschnitzt, daß er eine Ähnlichkeit mit einem stattlichen nackten Mann hatte, der die Arme über den Kopf hielt, die Kinnladen weit geöffnet hatte, während seine dicken, unförmigen, krummen Beine einen Bogen bildeten. Es war schon recht verwittert; der untere Teil war mit hellem, seidigen Moos überzogen; dünne Grashalme wuchsen aus dem aufgesperrten Mund und bildeten Fransen um Kopf und Arme. Alle Ecken und Spitzen waren abgebrochen oder abgefault. Die Nase war verschwunden, und der Kopf sah so aus, als hätte der hölzerne Gott, verzweifelt über die Vernachlässigung, versucht, sich an einem der nahen Bäume den Schädel einzurennen.

Ich trat näher, um das seltsame Ding genauer zu betrachten, blieb aber ehrfurchtsvoll in einer Entfernung von zwei oder drei Schritten stehen, um die religiösen Empfindungen meines Dieners zu schonen. Sowie aber Kory-Kory meine Wißbegierde bemerkte, eilte er auf das Bild zu, schob es von der Steinwand, an der es lehnte, fort und versuchte es auf die Beine zu stellen. Aber die Gottheit hatte ihren Gebrauch verlernt; während Kory-Kory es mit einem Stock zu stützen suchte, den er an das Pai-Pai lehnte, fiel das Ungetüm schwerfällig zu Boden und würde sich zweifellos den Hals gebrochen haben, wenn Kory-Kory es nicht, allerdings unabsichtlich, aufgefangen hätte; denn es war mit seinem ganzen Gewicht ihm, wie er gebückt dastand, auf den Rücken gefallen. Nie noch hatte ich den ehrlichen Burschen in solcher Wut gesehen. Rasend sprang er auf, faßte den Stock und begann das arme Götzenbild damit zu verprügeln, wobei er immer wieder innehielt und es aufs heftigste anschrie. Als er sich ein wenig beruhigt hatte, wirbelte er das Idol in gottlosester Weise herum, damit ich es von allen Seiten betrachten konnte. Ich hätte mir nie solche Freiheiten mit dem Gott erlaubt, und Kory-Korys Ruchlosigkeit machte mir einen sehr schlechten Eindruck.

Vierundzwanzigstes Kapitel

Obschon ich über vieles, was mich interessierte, bei dem letzten Fest keine Aufklärung hatte erhalten können, so waren doch meine allgemeinen Kenntnisse von den Inselbewohnern bedeutend vermehrt worden.

Was mir besonderen Eindruck machte, war ihre außerordentliche Körperkraft und Schönheit; sie übertrafen darin die Bewohner der benachbarten Bucht von Nukuhiva bei weitem: auch die großen Unterschiede in ihrer Hautfarbe fielen mir auf.

An Schönheit und Gestalt übertrafen sie alles, was ich je gesehen. In der Menge, die an dem Schmause teilnahm, sah ich keine einzige Mißgestalt. Ich sah wohl gelegentlich an den Männern Narben, die von im Kampf erhaltenen Wunden herrührten, und manchmal, wenn auch selten, hatte einer aus der gleichen Ursache einen Finger, ein Auge oder einen Arm verloren. Davon abgesehen, waren alle wundervoll gebaut und ohne körperliche Fehler, und beinahe jeder hätte einem Bildhauer zum Modell dienen können.

Im Geist verglich ich diese nackten Inselbewohner mit den eleganten Herren, die so tadellos auf unseren Promenaden erscheinen: wenn man sie dessen beraubte, was sie der Kunst des Schneiders verdanken, und sie im paradiesischen Gewande dastünden, was für einen traurigen Eindruck würden diese rundrückigen, dürrschenkeligen, dünnhalsigen Herren machen! Wie bedauerlich würden sie ohne künstliche Waden, ausgestopfte Brust und wunderbar geschnittene Hosen aussehen!

Was mir an den Insulanern besonders auffiel, war die Weiße ihrer Zähne. Sie waren herrlicher als Elfenbein. Die der ältesten Graubärte waren besser erhalten als die junger Leute in zivilisierten Ländern; die der jungen Leute und der Männer in mittleren Jahren waren einfach blendend. Diese wunderbare Weiße ihrer Zähne kommt von der reinen Pflanzenkost und der herrlichen Gesundheit, die sie ihrer natürlichen Lebensweise verdanken.

Die Männer sind fast alle sehr groß, kaum einer weniger als sechs Fuß hoch, während das andere Geschlecht ungewöhnlich klein ist. Es muß auch erwähnt werden, wie früh die Menschen in dem reichen tropischen Klima zur Reife gelangen. Ein kleines Ding, das noch nicht über dreizehn Jahre alt ist und als ein bloßes Kind gelten. könnte, nährt oft bereits ihr Baby; und Jungen, die unter rauherem Himmel noch auf der Schulbank säßen, sind Familienväter

Als ich das Taïpi-Tal zuerst betrat, war mir sogleich der große Unterschied zwischen seinen Bewohnern und denen der anderen Buchten aufgefallen. In Nukuhiva waren mir die Männer keineswegs schön erschienen, wenn mir auch die Frauen, von einigen traurigen Ausnahmen abgesehen, außerordentlich gefallen hatten.

Auch aus anderen Gründen möchte ich annehmen, daß es sich um zwei ganz verschiedene Stämme, wenn nicht zwei Rassen handelt. Wer nur die Bucht von Nukuhiva berührt hat, ohne andere Teile der Insel zu besuchen, würde es kaum glauben, wie verschieden die kleinen Stämme sind, die diesen winzigen Fleck Erde bewohnen. Vielleicht erklärt die Erbfeindschaft, die seit vielen Generationen zwischen ihnen, besteht, diese Erscheinung.

Nicht so leicht dürfte es sein, für die unendliche Verschiedenheit der Hautfarbe, die man im Taïpi-Tal beobachten kann, eine Erklärung zu finden. Bei dem Feste hatte ich mehrere junge Weiber gesehen, deren Hautfarbe fast so weiß wie die angelsächsischer Damen war; ein kleiner Stich ins Bräunliche war der ganze Unterschied. Diese verhältnismäßig helle Hautfarbe ist zwar wesentlich Natur, aber zum Teil auch das Ergebnis künstlicher Behandlung. Der Saft der »Pepa«-Wurzel, die sich im oberen Talende reichlich findet, wird als Schönheitsmittel sehr geschätzt, und viele Weiber reiben täglich den ganzen Körper damit ein. Ihr Gebrauch macht die Haut weiß und verschönert sie. Die jungen Mädchen, die auf diese Weise ihre Reize zu vermehren suchen, setzen sich auch niemals den Sonnenstrahlen aus; das macht keinerlei Schwierigkeiten, da es nur wenige unbewohnte Strecken im Tale gibt, die nicht von einem weiten Laubdach überschattet wären, so daß man ohne Umweg von Haus zu Haus gehen kann, ohne jemals seinen eigenen Schatten zu sehen.

Man läßt das Pepa mehrere Stunden auf der Haut; es hat eine hellgrüne Farbe und gibt dem Teint mit der Zeit die gleiche Schattierung. Nichts kann sonderbarer sein, als wenn man eines dieser nahezu nackten Dämchen, unmittelbar nachdem sie sich damit eingerieben haben, erblickt. Sie sehen wie unreife, grüne Pflanzen aus, die man zum Reifen in die Sonne legen möchte, während sie gerade im Schatten bleiben wollen.

Das Salben ist allgemein Sitte; die Frauen bevorzugen »Ekar« oder »Pepa«, die Männer nehmen Kokosnußöl. Mehivi liebte es, sich damit einzureiben. Manchmal dampfte sein ganzer Leib von dem duftenden Nußöl, und er sah aus, als ob er eben dem Kessel eines Seifensieders entstiegen wäre oder sich in Talgmasse getaucht hätte. Davon sowie von dem vielen Baden und ihrer außerordentlichen Reinlichkeit haben die Eingeborenen eine so wunderbar reine und glatte Haut.

Die vorherrschende Hautfarbe der Frauen des Tales war ein helles Oliv; Fayaweh war das schönste Beispiel. Andere waren dunkler, nicht wenige geradezu goldfarben und einige hatten eine schwärzliche Haut.

Schon Mendaña, ihr erster Entdecker, schildert die Eingeborenen der Marquesas in seinem Bericht als »wunderbar schön zu schauen und den Bewohnern Südeuropas ähnelnd«. Die erste der Inseln, die Mendaña erblickte, war La Madelena, die nicht weit von Nukuhiva liegt und deren Bewohner denen der anderen Inseln der Gruppe in jeder Hinsicht gleichen. Figueroa, der Chronist, der die Reise Mendanas beschrieb, erzählt, daß an dem Morgen, als das Land in Sicht kam und die Spanier sich dem Ufer näherten, etwa sechzig Kanus herauskamen, während gleichzeitig viele Eingeborene – ich vermute, die Frauen – auf die Schiffe zuschwammen. Er fügt hinzu, daß sie »von nahezu weißer Farbe, stattlichem Bau und wohlgestaltet waren; auf ihren Gesichtern und Körpern waren Bilder von Fischen und andere Ornamente gezeichnet«. Und der alte Don fährt fort: »Unter anderem kamen zwei Burschen in ihrem Kanu, die ihre Blicke auf das Schiff hefteten; sie waren schön von Angesicht und hatten ein vielversprechendes Mienenspiel; ihr ganzes Wesen war so anmutig, daß Quiros, der Oberlotse, erklärte, nichts im. Leben habe ihm so leid getan, als daß er so schöne Geschöpfe in diesem Lande zurücklassen mußte, wo sie doch verloren waren.«

Einige der Eingeborenen, die beim Fest der Kalebassen gewesen waren, hatten ein paar europäische Kleidungsstücke besessen, die sie jedoch in ihrer eigenen Weise am Leibe trugen. Ich entdeckte auch die zwei Stücke Wollstoff, die der arme Toby und ich unseren jugendlichen Führern an dem Nachmittag geschenkt hatten, an dem wir ins Tal gekommen waren. Sie wurden offenbar für hohe Festtage aufgespart, und während jenes Festes verschafften sie den jungen Leuten, die sie trugen, beträchtliches Ansehen. Die geringe Zahl derer, die ähnlich herausgeputzt waren, und der große Wert, den sie auf die gewöhnlichsten und unbedeutendsten Gegenstände legten, bewies zur Genüge, wie gering ihr Verkehr mit den fremden Schiffen war, die das Eiland berührten. Einige wenige Baumwolltücher, die um den Hals gebunden waren und über die Schultern fielen, und Streifen gemusterten Kalikos, der um die Lenden gewickelt wurde, waren fast alles, was ich sah.

Im ganzen Tal gab es nur sehr wenig Gegenstände europäischer Herkunft. Außer den eben erwähnten Tüchern weiß ich nur von den sechs Musketen, die im Tai aufbewahrt wurden, und von drei oder vier ähnlichen Kriegswaffen, die in anderen Häusern hingen, sowie einigen kleinen Beuteln aus Segeltuch, die zum Teil Kugeln und Pulver enthielten; ich sah auch ein halbes Dutzend alter Beilschneiden, aber so stumpf und schartig, daß sie völlig wertlos waren. Auch die Eingeborenen schienen das zu wissen; denn sie nahmen sie mehrmals vor mir zur Hand und warfen sie mit einer Gebärde des Ekels weg, ohne zu ahnen, wie leicht man sie wieder brauchbar machen konnte.

Dagegen wurden die Musketen, Pulver und Blei mit übertriebener Wertschätzung behandelt. Die ersteren waren so alt und seltsam, daß sie in einen Antiquitätenladen gepaßt hätten. Ich erinnere mich besonders einer, die im Tai hing und die mir Mehivi eines Tags übergab, weil er offenbar dachte, daß ich sie reparieren könnte. Es war eine jener schwerfälligen und altmodischen englischen Hakenschloßflinten, die man bei uns als Museumsstücke vom Tower kennt, und die vielleicht noch von Wallace, Carteret, Cook oder Vancouver herrührten. Der Schaft war halb verfault und wurmstichig; das Schloß war ganz verrostet und für seinen Zweck so geeignet wie eine alte Türangel; die Schraubengewinde am Hahn waren völlig ausgeleiert, das Rohr saß nicht mehr fest im Holz. Da ich weder ein gelernter Waffenschmied war, noch die nötigen Werkzeuge hatte, mußte ich dem Häuptling, wenn auch ungern, gestehen, daß ich nichts damit machen konnte. Mehivi sah mich einen Augenblick an, als argwöhnte er, daß ich eine mindere Art weißen Manns sei, nicht viel klüger als ein Taïpi. Durch eine sehr mühsame Erklärung machte ich ihm zuletzt begreiflich, wie außerordentlich schwierig die Sache war. Immerhin ging er nur halb befriedigt und beinahe empört mit der veralteten Waffe davon, als wollte er sie meinen ungeschickten Händen nicht anvertrauen.

Während des Festes hatte ich vor allem die Einfachheit, die Ungezwungenheit und – bis zu einem gewissen Grad – die Gleichheit der Eingeborenen beobachtet. Niemand schien sich irgendeinen Vorzug anzumaßen oder besondere Ansprüche zu machen. Nur geringe Unterschiede in der Tracht zeichneten die Häuptlinge vor den anderen aus. Alle schienen frei und rückhaltlos miteinander zu verkehren; ich bemerkte jedoch, daß der Wunsch eines Häuptlings, und wenn er im sanftesten Ton ausgesprochen wurde, ebenso augenblicklichen Gehorsam fand, wie man ihn anderswo einem strengen Befehl geleistet hätte. Wie weit die Autorität der Häuptlinge über die anderen Mitglieder des Stammes reichte, vermag ich nicht zu sagen, aber nach allem, was ich während meines Aufenthalts sah, muß ich annehmen, daß sie in Fragen des Gemeinwohls nur eine sehr beschränkte ist. Aber man behandelte sie mit williger Ehrerbietung, und da ihre Autorität sich vom Vater auf den Sohn vererbte, so bezweifle ich nicht, daß hier wie anderswo einer hohen Geburt Achtung und Gehorsam erwiesen wurde.

Die Rangabstufung unter den einzelnen Taïpi-Häuptlingen wurde mir nicht immer klar. Vor dem Kalebassen-Fest hatte ich mir oft den Kopf darüber zerbrochen, welche Stellung Mehivi eigentlich einnahm. Die Rolle, die er auf dem Fest spielte, hatte mich davon überzeugt, daß niemand im Tal höheren Rang hatte als er. Ich hatte schon immer bemerkt, daß alle, mit denen ich ihn sah, ihm eine gewisse Ehrerbietung erwiesen, aber wenn ich bedachte, daß ich nur in einem bestimmten Teil des Tales umhergekommen war, daß gegen das Meer zu noch hervorragende Häuptlinge wohnten, von denen einige mich in Marheyos Haus besucht hatten, die ich aber bis zum Fest nie in Mehivis Gesellschaft gesehen, so war ich geneigt, zu glauben, daß sein Rang kein so besonders hoher sein mochte.

Bei den Schmausereien aber waren all die Krieger zusammengekommen, die ich vorher einzeln oder in Gruppen. bei verschiedenen Gelegenheiten kennengelernt hatte. Mehivi bewegte sich unter ihnen mit einer sicheren Überlegenheit, die unverkennbar war, und er, den ich bisher nur für den gastlichen Hausherrn des Tai und einen der kriegerischen Führer des Stammes gehalten hatte, erschien mir jetzt in königlicher Stellung. Seine auffallende Tracht und seine gebieterische Erscheinung ließen ihn hervorstechen. In dem türmenden Federhelm, den er trug, überragte er alle, die ihn umgaben, und wenn einige auch eine ähnliche Zier besaßen, so war ihr Federschmuck bei weitem nicht so lang und üppig wie der seine.

Mehivi also war der größte Häuptling, das Oberhaupt des Clan, der Gebieter des Tales, und es bewies nur die Einfachheit der Sitten und der sozialen Einrichtungen dieses Volkes, daß ich mehrere Wochen im Tale gelebt und fast täglich mit Mehivi verkehrt und doch bis zum Fest nichts von seiner königlichen Würde geahnt hatte. Jetzt ging mir ein neues Licht auf. Der Tai war der königliche Palast und Mehivi der König. Beide waren allerdings von einfachster patriarchalischer Art, und von dem Pomp und dem Zeremoniell, die sonst den Purpurträger umgeben, war nichts zu bemerken.

Als ich diese Entdeckung gemacht hatte, konnte ich nicht umhin, mich zu beglückwünschen, daß Mehivi mich von Anfang an gleichsam in seinen königlichen Schutz genommen, und daß er auch weiterhin die wärmste Zuneigung zu mir hatte, soviel ich zumindest aus dem Anschein schließen konnte. Ich nahm mir vor, mich hinfort weiter so beliebt wie möglich zu machen, in der Hoffnung, möglicherweise durch ihn einst zur Freiheit zu gelangen.

Fünfundzwanzigstes Kapitel

König Mehivi! Ein schöner, volltönender Titel! Und warum sollte ich ihn dem ersten Mann des Tales vorenthalten? Also Heil, König Mehivi, Selbstherrscher aller Taïpis! Glück und Heil Seiner tropischen Majestät!

Nach diesem Ausbruch meiner monarchischen Gefühle will ich nüchtern fortfahren.

Bevor ich die tanzenden Witwen gesehen, hatte ich kaum gedacht, daß es in Taïpi eheliche Verbindungen gäbe; daß Mann und Weib daselbst eine feierliche Verbindung eingehen, schien mir fast ebenso unwahrscheinlich, wie daß nur platonische Beziehungen zwischen den Geschlechtern bestünden. Gewiß, der alte Marheyo und Teinor in unserem Hause lebten freundlich miteinander; immerhin hatte ich mitunter einen komisch aussehenden alten Herrn in schäbiger Tätowierung gesehen, der gleichfalls völlig zu Hause zu sein schien. Dieses Verhalten war mir höchst rätselhaft, bis spätere Entdeckungen mich aufklärten.

Mehivi hatte ich für einen eingefleischten Junggesellen gehalten und desgleichen die anderen wichtigsten Häuptlinge. Jedenfalls, wenn sie Frauen und Kinder hatten, benahmen sie sich schlecht, denn um ihre häuslichen Angelegenheiten kümmerten sie sich nie. Mehivi schien Vorsitzender eines Klubs fröhlicher Herren zu sein, die aus dem Tai ein Junggesellenheim im besten Stil machten. Kinder sahen sie zweifellos als eine unangenehme Belästigung an, und ihre Auffassung häuslichen Glücks ergab sich deutlich genug daraus, daß sie keine Frau und keine Haushälterin in ihrem behaglichen Hause duldeten.

Ich hatte wohl Gründe, anzunehmen, daß mehrere dieser vergnügten Junggesellen Liebesverhältnisse mit den Mägdlein des Stammes hatten, wenn sie sie auch nicht öffentlich anerkannten. Mehrere Male war ich unerwartet Mehivi begegnet, als er sich mit einer der hübschesten kleinen Hexen des Tales derart ausgelassen vergnügte, wie es einem Krieger und König keineswegs anstand. Sie lebte mit einer alten Frau und einem jungen Mann in einem Hause nahe dem Marheyos, und obschon sie ein bloßes Kind schien, hatte sie einen feinen Jungen, der etwa ein Jahr alt war und Mehivi zum Erstaunen ähnlich sah; allerdings hatte der kleine Bursche kein Dreieck im Gesicht. Dennoch war Mehivi nicht der einzige, dem das Fräulein Mununi lächelndes Wohlwollen zeigte; der fünfzehnjährige junge Bursche, der im selben Hause mit ihr lebte, genoß fraglos gleichfalls ihre Gunst. Auch dies war ein Geheimnis, für das ich, wie für andere ähnliche, später eine befriedigende Erklärung fand.

Am zweiten Tag des Kalebassenfestes hatte Kory-Kory im Laufe seiner Erläuterungen meine Aufmerksamkeit auf eine Eigentümlichkeit gelenkt, die ich an vielen Frauen, besonders denen reiferen Alters und würdigerer Erscheinung, öfter wahrgenommen hatte. Sie hatten nämlich die rechte Hand und den linken Fuß sorgfältig tätowiert, während der ganze übrige Körper frei blieb, die winzigen Fleckchen auf den Lippen und die leichten Streifen auf den Schultern ausgenommen, die ich bereits als einzige Tätowierung an Fayaweh und den anderen jungen Mädchen ihres Alters bemerkt hatte. Diese Verschönerung von Hand und Fuß waren, wie Kory-Kory mir erklärte, die Zeichen des Verheiratseins, soweit die lobenswerte Einrichtung der Ehe sich bei diesem Volk findet; sie hat also die gleiche Bedeutung wie der Trauring bei uns.

Nachdem Kory-Kory mir dies erklärt hatte, benahm ich mich durch einige Zeit in Gegenwart aller so tätowierten Frauen besonders respektvoll und erlaubte mir niemals, einer von ihnen auch nur entfernt den Hof zu machen.

Bei tieferer Einsicht in das häusliche Leben der Eingeborenen des Tales wurden meine Bedenken allerdings weniger strenge, und ich mußte erkennen, daß meine Schlüsse noch immer nicht völlig richtig waren. Ein höchst seltsames System herrschte auf der Insel: nicht die Männer hatten mehrere Frauen, sondern die Frauen mehrere Männer, sicherlich ein Beweis für die sanfte Gemütsanlage der männlichen Bevölkerung.

Welche Feierlichkeiten bei der Eheschließung beobachtet wurden, konnte ich nicht erfahren, aber ich muß annehmen, daß sie höchst einfacher Art waren. Vielleicht folgte die hochzeitliche Verbindung unmittelbar auf den »Antrag«. Lange und langweilige Brautschaften waren im Tale von Taïpi jedenfalls unbekannt.

Die Zahl der Männer ist beträchtlich größer als die der Frauen, und dies gilt von vielen polynesischen Inseln. Schon in sehr frühem Alter wirbt irgendein Junge um die Liebe eines Mädchens, die zu dem gleichen Haushalt gehört, und gewinnt sie. Dies ist allerdings halb ein Spiel und keine förmliche Verbindung. Wenn diese erste Liebe sich ein wenig beruhigt hat, erscheint ein zweiter Freier in reiferen Jahren und nimmt beide, den Jungen wie das Mädchen, mit in sein Haus. Dieser uneigennützige edle Mensch heiratet gewissermaßen das junge Paar, denn das Mägdlein und ihr junger Liebhaber werden gleichzeitig vermählt, und alle drei leben von da an einträchtig miteinander wie Turteltauben. Ich habe schon von Männern in zivilisierten Ländern gehört, die unvorsichtig ganze Familien heiraten, aber das hatte ich nicht gedacht, daß es ein Land gäbe, wo man noch einen weiteren Gatten mitheiratet! Untreue von Mann oder Weib kommt sehr selten vor. Kein Mann hat mehr als eine Frau, und keine Frau in reiferen Jahren weniger als zwei Männer, manchmal hat sie drei, aber das ist selten. Das Eheband ist nicht unauflöslich, Scheidungen kommen gelegentlich vor. Wenn sie aber vorkommen, wird kein Teil unglücklich, noch gibt es lange Streitigkeiten vorher; denn die schlecht behandelte Frau oder der pantoffelgequälte Gatte braucht nicht erst eine gerichtliche Klage einzureichen. Die Trennung ist augenblicklich und jederzeit möglich, daher ist auch das Ehejoch sanft und leicht, und die Taïpi-Frauen leben mit ihren Gatten auf dem freundlichsten Fuße. Im ganzen scheint die Ehe, so wie sie bei den Taïpis besteht, deutlicher und dauerhafter zu sein als sonst bei barbarischen Völkern.

Aber obwohl die Einrichtung der Ehe besteht, dem Gebot der Schrift »Seid fruchtbar und mehret euch« scheinen sie nicht besonders zu folgen. Nie sah ich eine jener zahlreichen Familien, die man bei uns so oft trifft. Nie sah ich mehr als zwei junge Burschen in demselben Haus, und bisweilen nicht einmal die. Daß die Frauen sich durch die Sorgen der Kinderpflege in ihrer Seelenruhe nicht sonderlich stören ließen, war völlig klar, und niemals sah ich eine im Tal mit einem halben Dutzend kleiner Kinder am Schürzenband oder richtiger an dem Brotfruchtblatt, das sie gewöhnlich rückwärts trugen.

Ich habe schon früher erwähnt, daß ich niemals einen Begräbnisplatz im Tal gesehen; ich schrieb dies zunächst dem Umstand zu, daß ich in einem abgeschlossenen Teile lebte und nach der See zu nicht weit gehen durfte. Ich vermutete später, daß die Taïpis, sei es, weil sie den Beweis ihrer Sterblichkeit nicht vor Augen zu haben wünschten, sei es um der landschaftlichen Schönheit willen, irgendwo in den schattigen Einsamkeiten am Fuße der Berge einen entzückenden Friedhof haben mußten. In Nukuhiva wurden mir zwei oder drei breite viereckige Pai-Pais, die dicht mit Flaggen besetzt, von regelrechten Steinmauern eingeschlossen und von den Ästen gewaltiger Bäume beschattet und beinahe versteckt waren, als Begräbnisplätze gezeigt. Ich hörte, daß die Leichen in primitiven Gewölben unter den Flaggenstangen niedergelegt wurden und dort blieben. Obwohl der Anblick dieser Orte, auf denen man nur rauhe Steinblöcke im dunkeln Schatten hoher Bäume sah, äußerst seltsam und düster war, hätte nichts dem Fremden verraten, daß sie Begräbnisplätze waren.

Da während meines Aufenthaltes im Tal keiner der Einwohner mir den Gefallen tat, zu sterben und begraben zu werden, um meine Wißbegier zu befriedigen, so blieben mir ihre Bestattungsfeierlichkeiten leider unbekannt. Ich habe indessen Grund, anzunehmen, daß die Gebräuche der Taïpis in dieser Hinsicht die gleichen wie die der anderen Stämme der Insel sind, und in Nukuhiva konnte ich sie einmal beobachten.

In einem Hause nahe am Strand war gegen Tagesanbruch ein junger Mann gestorben. Ich war an diesem Morgen an Land geschickt worden und beobachtete einen guten Teil der Vorbereitungen, die für seine Leichenfeier getroffen wurden. Der Leib lag, sauber in neues weißes Tappatuch gewickelt, auf einer Bahre aus geflochtenem elastischen Bambus unter einem Dach aus Kokospalmzweigen zur Schau. Die Bahre befand sich, von Rohrklötzen getragen, etwa zwei Fuß über dem Boden. Zwei Frauen wachten in trauriger Haltung neben ihr, sie sangen Klagelieder und bewegten große Grasfächer hin und her, die mit Pfeifenton weiß gefärbt waren. In dem Wohnhaus nebenan war eine zahlreiche Gesellschaft versammelt, und verschiedene Speisen wurden zum Mahl bereitet. Zwei oder drei Personen, die durch ihren Kopfputz aus schönem

Tappa und zahlreichen Schmuck auffielen, schienen die Zeremonienmeister zu spielen. Gegen Mittag war die Leichenfeier in vollem Gang, und man sagte uns, daß sie mindestens die nächsten zwei Tage andauern würde. Mit Ausnahme derer, die an der Leiche trauerten, schienen alle anderen entschlossen, ihren Schmerz um den Hingeschiedenen mit geselligen Vergnügungen zu betäuben. Die Mädchen in ihrem wilden Schmuck tanzten; die alten Männer sangen; die Krieger rauchten und schwatzten, die Jungen und Kräftigen beiderlei Geschlechts schmausten reichlich und schienen sich genau so gut zu unterhalten wie bei einer Hochzeitsfeier.

Die Eingeborenen verstehen die Kunst des Einbalsamierens und üben sie mit solchem Erfolg, daß die Körper großer Häuptlinge oft jahrelang in den Häusern aufbewahrt werden, in denen sie starben. Ich sah drei solcher einbalsamierten Krieger, als ich die Bucht von Teior besuchte. Einer war in ungeheure Streifen von Tappa gewickelt, die nur das Gesicht frei ließen, und hing aufrecht an der Wand des Wohnhauses. Die beiden anderen lagen auf Bahren aus Bambus in offenen, erhöhten Tempeln, die ihrem Andenken geweiht schienen. Die Köpfe der in der Schlacht getöteten Feinde werden stets aufbewahrt und als Trophäen im Hause des Siegers aufgehängt. Ich weiß nicht, welches Verfahren dabei gebräuchlich ist, aber ich glaube, daß sie geräuchert werden. Was ich davon sah, wirkte wie ein Schinken, der längere Zeit im Rauchfang gehangen hat.

Aber um von den Toten zu den Lebenden zurückzukehren: das Fest hatte, wie ich glauben durfte, die ganze Bevölkerung des Tales zusammengeführt, und ich hatte daher Gelegenheit, ihre Zahl abzuschätzen. Ich möchte glauben, daß Taïpi etwa zweitausend Einwohner zählte, eine Zahl, die der Ausdehnung des Tales auch am besten entsprach. Es ist etwa neun Meilen lang und durchschnittlich ungefähr eine Meile breit; die Häuser stehen im Tale verstreut umher, sind aber gegen das Talende zu zahlreicher. Dörfer gibt es nicht. Die Häuser stehen im Schatten der Haine oder an den Ufern des sich windenden Flusses, und ihre goldfarbigen Bambuswände und die leuchtend weißen Dächer bilden einen prächtigen Gegensatz zu dem ewigen Grün, aus dem sie hervorschimmern. Straßen gibt es in dem Tale gleichfalls nicht. Nur ein Labyrinth von Fußpfaden, die sich endlos durch das Dickicht winden und kreuzen.

Sechsundzwanzigstes Kapitel

Spitzbuben schien es in Taïpi nicht zu geben. In den dunkelsten Nächten schliefen die Eingeborenen sicher inmitten all ihres weltlichen Hab und Guts, und nie wurden die Haustüren verschlossen. *Die vollkommene Ehrlichkeit, die die Bewohner fast aller polynesischen Inseln untereinander beobachten, steht in schreiendem Gegensatz zu den diebischen Neigungen, die sie im Verkehr mit Fremden zeigen. Man möchte beinahe annehmen, daß das Mausen einer Axt oder eines Handbeils oder eines schmiedeeisernen Nagels aus dem Besitz eines Europäers nach ihrem Sittengesetz als preiswürdige Handlung gilt. Wenn man nicht mit mehr Recht vermuten darf, daß sie, der großen Raubzüge ihrer seefahrenden Besucher gedenkend, an ihrer Habe billige Repressalien üben. Diese Ansicht würde den scheinbaren Widerspruch erklären und die schlechte Meinung verbessern, die man sich aus Reiseberichten von den Insulanern machen könnte.* Kein Gedanke an Mörder oder Diebe beunruhigte sie. Jeder Bewohner der Insel ruhte unter seinem Dach aus Palmblättern oder saß im Schatten seines Brotfruchtbaumes, und niemand schreckte oder belästigte ihn. Es gab keine Vorhängeschlösser noch irgend etwas Ähnliches im Tal: dennoch lebten sie nicht in Gütergemeinschaft. Jener lange, elegant geschnitzte und sauber geglättete Speer gehört Warmunu; er ist viel hübscher als der Speer, den Marheyo so hochhält, und ist das wertvollste Stück, das Warmunu besitzt. Dennoch habe ich es an einem Kokosbaum tief im Hain lehnen sehen, und als Warmunu danach suchte, fand er es noch dort. Kurluna hat einen Walfischzahn, über und über mit feinen Ornamenten graviert; es ist das köstlichste, was sie hat; sie würde es für keinen Rubin hergeben, dennoch läßt sie das Juwel an einer Rindenschnur im Hause hängen, das tief und einsam im Tale liegt, auch wenn alle Insassen zum Fluß hinab zum Bade gegangen sind.

Ob der Grund und Boden des Tales Gemeinbesitz seiner Bewohner war, oder ob er parzelliert einer Anzahl von Grundbesitzern gehörte, die jedermann unbeschränkten Zutritt gestatteten, vermochte ich nicht festzustellen. Verstaubte Pergamente und Besitzurkunden gab es jedenfalls auf der Insel nicht.

Gestern sah ich Kory-Kory, mit einer langen Stange bewaffnet, sich aus dem Hause schleichen, die Früchte von den obersten Zweigen eines Baumes herunterschlagen und in seinem Korb aus Kokosblättern nach Hause bringen. Heute sehe ich einen Inselbewohner, der in einem fernen Teil des Tales lebt, das gleiche tun. An dem sanft absteigenden Ufer des Flusses wuchsen Bananenbäume. Ich habe ganze Scharen junger Leute die großen goldenen Fruchtbüschel lustig plündern und sie jubelnd und stampfend nach den verschiedensten Teilen des Tales schleppen sehen. Es war klar, daß die Brotfruchthalme und die herrlichen gelben Bananen keinem mürrischen alten Filz gehören konnten.

Aus alledem ergibt sich, daß zwischen persönlichem und Grundeigentum im Tal von Taïpi ein großer Unterschied gemacht wurde. Wohl sind einige Leute wohlhabender als andere. Die Dachstange in Marheyos Haus zum Beispiel krümmt sich unter der Last vieler schwerer Tappabündel; auf seiner langen Lagerstätte liegen sieben Matten übereinander. Draußen in ihrem Bambusbüfett, oder wie man es sonst nennen mag, hat Teinor eine stattliche Zahl von Kalebassen und hölzernen Tranchierbrettern angereiht. Das nächste Haus jenseits des Haines, in dem Ruaruga wohnt, ist nicht so reich versehen. Nur drei mäßige Bündel hängen von der Decke; nur zwei Lagen von Matten trägt der Boden, die Kalebassen und Bretter sind weder so zahlreich noch so geschmackvoll geschnitzt und gefärbt. Aber schließlich ist Ruarugas Haus, wenn auch nicht so hübsch, doch ebenso bequem wie das Marheyos; und wenn er es ebenso schön haben und ebenso reich werden wollte wie sein Nachbar, so würde ihn das vermutlich wenig Mühe kosten. Dies sind die wesentlichen erkennbaren Vermögensunterschiede in Taïpi.

Die Menschen lebten in Eintracht miteinander. Welche Brüderlichkeit unter ihnen herrscht, mag man aus folgendem, ersehen.

Ich kehrte eines Tages mit Kory-Kory von meinem gewohnten Besuch im Tal zurück; wir kamen an einer kleinen Lichtung vorbei; es sollte dort, wie mein Diener mir sagte, an diesem Nachmittag ein Wohnhaus aus Bambus gebaut werden. Wenigstens hundert Eingeborene schafften die Baumaterialien an Ort und Stelle, einige trugen ein oder zwei der großen Rohrstöcke, die zu den Wänden gebraucht wurden, in der Hand, andere zarte Hybiscusstäbe, an denen Zwergpalmblätter fürs Dach hingen. Jeder beteiligte sich irgendwie an der Arbeit, und dank ihrer vereinten Bemühung, die leicht genug war und lässig vor sich ging, war der ganze Bau vor Sonnenuntergang vollendet. Wie die Leute so an der Errichtung dieser Wohnstätte arbeiteten, erinnerten sie mich an eine Kolonie von Bibern bei ihrer Arbeit. Sie waren allerdings nicht so still und ehrbar wie diese merkwürdigen Tiere, noch auch nur entfernt so fleißig. Die Wahrheit zu sagen, waren sie eher faul, aber alles geschah unter lärmender Heiterkeit; und sie arbeiteten so einig zusammen und das offenbar aus reiner Freundlichkeit, daß es schön zu sehen war.

Kein Weib nahm an der Arbeit teil: und wenn der Grad der Achtung und Rücksicht, die die Männer auf das reizende Geschlecht nehmen, wie manche Denker behaupten, das Kennzeichen des Kulturgrades eines Volkes ist, dann kann ich sagen, daß die Taïpis zu den kultiviertesten Völkern unter der Sonne gehörten. Mit Ausnahme der Beschränkungen religiöser Natur, die das Tabu ihnen auferlegte, war den Frauen des Tales beinahe alles gestattet. Nirgends werden die Frauen mehr umworben; nirgends höher geschätzt; man sieht in ihnen Wesen, denen man die höchsten Genüsse verdankt, und sie sind sich ihrer Macht sehr bewußt. Zum Unterschied von so manchen rauheren Völkerschaften, bei denen die Weiber alle Arbeit leisten, während ihre ungalanten Herren und Meister den Tag in Faulheit verbringen, ist das zartere Geschlecht im Tale von Taïpi von jeder Arbeit befreit; wenn man das überhaupt Arbeit nennen darf, was selbst in diesem tropischen Klima nie einen Tropfen Schweiß kostet. Nur die leichteste Hausarbeit, die Anfertigung des Tappa, das Flechten der Matten und das Polieren von Trinkgefäßen fiel den Frauen zu, Arbeiten, die mehr angenehmen Zerstreuungen gleichen, wie auch die Damen bei uns die freie Zeit des Vormittags elegant mit mancherlei Beschäftigungen ausfüllen. Aber selbst bei diesen Arbeiten sah man die leichtlebigen jungen Mädchen nur selten. Diese launischen jungen Damen, die sich nur die Zeit zu vertreiben suchten, waren jeder nützlichen Beschäftigung abgeneigt. Wie verwöhnte Schönheiten trieben sie sich in den Wäldchen herum, badeten im Fluß, tanzten, flirteten, spielten den anderen alle möglichen boshaft-lustigen Streiche und verbrachten ihre Tage in einem Wirbel sorglosen Glückes.

Während meines ganzen Aufenthaltes auf der Insel bin ich niemals Zeuge eines Streites gewesen, noch einer Erörterung, die auch nur entfernt einem Zank glich. Die Eingeborenen schienen einen einzigen Haushalt zu bilden, dessen Mitglieder einander aufs liebevollste zugetan waren. Verwandtenliebe war weniger wahrzunehmen, da sie in der allgemeinen Liebe aufzugehen schienen; wo alle wie Brüder und Schwester behandelt wurden, war es schwer zu sagen, wer durch Bande des Blutes dem anderen verwandt war.

Dies Bild ist nicht übertrieben. Man möge mir auch nicht einwenden, daß die Feindschaft des Stammes gegen alle Ausländer, noch der Haß, den sie dauernd gegen die anderen Bewohner der Insel jenseits der Berge hegen, dem Gesagten widerspräche. Der scheinbare Widerspruch ist leicht zu erklären. So mancher Bericht von Gewalt und Unrecht, sowie Ereignisse, die sie mit eigenen Augen gesehen, haben den Stamm gelehrt, die weißen Männer mit Abscheu zu betrachten. Der grausame Überfall Porters würde genügen, ihre Gereiztheit zu erklären; und ich kann es wohl verstehen, daß der Taïpikrieger alle Pässe, die zu seinem Tal führen, mit gefälltem Speer bewacht und, den Rücken gegen seine grüne Heimat gekehrt, jeden Europäer drohend vom Strande fernhält.

Woher die Feindschaft gerade dieses Clans gegen die Nachbarstämme kommt, vermag ich nicht so sicher zu sagen. Ich will auch nicht behaupten, daß ihre Feinde die Angreifer waren, noch ihr Verhalten irgend beschönigen. Aber wenn unsere bösen Leidenschaften sich Luft machen müssen, dann ist es sicher besser, sie gegen Ausländer und Fremde auszutoben, als innerhalb der Gemeinschaft, in der man lebt. In vielen kultivierten Ländern herrschen innere Streitigkeiten und Familienzwiste gleichzeitig mit den grausamsten auswärtigen Kriegen. Wieviel weniger schuldig sind da meine Inselbewohner, die von diesen drei Sünden nur eine begehen, und die geringste unter ihnen.

Man wird mir vielleicht vorwerfen, daß ich ein Volk bewundere, das man der Menschenfresserei bezichtigt. Aber diese einzige Ungeheuerlichkeit in ihrem Verhalten ist nicht halb so schauerlich, wie man sie gewöhnlich schildert. Wenn man den volkstümlichen Geschichten glauben wollte, so würden die Mannschaften der Fahrzeuge, die an irgendeiner unwirtlichen Küste Schiffbruch leiden, von den wilden Eingeborenen lebendig gefressen, und unglückliche Reisende in heitere verräterische Buchten gelockt, mit der Kriegskeule über den Schädel geschlagen und dann ohne weiteres angerichtet. So furchtbar und unwahrscheinlich sind diese Geschichten„ daß viele vernünftige und unterrichtete Leute an die Existenz von Menschenfressern überhaupt nicht glauben wollten und derartige Geschichten einfach für Märchen erklärten. Die Wahrheit liegt wie gewöhnlich in der Mitte: Kannibalismus findet sich in mäßigem Umfang bei mehreren Stämmen des Stillen Ozeans, aber es wird nur das Fleisch erschlagener Feinde verzehrt; und so schrecklich und schauerlich diese Sitte ist und wie sehr man sie verurteilen mag, ich behaupte trotzdem, daß die, bei denen sie herrscht, nach jeder anderen Richtung menschliche und liebenswürdige Geschöpfe sind.

Siebenundzwanzigstes Kapitel

Nirgends zeigte sich die liebenswürdige Natur und das soziale Empfinden der Taïpis besser als bei ihren großen Fischzügen. Viermal während meines Aufenthaltes im Tal versammelten sich die jungen Männer um die Vollmondzeit und begaben sich zusammen auf den Fischzug. Da sie gewöhnlich etwa achtundvierzig Stunden ausblieben, glaubte ich, daß sie ans offene Meer in einiger Entfernung von der Bucht gingen. Die Polynesier gebrauchen die Angelrute nur selten, sondern verwenden fast immer große feste Netze, die aus den gedrehten Fasern einer bestimmten Baumrinde sehr geschickt geschlungen sind; ich habe mehrere davon untersucht, die am Strand von Nukuhiva zum Trocknen ausgebreitet lagen. Sie glichen ungefähr unseren Schleppnetzen und waren vermutlich ebenso dauerhaft.

Alle Südseeinsulaner essen Fische leidenschaftlich gern, aber vielleicht niemand mehr als die Taïpis. Ich konnte daher nicht begreifen, weshalb sie sie so selten aus ihren Gewässern holten; denn die Fischzüge wurden nur zu bestimmten Zeiten unternommen, und man sah ihnen stets mit nicht geringem Interesse entgegen.

Während der Abwesenheit der Fischer war die ganze Bevölkerung in Aufregung, und überall hörte man nur »Pehih, Pehih« (Fische, Fische). Wenn ihre Rückkehr zu erwarten stand, begann der mündliche Telegraph zu arbeiten: im ganzen Tal kletterten die Eingeborenen auf Felsen und Bäume, jubelnd im Gedanken an das bevorstehende leckere Mahl. Sowie das Nahen der Schar angekündigt wurde, stürzte alles zum Strand; einige blieben jedoch im Tai, um alles für den Empfang der Fische bereitzumachen, die in ungeheuren Blätterpaketen nach den Tabu-Hainen gebracht wurden; jedes dieser Pakete hing an einer Stange, die zwei Männer auf den Schultern trugen.

Bei einer dieser Gelegenheiten war ich im Tai und sah ein höchst interessantes Schauspiel. Als alle Pakete beisammen waren, wurden sie in einer Reihe unter dem Vorplatz des Gebäudes niedergelegt. Die Fische waren alle ganz klein, zumeist von der Größe eines Herings, und spielten in allen Farben. Etwa ein Achtel davon wurde für den Gebrauch des Tais zurückgelegt, der Rest wurde in zahlreiche kleinere Pakete gesondert, die sogleich nach allen Richtungen bis in die entferntesten Teile des Tales verschickt wurden. An ihrem Bestimmungsort angelangt, wurden sie wieder frisch gesondert und gleichmäßig an die einzelnen Häuser jedes Distriktes verteilt. Die Verteilung erfolgte stets in gerechtester Weise, und die Fische standen unter strengem Tabu, bis sie vollzogen war. Durch dieses Vorgehen konnte jeder Mann, jedes Weib und jedes Kind im Tal gleichzeitig sich an dieser Lieblingsspeise erfreuen.

Einmal, erinnere ich mich, kehrten die Fischer um Mitternacht heim, aber auch diese ungewöhnliche Stunde tat der Ungeduld der Leute keinen Abbruch. Man sah die Träger vom Tai nach allen Richtungen durch die Tiefe der Haine eilen; jedem ging ein Junge mit einer brennenden Fackel aus trockenen Kokoszweigen voran; von Zeit zu Zeit, wenn sie ausgebrannt war, wurde neues Holz, das am Wege lag, aufgenommen und angezündet. Das Licht dieser ungeheuren Fackeln, die in die verborgensten Schlupfwinkel des Tales ihren hellen Schein trugen und sich rasch unter dem dunkeln Laubdach fortbewegten, das wilde Schreien der aufgeregten Boten, die die Nachricht von ihrem Kommen brachten und denen andere Rufe von allen Seiten antworteten, der seltsame Anblick ihrer nackten Körper, die sich im Fackelschein von dem finsteren Hintergrund abhoben, all dies hatte eine Wirkung, die ich nicht so bald vergessen werde.

Damals weckte mich Kory-Kory mitten in der Nacht und brachte mir wie in Verzückung mit den Worten »Pehih perni!« (Fische kommen) die Nachricht!

Da ich gerade besonders gut geschlafen hatte, begriff ich nicht, warum er diese wichtige Mitteilung nicht bis zum Morgen verschoben hatte; ich hatte die größte Lust, ihn zu ohrfeigen; aber ich besann mich eines Besseren, stand schweigend auf, trat aus dem Hause und sah mit Überraschung die bewegliche Illumination in den Wäldern.

Als der alte Marheyo seinen Anteil der Beute erhielt, wurden sogleich Vorbereitungen für ein mitternächtliches Bankett getroffen. Kalebassen wurden bis zum Rande mit Poi-Poi gefüllt, grüne Brotfrüchte geröstet und ein mächtiger »Emar«-Kuchen mit einem dünnen Bambussplitter aufgeschnitten und auf ein ungeheures Bananenblatt gelegt. Die Beleuchtung bei der Mahlzeit bestand aus Fackeln, die die jungen Mädchen hielten. Diese Fackeln sind sehr sinnreich gemacht. Es gibt überall im Tal eine Nuß, die die Taïpis »Armor« nennen und die unserer Roßkastanie sehr ähnlich sieht. Man schlägt die Schale auf und nimmt den ganzen Kern heraus. Diese Kerne werden in beliebiger Anzahl an einer langen elastischen Kokosfaser, die aus den Zweigen des Baumes gewonnen wird, aufgereiht. Solche Fackeln sind oft acht bis zehn Fuß lang. Da sie vollkommen biegsam sind, wird das eine Ende zu einem Ring gedreht, an dem man sie festhält, während man sie am anderen Ende anzündet. Die Nuß brennt mit einer flackernden bläulichen Flamme; das Öl, das sie enthält, ist in etwa zehn Minuten verzehrt; so wie die eine niederbrennt, entzündet sich die nächste, die Asche wird in eine Kokosnußschale abgestreift. Man muß diese primitive Kerze stets in der Hand halten und beständig aufpassen. Die Person, die sie hält, erkennt den Zeitablauf an der Zahl der verbrannten Nüsse, die durch Abzählen von Tappastreifen, die in regelmäßigen Zwischenräumen an der Schnur angebracht sind, sich leicht feststellen läßt.

Es tut mir leid, es sagen zu müssen, aber die Bewohner von Taïpi pflegten den Fisch so zu verzehren, wie die zivilisierten Leute einen Rettich essen, nämlich ohne jede weitere Zubereitung. Sie essen sie roh, mit Schuppen, Gräten, Flossen und Eingeweiden. Sie halten den Fisch beim Schwanz fest, stecken den Kopf in den Mund, und das Tier verschwindet mit einer Schnelligkeit, daß man anfangs glaubt, es würde im ganzen verschluckt.

Ja, sie essen Fische roh! Werde ich je den Augenblick vergessen, als ich meine Inselschönheit einen Fisch so verzehren sah? O Fayaweh, wie konntest du dir nur etwas so Schreckliches angewöhnen? Ich muß indessen gestehen, daß, als der erste Schrecken vorbei war, die Sache mir weniger greulich erschien und ich mich bald daran gewöhnte. Es möge auch niemand glauben, daß die entzückende Fayaweh große und ordinäre Fische verschluckte; o nein, mit ihrer schönen kleinen Hand nahm sie ein zartes, kleines, entzückendes, goldfarbenes Fischlein und aß es so elegant und unschuldig, als wäre es feines Biskuit gewesen. »Wer in Rom ist, tue, wie die Römer tun!« In Taïpi machte ich es mir zur Aufgabe, so wie die Taïpis zu tun. Ich aß Poi-Poi; ich ging in der einfachsten Gewandung einher; ich schlief mit ihnen auf dem gemeinsamen Lager; ich tat noch viel anderes, was ihren besonderen Sitten entsprach. Aber das höchste, was ich auf dem Wege der Anpassung erreichte, war, daß ich bei mehreren Gelegenheiten rohe Fische aß. Da sie ungewöhnlich zart und ganz klein waren, so fand ich die Sache gar nicht so unangenehm, ja, ich begann mit der Zeit daran Geschmack zu finden; allerdings unterzog ich die Fische vor dem Essen einer kleinen Operation mit meinem Messer.

Achtundzwanzigstes Kapitel

Es gab einige merkwürdig aussehende Hunde im Tale; das heißt, wenn man das Hunde nennen konnte. Es schienen eher große unbehaarte Ratten zu sein; sie hatten ein glattes, glänzendes, geflecktes Fell, waren fett, mit häßlichen Köpfen. Woher sie nur kommen mochten? Daß sie in der Gegend nicht heimisch waren, scheint mir sicher. Sie schienen selber zu wissen, daß sie nicht hergehörten, sahen aus, als schämten sie sich, und verkrochen sich in die dunkelsten Winkel. Es waren ekelhafte Köter, die ich nicht ausstehen konnte, und nichts wäre mir lieber gewesen, als sie sämtlich auszurotten. Einmal deutete ich Mehivi an, wie nützlich ein Hundekreuzzug wäre, aber der gutmütige König wollte nichts davon wissen. Er hörte mich geduldig an, aber dann schüttelte er den Kopf und sagte mir im Vertrauen, daß sie »Tabu« seien.

Nie werde ich den Tag vergessen, an dem ich eines Mittags im Hause lag; alle anderen um mich her in tiefem Schlaf: ich schlug zufällig die Augen auf und begegnete denen einer großen gespenstischen schwarzen Katze, die aufrecht in der Türe saß und mich mit ihren schrecklichen kuglig-großen Augen anstarrte, gleich einem jener Höllengeister, die die alten Heiligen bedrängten.

Nun war mir der Anblick dieser Tiere zu allen Zeiten unerträglich; die plötzliche Erscheinung der Katze in Taïpi verstörte mich geradezu. Als ich mich ein wenig erholt hatte, sprang ich auf, die Katze ergriff die Flucht; ihre Flucht machte mich kühn, ich stürzte aus dem Hause, um sie zu verfolgen; aber sie war verschwunden. Es war das einzige Mal, daß ich eine Katze in dem Tal sah, und wie sie dahingekommen war, begreife ich nicht. Vielleicht war sie aus einem Schiff in Nukuhiva entwichen. Von den Eingeborenen konnte ich nichts erfahren, keiner hatte das Tier gesehen, dessen Erscheinen mir noch heute ein Rätsel ist.

Unter den wenigen Tieren, die es in Taïpi gibt, interessierte mich am meisten eine wunderschöne goldfarbene Eidechsenart. Sie war vom Kopf bis zur Schwanzspitze vielleicht fünf Zoll lang und von anmutigstem Bau. Man sah sie in großer Zahl auf den Hausdächern sich sonnen, sah ihre glitzernden Körper zu jeder Tageszeit im Grase hin und her huschen oder scharenweise an den hohen Stämmen der Kokospalmen auf und ab laufen. Diese kleinen zierlichen Tiere waren vollkommen zahm und kannten keine Furcht. Oft, wenn ich mich während der heißen Stunden des Tages an irgendeiner schattigen Stelle auf den Boden setzte, liefen sie von allen Seiten an mir herauf. Wenn ich eine vom Arm streifen wollte, sprang sie mir ins Haar, wenn ich sie sachte an einem Beine faßte, um sie von dort zu verscheuchen, schlüpfte sie mir zahm in die Hand.

Auch die Vögel in diesem Lande sind merkwürdig zahm. Wenn man einen in Armeslänge auf einem Zweig sitzen sah und auf ihn zuging, flog er nicht gleich fort, sondern blieb ruhig sitzen und sah einen an, bis man ihn fast greifen konnte; dann flog er langsam auf, und es sah aus, als täte er es weniger aus Furcht, als um nicht länger zu stören.

Auf einer unbewohnten Insel der Gallipagos hatte sich einmal ein Vogel auf meinen ausgestreckten Arm gesetzt, während das Weibchen – oder Männchen – von einem benachbarten Baum zwitscherte. Ich war damals von solcher Zahmheit entzückt, und mit ähnlicher Freude sah ich später die Vögel und Eidechsen des Taïpi-Tales das gleiche Vertrauen in die Gutartigkeit der Menschen setzen.

Eines, der zahlreichen Übel, das die Europäer den Eingeborenen der Südsee gebracht haben, war, daß sie, wenn auch zufällig und unabsichtlich, jene ewigen Störenfriede und Quäler, die Moskitos, einführten. Auf den Sandwich-Inseln und auf zwei oder drei der Gesellschaftsinseln gibt es ganze Kolonien dieser Insekten, die dort glänzend gedeihen und die heimischen Sandfliegen über kurz oder lang verdrängt haben werden. Sie stechen, summen und quälen das ganze Jahr hindurch, verärgern die Eingeborenen und hemmen die Tätigkeit der Missionare.

Von dieser Plage waren die Taïpis noch frei; aber leider werden die Stechmücken dort einigermaßen durch eine winzige Fliegenart ersetzt, die zwar nicht sticht, aber doch zu einer lästigen Qual wird. Denn die Zahmheit der Vögel und Eidechsen ist nichts im Vergleich zur furchtlosen Zudringlichkeit dieser Insekten. Sie setzen sich auf die Augenwimpern und bleiben dort, wenn man sie nicht vertreibt, oder drängen sich einem ins Haar, oder klettern die Nasenhöhlen hinauf, als wollten sie einem ins Gehirn gucken. Einmal war ich so unvorsichtig und gähnte, als diese Tiere um mich herum flogen. Sogleich flog mir ein halbes Dutzend in die Mundhöhle und marschierte auf meinem Gaumen umher; es war ein schauderhaftes Gefühl. Wilde Tiere gibt es auf der Insel nicht. In den Gebirgen im Innern herrscht lautlose Einsamkeit, die nie vom Gebrüll der Raubtiere unterbrochen wird. Selbst vom Dasein kleiner und kleinster Tiere findet man nur geringe Spuren. Giftige Reptilien, Schlangen irgendwelcher Art sind in keinem der Täler zu finden.

Für die Eingeborenen der Marquesas bildet das Wetter keinen Gesprächsstoff. Es wechselt so gut wie gar nicht. Wohl bringt die Regenzeit häufige Schauer, aber sie sind erfrischend und halten nicht an. Kein Inselbewohner, der einen Ausgang vorhat, denkt, wenn er des Morgens aufsteht, daran, zu schauen, wie der Himmel aussieht oder woher der Wind weht. Ein schöner Tag ist ihm immer gewiß, und die Aussicht auf ein paar tüchtige Regengüsse begrüßt er mit Freude. Er hat nie Gelegenheit, sich über ein besonders schönes Wetter zu wundern oder davon zu erzählendes gibt keine plötzlichen Umschläge in der Atmosphäre, keinen Frost, keinen Schneesturm: Tag folgt auf Tag in ewigem Sommer und Sonnenschein, und das ganze Jahr ist ein langer tropischer Juni, der eben in den Juli übergeht.

Diesem herrlichen Klima verdanken die Kokosnüsse ihr Gedeihen. Diese unschätzbare Frucht reift nirgends zu solcher Vollkommenheit wie auf dem reichen Boden der Marquesas. Man sollte glauben, daß sie auf ihrer stattlichen Säule, in mehr als hundert Fuß Höhe, für die Eingeborenen kaum erreichbar wäre. Der schlanke, glatte Stamm, an dem es keinen Ast, keinen Knoten, nichts gibt, was das Klettern erleichtert, scheint unersteiglich, und nur die erstaunliche Behendigkeit und Geschicklichkeit der Eingeborenen vermag es dennoch. Man sollte auch glauben, daß sie aus Trägheit geduldig die Reifezeit der Nüsse und ihr allmähliches Abfallen erwarten, und sie würden das auch tun, wenn sie nicht gerade die junge Frucht in ihrer weichen grünen Schale als einen besonderen Leckerbissen betrachteten. Das Fleisch bildet sich erst in ihr und liegt wie eine gallertige Haut an; dafür enthält sie den herrlichsten Saft. Sie haben mindestens zwanzig Ausdrücke, um die verschiedenen Reifestadien der Kokosnuß zu bezeichnen. Manche von ihnen essen die Frucht überhaupt nur in einem ganz bestimmten Reifezustand, und so unglaublich es scheinen mag, sie vermögen den Augenblick, in dem die Nuß diesen Zustand erreicht, auf die Stunde anzugeben. Andere sind noch wählerischer; sie sammeln einen Haufen von Nüssen jeden Alters, zapfen alle geschickt an und kosten eine nach der anderen, wie ein empfindlicher alter Weinbeißer mit dem Glas in der Hand die verstaubten Fässer der verschiedenen Lesen prüft.

Einige der jungen Leute, die noch geschmeidiger waren als die anderen und vielleicht auch mutiger, hatten eine Art, an dem Stamm der Kokosnußbäume hinaufzulaufen, die mir einfach wunderbar schien, und wenn ich ihnen dabei zusah, staunte ich, wie wenn ein Kind zum erstenmal eine Fliege an der Zimmerdecke kriechen sieht.

Wenn Narmi, ein vornehmer junger Häuptling, manchmal, um mir damit ein Vergnügen zu machen, diese Leistung vollbrachte, dann führte er vorher ein ganzes Theater auf. Wir standen vor einem Baum, und ich wies ihm die junge Frucht, die ich gerne haben wollte: der hübsche Wilde sah mich zunächst überrascht an, wie erstaunt über die vollkommene Sinnlosigkeit meiner Bitte. So blieb er einen Augenblick, dann veränderte sich sein Gesichtsausdruck und ward der eines Menschen, der einem anderen mit gutmütiger Resignation nachgibt. Sehnsüchtig blickte er zu den Laubkronen des Baumes empor, stellte sich auf die Zehenspitzen, streckte den Hals und hob die Arme über den Kopf, als wollte er die Frucht vom Boden aus erreichen. Da dies vergeblich bleibt, wirft er sich zur Erde und schlägt sich in Verzweiflung die Brust; dann springt er plötzlich wieder auf, wirft den Kopf zurück und hebt beide Hände, als wollte er eine der Nüsse beim Fallen auffangen. Auch dies hat keinen Erfolg, und er bekommt einen neuen Verzweiflungsanfall, so heftig, daß er es nicht aushält und einfach wegläuft. In einer Entfernung von sechzig bis achtzig Schritten bleibt er stehen und guckt nach dem Baum, ein wahres Bild des Jammers. Da, plötzlich scheint ihm eine Erleuchtung zu kommen, er stürzt auf den Baum zu, umfaßt den Stamm mit beiden Armen, wobei er den einen etwas höher ansetzt als den anderen, drückt beide Fußsohlen dicht nebeneinander gegen den Baum, streckt die Beine, bis sie fast wagrecht stehen und sein Körper einen Bogen bildet; dann, Hand über Hand und Fuß vor Fuß setzend, erhebt er sich blitzschnell vom Boden und, ehe man überhaupt recht begriffen hat, was er tut, ist er schon hoch oben in der Krone, wo die Nüsse hängen, und wirft jubelnd die Früchte herunter.

Diese Art, den Baum hinaufzugehen, ist nur möglich, wenn der Stamm beträchtlich von der Senkrechten abweicht; aber das ist fast immer der Fall; manche dieser völlig geraden Stämme wachsen in einem Winkel von dreißig Grad.

Minder energische Leute und viele Kinder des Tales haben eine andere Methode. Sie nehmen ein breites, festes Stück Baumrinde, das sie mit beiden Enden an ihren Knöcheln befestigen, so daß sie die Füße nur etwa zwölf Zoll weit spreizen können. Dadurch wird das Klettern außerordentlich erleichtert. Der Rindenstreif wird an den Baum gedrückt, legt sich fest an und gibt eine gute Stütze; mit den Armen umfassen sie den Stamm und ziehen die Füße um etwa eine Elle nach, worauf sie sofort um ein entsprechendes Stück mit den Händen höher greifen. Ich habe kleine, kaum fünfjährige Kinder in dieser Art furchtlos den schlanken Stamm eines jungen Kokosbaumes hinaufklettern sehen; dann hingen sie vielleicht fünfzig Fuß über dem Boden, während unten ihre Eltern Beifall klatschten und sie ermunterten, noch höher zu steigen.

Als ich zum erstenmal solch eine Leistung sah, fragte ich mich, was wohl eine nervöse amerikanische oder englische Mutter zu ähnlichen Mutproben eines ihrer Kinder sagen würde? Vielleicht hätten die Spartaner sie gepriesen; aber die meisten modernen Damen würden wohl hysterische Anfälle bekommen.

Die zahlreichen Zweige, die an der Spitze der Kokospalme nach allen Seiten wachsen, bildeten oben gleichsam einen grünen wogenden Korb, und man kann die in dichten Büscheln stehenden Nüsse gerade noch zwischen den Blättern erkennen; auf höheren Bäumen scheinen sie, von unten gesehen, nicht größer als Weintrauben.

Ich erinnere mich eines waghalsigen kleinen Kerls – Tu-Tu hieß der Halunke –, der sich in der Krone eines Baumes, nahe bei Marheyos Wohnung, eine Art luftigen. Häuschens zurechtgemacht hatte. Stundenlang saß er dort oben, ließ die Zweige rascheln und rauschen und schrie vor Entzücken jedesmal, wenn die starken Windstöße vom Bergeshang die lange biegsame Säule, auf deren Spitze er saß, hin und her schaukelte. So oft ich Tu-Tus musikalische Stimme aus dieser steilen Höhe seltsam an mein Ohr klingen hörte, und ihn aus seinem laubigen Versteck herabgucken sah, fielen mir stets Dibdins Verse ein:

> »Ein kleiner Engel sitzt hoch oben
> Und guckt, und guckt nach dem armen Hans.«

Wunderschöne Vögel fliegen durch das Tal. Man sieht sie hoch oben auf den unbeweglichen Ästen gewaltiger Brotfruchtbäume sitzen oder sanft auf den biegsamen Zweigen des Omubaumes schaukeln, über die Zwergpalmendächer der Rohrhütten streifen, wie geflügelte Geister durch die schattigen Haine flattern und manchmal in glänzendem Flug von den Bergen tief ins Tal hinunterschießen. Ihr Gefieder ist blau und purpurfarben, weiß und tiefrot, schwarz und golden; sie haben Schnäbel von jeder Farbe: blutrot, tiefschwarz und elfenbeinweiß. Ihre Augen sind hell und funkelnd, sie segeln durch die Luft wie eine Schar von Sternschnuppen; aber ach, sie sind sämtlich stumm, wie verzaubert – nicht ein einziger Singvogel ist im Tal!

Ich weiß nicht warum, aber der Anblick dieser Vögel, der doch sonst so fröhlich stimmt, machte mich jedesmal traurig. Wenn sie mich auf meinen Wegen durch den Hain in ihrer stummen Schönheit umflatterten, oder mich mit ruhigen, neugierigen Augen aus den Büschen ansahen, dann bildete ich mir fast ein, sie wüßten, daß sie einen Fremden schauten, und bemitleideten ihn.

Neunundzwanzigstes Kapitel

Auf einer meiner Wanderungen mit Kory-Kory kam ich am Rand dichter Büsche vorüber, als mir ein seltsames Geräusch auffiel. Ich trat ins Dickicht und sah zum erstenmal, wie man tätowiert wird.

Ich sah einen Mann auf dem Erdboden flach auf dem Rücken liegen und, obwohl er seine Gesichtszüge beherrschte, zweifellos furchtbare Qualen erleiden. Der Folterknecht beugte sich über ihn und arbeitete mit Hammer und Meißel wie ein Steinmetz. In der einen Hand hielt er einen kurzen dünnen Stab, an dem ein spitzer Haifischzahn befestigt war. Auf das obere Ende dieses Stabes klopfte er mit einem kleinen hammerförmigen Holz, so daß er die Haut durchstach und der Farbstoff, in den er sein Werkzeug getaucht hatte, in sie eindrang. Eine Kokosnußschale mit der flüssigen Farbe stand auf dem Boden. Um die Farbe zu bereiten, mischt man die Asche jener zu Kerzen verwendeten, »Armor« genannten Nüsse, die man immer zu diesem Zweck vorrätig hält, mit einem bestimmten Pflanzensaft. Auf einem Stück fleckigen Tappas lagen seltsame schwärzliche kleine Werkzeuge aus Bein und Holz in großer Zahl, die bei den mannigfachen Ausführungsweisen dieser Kunst gebraucht werden. Einige endeten in einer einzigen feinen Spitze und wurden wie besonders feine Bleistifte verwendet, um dem Werk die letzte Vollendung zu geben oder wenn man, wie es hier der Fall war, die empfindlicheren Teile des Körpers bearbeitete. Andere zeigten mehrere Spitzen nebeneinander, die fast wie die Zähne einer Säge aussahen. Sie wurden für die gröbere Arbeit gebraucht, besonders um gerade Streifen zu ziehen. Bei einigen waren die Spitzen so angeordnet, daß sie kleine Figuren bildeten, die auf den Körper aufgesetzt, nur eines einzigen Hammerschlags bedurften, um ein unzerstörbares Bild in die Haut zu prägen. Einige hatten merkwürdig gekrümmte Griffe, als sollten sie ins Ohr eingeführt werden oder sonst einem geheimnisvollen Gebrauch dienen. Der Anblick all dieser Werkzeuge erinnerte mich lebhaft an die grausam aussehenden kleinen stählernen Dinger mit Perlmuttergriffen, die man in samtgefütterten Etuis beim Zahnarzt sieht.

Der Künstler vor mir war im Augenblick nicht mit einer Originalskizze beschäftigt; er arbeitete an einem ehrwürdigen alten Wilden, dessen Tätowierung schadhaft geworden war und einer Reparatur bedurfte; er retouchierte gewissermaßen die Werke alter Meister, die auf der menschlichen Leinwand ausgeführt waren. Und zwar operierte er augenblicklich an den Augenlidern, über die ein länglicher Streifen lief, gleich dem, der Kory-Korys Antlitz schmückte. Obschon der arme alte Mann aufs äußerste bemüht war, sich zu beherrschen, verriet doch ein wiederholtes Zucken und Verziehen der Gesichtsmuskeln die außerordentliche Empfindlichkeit der Teile, die übermalt wurden. Der Künstler aber blieb unempfindlich wie ein Militärchirurg und fuhr mit seiner Arbeit fort, hämmerte drauflos wie ein Specht und begleitete seine Tätigkeit mit einem wilden Gesang.

Er war so in seine Arbeit versunken, daß er unser Kommen nicht wahrgenommen hatte; ich sah eine Weile ruhig zu, dann machte ich mich bemerkbar. In der Meinung, daß ich ihn beruflich aufsuchte, faßte er mich entzückt an und hätte mich am liebsten gleich in Arbeit genommen. Da ich ihm zu verstehen gab, daß er mich völlig mißverstanden, war er aufs tiefste betrübt und enttäuscht. Er wollte mir nicht glauben, ergriff sein Werkzeug und bewegte es in schrecklicher Nähe vor meinem Gesicht, als wollte er mir durch in die Luft gezogene Linien zeigen, was er konnte, und gab mir durch Ausrufe der Bewunderung zu verstehen, wie schön die Zeichnungen waren, die er auf mir entwerfen wollte.

Entsetzt bei dem bloßen Gedanken, für immer entstellt zu werden, wenn der Elende seine Absicht ausführte, versuchte ich mich von ihm loszumachen, aber Kory-Kory, der Verräter, stand dabei und beschwor mich, ihm doch zu willfahren. Da ich mich dauernd weigerte, kam der Künstler fast außer sich, er war verzweifelt, daß er eine so herrliche Gelegenheit, sich in seinem Beruf hervorzutun, verlieren sollte.

Der Gedanke, meine weiße Haut zu tätowieren, begeisterte ihn; immer wieder betrachtete er mein Gesicht, und jeder Blick schien seinen Ehrgeiz zu steigern. Ich suchte ihn wenigstens davon abzulenken und hielt ihm selbst verzweifelt meinen Arm hin; aber er wies dieses Kompromiß entrüstet zurück und fuhr mir mit dem Zeigefinger übers Gesicht, wie um die Randlinien der parallelen Streifen zu entwerfen, die es umschließen sollten. Mir erstarrte das Blut in den Adern; halb wild vor Schrecken und Zorn riß ich mich von den drei Wilden los und floh nach Marheyos Haus. Der unerbittliche Künstler lief mir mit seinen Werkzeugen nach; aber jetzt griff Kory-Kory ein und hinderte ihn an weiterer Verfolgung.

Dieses Ereignis ließ mich eine neue Gefahr erkennen. Ich war überzeugt, daß man mich irgend einmal so entstellen würde, daß ich nie mehr die »Stirn« haben würde, unter meine Landsleute zurückzukehren. Meine Befürchtung steigerte sich noch beträchtlich, als auch König Mebivi und mehrere andere Häuptlinge nunmehr den Wunsch aussprachen, daß ich mich tätowieren lassen sollte. Drei Tage nach meiner zufälligen Begegnung mit Karky, so hieß der Künstler, wurde mir der hohe Wunsch Seiner Majestät zum erstenmal kundgegeben. Ich verfluchte den elenden Karky vieltausendmal; ich wußte, der Kerl würde nicht ruhen, bis er seine teuflischen Absichten an meinem Gesichte vollzogen hätte. Ich traf ihn mehrmals in verschiedenen Teilen des Tales, und jedesmal wenn er mich erblickte, kam er mit Hammer und Meißel hinter mir hergelaufen und fuhr mir damit vor dem Gesicht hin und her, als wollte er gleich anfangen.

Als der König mir seinen Wunsch aussprach, erklärte ich ihm meinen Abscheu davor und wurde dabei so aufgeregt, daß er mich verwundert anstarrte. Er begriff es offenbar nicht, wie ein vernünftiger Mensch sich gegen solch eine Verschönerung sperren könnte. Nach kurzer Zeit wiederholte er seinen Vorschlag, und da ich wieder ablehnte, zeigte er sich verstimmt. Beim drittenmal begriff ich, daß ich zum Schutz meines Gesichtes etwas tun müsse; ich nahm all meinen Mut zusammen und erklärte mich bereit, mir beide Arme vom Handgelenk aufwärts bis zur Schulter tätowieren zu lassen. Seine Majestät war sehr erfreut, und ich beglückwünschte mich bereits, die Sache auf diese Weise erledigt zu haben, als er bemerkte, daß man natürlich mit dem Gesicht beginnen müßte. Ich war verzweifelt; die unerbittlichen Häuptlinge verlangten meine Entstellung oder vielmehr der niederträchtige Karky, der dahinter steckte. Man überließ mir die Wahl des Musters: ich konnte mir drei wagerechte Streifen machen lassen, wie sie mein Diener trug, oder drei schräge Streifen; ich konnte auch den Höfling spielen und nach dem Beispiel Seiner Majestät mir das mystische Dreieck einzeichnen lassen. Aber obwohl der König mir deutlich erklärte, daß ich völlig freie Wahl haben sollte, ließ ich mich nicht bewegen. Schließlich hörte er auf, mich damit zu behelligen. Aber nicht so die übrigen Wilden. Kaum ein Tag verging, ohne daß sie mich mit ihren Bitten quälten, bis mir das Leben vergällt war; alle Freuden, die ich bisher genossen, verloren ihren Reiz für mich, und mein Wunsch, aus dem Tal zu entfliehen, wurde noch einmal so heftig.

Ich erfuhr damals etwas, was meine Furcht vermehrte. Die Tätowierung stand mit ihrer Religion im Zusammenhang; sie wollten mich also zugleich bekehren.

Bei der Verschönerung der Häuptlinge werden die Linien aufs sorgfältigste gezogen; während manche der geringeren Eingeborenen so aussahen, als ob man sie einfach angestrichen hätte. Ich erinnere mich eines Kerls, der äußerst stolz auf einen großen rechteckigen Fleck am oberen Teil seines Rückens war und so aussah, als ob er ein spanisches Fliegenpflaster zwischen den Schultern trüge. Ein anderer, dem ich oft begegnete, hatte sich in die Augenhöhlen regelmäßige dunkle Vierecke tätowieren lassen, und da er besonders glänzende Augen hatte, so funkelten sie aus dieser Einfassung hervor wie Diamanten, die in Ebenholz gefaßt sind.

Aber obwohl ich begriffen hatte, daß die Tätowierung ein religiöser Gebrauch war, gelang es mir doch nie, den Zusammenhang zu erkennen, in dem sie mit dem abergläubischen Götzendienst des Volkes stand. So wie das weit bedeutungsvollere Tabu, ist mir auch dies unerklärt geblieben.

Die religiösen Einrichtungen auf den meisten Inseln Polynesiens sind einander auffallend ähnlich, ja beinahe die gleichen, und überall findet man das geheimnisvolle Tabu in größerem oder geringerem Maß. Das Ganze ist so seltsam und kompliziert, daß ich wiederholt Leute getroffen habe, die Jahre auf den Südseeinseln gelebt hatten, eine beträchtliche Kenntnis der Sprache besaßen und doch die Wirkungen des Tabu nie in befriedigender Weise erklären konnten. Im Taïpi-Tal fühlte ich täglich seine allbeherrschende Macht, ohne sie doch jemals begreifen zu können. Seine Wirkungen zeigten sich überall, bei den wichtigsten wie bei den unbedeutendsten Handlungen und Ereignissen. Der Wilde beobachtet die Gebote des Tabu stets und aufs strengste, sie leiten und beherrschen all sein Tun.

Durch mehrere Tage nach meiner Ankunft im Tal hatte ich mindestens fünfzigmal innerhalb von vierundzwanzig Stunden das Rätselwort »Tabu« mir in die Ohren schreien lassen müssen, weil ich mich ahnungslos irgendeiner groben Verletzung seiner Vorschriften schuldig gemacht hatte. Am Tage nach unserer Ankunft hatte ich Toby über den Kopf eines Eingeborenen hin, der zwischen uns saß, etwas Tabak gereicht. Der Mann sprang auf, wie von einer Natter gestochen; die ganze Gesellschaft, von gleichem Schauder erfüllt, schrie wie aus einem Munde »Tabu«! Nie wieder ließ ich mir eine ähnliche Ungezogenheit zuschulden kommen, denn solch ein Verhalten war sowohl nach den Regeln der guten Erziehung wie durch die Vorschriften des Tabu verboten. Aber es war keineswegs immer so leicht zu erkennen, womit man dem Geist dieser Einrichtung zuwidergehandelt hatte. Ich wurde viele Male zur Ordnung gerufen, wenn ich so sagen darf, ohne daß ich um mein Leben begriffen hätte, was ich eigentlich getan hatte.

Eines Tages schlenderte ich durch einen abgelegenen Teil des Tales, da hörte ich den musikalischen Ton des Tuchklopfens aus der Nähe und bog in einen Pfad ein, der mich in wenigen Augenblicken zu einem Hause führte, wo etwa ein halbes Dutzend junger Mädchen beim Tappamachen beschäftigt war. Ich hatte schon oft dabei zugesehen und die Rinde auch selbst in all ihren verschiedenen Stadien bearbeitet. Die Mädchen waren diesmal sehr eifrig bei ihrer Arbeit, sie sahen einen Augenblick auf und wechselten ein paar fröhliche Worte mit mir, dann kehrten sie wieder zu ihrer Tätigkeit zurück. Ich sah eine Weile schweigend zu und nahm dann gleichgültig eine Handvoll von dem Faserstoff, der umherlag, auf und begann ihn in Gedanken zu zerzupfen, da hörte ich plötzlich einen Schrei, als ob ein ganzes Mädchenpensionat hysterisch geworden wäre. Ich dachte schon, eine Schar Happar-Krieger sei im Anzug, um einen neuen Raub der Sabinerinnen in Szene zu setzen, aber ich sah nur die Mädchen, die von ihrer Arbeit aufgesprungen waren und mit weit aufgerissenen Augen und wogender Brust vor mir standen und entsetzt mit den Fingern auf mich wiesen.

Ich dachte, ein giftiges Tier müsse in der Rinde verborgen sein, die ich in der Hand hielt, und begann sie vorsichtig zu untersuchen. Die Mädchen verdoppelten ihr Geschrei; nun wirklich besorgt, warf ich das Stück Tappa, weg und wollte aus dem Hause stürzen – im Augenblick hörte auch ihr Geschrei auf und eine faßte mich beim Arm, zeigte auf die zerrissenen Fasern, die ich eben weggeworfen hatte, und schrie mir das verhängnisvolle Wort »Tabu!« in die Ohren.

Ich bekam später heraus, daß der Stoff, mit dem sie beschäftigt waren, von besonderer Art und dazu bestimmt war, von den Frauen auf den Köpfen getragen zu werden:, diese Art Tappa war im ganzen Verlauf der Zubereitung durch ein Tabu geschützt, das dem männlichen Geschlecht: die Berührung verbot.

Oft, wenn ich durch die Haine schritt, sah ich Brotfrucht- und Kokosnußbäume, um deren Stamm ein Blätterkranz in besonderer Form gewunden war. Dies war das Tabu-Zeichen. Die Bäume, ihre Früchte, ja selbst der Schatten, den sie auf den Boden warfen, war gefeit. Eine Pfeife, die der König mir geschenkt hatte, war auf dieselbe Weise geheiligt, und nie konnte ich einen Eingeborenen dazu bringen, aus ihr zu rauchen. Der Kopf war von einem geflochtenen Grasband umgeben.

Einmal flocht Mehivi mit seiner eigenen königlichen Hand ein ähnliches Abzeichen um mein Handgelenk und erklärte mich, als er fertig war, für »Tabu«. Dies geschah, kurz nach Tobys Verschwinden; und hätten mich die Eingeborenen nicht vom ersten Augenblick an, in dem ich das Tal betrat, mit immer gleicher Freundlichkeit behandelt, ich hätte ihr späteres Verhalten auf diese Heiligung zurückgeführt. All die launisch scheinenden Wirkungen des Tabu aufzuzählen, wäre unmöglich. Schwarze Schweine, Kinder bis zu einem gewissen Alter, Frauen in anderen Umständen, junge Männer, während ihre Gesichter tätowiert werden, gewisse Teile des Tales, während ein Regenschauer niedergeht, werden alle mit einem schützenden »Tabu« umgeben.

Ein auffälliges Beispiel seiner Wirksamkeit erlebte ich in der Bucht von Teior, in der ich wenige Tage, bevor ich das Schiff verließ, gewesen war. Unser würdiger Kapitän war mit uns. Er war ein leidenschaftlicher Jäger. Von dem Augenblick an, in dem wir auf der Höhe von Kap Horn angelangt waren, saß er auf dem Heck, und der Steward mußte drei oder vier alte Vogelflinten immer wieder für ihn laden, mit denen er Albatrosse, Kaptauben, Seeraben, Sturmschwalben und andere Seevögel herunterschoß, die kreischend in unserem Kielwasser folgten. Die Mannschaft war starr über diese Roheit, und alle waren überzeugt, daß das gottlose Gemetzel, das er unter den friedlichen Vögeln anrichtete, schuld daran war, daß wir vierzig Tage nicht von dem schrecklichen Vorgebirge loskamen.

In Teior kümmerte er sich ebensowenig um die religiösen Vorurteile der Eingeborenen, wie vorher um den Aberglauben der Seeleute. Er hatte gehört, daß es im Tal zahlreiches Geflügel gab, Nachkommen einiger Hähne und Hennen, die ein englisches Schiff zufällig hiergelassen und die, da ein strenges »Tabu« sie schützte, nahezu wild lebten; und er beschloß, ihnen den Garaus zu machen. Er versah sich also mit einer Büchse, und das erste, was er beim Landen tat, war, daß er einen Hahn herunterschoß, der auf einem Baumast am Strand saß und krähte. »Tabu!« schrien die entsetzten Wilden. »Der Henker hole euer Tabu!« sagte der Seesportsmann. »Mir könnt ihr lange von Tabu reden!« Peng! krachte die Büchse und ein zweites Huhn fiel. Von Schreck erfüllt über die ungeheuerliche Tat, liefen die Eingeborenen davon.

Den ganzen Nachmittag hallten die Felsenwände des Tales vom Krachen seiner Büchse wider, und das herrliche Gefieder manches wunderschönen Vogels wurde von den Kugeln zerfetzt. Wäre nicht gerade der französische Admiral mit zahlreichem Gefolge in der Schlucht gewesen, die Eingeborenen würden, obgleich es ein kleiner und entmutigter Stamm war, an dem Mann, der so ihre heiligsten Gebräuche verletzte, schnelle Rache genommen haben, immerhin ließen sie es ihn gründlich büßen.

Durstig von der Jagd lenkte der Schiffer seine Schritte zum Fluß, aber die Wilden, die ihm in einiger Entfernung gefolgt waren, erkannten, was er vorhatte, stürzten auf ihn los und trieben ihn vom Ufer weg: seine Lippen würden das Wasser entheiligt und untrinkbar gemacht haben. Müde wollte er ein Haus betreten, um sich auf den Matten auszuruhen; die Bewohner sammelten sich am Eingang und verwehrten es ihm. Erst bat er, dann wurde er grob – beides war vergeblich; die Eingeborenen ließen sich weder einschüchtern noch versöhnen; es blieb ihm nichts übrig, als die Bootsmannschaft zusammenzurufen und abzufahren. An einem so niederträchtigen Ort sei er noch nie gewesen, sagte er. Es war ein Glück für ihn und für uns, daß die erbitterten Wilden uns bei der Abfahrt nicht einen Schauer von Steinen nachschleuderten. Nur wenige Wochen vorher waren auf der benachbarten Insel Ropo um eines ganz ähnlichen Vergehens willen der Schiffer und drei von der Mannschaft der »K...« getötet worden.

Es ist mir nie gelungen, zu erfahren, wer eigentlich das Tabu verhängt. Wenn ich die geringen Standesunterschiede unter den Eingeborenen, die sehr beschränkten und unbeträchtlichen Vorrechte der Könige und Häuptlinge, die ungewisse Stellung der Priester bedenke, die zumeist von den anderen kaum zu unterscheiden waren, so frage ich mich, wer die Autorität haben konnte, über ein solches Machtmittel zu bestimmen. Heute wird ein Ding für »Tabu« erklärt, und morgen wird das Verbot zurückgenommen; in anderen Fällen währt es ewig. Manchmal betrifft es ein einzelnes Individuum, manchmal eine Familie, manchmal einen ganzen Stamm. In seltenen Fällen erstreckt es sich sogar auf die Einwohner einer ganzen Gruppe. Solch ein umfassendes Tabu war es, das Frauen das Betreten eines Kanus verbot und das auf allen nördlichen Marquesas galt.

Auch, das Wort »Tabu« selbst wird in verschiedenem Sinn gebraucht. Die Eltern sagen es zu ihren Kindern, wenn sie ihnen irgend etwas verbieten. Alles, was den Anschauungen oder der Sitte der Eingeborenen widerspricht, auch wenn es nicht ausdrücklich verboten ist, wird »Tabu« genannt.

Die Sprache der Taïpi ist sehr schwer zu lernen. Sie ist den anderen polynesischen Dialekten ähnlich, die alle den gleichen Ursprung haben müssen. Ein charakteristischer Zug ist die Reduplikation der Worte wie »Lumi-Lumi«, »Poï-Poï«, »Moï-Moï«. Viel lästiger ist, daß dasselbe

Wort in ganz verschiedenem Sinn gebraucht wird, wenn auch die einzelnen Bedeutungen in einem gewissen Zusammenhang stehen, was das Verständnis nur noch mehr erschwert. Zum Beispiel drückt die gleiche Verbindung von Silben die Gedanken »Schlaf«, »Ruhe«, »Liegen«, »Sitzen«, »Lehnen« und noch eine Menge ähnlicher Dinge aus, und was in dem besonderen Fall gemeint ist, wird wesentlich durch verschiedene Gebärden oder den Gesichtsausdruck kenntlich gemacht.

Dreißigstes Kapitel

Ich erwähne noch einige bemerkenswerte Züge, die ich bei den Taïpis beobachtete, so wie sie mir der Reihe nach einfallen.

Im Hause des alten Marheyo konnte ich eine seltsame Sitte beobachten, die mich oft in Erstaunen setzte. Jede Nacht, ehe sie sich schlafen legten, versammelten sich die Einwohner des Hauses auf den Matten, und mit gekreuzten Beinen sitzend, wie es allgemeiner Brauch auf den Inseln ist, begannen sie einen leisen, eintönigen, trübseligen Singsang und begleiteten ihn mit einer Art Instrumentalmusik – wenn man das so nennen kann –, indem jede Person ein paar halbverfaulte Stöcke in der Hand hielt und sie langsam aneinanderschlug. Das dauerte ein bis zwei Stunden, und manchmal noch länger. Ich lag im Dunkeln am anderen Ende des Hauses, und in dem Flackerlicht der Armornußfackeln sah ich die wilden Gesichter sich von dem düsteren Hintergrund abheben. Es war kein erfreuliches Schauspiel; manchmal schlummerte ich ein und erwachte plötzlich wieder und hörte sie noch immer ihr Klagelied leiern, sah die wild aussehenden, so seltsam beschäftigten Menschen mit ihren nackten tätowierten Gliedern und geschorenen Köpfen im Kreise sitzen, und mir war, als blickte ich auf eine Schar böser Geister, die irgendeine schauerliche Beschwörung vornahmen.

Was der Sinn oder der Zweck dieses Brauches war, ob sie es nur der Unterhaltung wegen taten, ob es eine Andachtsübung, eine Art Familiengebet war, habe ich nie herausbekommen. Die Töne waren die allerseltsamsten; und wenn ich nicht dabeigewesen wäre, ich hätte nie geglaubt, daß menschliche Wesen ein so sonderbares Geräusch hervorbringen können.

Man schreibt den Wilden im allgemeinen Kehllaute zu. Dies ist aber nicht immer der Fall, besonders bei den Bewohnern des polynesischen Archipels. Die Taïpi-Mädchen sprechen in der Regel mit den Lippen; sie verlängern die letzte Silbe jedes Satzes zu einem wohlklingenden Singsang, und manche Worte zirpen sie geradezu wie die Vögel, und es klingt entzückend. Die Sprache der Männer ist nicht ganz so lieblich, und sie verfallen, wenn sie aufgeregt sind, in eine Art Sprechparoxysmus, bei dem sie alle möglichen rauhen Töne mit einer Gewalt und Schnelligkeit hervorstoßen, daß es geradezu erstaunlich ist.

Obschon diese Wilden sehr gerne Töne vor sich hinleiern, scheinen sie vom wirklichen Singen, wenigstens von dem, was andere Völker darunter verstehen, keine Ahnung zu haben.

Ich werde nie vergessen, wie ich das erstemal in Mehivis Gegenwart die Strophe eines Liedes hinausschmetterte. Es war eine Strophe aus dem »Bayerischen Besenhändler«. Seine Majestät und der ganze Hof starrten mich erstaunt an, als hätte ich plötzlich eine übernatürliche Fähigkeit gezeigt, die der Himmel ihnen versagt hatte. Dem König gefielen die Verse, aber der Refrain setzte ihn geradezu in Verzückung. Auf seine Bitte sang ich ihn immer wieder, und nichts war komischer als seine vergeblichen Versuche, Melodie und Worte nachzusingen. Er machte die sonderbarsten Versuche, verzog sein ganzes Gesicht gegen die Nasenspitze, dennoch gelang es ihm nicht, er gab den Versuch schließlich auf und tröstete sich damit, daß er mich das Lied etwa fünfzigmal vorsingen ließ.

Bis dahin hatte ich nie geahnt, daß ich etwas von einer Nachtigall hatte; nun aber wurde ich zum Hofsänger ernannt und mußte in dieser Eigenschaft fast fortwährend Dienst tun.

Die Taïpis haben außer jenen Stöcken und den Trommeln keinerlei musikalische Instrumente, ausgenommen eines, das man eine Nasenflöte nennen könnte. Es ist etwas länger als eine gewöhnliche Querpfeife, wird aus einem wunderschönen scharlachfarbenen Rohr geschnitten, hat vier oder fünf Löcher und eine große Öffnung nahe an dem einen Ende, die unter das linke Nasenloch gehalten wird. Das andere Nasenloch wird durch eine besondere Muskelbewegung geschlossen, der Atem ins Rohr geblasen, und es entsteht ein leiser süßer Ton, der dadurch variiert wird, daß die Finger beliebig über die Öffnungen gleiten. Besonders die Frauen unterhalten sich gerne damit, und Fayaweh spielte es sehr gut. So sonderbar dieses Instrument scheinen mag, in Fayawehs zarten kleinen Händen sah es reizend aus.

Nicht nur durch meinen Gesang vermochte ich Mehivi und seine leicht befriedigten Untertanen zu unterhalten: es war für sie ein hohes Vergnügen, wenn ich die Stellungen eines Boxkämpfers annahm. Da keiner der Eingeborenen die Courage hatte, sich mir zu stellen wie ein Mann, und mich auf ihn loshämmern zu lassen, mußte ich mit einem eingebildeten Gegner kämpfen, den ich am Schlusse stets überlegen zur Strecke brachte. Manchmal, wenn der verprügelte Schatten sich eilends auf eine Gruppe der Wilden zurückzog und ich bei der Verfolgung unter sie stürzte und nach rechts und links Hiebe austeilte, liefen sie nach allen Richtungen davon, was Mehivi, die Häuptlinge und sie selbst nicht wenig belustigte.

Sie schienen die edle Kunst der Selbstverteidigung als eine besondere Gabe des weißen Mannes anzusehen und zeigten keine Lust, sie zu lernen.

Eines Tages war ich mit Kory-Kory zum Fluß gegangen, als ich ein Weib auf einem Felsen mitten in der Strömung sitzen sah, die irgendein Geschöpf mit lebhaftem Interesse beobachtete, das im Wasser spielte und das ich zuerst für eine ungewöhnlich große Froschart hielt. Als ich auf die Stelle zuwatete, traute ich meinen Augen nicht, als ich ein kleines Kind, das unmöglich mehr als einige Tage alt sein konnte, im Wasser herumpaddeln sah, als wäre es darin geboren. Manchmal, wenn das kleine Wesen einen schwachen Laut von sich gab, seine winzigen Gliederchen streckte und dem Felsen zuschwamm, streckte die entzückte Mutter die Hand aus, holte es aus dem Wasser und schloß es an die Brust. Dies geschah wieder und wieder, und jedesmal blieb das Baby etwa eine Minute lang im Wasser. Ein- oder zweimal schnitt es Gesichter, wenn es einen Mundvoll Wasser schluckte, und spuckte und hustete, als müßte es ersticken. Dann fing die Mutter es sogleich auf und zwang es, das Wasser wieder auszuspeien. Durch Wochen hindurch beobachtete ich die Frau, wie sie regelmäßig jeden Tag ihr Kind zum Flusse brachte, in der Morgenkühle und wieder am Abend, und es baden ließ. Kein Wunder, daß die Südseeinsulaner eine so amphibische Rasse sind, wenn sie ins Wasser gesetzt werden, sowie sie das Licht der Welt erblickt haben. Ich weiß jetzt, daß der Mensch von Natur aus ebenso schwimmt wie eine Ente. Und dennoch, wieviel kräftige Leute sterben bei uns infolge der sinnlosesten Unfälle, wie junge Katzen, die man ersäuft.

Die langen, üppigen, dunkelglänzenden Flechten der Taïpi-Damen erregten gar oft meine Bewunderung. Reiches, schönes Haar ist der Stolz und die Freude jeden Weibes. Ob es, gegen den Willen der Vorsehung, oben auf dem Kopf zusammengelegt und aufgebunden, ob es mit Kämmen und Nadeln aufgetürmt oder in glatten Flechten niedergestrichen wird, ob es in natürlichen Locken über die Schultern fallen darf, immer ist es der Stolz der Besitzerin und ihr höchster Schmuck.

Die Taïpi-Mädchen verbringen einen guten Teil ihrer Zeit mit der Pflege ihres Haares und ihrer üppigen Locken. Nach dem Baden – und sie baden oft fünf- und sechsmal am Tag – wird das Haar sorgfältig getrocknet, und wenn sie im Meer gebadet haben, jedesmal in Süßwasser gewaschen und mit einem duftenden Öl gesalbt, das aus der Kokosnuß gewonnen wird.

Der Prozeß ist sehr einfach. Ein großes Holzgefäß mit durchlöchertem Boden wird mit dem gestoßenen Fleisch der Nuß gefüllt und der Sonne ausgesetzt. Die ölige Masse wird ausgeschwitzt und tropft durch die Löcher in eine Kalebasse mit weiter Öffnung, die sich unter dem Holzgefäß befindet. Wenn sich genug Öl angesammelt hat, wird es gereinigt und dann in die kleinen kugligen Schalen der Nüsse des Omubaumes geschüttet, die man vorher ausgehöhlt hat. Die Nüsse werden dann mit einem Gummiharz luftdicht verschlossen, und der Duft ihrer grünen Schale verleiht dem Öl einen entzückenden Geruch. Nach ein paar Wochen wird die äußere Schale der Nüsse trocken und hart, und ihre Farbe ein schönes Rosa. Wenn man sie dann öffnet, findet man sie zu zwei Dritteln mit einer hellgelben Salbe gefüllt, die den süßesten Duft ausstreut. Die elegante kleine wohlriechende Kugel würde auf dem Toilettentisch einer Königin nicht schlecht stehen. Auf das Haar hat das Präparat jedenfalls den wohltätigsten Einfluß. Es macht es seidenzart und gibt ihm einen herrlichen Glanz.

Einunddreißigstes Kapitel

Seit meiner zufälligen Begegnung mit Karky, dem Künstler, lebte ich ein elendes Leben. Kein Tag verging, an dem die Eingeborenen mich nicht mit ihren Bitten gequält hätten, ich möchte mich doch tätowieren lassen. Ihre Zudringlichkeit machte mich fast rasend, weil ich wußte, wie leicht sie ihren Willen und was sie etwa sonst noch gelüstete, gewaltsam durchsetzen konnten. Aber noch immer war ihr Benehmen gegen mich so freundlich wie je. Fayaweh war ebenso liebenswürdig, Kory-Kory immer gleich hilfreich, und Mehivi, der König, ebenso gnädig und herablassend wie zuvor. Aber ich war nunmehr, meiner Schätzung nach, etwa drei Monate in ihrem Tal; ich kannte jeden Winkel des engen Gebiets, auf dem mir umherzugehen gestattet war, und ich begann meine Gefangenschaft bitter zu empfinden. Es gab niemanden, mit dem ich frei sprechen, niemanden, dem ich meine Gedanken mitteilen konnte, der für das, was ich litt, Mitgefühl empfunden hätte. Tausendmal bedachte ich, wieviel erträglicher mein Los gewesen wäre, wenn Toby bei mir geblieben wäre. So war ich allein, und es war schrecklich. Aber trotz meiner Kümmernis tat ich mein möglichstes, um ruhig und fröhlich zu erscheinen, denn ich hätte mir nur selbst den Weg verbaut, wenn ich Unruhe gezeigt oder den Wunsch wegzukommen irgendwie verraten hätte.

Ich war in dieser unglücklichen Stimmung, als die schmerzliche Krankheit, unter der ich so lange gelitten hatte, und die fast ganz geschwunden war, wieder aufzutreten begann, und mit ebenso heftigen Symptomen wie zuvor. Dieses neue Unglück brachte mich zur Verzweiflung; der Rückfall bewies, daß ich ohne eine gründliche Behandlung nicht auf endgültige Heilung hoffen konnte; und der Gedanke, daß gleich hinter den Höhen, die mich umschlossen, die ärztliche Hilfe, die ich brauchte, zu finden war, und ich, trotz ihrer Nähe, sie mir nicht verschaffen konnte, machte mich ganz elend.

In diesem jammervollen Zustand vermehrte jedes Ereignis, das die Wildheit der Menschen verriet, in deren Händen ich war, meine Furcht. Ein Vorfall, der sich zu dieser Zeit ereignete, machte mir den tiefsten Eindruck.

Ich habe bereits erzählt, daß an der Dachstange in Marheyos Haus eine Anzahl in Tappa gewickelter Bündel hing. Viele davon hatte ich in den Händen der Eingeborenen gesehen, und sie waren oft in meiner Gegenwart geöffnet worden. Aber in der Nähe der Stelle, wo ich lag, hingen drei Bündel, die durch ihr seltsames Aussehen oft meine Neugier gereizt hatten. Mehrmals hatte ich Kory-Kory gebeten, mir zu zeigen, was darin war; aber mein Diener, der sonst meine kleinsten Wünsche erfüllte, weigerte sich stets, dies zu tun.

Eines Tages kam ich unerwartet vom Tai zurück, und meine Ankunft schien die Hausbewohner in die größte Verwirrung zu stürzen. Sie saßen zusammen auf den Matten, und an den Schnüren, die vom Dach auf den Boden herabhingen, erkannte ich sogleich, daß die geheimnisvollen Pakete aus irgendeinem Grunde geöffnet und nachgesehen, wurden. Die sichtliche Sorge der Wilden ließ mich Böses ahnen, und ich wollte das so eifersüchtig gehütete Geheimnis erfahren. Wie sehr Marheyo und Kory-Kory mich zurückzuhalten suchten, ich drängte mich in den Kreis und konnte gerade noch einen Blick auf drei menschliche Köpfe werfen, die die anderen mit größter Eile wieder in die Blätter wickelten, aus denen sie sie genommen hatten.

Einen davon hatte ich ganz deutlich gesehen. Er war vollkommen gut erhalten, und nach dem flüchtigen Blick, den ich darauf geworfen, schloß ich, daß er irgendeinem Räucherungsprozeß unterzogen worden war, durch den er ein trockenes, hartes, mumienhaftes Aussehen erhalten hatte. Die zwei langen Skalplocken waren auf dem kahlen Schädel zu Kugeln geflochten, so wie der Krieger sie im Leben getragen hatte. Die eingesunkenen Wangen sahen dadurch noch gräßlicher aus, daß die blanken Zähne zwischen den geöffneten Lippen zu sehen waren; die Augenhöhlen waren mit eiförmigen Perlmutterstücken, in deren Mitte ein schwarzer Punkt saß, ausgefüllt, was die Scheußlichkeit des Anblicks noch erhöhte.

Zwei von den dreien waren Köpfe von Eingeborenen; aber mit Schauder hatte ich erkannt, daß der dritte der eines Weißen war. Wie rasch man ihn entfernt hatte, der eine Blick hatte genügt, um jeden Irrtum auszuschalten.

Die fürchterlichsten Gedanken erfüllten meinen Geist. Vielleicht hatte ich beim Lösen dieses Rätsels zugleich ein anderes gelöst: vielleicht hatte der entsetzliche Anblick, der sich mir eben geboten, mir das Schicksal meines verlorenen Kameraden verraten! Am liebsten hätte ich die Tuchstreifen heruntergerissen und die entsetzlichen Zweifel, die mich quälten, augenblicklich gelöst. Aber ehe ich mich noch von meiner Bestürzung erholt hatte, waren die verhängnisvollen Pakete schon emporgezogen und schaukelten mir wieder zu Häupten. Die Eingeborenen aber umdrängten mich lärmend und suchten mich davon zu überzeugen, daß das, was ich gesehen, die Köpfe von drei in der Schlacht gefallenen Happar-Kriegern gewesen. Diese offenbare Lüge vermehrte meine Besorgnis, und ich wurde nicht eher wieder ruhig, als bis ich mich daran erinnerte, daß ich die drei Pakete ja schon vor Tobys Verschwinden dort oben hatte schaukeln sehen.

Aber obschon die schlimmste Angst damit beseitigt war, so hatte ich doch genug gesehen, um in der Gemütsstimmung, in der ich war, mir die bittersten Gedanken zu machen. Jedenfalls waren es die Überbleibsel irgendeines Unglücklichen, der bei einem jener gefährlichen Versuche, an der Küste Handel zu treiben, erschlagen worden war.

Es war nicht nur die Ermordung des Fremden, die mich so düster stimmte; ich schauderte vor allem bei dem Gedanken, welches Schicksal der Leichnam erfahren haben mochte. Stand mir das gleiche bevor? War ich bestimmt, wie er, umzukommen, vielleicht, wie er, gefressen zu werden, und sollte mein Kopf einst als fürchterliches Andenken in einer Hülle hängen? Meine Phantasie verlor sich in die schauerlichsten Vorstellungen, und ich war ganz überzeugt, daß ich dem schlimmsten Geschick entgegenging. Aber was ich auch argwöhnen mochte, ich verbarg meinen Verdacht sorgfältig vor den Eingeborenen und ließ sie auch nicht ahnen, was ich alles entdeckt hatte.

Obschon die wiederholten Versicherungen der Taïpis, daß sie niemals Menschenfleisch aßen, mich nicht überzeugt hatten, so war ich doch so lange im Tal gewesen, ohne irgend etwas wahrzunehmen, was darauf hingewiesen hätte, daß ich bereits dachte, es komme nur äußerst selten vor, und mir jedenfalls würde es erspart werden, während meines Aufenthaltes Zeuge des schauerlichen Gebrauches zu sein; aber ach, auch diese Hoffnung wurde enttäuscht!

Merkwürdigerweise findet sich in all unseren Berichten von Kannibalenstämmen nur sehr selten die Bestätigung eines Augenzeugen, der bei dem widerwärtigen Vorgang selbst zugegen war. Die europäischen Berichte, die darauf schließen ließen, waren fast immer Berichte aus zweiter Hand; oder die Wilden selbst gaben es zu, nachdem sie bis zu einem gewissen Grade zivilisiert waren. Die Polynesier wissen, wie sehr die Europäer den Gebrauch verabscheuen; daher leugnen sie stets, daß er besteht, und mit der ganzen Schlauheit der Wilden bemühen sie sich, jede Spur davon zu verbergen.

Etwa eine Woche, nachdem ich den Inhalt der geheimnisvollen Pakete entdeckt hatte, war ich, wie so oft, im Tai, als eben wieder Kriegslärm ertönte und die Eingeborenen zu den Waffen griffen und hinausstürzten, um. einen. neuerlichen Einfall der Happar-Krieger abzuwehren. Alles spielte sich ab wie beim ersten Mal, nur daß ich diesmal mindestens fünfzehn Gewehrschüsse aus den Bergen hörte. Ein oder zwei Stunden später tönten laute Triumphgesänge durch das Tal und verkündeten das Herannahen der Sieger. Ich stand mit Kory-Kory über das Geländer des Pai-Pai gelehnt und erwartete ihre Ankunft, als die lärmende Menge stürmisch und mit wildem Geschrei sich aus den nächsten Hainen ergoß. In ihrer Mitte schritten vier Männer in einem regelmäßigen Abstand von acht bis zehn Fuß hintereinander, die auf ihren Schultern Stangen von gleicher Länge trugen. An den Stangen waren mit Rindenschnur drei lange schmale Bündel befestigt. Sie waren sorgfältig in große, frisch gepflückte Palmblätter gewickelt, die mit Bambussplittern wie mit Stecknadeln zusammengehalten waren. Auf dieser grünen Umhüllung sah ich Blutflecken, und auch die Krieger, die die schreckliche Last trugen, waren mit Blut befleckt. Das geschorene Haupt des vordersten wies eine tiefe Wunde auf, die mit geronnenem und getrocknetem Blut verklebt war. Er schien der Last zu erliegen; die glänzende Tätowierung auf seinem Leibe war mit Staub und Blut bedeckt; seine entzündeten Augen rollten in ihren Höhlen, man sah ihm die schrecklichsten Schmerzen und die furchtbare Anstrengung an; dennoch schritt er mit mächtigem Willen weiter, während die Menge ihn mit ihren Zurufen anfeuerte. Die drei anderen Männer trugen an Arm und Brust leichtere Wunden, die sie prahlerisch zeigten.

Die vier waren die tapfersten im Treffen gewesen und beanspruchten dafür die Ehre, die Körper ihrer erschlagenen Feinde nach dem Tai tragen zu dürfen. Ich schloß dies teils aus meinen Beobachtungen, teils aus den Erklärungen Kory-Korys, soweit ich sie verstehen konnte.

An der Seite der Helden schritt Mehivi. In einer Hand trug er eine Muskete, an deren Rohr eine kleine Segeltuchtasche mit Schießpulver hing, in der anderen einen kurzen Wurfspieß, den er mit wildem Triumph betrachtete. Er hatte ihn einem berühmten Happar-Krieger entrissen, der schimpflich die Flucht ergriffen hatte und von den Siegern bis jenseits des Kammes verfolgt worden war.

Sie waren schon nahe beim Tai, als der Krieger mit der Kopfwunde, in dem ich jetzt Narmonih erkannte, zu taumeln begann und nach zwei oder drei unsicheren Schritten zu Boden sank, aber nicht, ehe ein anderer das Ende der Stange erfaßt und auf die Schulter genommen hatte. Die aufgeregte Menge, die den König und die feindlichen Leichen umgab, kam immer näher; sie schwangen ihre Waffen, von denen viele zerbrochen und schartig waren, und stießen ein unaufhörliches Triumphgeschrei aus. Jetzt stellten sie sich dem Tai gegenüber auf; ich beobachtete alles, was sie taten, mit größter Aufmerksamkeit; da, als sie stillestanden, berührte mein Diener, der mich einen Augenblick verlassen hatte, meinen Arm und schlug mir vor, nach Hause zurückzukehren. Ich wollte nicht; aber zu meinem Erstaunen wiederholte Kory-Kory seine Bitte, und das mit ungewöhnlicher Heftigkeit. Ich weigerte mich noch immer und entzog mich ihm, als er mich drängte, da fühlte ich eine schwere Hand auf meiner Schulter; ich wendete mich um und erkannte die massige Gestalt Moh-Mohs, des einäugigen Häuptlings, der eben von rückwärts das Pai-Pai bestiegen hatte.

Seine Wange war von einer Speerspitze durchbohrt, und die Wunde gab seinem scheußlich tätowierten Gesicht, das bereits durch den Verlust des einen Auges entstellt war, ein noch schrecklicheres Aussehen. Ohne eine Silbe zu sprechen, zeigte er wild nach der Richtung, in der Marheyos Haus lag, während Kory-Kory sich bückte und mich bat, auf seinen Rücken zu steigen.

Dies lehnte ich ab, zog mich aber natürlich zurück und verließ langsam den Vorplatz, ohne zu begreifen, was die Ursache der ungewöhnlichen Behandlung sein könnte. Aber ich begriff sogleich, daß die Wilden irgendeine scheußliche Feier vorhatten, bei der ich nicht zugegen sein sollte. Ich stieg vom Pai-Pai herab; und es fiel mir auf, daß Kory-Kory, der sonst stets tiefes Mitleid für meine Lahmheit zeigte, heute mich zur Eile trieb. Als ich durch die lärmende Menge schritt, die jetzt den Tai vollständig umgab, sah ich mit ängstlicher Neugier nach den drei Bündeln, die man auf dem Boden niedergelegt hatte; die dichte Blätterhülle ließ keine menschliche Gestalt erkennen:, dennoch war ich nicht im Zweifel über ihren Inhalt.

Am nächsten Morgen, kurz nach Sonnenaufgang, dröhnten die gleichen Töne durch das Tal, die mich am zweiten Tag des Kalebassen-Festes aus dem Schlaf geweckt hatten. Ich wußte somit, daß die Wilden wieder ein Fest feierten, und ich war überzeugt, daß es diesmal ein schauerliches Fest war. Alle Insassen des Hauses, mit Ausnahme Marheyos, seines Sohnes und Teinors, hatten sich aufs beste herausgeputzt und verließen es in der Richtung nach den Tabu-Hainen.

Um zu ergründen, ob mein Verdacht auf Wahrheit beruhte, schlug ich Kory-Kory vor, wie gewöhnlich nach dem Tai zu gehen: er weigerte sich, und als ich meine Bitte wiederholte, sah ich, daß es aussichtslos war. Um mich abzulenken, bot er mir an, mich an den Fluß zu begleiten. Dahin gingen wir auch und badeten. Als wir ins Haus zurückkehrten, sah ich zu meiner Überraschung, daß alle zurückgekehrt waren und wie gewöhnlich auf den Matten umherlagen, obwohl die Pauken noch immer aus den Hainen dröhnten.

Den Rest des Tages verbrachte ich mit Kory-Kory und Fayaweh; wir gingen in einem anderen Teil des Tales umher, und sooft ich nur nach der Gegend blickte, in der der Tai lag, den ich hinter den Bäumen gar nicht sehen konnte, um so mehr als die Entfernung über eine Meile betrug, rief mein Diener: »Tabu, Tabu.«

In den Häusern, die wir besuchten, fand ich viele der Bewohner ruhig liegen oder irgendwie beschäftigt, als ob nichts Ungewöhnliches vor sich ginge; aber nirgend sah ich einen einzigen Häuptling oder Krieger. Wenn ich die Leute fragte, warum sie nicht bei dem Hulah-Hulah-Fest wären, so erhielt ich immer nur eine Antwort, die bedeutete, daß es kein Fest für sie wäre, sondern für Mehivi, Narmonih, Moh-Moh, Kolory, Womonu, Kalau, das heißt, sie zählten die Namen der bedeutendsten Häuptlinge auf.

Dies alles bestätigte meinen Argwohn, und ich konnte an der Natur des Festes, das sie feierten, kaum mehr zweifeln. In Nukuhiva hatte ich oft gehört, daß an Gelagen mit Menschenfleisch niemals der ganze Stamm, sondern nur die Häuptlinge und Priester teilnähmen, und was ich jetzt sah, stimmte damit durchaus überein.

Den ganzen Tag hindurch tönten die riesigen Trommeln, und ihr unaufhörliches Dröhnen erregte in mir eine Empfindung gräßlichen Abscheus, der sich nicht beschreiben läßt. Da ich am folgenden Tag den Lärm, der die Schmauserei begleitete, nicht mehr hörte, so schloß ich, daß das unmenschliche Festmahl zu Ende sein mußte; eine Art krankhafter Neugier trieb mich, nachzusehen, ob ich am Tai nicht Spuren von dem, was dort geschehen war, entdecken könnte, und ich schlug Kory-Kory vor, hinzugehen. Er aber wies mit dem Finger nach der eben aufgegangenen Sonne und dann zum Zenith empor und deutete mir damit an, daß wir den Besuch bis zum Mittag verschieben müßten. Als wir dann nach den Tabu-Hainen gingen, sah ich mich ängstlich um, um die Spuren zu sehen, aber ich fand alles in seinem gewöhnlichen Zustand. Im Tai lagen Mehivi und einige Häuptlinge auf den Matten und empfingen mich so freundlich wie sonst. Sie machten keinerlei Anspielungen auf die letzten Ereignisse, und ich hütete mich aus begreiflichen Gründen, darauf zurückzukommen.

Ich blieb nur eine kurze Zeit und nahm dann Abschied. Auf dem Vorplatz, ehe ich über die Stufen vom Pai-Pai hinunterstieg, bemerkte ich ein eigentümlich geschnitztes Holzgefäß von beträchtlicher Größe, das in der Form einem kleinen Kanu glich und mit einem hölzernen Deckel verschlossen war. Es war von einem niederen Bambusgeländer umgeben, das kaum einen Fuß hoch war. Da das Gefäß früher nicht dagewesen war, schloß ich, daß es vom Fest übrig war, und von unwiderstehlicher Neugier getrieben, hob ich im Vorübergehen den Deckel an einem Ende auf, und schon riefen die Häuptlinge, die meine Absicht bemerkten, laut: »Tabu, Tabu!« Aber der eine rasche Blick hatte genügt. Meine Augen hatten die unordentlich durcheinanderliegenden Reste eines menschlichen Skeletts gesehen, die Knochen noch feucht und hier und da noch mit Fleischteilen bedeckt.

Kory-Kory, der einige Schritte vor mir ging, wendete sich bei den Rufen der Häuptlinge um und sah noch den Ausdruck des Grauens auf meinem Gesicht. Er eilte herbei, wies auf das Kanu und rief: »Puerkih! Puerkih!« (Schweinefleisch). Ich tat, als glaubte ich ihm und wiederholte die Worte mehrere Male, als sähe ich es ein. Die anderen Wilden, entweder durch mein Verhalten getäuscht oder weil sie ihr Mißfallen an einer Sache, die nicht mehr zu ändern war, nicht zeigen wollten, kümmerten sich nicht weiter darum, und ich verließ den Tai.

Aber die ganze Nacht lag ich wach und überdachte meine furchtbare Lage. Die letzte schreckliche Erkenntnis war da. Nirgends sah ich auch nur die geringste Aussicht, wieder aus dem Tal zu entkommen. Der einzige Mensch, der mir helfen zu können schien, war jener Fremde, Marnu; aber ob er jemals wiederkam? Und wenn er kam, würde man mir gestatten, ihn zu sehen? Ich schien von jeder Hoffnung abgeschnitten und es blieb mir nichts übrig, als mich widerstandslos in mein Schicksal zu ergeben. Immer wieder versuchte ich mir das rätselhafte Verhalten der Eingeborenen zu erklären. Warum in aller Welt hielten sie mich gefangen? Was konnten sie damit bezwecken, daß sie mich dem Anschein nach so freundlich behandelten? Verbarg sich eine verräterische Absicht dahinter? Und wenn sie wirklich nichts anderes im Sinne hatten, als mich gefangenzuhalten, wie sollte ich meine Tage in diesem engen Tal verbringen, ohne jeden Verkehr mit kultivierten Geschöpfen, und von meiner Heimat und allen Freunden für immer getrennt?

Es blieb mir nur eine Hoffnung. Es konnte nicht mehr lange dauern, und die Franzosen mußten die Bucht besuchen, und wenn sie Truppen im Tale ließen, dann konnten die Eingeborenen ihnen meine Anwesenheit nicht verborgen halten. Aber dann dachte ich wieder, daß dies ein Ereignis war, das hundert Gründe und Zufälle verzögern konnten – und welchen Grund hatte ich, zu hoffen, daß man mich so lange verschonen würde?

Zweiunddreißigstes Kapitel

»Marnu, Marnu pimih!« Diese willkommenen Töne schlugen etwa zehn Tage nach dem in dem vorhergehenden Kapitel geschilderten Ereignissen an mein Ohr. Wieder wurde die Ankunft des Fremden ausgerufen, und die Nachricht wirkte auf mich wie ein Zauberwort. Ich war bereits glücklich, daß ich wieder mit jemandem in meiner Sprache sprechen konnte, und völlig entschlossen, auf jede Gefahr irgendeinen Plan mit ihm zu verabreden, um mich aus meiner Lage, die mir unerträglich geworden war, zu befreien. Ich war zu jedem noch so verzweifelten Schritt bereit.

Als Marnu näher kam, gedachte ich besorgt des ungünstigen Ausganges, den unsere erste Begegnung genommen hatte, und als er das Haus betrat, beobachtete ich gespannt, wie man ihn empfangen würde. Zu meiner Freude wurde er mit dem lebhaftesten Vergnügen begrüßt; er redete mich auch freundlich an, setzte sich an meine Seite und begann mit den Eingeborenen zu sprechen. Es zeigte sich jedoch bald, daß er heute keine wichtigen Nachrichten brachte. Ich fragte ihn, woher er komme? Er erwiderte, daß er aus Puiarka, seinem Heimattal, komme, und noch am selben Tag dahin zurückzukehren beabsichtige. Sogleich kam mir ein Gedanke: wenn ich nur unter seinem Schutz bis in dieses Tal gelangte, könnte ich von dort Nukuhiva leicht zu Wasser erreichen. Eine leichte Hoffnung erfüllte mich, ich teilte ihm meinen Plan in wenigen kurzen Worten mit und fragte ihn, wie er am besten auszuführen wäre. Aber er erwiderte in seinem gebrochenen Englisch, er sei überhaupt nicht ausführbar. »Kannaka nicht lassen Sie gehen nirgends,« sagte er, »Sie Tabu. Warum Sie nicht wollen bleiben? Viel Moï-Moï (Schlaf), viel Kai-Kai (Essen), viel Weihini! (junge Mädchen). Oh, sehr guter Ort, Taïpi! Wenn Sie nicht lieben diese Bucht, warum Sie kommen? Sie nicht hören von Taïpi? Alle weiße Männer fürchten vor Taïpi, so keine weißen Männer kommen.«

Seine Worte machten mich völlig niedergeschlagen, und als ich ihm nochmals die Umstände erzählte, unter denen ich ins Tal gekommen war und ihn für mich zu gewinnen suchte, indem ich ihm mein körperliches Leiden schilderte, hörte er mich nur mit Ungeduld an und schnitt mir schließlich das Wort ab, indem er leidenschaftlich rief: »Mich nicht hören Sie reden noch mehr; bald Kannaka werden wild, töten Sie und mich auch. Nicht Sie sehen, er nicht wollen Sie zu mir sprechen überhaupt? – Sie sehen – ah! bald Sie nicht kümmern – Sie werden gesund, er töten Sie, essen Sie, hängen Sie Kopf auf da, wie Happar Kannaka! Jetzt Sie hören – aber nicht reden noch mehr! Mit Zeit ich gehen; Sie sehen Weg, ich gehen. Ah! Dann eine Nacht Kannaka alle moï-moï (schlafen) – Sie laufen fort – Sie kommen Puiarka. Ich sprechen Puiarka – Kannaka – er nichts tun Sie – Ah! Dann ich nehmen Sie mein Kanu Nukuhiva, und Sie nicht laufen fort Schiff noch mehr.« Mit diesen Worten, denen er durch Gebärden von einer Heftigkeit, die sich nicht schildern läßt, den größten Nachdruck gab, sprang Marnu auf, verließ mich und begann sogleich ein Gespräch mit einigen Häuptlingen, die ins Haus getreten waren.

Jeder Versuch, das Gespräch, das Marnu so entschieden beendet hatte, wieder aufzunehmen, wäre müßig gewesen, er war offenbar nicht geneigt, seine Sicherheit aufs Spiel zu setzen, indem er irgendeinen unüberlegten Schritt für mich tat. Aber der Plan, den er mir vorgeschlagen hatte, schien nicht ganz unausführbar, und ich beschloß, so schnell wie möglich danach zu handeln.

Als er aufstand, um zu gehen, begleitete ich ihn daher mit den Eingeborenen aus dem Hause, um genau zu sehen, auf welchem Weg er das Tal verlassen würde. Ehe er vom Pai-Pai hinabsprang, faßte er meine Hand, warf mir einen vielsagenden Blick zu und rief: »Nun Sie sehen, Sie tun, was ich sagen Sie! – ah! dann Sie tun gut! – Sie nicht tun so – ah! dann Sie sterben!« Im nächsten Augenblick winkte er den Eingeborenen zum Abschied mit seinem Speer, schlug einen Weg ein, der zu einem Engpaß in den Bergen auf der Happar entgegengesetzten Seite führte, und schwand uns rasch aus dem Gesicht.

Ich wußte nun einen Weg zur Flucht; aber wie sollte ich ihn benützen? Ich war stets von den Wilden umgeben; ich konnte nicht von einem Hause zum anderen gehen, ohne daß mich einige begleiteten; und selbst in der Nacht, wenn alles schlief, schien die leiseste Bewegung, die ich machte, die Aufmerksamkeit derer, die auf den nächsten Matten schliefen, zu erregen.

Trotz alledem beschloß ich, sogleich den Versuch zu machen. Wenn ich ihn nur mit der geringsten Aussicht auf Erfolg unternehmen wollte, mußte ich einen Vorsprung von mindestens zwei Stunden haben, ehe die Inselbewohner meine Abwesenheit entdeckten; denn der Alarmruf klang so schnell durchs ganze Tal, und die Eingeborenen waren mit den Wegen durch die Haine und das Dickicht natürlich so vertraut, daß ich nicht hoffen konnte, lahm, geschwächt und des Weges unkundig, wie ich war, zu entkommen, wenn ich nicht wenigstens diesen Vorteil für mich hatte. Ich konnte also meinen Plan nur des Nachts ausführen, und auch dann nur mit der äußersten Vorsicht.

Man betrat die Wohnung Marheyos durch eine enge niedrige Öffnung in der weidengeflochtenen Wand an der Vorderseite. Dieser Ausgang wurde jede Nacht, ohne daß irgendein Grund dafür ersichtlich gewesen wäre, wenn alle zur Ruhe gegangen waren, geschlossen, indem man eine schwere Schiebetür davorzog. Sie bestand aus Brettern, die sehr geschickt durch Bindsel aus Flechtwerk zusammengefügt waren. Wenn irgendjemand hinauswollte, machte das Zurückschieben dieser roh gezimmerten Türe solchen Lärm, daß alles aufwachte; und ich hatte mehr als einmal bemerkt, daß die Eingeborenen dann ebenso gereizt wurden, wie zivilisiertere Menschen im gleichen Fall.

Diese Schwierigkeit wollte ich in folgender Weise umgehen: Ich wollte im Laufe der Nacht kühn aufstehen, die Tür beiseiteschieben und aus dem Hause gehen, unter dem Vorwand, daß ich nur einen Trunk aus der Kalebasse tun wollte, die außerhalb des Wohnraums in einer Ecke des Pai-Pai stand. Beim Zurückkommen wollte ich die Tür hinter mir offen lassen, überzeugt, daß die Eingeborenen zu lässig sein würden, sie zu schließen, mich wieder auf meine Matte strecken und geduldig warten, bis alle wieder eingeschlafen waren. Dann wollte ich mich hinausschleichen und sogleich den Weg nach Puiarka einschlagen.

Schon in der nächsten Nacht nach Marnus Abschied ging ich an die Ausführung. Als es ungefähr Mitternacht schien, stand ich auf und zog die Schiebetür weg. Die Eingeborenen fuhren empor, genau wie ich es erwartet hatte, und einige fragten: »Arwehr pu awa, Tommo?« (Wohin gehst du, Tommo?) »Wai« (Wasser), antwortete ich lakonisch und griff nach der Kalebasse. Auf diese Antwort legten sie sich wieder hin, und zwei Minuten später kehrte ich zu meiner Matte zurück und erwartete gespannt und ängstlich das Ergebnis.

Ich hörte, wie die Wilden sich unruhig hin und her warfen, aber allmählich schien einer nach dem anderen wieder einzuschlafen, und hocherfreut über die Stille, die eintrat, wollte ich mich eben wieder von meinem Lager erheben, als ich ein leichtes Rascheln hörte und eine dunkle Gestalt zwischen mir und der Türöffnung sah: die Schiebetür wurde vorgeschoben und der es getan hatte – wer er immer sein mochte –, kehrte zu seiner Matte zurück. Das war ein schlimmer Schlag für mich; aber wenn ich in dieser Nacht noch einen zweiten Versuch unternommen hätte, so hätte es den Verdacht der Eingeborenen wecken können; ich mußte ihn, wenn auch ungern, auf die nächste Nacht verschieben. Mehrere Male wiederholte ich nun in den folgenden Nächten das gleiche Manöver, aber mit so wenig Erfolg wie zuvor. Und da ich unter dem Vorwand, meinen Durst löschen zu wollen, das Haus verließ, stellte Kory-Kory, entweder weil er argwöhnisch geworden war, oder auch nur, um mir gefällig zu sein, jeden Abend eine Kalebasse voll Wasser neben mir auf die Matten.

Selbst unter diesen ungünstigeren Umständen machte ich den gleichen Versuch wieder und wieder; aber sooft ich aufstand, stand auch mein Diener auf, der mich offenbar nicht aus den Augen verlieren wollte. Schließlich mußte ich die Sache zunächst aufgeben; ich suchte mich mit dem Gedanken zu trösten, daß mir die Flucht auf diese Weise doch einmal gelingen müßte.

Bald nach Marnus Besuch verschlechterte sich mein Zustand derart, daß ich nur mit äußerster Schwierigkeit gehen konnte, selbst wenn ich mich auf einen Speer stützte, und Kory-Kory mich wie früher täglich zum Fluß hinabtragen mußte.

Während der heißen Zeit des Tages lag ich stundenlang auf meiner Matte, und während beinahe alle um mich her sorglos schlummerten, blieb ich wach und lag in düsteren Gedanken über das Schicksal, gegen das weiterer Widerstand vergeblich schien. Ich dachte geliebter Freunde, die Tausende von Meilen von der wilden Insel entfernt lebten, auf der man mich gefangenhielt, bedachte, daß sie mein schreckliches Schicksal nie erfahren und vielleicht noch lange hoffen und meine Rückkehr erwarten würden, wenn mein Körper längst Staub im Tale war, und ein kalter Schauer überlief mich.

Jede Kleinigkeit, die ich in diesen langen Leidenstagen vor meinen Augen sah, ist meinem Gedächtnis aufs lebhafteste eingeprägt. Auf meine Bitte hatte man mir die Matten so gelegt, daß ich durch die Tür sehen konnte, wie Marheyo draußen in geringer Entfernung an seiner Hütte aus Zweigen baute.

Wenn meine sanfte Fayaweh und Kory-Kory sich neben mir hinstreckten, und mich für eine Weile völlig in Ruhe ließen, dann verfolgte ich die kleinste Bewegung des sonderbaren alten Kriegers mit einem merkwürdigen Interesse. Da saß er ganz allein in der Stille des tropischen Mittags und flocht die kleinen Blätter seiner Kokoszweige zusammen oder rollte gedrehte Rindenfasern auf seinem Knie, um die Schnüre zu verfertigen, mit denen er das Dach eines winzigen Häuschens festknüpfte. Bisweilen unterbrach er seine Beschäftigung, und wenn er meinen traurigen Blick auf sich gerichtet sah, machte er eine Handbewegung, die tiefes Mitleid ausdrückte, kam dann langsam auf das Haus zu, trat auf den Zehenspitzen ein, besorgt, die Schlummernden nicht zu stören; dann nahm er mir den Fächer aus der Hand, setzte sich neben mich und bewegte ihn sachte hin und her, wobei er mir mit großem Ernst ins Gesicht sah.

Gerade außerhalb des Pai-Pais standen drei prächtige Brotfruchtbäume, die in einem Dreieck angeordnet vor dem Hauseingang wuchsen. Noch jetzt sehe ich ihre schlanken Stämme vor mir und die anmutigen Unebenheiten ihrer Rinde, auf denen mein Auge täglich ruhte, während ich so einsam lag und sann. Es ist seltsam, wie unsere Empfindungen sich an leblose Dinge knüpfen, besonders in trüben Stunden. Mitten im Lärm und in der Bewegung der stolzen geschäftigen Stadt, in der ich wohne, sehe ich plötzlich jene drei Bäume so lebhaft vor mir, als ob sie wirklich dastünden, und fühle das stille beruhigende Gefühl, das ich damals empfand, wenn ich stundenlang ihre höchsten Zweige anmutig im leisen Winde schaukeln sah.

Dreiunddreißigstes Kapitel

Beinahe drei Wochen waren seit dem zweiten Besuch Marnus vergangen, und es mußten mehr als vier Monate sein, seitdem ich ins Tal gekommen war, als eines Tages gegen Mittag, während alles im tiefen Schweigen lag, plötzlich Moh-Moh, der einäugige Häuptling, in der Tür erschien und, sich ein wenig vorbeugend – ich lag ja der Tür gegenüber –, leise zu mir sagte: »Toby pimi ina!« (Toby ist gekommen!)

Gütiger Himmel! Wer könnte meine Aufregung beschreiben? Ich sprang sogleich auf, ich fühlte den Schmerz nicht mehr, der mich eben noch verrückt gemacht hatte, und wild rief ich Kory-Kory, der neben mir lag. Alle Eingeborenen sprangen von ihren Matten; man sagte ihnen rasch, was geschehen war, und im nächsten Augenblick war ich auf dem Rücken Kory-Korys unterwegs nach dem Tai, von den aufgeregten Wilden, die mir folgten, umgeben.

Von den Einzelheiten, die Moh-Moh den anderen auf dem Wege wiederholte, konnte ich nur so viel begreifen, daß mein lang verlorener Gefährte in einem Boot gekommen war, das man gerade in die Bucht einfahren gesehen hatte. Natürlich wünschte ich aufs lebhafteste, sogleich ans Meer hinabgetragen zu werden, um ihn in jedem Falle zu treffen; aber das wollten die Wilden nicht gestatten, und wir setzten den Weg nach dem Hause des Königs fort. Als wir uns ihm näherten, wurden Mehivi und mehrere Häuptlinge auf dem Vorplatz sichtbar und riefen uns laut zu, hinaufzukommen.

Ich versuchte ihnen noch von unten klarzumachen, daß ich jetzt zum Strand hinabgehen würde, um Toby zu treffen; aber der König wollte nicht darein willigen und machte Kory-Kory ein Zeichen, mich ins Haus zu tragen. Widerspruch war ja vergeblich, und einige Augenblicke später war ich im Tai, umgeben von einer lärmenden Schar, die die eben eingetroffene Nachricht erörterte. Immer wieder hörte ich Tobys Namen und Ausrufe heftigen Erstaunens. Sie schienen die Tatsache seiner Ankunft noch zu bezweifeln. Jede neue Nachricht vom Strande versetzte sie in die lebhafteste Erregung.

Mich aber machte es halb verrückt, daß ich so im Ungewissen blieb, und leidenschaftlich bat ich Mehivi um die Erlaubnis, hinunterzugehen. Ob Toby nun angekommen war oder nicht, ich hatte ein Vorgefühl, daß mein Schicksal sich jetzt entscheiden mußte. Immer aufs neue wiederholte ich meine Bitte. Mehivi sah mich lange ernst an, aber endlich gab er, wenn auch widerwillig, meinem Drängen nach und gestattete es mir.

Von etwa fünfzig Eingeborenen begleitet, machte ich mich nun rasch auf den Weg und kam schnell vorwärts, da mich jeden Augenblick ein anderer auf den Rücken nahm und ich den, der mich eben trug, aufs dringendste zur Eile trieb. Keinen Augenblick kam mir jetzt ein Zweifel an der Wahrheit der Nachricht in den Sinn. Ich war nur von dem einen überwältigenden Gedanken erfüllt, daß eine Gelegenheit der Befreiung gekommen war, wenn die Wilden mich nicht hinderten.

Da man mir während meines ganzen Aufenthalts im Tal nicht gestattet hatte, ans Meer zu gehen, so hatte ich mir die Flucht immer auf diesem Wege vorgestellt. Auch Toby mußte, wenn er mich wirklich freiwillig verlassen hatte, seine Flucht zu Wasser bewerkstelligt haben, und je näher ich dem Strande kam, desto mehr gab ich mich nie empfundenen Hoffnungen hin. Daß ein Boot in die Bucht eingefahren war, war klar; warum sollte es nicht meinen Kameraden gebracht haben? Jedesmal, wenn wir eine Anhöhe erreichten, blickte ich eifrig aus, in der Hoffnung, ihn bereits kommen zu sehen.

Die aufgeregten Wilden, die mit ihren heftigen Gebärden und ihrem wilden Geschrei nicht weniger erregt schienen als ich, liefen mehr als sie gingen, und ich, der in ihrer Mitte dahin getragen wurde, mußte mich oft bücken, um die Äste zu vermeiden, die über den Weg ragten, und immer wieder bat ich die, die mich trugen, ihre Schritte noch zu beschleunigen.

So waren wir etwa vier oder fünf Meilen weit gekommen, als uns etwa zwanzig andere Eingeborene entgegenkamen, die sofort mit meinen Begleitern aufs lebhafteste zu verhandeln begannen. Ungeduldig bat ich den Mann, der mich eben trug, allein mit mir weiterzugehen, als

Kory-Kory zu mir eilte und mir in drei verhängnisvollen Worten mitteilte, daß die ganze Nachricht sich als falsch erwiesen hatte, daß Toby nicht gekommen war: »Toby auli permi!« Nur Gott weiß, wie ich in dem körperlichen und geistigen Zustand, in dem ich mich befand, den Jammer, in den diese Mitteilung mich versetzte, überhaupt ertrug; ich hatte aus den Reden des neuangekommenen Trupps schon Ähnliches befürchtet; aber ich hatte gehofft, die Tatsache würde erst am Strand endgültig festgestellt werden. Nun sah ich sogleich voraus, was die Wilden tun würden. Sie hatten meinen Bitten nur so weit nachgegeben, daß sie mir ein freudiges Wiedersehen mit meinem lang verlorenen Gefährten nicht weigern wollten; nun, da sie wußten, daß er nicht gekommen war, fiel jeder Grund für sie fort. Ich wußte, sie würden mit mir umkehren.

Meine Befürchtungen waren nur zu wohlbegründet. Trotz meines Widerstrebens trugen sie mich in ein Haus in der Nähe und setzten mich dort auf die Matten nieder. Kurz darauf trennten sich mehrere von denen, die mit mir vom Tai gekommen waren, von den anderen, und gingen auf dem Wege nach dem Strande weiter. Die Zurückbleibenden, darunter Marheyo, Moh-Moh, Kory-Kory und Teinor, sammelten sich um das Haus und schienen auf die Rückkehr der anderen warten zu wollen.

Das bewies mir, daß jedenfalls Fremde, vielleicht Landsleute von mir, in die Bucht gekommen sein mußten. Der Gedanke machte mich wahnsinnig, und ohne mich um die Versicherungen der Eingeborenen, daß überhaupt keine Boote am Strande wären, zu kümmern, ohne auf die Schmerzen zu achten, die ich fühlte, sprang ich auf und versuchte zur Tür zu gelangen. Sogleich versperrten mir mehrere Männer den Weg und befahlen mir, mich wieder hinzusetzen. Ihre wilden Blicke sagten mir, daß Gewalt hier nichts nützen und ich mein Ziel nur durch Bitten erreichen konnte.

Ich wendete mich daher an Moh-Moh, der der einzige anwesende Häuptling war, und mit dem ich in letzter Zeit viel verkehrt hatte, und, meine wahre Absicht verbergend, suchte ich ihm begreiflich zu machen, daß ich immer noch glaubte, Toby sei unten am Strande. Ich beschwor ihn, mir zu gestatten, daß ich hinunterging und ihn begrüßte. Er versicherte mich wiederholt, daß niemand Toby gesehen hätte; ich tat, als verstünde ich ihn nicht, und setzte meine Bitten mit den deutlichsten und beredtesten Gebärden fort, bis der einäugige Häuptling ihnen nicht mehr widerstehen konnte. Er schien mich jetzt wie ein launisches Kind zu betrachten, gegen das er Gewalt zu gebrauchen nicht das Herz hatte und dem er seinen Willen lassen mußte. Er sprach einige Worte zu den Eingeborenen, die sogleich die Tür freigaben, und ich trat ins Freie.

Ich sah mich nach Kory-Kory um, aber mein bis dahin so treuer Diener war nirgends zu sehen. Ich wollte keine Zeit verlieren, jeder Augenblick schien kostbar, ich machte daher einem kräftigen Burschen, der in meiner Nähe stand, ein Zeichen, er möchte mich auf den Rücken nehmen; zu meinem Erstaunen schlug er es mir zornig ab. Ich wendete mich an einen anderen mit dem gleichen Ergebnis. Auch ein dritter Versuch blieb erfolglos, und nun begriff ich, warum Moh-Moh mir nachgegeben hatte und warum die anderen Eingeborenen sich so sonderbar benahmen. Offenbar hatte der Häuptling mir nur darum erlaubt, meinen Weg zum Strande fortzusetzen, weil er annahm, daß ich ihn ohne Hilfe doch nicht erreichen konnte.

Nun wußte ich, daß sie mich unbedingt gefangenhalten wollten und ich geriet in Verzweiflung; ich fühlte den Schmerz in meinem Bein kaum mehr, faßte einen Speer, der an dem vorspringenden Hausdach lehnte, stützte mich darauf und schritt den Pfad hinab, der an dem Hause vorüberführte. Zu meinem Erstaunen ließ man mich gehen und zwar allein; die Eingeborenen blieben alle vor dem Hause stehen und besprachen sich; ihre Unterredung wurde laut und heftig, und zu meiner unsagbaren Freude merkte ich, daß eine Meinungsverschiedenheit zwischen ihnen entstanden sein mußte; sie waren geteilter Ansicht, es hatten sich zwei Parteien gebildet; das ließ mich Günstiges hoffen.

Ich war aber noch keine zweihundert Schritte weitergegangen, als sie mir nachkamen und mich wieder umringten; sie waren aber noch in hitzigem Streit begriffen, so sehr, daß es schien, als würden sie im nächsten Augenblick handgemein werden. Während der Streit tobte, trat der alte Marheyo an meine Seite, und nie werde ich den gütigen Ausdruck seines Gesichts vergessen. Er legte mir die Hand auf die Schulter und mit besonderer Betonung sprach er ein einziges englisches Wort, das ich ihn gelehrt hatte: »Heimat!« Ich verstand ihn und drückte ihm meine Dankbarkeit aus. Fayaweh und Kory-Kory waren ihm gefolgt; beide weinten heftig, und zweimal mußte der alte Mann seinem Sohne befehlen, mich wieder auf den Rücken zu nehmen, ehe dieser es über sich brachte, ihm zu gehorchen. Der einäugige Häuptling wollte es verhindern, aber seine eigenen Anhänger, wie es mir wenigstens schien, erklärten sich gegen ihn.

So schritten wir weiter, und nie werde ich die jubelnde Freude vergessen, mit der ich zum erstenmal wieder das Donnern der Brandung am Strande hörte. Nicht lange, und ich sah die Wogen zwischen den Bäumen aufblitzen. Mit welchem Entzücken begrüßte ich den Anblick und die Töne des Ozeans! Jetzt konnte man auch das Schreien und Rufen der Menge am Strand deutlich hören, und mir war, als könnte ich die Stimmen meiner Landsleute unterscheiden.

Als wir den offenen Strand, der zwischen den Wäldern und dem Meere lag, erreichten, sah ich ein englisches Walfischboot, mit dem Bug seewärts gerichtet, nur wenige Faden vom Ufer entfernt liegen. Es war mit fünf Eingeborenen bemannt, die kurze Röckchen aus Kaliko trugen. Es sah aus, als ob sie eben aus der Bucht hinausruderten und ich nach soviel Not und Mühe dennoch zu spät gekommen wäre. Ich wollte schon verzweifeln, aber ein zweiter Blick belehrte mich, daß sie das Boot nur außerhalb der Brandung hielten; und im nächsten Augenblick hörte ich eine Stimme aus der Menge meinen Namen rufen.

Hinsehend, erkannte ich zu meiner unbeschreiblichen Freude die hohe Gestalt Karakoïs, eines Kanakas aus Puehu, der oft an Bord der »Dolly« gewesen war, als sie vor Nukuhiva lag. Er trug die grüne Jagdjacke mit den vergoldeten Knöpfen, die ein Offizier der »Reine Blanche«, des französischen Flaggschiffs, ihm geschenkt und die ich ihn immer tragen gesehen hatte. Ich erinnerte mich jetzt, daß der Kanaka mir oft gesagt hatte, seine Person sei in allen Tälern der Insel »Tabu«, und sein Anblick erfüllte mein Herz mit Jubel.

Er stand nahe am Uferrand; über den einen Arm hatte er eine große Rolle Baumwollstoff geworfen und hielt zwei oder drei Säcke aus Segelleinwand mit Schießpulver in der Hand, während er in der anderen eine Muskete trug, die er mehreren der Häuptlinge anzubieten schien. Diese aber wendeten sich verächtlich ab, sie schienen ihn loswerden zu wollen, mit heftigen Gebärden wiesen sie auf sein Boot und befahlen ihm, sich zu entfernen.

Der Kanaka aber blieb, und mir wurde sofort klar, daß er meine Freiheit zu erkaufen suchte. Laut rief ich ihm zu, er möge doch zu mir kommen, aber er erwiderte in gebrochenem Englisch, daß die Eingeborenen gedroht hätten, ihn mit ihren Speeren zu durchbohren, wenn er nur einen Fuß auf mich zu bewegte. Ich schritt noch immer weiter, von einer dichten Menge der Eingeborenen umringt, von denen mehrere mich angefaßt hielten; und mehr als ein Wurfspieß war drohend gegen mich gerichtet; aber ich sah ganz deutlich, daß selbst unter denen, die gegen mich waren, viele unentschlossen und besorgt aussahen.

Ich war noch etwa sechzig Schritt von Karakoi entfernt, als die Eingeborenen mich nicht weitergehen ließen, sondern mich zwangen, mich niederzusetzen, wobei sie mich noch immer an den Armen festhielten. Der Lärm und die Aufregung steigerten sich ins Zehnfache; ich sah auch, daß mehrere von den Priestern zur Stelle waren, die alle Moh-Moh und die anderen Häuptlinge sichtlich bestürmten, mich nicht fortzulassen. Und das verabscheute Wort »Runi! Runi!«, das ich an diesem Tage wohl tausendmal schon gehört hatte, erscholl jetzt von allen Seiten. Aber immer noch sah ich, daß Karakoi sich für mich bemühte, daß er kühn über die Sache mit den Wilden weiterverhandelte und sie zu locken suchte, indem er ihnen das Tuch und das Pulver hinhielt und den Hahn der Muskete einschnappen ließ. Aber was er auch sagte oder tat, die anderen schrien nur noch lauter und suchten ihn ins Wasser hinabzudrängen. Wenn ich bedachte, welchen übertriebenen Wert die Leute auf die Waren legten, die man ihnen zum Austausch für mich bot, und die sie jetzt so empört zurückwiesen, so erkannte ich aufs neue, wie unerbittlich ihr Entschluß war, mich hierzubehalten. Verzweifelt nahm ich all meine Kraft zusammen, schüttelte die Hände derer, die mich festhielten, ab, sprang auf die Füße und eilte auf Karakoï zu.

Dieser unüberlegte Schritt hätte fast mein Schicksal entschieden, denn in der Angst, daß ich entweichen könnte, stürzten sich mehrere der Eingeborenen mit einem gleichzeitigen wilden Schrei auf Karakoï, bedrohten ihn mit wütenden Gebärden und drängten ihn tatsächlich ins Wasser. Erschrocken über ihre Heftigkeit suchte der arme Kerl, der bis zum Gürtel in der Brandung stand, sie zu beruhigen; aber zuletzt bekam er Angst und winkte seinen Gefährten, heranzurudern und ihn aufzunehmen.

In diesem schrecklichen Augenblick, in dem ich bereits alle Hoffnungen aufgab, erhob sich ein neuer Streit zwischen den zwei Parteien, die mit mir heruntergekommen waren, und jetzt kam es wirklich zu einer Schlägerei, bei der Blut floß. In der Aufregung und Verwirrung, die darüber entstand, waren nur Marheyo, Kory-Kory und die arme süße Fayaweh bei mir geblieben, die sich krampfhaft schluchzend an mich klammerte. Ich fühlte: jetzt oder nie! Mit gerungenen Händen sah ich Marheyo flehend an und schritt den jetzt beinahe verlassenen Strand hinab. Tränen waren in den Augen des alten Mannes, aber weder er noch Kory-Kory versuchten mich zu hindern; ich erreichte den Kanaka, der meinen Bewegungen ängstlich gefolgt war, die Ruderer pullten das Boot so nahe ans Land, wie sie bei der Brandung wagen durften; ich schloß Fayaweh, die vor Kummer nicht sprechen konnte, noch einmal in die Arme und saß im nächsten Augenblick im Boot; Karakoï neben mir, der den Ruderern zuschrie, loszulegen. Marheyo, Kory-Kory und viele Weiber folgten mir ins Wasser; ich reichte, da ich ihnen anders meine Dankbarkeit nicht zeigen konnte, Kory-Kory die Muskete – der mich dabei wieder zu packen suchte –, warf dem alten Marheyo die Tuchrolle zu, wobei ich auf die arme Fayaweh wies, die trostlos am Ufer saß, und die Pulversäcke den nächsten jungen Damen, die alle eifrig danach griffen. Das Ganze dauerte keine zehn Sekunden, und noch ehe ich damit fertig war, hatte das Boot schon volle Fahrt, während der Kanaka laut gegen die überflüssige Verschwendung so wertvollen Gutes protestierte.

Die Eingeborenen hatten, obwohl mehrere natürlich gesehen hatten, was geschah, ihren Streit nicht sogleich abgebrochen, und das Boot war wohl schon mehr als hundert Schritt vom Strand entfernt, als Moh-Moh, und sechs oder sieben Krieger mit ihm, ins Wasser sprangen und ihre Wurfspieße nach uns schleuderten. Einige davon flogen dicht genug an uns vorbei; aber niemand war verwundet, und die Männer pullten tapfer darauf los. Aber obwohl wir bald außerhalb des Bereichs der Speere waren, kamen wir doch nur sehr langsam vorwärts; der Seewind kam heftig herein und die Flut war gegen uns, und ich sah, wie Karakoï, der das Boot steuerte, ängstliche Blicke auf eine vorspringende Landzunge am Ende der Bucht warf, an der wir vorüber mußten.

Ein oder zwei Minuten lang verharrten die Wilden in starrem Schweigen, dann zeigte der wütende Häuptling durch Gebärden, was er beschlossen hatte. Unter lauten Zurufen wies er mit seinem Tomahawk auf den Landvorsprung und rannte, von etwa dreißig Eingeborenen gefolgt, unter denen mehrere Priester waren, mit Windeseile in der gleichen Richtung, und alle brüllten »Runi! Runi!« Es war ganz klar, daß sie vom Vorgebirge ins Wasser springen und uns den Weg abschneiden wollten. Der Wind wurde jede Minute steifer und blies uns gerade entgegen, und das Meer hatte jenen kurzen, zornigen Wellenschlag, der das Rudern so erschwert. Wir waren noch zweihundert Schritte von der Landspitze entfernt, als die Wilden sich schon ins Meer stürzten, und fünf Minuten später konnten wir zwanzig der rasenden Halunken um uns haben. Dann war es mit uns aus, denn die Wilden sind nicht so erbärmliche Schwimmer wie die Leute bei uns, sondern im Wasser womöglich noch gefährlichere Gegner als auf dem Lande. Es kam auf die Kraftprobe an; unsere Eingeborenen pullten, daß die Riemen sich bogen, und die Schwimmer schossen, so hoch die See ging, mit fürchterlicher Geschwindigkeit durch das Wasser.

Als wir die Höhe des Vorgebirges erreicht hatten, hatten sie sich schon quer über unsern Kurs im Wasser zerstreut. Die Ruderer zogen ihre Messer und nahmen sie zwischen die Zähne; ich ergriff den Bootshaken. Wir wußten: gelang es ihnen, uns abzuschneiden, so packten sie die Ruder, faßten das Dollbord, brachten das Boot zum Kentern, und wir waren ihnen auf Gnade und Ungnade ausgeliefert. Das ist ein Manöver, das schon so mancher Bootsmannschaft in der Südsee zum Verhängnis geworden war.

Ein paar atemlose Sekunden vergingen, da sah ich Moh-Moh. Der riesige Insulaner, den Tomahawk zwischen den Zähnen, schoß durch das Wasser, daß es schäumte. Er war schon ganz nahe. Im nächsten Augenblick mußte er eines der Ruder ergriffen haben. Wohl schauderte im Augenblick mir selbst vor dem, was ich tat, aber jetzt war keine Zeit zu Mitleid oder Reue, mit aller Kraft stieß ich den Bootshaken nach ihm. Ich traf ihn gerade unter der Kehle und riß ihn unters Wasser. Es blieb mir keine Zeit, den Schlag zu wiederholen; ich sah ihn im Kielwasser des Boots wieder auftauchen; die Wut in seinem Blick werde ich nie vergessen.

Nur noch einer der Wilden erreichte das Boot. Er faßte das Dollbord, aber die Ruderer bearbeiteten seine Handgelenke so mit ihren Messern, daß er es loslassen mußte; in der nächsten Minute hatten wir alle überholt und waren in Sicherheit. Die ungeheure Aufregung, die mich bis dahin aufrechterhalten hatte, ließ jetzt nach und ohnmächtig fiel ich Karakoï in die Arme.

Ich will noch kurz erzählen, welche Umstände mir diese so unerwartete Flucht ermöglicht hatten. Der Kapitän eines australischen Schiffes, der in diesen fernen Meeren an Leutemangel litt, war in Nukuhiva eingefahren, um seine Mannschaft zu ergänzen. Aber er hatte nicht einen einzigen Mann auftreiben können, und wollte mit seiner Barke eben wieder unter Segel gehen, als Karakoï an Bord kam und dem enttäuschten Engländer mitteilte, daß die Wilden in der benachbarten Bucht von Taïpi einen amerikanischen Matrosen gefangenhielten; er erbot sich, wenn man ihn mit genügenden Handelsartikeln versähe, seine Befreiung ins Werk zu setzen. Der Kannaka hatte diese Kunde von Marnu, dem ich also tatsächlich meine Rettung verdanke; der Schiffer hatte den Vorschlag angenommen, und Karakoï kam mit fünf Eingeborenen von Nukuhiva, die alle »Tabu« waren, wieder an Bord der Barke, die wenige Stunden später hinübersegelte und auf der Einfahrt in die Taïpi-Bucht ihr Großmarssegel killen ließ. Das Boot mit der Mannschaft, die »Tabu« war, fuhr nach dem inneren Ende der Bucht, während das Schiff draußen hin und her geworfen wurde und seine Rückkehr abwartete.

Alles Weitere habe ich bereits erzählt, und es bleibt nur wenig hinzuzufügen. Als wir die »Julia« erreichten, wurde ich an Bord geschafft, und mein seltsames Aussehen sowie meine merkwürdigen Erlebnisse erregten allgemeines Interesse. Man sorgte für mich in menschenfreundlichster Weise, aber ich brauchte drei Monate, ehe ich meine volle Gesundheit wiedererlangte.

Das Geheimnis, das über dem Schicksal meines Freundes und Gefährten Toby lag, ist nie aufgeklärt worden. Ich weiß noch heute nicht, ob es ihm gelang, das Tal zu verlassen oder ob er von den Eingeborenen umgebracht wurde.

Nachtrag. Die Geschichte Tobys

Der Verfasser von »Taïpi« blieb nach seiner Flucht aus dem Tale, von der wir im letzten Kapitel berichtet haben, mehr als zwei Jahre in der Südsee, dann kehrte er nach Amerika zurück und veröffentlichte einige Zeit später die vorstehende Erzählung. Niemand ahnte damals, daß diese Veröffentlichung die Auffindung Tobys, den man längst verloren glaubte, zur Folge haben würde. Dennoch war es so. Die Geschichte seiner Flucht bildet den natürlichen Abschluß seiner Abenteuer. Wir lassen die Erzählung, wie sie der Verfasser von Toby selbst gehört hat, hier folgen.

An dem Morgen, an dem mein Kamerad mich verließ, war er von einem großen Trupp Eingeborener begleitet, von denen einige Früchte und Schweine trugen, um Tauschhandel zu treiben, da sich die Nachricht verbreitet hatte, daß Boote die Bucht berührt hätten.

Auf ihrem Wege durch die bewohnten Teile des Tales schlossen sich ihnen von allen Seiten neue Scharen an, die mit lebhaftem Geschrei aus den Wäldchen auftauchten; alle waren so eifrig und erregt, daß Toby, den es selbst so sehr zum Strande zog, kaum mit ihnen Schritt halten konnte. Sie liefen mehr als sie gingen, die vordersten blieben hier und da einen Augenblick stehen und schwangen ihre Waffen, um die anderen zur Eile anzufeuern, und das Tal hallte von ihrem Geschrei wider.

Sie waren an einer Stelle angekommen, wo der Pfad durch den Fluß führte, der hier eine Krümmung bildete, da hörte man einen seltsamen Ton aus der Tiefe des Haines am anderen Ufer, und die Eingeborenen machten halt: Moh-Moh, der einäugige Häuptling, der den anderen vorausgeeilt war, schlug mit seiner schweren Lanze gegen einen hohlen Ast.

Das war ein Alarmsignal; von allen Seiten hörte man den Ruf »Happar! Happar!« Die Krieger legten ihre Speere ein oder schwangen sie in der Luft; Weiber und Kinder schrien einander zu und sammelten Steine im Flußbett. Einen Augenblick später kamen Moh-Moh und zwei oder drei andere Häuptlinge aus dem Hain gelaufen, und der Lärm wurde noch zehnmal so groß.

Nun, dachte Toby, heißt es raufen; da er waffenlos war, bat er einen der jungen Männer, die bei Marheyo wohnten, ihm seinen Speer zu leihen. Der aber weigerte sich und sagte ihm schelmisch, für ihn, den Taïpi, sei das eine sehr gute Waffe, aber ein weißer Mann könnte ja viel besser mit den Fäusten kämpfen.

Auch die anderen Krieger schienen die gute Laune dieses jungen Spaßvogels zu teilen, denn trotz ihrem kriegerischen Geschrei und ihrer wilden Gebärden tanzten sie umher und lachten, als ob es die lustigste Sache der Welt wäre, wenn jeden Augenblick drei Dutzend Happar-Wurfspeere aus einem Hinterhalt im Dickicht fliegen konnten.

Während Toby sich vergeblich ihr Verhalten zu erklären suchte, trennte sich ein guter Teil der Eingeborenen von den übrigen und lief in den Hain, der auf der einen Seite lag, während die anderen sich vollkommen ruhig verhielten, als ob sie das Ergebnis abwarteten. Nach einer kleinen Weile machte ihnen Moh-Moh, der voraus war, ein Zeichen, leise heranzukommen, und sie kamen, beinahe ohne daß ein Blatt geraschelt hätte. Etwa zehn oder fünfzehn Minuten krochen und schlichen sie weiter, wobei sie jeden Augenblick anhielten, um zu lauschen. Toby gefiel dieses Anschleichen keineswegs; wenn schon gekämpft werden sollte, wünschte er drauflozugehen. Aber alles kommt zu seiner Zeit – sie waren gerade im tiefsten Dickicht, als von allen Seiten schreckliches Geheul erscholl und Pfeile und Steine massenhaft über den Weg flogen. Aber kein Feind war zu sehen und nicht ein einziger Mann fiel, obgleich die Steine wie Hagel durch die Blätter sausten.

Einen Augenblick stand alles still, dann stürzten sich die Taïpis mit wildem Geschrei und mit eingelegten Speeren ins Dickicht. Toby blieb nicht zurück; er hatte einen alten Groll gegen die Leute von Happar und war einer der ersten, der auf sie losstürzte. Er bahnte sich einen Weg durch das Unterholz und suchte gleichzeitig einem jungen Häuptling seinen Speer zu entreißen – aber auf einmal hörte das Schlachtgeschrei plötzlich auf und der Wald lag in Totenstille. Im nächsten Augenblick stürzte die Schar, die sie vorher verlassen hatte, hinter Bäumen und Büschen hervor, und alle lachten laut und lustig.

Es war alles ein Schwindel gewesen, und Toby, der vor Erregung ganz außer Atem war, war wütend, daß sie ihn so zum Narren gehalten hatten.

Sie hatten die ganze Geschichte verabredet, um ihn zum besten zu halten, und er war über diesen Jungenstreich um so erbitterter, als viel Zeit damit verlorengegangen war und jeder Augenblick kostbar schien. Vielleicht hatten sie es gerade darum getan; denn als wieder aufgebrochen wurde, fiel ihm auf, daß sie es nicht mehr so eilig hatten, wie vorher.

Sie waren wieder ein Stück weitergekommen – Toby fürchtete die ganze Zeit, sie würden das Meer überhaupt nicht mehr erreichen –, als zwei Männer auf sie zugelaufen kamen; wieder wurde haltgemacht, und eine lärmende Erörterung fand statt, in der Tobys Name oft genannt wurde. Er wollte nun erst recht wissen, was am Strand eigentlich vorging; aber vergeblich drängte er vorwärts; die Eingeborenen hielten ihn zurück.

Als die Besprechung zu Ende war, liefen viele in der Richtung nach der See weiter, die anderen blieben und baten Toby, »Moi« zu machen, das heißt, sich niederzusetzen und auszuruhen. Um die Aufforderung verlockender zu machen, wurden mehrere Kalebassen mit Nahrungsmitteln, die man mitgenommen hatte, auf die Erde gesetzt und geöffnet und Pfeifen angezündet. Eine Weile zügelte Toby seine Ungeduld; zuletzt sprang er auf und stürmte wieder weiter. Er war bald eingeholt und umringt, aber man hielt ihn nicht mehr zurück und alles begab sich zum Meer hinab.

Sie kamen auf eine helle, grüne Fläche zwischen Wald und Wasser, dicht am Fuß des Happar-Berges; ein Pfad war sichtbar, der sich in den Windungen einer Schlucht verlor.

Nirgends war etwas von einem Boot zu sehen; nur eine lärmende Menge von Männern und Weibern, in deren Mitte jemand stand, der ernsthaft auf sie einsprach. Als Toby sich näherte, trat der, der gesprochen hatte, aus der Menge auf ihn zu, und es zeigte sich, daß er kein Fremder war. Es war ein alter grauhaariger Seemann, den wir beide oft in Nukuhiva gesehen hatten, wo er im Haushalt Moanas, des Königs, lässig dahinlebte. Man nannte ihn »Jimmy«. Er war der Günstling des Königs und führte in dessen Rat das große Wort. Er trug einen Manilahut und eine Art Schlafrock aus Tappa, den er so lose und nachlässig umgehängt hatte, daß man einen Vers aus einem Liede, der auf seine Brust tätowiert war, und eine Reihe anderer geistreicher Schnittzeichnungen eingeborener Künstler an verschiedenen Stellen seines Körpers sehen konnte. Er hielt eine Angelrute in der Hand und trug eine schmutzige alte Pfeife an einem Bande um den Hals.

Er war ein alter Herumstreicher, der sich für seinen Lebensabend in Nukuhiva niedergelassen hatte; er konnte die Sprache der Insel reden und wurde von den Franzosen häufig als Dolmetscher verwendet. Er war ein unverbesserlicher alter Schwätzer, und er kam in seinem Kanu zu allen Schiffen, die in der Bucht lagen, erzählte der Mannschaft den neuesten Hofklatsch, so zum Beispiel ein skandalöses Verhältnis Seiner Majestät mit einer Happar-Dame, die bei den Schmausereien als Tänzerin auftrat, und die unglaublichsten anderen Geschichten. So erzählte er der Mannschaft der »Dolly« ein vollkommenes Ammenmärchen von zwei Naturwundern, die auf der Insel wären. In einer Höhle in den Bergen sollte ein altes Ungetüm von einem Eremiten leben, der im Geruch großer Heiligkeit stand und als berüchtigter Zauberer galt; er verbarg sich in jener Höhle, weil ihm ein gewaltiges Paar Hörner an den Schläfen gewachsen war. Trotz seiner Frömmigkeit war der scheußliche alte Kerl der Schrecken der ganzen Insel, denn es hieß, daß er jede dunkle Nacht seinen Schlupfwinkel verließ und auf die Menschenjagd ging. Irgend jemand, der natürlich ungenannt blieb, war einmal in den Bergen an seine Höhle gekommen, hatte einen Blick hineingeworfen und sie voll von menschlichen Knochen gesehen. Das war das eine Ungeheuer. Das andere Wunderwesen, von dem Jimmy erzählt hatte, war der jüngere Sohn eines Häuptlings, der, kaum zehn Jahre alt, zum Priester geweiht worden war, weil seine abergläubischen Landsleute ihn dazu besonders geeignet und bestimmt glaubten, da er einen Hahnenkamm auf dem Kopfe trug. Das war noch nicht genug. Der Junge hatte auch die Stimme eines Hahns und krähte und war auf seinen sonderbaren Kopfschmuck nicht wenig stolz.

Sowie Toby den alten Herumstreicher am Strande sah, eilte er auf ihn zu, und die Menge bildete einen Kreis um sie.

Jimmy begrüßte ihn sehr freundlich, sagte ihm, daß er alles wüßte, wie wir vom Schiff ausgerissen und nun unter den Taïpis wären. Moana, der König, hätte ihn wiederholt gedrängt, einmal ins Tal herüberzugehen, seine Freunde daselbst zu besuchen und uns mitzubringen, da seinem königlichen Herrn sehr viel daran gelegen wäre, einen Anteil an der Belohnung zu erhalten, die für den, der uns einfangen und bringen würde, ausgesetzt war. Er aber – so versicherte er Toby – hätte diese Zumutung mit Entrüstung zurückgewiesen.

Mein Kamerad war nicht wenig erstaunt, denn wir hatten nie geahnt, daß ein weißer Mann den Taïpis jemals einen freundlichen Besuch machen könnte. Jimmy aber versicherte ihn, es wäre doch so, wenn er auch selten und kaum jemals weiter als an den Strand käme. Einer der Priester des Tales, der mit einem tätowierten alten Theologen von Nukuhiva in irgendeinem Zusammenhang stand, wäre ein Freund von ihm, und dadurch wäre er »Tabu«. Er werde auch manchmal in die Bucht herübergeschickt, um Früchte für Schiffe einzuhandeln, die in Nukuhiva lagen. Mit solch einem Auftrag sei er eben hier und gerade über Happar durch die Berge gekommen. Bis zum nächsten Mittag sollten die Früchte am Strande aufgestapelt sein, und er werde dann mit Booten in die Bucht kommen, um sie zu holen. Er fragte Toby, ob er die Insel zu verlassen wünsche: drüben im Hafen läge ein Schiff, das Leute brauche; er würde ihn gerne hinüberführen und noch heute an Bord bringen.

»Nein,« sagte Toby, »ich kann die Insel nicht verlassen, wenn mein Kamerad nicht mit mir kommt. Ich habe ihn im Tal zurückgelassen, weil sie ihn nicht mit mir herabkommen lassen wollten. Wir wollen gehen und ihn holen.«

»Aber wie soll er mit uns über den Berg kommen,« erwiderte Jimmy, »selbst wenn wir ihn bis an den Strand schaffen? Es ist besser, wir lassen ihn bis morgen, wo er ist, und dann hole ich ihn mit den Booten ab und bringe ihn nach Nukuhiva.«

»Nein, das geht nicht,« sagte Toby, »aber kommt Ihr jetzt mit mir und bringen wir ihn jedenfalls heute noch herunter an den Strand;« und ungestüm wollte er sogleich ins Tal zurück. Aber ein Dutzend Hände hielten ihn fest.

Er wehrte sich vergeblich; sie wollten ihn nicht einen Schritt vom Ufer tun lassen. Unglücklich und erbittert beschwor Toby den Alten, mich allein zu holen. Aber Jimmy erwiderte, in der Stimmung, in der die Taïpis wären, würden sie es ihm nicht gestatten, wenn sie ihm auch gewiß nichts zuleide tun würden.

Viel später erst kam Toby der Verdacht, daß dieser Jimmy ein herzloser Schuft war, der die Eingeborenen schlau beredet hatte, ihn festzuhalten, als er mich holen wollte. Der Alte mußte auch wissen, daß die Eingeborenen uns niemals beide weglassen würden. Und er hatte seine Gründe, Toby allein mitzunehmen. Von alledem ahnte mein Kamerad damals noch nichts.

Er rang noch mit den Insulanern, als Jimmy auf ihn zutrat und ihn warnte, sie zu reizen, er mache es ja nur schlimmer für uns beide, und wenn sie in Wut gerieten, könnte es ein böses Ende nehmen. Er veranlaßte Toby schließlich, sich auf ein zerbrochenes Kanu neben einem Steinhaufen zu setzen, auf dem ein verfallenes altes Tempelchen stand; es war von vier senkrecht in die Erde gesteckten Rudern getragen und vorne zum Teil durch ein Netz geschützt. Wenn die Fischer vom Meer hereinkamen, brachten sie hier ihre Opfergaben dar und legten sie vor ein Götzenbild im Innern auf einen glatten schwarzen Stein. Die Stelle, sagte Jimmy, sei »Tabu«, und niemand würde ihn belästigen oder ihm nahekommen, solange er im Schatten des Tempelchens bliebe. Nun begann der alte Seemann ernsthaft mit Moh Moh und einigen anderen Häuptlingen zu reden; die anderen bildeten einen Kreis um den Tabu-Platz, sprachen unaufhörlich miteinander und sahen Toby dabei beständig an.

Trotz allem, was Jimmy ihm gesagt hatte, kam jetzt ein altes Weib auf meinen Kameraden zu und setzte sich neben ihn auf das Kanu.

»Taïpi mortarkih?« sagte sie.

»Mortarkih muih«, sagte Toby.

Darauf fragte sie ihn, ob er nach Nukuhiva ginge. Er nickte; sie stieß einen klagenden Ton aus, ihre Augen füllten sich mit Tränen, dann stand sie auf und verließ ihn.

Dies alte Weib war, wie Jimmy ihm später sagte, die Frau eines bejahrten Königs in einem kleinen Tal im Innern der Insel, das durch einen tiefen Paß mit dem Taïpi-Land verbunden war. Die Bewohner der beiden Täler waren blutsverwandt und führten den gleichen Namen. Die alte Frau war tags vorher ins Taïpi-Tal gekommen; sie machte mit drei Häuptlingen, ihren Söhnen, ihren Verwandten einen Besuch. Als die alte Königin ihn verließ, trat Jimmy wieder zu Toby und sagte ihm, er hätte die ganze Sache nun mit den Eingeborenen durchgesprochen, und es gäbe nur einen Weg. Sie wollten ihm nicht erlauben, ins Tal zurückzukehren, und beide würden in schlimme Gefahr kommen, wenn er länger am Strande bliebe. »Am besten,« schloß er, »Ihr und ich gehen jetzt zu Lande nach Nukuhiva zurück, und morgen hole ich Tommo, wie sie ihn nennen, zu Wasser; sie haben versprochen, ihn morgen früh ans Meer herabzutragen, so entsteht also gar kein Aufschub.«

»Nein, nein,« sagte Toby verzweifelt, »ich verlasse ihn nicht; wir müssen zusammen fort.«

»Dann bleibt keine Hoffnung,« rief der Seemann, »wenn ich Euch jetzt hier am Strande verlasse, dann tragen sie Euch, sowie ich fort bin, ins Tal zurück, und keiner von euch beiden wird jemals wieder das Meer erblicken.« Und er schwur ihm zu, wenn er nur heute mit ihm nach Nukuhiva käme, morgen würde er mich bestimmt hinüberholen.

»Aber woher wißt Ihr, daß sie ihn morgen an den Strand herabbringen werden, wenn sie es heute durchaus nicht tun wollen?« fragte Toby. Der Seemann sagte ihm viele Gründe, die mit den geheimnisvollen Gebräuchen der Eingeborenen so viel zu tun hatten, daß er nichts davon begriff. Ihr ganzes Verhalten, besonders daß sie ihn nicht ins Tal zurückkehren lassen wollten, war ihm völlig unerklärlich; dazu kam der bittere Gedanke, daß der Alte ihn möglicherweise betrog. Dann dachte er wieder an mich, der ich allein und krank bei den Eingeborenen zurückblieb. Wenn er mit Jimmy ging, durfte er wenigstens hoffen, mir Hilfe zu bringen. Wie aber, wenn, die Wilden, deren Verhalten so sonderbar war, mich fortschafften, ehe er wiederkam? Und wenn er blieb, ließen sie ihn vielleicht nicht ins Tal zu mir zurückgehen.

Kurz, mein armer Kamerad war in der schwierigsten Lage; er wußte nicht, was er tun sollte, und all sein Mut nützte ihm nichts. Da saß er allein auf dem zerbrochenen Kanu, und die Eingeborenen umstanden ihn in geringer Entfernung und sahen ihn an.

»Es wird spät«, sagte Jimmy, der hinter den Eingeborenen stand. »Nukuhiva ist weit und bei Nacht kann ich nicht durch Happar wandern. Entweder Ihr kommt mit mir und alles wird gut; wenn nicht, verlaßt Euch darauf, wird keiner von euch je davonkommen.«

»Es bleibt nichts übrig«, sagte Toby zuletzt mit schwerem Herzen. »Ich muß Euch wohl trauen«, und er trat aus dem Schatten des kleinen Tempels und warf einen langen Blick auf das Tal.

»Nun haltet Euch dicht an meiner Seite,« sagte Jimmy, »und gehen wir schnell.«

Eben erschienen Teinor und Fayaweh; die gutherzige alte Frau umfing Tobys Knie unter einem Strom von Tränen; Fayaweh, kaum weniger ergriffen, sagte ein paar englische Worte, die sie gelernt hatte, und hielt drei Finger in die Höhe: in so vielen Tagen hatte er versprochen, zurückzukehren.

Schließlich zog Jimmy Toby mit sich fort, rief einem jungen Taïpi, der ein Ferkel auf den Armen trug, und alle drei schritten auf die Berge zu.

»Ich habe ihnen gesagt, daß Ihr bald wiederkommt,« sagte der Alte lachend, als sie die Höhe hinanstiegen, »aber die können lange warten.« Toby wandte sich um und sah die Eingeborenen alle in Bewegung: die Mädchen winkten mit ihren Tappatüchern zum Abschied und die Männer mit ihren Speeren. Als der letzte im Walde verschwand, den einen Arm und drei Finger erhoben, wurde ihm wieder schwer ums Herz.

Vielleicht hatten die Eingeborenen oder wenigstens einige von ihnen wirklich auf seine schnelle Rückkehr gerechnet, als sie ihn schließlich gehen ließen; wahrscheinlich dachten sie – und er hatte ihnen das ja auch auf dem Wege durchs Tal gesagt –, daß er nur die Heilmittel bringen wollte, die ich brauchte. Das hatte wohl auch Jimmy ihnen gesagt. Und so wie damals, als mein Kamerad mir zuliebe seine gefährliche Reise nach Nukuhiva unternahm, betrachteten sie uns als unzertrennlich und glaubten, daß ich in seiner Abwesenheit eine sichere Gewähr seines Wiederkommens sei. Dies ist übrigens nur meine Vermutung; im Grunde ist ihr ganzes Verhalten mir immer noch ein Rätsel.

»Ihr seht, was für ein Tabu-Mann ich bin«, sagte der Alte, als sie eine Weile schweigend dem Pfad gefolgt waren, der den Berg hinaufführte. »Moh-Moh hat mir dies kleine Schwein geschenkt, und der Mann, der es trägt, wird mit uns geradeswegs durch Happar und nach Nukuhiva hinunterkommen. Solange wie er mit mir ist, ist er sicher, und so auch Ihr und morgen Tommo. Seid also guten Muts und verlaßt Euch auf mich, morgen früh seht Ihr ihn wieder.«

Der Anstieg war nicht schwer, da sie nahe am Meere waren, wo die Kämme verhältnismäßig niedrig sind; auch der Weg war gut, und in kurzer Zeit standen alle drei auf der Höhe und sahen beide Täler zu ihren Füßen liegen. Die weißen Wasserfälle im Grün am oberen Ende des Taïpi-Tals waren deutlich sichtbar; auch Marheyos Haus konnte er leicht ausfindig machen.

Als sie mit Jimmy den Kamm entlang gingen, bemerkte Toby, daß das Happar-Tal sich nicht so tief ins Land erstreckte wie das der Taïpis. Dies erklärte unseren Irrtum in jenen Tagen und warum wir in das andere Tal gekommen waren.

Bald zeigte sich ein Fußpfad, der den Berg hinabführte; sie folgten ihm und waren bald tief im Happar-Gebiet. Sie schritten rasch weiter, als Jimmy sagte: »Wir Tabu-Leute haben Weiber in jeder Bucht, und ich werde Euch zwei zeigen, die ich hier habe.«

Als sie zu dem Hause kamen, in dem die Frauen wohnen sollten – es stand dicht am Fuße des Berges in einem schattigen Winkel –, trat er ein und geriet in nicht geringen Zorn, als er es leer fand: die Damen waren ausgegangen. Sie kamen jedoch bald zurück und hießen Jimmy in der Tat sehr herzlich willkommen, desgleichen Toby, den sie neugierig betrachteten. Sie stellten auch viele Fragen; dennoch, als das Gerücht von ihrer Ankunft sich verbreitete und die Happars sich sammelten, erkannte er wohl, daß das Erscheinen eines fremden Weißen hier keineswegs ein so wunderbares Ereignis schien wie in dem Nachbartal.

Der alte Seemann hieß seine Frauen etwas zum Essen bereiten, da er wieder in Nukuhiva sein müßte, ehe es dunkel wurde. Ein Mahl, das aus Fischen, Brotfrucht und Bananen bestand, wurde aufgetragen, und man speiste auf den Matten liegend in zahlreicher Gesellschaft.

Die Happars stellten Jimmy zahlreiche Fragen über Toby, und Toby sah sie scharf an; er suchte den Kerl, der ihm die Wunde beigebracht hatte, an der er noch litt; aber der hitzige Herr, der mit seinem Speer so schnell zur Hand war, schien zartfühlend genug, sich nicht zu zeigen. Einige der müßigen Abendbesucher baten Toby höflich, ein paar Tage bei ihnen in Happar zu verbringen, es stünde ein großes Fest bevor. Er lehnte indessen ab.

Die ganze Zeit heftete sich der junge Taïpi an Jimmy wie sein Schatten, und obschon er sonst so munter war wie nur einer in seinem Stand, war er jetzt zahm wie ein Lämmchen und tat seinen Mund nur auf, um zu essen. Einige der Happars warfen finstere Blicke auf ihn; andere waren höflicher und sie schienen ihn einzuladen und wollten ihm das Tal zeigen. Aber der Taïpi ließ sich nicht verlocken. Er wußte sicher, bis auf den Bruchteil eines Zolles, wieviel Schritte von Jimmy das »Tabu« seine Kraft verlor. Für das Versprechen eines roten Baumwolltuchs und einer Belohnung, die geheim war, hatte der arme Kerl die recht gefährliche Reise gewagt, soweit Toby feststellen konnte, war dies noch nie vorgekommen.

Am Schluß des Mahles wurde der heimische Punsch der Insel, Arwa, hereingebracht und in flachen Kalebassen gereicht.

Nun wurde meinem Kameraden, während er in dem Happar Hause saß, wieder bitter zumute bei dem Gedanken, daß er mich verlassen hatte, ja, er wurde so traurig darüber, daß er davon sprach, ins Taïpi-Tal zurückzukehren, und von Jimmy verlangte, ihn bis zu den Bergen zu begleiten. Aber der alte Seemann wollte nichts davon hören, und um ihn zu zerstreuen, drängte er ihn, von dem Arwa zu trinken. Da er die berauschende Wirkung kannte, weigerte er sich, aber Jimmy sagte, er würde etwas dareinmischen lassen, wodurch es ein ganz unschuldiges Getränk werde, das sie nur für den Rest ihres Weges anregen würde. So ließ Toby sich bereden, davon zu trinken, und es war in der Tat, wie der Alte gesagt hatte: er fühlte sich augenblicklich erfrischt und alle trüben Gedanken wichen von ihm.

Der alte Herumstreicher begann jetzt seine wahre Natur zu zeigen, obschon Toby immer noch keinen Verdacht schöpfte. »Wenn ich Euch auf ein Schiff bringe,« sagte er, »werdet Ihr einem armen Mann doch wohl etwas für Eure Rettung geben?« Und ehe sie das Haus verließen, hatte er Toby das Versprechen abgenommen, ihm fünf spanische Taler zu geben, wenn es gelingen sollte, von dem Schiff, an dessen Bord sie am anderen Tage gehen wollten, einen Vorschuß auf seine Heuer zu bekommen; überdies verpflichtete sich Toby, ihn für meine Befreiung noch besonders zu belohnen.

Bald nachher brachen sie auf, von vielen Eingeborenen begleitet; sie schritten das Tal aufwärts; beinahe an seinem Ende zweigte sich ein steiler Pfad ab, der nach Nukuhiva führte. Hier blieben die Happars zurück und sahen ihnen nach, als sie den Berg hinaufstiegen; mehrere bösartig aussehende Kerle schwangen ihre Speere und warfen drohende Blicke auf den armen Taïpi, dessen Herz und Füße bedeutend leichter schienen, als er von oben auf sie heruntersah.

Als sie auf der Höhe waren, führte der Weg sie über mehrere Kämme, die mit ungeheurem Farnkraut besetzt waren. Endlich kamen sie zu einem bewaldeten Landstrich und überholten einen Trupp von Nukuhiva-Leuten, die alle wohlbewaffnet waren und Bündel von langen Stangen trugen. Jimmy schien alle gut zu kennen und blieb eine Weile stehen und sprach mit ihnen über die »Wuih-Wuihs«, wie die Nukuhiva-Leute die Monsieurs nennen. Es waren Leute des Königs Moana, die in seinem Auftrag in den Schluchten die Stangen für seine Verbündeten, die Franzosen, gesammelt hatten.

Sie ließen die Leute mit ihrer Last hinter sich und schritten rascher vorwärts, da die Sonne schon tief im Westen stand. So gelangten sie in die Täler von Nukuhiva auf der einen Seite der Bucht, wo das Hochland sich mählich zum Meer senkt. Die Kriegsschiffe lagen noch in dem Hafen, und als Toby auf sie heruntersah, schienen all die seltsamen Ereignisse, die er indessen erlebt hatte, wie ein Traum.

Sie waren bald unten am Strande und gelangten zu Jimmys Haus, noch ehe es völlig dunkel war. Hier wurde er von den Nukuhiva-Frauen des Alten bewillkommnet, sie nahmen einige Erfrischungen, Poï-Poï und Kokosmilch zu sich, dann setzten sie sich in ein Kanu, der Taïpi natürlich mit ihnen, und paddelten zu einem Walfischfänger, der nahe dem Strand vor Anker lag. Dies war das Schiff, das Leute brauchte. Das unsere war einige Zeit vorher abgesegelt. Der Schiffer zeigte sich sehr erfreut, als er Toby sah, meinte aber, nach seinem erschöpften Aussehen würde er wohl kaum dienstfähig sein. Immerhin erklärte er sich bereit, ihn zu heuern und seinen Kameraden, wenn er kommen sollte, gleichfalls.

Toby bat ihn sehr, ihn in einem bewaffneten Boot nach Taïpi hinüberzuschicken, daß er mich befreien könnte:, da er sich auf Jimmy nicht verließ. Aber davon wollte der Kapitän nichts hören, sondern sagte ihm, er möge doch nur Geduld haben, Jimmy werde schon sein Wort halten. Auch als er die fünf Silbertaler für Jimmy verlangte, rückte der Schiffer nicht gerne damit heraus. Aber Toby bestand darauf, denn es kam ihm vor, als ob es Jimmy wohl nur aufs Geld ankäme und er sicher nicht Wort halten würde, wenn er nicht pünktlich bezahlt wurde. So gab er ihm nicht nur das Geld, sondern versicherte ihn wieder und wieder, daß er eine noch größere Summe erhalten würde, sobald er mich an Bord brächte.

Am nächsten Tage vor Sonnenaufgang wurden zwei Boote des Schiffes mit Eingeborenen bemannt, die Tabu waren, und Jimmy und der Taïpi fuhren darin ab. Toby wollte natürlich mit, aber der Alte sagte ihm, das würde alles verderben; so mußte er zurückbleiben, wie schwer es ihm auch ankam. Gegen Abend war er auf dem Ausguck und sah die Boote ums Vorgebirge wenden und in die Bucht einfahren. Er strengte seine Augen an und glaubte mich auch zu sehen; dann aber war ich doch nicht mitgekommen. Halb wahnsinnig kletterte er vom Mast herunter, packte Jimmy, sowie er das Deck betrat, und brüllte ihn an: »Wo ist Tommo?« Der Alte erschrak und stammelte etwas, ermannte sich aber bald wieder und suchte ihn auf jede Weise zu beruhigen; er versicherte, es sei ganz unmöglich gewesen, mich an diesem Morgen an den Strand hinabzubekommen; er führte durchaus glaubliche Gründe an und fügte hinzu, daß er früh am nächsten Morgen in einem französischen Boot wieder nach der Bucht fahren werde, und wenn er mich dann nicht am Strande finden sollte – obwohl er es bestimmt erwartete –, würde er einfach ins Tal hineinmarschieren und mich holen, koste es, was es wolle. Aber daß Toby ihn dabei begleitete, wollte er wieder unter keinen Umständen zugeben.

Machtlos, wie Toby war, mußte er sich im Augenblick an Jimmy halten, und es blieb ihm nichts übrig, als sich bei dem zu beruhigen, was der Alte ihm sagte.

Am nächsten Morgen sah er wirklich das französische Boot mit Jimmy ausfahren. Also heute abend sehe ich ihn, dachte Toby; aber manch ein langer Tag verging, ehe er Tommo wiedersah. Denn kaum war das Boot außer Sicht, als der Kapitän nach dem Vorderschiff kam und die Anker zu lichten befahl; er stach in See.

Alles Toben und Schreien Tobys war umsonst; niemand kümmerte sich darum; als er zu sich kam, waren alle Segel beigesetzt und das Schiff in voller Fahrt vom Lande.

»Oh!« sagte er, als wir uns trafen, »wieviel Nächte lag ich schlaflos, wie oft fuhr ich aus meiner Hängematte auf, weil ich geträumt hatte, du stündest vor mir und hieltest mir vor, daß ich dich verlassen hätte!«

Es bleibt nicht mehr viel zu berichten. Toby verließ das Schiff in Neuseeland und kam nach einigen weiteren Abenteuern, weniger als zwei Jahre, nachdem er die Marquesas verlassen, in die Heimat zurück. Er hielt mich für tot; ich hatte allen Grund, auch ihn nicht mehr unter den Lebenden zu vermuten; dennoch sollten wir uns auf so sonderbare Weise finden – ein Wiedersehen, bei dem Toby ein Stein vom Herzen fiel.

Anhang

Der Verfasser dieses Buches kam an demselben Tage in Taheiti an, an dem die Franzosen ihren rechtswidrigen Plan zu Ende führten, indem sie die Unterhäuptlinge in Abwesenheit der Könige dazu vermochten, einen hinterlistig abgefaßten Vertrag gutzuheißen, durch den sie tatsächlich so gut wie abgesetzt wurden. Durch Drohungen und Versprechungen wurden die Häuptlinge dazu bewogen„ und die 32-Pfünder, die aus den Stückpforten der Fregatte sahen, waren die Hauptgründe, mit denen man die gewissenhafteren Bewohner der Insel zum Schweigen brachte.

Und doch hat die Besitzergreifung von Taheiti, die sich von einem Seeräuberüberfall nicht sehr unterschied, und die so viel Jammer und Unheil brachte, nicht halb soviel Aufsehen erregt, wenigstens in Amerika, wie das Verfahren der Engländer auf den Sandwich-Inseln. Nie sind Ereignisse so grob entstellt worden, wie die Vorfälle nach der Ankunft Lord George Paulets in Oëhu. Bei einem viermonatigen Aufenthalt in Honolulu, der Hauptstadt der Gruppe, stand der Verfasser in engster Verbindung mit einem Engländer, der im Dienst Seiner Lordschaft stand; der Verfasser war daher nicht wenig erstaunt, als er im Herbst 1844 nach Boston kam und die verzerrten Berichte und all die Erfindungen las, die in den Vereinigten Staaten eine so heftige Empörung gegen die Engländer erregten. Er hält es daher für eine bloße Pflicht der Gerechtigkeit gegen einen wackeren Offizier, die wesentlichen Ereignisse kurz zu erzählen, wie sie sich wirklich zugetragen.

Ich werde nicht all die gehässigen Verleumdungen wiederholen, die von den eingeborenen Behörden auf den Sandwich-Inseln schon seit einiger Zeit und bis zum Frühjahr 1843 gegen die britischen Vertreter und insbesondere gegen den Generalkonsul Kapitän Charlton verbreitet wurden. Der Günstling des schwachsinnigen Königs war damals ein gewisser Dr. Judd, ein Apotheker und Abenteurer, der immer salbungsvoll redete; mit ihm zusammen arbeiteten verwandte Seelen, die gleichfalls Einfluß hatten und die alle von heftigem Engländerhaß erfüllt waren. Die Lage war diese: ein halbzivilisierter König herrschte mit absoluter Macht über ein Volk, das gerade auf der Kippe zwischen Barbarei und Kultur stand und das sich durch seine eigentümlichen Beziehungen zu den fremden Mächten in einer besonders schwierigen Lage befand. In dem Rat dieses Königs hatte eine Kamarilla von unwissenden und ränkevollen methodistischen Kirchenvorstehern den größten Einfluß. Dieser Zustand war nicht gerade geeignet, die Politik seiner Regierung zu einer besonders vernünftigen zu machen.

Die Mißwirtschaft war eine derartige und es kam zuletzt so weit, daß der englische Konsul Unbill und Frechheit nicht länger zu ertragen vermochte. Als Kapitän Charlton schimpflich ausgewiesen wurde, zog er es vor, sich in aller Stille nach Valparaiso einzuschiffen, wo er eine Besprechung mit dem Konteradmiral Thomas, dem Oberbefehlshaber der in der Südsee stationierten englischen Schiffe, hatte. Der Admiral schickte Lord George Paulet auf der Fregatte »Carysfort« mit dem Auftrag, den Fall zu untersuchen und vorhandene Mißbräuche abzustellen. Sofort nach seiner Ankunft schickte Lord Paulet seinen ersten Offizier ans Land, mit einem Brief an den König, der in den höflichsten Ausdrücken abgefaßt war, und erbat die Ehre einer Audienz. Der Bote wurde von Seiner Majestät nicht vorgelassen und Paulet an Dr. Judd gewiesen; es wurde ihm mitgeteilt, daß der Apotheker Vollmacht hätte, mit ihm zu verhandeln. Dieses unverschämte Ansinnen wurde zurückgewiesen und Seine Lordschaft schrieb nochmals an den König und wiederholte seine Bitte, erhielt jedoch abermals einen abschlägigen Bescheid. Mit Recht empört, schrieb er zum drittenmal, zählte in dem neuen Brief alle Beschwerden auf und verlangte die Erfüllung seiner Forderungen, widrigenfalls er unverzüglich die Feindseligkeiten eröffnen würde.

Nun blieb der Regierung nichts übrig als zu handeln; aber die verächtlichen Berater des Königs griffen zu einem höchst hinterlistigen Verfahren, um sich in der christlichen Welt Sympathien zu verschaffen und die allgemeine Meinung gegen England aufzureizen. Man veranlaßte Seine Majestät, den englischen Kommandanten dahin zu bescheiden, daß er als gewissenhafter Herrscher die willkürlichen Forderungen Seiner Lordschaft nicht erfüllen könne, aber um die Schrecken des Krieges seinem geliebten Volke zu ersparen, biete er ihm die provisorische Abtretung der Inseln an, vorbehaltlich der Ergebnisse, zu denen die damals in London schwebenden Verhandlungen führen würden. Paulet, ein gerader, einfacher Seemann, nahm den König beim Wort, traf die nötigen Vorkehrungen, übernahm die Verwaltung von Hawai und führte sie in derselben festen und zugleich gütigen Weise durch, mit der er die Disziplin auf seiner Fregatte aufrechterhielt und durch die er der Abgott seiner Mannschaft geworden war. Bald hatte er die Liebe fast aller Stände der Eingeborenen gewonnen; nur der König und die Häuptlinge, deren Feudal-Herrschaft die Missionare mühsam aufrechtzuerhalten suchten, verfolgten alles, was er tat, mit wachsamer Feindschaft. Seine wachsende Beliebtheit machte sie eifersüchtig, und da sie auf der Insel nichts dagegen vermochten, so bemühten sie sich, seinem Ruf in der Ferne zu schaden, indem sie laut gegen sein Verfahren protestierten und mit orientalischem Phrasenreichtum die gesamte Welt zu Zeugen des unerhörten Unrechts, das ihnen geschah, anriefen und Mitgefühl begehrten.

Ohne sich um ihr Geschrei zu kümmern, ging Lord George Paulet daran, die Streitigkeiten zwischen den fremden Vertretern auszugleichen, ihre Beschwerden abzustellen, ihre Handelsinteressen zu fördern und, soweit er es vermochte, den Zustand der mißhandelten Eingeborenen zu bessern. Man kann nicht all das Unrecht, das er feststellte und sogleich beseitigte, hier aufzählen; ein Beispiel wird genügen, um von der entsetzlichen Mißwirtschaft, unter der die armen Eingeborenen litten, eine Vorstellung zu geben.

Die auf den Sandwich-Inseln geltenden Gesetze wurden unaufhörlich abgeändert, so daß alle Begriffe von Recht und Unrecht bei den Eingeborenen völlig verwirrt wurden, was zu den schlimmsten Folgen führte. Und auf keinem Gebiete wurde mehr Unheil angerichtet, als durch die beständig wechselnden Verfügungen zur Eindämmung der Unsittlichkeit. Bald wurden die unschuldigsten Freiheiten zwischen den Geschlechtern mit Geldstrafen und Gefängnis bedroht, bald wurden diese Vorschriften widerrufen und die gröbsten Ausschreitungen öffentlich gestattet.

Drei Wochen vor Paulets Ankunft waren die Sittengesetze des Staates Connecticut in Kraft gesetzt worden. Die Folge war, daß eine Menge junger Mädchen im Fort von Honolulu gefangen saßen, weil sie vom Weg der Tugend abgewichen waren. Paulet wollte sich zuerst in die inneren Angelegenheiten der Eingeborenen nicht einmischen, aber gewisse Berichte, die er erhielt, bewogen ihn, eine strenge Untersuchung gegen den General Kekuanoah einzuleiten, eine der Säulen der hawaischen Kirche, der Gouverneur der Insel Oehu und Befehlshaber des Forts war. Die Untersuchung ergab, daß viele der jungen Frauenzimmer bei Tag zur Arbeit angehalten wurden, deren Ertrag dem König zufiel, bei Nacht aber über die Wälle des Forts, das dicht am Meer liegt, geschmuggelt und heimlich an Bord von Schiffen gebracht wurden, mit denen der General entsprechende Lieferungsverträge abgeschlossen hatte. Vor Tagesanbruch wurden sie ins Gefängnis zurückgebracht und, um sie zum Schweigen über diese geheimen Ausflüge zu veranlassen, erhielten sie einen kleinen Anteil an dem Sündenlohn, den Kekuanoah bezog.

Die Strenge, mit der die Gesetze gegen Unsittlichkeit damals durchgeführt wurden, machte es dem General möglich, sich geradezu ein Monopol für den scheußlichen Handel, den er trieb, zu sichern. Sehr beträchtliche Summen flossen in seine Kasse und, wie manche behaupteten, auch in die der Regierung. Denn es ist eine traurige Tatsache, daß die hawaische Regierung ihr Haupteinkommen aus den Geldstrafen bezog, mit denen das Laster bestraft wurde oder, richtiger gesagt, für die es gestattet wurde, so daß die finanzielle Lage der Regierung von der Verbreitung des Lasters abhing. Wären die Leute tugendhaft geworden, so wäre die Regierung verarmt; wie die Dinge lagen, brauchte man jedoch diesbezüglich keine Sorge zu haben.

Etwa fünf Monate nach der Abtretung fuhr die Fregatte »Dublin«, auf der Konteradmiral Thomas seine Flagge gehißt hatte, in den Hafen von Honolulu ein. Bei ihrem plötzlichen Erscheinen entstand eine ungeheure Aufregung. Drei Tage nach ihrer Ankunft holte ein englischer Matrose das rote Kreuz, das von den Höhen des Forts geflattert hatte, nieder und die hawaische Fahne wurde aufgezogen. Gleichzeitig öffneten die langen 42-Pfünder auf Punchbowl Hill ihren eisernen Mund zu triumphierender Antwort auf das Donnern der Geschütze der fünf Kriegsschiffe, die im Hafen lagen; und König Kammahammaha III., umgeben von einer glänzenden Schar englischer und amerikanischer Offiziere, entfaltete die Königsstandarte vor den Tausenden seiner Untertanen, die von dem imponierenden militärischen Schauspiel angezogen, herbeigeströmt waren, um die feierliche Rückgabe der Inseln an ihre angestammten Beherrscher mit anzusehen.

Der Admiral hatte das Vorgehen seines Offiziers nach jeder Richtung gutgeheißen und die hawaischen Behörden zur Nachgiebigkeit gezwungen; es war daher nicht mehr nötig, die provisorische Abtretung aufrechtzuerhalten.

Der König und die größeren Häuptlinge feierten das Ereignis durch wüste Gelage und, um die geringeren Leute gleichfalls in begeisterte Stimmung zu versetzen, erklärten sie die strengen Gesetze für zeitweilig aufgehoben. Königliche Proklamationen in englischer und in hawaischer Sprache wurden in den Straßen von Honolulu angeschlagen und in den größeren Dörfern der Gruppe an Pfähle genagelt, in denen Seine Majestät seinen liebenden Untertanen die Wiederaufrichtung seines Thrones mitteilte und sie aufrief, dieses frohe Ereignis zu feiern, indem sie sich zehn Tage über alle sittlichen, gesetzlichen und religiösen Schranken hinwegsetzten; für diese zehn Tage wurden alle Gesetze des Landes feierlich für aufgehoben erklärt.

Kein Mensch, der damals in Honolulu war, wird diese zehn Tage je vergessen. Das Schauspiel, das man am hellen Tage sah, spottete jeder Beschreibung. Die Eingeborenen der benachbarten Inseln strömten zu Hunderten nach Honolulu; die Mannschaften zweier Fregatten, die zu gleicher Zeit Urlaub erhielten, vermehrten wie losgelassene Dämonen den heidnischen Aufruhr. Man könnte es die »Polynesischen Saturnalien« nennen. Taten, zu scheußlich, als daß man von ihnen sprechen könnte, wurden am hellen Tage in den Straßen verübt; Eingeborene, die man beim Diebstahl ausländischen Gutes betroffen hatte und die vom Bestohlenen nach dem Fort gebracht wurden, wurden dort sogleich freigelassen und durften das gestohlene Gut behalten; grinsend belehrte Kekuanoah die weißen Männer, daß die Gesetze »hanepa« (gefesselt) seien.

Die Geschichte dieser zehn Tage zeigte den Charakter der Sandwich-Insulaner in seinem wahren Licht, und sie liefert einen beredten Kommentar zu den Ergebnissen, die das Wirken der Missionare erzielt hatten. Sowie der Zwang der strengen Strafgesetze aufhörte, gaben sich die Eingeborenen fast ausnahmslos den wüstesten Exzessen hin und begingen jede Schlechtigkeit; deutlich zeigte sich, daß sie sich zwar scheinbar in die neue Ordnung der Dinge gefügt hatten, in Wirklichkeit aber so herabgekommen und lasterhaft waren, wie je zuvor.

Das waren die Vorgänge, die in Amerika einen solchen Ausbruch der Entrüstung gegen den mutigen und hochherzigen Paulet hervorriefen. Er ist nicht der erste, der durch furchtlose Pflichterfüllung das sinnlose Geschrei der Leute erregte, die ein beschränkter Argwohn unfähig macht, Maßregeln zu beurteilen, die durch ungewöhnliche Vorgänge nötig wurden.

Unnötig hinzuzufügen, daß die britische Regierung niemals die Absicht hatte, die Inseln zu erwerben. Es genügt zur Rechtfertigung Lord George Paulets, daß sein Vorgehen nicht nur von seiner Regierung durchaus gebilligt wurde, sondern daß die große Mehrheit des hawaischen Volkes ihn noch heute segnet und dankbar der Zeit gedenkt, in der seine väterliche und freisinnige Herrschaft ihnen Frieden und Glück sicherte.

Ende.

Omoo: Erlebnisse in der Südsee

Vorwort

Nirgends ist das eigentümliche Leben der Seeleute so wild und abenteuerlich wie in der Südsee. Die Schiffe in diesen fernen Wassern betreiben zumeist die Jagd auf Pottwale; ein Geschäft, das die wüstesten und waghalsigsten Seeleute aller Nationen anzieht und sie noch zügelloser macht. Die Fahrten dauern ungewöhnlich lange und sind gefährlich; die einzigen erreichbaren Häfen liegen auf wilden oder halbzivilisierten Inseln Polynesiens oder an der Westküste Amerikas, an der gleichfalls Gesetzlosigkeit herrscht. Daher kommt es, daß auf den Schiffen im Stillen Ozean, auch abgesehen von den Gefahren der Walfischjagd, die merkwürdigsten Dinge sich ereignen.

Nicht diese Jagden sollen hier geschildert werden, sondern das Leben auf den Schiffen, und zwar sollen des Autors eigene Erlebnisse erzählt werden.

Im Sommer 1842 kam er, als einfacher Vordergast auf einem amerikanischen Südseefahrer, nach den Marquesas-Inseln. Auf der Insel Nukuhiva verließ er sein Schiff, das später ohne ihn absegelte, und kam auf der Wanderung durch die Insel in das Tal von Taïpi, in dem ein wilder Stamm im Urzustand lebt. Einem Schiffskameraden, der ihn begleitete, gelang es, bald aus dem Tal zu entfliehen. Der Autor wurde etwa vier Monate in milder Gefangenschaft gehalten; dann entkam auch er in einem Boot, das in die Bucht eingefahren war. Diese Ereignisse sind in dem Buche »Taïpi« geschildert.

Das Boot gehörte zu einem Schiff, das Not an Mannschaft hatte und kürzlich in einen benachbarten Hafen auf der gleichen Insel eingelaufen war. Dort hatte der Kapitän gehört, daß der Autor in Taïpi gefangengehalten wurde, war um die Insel herum nach der Bucht gesegelt und lag auf der Höhe der Einfahrt »beigedreht«. Da die Taïpi als ein feindlicher Stamm galten, wurde das Boot mit Eingeborenen aus einem anderen Hafen, die »tabu«, also unverletzlich, waren, bemannt, und mit einem Dolmetscher, der die Freilassung des Autors erwirken sollte, ans Ufer gesandt. Das Ziel wurde nicht ohne Gefahr für alle Beteiligten schließlich erreicht. Zur Zeit seiner Flucht war der Autor leidend und an einem Bein gelähmt. Als das Boot die offene See erreichte, wurde das Schiff in der Entfernung sichtbar. Damit beginnt die vorliegende Erzählung, die dort anfängt, wo »Taïpi« aufhört.

Der Autor hat auf seinen Wanderungen und Fahrten in der Südsee kein Tagebuch geführt, so daß ihm, als er daran ging, seine Erlebnisse niederzuschreiben, eine vollkommene Genauigkeit in den Daten nicht möglich war. Er berichtet aus der Erinnerung; er hat indessen alles so oft mündlich erzählt, daß die Ereignisse sich ihm sehr scharf ins Gedächtnis geprägt haben.

Außer dem Leben auf einem Walfischfänger wünscht der Autor auch eine intime Darstellung der Lage der christlichen Polynesier zu geben, wie sie durch den mannigfachen Verkehr mit Europäern und durch das Wirken der Missionare sich gestaltet hat. Als umherstreifender Seemann verbrachte der Autor ungefähr drei Monate in verschiedenen Gegenden der Inseln Taheiti und Imio, und unter Umständen, die ihm sehr eingehende Beobachtungen gestatteten. Bei allem, was über das Wirken der Missionare gesagt wird, hat der Autor sich gewissenhaft an die Tatsachen gehalten und gelegentlich die Bemerkungen früherer Reisender herangezogen, die seine Beobachtungen bestätigen. Nur der ernste Wunsch, die Wahrheit festzustellen und das Gute zu fördern, veranlaßt ihn, das Thema zu berühren; und wenn er keinen Weg angibt, die üblen Zustände, die er schildert, zu bessern, so geschieht es in der Meinung, daß, wenn die Tatsachen einmal bekannt sind, andere hierzu fähiger und berufener sein dürften. Wenn Eigenheiten der Taheitier oft scherzhaft dargestellt sind, so geschieht es doch nicht aus Spottlust: die Dinge sind einfach so geschildert, wie sie in ihrer fast unglaublichen Seltsamkeit dem unvoreingenommenen Beobachter erschienen.

Von den unvollständigen Wörterbüchern der polynesischen Dialekte, die bisher veröffentlicht sein sollen, hat der Autor keines zu Gesicht bekommen. Worte der Eingeborenensprache sind daher rein nach dem Klang wiedergegeben. Über die Geschichte Taheitis und verschiedene ältere Gebräuche hat der Autor auch in den frühesten Reiseberichten sowie in Ellis' »Polynesischen Forschungen« Belehrung gesucht.

Der Titel des Buches »Omu« ist der Sprache der Marquesas-Inseln entnommen, wo das Wort unter anderem »Herumstreicher« bedeutet, oder eigentlich einen Menschen, der von einer Insel zur anderen zieht, wie dies manche Eingeborene tun, die unter ihren Landsleuten als »tabu kanakas« bekannt sind.

Erstes Kapitel

Unsere Flucht aus der Bai gelang an einem leuchtenden tropischen Nachmittag. Das Schiff, nach dem wir ruderten, lag mit knatterndem Großmarssegel etwa eine Meile vorn Land; es war der einzige Gegenstand, der auf der weiten Fläche des Ozeans sichtbar war.

Als wir näher kamen, erwies es sich als ein kleines, schäbig aussehendes Fahrzeug; der Rumpf und die Spieren von einem schmutzigen Schwarz, die Takelung überall locker und ausgebleicht; alles zeigte, daß es an Bord nicht gut stand. An den vier Booten, die an den Seiten üben Bord hingen, erkannte ich den Walfischfänger. Über die Reling lehnten nachlässig die Matrosen, wilde, hohlwangige Burschen in schottischen Mützen und verfärbten blauen Jacken; an Stelle des kraftvollen tiefen Brauns, das die Gesichtsfarbe eines gesunden Seemanns in den Tropen sein soll, zeigten viele jene fleckige Bronzefarbe, die Krankheit verrät.

Am Achterdeck stand einer, den ich für den ersten Steuermann hielt. Er trug einen breiten Panamahut und. hatte sein Fernglas auf uns gerichtet.

Leise Rufe erschollen an Deck, als wir längsschiffs kamen, und alle Augen sahen uns forschend an. Sie hatten Grund dazu. Unsere wilden Ruderer keuchten und glühten vor Aufregung und konnten sich an Reden und Gebärden nicht genugtun; auch mein seltsames Aussehen mußte alle neugierig machen. Über den Schultern trug ich ein Kleid aus dem Stoff, den die Eingeborenen herstellen; Haar und Bart waren wild gewachsen, und auch sonst sah man mir meine letzten Erlebnisse an. Sowie ich auf Deck kam, wurde ich von allen Seiten so mit Fragen bestürmt, daß man mir kaum Zeit zum Antworten ließ.

Einer jener merkwürdigen Zufälle, die sich im Leben des Seemanns so oft ereignen, wollte, daß ich sogleich zwei bekannte Gesichter sah. Einer der Mannschaft war früher Matrose auf einem Kriegsschiff gewesen, und ich hatte ihn bei meiner Ausfahrt in Rio de Janeiro kennengelernt. Der andere war ein junger Mann, den ich vier Jahre früher oft in einer Matrosenpension in Liverpool getroffen hatte. Ich konnte mich noch gut erinnern, wie ich mich am Eingang zum Prince's Dock, in einem Gedränge von Polizisten, Stauern, Rollkutschern, Bettlern und anderem Volk von ihm verabschiedet hatte. Jahre waren vorübergegangen, viele Meilen des Ozeans hatten wir durchschifft, da führte uns das Schicksal unter den seltsamsten Umständen wieder zusammen.

Einige Augenblicke später wurde ich in die Kajüte des Kapitäns gerufen. Es war ein ganz junger Mann, bleich und schmal, der mehr wie ein kränklicher Kontorist als wie ein derber Schiffskapitän aussah. Er hieß mich Platz nehmen und befahl dem Steward, mir ein Glas Pisco[1] zu bringen. Ich war noch heftig erregt; dieses Reizmittel steigerte meine Aufregung fast zum Delirium, so daß ich kaum mehr ein Wort von dem weiß, was ich damals von meinem Aufenthalt auf der Insel erzählte. Er fragte mich, ob ich mich anmustern lassen wollte; ich bejahte es natürlich, unter der Bedingung, daß ich mich nur für eine Fahrt zu verpflichten hätte und er mich auf meinen Wunsch im nächsten Hafen entlassen müßte. Auf Walfischfängern in der Südsee werden die Leute oft zu solchen Bedingungen angemustert. Der Kapitän war einverstanden, und ich unterschrieb die Schiffsartikel.

Der Steuermann wurde nach unten gerufen und erhielt den Auftrag, einen »wolen Mann« aus mir zu machen; nicht daß der Kapitän etwa besonderes Mitleid mit mir gefühlt hätte; er wollte nur, daß ich bald, dienstfähig wurde.

Der Steuermann half mir an Deck, ich streckte mich auf dem Ankerspill aus, und er begann mein Bein zu untersuchen; dann verarztete er es mit irgendeinem Zeuge, das er aus dem Arzneischrank nahm, und wickelte es in ein Stück alten Segeltuchs; ich muß, als mein Fuß so auf dem Ankerspill ruhte, wie ein Matrose ausgesehen haben, der die Gicht hat. Gleichzeitig nahm mir jemand meinen Tappamantel ab und bekleidete mich mit einer blauen Jacke; ein anderer, der offenbar gleichfalls bemüht war, mich wieder zu einem zivilisierten Menschen zu machen, schwang eine riesige Schafschere über meinem Haupt, brachte meine Ohren in große Gefahr und machte jedenfalls meinem Bart und meinem wallenden Haar den Garaus.

Der Tag ging zu Ende; das Ufer schwand aus dem Gesicht, und ich fühlte die ungeheure Veränderung. Solange war es mein tägliches Gebet gewesen, wieder sicher an Bord eines Schiffes zu sein, auf die Heimkehr und das Wiedersehen mit den Meinen hoffen zu dürfen; und nun, da es soweit war, empfand ich. nur bittere Traurigkeit. Die Eingeborenen hatten mich auf der Insel gefangengehalten, aber sie hatten mir so viel Liebes erwiesen, und ich sollte sie nie wiedersehen!

Meine Flucht war so unerwartet und plötzlich, ich selbst den ganzen Tag in solcher Aufregung gewesen, der Gegensatz des wilden Lärms und der Bewegung des dahinsegelnden Schiffes zu der sonnigen Ruhe des Tales war so groß, daß mir alles wie ein sonderbarer Traum vorkam; so unglaublich schien es, daß dieselbe Sonne, die jetzt über der weiten Wasserwüste sank, am Morgen dieses Tages über den Bergen von Taïpi aufgegangen war und mit ihrem stillen Schein zur Türe des Bambushauses, in dem ich auf der Matte lag, hereingeguckt hatte.

Sowie es dunkel war, ging ich am Vordeck nach unten und wurde zu einer elenden Koje, die über einer anderen lag, gewiesen. Über die schon recht hinfällig aussehenden Bretter waren mehrere Decken gebreitet. Man reichte mir eine verbeulte Zinnkanne mit einem Gebräu, das man nur aus Höflichkeit als Tee ansprechen konnte. Auch ein Würfel von eingesalzenem Rindfleisch wurde mir auf einem harten runden Stück Schiffszwieback, das als Teller diente, gereicht; ich sagte kein Wort und aß; nach den babylonischen Mahlzeiten des Tales war der Salzgeschmack einfach köstlich.

Gerade unter mir saß ein alter Matrose auf einer Kiste und paffte Wolken von Tabakrauch um sich. Als ich mit meinem Abendbrot fertig war, wischte er das rußige Mundstück der Pfeife am Ärmel seiner Jacke ab und reichte sie mir; es war eine richtige Seemannshöflichkeit; wer jemals Vordergast gewesen ist, der ist nicht heikel; ich tat also ein paar kräftige Züge, dann drehte ich mich zur Wand und versuchte zu schlafen. Es war umsonst. Statt von vorn nach hinten, wie es in Ordnung gewesen wäre, stand mein Bett querschiffs, senkrecht zum Kiel; und das Schiff, das vor dem Winde lief, schlingerte derart, daß ich jedesmal, wenn meine Fersen in die Höhe stiegen und mein Kopf nach unten sank, fürchten mußte, einen Purzelbaum zu schlagen. Es gab indessen noch schlimmere Störungen: von Zeit zu Zeit kam ein Spritzer durch das offene Luk, daß mir der Schaum ins Gesicht flog.

Zweimal hörte ich den mitleidlosen Ruf der Wache. Endlich, nach einer schlaflosen Nacht, drang ein Schimmer des Tageslichts von oben zu mir, und gleichzeitig kam jemand herein. Es war mein alter Freund mit der Pfeife.

»Hier, Maat,« sagte ich, »hilf mir einmal da heraus und an Deck!«

»Hallo, wer krächzt denn da?« war die Antwort; er spähte in die dunkle Koje, wo ich lag. »Ah ja, Taïpi, der Kannibalenfürst – bist du's? Aber, wie geht's denn mit deinem Rundholz, mein Junge? Der Steuermann sagt: verteufelt; er hat den Steward gestern abend gleich die Handsäge schleifen lassen; hoffe, man wird dich nicht zerlegen müssen.«

Lange vor Tagesanbruch waren wir auf der Höhe von Nukuhiva gewesen; bis zum Morgen kreuzten wir kurz auf, dann fuhren wir ein und schickten ein Boot mit den Eingeborenen, die mich an Bord gebracht hatten, an Land. Sobald es zurück war, hielten wir wieder ab und entfernten uns von der Insel. Es wehte eine frische Brise, und die kühle Morgenluft auf dem Meer war so anregend, daß ich mich trotz der schlechten Nacht sogleich wohler fühlte. Den größten Teil des Tages saß ich auf dem Ankerspill, schwatzte mit den Leuten und erfuhr die Geschichte ihrer bisherigen Fahrt und alles sonst über das Schiff, und wie es auf ihm stand.

Zweites Kapitel

Die »Julia« oder »Klein-Julchen«, wie die Matrosen sie nannten, war eine kleine Bark von zweihundert Tonnen amerikanischer Bauart, und zwar wundervoll gebaut, aber schon recht alt. Während des Krieges von 1812 war sie als Kaperschiff aus einem neuenglischen Hafen ausgelaufen und auf hoher See von einem englischen Kreuzer weggenommen worden. Seither wurde sie in jeder erdenklichen Art verwendet, zuletzt als Regierungspostschiff in den Australischen Meeren. Vor etwa zwei Jahren ausrangiert, war sie von einer Firma in Sydney ersteigert und nach unbeträchtlichen Reparaturen auf ihre gegenwärtige Fahrt geschickt worden.

Sie befand sich in einem elenden Zustand. Die Masten, sagten die Leute, waren nicht mehr sicher; das stehende Tauwerk war abgenutzt, selbst die Verschanzung an vielen Stellen faul. Trotzdem hielt sie noch ziemlich dicht; ein mäßiges Pumpen am Morgen genügte, sie lenz zu halten.

Aber all das tat ihrer Segelfähigkeit keinen Eintrag. Wie es auch blasen mochte, eine sanfte Brise oder Sturm, sie war immer bereit; wenn sie die Wogen schäumend teilte und über das Meer nur so hintanzte und sprang, dann vergaß man ihre geflickten Segel und ihren schadhaften Rumpf. Wie das behende Ding vor dem Winde lief! Ja, gewiß, sie rollte hie und da, aber das war mehr Spaß! Und kein Windstoß konnte ihr etwas anhaben, wenn sie luvte: mit steifen Spieren steckte sie die Nase in den Wind und schoß durch die Wellen.

Trotzdem konnte man ihr nicht trauen. Gerade, weil sie so lebhaft und zu Scherzen geneigt war. So wie ein munterer Greis eines Tages hinfällig wird, so konnte sie in einer dunkeln Nacht leck laufen und mit uns allen auf den Grund sinken. Übrigens hat sie uns diesen häßlichen Streich nicht gespielt, und so tue ich ihr vielleicht Unrecht. Nach ihren Schiffspapieren konnte sie fahren, wohin sie wollte, auf Walfisch-, auf Robbenjagd oder was immer sonst; sie jagte hauptsächlich auf Pottwale; wenn auch bis dahin nur zwei Fische längsschiffs gebracht worden waren.

Am Tag, an dem sie Sydney verließ, hatte die Mannschaft alles in allem zweiunddreißig Seelen gezählt; jetzt waren es kaum zwanzig; die anderen waren ausgerissen. Selbst die drei Untermaaten, die die Walfischboote geführt hatten, waren fort; und von den vier Harpunieren war nur noch einer übrig, und der war ein Maori, ein wilder Neuseeländer. Mehr als die Hälfte der Leute war krank infolge eines längeren Aufenthalts in einer liederlichen Hafenstadt. Einige waren vollkommen dienstunfähig, ein oder zwei gefährlich krank; die übrigen konnten gerade noch ihre Wache durchhalten, aber sonst nicht viel leisten.

Der Kapitän war ein junges Londoner Stadtkind, vor zwei Jahren nach Australien ausgewandert, und hatte durch Protektion das Kommando bekommen, dem er in keiner Weise gewachsen war. Er war nicht ohne Bildung, aber zum Seemann geeignet wie ein Friseur. Alles machte sich über ihn lustig. Er hieß der »Kajütenjunge« oder »Schreiberhans« und hatte noch ein halbes Dutzend ähnlicher Spitznamen. Die Mannschaft verhöhnte ihn ganz offen. Der schmächtige Herr wußte es und trat dementsprechend bescheiden auf. Er suchte so wenig als möglich mit den Leuten in Berührung zu kommen und überließ alles dem ersten Steuermann. Scheinbar hielt er sich vollkommen zurück, hatte aber doch mehr Einfluß, als die Leute glaubten. Während er aussah, als könne er nicht bis zwei zählen, war er, bei aller Ängstlichkeit, ganz schlau, und der derbe Steuermann wurde oft von ihm geschoben, während er zu schieben glaubte; niemand ahnte, daß gewisse gehässige Maßnahmen, die er trotz allem Murren der Leute durchsetzte, eigentlich dem eleganten kleinen Herrn in der Nankingjacke und den weißen Segeltuchschuhen zu danken waren. Meistens allerdings tat der Steuermann, was er wollte, und der Kapitän hatte sichtlich Angst vor ihm.

Was Mut, Seebefahrenheit und eine natürliche Fähigkeit, unbotmäßiges wüstes Gesindel in Schach zu halten, betraf, so war niemand für seinen Beruf besser geeignet als John Jermin. Er war ein vollendetes Exemplar jener kurzen, stämmigen, untersetzten Leute, die oft so ungewöhnlich tüchtig sind. Das krause Haar wuchs in kleinen eisengrauen Löckchen um den kugelrunden Kopf, das Gesicht war von Blatternarben zerrissen, mit dem einen Auge schielte er ein wenig, was ihm ein verwegenes Aussehen gab; die Nase stand ihm schief im Gesicht, und der breite Mund mit den großen weißen Zähnen sah, wenn er lachte, geradezu haifischmäßig aus. Niemand hatte Lust, mit ihm anzubinden. Und trotzdem, so gefährlich er aussah, er hatte ein großes Herz, und auch das merkte man auf den ersten Blick.

Er hatte nur einen Fehler: seine Liebe zu starkem Getränk; und er trank zu allen Zeiten. Mäßig genommen, glaube ich, tat es einem Mann, wie ihm, gut, machte seine Augen leuchten, wärmte ihm das Blut und vertrieb die schlechte Laune. Das Schlimme war, daß er manchmal zuviel trank, und dann wurde er streitsüchtig. Aber selbst die Leute, die er verprügelte, liebten ihn; er schlug sie so gemütlich zu Boden, daß keiner es ihm ernstlich nachtrug. Das war unser wackerer Steuermann, der kleine Jermin.

Nach dem Gesetz muß jeder englische Walfischfänger einen Arzt mitführen; dieser ist ein »Herr« und wohnt in der Kajüte; er hat keine anderen Pflichten als die seines Berufes, gelegentlich trinkt er mit dem Kapitän heißen Punsch und spielt Karten mit ihm. Auch auf der »Julia« war ein Schiffsarzt; aber er wohnte merkwürdigerweise im Vorderkastell mit der Mannschaft. Und das kam so.

Seine Vorgeschichte war gleich der vieler Helden in Dunkel gehüllt, obwohl er manchmal Andeutungen auf ein väterliches Erbe und einen steinreichen Onkel machte sowie auf eine unglückliche Geschichte, die ihn zu seinem Wanderleben gezwungen hatte. Fest stand, daß er als Assistenzarzt auf einem Auswandererschiff nach Sydney gekommen und ins innere Australien gezogen war. Einige Monate später war er ohne einen Pfennig Geld nach Sydney zurückgekehrt und Schiffsarzt an Bord der »Julia« geworden.

Anfangs hatten der Doktor und der Kapitän auf freundlichstem Fuß gestanden. Sie hatten manche Bowle miteinander geleert; beide waren belesen, der eine weitgereist, daher konnten sie endlos erzählen. Aber einmal waren sie über einen politischen Streit in Wut geraten; der Doktor hatte seine Fäuste als Argumente gebraucht, bis der Kapitän, in jedem Sinne geschlagen, am Boden lag. Dafür bekam er zehn Tage Arrest in seiner Kabine und wurde auf Wasser und Brot gesetzt. Tief gekränkt verließ er das Schiff bald darauf heimlich auf einer Insel, wurde aber wieder eingefangen, schimpflich an Bord geschleppt und wiederum eingesperrt. Darauf schwor er, mit dem Kapitän nicht mehr zu verkehren, und zog mit seinem ganzen Gepäck zur Mannschaft, die ihn als guten Kameraden, dem Unrecht geschehen war, mit offenen Armen aufnahm.

Er war eine auffällige Erscheinung, über sechs Fuß hoch, ein turmendes Knochengerüst ohne Fleisch, mit vollkommen fahler Hautfarbe, blondem Haar und hellen, unbekümmerten grauen Augen, die recht boshaft zwinkern konnten. Bei der Mannschaft hieß er der lange Doktor oder noch öfter das lange Gespenst. Woher er auch kommen mochte, er hatte sicher einmal Geld gehabt, Burgunder getrunken und in der guten Gesellschaft verkehrt. Er zitierte Virgil, redete über Philosophie und deklamierte mitunter lange Reihen von Versen englischer Dichter. Er hatte viel von der Welt gesehen, konnte so nebenbei eine Liebesgeschichte, die er in Palermo erlebt hatte, oder eine Löwenjagd in Südafrika erzählen oder erklären, was für Kaffee man in Maskat trinkt. Er wußte Hunderte von Anekdoten und sang die wunderbarsten alten Lieder mit so voller und reicher Stimme, daß es eine Wonne war, ihn zu hören. Wie solche Töne aus seinem dürren Leibe kommen konnten, blieb ein Rätsel.

Jedenfalls war das lange Gespenst ein höchst unterhaltender Reisegefährte und auf der »Julia« für mich eine wahre Gottesgabe.

Drittes Kapitel

Von einer regelrechten Disziplin an Bord war keine Rede; auf dem Schiff herrschte ein Tohuwabohu. Der Kapitän war in letzter Zeit krank gewesen und ließ sich nur selten sehen. Um so mehr hörte man den Steuermann, der zu allen Stunden an Deck war. Bembo, der neuseeländische Harpunier, blieb meist für sich und redete fast nur mit dem Steuermann, der seine Sprache verstand und ihm darin antworten konnte. Oft saß er auf dem Bugspriet und fischte mit einer Knochenangel nach Thunfischen; und manchmal, in dunkeln Nächten, begann er plötzlich allein auf dem Vordeck irgendeinen kannibalischen Fandango zu tanzen und weckte alle Leute damit auf. Im ganzen verhielt er sich sehr still, wenn auch etwas in seinem Auge verriet, daß er keineswegs harmlos war.

Der Doktor hatte schriftlich seine Entlassung als Schiffsarzt eingereicht; er erklärte, als Passagier nach Sydney zu fahren und nahm das Leben leicht. Was die Mannschaft betrifft, so waren die Kranken merkwürdig zufrieden; die übrigen, denen die allgemeine Zügellosigkeit an Bord wohlgefiel, machten sich keine Gedanken über die Zukunft.

Die Lebensmittelvorräte der »Julia« waren armselig. Das Schweinefleisch in den Fässern sah aus wie in Eisenrost konserviert und roch wie abgestandenes Ragout. Das Rindfleisch war noch übler, eine mahagonifarbene Fasersubstanz, so zäh und ohne Geschmack, daß ich beinahe des Kochs Versicherung glaubte, man hätte einen Pferdehuf mitsamt dem Eisen in einem der Fässer gefunden. Der Zwieback war auch nicht viel besser; er war größtenteils zu steinharten Krümeln zerbröckelt und vollkommen durchlöchert, als ob die Würmer, die in den Tropen den Zwieback heimsuchen, ihn verzweifelt auf der anderen Seite wieder verlassen hätten, ohne Nahrung zu finden. Konserven hatten wir wenig; Tee dafür in Menge; nur glaube ich nicht, daß er aus China kam. Außerdem hatten wir jeden zweiten Tag »Schrotsuppe«, wie die englischen Seeleute sagen: große runde Erbsen, die wie Kieselsteine in lauem Wasser rollten. Ich ließ mir später erzählen, daß die Eigentümer des Schiffes verdorbene und ausrangierte Vorräte der Kriegsmarine auf einer Auktion in Sydney erstanden hatten.

Aber wie wässerig die Suppe, wie salzig Rind- und Schweinefleisch schmecken mochten, wir Matrosen wären schließlich damit zufrieden gewesen, wäre nur irgend etwas Zugemüse an Bord zu haben gewesen, ein paar Kartoffeln oder Yamswurzeln oder Wegerich; aber es gab nichts. Dafür gab's etwas anderes, das in der Schätzung der Mannschaft alle Mängel gutmachte: eine tägliche Ration Pisco.

Vielleicht wundert man sich, daß der Kapitän bei solchen Zuständen mit dem Schiff auf See blieb. Der Grund war der: wenn er im Hafen lag, lief er Gefahr, daß auch der Rest der Mannschaft desertierte; auch so fürchtete er, daß, wenn er nur in eine fremde Bucht einlief, er eines Tages vor Anker liegen könnte, ohne Leute, die Anker wieder einzuhieven.

Auf See können vernünftige Offiziere auch die schlimmsten Leute einigermaßen in Schach halten; aber sowie man eine Kabellänge vom Land liegt, ist's damit aus. Darum gehen viele Walfischfänger in der Südsee oft achtzehn, ja zwanzig Monate nicht vor Anker. Die Mannschaften solcher Fahrzeuge sind zum größten Teil der Abschaum aller Völker und Rassen; in den gesetzlosen Häfen des Spanischen Meeres oder unter den Wilden der Südsee angeworben. Wie Galeerensklaven, kann man sie nur mit Kette und Peitsche regieren. Die Offiziere gehen stets mit Messer und Pistole bewaffnet, sie tragen sie in der Tasche, aber immer zur Hand oder schußbereit.

In unserer Mannschaft waren nicht wenige von dieser Gattung; aber wie wüst sie gelegentlich sein mochten, die derbe, trunkene Energie Jermins war das richtige, sie grollend niederzuhalten. Wenn es nötig war, stürzte er unter sie, teilte nach rechts und links Schläge und Püffe aus, so daß sie nach allen Seiten wichen. Diese Autorität der rohen Faust ertrugen sie, wie ich schon sagte, mit sehr guter Laune. Ein ruhiger, nüchterner Offizier, der seine Haltung bewahrte, hätte nichts gegen sie ausgerichtet; sie hätten ihn mitsamt seiner Haltung über Bord geworfen.

So blieb nichts übrig, als das Schiff auf See zu halten. Der Kapitän hoffte immer, die Kranken würden sich bald erholen, und er selbst gleichfalls, und dann konnte man schließlich mit der Jagd Glück haben. Als ich an Bord kam, hieß es jedenfalls, Kapitän Guy sei willens, das Versäumnis nachzuholen und das Schiff in kürzester Zeit mit Walrat zu füllen.

In dieser Absicht nahmen wir Kurs auf Heitihu, ein Dorf auf der Insel Santa Christina – gleichfalls eine der Marquesas, der Mendana ihren Namen gegeben hat –, um acht Matrosen wiederzukriegen, die vor ein paar Wochen die »Julia« dort verlassen hatten. Der Kapitän nahm an, daß sie sich indessen hinreichend erholt hatten und froh sein würden, zu ihrer Pflicht zurückzukehren.

So rollten wir denn auf Heitihu zu, alle Segel beigesetzt, mit den warmen, brisigen Passatwinden scherzend, und glitten über die langen, langsamen Seen auf und nieder, während die Thunfische um das Schiff spielten.

Viertes Kapitel

Ich war noch nicht vierundzwanzig Stunden an Bord, als ich Zeuge eines Vorfalls wurde, der für die Zustände auf dem Schiff kennzeichnend war.

Unter der Mannschaft war einer, der Schiffszimmermann, so unglaublich häßlich, daß er den ironischen Spitznamen »Schönheit« erhalten hatte. Manchmal wurde er auch, mehr beruflich, »Sägspan« genannt. Er war nicht eigentlich entstellt, sondern von Natur regelrecht häßlich. Auch sein Wesen war weder angenehm noch liebenswürdig, und das Verhältnis zwischen ihm und Jermin war zu allen Zeiten gespannt. Schönheit war nämlich der einzige auf dem Schiff, den der Steuermann nie wirklich untergekriegt hatte, daher sein Groll. Schönheit wiederum tat sich etwas darauf zugute, daß er dem Steuermann keine Antwort schuldig blieb.

Gegen Abend war irgend etwas an Deck zu tun, und der Zimmermann, der zur Wache gehörte, fehlte. »Wo ist denn der Drückeberger, der Sägspan?« schrie Jermin durch das Luk hinab.

»Ruht aus, hier unten auf einer Kiste, wenn Sie's wissen wollen!« antwortete der Edle, die Pfeife aus dem Munde nehmend. Diese Frechheit brachte den hitzigen kleinen Steuermann in Wut; aber Schönheit sagte kein Wort und paffte ruhig weiter. Nun wird kein vernünftiger Offizier, und wenn er noch so gereizt wäre, im Streit mit einem von der Mannschaft das Logis betreten. Wenn der Betreffende sich weigert, es zu verlassen und an Deck zu kommen, so bleibt dem Offizier nichts übrig, als geduldig zu warten, bis der andere sich dazu entschließt. Denn unten ist's dunkel, und nichts ist leichter, als dem, der hinunterkommt, eins über den Schädel zu hauen, ehe er recht weiß, wo er ist, und nichts schwerer, als festzustellen, wer der Täter war.

Jermin wußte dies sehr genau, daher begnügte er sich damit, durch das Luk hinunterzuschimpfen. Schönheit antwortete so kühl und gelassen, daß er ihn zur Raserei brachte.

»An Deck!« brüllte er. »Herauf mit dir, oder ich komm' hinunter und mach' dir Beine!«

Der Zimmermann bat ihn, nur zu kommen.

Gesagt, getan: Jermin vergaß alle Vorsicht, sprang die Leiter hinab und hatte den anderen bei der Kehle, ohne ihn noch recht zu sehen. Einer der Leute wollte sich auf ihn stürzen, aber die übrigen rissen ihn zurück: die beiden sollten es miteinander abmachen.

»Und jetzt kommst du an Deck!« schrie der Steuermann und suchte den Zimmermann im Griff zu behalten.

»Schaff mich nur hinauf!« war die trotzige Antwort. Schönheit wand sich wie eine Boa Constrictor. Der Steuermann suchte ihn vollends zu packen, dabei bekam Schönheit seine Arme frei und warf ihn rücklings nieder. Aber Jermin sprang sogleich wieder auf, und eine Zeitlang zerrten sie einander unten hin und her, stießen sich die Köpfe an den vorspringenden Balken wund und schlugen aufeinander los, wo sie treffen konnten. Da glitt Jermin aus und fiel; sofort setzte sein Feind sich ihm auf die Brust und hielt ihn fest. Das ist eine der Situationen, in der der oben Sitzende seine Meinung nach Lust aussprechen kann, und Schönheit nahm die Gelegenheit wahr. Der Steuermann antwortete nicht; er schäumte vor Wut und suchte sich zu befreien.

Da tönte eine dünne Stimme von oben. Der Kapitän war zufällig aufs Achterdeck gekommen, als die Rauferei anfing; er wäre gerne wieder in die Kajüte zurückgekehrt, wenn er nicht gefürchtet hätte, sich vollends lächerlich zu machen. Er lehnte über die Reling, und als der Lärm zunahm, und es klar wurde, daß es seinem ersten Offizier schlecht ging, erschien er auf dem Vorderkastell und wollte die Sache als Bagatelle behandeln. »Nun, nun!« sagte er möglichst schnell und in ärgerlichem Ton, »was ist denn da los? Herr Jermin, Herr Jermin! – Zimmermann, Zimmermann! So hören Sie doch! Was tun Sie denn da unten? Kommen Sie doch an Deck!«

Worauf das lange Gespenst, der Doktor, in Fisteltönen rief: »Ach, Fräulein Guy, sind Sie das? Bitte, meine Liebe, gehen Sie rasch fort – es könnte Ihnen etwas zustoßen!«

»Eh, lassen Sie mich in Ruh'! Wer sind Sie denn, Herr? Ich habe mit Ihnen nicht gesprochen; hören Sie also mit Ihrem Unsinn auf! Herr Jermin, mit Ihnen spreche ich! Haben Sie die Güte, an Deck zu kommen; ich habe mit Ihnen zu reden!«

»Und wie, zum Teufel, soll ich denn hinaufkommen?« schrie der Steuermann. »Kommen Sie doch runter, Kapitän Guy, und seien Sie ein Mann! Lassen Sie mich los, Sie, Sägspan! Loslassen, sag' ich! Sie werden mir das noch büßen! So kommen Sie doch, Kapitän!«

Der arme Mann bekam beinahe Krämpfe. »Pfui, pfui, Zimmermann!« rief er, »lassen Sie ihn herauf, lassen Sie ihn los! Hören Sie? Sie sollen Herrn Jermin an Deck lassen!«

»Scheren Sie sich fort, Schreiberhans!« erwiderte Schönheit, »das geht nur mich und den Steuermann an; gehen Sie also nach achtern, wohin Sie gehören!«

Als der Kapitän den Kopf noch einmal durch das Luk steckte, flog ihm, von unsichtbarer Hand geschleudert, eine feuchte Masse von aufgeweichtem Zwieback und Teeblättern, der Inhalt einer Zinnkanne, ins Gesicht. Der Doktor war gerade nicht weit entfernt. Nach dieser Schlappe zog sich der elegante junge Mann, beide Hände vor dem triefenden Antlitz, ohne auf mehr zu warten, endgültig zurück. Einige Augenblicke später kam auch Jermin, der sich zu einem Vergleich hatte herbeilassen müssen, mit zerrissener Jacke und zerschundenem Gesicht ihm nach, und beide blieben etwa eine Viertelstunde in der Kabine. Die rauhe Stimme des Steuermanns überschrie die dünne und sanfte Rede des Kapitäns. Es war der erste Konflikt mit der Mannschaft, in dem Jermin den kürzeren gezogen, hatte, und er war entsprechend in Wut. Wie der Steward uns später berichtete, hatte er dem Kapitän gesagt, er möge sich in Zukunft gefälligst selber um sein Schiff kümmern, wenn er seine Offiziere so behandeln lasse; er für sein Teil habe genug davon. Noch manches scharfe Wort fiel, aber schließlich versicherte ihm der Kapitän, daß der Zimmermann bei der ersten Gelegenheit gründlich ausgepeitscht werden sollte, obschon dies, wie die Dinge lagen, ein gewagtes Experiment schien. Daraufhin willigte Jermin widerstrebend ein, die Sache vorläufig auf sich beruhen zu lassen, und bald ertränkte er sein ganzes Denken in einer Bowle von heißem Punsch, die der Kapitän klüglicherweise schon vorher beim Steward bestellt hatte.

Dabei blieb es, und die Sache hatte keinerlei weitere Folgen.

Fünftes Kapitel

Weniger als achtundvierzig Stunden, nachdem wir Nukuhiva verlassen hatten, stieg die blaue Insel Santa Christina am Horizont auf. Als wir uns dem Ufer näherten, wurden die dräuenden schwarzen Spieren und der wespenartige Rumpf eines kleinen Kriegsschiffs sichtbar; Masten und Rahen zeichneten sich deutlich gegen den Himmel ab. Es war eine französische Korvette, die in der Bucht vor Anker lag. Unser Kapitän war darüber sehr erfreut, er kam an Deck und betrachtete sie von den Besanswanten aus durch sein Glas. Er hatte ursprünglich keinen Anker auswerfen wollen; nun aber änderte er seinen Plan und ging längsseits der Korvette vor Anker. Sobald ein Boot zu Wasser gelassen werden konnte, fuhr er hinüber, dem Kommandeur seine Aufwartung zu machen, vornehmlich aber, wie wir vermuteten, die nötigen Schritte mit ihm zu besprechen.

Nach zwanzig Minuten kam er zurück und brachte zwei Offiziere in Interimsuniform mit schönen Backenbärten sowie drei oder vier lärmende und betrunkene alte Häuptlinge mit. Der eine hatte die Beine durch die Armlöcher einer scharlachfarbenen Weste gesteckt, der andere trug ein paar Sporen an den Fersen und der dritte einen Federhut; sonst waren sie in der gewöhnlichen Tracht der Eingeborenen: mit einem Tuch um die Lenden bekleidet. So unpassend ihre Aufführung war, die Edlen waren, wie sich herausstellte, eine Abordnung der Geistlichkeit, und sie kamen, um unser Schiff mit einem strengen »Tabu« zu belegen. Die Eingeborenen, Männer wie Weiber, sollten dadurch verhindert werden, an Bord zu kommen, damit nicht wieder jene liederliche Unordnung einreiße, die Desertionen erleichterte. Es wurden nicht viel Umstände gemacht. Die Priester traten einen Augenblick beiseite, steckten ihre geschorenen alten Köpfe zusammen und machten ihren Hokuspokus. Dann riß der oberste unter ihnen einen Streifen von seinem weißen Tappagürtel und reichte ihn einem der französischen Offiziere, der ihn Jermin gab und ihm erklärte, was er damit zu tun hätte. Der Steuermann begab sich sogleich ans Ende des Außenklüverbaums und befestigte das mystische Zeichen des Banns daran. Es verscheuchte sogleich ein paar Mädchen, die eben auf uns zugeschwommen kamen, aber jetzt ihre Arme schwangen, sich im Wasser herumwarfen, wie Delphine, daß es aufschäumte, und unter lauten Rufen »Tabu! Tabu!« ans Ufer zurückschwammen. In der Nacht nach unserer Ankunft sollten nur der Steuermann und der Maori die beiden Wachen halten und einander nach je vier Stunden ablösen; die Mannschaft, wie das manchmal üblich ist, wenn ein Schiff vor Anker liegt, erhielt Erlaubnis, die ganze Nacht in der Koje zu bleiben. Diesmal geschah es, weil man den Leuten nicht traute.

Als die Glocke gegen Mitternacht acht Glasen schlug und Jermins erste Wache kam, stieg er an Deck, in der einen Hand eine Branntweinflasche, die andere bereit, auf das erste Gesicht loszuschlagen, das aus dem Luk an der Back auftauchen würde. Er hatte offenbar die Absicht, wach zu bleiben; aber er schlief schon nach kurzer Zeit ein und so fest, daß er vermutlich selbst mit seinem Schnarchen die Leute weckte, die uns in dieser Nacht verließen. Er schnarchte aber auch mit seinem schiefen Kriegshorn, daß es eine Art hatte. Als er zu sich kam, dämmerte es gerade, immerhin, war Licht genug, um zu sehen, daß zwei Boote fehlten. Er wußte sofort, was geschehen war, zerrte den Maori aus einem alten Segel heraus, in dem er schlummerte, befahl ihm, ein anderes Boot klarzumachen und stürzte in die Kajüte, dem Kapitän die Mitteilung zu bringen. Schon war er wieder an Deck und rannte ins Logis hinab, ein paar Ruderer zu holen, als wir einen lauten Schrei hörten und das Wasser an der Schiffswand klatschend aufspritzte. Der Maori und das Boot rollten im Wasser übereinander. Das Boot war am Abend an seinen Platz über Steuerbord geheißt worden; und jemand hatte die Taljen, in denen es hing, so durchschnitten, daß sie bei einer mäßigen Belastung reißen mußten. Die Täter schienen Bembos spezifisches Gewicht ausgerechnet zu haben, so sicher war die Wirkung eingetreten, als er hineingesprungen war. Es war nur noch ein Boot übrig; man untersuchte es zunächst, und das war gut: im Boden war ein Loch, groß genug, daß man ein Faß hätte durchstecken können.

Jermin war außer sich. Er schleuderte seinen Hut aufs Deck und wollte bereits über Bord springen, zur Korvette hinüberschwimmen und um einen Kutter bitten, als Kapitän Guy erschien und ihn dazubleiben ersuchte. Der wachhabende Offizier an Bord des Franzosen hatte die Bewegung bei uns bemerkt und rief uns an, um zu hören, was geschehen war. Guy erklärte es ihm durch sein Sprachrohr und bekam sogleich Hilfe zugesagt. Man hörte eine Bootsmannspfeife, ein oder zwei Kommandos, dann pullte ein großer Kutter vom Achterende des Kriegsschiffes ab und kam nach ein paar Ruderschlägen längsschiffs. Der Steuermann sprang hinein, und sie pullten rasch dem Ufer zu. Ein zweiter Kutter mit bewaffneter Mannschaft folgte.

Nach einer Stunde kehrte der erste zurück und schleppte die beiden Walfischboote nach, die kieloben wie Schildkröten am Strande gelegen hatten.

Es wurde Mittag, ohne daß man von den Ausreißern etwas gehört hätte. Der Doktor und ich lungerten herum, machten nähere Bekanntschaft und erfreuten uns am Anblick der Uferlandschaft. Die Bucht lag totenstill; die Sonne stand hoch und heiß am Himmel; dann und wann glitt ein Kanu lautlos hinter der Landzunge hervor und schoß durch das Wasser.

Den ganzen Vormittag humpelten unsere Kranken an Deck umher und warfen sehnsüchtige Blicke ans Land, wo die Palmen mit nickenden Blätterkronen sie in ihren wohltuenden Schatten lockten. Die armen invaliden Halunken! Wie erholsam wären die stillen Haine für ihre erschütterte Gesundheit gewesen! Aber Jermin blieb hart und versicherte mit einem Fluch, daß sie keinen Fuß an Land setzen würden.

Gegen Sonnenuntergang sah man einen Haufen Menschen zum Meer herabkommen. Ganz vorn schritten die Flüchtlinge, barhaupt; Jacken und Hosen hingen in Fetzen herab, ihre Gesichter waren mit Blut und Staub bedeckt und ihre Arme mit grünen Baststricken auf dem Rücken gefesselt. Hinter ihnen kam eine johlende Schar Eingeborener, die sie mit den Spitzen ihrer langen Speere vorwärtstrieben, während die Leute von der Korvette sie in der Flanke mit ihren bloßen Messern bedrohten. Da man dem König der Bucht eine Muskete und für jeden eingebrachten Deserteur einen Becher voll Schießpulver versprochen hatte, war die ganze Bevölkerung hinter ihnen her gewesen; und die Jagd war so erfolgreich, daß nicht nur die Ausreißer von heute nacht, sondern auch noch fünf von denen, die beim vorhergehenden Besuch zurückgeblieben waren, eingebracht wurden. Die Eingeborenen hatten nur die Hunde gespielt, die das Wild aus seinem Versteck aufgetrieben hatten, das Greifen überließen sie den Franzosen. Zu einem Handgemenge mit verzweifelten Seeleuten haben die Eingeborenen nirgend Lust.

Die Ausreißer wurden sogleich an Bord gebracht, und obschon sie erst finster dreinsahen, lenkten sie bald ein und behandelten die ganze Sache als ein scherzhaftes Abenteuer.

Sechstes Kapitel

Kapitän Guy hatte keine Lust, noch eine Nacht in Heitihu zu verbringen, sondern ließ das Schiff bei Anbruch der Nacht unter Segel gehen. Aber am nächsten Morgen, als wir bereits alle glaubten, eine lange Kreuzerfahrt vor uns zu haben, änderten wir plötzlich den Kurs und hielten auf La Dominica oder Heivarhu zu, eine Insel, die gerade nördlich von Heitihu lag. Der Kapitän wollte ein paar englische Matrosen an Bord nehmen, die, wie der Kommandeur der Korvette ihm erzählt hatte, kürzlich dort von einem amerikanischen Walfischfänger ausgerissen waren und sich nur auf einem heimatlichen Fahrzeug verdingen wollten.

Wir sichteten das Land am Nachmittag; vor uns lag eine Bucht, die tief ins Land einschnitt, und ein schattiges Tal, das in engen, grünen, sich windenden Schluchten zuletzt dem Blick entschwand. »An die Luv-Großbrassen!« brüllte der Steuermann, auf die Verschanzung springend, und einen Augenblick später stand die »Julia«, in voller Fahrt angehalten, wie ein in die Zäume beißendes Pferd, das plötzlich zurückgenommen wird, still, während der Gischt in weißen Flocken unter ihrem Bug aufspritzte.

Hier sollten wir die neuen Matrosen bekommen, und ein Boot wurde klargemacht. Es mußte aber mit sicheren Leuten bemannt werden, das heißt mit solchen, von denen nicht zu erwarten stand, daß sie selbst durchgehen würden. Nach längerer Beratung zwischen Kapitän und Steuermann wurden vier als die vertrauenswürdigsten oder richtiger als die mindest verdächtigen ausgewählt. Auch der kranke Kapitän ließ sich über Bord schaffen; er wollte sich offenbar einmal auszeichnen. Die Eingeborenen sollten bösartig sein. Die Männer wurden mit Messern bis an die Zähne bewaffnet; der Kapitän schnallte außerdem noch einen alten Entergürtel um, in den er ein paar Pistolen steckte. Dann stießen sie ab.

Mein Freund, das lange Gespenst, hatte unter anderem Gepäck, das nicht gerade ins Vorderkastell paßte, ein großartiges Fernglas. Durch dieses Glas konnten wir das Boot, das für das bloße Auge längst unsichtbar war, am Eingang der Bucht deutlich wahrnehmen; es sah nicht größer aus als eine Eierschale, und die Leute darin wie Däumlinge. Wir sahen das winzige Ding auf einer langen Schaumflocke unter einem Funkenregen an den Strand schießen. Am Ufer war keine Seele zu erblicken. Sie ließen einen Mann als Wache beim Boot, die anderen stiegen ans Land und schritten vorsichtig auf den dichten Hain zu, der wenige Schritte vom Wasser begann. Nochmals blieben sie stehen und lauschten, die Hand am Ohr, und spähten in das grüne Dickicht. Niemand kam, und alles schien still wie das Grab. Endlich betraten sie, der eine mit seiner Pistole, die anderen ihre Pfriemen schwingend, den Wald und waren verschwunden. Sie blieben indessen nicht lange drin; offenbar fürchteten sie in einen Hinterhalt zu fallen, wenn sie tiefer in die Schlucht eindrangen.

Sie schifften sich auch sogleich wieder ein, und wir sahen sie über die Wogen gleiten, als der Kapitän plötzlich aufsprang; das Boot machte kehrt und hielt wieder auf den Strand zu. Zwanzig oder dreißig Eingeborene, mit Speeren bewaffnet, die durch das Glas wie Halme aussahen, waren aus dem Hain zum Vorschein gekommen und schienen etwas zu rufen. Unsere Leute mißtrauten ihnen offenbar, denn sie blieben etwa eine Bootslänge vom Ufer, der Kapitän stand auf und hielt eine Ansprache in Gebärden, worauf einer der Eingeborenen vortrat und erwiderte; er schien die Fremden einzuladen, ans Land zu kommen. Der Kapitän lehnte dies mit Armgebärden ab, und irgend etwas in seiner Haltung veranlaßte die Wilden, ihre Speere zu schütteln, worauf der Kapitän sogleich feuerte und alle davonliefen. Ein armer kleiner Kerl ließ seinen Speer fallen, griff mit der Hand nach rückwärts und hinkte fort; und mich juckte es, dem Kapitän dafür eins aufzubrennen.

Derart überflüssige Grausamkeiten sind beim Landen auf unbekannten Inseln nichts Ungewöhnliches. Sogar auf der Paumotugruppe, die nur eine Tagesfahrt von Taheiti entfernt ist, wurden Eingeborene, die an den Strand kamen, mehrmals von vorüberfahrenden Handelsschonern, die die schmalen Kanäle passierten, angeschossen; nur weil die Schufte sich belustigen wollten. Es ist unglaublich, aber viele Seeleute halten diese nackten Heiden kaum für Menschen. Je unwissender und je mehr herabgekommen der Mensch ist, desto mehr sieht er auf die herunter, die er nicht für seinesgleichen hält.

Das Boot kehrte zum Schiff zurück.

Auf der anderen Seite der Insel befand sich die große und bevölkerte Bucht von Hannamenu, wo wir die Leute vielleicht noch finden mochten, die wir suchten. Da die Sonne bereits im Sinken war, als das Boot längsseits kam, so wurden die Steuerbordbrassen eingeholt, und wir liefen in die offene See hinaus. Bei Tagesanbruch wendeten wir und liefen landwärts;, als die Sonne hell schien, fuhren wir in den langen engen Kanal zwischen den Inseln La Dominica und Santa Christina ein. Auf der einen Seite lagen steile, grüne, mehrere hundert Fuß hohe Felswände; die weißen Hütten der Eingeborenen saßen wie Vogelnester in tiefen Spalten, aus denen der üppige Pflanzenwuchs quoll. Jenseits des Wassers lagen warme wogende Hügel, die im Sonnenlicht zu atmen schienen. Wir aber glitten an schroffen Felsen und Hainen, an bewaldeten Tälern und düsteren Schluchten vorüber, in denen fern wilde Wasserfälle aufblitzten. Die frische Landbrise füllte unsere Segel, die umbuchteten Wasser lagen still wie ein See, und die Wogen brachen sich wie mit leichtem Klingen an den Kupferplatten des Bugs. Am Ende des Kanals fuhren wir um eine Landspitze und waren in der Bucht von Hannamenu. Es ist der einzige Hafen von einiger Bedeutung auf der Insel, verdient aber gleichfalls kaum den Namen, so wenig sicher ist der Ankergrund.

Bei der Einfahrt ereignete sich ein Vorfall, der einen Begriff von der Stimmung der Mannschaft geben mag. Sobald wir dem Ufer so nahe waren, als man vorsichtigerweise herankommen durfte, stoppten wir die Fahrt und erwarteten die Ankunft eines Kanus, das aus der Bai herauskam. Plötzlich gerieten wir in eine starke Strömung, die uns mit großer Schnelligkeit auf ein felsiges Vorgebirge zu riß, das die eine Seite des Hafens bildete. Der Wind war völlig abgeflaut; es wurden daher sogleich zwei Boote zu Wasser gelassen, die das Vorderende des Schiffes herumschleppen sollten. Aber ehe dies noch ausgeführt werden konnte, waren wir schon mitten in der wirbelnden Brandung, und der Felsen so nah, daß es aussah, als ob man aus den Toppen auf ihn hinüberspringen könnte. Trotz dem sprachlosen Schrecken des Kapitäns und dem heiseren Schreien des unerschrockenen Jermin, gingen die Leute mit dem Tauwerk so bedächtig als möglich um; die einen kicherten bei der Aussicht, ans Ufer zu kommen, die anderen wünschten so sehr, daß das Schiff auflaufen sollte, daß sie sich kaum beherrschen konnten. Aber ganz unerwartet kam uns eine Gegenströmung zugute, und mit Hilfe der Boote waren wir bald außer Gefahr.

Welche Enttäuschung für die Mannschaft! All ihre Hoffnungen, von dem Wrack ans Ufer zu schwimmen und es sich Zeit ihres Lebens gut gehen zu lassen, waren im Keim erstickt.

Bald darauf kam das Kanu längsseits. Es brachte acht oder zehn Eingeborene, hübsche lebhafte junge Leute, die unendliche Gebärden und viel Geschrei machten; die roten Federn in ihrem Kopfschmuck nickten beständig. Mit ihnen kam ein Fremder, ein Renegat – ein weißer Mann mit dem Südseelendentuch und tätowiertem Antlitz. Ein breiter blauer Streifen zog sich quer über sein Gesicht von einem Ohr zum anderen, und auf seiner Stirn war ein blauer Haifisch eingezeichnet, nichts als Schuppen vom Kopf bis zur Schwanzspitze. Manche von uns betrachteten den Mann mit Abscheu, um so mehr, als wir erfuhren, daß er sich dieser Verschönerung freiwillig unterzogen hatte. Es war schlimmer als ein Kainszeichen. Er war ein Engländer, Lern Hardy hieß er, und war von einer Brigg desertiert, die vor etwa zehn Jahren nach der Insel gekommen war, um Holz und Wasser einzunehmen. Mit einer Muskete und einem Sack Munition war er als souveräne kriegführende Macht ans Land gestiegen. In breiten Tälern herrschten die Könige feindlicher Stämme. Mit einem davon, der sich zuerst an ihn wandte, hatte er ein Bündnis geschlossen und wurde der militärische Führer des Stammes und Kriegsherr der ganzen Insel. In einem einzigen nächtlichen Angriff hatte er mit seiner unbesiegbaren Muskete, auf die leichte Infanterie mit ihren Speeren und Wurfspeeren gestützt, zwei Stämme besiegt, und schon am nächsten Morgen auch die beiden übrigen zu Füßen seines königlichen Verbündeten gezwungen.

Auch der Aufstieg seines persönlichen Vermögens war nicht weniger napoleonisch: drei Tage nach seiner Landung wurde ihm die fein tätowierte Hand einer Prinzessin zuteil, und zugleich mit der jungen Dame erhielt er als Mitgift tausend Faden feinen Tappas, fünfzig doppeltgeflochtene Matten aus geschlitztem Gras, vierhundert Schweine, zehn Häuser in verschiedenen Teilen des Tals und den Schutz eines besonderen Tabus, das seine Person für immer unverletzbar machte. Damit hatte er seine Lebensstellung, war vollkommen zufrieden und fühlte nicht den geringsten Wunsch, nach seiner Heimat zurückzukehren. Freunde hatte er nicht. Er erzählte mir seine Geschichte: er war ein Findelkind, ohne eine Ahnung, wer sein Vater gewesen; eines Tages war er noch als Junge aus dem Gemeindearbeitshause entlaufen und zur See gegangen. Mehrere Jahre hatte er das Hundeleben eines Vordergasten geführt, das er dann für immer aufgab.

Das sind die Leute, deren man viele unter den Seeleuten findet; sie kennen keine Seele, die nach ihnen fragen würde, und gleichgültig und ohne Bande, wie sie sind, finden sie gelegentlich unter den Wilden der Südsee eine neue Heimat. Und wenn man ihr hartes Los im eigenen Vaterland bedenkt, kann man sich über ihre Wahl wundern?

Nach der Versicherung des Renegaten befand sich kein anderer weißer Mann auf der Insel; und da kein Grund vorlag anzunehmen, daß er uns betrügen wollte, so schloß der Kapitän, daß die Franzosen sich geirrt hatten. Als indessen die anderen Eingeborenen erfuhren, weswegen wir gekommen waren, erbot sich einer von ihnen, ein schöner kräftiger Bursche, mit großen Augen und ausdrucksvollem Gesicht, eine Fahrt mitzumachen. Die ganze Heuer, die er verlangte, bestand aus einem Hut, einem roten Hemd und einem Paar Hosen, die er sogleich anlegen wollte, in einer Schnitte Tabak und einer Pfeife. Der Handel wurde auf der Stelle geschlossen; aber Weimontu kam mit einem nachträglichen Zusatz: ein Freund von ihm, der mit ihm gekommen war, sollte zehn Stück Schiffszwieback, ohne Bruch oder sonstige Fehler, zwanzig neue und vollkommen gerade Nägel und ein großes Bordmesser bekommen. Auch das wurde bewilligt, die Sachen wurden sofort übergeben; der Eingeborene nahm sie mit großer Gier, und da er sie sonst nirgends hinstecken konnte, steckte er die Nägel in den Mund. Nur zwei davon benützte er sogleich als Ohrschmuck, an Stelle merkwürdig geschnitzter Gehänge aus weißem Holz, die er herausnahm.

Der Seewind kam jetzt kräftig herein, und wir hatten keine Zeit zu verlieren, wenn wir vom Land abkommen wollten. Unser neuer Schiffsgenoß und seine Landsleute nahmen daher mit liebevollem Nasenreiben Abschied, und wir segelten mit ihm ab. Zu unserem Erstaunen hörte er die Abschiedsrufe aus dem Kanu, während wir unter vollen Oberbramsegeln dahinschossen, vollkommen unbewegt an. Aber das dauerte nicht lange. Noch am selben Abend, als das dunkle Blau seiner heimischen Berge am Horizont versank, lehnte der arme Wilde über der Reling, ließ den Kopf auf die Brust sinken und seinen Gefühlen freien Lauf. Das Schiff stampfte tüchtig, und Weimontu war zu seinen seelischen Leiden noch schwer seekrank.

Siebentes Kapitel

Hardy hatte mir manche interessante Mitteilung gemacht. Er hatte so lange auf der Insel gelebt und war mit den Sitten der Eingeborenen vollkommen vertraut; ich bedauerte nur, daß er bei der Kürze unseres Aufenthalts mir nicht mehr hatte sagen können. Immerhin hatte ich zu meiner Überraschung erfahren, daß die Leute von Heivarhu, obschon die Insel zur gleichen Gruppe gehörte, sich von meinen tropischen Freunden im Taïpital beträchtlich unterschieden. Da seine Tätowierung solches Aufsehen erregte, hatte Hardy uns viel davon erzählt, wie die Kunst auf der Insel ausgeübt wurde. Die Tätowierer von Heivarhu sind auf der ganzen Gruppe berühmt. Ihr Beruf war ein ehrenvoller, und wie vornehme Schneider nahmen sie die höchsten Preise, so daß nur die reicheren und höhergestellten Wilden sich an sie wenden konnten. Daher war die Eleganz der Tätowierung fast immer ein sicheres Zeichen einer vornehmen Geburt und eines bedeutenden Vermögens.

Professoren, die eine große Praxis hatten, lebten in geräumigen Häusern, die durch Tappavorhänge in zahlreiche kleine Gemächer abgeteilt waren, in denen die Klienten einzeln bedient wurden. Denn ein sonderbares Tabu schrieb jedermann, hoch oder niedrig, die strengste Abgeschiedenheit vor, solange er sich in der Behandlung des Tatöwierers befand. Jeder Verkehr ist ihm untersagt; die wenige Nahrung, die er zu sich nehmen darf, wird von einer unsichtbaren Hand unter dem Vorhang hereingeschoben. Denn die Nahrungsaufnahme ist beschränkt, um die Entzündung, die auf die Stiche und die Einführung des Farbstoffs folgt, möglichst abzuschwächen. Immerhin braucht sie ihre Zeit, um zu heilen, so daß die Isolierung oft wochenlang dauert. Wenn alles abgeheilt ist, kann der Mann gehen, muß aber bald wiederkommen; denn der Schmerz ist so heftig, daß immer nur eine kleine Fläche auf einmal behandelt werden kann, und da der ganze Körper in langsamem Verfahren mehr oder minder verschönert werden soll, so stehen die Ateliers niemals leer. Viele verbringen keinen geringen Teil ihres Lebens damit, sich tätowieren zu lassen. Man fängt gewöhnlich in jungen Jahren an, sucht einen hervorragenden Künstler aus, der zunächst einen Gesamtplan entwirft. Manche Tätowierer, die die höchste Vollkommenheit anstreben, haben ein oder zwei Leute niedrigsten Standes, die aber einen hohen Lohn erhalten, im Dienst, an denen sie ihre neuen Muster zunächst versuchen und sich sonst in Übung erhalten. Wenn ihre Rücken gänzlich verbraucht sind, werden sie entlassen; die Leute, die sich dazu hergeben, sind allgemein verachtet.

Es gibt aber auch armselige Wandertätowierer, die dank ihrem Beruf unbelästigt von einer Bucht zur anderen ziehen und spottbillig für die große Menge arbeiten. Sie erscheinen vor allem bei den verschiedenen religiösen Festen, bei denen viel Volk zusammenströmt. Wenn die Feste zu Ende sind, bleiben die zahlreichen kleinen Zelte aus grobem Tappa stehen; in jedem wohnt ein einsamer Mann, der mit seinem unsichtbaren Nachbarn nicht einmal reden darf und dort bleiben muß, bis er vollkommen geheilt ist. Diese Wanderkünstler sind die Schande ihrer Profession, und ihre Arbeit ist höchst minderwertig.

Kunstgenossen pflegen zusammenzuhalten; auch in Hannamenu bildeten die Tätowierer eine wohlorganisierte Genossenschaft oder einen Orden, und Hardy, als einflußreicher weißer Mann, war eine Art Ehrenpräsident. Der blaue Hai und ein »Urim und Tumim« auf seiner Brust waren die Zeichen seiner Würde. Er erzählte uns, daß etwa zwei Jahre nach seiner Ankunft schlechte Zeiten eintraten, weil die Brotfruchternte mehrmals teilweise fehlschlug. Die Folge war, daß die teuren Tätowierer wenig zu tun hatten und gleichfalls in Not gerieten. Aber Hardys königlicher Verbündeter wußte Rat. Unter den Tönen der Muscheltrompeten wurde vor dem Palast, am Strande und oben im Tal verkündet, daß Numai, König von Hannamenu und Freund Hardi-Hardis, des Weißen, ein offenes Herz hatte und offenen Tisch für alle Tätowierer hielt; dafür mußten sie ohne Honorar ihre Kunst an jedem, auch dem geringsten Eingeborenen, der es verlangte, ausüben.

Scharenweise strömten nun Künstler und Klienten nach der königlichen Behausung. Es war eine große Zeit; und da die Palastgebäude für jedermann Tabu waren, die Tätowierer und die

Häuptlinge ausgenommen, so bewohnten die Klienten ein großes Zeltlager auf dem Platz innerhalb der Umzäunung.

Lange wird man »Nora Tettuhs«, der Zeit der Tätowierung, gedenken. Das Ereignis wurde sogar in Versen gefeiert, und Hardy übersetzte uns einige Zeilen der Dichtung etwa so:

»Wo ist der Klang?
In Hannamenu.
Und warum der Klang?
Der Klang von hundert Hämmern
Die klopfen, klopfen, klopfen,
Die Haifischzähne![2]

Wo ist das Licht?
Rings um des Königs Haus.
Und das kleine Lachen?
Das kleine, lustige Lachen ist's
Der Söhne und Töchter der Tätowierten.

Achtes Kapitel

Die Nacht, in der wir Hannamenu verließen, war sternenhell und so warm, daß, wenn die Wache abgelöst wurde, die meisten, statt nach unten zu gehen, sich beim Vormast hinwarfen.

Gegen Morgen stieg ich, da die Hitze im Logis unerträglich wurde, an Deck und fand alles still. Der Passatwind blies lind und stetig in die Segel, und das Schiff lief immer weiter in die ungeheure Leere des westlichen Stillen Ozeans hinaus. Die Wache schlief; selbst der Mann am Ruder war eingenickt, und sogar der Steuermann lehnte mit verschränkten Armen am Ankerspill.

Verträumt lehnte auch ich mich über die Reling und dachte, was für seltsame Wesen die Tiefe bevölkern mochten, über die wir hinfuhren.

Ein grauer Schatten fiel über die sich sanft hebenden und senkenden Wogen. Es war die Dämmerung, und bald blitzten die ersten Strahlen des Morgens an dem einen Ende des nächtlichen Gewölbes auf. Ein Feuerfunken ruhte einen Augenblick am äußersten Rande des Meeres, dann stand die blutrote Sonne voll und rund am westlichen Horizont, und der lange Meerestag begann.

Sobald das Frühstück vorüber war, ging man zunächst an die Taufe Weimontus, der noch trübselig genug aussah. Über den Namen herrschte Meinungsverschiedenheit; die einen wollten ihn »Sonntag« nennen, weil wir ihn an dem Tag an Bord genommen hatten, andere »Achtzehnhundertzweiundvierzig« nach dem Jahr des Herrn, während der Doktor meinte, er müßte seinen Namen »Weimontu-Hi« behalten, der – nach seiner, des Doktors, Behauptung – in der bilderreichen Sprache der Insel bedeutete, daß er hineingelegt worden war. Der Steuermann machte der Erörterung ein Ende, indem er dem armen Kerl einen Eimer Salzwasser über den Kopf schwappte und ihm den nautischen Namen »Luv« verlieh.

Obschon auf sein erstes Heimweh eine gewisse Lustigkeit folgte, wurde Weimontu bald wieder traurig. Ich sah ihn oft allein für sich auf der Back kauern, während seine merkwürdigen Augen unruhig funkelten und jeder leisesten Bewegung der anderen folgten. Wie oft mag er an seine Bambushütte gedacht haben, wenn sie von Sydney und seinen Tanzlokalen erzählten!

Niemand wußte, wohin wir eigentlich fuhren, und den meisten schien es vollkommen gleichgültig. Wir wurden vom Winde über eine glatte See getrieben und hatten nichts zu tun, als das Schiff zu steuern und den Ausguck in den Toppen abzulösen. Die Kranken hatten sich um zwei oder drei vermehrt; die Ausreißer von der Insel schienen die Luft dort auch nicht vertragen zu haben. Auch der Kapitän hatte einen Rückfall und wurde sehr ernstlich krank.

Die dienstfähigen Leute wurden in zwei kleine Wachen eingeteilt; an der Spitze der einen stand der Steuermann, an der der anderen der Maori, da er als Harpunier die Stelle des zweiten Offiziers einnahm, der flüchtig geworden war.

An die Walfischjagd war bei diesem Stand der Dinge nicht zu denken, aber aller Wahrscheinlichkeit entgegen behauptete Jermin, daß die Invaliden demnächst gesund werden müßten. So liefen wir denn stetig nach Westen, immer denselben mattblauen Himmel über uns. Wir schienen immer an der gleichen Stelle zu sein, und jeder neue Tag glich dem vorhergehenden. Wir begegneten keinem Schiffe, erwarteten auch keinem zu begegnen; außer den Delphinen und anderen Fischen, die wie junge Hunde um den Bug spielten, war weit und breit nichts Lebendiges zu sehen. Nur dann und wann flog der graue Albatros, der in diesen Wassern heimisch ist, mit seinen ungeheuren Schwingen schlagend, über uns hin und schwebte schweigend wieder fort, wie von einem Pestschiff. Und manchmal umkreisten uns ganze Schwärme von Tropikvögeln mit ihrem schrillen Pfeifen.

So blieb unser Reiseziel ein Geheimnis; wir fuhren über Wasser, in die nur selten ein Schiff kam; das gab dieser Fahrt für mich einen unvergeßlichen Reiz. Aus begreiflichen Gründen fährt man in der Südsee fast immer auf den bekannten Strecken. Daher kommt es, daß Forschungsreisende sowie abenteuernde Walfischjäger immer noch gelegentlich neue Inseln entdecken und daß große Teile des Ozeans noch unerforscht sind. Es gibt Riffe, Sandbänke, selbst kleine Inselgruppen, die nur ungenau in den Karten verzeichnet sind und deren Existenz zweifelhaft ist.

Daß ein Schiff, wie das unsere, in diese Regionen eindrang, war für jemanden, der überhaupt dachte, immerhin beunruhigend. Oft fiel mir ein, was ich von Schiffen gehört hatte, die um Mitternacht mit vollen Segeln, während die Mannschaft schlief, auf unbekannte Felsen liefen, um so mehr, als wir so wenig Leute hatten und von Disziplin an Bord keine Rede war, auch unsere Wachen äußerst sorglos waren. Die Leute lebten gedankenlos dahin; jeden Abend ging die Sonne vor unserem Klüverbaum unter, und wir fuhren weiter.

Weshalb der Steuermann aus unserem Ziel ein solches Geheimnis machte, habe ich nie erfahren. Die Geschichten, die er der Mannschaft erzählte, glaubte ich nicht. Es ginge nach einem herrlichen Jagdgebiet, das andere Walfischjäger kaum kannten und das er auf einer früheren Fahrt, als er Kapitän einer kleinen Brigg gewesen war, entdeckt hatte. Das Meer wimmelte dort von großen Walfischen, die so zahm waren, daß man nur auf sie zu steigen und sie zu töten brauchte; sie waren zu erschreckt, um sich zu wehren. Ein wenig leewärts sollte eine kleine Inselgruppe liegen, reich an Früchten und von einem Stamm bewohnt, der noch nicht durch den Verkehr mit Fremden verdorben war. Dort sollten wir uns dann gründlich erholen und mit frischen Vorräten versorgen. Und damit niemand die Länge und Breite der Gegend, nach der wir fuhren, ausrechnen könnte, teilte uns Jermin nicht einmal mittags die Stelle mit, an der wir uns befanden, wie dies sonst auf fast allen Schiffen geschieht.

Um so besser sorgte er für die Kranken; der Doktor hatte ihm die Schlüssel des Arzneischrankes übergeben, und alle waren mit seiner Behandlung zufrieden. Pillen und Pulver wurden zumeist über Bord geworfen für die Fische; dafür erhielten die Leute Verschreibungen aus einem geheimnisvollen Fäßchen, dessen Inhalt mit Wasser aus der Tonne verdünnt wurde. Die Mixturen wurden auf dem Ankerspill zubereitet und in Kokosschalen, auf denen die Namen der Patienten standen, verabreicht. Ungleich anderen Ärzten nahm er seine Medizin auch selber, und man konnte ihre Wirkung bereits an ihm spüren, wenn er seine Krankenbesuche machte. Auch erhielt er seine Patienten bei guter Laune, denn er spann sein Garn stundenlang, wenn er bei ihnen saß.

Da ich, obwohl mein Zustand sich zu bessern begann, noch immer lahmte, tat ich, abgesehen davon, daß ich gelegentlich einen Turn am Ruder stand, keinen Dienst. Sonst verbrachte ich den Tag zumeist auf dem Vordeck mit dem langen Doktor. Ich las alle seine Bücher, so zerfetzt sie waren, darunter eine gelehrte Abhandlung über das gelbe Fieber. Er hatte auch einen Pack alter Zeitungen aus Sydney, und bald kannte ich die Adressen der meisten Geschäftsleute aus ihren Inseraten. Besonders die Redeblüten des Grundstückauktionators Stubbs waren höchst unterhaltend. Meine Intimität mit dem langen Gespenst brachte mir manchen Vorteil, auch abgesehen vom Vergnügen an seiner Gesellschaft. Die Mannschaft, die er mit seinen Witzen glänzend unterhielt, war ihm gut und hatte auch den größten Respekt vor ihm. Als sein besonderer Freund genoß ich die gleiche Achtung; wir hatten die Stellung von Ehrengästen im Logis und wurden bei den Mahlzeiten stets zuerst bedient.

Um uns bei den häufigen Windstillen die Zeit zu vertreiben, schnitzten wir uns mit einem Bordmesser ganz brauchbare Schachfiguren aus Holz; das Brett zeichneten wir auf einen Kistendeckel, auf dem wir beide rittlings saßen, wenn wir spielten. Um die Parteien zu unterscheiden, riß ich eine alte Halsbinde in kleine Stücke und band meinen Figuren schwarze Seidenschärpen um. Der Doktor meinte, es sei ganz erklärlich, daß sie Trauer trügen, da sie immer drei von vier Partien verlören. Die Mannschaft wurde aus dem merkwürdigen Spiel nicht klug; die geheimnisvollen Bewegungen der Figuren waren ihnen ebenso wunderlich als unerklärlich, und sie hielten uns zuletzt für ein paar Schwarzkünstler.

Neuntes Kapitel

Man weiß, daß man unter dem »Vorderkastell« oder der »Back« den vorderen Teil des Decks am Bugspriet versteht; gewöhnlich bezeichnet man aber damit auch den darunterliegenden Schlafraum der Mannschaft, der durch ein Schott abgeteilt ist. Diese herrliche Wohnstätte ist in den Bug, oder wie die Matrosen sagen, in die Augen des Schiffes eingebaut, daher dreieckig; an den Seitenwänden befindet sich je eine Lage rauhgezimmerter Kojen. Die der »Julia« waren in einem kläglichen Zustand; einige waren abgerissen worden, um die anderen damit auszubessern; auf einer Seite standen nur noch zwei. Den Leuten machte dies wenig aus; da sie doch kein Bettzeug hatten, war es ihnen gleichgültig, wo sie sich hinlegten. Manche hatten sich Hängematten aus alten Segeln gemacht, aber der Raum, in dem sie schaukelten, war so eng, daß dies kein ungemischtes Vergnügen war. Ich hatte, was ich an altem Segeltuch und Kleidern fand., auf die Bretter gelegt, und eine alte Jacke um ein rundes Holz gewickelt, um ein Kissen zu haben. So schonte man seine Knochen, wenn das Schiff rollte.

Das Innere der Back sah wie ein schmutziges Gefängnis aus. Es war vom Boden zum Deck keine fünf Fuß hoch, und dieser Raum wurde noch durch zwei mächtige Querbalken, die das Schiff versteiften, sowie durch die Koffer und Kisten der Mannschaft beengt, über die man steigen mußte. Bei den Mahlzeiten oder beim Schwatzen saßen wir auf den Kisten wie die Schneider. In der Mitte des Raumes standen, nur fußbreit voneinander entfernt, zwei viereckige hölzerne Säulen, die »Bugspriet-Beting«; zwischen ihnen schaukelte an rostigen Ketten eine Lampe, die Tag und Nacht brannte und beständig zwei lange Schatten warf. Darunter stand, schmutzig und unordentlich gehalten, die versperrbare Vorratskiste, die von Zeit zu Zeit ausgescheuert und ausgeräuchert werden mußte. Das Holzwerk war überall feucht und entfärbt, an manchen Stellen war es weich und schwammig geworden. Außerdem war es überall angehauen und angeschnitten, da der Koch sich häufig die Splitter zum Feuermachen von unseren Wänden holte. Oben war alles verrußt, und da und dort waren tiefe Löcher eingebrannt, Andenken, die betrunkene Matrosen von früheren Fahrten zurückgelassen hatten.

Man kam ins Logis von oben über ein schrägliegendes Brett mit zwei Griffhaken. Das Luk war nichts weiter als ein Loch im Verdeck, ohne Türe oder Verschluß; die Persenning, die wir manchmal darüber breiteten, bot vor den Spritzern, die über den Bug kamen, wenig Schutz; bei der geringsten Brise wurde der ganze Raum vollkommen naß. Bei starken Windstößen ergossen sich die Seen wie ein Wasserfall durch das Luk, schwappten unten umher und spritzten in Strahlen zwischen den Kisten auf.

So waren wir an Bord der »Julia« untergebracht; und diesen jämmerlichen Raum machten uns noch Tausende von Schaben und ganze Regimenter von Ratten streitig. In dem warmen Klima kann ein Schiff, das einmal infiziert ist, das Ungeziefer kaum wieder loswerden. Man kann jedes Luk versiegeln und den Schiffsraum ausräuchern, daß der Rauch aus allen Ritzen qualmt, und immer bleiben noch genug Tiere am Leben, um das Schiff in kürzester Zeit neu zu bevölkern. Auf Walratschiffen, die oft zwei Jahre hintereinander am Äquator kreuzen, ist es am schlimmsten. Jede Spalte und Ritze auf der »Julia« war von den Tieren voll; sie hausten nicht bei uns, sondern wir bei ihnen. Und man tat besser, im Dunkeln zu essen und zu trinken, als bei Tageslicht.

Bei den Schaben beobachteten wir allnächtlich ein Phänomen, das niemand zu erklären wußte. Zuerst kam ein ungewöhnliches Krabbeln und Summen an den Querbalken und in den Kojen. Dann kamen andere massenhaft aus ihren Schlupfwinkeln hervor, bis das ganze Ungeziefer beisammen war; die von der größeren Art rasten über Kisten und Planken, geflügelte Ungeheuer schössen durch die Luft; die kleineren surrten und summten in Haufen, die wie Klumpen geballt waren.

Beim ersten Alarm stürzte wer irgend konnte an Deck; die Kranken, die zu schwach, waren, lagen regungslos, während die verrückten Tiere über sie hinliefen; die Sache dauerte etwa zehn Minuten, mit einem Gebrause, wie in einem Bienenstock. Das Schlimme war, das der Zeitpunkt sich nie vorhersagen ließ; es konnte zu jeder Stunde der Nacht losgehen, und wir waren glücklich, wenn es früh am Abend geschah.

Ich darf auch die Ratten nicht vergessen; sie vergaßen ja mich nicht. Zahm wie die Maus in der Zelle des Freiherrn von der Trenk standen sie in ihren Löchern und guckten uns an wie alte Großväter, die sich an der Haustüre sonnen. Wenn wir beim Essen saßen, kamen sie blitzschnell heran und nagten an allem, was auf der Kiste lag. Als sie das erstemal auf Weimontu losfuhren, erschrak er, gewöhnte sich aber bald daran und wurde besser mit ihnen fertig als wir; mit erstaunlicher Geschicklichkeit faßte er die Ratten an den Beinen und schleuderte sie durch das Luk über Bord.

Eines Tages schenkte mir der Steward eine Portion Sirup, die ich in einem Zinngefäß in einer Ecke meiner Koje verbarg. Bei dem Menü der »Julia« war Zwieback mit Sirup ein wahres Schlemmeressen, das ich nur insgeheim mit dem Doktor teilte. Mit der Zeit wurde der Sirup weniger, und als ich den. Rest einmal im Dunkeln umfüllte, fiel noch etwas anderes aus dem Gefäß. Wie lang es drin gewesen war, wußten wir nicht und begehrten es nicht zu wissen; wir wollten nicht einmal daran denken. Jedenfalls starb das Tier eines süßen Todes, wie Clarence in dem Faß Malvasier.

Zehntes Kapitel

So ernst er zuzeiten sein mochte, war der Doktor dennoch ein Spaßvogel. Seeleute lieben Scherz und Witz, wenn sie an Land sind; zur See sind sie darauf wie versessen. Die Streiche des Doktors wurden ihm hoch angerechnet.

Unser armer alter schwarzer Koch! Wenn er des Nachts seine Hängematte aufschnallte, schlief bereits ein nasser Klotz darin; und wenn er am Morgen aufwachte, war sein wolliges Haupt eingeteert. Wenn er den Deckel von seinem Kupferkessel hob, kochte ein Stiefel in der Sauce, ein andermal fand er überzuckerte Pechkuchen im Backofen.

Die Heimsuchungen Baltimores – so hieß er nach seinem Geburtsort, er war ein entlaufener Sklave aus Maryland – waren groß und bitter, und er fand weder bei Tag noch bei Nacht Ruhe. Der arme Kerl war zu gutmütig. Es ist manchmal viel besser, so grimmig wie ein Wolf zu sein; wer hätte sich mit unserem groben »schwarzen Daniel« einen Spaß erlaubt!

Eines Nachts kam der Doktor aus dem Logis und fand die ganze Wache in tiefem Schlaf. Da machte er jeden einzelnen mit einem Arm oder einem Bein an einem Tauende fest, schor die Taue über eine Anzahl von Blöcken und führte alle ans Ankerspill, begann es fröhlich zu drehen, und sie mochten schreien und sich sträuben soviel sie wollten, er heißte alle empor. Von dem Lärm geweckt, stürzten wir an Deck und sahen die armen Kerle im Mondlicht von den Toppen und Rahen baumeln, wie Seeräuber, die ein Kreuzer gefaßt und aufgeknüpft hat.

Manchmal kam einer von der Wache des Nachts nach unten, um sich eine Pfeife anzuzünden oder einen Bissen Zwieback oder Fleisch zu essen. Schlief er dann etwa ein und fehlte, wenn auf Deck etwas zu tun war, so machten sich die anderen gerne den Spaß, ihn mit einer Talje, die von der Vormars durch das Luk hinabgelassen wurde, an Deck zu ziehen.

Einmal des Nachts, alles war vollkommen still, ich lag unten wach, die Lampe baumelte von dem geschwärzten Balken und brannte trüb; die schlafenden Leute in den Kojen rollten bei der einförmigen Bewegung des Schiffs in ihren Kojen langsam von einer Seite zur anderen; die Hängematten schwangen hin und her. Da hörte ich einen Fuß auf der Leiter und sah ein Stück einer weißen Hose. Schließlich kam der »Marine Bob«, ein stämmiger alter Meermann, auf den Zehen herein und kramte im Speiseschrank. Nachdem er gegessen hatte, stopfte er seine Pfeife und begann zu rauchen. Rings um ihn schnarchten die Schläfer in dem dunstigen Raum; nach einer kleinen Weile sank auch Bobs Kopf auf die Brust; sein Hut fiel auf den Boden, die Pfeife aus seinem Mund, und bald lag er auf der Kiste ausgestreckt und schlief wie ein Kind.

An Deck ertönte ein Kommando, Füße trampelten oben, und ich hörte das Überholen und Aufschlagen der Taue. Die Rahen wurden angebraßt, und man vermißte den Schläfer. Über dem Luk hörte ich flüstern. Dann glitt ein Schatten herein mit einem Tauende, das oben durch das Luk lief; eine Hand griff nach der Brust des Liegenden, um zu prüfen, wie fest er schlief, dann wurde das Tau an seinem Knöchel befestigt, und der Schatten verschwand wieder durch das Luk.

Kaum war er verschwunden, als ein langes Bein aus einer Hängematte gegenüber zum Vorschein kam. Dann stand der Doktor da, streifte das Tau von Bobs Knöchel und befestigte es blitzschnell an einem großen Holzkoffer, der dem Mann gehorte, welcher eben dagewesen war. Kaum war es geschehen, als der schwere Koffer bereits krachend aus den Verlaschungen gerissen wurde, mit denen er festgezurrt war, und links und rechts anschlagend auf das Luk zuflog. Im Luk klemmte er sich; die oben meinten, daß Bob, der ungeheure Krafte besaß, sich an einem Balken festhielt und etwa das Tau abzuschneiden versuchte, und sie zogen wie rasend. Der Koffer kam durch das Luk, schlug gegen den Mast, sprang auf, und da er im selben Augenblick in die Höhe gerissen wurde, regnete es alte Kleider, Wäsche, Schuhe und unnennbares anderes Zeug auf die Köpfe der Wache nieder. Der Lärm weckte die ganze Mannschaft, wir eilten an Deck und sahen den Eigentümer des Koffers völlig verblüfft auf seine umhergestreuten Habseligkeiten starren, während er gleichzeitig mit der einen Hand die Seehöhe einer Beule an seiner Stirn aufnahm.

Dieses lustige Wesen, das übrigens nicht immer herrschte, stand in seltsamem Kontrast zur Lage der Kranken an Bord. Aber das fiel höchstens mir auf, keinem anderen.

Wir waren etwa drei Wochen unter Segel, als zwei unserer Kranken, deren Zustand sich rasch verschlimmert hatte, in derselben Nacht innerhalb einer Stunde starben. Der eine lag in der Koje neben mir und hatte schon mehrere Tage nicht aufstehen können. Er delirierte von Zeit zu Zeit, setzte sich auf, starrte wild um sich oder streckte die Arme empor. In seiner letzten Nacht war ich, kurz nachdem die zweite Wache angefangen hatte, zu Bett gegangen und erwachte aus einem verworrenen und schauerlichen Traum. Ich fühlte etwas Feuchtkaltes auf mir liegen: es war die Hand des Kranken. Er hatte sie schon am vorhergehenden Abend einige Male in meine Koje gestreckt, und ich hatte sie jedesmal sacht entfernt; jetzt schleuderte ich sie erschrocken von mir; der Arm fiel schwer und steif hin, und ich wußte, der Mann war tot.

Wir weckten die Leute; der Leichnam wurde sogleich in die zerrissene Decke gerollt, auf der er lag, und an Deck getragen. Der Steuermann wurde gerufen. Der Körper wurde am Vorluk ausgestreckt, in eine Hängematte eingenäht und mit etwas Ballasteisen an den Füßen beschwert. Dann wurde er zum Fallreep getragen und auf eine Planke gelegt, die über die Reling geschoben wurde. Um irgendeine Art Feierlichkeit damit zu verbinden, wurde die Fahrt des Schiffes abgestoppt, indem das Großmarssegel backgebraßt wurde. Der Steuermann, der keineswegs nüchtern war, kam schwankenden Gangs näher, hielt sich an den Wanten fest und gab das Kommando. Sowie die Planke überkippte, glitt der Körper langsam abwärts und fiel aufklatschend ins Meer. Ein paar Blasen stiegen auf, dann sah man nichts mehr.

»Hol an die Brassen!« Die Großrahe flog herum, und das Schiff glitt weiter.

Wir hatten einen Schiffsgenossen den Haifischen vorgeworfen, aber der Mannschaft war nichts davon anzumerken. Der Tote war ein mürrischer, ungeselliger Mensch und im Leben nicht beliebt gewesen; jetzt wurde seiner nicht weiter gedacht. Die Leute beschäftigte nur die Frage, was mit seinen Sachen geschehen sollte; er hatte seinen Koffer immer versperrt gehalten, man vermutete daher Geld darin, und einer erbot sich, ihn aufzubrechen, um den gesamten Inhalt, Kleider und was er sonst enthielt, aufzuteilen, ehe der Kapitän ihn anforderte.

Während ich und andere sie davon abzubringen suchten, ertönte ein Schrei aus der Back. Es konnten nur zwei Kranke unten sein, die nicht an Deck hatten kriechen können. Wir gingen nach unten und fanden den einen im Sterben. Er war in einem Anfall aus seiner Hängematte gestürzt und lag besinnungslos auf einer Kiste. Seine Augen waren weitgeöffnet und starr, und er röchelte krampfhaft. Die Leute wichen zurück; aber der Doktor faßte seine Hand, hielt sie einen Augenblick in der seinen, dann ließ er sie plötzlich fallen. »Aus!« sagte er. Der Körper wurde sogleich hinaufgetragen, eine zweite Hängematte bereitgemacht und der Tote eingenäht, wie vorher. Diesmal bestanden einige auf größerer Feierlichkeit, und man rief nach einer Bibel. Aber es war keine an Bord vorhanden, nicht einmal ein Gebetbuch. Darauf trat Antone, ein Portugiese von den Capverdischen Inseln, vor, murmelte etwas über den Leichnam des Toten, der sein Landsmann war, und beschrieb mit dem Finger ein großes Kreuz über der Hängematte; dann ließ man ihn genau wie den ersten über Bord fallen. Das ist Seemannsschicksal; man gibt ihm einen letzten Stoß, und niemand fragt, weß Kind er war.

Beide starben an den Folgen des gewöhnlichen Leichtsinns der Seeleute; aber an Land und bei geeigneter Behandlung wären sie zweifellos geheilt worden.

In dieser Nacht fanden wir keinen Schlaf mehr. Viele blieben bis zum hellen Morgen an Deck und erzählten einander Seegeschichten, wie die Gelegenheit sie ergab. So wenig ich an derartige Dinge glaubte, beim Hören machten sie mir doch Eindruck, besonders eine, die der Zimmermann erzählte.

Auf einer Indienfahrt hatten sie Fieber an Bord, und innerhalb von wenigen Tagen starb beinahe die halbe Mannschaft hin. Danach wollte kein Mann mehr nach oben gehen, sie mußten mindestens zu zweien sein. Wenn die Toppsegel gerefft wurden, sah man Erscheinungen an den Enden der Rahen; wenn das Schiff gewendet wurde, riefen Stimmen von den Toppen. Der

Zimmermann selbst, als er in einer schweren Bö mit einem anderen das Großbramsegel festmachen sollte, wurde von einer unsichtbaren Hand beinahe aus den Perten gestoßen, und sein Genosse schwor, daß ihm eine nasse Hängematte ins Gesicht geschlagen worden war. Derartige Geschichten wurden von »Augenzeugen« als heilige Wahrheit erzählt.

Es dürfte nicht allgemein bekannt sein, daß Finnländer unter den Seeleuten in einem besonderen Ruf stehen. Sie sollen das zweite Gesicht haben und die Fähigkeit, an denen, die ihnen etwas angetan, auf übernatürlichem Wege Rache zu nehmen. Und zwei oder drei Finnländer, mit denen ich zu verschiedenen Zeiten fuhr, waren wohl dazu angetan, auf abergläubische Seelen einen gewissen Eindruck zu machen.

Wir hatten damals einen an Bord; es war ein alter Kerl mit hellem Haar, der immer eine selbstgemachte Seehundsfellmütze trug und seinen Tabak in einer großen Tasche, gleichfalls aus Seehundsfell, verwahrte. Van, so nannte man ihn, war ein ruhiger friedfertiger Mensch, und die Leute hatten ihn bis dahin wenig beachtet. In jener Nacht aber machte er eine Prophezeiung, die wörtlich in Erfüllung ging, wenn auch nicht in dem Sinn, in. dem sie gemacht und aufgefaßt wurde. Er legte die Hand an das alte Hufeisen, das als Talisman an den Fockmast genagelt war, und sagte feierlich: in weniger als drei Wochen würde nicht mehr als der vierte Teil der Mannschaft an Bord sein, die anderen würden das Schiff für immer verlassen haben.

Einige lachten. Der »Schwindel-Jack« nannte ihn einen alten Narren, aber auf die meisten machte es sichtlich Eindruck. Einige Tage ging es an Bord merkwürdig ruhig zu, und man konnte Bemerkungen hören, die nur auf die Wahrsagung des Finnen zurückzuführen waren.

Auch auf mich waren die geschilderten Ereignisse nicht ohne Eindruck geblieben. Ich bedachte, wie kritisch unsere Lage war. Auch der Doktor sagte, er würde viel darum geben, sicher auf einer Insel gelandet zu sein. Wo wir waren und wohin wir steuerten, schien außer dem Steuermann niemand zu wissen. Der Kapitän war eine Null und lag krank in der Kajüte; ein guter Teil der Mannschaft verkam im Logis.

War es schon von Anfang an sonderbar, daß wir überhaupt auf See blieben, so wurde es nun vollkommen unverantwortlich. Dazu kam, daß unser Schicksal ganz und gar in der Hand des ewig betrunkenen Jermin lag. Wenn ihm etwas zustieß, war niemand mehr da, der ein Schiff zu führen verstand; er hatte vom Beginn der Fahrt an alle Berechnungen gemacht, denn die nautischen Kenntnisse des Kapitäns waren vollkommen unzureichend. Aber so sonderbar es scheinen mag, der Mannschaft kamen derlei Gedanken nie. Sie waren nur abergläubischer Furcht zugänglich, und als trotz der Prophezeiung des Finnen die Kranken sich etwas erholten, wurden sie wieder vergnügt und begannen das Geschehene allmählich zu vergessen. Eine Woche später war die Seeuntüchtigkeit »Klein-Julchens« bereits wieder der Gegenstand des allgemeinen Witzes. In der Back stieß Schwindel-Jack sein Messer tief in die feuchten, verfaulten Planken, die zwischen uns und dem Tode waren, und warf die herausgeschnittenen Stücke mit einem Seemannswitz hin.

Der Zustand der Kranken war im Augenblick nicht gefährlich, und selbst die am meisten litten, verbissen den Schmerz. Krankheit ist auf See so verhaßt und findet so wenig Pflege, daß jeder sie zu verbergen sucht. Man hat mit anderen nie Mitleid gehabt und erwartet auch selbst keines. Landmenschen werden ganz betroffen, wenn sie diese Härte zum erstenmal wahrnehmen. Unsere Kranken schimpften mitunter, daß man sie nutzlos auf See hielt, anstatt sie an Land zu bringen, wo sie sich hatten erholen können, aber der Steuermann sagte nur: »Seid doch munter, Herzenskinder!«, und sie hörten auf zu murren. Was die Leute am meisten mit ihrer Lage versöhnte, war, daß der Steward zweimal täglich auf dem Ankerspill jedem sein »Gläschen« – so wurde ein kleines Zinnmaß genannt – Pisco austeilte. Seeleute lieben starke Getränke, und in der Südsee, wo sie selten zu haben sind, ist einem ordentlichen Seemann für sein »Gläschen« kein Preis zu hoch. Auf amerikanischen Walfischfängern gibt es heute geistige Getränke höchstens in Augenblicken schwerster Mühe und Gefahr; aber die aus Sydney führen sie als regelmäßigen Mundvorrat mit. Im Hafen, gibt es keinen Pisco, vermutlich, um die Fahrt anziehender zu machen.

Unsere Kranken bekamen Pisco außer ihren Gläschen auch als Medizin, am letzten Wochentag gab es überdies die »Samstagnachtflaschen«, wie man auf englischen Schiffen sagt: sogleich nach Einbruch der Dunkelheit wurden zwei Flaschen nach vorn geschickt, eine für die Steuerbord-, die andere für die Backbordwache; der Älteste der Wache machte nach altem Recht den Wirt, schenkte aus und ließ die Flasche herumgehen. Aber der Zimmermann und der Bottler, an Bord »Sägspan« und »Spund« genannt, die die Logisältesten waren, wußten sich stets Extrarationen zu verschaffen, mit denen sie sich nachmittags bei guter Laune erhielten und mit dem Stand der Dinge aussöhnten.

Pottwale hatten wir allerdings noch nicht gesehen; da wir nicht die Möglichkeit hatten, auf sie Jagd zu machen, war das auch unwesentlich. Bis nun hatten die Leute sich alle zwei Stunden im Ausguck abgelöst; jetzt schworen sie, sie würden nicht mehr nach oben gehen. Der Steuermann sagte nur, wo wir hinführen, sei der Ausguck überflüssig; die Walfische, die er im Auge hätte – Schwindel-Jack meinte, anderswo existierten sie nicht –, seien so zahm, daß sie ans Schiff herankämen und sich den Rücken. daran rieben.

So lebten wir in der Wasserwelt etwa vier Wochen oder mehr, seitdem wir Hannamenu hinter uns gelassen hatten..

Zwölftes Kapitel

Nicht lange nach dem Tode der zwei Matrosen hörten wir, daß Kapitän Guy im Sterben liege; er hätte vielleicht noch ein oder zwei Tage zu leben, hieß es. Der Doktor, der die Kajüte unter keinen Umständen hatte betreten wollen, gab jetzt nach und machte seinem Feind einen Krankenbesuch. Er verschrieb ein warmes Bad. Das Oberlicht wurde entfernt, ein Faß in die Kajüte hinabgelassen und mit Eimern aus dem Schiffskessel gefüllt. Der Patient schrie furchtbar, als er in dies Bad getaucht wurde; nachher legten sie ihn, mehr tot als lebendig, auf den Heckbalken.

An diesem Abend war der Steuermann vollkommen nüchtern. Er kam nach vorn ans Ankerspill, wo wir herumlungerten, und rief den Doktor, mich und zwei oder drei andere, die er bevorzugte, nach achtern, und in Gegenwart Bembos, des Maori, sagte er: »Ich habe euch was zu sagen, Leute. Außer Bembo ist keiner an Bord, der nach achtern gehört. Darum habe ich euch als die besten Vordergasten ausgewählt, um mit euch, übers Schiff zu sprechen. Des Kapitäns Anker ist gelichtet; vielleicht kratzt er schon morgen ab. Was sollen wir tun? Wenn wir ihn einnähen müssen, so könnten einige von den Seeräubern da vorn es sich in den Kopf setzen, mit dem Schiff durchzugehen, weil keiner am Ruder ist. Nun, ich weiß, was ich tue. Aber ich tue es nicht, wenn ich nicht ordentliche Leute hinter mir hab' und weiß, daß alles anständig zugeht, wenn wir mal heimkommen.«

Wir fragten, was er vorhätte.

»Ich sag's euch, Leute. Wenn der Schiffer stirbt, stellen sich alle unter mein Kommando. Und in weniger als drei Wochen verspreche ich euch, daß wir fünfhundert Faß Wallrat unten verstaut haben, genug, daß jeder Mutter Sohn eine Handvoll Dollar kriegt, wenn wir nach Sydney kommen. Wenn es euch nicht paßt, bekommt keiner einen roten Heller.«[3]

Der Doktor nahm sogleich das Wort und sagte, daran sei nicht zu denken; wenn der Kapitän stürbe, sei der Steuermann verpflichtet, das Schiff nach dem nächsten zivilisierten Hafen zu führen und es einem englischen Konsul zu übergeben; dort würde, aller Wahrscheinlichkeit nach, die Mannschaft nach einem kurzen Landurlaub heimgeschickt werden. Gegen den Plan des Steuermanns sprächen alle Gründe. »Aber«, sagte er mit gleichgültiger Miene, »wenn die Leute sagen, es bleibt dabei, wir fahren, dann sage ich auch, es bleibt dabei; dann aber, je früher wir zu Ihren Inseln kommen, desto besser.« Er sagte noch einiges mehr; nach der Art, wie die anderen ihn ansahen, war klar, daß unser Schicksal von ihm abhing; und so wurde denn beschlossen, daß, wenn es mit dem Kapitän in vierundzwanzig Stunden nicht besser würde, das Schiff nach der Insel Taheiti steuern sollte. Die Mitteilung erregte Sensation; die Kranken fühlten sich wohler, die anderen überlegten, was nun kommen könnte, während der Doktor, ohne noch etwas über Guys Befinden zu sagen, mich zu der Aussicht beglückwünschte, die berühmte Insel kennenzulernen. In der Nacht darauf kam ich, während der zweiten Wache, zufällig an Deck und fand die Rahen scharf auf Backbordhalsen angebraßt, während der Südostpassat kräftig von vorne kam. Dem Kapitän ging's nicht besser; wir aber lagen auf Taheiti zu.

Dreizehntes Kapitel

Unter uns war ein armer Teufel, der Tauendchen oder Tauchen genannt wurde. Er war ohne bestimmten Beruf mitgekommen, war so ungeschickt und furchtsam, daß man gar nicht erst versucht hatte, ihn als Matrosen anzulernen und ihn als Steward nach der Kajüte versetzte, während der bisherige Steward, der ein tüchtiger Seemann war, zur Mannschaft kam. Aber das arme Tauchen ging mit dem Porzellan ebenso ungeschickt um, wie mit dem Tauwerk; eines Tags, als das Schiff stampfte, fiel er mit einer hölzernen Terrine, voll heißer Suppe in die Kajüte und verbrühte die Offiziere derart, daß sie eine Woche krank lagen. Darauf wurde er entlassen und ins Vorderkastell zurückgeschickt.

Nun wird an Bord niemand so verachtet wie eine furchtsame, faule, nichtsnutzige Landratte; kein Matrose hat das geringste Mitleid mit so einem Kerl. Die Schiffsmannschaft ist aber auch nicht gewillt, ihn seiner Unbrauchbarkeit froh werden zu lassen. Jede schwere Arbeit, zu der er überhaupt imstande ist, wird ihm aufgebürdet, und vor allem die gemeinste Arbeit. Wenn etwas zu teeren ist, wird er ins Teerfaß gestoßen und muß die Sache machen; er muß laufen und tragen wie ein Hund. Wenn der Steuermann ihn nach seinem Quadranten schickt und er unterwegs den Kapitän trifft, befiehlt ihm der, Kalfaterwerg zu holen; und während er nach einem Tauende sucht, kommt ein Matrose, möchte wissen, was zum Teufel er da zu suchen hat, und jagt ihn nach dem Vorderkastell. Nun ist es auf See unbedingte Vorschrift, immer den letzten Befehl zu befolgen. Der arme Kerl wagt nicht zu widersprechen, rennt ganz verwirrt hin und her, weiß nicht, was er tun soll, und bekommt zuletzt Schläge und Püffe von allen Seiten. Wenn er nicht gefragt wird, darf er den Mund nicht öffnen, und selbst dann täte er besser, zu schweigen. Wehe ihm, wenn er einen Witz macht, denn er wird ihm schlimm heimgezahlt. Die Witze, die andere auf seine Kosten machen, muß er schweigend dulden. Wehe ihm, wenn er bei den Mahlzeiten auch nur einen Blick auf die Fleischback wirft, ehe die anderen sich bedient haben. Jede Schuld, zu der der wirkliche Täter sich nicht bekennen will, muß er auf sich nehmen, er ist der »Niemand«, der zu Land alles getan hat.

Da er sich jämmerlich und elend fühlt, vernachlässigt er sein Äußeres. Herzlos, wie die Matrosen sind, schenken sie ihm nichts; kaum heißt es, er ist unreinlich, so wird er nach den Leespeigaten geschleppt, nackt ausgezogen und gründlich gesäubert. Vergeblich heult er um Gnade, vergeblich schreit er nach dem Kapitän.

Solch eine armselige Landratte war Tauendchen und vielleicht die jämmerlichste, die mir begegnet ist. Ein verlassenes und verkümmertes Geschöpf mit einer angeborenen Jammervisage, fahl und spitz, ohne die Runzeln des Alters und ohne die Frische der Jugend; man hätte nicht sagen können, ob er fünfundzwanzig oder fünfzig Jahre alt war.

In seinen besseren Tagen war er Bäckergeselle in London in der Gegend von Holborn gewesen; des Sonntags hatte er einen blauen Rock mit Metallknöpfen getragen, den Nachmittag in der Kneipe verbracht, sein Bier getrunken und seine Pfeife geraucht, als ein freier Mann. Da redete irgendein geschäftiger alter Narr ihm vor, ein tüchtiger Kerl müsse nicht in London sitzenbleiben, sondern nach Australien gehen, das sei das gelobte Land. Und an einem Unglückstag schiffte er sich ein.

Mit einem kleinen Kapital kam er nach Sydney, arbeitete hart und verdiente Geld. Nun nahm er ein Weib, das weder seinem Herzen noch seiner Tasche gut tat und zuletzt mit seiner Ladenkasse und seinem Vorarbeiter durchging. Tauchen stieg in die Kanne und besoff sich; beim fünften Glas beschloß er, sich umzubringen und führte es aus: am nächsten Tag verdingte er sich auf der »Julia«.

Es wäre dem ehemaligen Bäcker vielleicht besser gegangen, wenn sein Herz nicht so weich und ungar gewesen wäre. Auf jedes freundliche Wort fiel er hinein. Zwei oder drei, die dies heraus hatten, zogen ihn auf, wenn die bissigsten und ungemütlichsten alten Seebären daneben saßen. Zum Beispiel: die Freiwache ist eben geweckt worden und sitzt beim Frühstück; Tauchen sitzt traurig in einer Ecke und schafft gleichfalls. Matrosen, die eben aus dem Schlaf geweckt wurden, sind keine Engel; niemand spricht ein Wort, alle sitzen verbissen und unrasiert da und kauen ihr Hartbrot. Da kommt mit freundlichem Gesicht, das Zinngeschirr in der Hand, Schwindel-Jack durch das Logis und setzt sich neben die Landratte.

»Ein hartes Brot, das, Tauchen,« fängt er an, »besonders für einen, der bessere Tage gesehen und in London gelebt hat. Wenn du jetzt in Holborn wärst. Tauchen, was würdest du frühstücken?«

»Frühstücken!« ruft Tauchen begeistert. »Red' nicht davon!«

»Was hat der Kerl?« knurrt ein alter Seebär und sieht sich grimmig um.

»Oh, nichts, nichts«, sagt Schwindel-Jack und flüstert Tauchen zu: »Sprich leiser!«

»Also,« sagt der, und seine Augen leuchten wie Laternen, »also, dann würd' ich zu Mutter Molly gehen, die, was die großen Semmeln macht; dort geh' ich hin und setz' meinen Fuß auf den Kaminvorsatz und verlang zuerst meinen Krug Braunes.«

»Und weiter, Tauchen?«

»Und weiter, Schwindelchen,« fährt der arme Kerl, der ganz warm wird, fort, »dann dreh ich mich mit dem Sessel um und ruf die Betty; das ist das Mädel, das die Kunden bedient. ›Betty, mein Kind,‹ sag' ich, ›heut siehst du wieder reizend aus; bring mir mal eine ordentliche Portion Speckschnitten mit Eier, Betty, mein Schatz,‹ sag' ich; ›und dann möcht' ich noch eine Maß Weißbier und drei schöne heiße Semmeln, und Butter, ja und eine Portion Käs', und dann, Betty, möcht' ich noch‹...«

»Eine Portion Haifisch, verfluchter Hund!« brüllt der schwarze Daniel, und der unglückliche kleine Kerl wird über Koffer und Kisten auf Deck gepufft.

Ich war immer gut gegen das arme Tauchen, wo ich irgend konnte, und er hing sehr an mir.

Vierzehntes Kapitel

Da es nach dem Hafen ging, widmeten sich Sägspan und Spund immer mehr der Flasche, und mit bitterem Neid sahen die anderen, wie die beiden »Genossen« Tag für Tag in steigender Fröhlichkeit über das Deck schwankten.

Dabei sah sie niemand trinken, ausgenommen, wenn der Steward allen ihre Ration austeilte; und wenn man sie fragte, wie sie es machten, sich zu besaufen, wurden sie sogleich nüchtern. Trotzdem kam man ihnen zuletzt auf ihre Schliche.

Die Fässer mit Pisco waren unter dem Achterluk verstaut, das aus diesem Grunde durch eine Stange mit einem Vorhängeschloß gesichert war. Der Bottler jedoch brach von der anderen Seite ein; aus dem vorderen Teil des Schiffsraumes kroch er über tausend Hindernisse und in steter Gefahr, bei der Bewegung des Schiffes zerquetscht zu werden, bis dahin, wo die Fässer lagen. Er konnte zunächst nur an eines gelangen, das mit seinem Spundloch nach oben, auf dem Bauche lag. Vermittels eines entsprechend gebogenen eisernen Faßreifens gelang es ihm, nach langem Hebeln und Hämmern den Spund hineinzustoßen; dann band er sein Halstuch an das Ende des Reifens, tauchte es immer wieder ein, zog es heraus und drückte es jedesmal über einem kleinen Eimer aus.

Er war ein Gast, wie sich die Schankwirte ihn wünschen. Er trank stetig, aber so, daß er noch die Besinnung und die nötige Herrschaft über seine Glieder behielt; in diesem Zustand der Trunkenheit blieb er; »so wie es gerade recht ist«, nannte er es. Dann ging er mit merkwürdigen, ruckartigen Bewegungen, zog von Zeit zu Zeit seinen Hosenbund hoch und sah beim Sprechen dem anderen sonderbar starr ins Gesicht, blieb aber sonst erträglich. Nur daß er stets außerordentlich patriotisch wurde. Lord Nelson war sein Abgott. Aber es genügte ihm nicht, daß der Held ein Auge und einen Arm verloren hatte; er behauptete fest und steif, daß ihm in einer Schlacht auch das Bein abgeschossen worden sei. Nun hatten wir an Bord einen gutmütigen rundlichen Dänen, »Dunk« genannt. So oft der Bottler ihm begegnete, hüpfte er, das linke Bein mit der rechten Hand auf den Rücken haltend und das eine Auge geschlossen, auf dem anderen Bein auf ihn zu und hieß ihn den Mann ansehen, der seine Landsleute bei Kopenhagen so verhauen hatte. »Da sieh, Dunk,« rief er, sich mühsam aufrecht haltend und mit dem offenen Auge krampfhaft blinzelnd, »da sieh: ein Mann, nein, zum Henker, ein halber Mann, mit *einem* Bein, *einem* Arm, *einem* Auge, nur ein Stück Mensch überhaupt, hat deine ganze schäbige Nation verhauen! Oder willst du's leugnen, du Jammerlappen?«

Der Däne war ein äußerst geduldiger Mensch, verstand außerdem nur sehr wenig Englisch und antwortete in der Regel nicht; und so ließ der Bottler sein Bein los und entfernte sich mit der Miene eines Menschen, der es unter seiner Würde findet, noch ein Wort zu sagen.

Fünfzehntes Kapitel

Sowie wir weiter nach Süden kamen und uns Taheiti näherten, veränderte sich allmählich das milde heitere Wetter, das wir bis dahin gehabt hatten. In diesen sonst so ruhigen Meeren bläst der Wind manchmal ganz tüchtig, obschon, wie jeder Seemann weiß, ein scharfer Sturm in der tropischen Südsee nicht mit einem Orkan im Norden, wenn der Atlantische Ozean heulend auf ein Schiff einstürmt, zu vergleichen ist. So hatten auch wir bald mit den Wogen zu kämpfen, und der eben noch so milde Passat blies uns wild, wenn auch immer noch warm ins Gesicht, wie eine hübsche Frau, die böse geworden ist. Trotzdem hatte der Steuermann alle Segel beigesetzt, und »Klein-Julchen« hielt sich gut. Sie legte sich tief auf die Seite und sprang wieder in die Höhe; das alte Holzwerk ächzte, alle Spieren bogen sich; das abgescheuerte Tauwerk war aufs äußerste beansprucht; dennoch lief sie im Sturm wie ein Rennpferd, und Jermin, wie ein Reiter auf dem Meer, stand manchmal in der Fockrust, so daß der Schaum über ihn hinschoß, und schrie: »Brav, Julchen! Tauch' nur hinein, Liebchen! Hurra!«

Eines Nachmittags hörten wir ein unheimliches lautes Krachen oben, so daß alles durcheinanderlief. Die Großbramstange war gerade über dem Eselshaupt abgebrochen; im Tauwerk festgehalten, schlug sie mit all ihrem Zubehör bei jedem Rollen des Schiffes hin und her. Die Rahe hing nur gerade noch und stieß bei jedem Stampfen gegen die Quersaling, das Segel war in Fetzen gerissen, die flatternden losen Taue verfingen sich oder schlugen wie Peitschenschnüre durch die Luft. »Wahrschau, von unten!« und die Blöcke fuhren prasselnd nieder wie Gewehrfeuer. Jetzt riß die Rahe los, flog im Bogen durch die Luft und fuhr zischend ins Meer, verschwand und stieg sofort wieder in voller Länge empor. Dann brach der Kamm einer riesigen Woge über ihr, das Schiff schoß vorbei und wir sahen das Holz nicht mehr.

Baltimore, unserem schwarzen Koch, ging es dabei schlecht. Wie bei den meisten Südseefahrern, war die Kambüse der »Julia« an der Backbordseite des Vorderkastells angebracht. Bei der schweren Dünung und dem Segeldruck, unter dem die Bark lief, tauchte sie mit dem Bug tief in die Seen, und glasiggrüne Wogen stürzten über die Bugreling, überschwemmten das Vorderdeck und spülten über das Achterdeck hinab. Die Kambüse diente als eine Art Wellenbrecher gegen die Überschwemmung. Dann trug Baltimore stets seinen »Sturmanzug«, wie er sagte, einen Südwester und ein mächtiges Paar geschmierter Wasserstiefel, die ihm fast bis an die Knie reichten, und arbeitete so bekleidet in der Kambüse weiter. Immerhin hatte der Alte eine so große Angst, über Bord gespült zu werden, daß er stets ein Tau um sich gewickelt trug, das mit dem einen Ende an seinem Hosenbund befestigt war. Hatte er draußen zu tun, so entrollte er das Tau und machte das andere Ende an einem Ringbolzen auf Deck fest; dann mochte eine See ihm die Füße unter dem Leibe wegschwemmen; mehr konnte sie ihm nicht anhaben.

Eines Abends, während er gerade in der Küche beschäftigt war, stieg die »Julia« wie ein störrisches Füllen auf ihrem Hintersteven in die Höhe und nahm, als sie sich wieder senkte und in die Tiefe fuhr, eine ungeheure Woge auf. Mit unwiderstehlicher Gewalt kam die Wassermasse über den Bug, die eine Seite der verfaulten Schanzen brach krachend ein, die See schlug gegen die Kambüse, riß sie vom Vorderkastell los, warf sie hin und her und schmetterte sie zuletzt gegen das Ankerspill, wo sie strandete. Die Flut ergoß sich über das Deck und spülte Töpfe, Pfannen, Kessel und den alten Baltimore selber fort, bis sie ans Heck schlug, wusch, an Wut nachlassend, querüber und setzte den ertrinkenden Koch auf dem Achterluk ab, daß er hoch im Trockenen saß, die erloschene Pfeife noch im Munde. Er hatte sie in seiner Todesangst fast entzweigebissen. Die wenigen Leute, die auf Deck waren, hatten sich in die Großwanten gerettet und lachten laut über seine Not.

In derselben Nacht brach unser Außenklüverbaum ab wie ein Pfeifenstiel, und unsere Gaffel kam heruntergesaust.

Am anderen Morgen hatte der Wind abgeflaut und die See gleichfalls; gegen Mittag war unser Schaden, so gut es ging, repariert und wir segelten vergnügt weiter. Mit der zerstörten Verschanzung freilich war nichts mehr zu machen, und so oft es wieder wehte, troff das beschädigte Vorderschiff vom herüberschlagenden Wasser.

Sechzehntes Kapitel

Wie weit wir von den Marquesas nach Westen fuhren, wo wir eigentlich waren, über wieviel Meilen unsere Fahrt nach Taheiti ging, vermag ich nicht zu sagen. Jeden Mittag brachte Jermin seinen verrosteten alten Quadranten heraus, der so wunderlich aussah, als ob er aus dem Besitz eines alten Astrologen stammte. Manchmal, wenn Jermin ein paar Gläser zuviel getrunken hatte, schwankte er über das Deck, das Instrument am Auge, und vermochte die Sonne nicht zu finden, die ihm zu Häupten stand. Wie es ihm gelang, die geographische Breite festzustellen, weiß ich nicht; die Länge kann er nur durch Regeldetri gefunden haben, oder es wurde ihm eine Offenbarung darüber zuteil; denn auf seinen Chronometer konnte er sich nur insofern verlassen, als er seit langem stillstand, und zwar die richtige Zeit nach der Sternwarte von Greenwich anzeigte, aber nur für den Augenblick, in dem er zu gehen aufgehört hatte.

Abgesehen von diesen »ungefähren« Berechnungen, behauptete der Steuermann, die Meridiandistanz vom Turm der Marienkirche in London durch gewisse Mondbeobachtungen genau bestimmen zu können. Zu diesem Zweck muß, soviel ich weiß, der Winkel zwischen der Mondhöhe und der eines Fixsterns festgestellt werden; hierzu sind zwei Personen nötig, die zu gleicher Zeit ihre Aufnahmen machen. Nun hätte unser Steuermann, da er alles doppelt sah, vielleicht allein genügt, aber gewöhnlich wurde der Doktor gerufen, um mit einem zweiten Quadranten zu arbeiten, und was die beiden dann angaben, die vergeblichen Versuche des Steuermanns, sein Instrument in die richtige Lage zu bringen, und die Scherze des Doktors, waren ein wahres Gaudium.

Aber wie er es nun machen mochte, er lotste uns durch, und eines Tages warf einer der Mannschaft, der nach oben geschickt worden war, um das Vormarssegel zu flicken, seine Mütze in die Luft und brüllte: »Land ahoi!«

Land war in der Tat in Sicht, aber in welchem Teil der Südsee es lag, das wußte nur Jermin, und auch das schien manchen nicht außer Zweifel. Aber schon kam er mit dem Fernglas an Deck gestürmt, hielt es ans Auge und sah sich triumphierend um: es war genau das Land, nach dem er gesteuert hatte, und mit einigem Winde konnten wir in weniger als vierundzwanzig Stunden Taheiti sichten. Und das bestätigte sich auch. Es war eine Insel, die zur Puamotugruppe gehörte, die auch Koralleninseln oder die niederen Inseln genannt werden und östlich von Taheiti liegen. Sie sind sehr zahlreich, zumeist klein, niedrig und flach, mitunter bewaldet, stets aber mit Grün bedeckt. Einige sind halbmondförmig, andere haben Hufeisenform. Diese bestehen aus einem schmalen ringförmigen Streifen Landes, der um eine stille Lagune liegt und eine einzige schmale Öffnung zum Meere läßt. Einige Lagunen sind geschlossen, ohne sichtbare Einfahrt, sollen aber eine unsichtbare Verbindung mit dem Meer haben; diese Inseln sehen aus wie ein Gürtel von Smaragd.

Die ganze Gruppe soll von den Korallentierchen erbaut sein, die vom Meeresgrund durch die Jahrhunderte ihre Gehäuse bis zur Oberfläche führen; was immer das Meer heranschwemmt, bleibt in den Riffen hängen, und so bildet sich mit der Zeit ein Boden, Vögel bringen Samen hin, der keimt, und das Ganze bedeckt sich mit grünen Pflanzen. Im ganzen Archipel sieht man da und dort auch zahllose nackte Riffe über die Meeresfläche ragen.

Soviel ich weiß, gibt es auf der ganzen Puamotugruppe nur wenig Brotfruchtbäume; auf manchen wachsen nicht einmal Kokospalmen. Einige der Inseln sind daher unbewohnt; andere bieten nur einer einzigen Familie Unterhalt, und auf keiner ist die Bevölkerung zahlreich. In vieler Hinsicht gleichen die Eingeborenen denen von Taheiti; auch ihre Sprache ist ähnlich. Die Bevölkerung der südöstlichen Gruppen sind als Kannibalen berüchtigt; infolgedessen legen die Schiffe dort nicht gerne an, und im Grunde weiß man nicht viel von ihnen. In den letzten Jahren haben sich auf den »Inseln unterm Winde« Missionare von den Gesellschaftsinseln niedergelassen und die Eingeborenen haben sie freundlich aufgenommen. Dem Namen nach sind viele jetzt Christen und haben, zweifellos von ihren Lehrern beeinflußt, nunmehr auch die Oberhoheit der Königin Pomari auf Taheiti anerkannt. Sie hatten mit dieser Insel von jeher viel Verkehr.

Die Koralleninseln werden hauptsächlich von Perlfischern besucht. Sie kommen in kleinen Schonern, die mit nur fünf oder sechs Personen bemannt sind. Lange Zeit hindurch hatte ein gewisser Merenhout fast das ganze Geschäft an sich gerissen; er war französischer Konsul auf Taheiti, Holländer von Geburt, und soll in einem Jahr Perlen im Werte von fünfzigtausend Dollars nach Frankreich geschickt haben. Die Muscheln sitzen in den Lagunen oder an den Riffen; für ein halbes Dutzend Nägel im Tag oder weniger verdingen sich die Eingeborenen als Taucher.

Auch sehr viel Kokosöl wird an manchen Orten gewonnen. Auf einigen der unbewohnten Inseln stehen die Palmen in dichten Hainen, und die abgefallenen Nüsse liegen dort in unglaublichen Mengen umher. Zwei oder drei Männer, die mit dem zur Ölgewinnung Nötigen versehen sind, können in acht bis vierzehn Tagen ein großes Meerkanu mit Öl beladen. Kokosöl wird jetzt auf vielen Inseln hergestellt und bildet einen bedeutenden Handels- und Ausfuhrartikel. Ein großer Teil wird nach Sydney gebracht. Es wird für Lampen und als Maschinenöl verwendet, ist viel billiger als Walrat und zu beiden Zwecken besser geeignet als das richtige Walratöl. Es wird in großen, sechs bis acht Fuß langen hohlen Bambusrohren auf Flaschen gezogen und in diesen Gefäßen in Taheiti auf den Markt gebracht.

Da der Wind völlig abflaute, wurde es Abend, ehe wir der Insel nahekamen; aber wir sahen sie den ganzen Nachmittag. Sie war klein und rund, eine glänzende baumlose Fläche, die sich kaum vier Fuß über das Meer zu erheben schien. Hinter ihr lag eine zweite größere Insel, über der die Sonne eben sank und die ganze Seite des Himmels in Flammen tauchte, so daß er wie ein ungeheures beleuchtetes Kirchenfenster aussah.

Schlaff hingen unsere Segel im absterbenden Passat, der Duft von tausend Blütenhainen erfüllte die Abendluft. Einer der Kranken, der in letzter Zeit Symptome von Skorbut gezeigt hatte, schrie auf, als er sie einatmete, und mußte nach unten gebracht werden. Das kommt häufig vor.

Wir glitten langsam weiter, bis wir nur mehr eine Kabellänge vom Strande entfernt waren, der von funkelndem Schaum umbrandet war, während drinnen still die blaue Lagune lag. Nichts Lebendes war zu sehen; vielleicht waren wir die ersten Sterblichen, die die Stelle mit Augen sahen. Es war ein Gedanke, der die Phantasie anregte; ich dachte der endlosen Grotten und Galerien in der Tiefe und der seltsamen Geschöpfe, die dort ihr Wesen treiben mochten.

Siebzehntes Kapitel

Früh am folgenden Morgen sahen wir die Berggipfel von Taheiti; bei klarem Wetter sind sie auf eine Entfernung von neunzig Meilen sichtbar.

»Heivarhu!« rief Weimontu glückselig und eilte aufs Bugspriet hinaus, als das Land zuerst in der Ferne auftauchte. Aber als die Wolken sich verzogen und die drei Bergspitzen wie Obelisken sich vom Himmel abhoben und die kühn geschweifte Uferlinie den Horizont entlang wogend sichtbar wurde, stürzten Tränen aus seinen Augen: es war doch nicht Heivarhu!

Taheiti ist die berühmteste Insel der Südsee. Zwei hochragende Gebirge mit gerundeten Gipfeln, die sich bis zu neuntausend Fuß über den Meeresspiegel erheben, sind durch eine niedrige Landenge verbunden; die ganze Insel hat etwa hundert Meilen im Umfang. Von den hohen Mittelgipfeln der größeren Halbinsel – Orohina, Aoreh und Peiroheiti – ziehen strahlenförmig die grünen Bergkämme zum Meer hinab; dazwischen liegen breite schattige Täler, dicht bewaldet und von herrlichen Flüssen bewässert. Ungleich vielen anderen Inseln ist Taheiti von einem Gürtel niedrigen angeschwemmten Landes umgeben, auf dem der reichste Pflanzenwuchs gedeiht. Hier vornehmlich wohnen die Eingeborenen.

Der Anblick vom Meer aus ist prachtvoll: eine Masse vielfach abgetönten Grüns vorn Strand bis zu den Bergeshöhen, durch Täler, Kämme, Schluchten und Wasserfälle belebt. Da und dort werfen die höheren Gipfel ihren Schatten über die Kämme und tief in die Täler hinein. In der Ferne blitzen die Wasserfälle in der Sonne und scheinen durch hohe grüne Lauben zu stürzen. Wie eine eben erst geschaffene Zauberwelt liegt das Ganze vor uns. Und das Bild verliert durch die Nähe nicht. Der Europäer, der zum erstenmal in die einsamen Täler hineinwandert, fern von den Wohnungen der Eingeborenen, glaubt zu träumen, so unaussprechlich ist die Ruhe und Schönheit der Landschaft, die ihn umgibt. »Oft«, sagt Bougainville, »glaubte ich im Paradiese zu wandeln.«

Die Schönheit und Liebenswürdigkeit der Eingeborenen paßte zu diesem Bilde und zu ihrem ewigen milden Frühling. Ihre Religion und ihre Einrichtungen sind bemerkenswert. Ihren Königen erweisen sie göttliche Ehren; ihre Sagen stehen denen der alten Griechen an poetischer Schönheit nicht nach. Frühere und inhaltreichere Berichte kamen von Taheiti als von allen anderen Inseln der Südsee. Die Schilderungen, die die ersten Besucher von einem Lande und einem Volke gaben, von denen man in Europa nie gehört hatte, erregten Staunen, und als die ersten Taheitier herüberkamen, wurde Omai in London und Aoturu in Paris vom Adel, von den Gelehrten und von den Damen mit Aufmerksamkeiten überhäuft.

Bedeutsame Ereignisse mehrten den Ruhm Taheitis. Vor zwei Jahrhunderten soll der Spanier Quiros die Insel berührt haben. Wallis, Cook, Byron, de Bougainville, Vancouver, La Perouse und andere berühmte Seefahrer ließen ihre Schiffe in ihren Häfen ausbessern. Der berühmte Durchgang der Venus im Jahre 1769 wurde auf Taheiti beobachtet. Die denkwürdige Meuterei auf der »Bounty« kam dort zum Ausbruch. Zu den heidnischen Bewohnern von Taheiti wurde die erste regelrechte protestantische Mission entsendet; von seinem Strande segelten zahlreiche spätere Missionen nach den benachbarten Inseln. All diese Ereignisse und andere haben das Interesse an Taheiti wach erhalten, und in neuerer Zeit hat das Vorgehen der Franzosen der Insel neue Sympathien in der Welt verschafft.

Achtzehntes Kapitel

Nach längerer Fahrt in den Hafen einzulaufen, ist immer eine Freude und erfüllt den Seemann mit frohen Erwartungen. Für uns wurde die Bedeutung des Ereignisses noch durch besondere Umstände erhöht. Seitdem wir landwärts steuerten, hatten wir unsere Aussichten oft erörtert. Viele meinten, daß, wenn der Kapitän das Schiff verlassen sollte, die Mannschaft an die Artikel des Heuervertrags nicht länger gebunden wäre. Wenigstens war dies die Meinung unserer Juristen der Back; ob das Seegericht sie gutgeheißen hätte, scheint allerdings fraglich. Jedenfalls aber waren Schiff und Mannschaft in einem Zustand, daß ein langer Aufenthalt und viele Urlaubstage in Taheiti mit Sicherheit zu erwarten schienen.

Alles war daher in guter Laune. Die Kranken, denen es täglich besser ging, seitdem wir den Kurs geändert hatten, waren an Deck; sie lehnten an den Schanzen, zum Teil lebhaft erregt, während andere schweigend den wunderbaren Anblick Taheitis genossen.

Ganz anders ging es auf dem Achterdeck zu. Der Maori stand, wie immer, mit finsterer Miene da; während Jermin in tiefen Gedanken auf und ab ging, hier und da einen Blick luvwärts tat oder in die Kajüte eilte und rasch wieder herauskam.

Wir hatten alle leichten Segel beigesetzt, als würben wir um den kosenden Wind, und hielten unseren Kurs, bis wir durch das Glas des Doktors Papiti, die Hauptstadt Taheitis, sichteten. Wir konnten auch mehrere Schiffe im Hafen liegen sehen, eines davon groß und schwarz und durch die zwei Geschützreihen als Fregatte kenntlich. Es war die »Reine Blanche«, die von den Marquesas kam und auf der der Konteradmiral Du Petit-Thouars seine Flagge gehißt hatte. Kaum hatten wir sie erkannt, als der Donner ihrer Kanonen über das Wasser scholl. Sie feuerte Salutschüsse ab, und zwar, wie sich später herausstellte, zu Ehren eines Vertrages, oder besser, der erzwungenen Abtretung Taheitis an die Franzosen, die an diesem Morgen erfolgt war. Kaum war die Kanonade zu Ende, als Jermin ein so unerwartetes Kommando gab, daß alle auffuhren: »Hol' über die Großrahe!«

»Was soll das heißen?« schrien die Leute, »laufen wir nicht in den Hafen?«

»Nach achtern gehen! Und keine Widerrede!« rief der Steuermann; im nächsten Augenblick flog die Großrahe herum und, mit dem Klüverbaum seewärts, lag die »Julia« still. Wir alle sahen betroffen drein: was stand bevor?

Jetzt erschien der Steward mit einer Matratze, die er im Hinterende des Kapitänsbootes ausbreitete; ein paar Koffer und andere Sachen, die seinem Herrn gehörten, folgten. Das genügte. Der Seemann begreift schnell. Der Kapitän hatte offenbar die Absicht, selbst an Land zu gehen, während das Schiff unter der Führung des Steuermanns sofort wieder in See stechen sollte, um nach einer bestimmten Zeit die Insel wieder anzulaufen und ihn abzuholen. Das ließ sich leicht ausführen, ohne daß die »Julia« näher an die Küste fuhr. Kapitäne von Walfischfängern machen es öfters so, wenn sie krank werden; aber in unserem Fall war es völlig unverantwortlich, so zu handeln, und widersprach allen Grundsätzen der Vorsicht und Menschlichkeit. Und obschon der Entschluß mehr Kühnheit bewies, als wir Guy zugetraut hätten, so verriet es doch auch sehr wenig Menschenkenntnis, wenn er glaubte, daß diese Mannschaft es sich gefallen lassen würde.

Bald zeigte sich, daß wir richtig vermutet hatten, und die Wut der Leute stieg. Der Bottler und der Zimmermann erklärten sich sofort bereit, eine Meuterei anzuführen; vier oder fünf liefen nach dem Achterdeck, um das Luk zu verschließen, solange Jermin noch unten war; andere warfen bereits die Großbrassen los und riefen den übrigen, ihnen zu helfen, um auf Land zuzuliegen. All dies war das Werk eines Augenblicks, und die Lage schien kritisch, als es dem langen Doktor und mir gelang, die Leute von Übereilungen zurückzuhalten: wir hätten ja Zeit und das Schiff vollkommen in der Gewalt.

Während die Vorbereitungen in der Kajüte weitergingen, riefen wir die Leute in die Back. Es war nicht leicht, diese wilden Kerle zu einer ruhigen Betrachtung der Lage zu bewegen, aber schließlich siegte des Doktors Einfluß: wenn sie ihm folgten, versprach er, würde das Schiff hier vor Anker bleiben, ohne daß sie Unannehmlichkeiten haben würden; und die meisten fügten sich.

Aber immer wieder versicherten sie, wenn friedliche Mittel versagten, würden sie sich »Klein-Julchens« bemächtigen und sie nach Papiti bringen, und wenn sie alle dafür hängen sollten. Für's erste wollten sie zusehen und den Kapitän gewähren lassen.

Inzwischen war das Boot zu Wasser gelassen und lag am Fallreep; der Steward und der Steuermann halfen dem Kapitän an Deck. Wir sahen ihn seit mehr als vierzehn Tagen zum erstenmal, und er schien sehr verändert. Er hatte einen breiten Paytahut so tief über die Stirn gezogen, daß wir sein Gesicht nur sehen konnten, wenn der Wind den Rand aufklappte. An einer Schlinge, die an der Großrah vertäut war, wurde er mit des Kochs und Bembos Hilfe stöhnend ins Boot hinabgelassen. Er muß die Flüche gehört haben, die die Mannschaft ihm, wenn auch nicht zu laut, nachrief.

Während der Steward noch die Sachen im Boot ordnete, sprach der Steuermann leise mit dem Maori, wendete sich dann plötzlich zu uns und sagte, er gehe jetzt mit dem Kapitän an Land, werde aber so bald als möglich wiederkommen. Inzwischen hätte Bembo als der nächste im Rang die Führung des Schiffes; er habe übrigens nichts zu tun, als es in sicherer Entfernung vom Ufer zu halten. Damit sprang er ins Boot und steuerte dem Strand zu, während der Koch und der Steward an den Riemen saßen.

Daß Guy das Schiff gegen des Steuermanns Rat der Mannschaft überließ, bewies aufs neue, wie unbedacht er war; wären der Doktor und ich nicht an Bord gewesen, hätte Gott weiß was geschehen können.

Zunächst war Bembo Kapitän, und was die seemännische Erfahrung anging, auch vollkommen dazu geeignet, er war einer der tüchtigsten Seeleute, die ich je getroffen habe, und er fluchte für zwei. Darauf und auf zahlreiche nautische Fachausdrücke, die er mit erstaunlicher Sicherheit gebrauchte, beschränkten sich seine Kenntnisse der englischen Sprache. Als Harpunier hatte er Zutritt zur Kajüte und war nach Seebrauch, der keine Ausnahmen kennt, obgleich ein unzivilisierter Eingeborener, der Vorgesetzte der Mannschaft; es sprach auch niemand ein Wort dagegen, niemand war überrascht, obschon der Maori keineswegs beliebt war. Alle, außer dem Steuermann, mißtrauten dem finsteren Wilden oder fürchteten ihn geradezu. Dunkle Geschichten wurden von ihm erzählt. Er kam aus einem Stamm von Menschenfressern, soviel stand fest; das übrige war ungewiß. Seine persönliche Erscheinung nahm nicht für ihn ein. Im Gegensatz zu den meisten seiner Landsleute war er eher unter Mittelgröße, untersetzt und breitschultrig, aber unter seiner schwärzlichen tätowierten Haut bewegten sich Muskeln wie Stahltaue. Er hatte krauses, kohlschwarzes Haar, und unter buschigen Brauen sahen scharfe kleine Augen immer drohend wie aus einem Hinterhalt hervor.

Er hatte schon zwei oder drei Fahrten auf Walfischfängern von Sidney mitgemacht, sich aber immer, wie auch diesmal und wie es bei seinen Landsleuten Brauch ist, in der Inselbucht bei Opua verdungen und wurde auf der Rückreise an der gleichen Stelle wieder entlassen. Einer von uns war mit dem Maori auf seiner ersten Fahrt gewesen und erzählte uns merkwürdige Dinge von ihm. Ich gebe eine dieser Geschichten wieder, so, wie ich sie gehört habe, und bemerke, daß, was ich von Bembo und von den tollkühnen Taten der Walfischfänger weiß, sie mir durchaus glaublich erscheinen läßt.

Die eingeborenen Neuseeländer sind die wildesten Walfischjäger; die Jagd kommt ihren blutdürstigen Neigungen entgegen. Das erste Englisch, das sie lernen, ist der Schlachtruf des Südseefischers, wenn er zu Wasser gelassen wird: »Ein toter Wal oder ein zerschlagenes Boot!« Da ihre wilde Entschlossenheit bekannt ist, nimmt man sie gern zu Harpunieren; nervöse, furchtsame Leute eignen sich für den Beruf nicht.

Wenn der Harpunier seine Lanze schleudert, steht er aufrecht an der Spitze des Boots, das Knie gegen eine Stütze gestemmt. Bembo aber stand frei auf dem Dollbord, während das Boot auf den Fisch zuruderte. Eines Morgens bei Tagesanbruch kam er so an einen riesigen Pottwal. Er warf seine Harpune und fehlte; der Fisch tauchte unter. Nach einer Weile kam das Ungetüm wieder zum Vorschein; es war jetzt fast eine Meile entfernt, und sie ruderten darauf zu. Aber das Tier war scheu geworden, »verschreckt«, wie die Jäger sagen; es wurde Mittag, und das Boot jagte ihm noch immer nach. Auf der Walfischjagd wird, solange der Fisch in Sicht ist, die Verfolgung nicht aufgegeben, ehe die Nacht hereinbricht, mag geschehen sein, was da will, und heute, da die Fische so schwer zu bekommen sind, vielleicht nicht einmal dann. Schließlich gelang es zum zweitenmal, an den Wal zu kommen. Bembo schleuderte beide Harpunen nach ihm, doch wie es manchmal dem besten Mann begegnen kann, er fehlte wieder. Man weiß, daß das vorkommt, aber für die Bootsmannschaft bedeutet es bittere Enttäuschung, die sich in heftigen Flüchen Luft zu machen pflegt. Das ist kein Wunder, wenn Leute Stunde um Stunde in brennender Sonnenhitze mit Aufbietung aller Kräfte gerudert haben; wer da nicht ärgerlich wird, ist kein Seemann. Aber der Spott und die Vorwürfe machten den Maori rasend; kaum war er wieder an das Tier gekommen, als er, die Harpune in der Hand, auf den Rücken des Wals sprang. Eine schwindelnde Sekunde sah man ihn dort, dann nur ein Wüten und Schäumen, und Mensch und Tier waren verschwunden. Die Leute gierten ab und ließen die Leine auslaufen, so schnell sie konnten, während vor ihnen nur ein roter Wirbel von blutigen Wogen war.

Jetzt tauchte etwas Dunkles auf, die Leine kam steif, jetzt rauchte sie um die Spule, und das Boot schoß pfeilschnell durchs Wasser. Sie waren »fest«, und der Walfisch »lief«. Eine braune Hand griff nach dem Dollbord und der Maori wurde an Bord gezogen, während die Blasen wild um den Bug des Bootes aufstiegen und zerplatzten.

Solch ein Mensch, oder solch ein Teufel, wenn man will, war Bembo.

Neunzehntes Kapitel

Die Landbrise flaute völlig ab, und gegen Mittag trat, wie zumeist auf diesen Inseln, völlige Windstille ein. Die Untersegel wurden aufgezogen und der Klüver niedergeholt, sonst war nichts zu tun, das Schiff lag still schaukelnd in den sanften Wellen. Die tiefe Ruhe der Elemente schien auch auf die Mannschaft zu wirken, und eine Zeitlang hörte man keinen Laut.

Am frühen Nachmittag kam der Steuermann zurück. Der Steward sagte, sie würden gleich nach dem Essen mit Guys übrigen Sachen an Land gehen. Als Jermin an Bord kam, wich er uns aus und ging schweigend nach unten. Das lange Gespenst und ich bearbeiteten indessen die Mannschaft; wir suchten ihnen beizubringen, daß sie mit ein bißchen Geduld und Geschicklichkeit ebensoviel erreichen konnten, wie mit Gewalt, und ohne daß eine ernste Sache daraus wurde. Ich wußte recht gut, daß ich unter fremder Flagge fuhr, daß ein englischer Konsul in der Nähe war und daß die Mannschaft selten recht erhält. Es galt, vorsichtig zu sein. Andererseits waren die Beschwerden der Leute zum Teil so berechtigt, und was Guy vorhatte, so hart und ungerecht, daß ich allenfalls auch entschlossen war, mitzutun.

Trotz all unserem Bemühen wurden viele bald wieder aufsässig, sie waren für offene Meuterei. Als wir zum Essen hinunterkamen, machten sie einen solchen Lärm, daß der alte Holzraum förmlich widerhallte. Wilde Reden wurden gehalten, von wüsten Zwischenrufen unterbrochen. Unter anderen erhob sich der lange Jim – Jim, der Lazedämonier, wie der Doktor ihn nannte – und hielt folgende Ansprache: »Seht her, Briten! Wenn nach allem, was hier vorgegangen ist, dieses Schiff hier mit uns wieder in See geht, so sind wir keine Männer; das sag' ich gerad' heraus. Sagt ein Wort, Jungens, und ich lotse sie in den Hafen. Ich war schon in Taheiti und ich kann's.«

Darauf setzte er sich wieder hin, während die anderen dröhnend auf die Kofferdeckel schlugen und die Zinnkannen als Pauken benützten; die wenigen Kranken, die bisher noch nicht im Einverständnis gewesen, machten jetzt gemeinsame Sache mit den anderen und gaben ihren Beifall durch Klappern mit den Bettbrettern oder Schwingen der Hängematten zu erkennen. »Handspaken her und schlagt los!« rief einer. »Setzt die Leesegel!« ein anderer und »Hurra!«

Einige liefen sogleich an Deck, und ich glaubte schon alles verloren; schließlich gelang es uns doch, sie einigermaßen zu beruhigen. Um ihre Gedanken abzulenken, schlug ich vor, daß ein »Schreibebrief« aufgesetzt und durch Baltimore, den Koch, an Land geschickt und dem Konsul übergeben werden sollte. Das gefiel ihnen außerordentlich und sie hießen mich sogleich daran gehen. Aber als ich mich an den Doktor um Schreibmaterial wendete, sagte er, daß er keines hätte, nicht ein Blatt, auch nicht in seinen Büchern. Endlich, nach langem Suchen, fanden wir einen feuchten, halbverschimmelten Band »Geschichte der grausamsten und blutigsten Seeräubereien«, rissen die beiden leeren Vorsatzblätter heraus, die wir mit ein wenig Pech am Rand aneinanderklebten und als Briefbogen benützten. Dann wurde etwas Lampenruß mit Wasser verdünnt und aus einem Albatrosflügel, der, an die Bugsprietbeting genagelt, die Back schmückte, eine ungeheure Kielfeder ausgerissen. Mit diesem Schreibzeug versehen, setzte ich auf einem Kistendeckel eine kurze Liste unserer Beschwerden auf und schloß mit der ernsten Hoffnung, daß der Konsul sogleich an Bord kommen und die Sache selbst untersuchen würde. Unter den Text wurde ein Kreis für die Unterschriften gezeichnet; denn der Sinn eines solchen Schreibens ist der, daß die Unterschriften sämtlich so gesetzt sind, daß niemand als der Rädelsführer bezeichnet werden kann.

Wenige unter uns führten einen regelrechten Namen; die meisten wurden bei Spitznamen gerufen, die sie auf irgendeine persönliche Eigenschaft hin, öfter aber nach ihrem Heimatsort erhalten hatten. Manchmal war die Bedeutung nicht mehr erkennbar. Einige hatten sich unter angenommenen Namen »für den Schiffskassierer« verdungen, die sie zumeist selbst nicht mehr wußten, und so wurde ausgemacht, daß jeder den Namen hinsetzen sollte, bei dem ihn die Mannschaft kannte und rief.

Dann wurde der Brief zusammengefaltet, mit etwas Teer versiegelt, an »den Englischen Konsul, Taheiti« adressiert und dem Koch eingehändigt, der ihn, als er wieder mit dem Steuermann an Land fuhr, dem genannten Herrn übergab.

Als das Boot nach Anbruch der Dunkelheit zurückkehrte, hörten wir so manches von Baltimore, der auf der Insel frei hatte umhergehen können und, da und dort schwatzend, allerlei Nachrichten aufgelesen hatte.

Infolge des Vorgehens der Franzosen herrschte auf Taheiti die größte Aufregung. Pritchard, der Missionskonsul, war in England und wurde nur zeitweilig von einem gewissen Wilson vertreten, einem weißen Mann, der als Sohn eines alten Missionars auf der Insel geboren war und die nötige Bildung besaß. Im übrigen war der jüngere Wilson – sein Vater lebte noch – bei Eingeborenen und Fremden gleich unbeliebt; er hatte keinen guten Ruf, und daß Pritchard gerade ihn zu seinem Vertreter im Amt bestellte, hatte allgemeinen Unwillen erregt.

Wenn er auch nie in Europa oder Amerika gewesen war, so hatte der amtierende Konsul doch mehrere Reisen nach Sidney gemacht; daher waren wir nicht übermäßig erstaunt, als Baltimore uns erzählte, daß er und Kapitän Guy alte Bekannte wären, und daß Guy bei ihm wohnte. Das schien uns nichts Gutes zu verheißen.

Der Steuermann wurde nun von allen Seiten mit Fragen bestürmt, was mit uns geschehen würde. Seine einzige Antwort war, daß der Konsul am nächsten Morgen selbst das Schiff besuchen und die nötigen Anordnungen treffen werde.

Wir blieben die Nacht außerhalb des Hafens, und am Morgen sahen wir eine mit Eingeborenen bemannte Jolle vom Ufer abstoßen. Herr Wilson und noch ein weißer Mann befanden sich darin, der sich als ein in Papiti wohnhafter englischer Arzt, Dr. Johnson, erwies. Als sie herankamen, stoppte die »Julia« in ihrer Fahrt, und Jermin trat ans Fallreep, um sie zu empfangen. Der Konsul kam an Deck. »Herr Jermin,« rief er hochmütig, ohne den achtungsvollen Gruß des Steuermanns zu erwidern, »wenden Sie das Schiff und halten Sie vom Ufer ab!«

Die Leute beobachteten ihn scharf, sie wollten sehen, »was für ein Kerl« er wäre. Es ergab sich, daß er ein ungewöhnlich kleiner Kerl war, mit einer häßlichen Mopsnase und auffallend dünnen Beinen. Sonst war nichts Bemerkenswertes an ihm. Jermin gehorchte indessen mit schlechtgespielter Demut seinem Befehl, und alsbald lag das Schiff mit dem Bug seewärts.

Wie die Liebe, entsteht auch die Verachtung sehr häufig auf den ersten Blick. Man brauchte Wilson nur zu sehen, und man konnte ihn nicht leiden. Er sah so unerträglich eingebildet aus, daß man ihn am liebsten geohrfeigt hätte.

»Also, der Konsuler ist da«, rief Marine-Bob, während Wilson mit dem Steuermann nach unten ging. Keiner der Leute nannte ihn anders, was mich und den Doktor sehr belustigte.

»Gutes bringt der nicht«, sagte ein anderer. Keiner aber schimpfte so wüst wie der Bottler: wenn er mit einem Schiff, wie die »Julia«, je wieder auf See ginge, dann sagte er, sollte man ihm ... und er schilderte ein Verfahren, das ich hier nicht mitteilen werde. Er schimpfte auch heftig auf den Hundefraß, der uns vorgesetzt wurde, und hielt einen Vortrag darüber, welch ein Wahnsinn es sei, einem Kerl, der ewig soff, wie unser Steuermann, ein Schiff auch nur für einen Tag anzuvertrauen. Außerdem konnte mit so viel Kranken an Bord von irgendwelchem Erfolg in der Fischerei keine Rede sein. Kurz, man brauchte kein Wort mehr darüber zu verlieren: das Schiff mußte vor Anker gehen.

Spund war ein tüchtiger Seemann, war einer der Anführer im Logis und wohl auch der Älteste unter uns, und da, wie aus seinen Worten hervorging, seine Gesinnung vollkommen der der gesamten Mannschaft entsprach, so wurde er zum Sprecher gewählt, falls der Konsul mit uns verhandeln sollte. Weder der Doktor noch ich waren für diese Wahl; aber die Leute versprachen uns dafür, daß sie sich ganz ruhig verhalten und Wilson erst zu Ende anhören würden, ehe sie einen entscheidenden Schritt täten.

Wir brauchten nicht lange zu warten, der Konsul kam die Kajütentreppe herauf, die gefirnißte Zinnkassette mit den Schiffspapieren in Händen, während Jermin den Befehl aussang, daß die Mannschaft sich auf dem Achterdeck versammeln sollte.

Zwanzigstes Kapitel

Dem Befehl wurde sogleich Folge geleistet; die Leute traten an und standen in einer Reihe, dem Konsul gegenüber. Es war eine wilde Gesellschaft, Männer aus allen Zonen, nicht eben korrekt gekleidet, aber malerisch in ihren Lumpen. Auch der lange Doktor stand darunter, hatte aber sorgfältigere Toilette gemacht. Vielleicht hoffte er die Sympathien des Konsuls für einen Mann aus den besseren Ständen, der Unglück gehabt hatte, zu gewinnen. Er sah aus wie ein Kranich, der unter eine Schar von Sturmvögeln geraten ist.

Am auffälligsten sah das unglückliche Tauendchen aus. Seine Seeausstattung hatte man ihm, als einer Landratte, längst abgenommen; er kleidete sich, wie es eben ging, und so trug er das auf See unmöglichste Kleidungsstück, das sich denken ließ: einen alten Frack, der dem Kapitän gehört und den er seinerzeit als Steward getragen hatte. Zehnmal am Tag rissen ihn die Leute ihm vom Leibe, und immer zog er ihn wieder an.

Der Steuermann stand neben Wilson, barhaupt, die grauen Locken um die bronzefarbene Stirn geringelt, sein scharfer Blick glitt die Reihe entlang. Seine Jacke stand offen und hing lose herab und ließ den kräftigen Hals, die behaarte Brust sehen und die kurzen, nervigen Arme, die die Spuren vieler Faustkämpfe und manche seltsame Zeichnung in chinesischer Tusche zeigten.

Unter bedeutungsvollem Schweigen faltete der Konsul seine Papiere auseinander; er war sichtlich bemüht, uns durch eine wichtige Miene und großartige Haltung zu imponieren. »Herr Jermin, rufen Sie die Namen auf!« sagte er, und reichte ihm die Mannschaftsliste.

Alle antworteten »hier«, mit Ausnahme der Deserteure und der zwei, die am Grunde des Meeres lagen.

Wir erwarteten nun, daß er unser Schreiben vornehmen und etwas darüber sagen würde. Aber nichts dergleichen geschah. Es war uns zwar, als hätten wir dieses merkwürdige Dokument unter den Papieren des Konsuls gesehen, er erwähnte es jedoch mit keinem Wort; die Leute, die sich Wunder was davon versprochen hatten, kamen dadurch in eine gereizte Stimmung.

»Nun, Leute,« begann Wilson wieder nach einer kurzen Pause, »ihr seht zwar alle recht munter ans; dennoch sollen, wie ich höre, Kranke unter euch sein. Rufen Sie also die Namen auf der Krankenliste da auf, Herr Jermin; die Aufgerufenen treten auf die andere Seite des Verdecks, ich möchte sie sehen.«

Als wir alle hinübergegangen waren, sagte er: »So, ihr also seid die kranken Kerls, hm! Gut, ihr werdet untersucht werden. Ihr geht jetzt, einer nach dem anderen, in die Kajüte zu Dr. Johnson, der mir über jeden einzelnen Fall berichten wird. Die im Sterben sind, werden an Land gebracht werden, für die anderen wird alles Nötige besorgt werden, und sie bleiben an Bord.«

Erstaunt und betroffen sahen wir einander an: wer mochte im Sterben sein? Jeder blieb lieber an Bord und wurde gesund, als daß er an Land gegangen wäre, um sich begraben zu lassen. Einige aber sahen sehr wohl, was der Konsul bezweckte, und handelten demgemäß. Ich für mein Teil war entschlossen, so sterbenskrank als möglich auszusehn; ich hoffte daraufhin ans Land geschickt zu werden und so ohne weitere Verwicklungen vom Schiff loszukommen.

Ich beschloß, mich daher auch an nichts zu beteiligen, solange mein Fall nicht entschieden war. Auch der Doktor hatte schon die ganze Zeit vorgegeben, mehr oder minder leidend zu sein, und aus einem Blick, den er mir zuwarf, erkannte ich, daß sein Zustand sich rasch verschlimmerte.

Nachdem über die Maroden in dieser Weise verfügt und einer auch bereits nach unten gegangen war, um sich untersuchen zu lassen, wandte der Konsul sich zu den anderen und redete sie folgendermaßen an: »Leute, ich werde nun zwei oder drei Fragen an euch richten; einer von euch soll ja oder nein antworten, die anderen haben zu schweigen. Also zunächst: Habt ihr eine Klage gegen euern Steuermann, Herrn Jermin?« Und er sah die Matrosen der Reihe nach scharf an, und da alle den Bottler ansahen, richtete auch er schließlich seine Blicke auf ihn.

»Je nun, Herr,« stotterte Spund, »gegen Herrn Jermins Seebefahrenheit haben wir nichts zu sagen, aber...«

»Ich wünsche keine Aber zu hören,« unterbrach ihn der Konsul, »antworten Sie ja oder nein, haben Sie etwas gegen Herrn Jermin vorzubringen?«

»Ich wollte nur sagen, Herr, Herr Jermin ist ein ganz braver Mann, aber doch…« Der Steuermann schoß Blicke wie Splißeisen auf Spund, den Bottler, der noch ein paar unverständliche Worte stammelte, dann auf eine Fuge im Deck niedersah und verstummte. Er, der sonst ein so anmaßender Kerl war, kniff jetzt schimpflich aus.

»Das wäre somit erledigt,« rief Wilson scharf, »ihr habt also, wie ich sehe, nichts gegen ihn vorzubringen.«

Mehrere schienen ein gut Teil sagen zu wollen, aber durch das Verhalten des Bottlers enttäuscht und aus der Fassung gebracht, hielten sie inne, ehe sie noch begonnen hatten, und der Konsul fuhr fort: »Habt ihr genug zu essen an Bord? Antworten Sie mir – der Mann, der vorhin gesprochen hat!«

»Je nun, das könnt' ich nicht sagen«, antwortete der Bottler unsicher; er versuchte sich zu drücken, wurde aber von den anderen wieder vorgeschoben. »Das gesalzene Roßfleisch ist just nicht so gut, wie's sein könnte…«

»Darnach hab' ich Sie nicht gefragt«, rief der Konsul, der jetzt rasch mutiger wurde. »Antworten Sie gefälligst auf die Fragen, die ich stelle, oder ich werde Mittel finden, Sie dazu zu bringen.«

Das ging ein wenig zu weit. Der Ärger über die Feigheit des Bottlers, der in den Leuten kochte, brach los, und einer, ein junger Amerikaner, der Salem genannt wurde, nach der bekannten Hafenstadt in Massachusetts, aus der er kam, sprang vor, versetzte dem Bottler einen Rippenstoß, daß er knurrend auf den Konsul zutaumelte, riß sein Messer blank und schrie: »So, ich bin der kleine Bursche, der Ihre Fragen beantworten kann! Jetzt fragen Sie einmal mich, Herr Konsuler, jetzt fragen Sie mal mich!«

Aber der Konsuler hatte im Augenblick keine Frage zu stellen; beim Anblick des blanken Messers und wie er Spund zur Seite fliegen sah, war er im Luk verschwunden und sein Gesicht zur Zeit nicht zu sehen. Da der Steuermann ihm jedoch versicherte, daß die Gefahr vorüber sei, wurde er wieder sichtbar; er sah einigermaßen erregt, wenn nicht erschrocken aus, war aber offenbar entschlossen, sich so schneidig als möglich zu zeigen. In scharfem Ton warnte er alle, sie möchten sich vorsehen, und wiederholte seine Frage, ob es an Bord genug zu essen gäbe? Nun redeten alle zugleich; brüllend drangen sie auf ihn ein, und die Flüche fielen wie Hagel.

»Ja, was ist denn das? Was fällt euch ein?« schrie er, sobald es einen Augenblick stiller ward, »wer hat euch erlaubt, alle zugleich zu reden? Sie da, der Mann mit dem Messer, Sie werden noch jemandem ein Auge ausstechen – hören Sie? Sie, Herr? Sie scheinen ja sehr viel zu sagen zu haben! Wer sind Sie denn eigentlich? Wo haben Sie sich denn verheuert?«

»Ich bin nur ein verfluchtiger Strandräuber!«[4] gab Salem zur Antwort; dabei trat er grimmig vor, wie ein wirklicher Seeräuber und sah dem Konsul gerade ins Auge. »Und wenn Sie's wissen wollen, aufs Schiff bin ich vor vier Monaten gekommen, an den Inseln!«[5]

»Erst vor vier Monaten! Und hier führen Sie das große Wort und reden mehr als Leute, die die ganze Fahrt mitgemacht haben!« Der Konsul versuchte böse auszusehen, aber es gelang ihm nicht recht. »Daß ich kein Wort mehr von Ihnen höre! Wo ist denn der anständige grauhaarige Mann, der Bottler? Er soll meine Fragen beantworten!«

»Hier gibt's keine grauhaarigen, anständigen Männer an Bord!« schrie Salem. »Wir sind hier lauter Piraten und Meuterer!«

Der Steuermann hatte die ganze Zeit geschwiegen; jetzt faßte der Konsul, der ängstlich geworden war und nicht wußte, was er tun sollte, ihn beim Arm und schritt mit ihm übers Deck. Sie besprachen sich rasch und leise, dann kam der Konsul zum Luk zurück, wandte sich plötzlich zu uns um und sagte, ohne auf das Vorgefallene zurückzukommen: »Aus Gründen, die ihr alle wißt, Leute, ist das Schiff zu meinen Händen übergeben worden. Da Kapitän Guy vorläufig an Land bleiben muß, wird euer Steuermann, Herr Jermin, bis zu seiner Wiederherstellung das Kommando führen. Ich sehe keinen Grund, weshalb die Fahrt nicht sogleich wieder aufgenommen werden sollte; um so mehr, als ich dafür sorgen werde, daß ihr noch zwei Harpuniere bekommt und genug tüchtige Leute, um drei Boote zu bemannen. Was die Kranken betrifft, so ist das weder meine noch eure Sache; Doktor Johnson wird nach ihnen sehen; aber das hab' ich euch ja schon gesagt. Sowie alles in Ordnung gebracht ist, und das wird längstens in zwei oder drei Tagen der Fall sein, geht ihr wieder in See auf eine dreimonatliche Fahrt, dann lauft ihr hier wieder ein, um euren Kapitän abzuholen. Ich hoffe, man wird mir, wenn ihr zurückkommt, nur Gutes von euch zu berichten haben. Jetzt werdet ihr weiter hier vor dem Hafen beiliegen. Neue Vorräte schicke ich euch, sobald ich sie auftreiben kann. So, ich habe euch nun nichts mehr zu sagen. Geht nach vorn an eure Plätze!«

Und ohne ein weiteres Wort machte er kehrt und wollte in die Kajüte hinunter; aber er hatte kaum geschlossen, als die empörten Leute ihn von allen Seiten bestürmten und verlangten, daß er sie anhören sollte. Alle bestritten die Gesetzlichkeit seines Vorgehens, alle bestanden darauf, daß das Schiff in den Hafen gebracht werden müßte, und sie erklärten ihm ins Gesicht, daß sie auf der »Julia« nicht in See gehen würden.

Während dieses meuterischen Tobens hielt sich der Konsul, nicht ohne Angst, dicht am Luk. Über seine Taktik war er sich zweifellos schon vorher klar; es war offenbar alles zwischen ihm und dem Kapitän verabredet, denn seine ganze Antwort, ehe er sich eilends nach unten begab, war: »Geht nach vorn, Leute; ich bin mit euch fertig; alles dies hättet ihr früher sagen sollen. Ich habe gesagt, was zu geschehen hat; geht nach vorn, sage ich! Ich habe euch nichts mehr zu sagen.« Damit zog er die Schiebetür über das Luk und verschwand.

Die erbitterten Leute wollten ihm bereits nachdrängen, da wurde ihre Aufmerksamkeit durch einige von ihnen abgelenkt, die den treulosen Spund gepackt hatten. Unter einem Regen von Schlägen und Püffen wurde der Verräter nach der Back geschleppt, wo ... das übrige will ich lieber nicht erzählen.

Einundzwanzigstes Kapitel

Während dies an Deck vor sich ging, war Dr. Johnson damit beschäftigt, die Kranken zu untersuchen, und es zeigte sich, daß alle bis auf zwei an Bord bleiben sollten. Er hatte offenbar von Wilson sein Stichwort bekommen. Ich war einer der letzten, die in die Kajüte gerufen wurden, gerade als die Versammlung auf dem Achterdeck sich auflöste, und ich kam in heller Empörung wieder an Deck. Meine Lahmheit, die sich allerdings bedeutend gebessert hatte, wurde als großenteils simuliert bezeichnet, und mein Name auf die Liste derer gesetzt, die in ein oder zwei Tagen vollkommen diensttauglich sein würden. Das genügte. Den Gespenst-Doktor hatte der Inselarzt, weit entfernt davon, ihn als Kollegen zu behandeln, sehr kavaliermäßig abgetan. Die Folge war, daß wir nunmehr bis zu einem gewissen Grade gemeinsame Sache mit den Leuten machten.

Wir wollten aber nichts weiter, als daß das Schiff in der Bucht von Papiti vor Anker gehen sollte; wir zweifelten nicht, daß wir dann über kurz oder lang entlassen werden mußten. Ohne offene Meuterei war dies nur zu erreichen, wenn wir die Leute dazu brachten, passiven Widerstand zu leisten und jeden Dienst zu verweigern, es wäre denn, um das Schiff in den Hafen zu bringen.

Das Schwierige war nur, sie im Zaum zu halten. Es war mir auch nicht ganz wohl zumute, da mir nichts übrigblieb, als mich, wenn auch mit aller Vorsicht, einer so verzweifelten Gesellschaft anzuschließen, und noch dazu bei einem Unternehmen, dessen Folgen sich schwer voraussehen ließen. Aber neutral zu bleiben, war ganz unmöglich, und sich bedingungslos zu fügen, gleichfalls.

Als wir nach vorn kamen, fanden wir die Leute noch zehnmal erregter als zuvor. Wir beruhigten sie einigermaßen und rieten ihnen nochmals dringend, jeden Dienst zu verweigern und sich sonst ruhig zu verhalten und das Ende abzuwarten. Erst wollten sie nichts davon hören, aber schließlich hatten wir die Mehrzahl überzeugt; einige blieben starrsinnig, auch waren wir der anderen keineswegs ganz sicher.

Als Wilson wieder an Deck kam, um in sein Boot zu steigen, drängten sie sich von allen Seiten um ihn, und einen Augenblick fürchtete ich bereits, sie würden sich vor seinen Augen des Schiffs bemächtigen. »Habe euch nichts mehr zu sagen, Leute!« schrie er, »meine Verfügungen sind getroffen. Geht nach vorn, wo ihr hingehört. Ich dulde keine Unverschämtheiten!« Damit eilte er zitternd über Bord und das Fallreep hinab, während die Matrosen ihm wilde Flüche nachriefen.

Bald nachdem er gegangen war, fuhr auch der Steuermann mit dem Koch und dem Steward an Land, um, wie er sagte, zu sehen, wie es dem Kapitän ginge, und ließ uns, wie das vorige Mal, unter Bembos Kommando. Wir lagen bei völliger Windstille ziemlich dicht an Land, da wir wieder gewendet hatten, und unser Großmarssegel schlug bei jedem Überholen des Schiffs gegen den Mast.

Als der Konsul und Jermin das Schiff verlassen hatten, folgte eine unbeschreibliche Szene. Die Leute liefen an Deck herum wie wahnsinnig, während Bembo die ganze Zeit allein am Heck lehnte, seine heidnische Steinpfeife rauchte und sich um nichts kümmerte.

Der Bottler, der sich am Morgen arg in die Nesseln gesetzt hatte, tat jetzt, was er konnte, um sich bei der Mannschaft wieder beliebt zu machen. Er lud alle, ohne Unterschied der Partei, ein, an Deck zu kommen und sich am Inhalt seines Eimers gütlich zu tun. Natürlich war er, ehe er die anderen einlud, sich zu besaufen, so vorsichtig gewesen, sich auch selbst einen Rausch anzutrinken, und es dauerte nicht lange, so erklärten ihn alle für gesund bis zum Kiel hinab, und er konnte sich wieder in allgemeiner Beliebtheit sonnen. Der Pisco wirkte schnell, und nur mit Mühe hielten wir einige der Leute zurück, die bereits in den Achterraum einbrechen wollten, um mehr zu holen. Jeder erdenkbare Unsinn geschah. »Ausguck, was siehste?« krähte Schönheit, indem er durch einen langen Kupfertrichter zum Flaggenknopf hinauf sprach. »Klar, an den Stagen!« brüllte Schwindel-Jack, indem er mit dem Küchenbeil gegen die Fallreep des Großstag schlug. »Wahrschau – kommt Bö!« quäkte der Portugiese Antone und schmiß eine

Handspak durch das Oberlicht der Kapitänskajüte. Marine-Bob sang: »Holt munter herum, Jungens!« und tanzte einen »Hornpfeifer« auf der Back.

Zweiundzwanzigstes Kapitel

Gegen Sonnenuntergang kam der Steuermann zurück. Lustig singend saß er am Hinterende des Bootes, und als er an der Schiffswand heraufklettern wollte, plumpste er ins Wasser. Der Steward zog ihn heraus und trug ihn übers Deck, wobei ihn der Steuermann in den rührendsten Ausdrücken seiner ewigen Dankbarkeit und Liebe versicherte. Dann taumelte er ins Boot am Achterdeck und schlief sofort ein. Gegen Mitternacht wachte er wieder auf; er war etwas nüchterner geworden und ging nach vorn zur Mannschaft.

Wir hatten natürlich bemerkt, daß Jermin mit der »Julia« ganz gern in See gehen wollte; in der Tat war es sein größter Wunsch, obschon es bei dem Zustand, in dem das Schiff sich befand, und so, wie es auf ihm zuging, eigentlich unbegreiflich war. Dennoch war es so, und da er auf seine rauhe Beliebtheit bei den Leuten gerechnet und geglaubt hatte, sie würden sich zu einer Fahrt unter seinem Kommando bereit finden, war er sehr enttäuscht. Aber da er immer noch glaubte, sie umstimmen zu können, wenn sie nur wüßten, wie gut sie es dann haben würden, so wollte er seine Überredungskünste versuchen.

Er ging also nach vorn, steckte seinen Kopf durch das Luk, rief uns freundlich an und lud uns in die Kajüte: er hätte was für eine lustige Nacht. Wir kamen gern, streckten uns über die Back und ließen uns vom Steward bedienen. Jermin saß in dem Lehnstuhl des Kapitäns, der an Deck festgemacht war, stützte die Arme auf den Tisch, und während die Kanne herumging, sprach er ganz offen mit uns; er war noch keineswegs völlig nüchtern. Er meinte, daß wir sehr dumm wären; wenn wir an Bord blieben, würden wir das lustigste Leben mit ihm führen; er zählte auf, wieviel Fässer noch unangezapft in den hölzernen Kellereien der »Julia« lägen; er deutete sogar an, daß wir möglicherweise gar nicht wiederkommen würden, um den Kapitän zu holen, von dem er sehr geringschätzig sprach, und wiederholte, was er schon oft gesagt, daß der Kerl kein Seemann wäre. Außerdem versicherte er alle, meinte aber dabei in erster Linie den langen Doktor und mich, daß, wenn welche unter uns zu lernen Lust hätten, es ihm das größte Vergnügen sein würde, die Betreffenden die Geheimnisse der Navigation zu lehren; auch seinen Quadranten sollten wir umsonst benützen dürfen. Vorher schon hatte er den Doktor beiseitegenommen und ihm erklärt, daß er ihn wieder in all seine Würden in der Kajüte einsetzen wolle, und er deutete auch mir an, daß ich irgendwie avancieren sollte. Aber es war alles umsonst, die Leute waren darauf versessen, an Land zu gehen, und nicht davon abzubringen.

Zuletzt geriet er in helle Wut, die durch die zahlreichen Gläser, die er inzwischen leergetrunken hatte, noch gesteigert wurde, und jagte uns fluchend aus der Kajüte. Wir schwankten in bester Laune die Treppe herauf.

An Deck war es so still, daß einige der Kampflustigsten klagten, weil so gar keine Aussicht auf einen Radau wäre. Sie vertrösteten sich auf den Morgen, aber es dauerte keine fünf Minuten, und ihr Wunsch war erfüllt.

Sydney-Ben, der ein entlaufener »Urlaubscheiner«[6] sein sollte und aus guten Gründen einer der wenigen war, die den Dienst nicht aufgesagt hatten, war des Spaßes wegen mit in die Kajüte gekommen, und Bembo, der indessen an Deck Dienst getan, hatte ihn mehrmals gerufen. Zuerst hatte Ben getan, als hörte er nicht; als sein Name immer wieder ausgesungen wurde, weigerte er sich einfach, zu kommen, wobei er gleichzeitig höchst unfreundliche Ansichten über die mütterliche Herkunft des Maori äußerte. Bembo hatte lange genug unter den Leuten gelebt, um zu verstehen, daß seine Bemerkungen höchst beleidigender Natur waren, und als wir wieder an Deck kamen, ging er auf ihn zu und beschimpfte und verfluchte ihn in seinem gebrochenen Englisch mit solcher Wut, daß einem Angst werden konnte. Der Sträfling hatte gründlich getrunken, der Maori gleichfalls, und ehe wir noch wußten, was geschah, hatte Ben zugeschlagen, und die beiden fuhren aufeinander los wie zwei wütende Stiere.

Der Urlaubscheiner war ein erfahrener Boxer, der Wilde verstand gar nichts von dieser Kunst, also waren sie gleich. Sie rangen miteinander, bis beide auf dem Verdeck lagen. Ein Kreis von Zuschauern bildete sich um sie, in dessen Mitte sie sich raufend übereinander wälzten. Zuletzt sank der Kopf des Weißen zurück, und sein Gesicht wurde blau. Bembo hatte die Zähne an seinem Halse. Jetzt griffen alle zu und rissen den Wilden zurück, der erst losließ, als er einige heftige Schläge auf den Kopf bekommen hatte.

Seine Wut war die eines Teufels; mit weit aufgerissenen Augen und verzerrten Gliedern lag er auf dem Boden und versuchte gar nicht aufzustehen. Die Leute hielten ihn für gründlich eingeschüchtert; sie freuten sich, daß er es abgekriegt hatte, schimpften ihn einen Kannibalen und einen Feigling und ließen ihn liegen. Ben wurde nach unten geführt und verbunden.

Bald begaben sich auch die anderen mit wenigen Ausnahmen ins Logis, und da sie fast die ganze vorherige Nacht aufgewesen waren, so sanken sie bald auf Kisten und in Hängematten in tiefen Schlaf. Ehe eine Stunde um war, hörte man vorn keinen Laut mehr.

Der Steuermann hatte schon beim Beginn des Kampfes vergeblich versucht, die Raufenden zu trennen, indem er wiederholt auf den Maori losschlug, aber die Matrosen hatten sich ins Mittel gelegt und ihn fortgedrängt: er sollte die beiden es unter sich ausmachen lassen. Obschon er selbst seinen Rausch hatte, war er doch noch klar genug im Kopf, um dem Steward, der ein verläßlicher Seemann war, für den Augenblick die Wache zu übergeben; dann ging er nach unten und fiel sofort in trunkenen Schlaf.

Ich war mit dem Doktor an Deck geblieben, als die Leute nach unten gegangen waren. Dann war der Doktor schlafen gegangen, und ich wollte ihm eben folgen, als ich den Maori aufstehen sah. Er schöpfte einen Eimer Wasser voll, hielt ihn über den Kopf und übergoß sich damit; das tat er mehrmals hintereinander. Nun war daran nichts Besonderes, aber irgend etwas in der Haltung des Menschen fiel mir auf. Ich dachte indessen nicht weiter darüber nach und stieg durch das Luk hinab.

Nach kurzem unruhigen Schlummer erwachte ich und fand die Luft in der Back, da diesmal fast alle Leute zugleich unten waren, so unerträglich, daß ich einen alten Überzieher umnahm und wieder an Deck ging. Ich wollte oben bis zum Morgen durchschlafen. Ich fand den Koch, den Steward, Weimontu, Taugarn und den Dänen oben, lauter ruhige umgängliche Leute, die sich, seitdem der Kapitän das Schiff verlassen hatte, von den anderen ferngehalten hatten; der Steuermann hatte ihnen befohlen, nicht vor Sonnenaufgang nach unten zu gehen. Sie lagen an der Leeseite an den Schanzen; zwei oder drei schliefen, die anderen rauchten ihre Pfeifen und schwatzten.

Zu meiner Überraschung stand Bembo am Ruder; die Leute sagten mir, da ihrer so wenig wären, hätte er sich angeboten, seinen Turn mitzumachen und sie abzulösen und zugleich die Wache zu führen. Natürlich waren sie darauf eingegangen.

Es war eine schöne klare Nacht, Mond und Sterne schienen, und unten glitzerten die weißen Wellenkämme. Die Brise war leicht, wurde aber steifer; dicht am Winde fuhr »Klein-Julchen« landwärts auf den Strand zu, der sich hoch und dunstig in der Ferne erhob. Nach den wilden Ereignissen des Tages war die Stille und der Anblick der Mondlandschaft sehr wohltuend, und ich lehnte mich über Bord, um sie zu genießen. Mehr als je beklagte ich meine Lage, so wenig sich auch dagegen tun ließ. Schließlich wurde ich wieder schläfrig, machte mir aus meinem Überzieher ein Lager unter dem Ankerspill und versuchte alles zu vergessen.

Wie lange ich so dalag, weiß ich nicht. Als ich wieder aufstand, fiel mein Blick auf Bembo, der am Ruder stand. Seine dunkle Gestalt hob und senkte sich mit der Bewegung des Schiffs gegen den funkelnden Himmel hinter ihm. Er stand, einen Fuß vorgesetzt, auf Armeslänge von den Speichen, den unbedeckten Kopf vorgebeugt; ungeduldige Erwartung drückte sich in seinen Zügen aus. Die Wache konnte ich von meinem Platz aus nicht sehen. Sonst rührte sich niemand; das verlassene Deck und die breiten weißen Segel schimmerten im Mondlicht. Da schlug ein Brausen an mein Ohr, das schnell stärker wurde, und irgendwie wurde mir bewußt, daß ich es schon vorher gehört hatte. Im nächsten Augenblick war ich vollkommen wach und auf den Füßen. Gerade vor uns, so nah, daß mir das Herz stillstand, sah ich eine weite weiße Linie schäumender Brandung; dahinter lagen die schlafenden Berge, deren Schatten über das Deck fiel; über ihren dunstverschleierten Gipfeln brach eben die graue Dämmerung an. Die Brise war steifer geworden und wir liefen gerade auf das Riff zu. Das alles sah ich mit einem einzigen

Blick; Bembos tückische Absicht war klar, und mit einem wilden Schrei stürzte ich nach hinten, die Wache zu wecken. Die Leute sprangen verwirrt auf, und nach kurzem, aber verzweifeltem Ringen rissen wir ihn vom Ruder weg. Das Ruder, einen Augenblick sich selbst überlassen, drehte sich heftig leewärts und brachte damit zu unserem Glück den Kopf des Schiffes in den Wind, so daß es an Fahrt verlor. Vorher hatte Bembo es drei oder vier Strich beim Winde gehalten, um es gerade in die Brandung zu steuern. Da es jetzt weniger Fahrt machte, hielt ich das Ruder fest, so daß die Segel gerade noch etwas Wind bekamen und wir schräg zum Ufer glitten. Es wäre natürlich leicht gewesen, vor dem Winde davonzufahren, hätte aber sicheren Tod bedeutet, da das Riff dort eine Kurve bildete. Der Däne und der Steward rangen noch mit dem rasenden Maori, während die anderen sinnlos schreiend hin und her liefen. In dem Augenblick, in dem ich das Ruder ergriffen hatte, sprang der alte Koch nach vorn, schlug mit einer Handspak donnernd auf die Back und schrie: »Brandung! Brandung! Dicht an Bord! An Deck! An Deck!«

Herauf stürzten die Leute und starrten in blödem Schrecken um sich. »Hol an die Fockrah!« »Los die Lee- Vorderbrassen!« »Alle Mann an Deck!« wurde jetzt von allen Seiten gebrüllt, und von hundert verschiedenen Kommandos verwirrt, liefen die Leute in Panik hin und her.

Wir schienen verloren, und ich wollte eben das Schiff voll vor den Wind bringen – was uns für den Augenblick gerettet hätte, um uns zuletzt um so sicherer ins Verderben zu führen –, als ein scharfer Ruf wie ein Pfeil an meinem Ohr vorüberhallte. Es war Salem: »Alle klar vorn, Ruder hart Backbord!«

Rundum drehten sich die Speichen, und die »Julia« mit ihrem kurzen Kiel schwang sich luvwärts, wie sich ein Wimpel dreht. Alsbald schlugen die Klüver gegen die Stage, und die Leute, ein wenig zur Besinnung gekommen, liefen an die Brassen.

»Hol über das Großsegel!« hörte man, als die frische Brise vorn und achtern über Deck blies; einen Augenblick später schlugen die Großrahen herum und nach einer weiteren halben Minute liefen wir über dem anderen Bug von Land ab, alle Segel voll. Da wir unmittelbar am Riff hatten wenden müssen, hätte keine Macht der Welt uns retten können, wenn nicht bis dicht an das Korallenriff tiefes Wasser wäre.

Dreiundzwanzigstes Kapitel

Von der Wache hatten die Leute erfahren, was Bembo gewollt hatte, und sowie wir außer Gefahr waren, stürzten sie instinktiv mit wildem Geschrei auf ihn los. Dunk und der Steward hatten ihn eben losgelassen, und er stand finster am Besanmast; mit blutunterlaufenen Augen blickte er auf die wütenden Matrosen, die auf ihn zukamen; in der hoch erhobenen Hand funkelte sein Messer.

»Nieder mit ihm!« »Schlagt ihn nieder!« »Hängt ihn an die Großrah!« schrien die Leute. Aber er stand unbewegt, und einen Augenblick wagte sich keiner heran.

»Feiglinge!« schrie Salem und warf sich auf ihn. Blitzend fuhr der Stahl nieder, aber ohne zu treffen, denn der Matrose hielt ihn bereits umschlungen und rang mit ihm Brust an Brust; beide fielen zu Boden, das Messer wurde ihm entwunden und Bembo selbst gefesselt. »Nach vorn! Nach vorn mit ihm!« schrien die Wütenden. »Über Bord mit ihm!« »Schmeißt ihn ins Wasser!« Und ob er sich auch mit Zähnen und Nägeln wehrte, wurde er über das Deck geschleift.

Das Toben und Stampfen über dem Kopf des Steuermanns weckte ihn endlich aus seinem trunkenen Schlaf, und schwankend kam er an Deck. »Was geht da vor?« grollte er und stand schon mitten unter den Leuten.

»Der Maori, Heer, sie ermohrden ihn, Heer!« jammerte das arme Tauchen, ängstlich gebückt auf ihn zukommend.

»Halt! Genug!« brüllte Jermin und stieß zwei oder drei der Matrosen zur Seite, um sich Bahn zu Bembo zu schaffen. Der Elende lag schon halb über der Reling, die unter seinem wilden Ringen erzitterte; vergeblich suchten der Doktor und andere ihn zu retten: die Leute hörten nicht auf sie.

»Meuterei und Mord auf See!« schrie der Steuermann, und rechts und links mit beiden Armen losschlagend, drang er zwischen die Kämpfenden und legte seine eiserne Hand auf die Schulter des Maori. »Wir sind zwei, und was ihr ihm tut, tut ihr auch mir«, rief er, grimmig um sich blickend.

»So schmeißt beide über Bord!« schrie der Zimmermann; aber die anderen wichen vor Jermins fester Haltung zurück, und schnell wie der Gedanke stand Bembo unverletzt auf Deck. »Jetzt nach achtern mit dir!« rief sein Retter und stieß ihn zwischen den zurückweichenden Männern vor sich her, blieb aber dicht hinter ihm. Er ließ ihnen keine Zeit, sich zu besinnen, drängte den Maori die Kajütentreppe hinab, warf die Schiebetür hinter ihm zu und blieb stehen. Bembo hatte die ganze Zeit kein einziges Wort gesprochen.

»Und jetzt nach vorn mit euch, wohin ihr gehört!« rief der Steuermann den Leuten zu, die sich indessen wieder gefaßt und angesammelt hatten und nicht daran dachten, auf ihr Opfer zu verzichten.

»Den Maori! Den Maori!« brüllten sie.

Inzwischen war der Doktor auf des Steuermanns wiederholte Fragen vorgetreten und berichtete, was Bembo getan hatte; der Steuermann hatte es bisher aus den wilden Drohungen, die er gehört, nur halb begriffen. Einen Augenblick schien er zu schwanken, dann drehte er den Schlüssel im Vorhängeschloß an der Kajütentüre um und sprach durch die Zähne: »Ihr kriegt ihn nicht! Er wird dem Konsul übergeben. Also nach vorn mit euch, sage ich! Wenn wer ersäuft werden soll, werde ich es euch befehlen; also fort mit euch, ihr blutdürstiges Piratengesindel!«

Umsonst baten und drohten sie: obgleich Jermin keineswegs nüchtern war, blieb er fest, und zuletzt gingen sie auseinander und hatten in kurzer Zeit alles wieder vergessen.

Wenn er auch kein Geständnis abgelegt hatte, war Bembos Vorsatz, das Schiff auflaufen zu lassen, damit wir alle dabei den Tod fänden, unzweifelhaft. Offenbar wollte er die Schmähungen der vergangenen Nacht rächen; denn er war im Herzen ein unzähmbarer Wilder und hatte nie brüderliche Gefühle für die Mannschaft gehegt. Während des ganzen Vorfalls hatte der Doktor sein möglichstes getan, um ihn zu retten. Ich war am Ruder geblieben, da ich wußte, daß jede Bemühung von meiner Seite ebenso zwecklos gewesen wäre. Kein Mensch auf Erden außer Jermin konnte den Mord verhindern.

Vierundzwanzigstes Kapitel

Als der Morgen anbrach, blieben wir ein wenig leewärts vom Hafen liegen, um den Konsul zu erwarten, der dem Steuermann versprochen hatte, in seiner Jolle an Bord zu kommen.

Inzwischen hatten die Leute den Bottler gezwungen, ihnen sein Geheimnis zu verraten, und die Folge war, daß sie ihn immer wieder in den Achterraum schickten. Der Steuermann mußte es bemerken, aber er sagte nichts, obwohl das unaufhörliche Tanzen und Singen und gelegentliche Raufen der Leute deutlich verriet, daß der Pisco in Strömen floß. Mit dem beruhigenden Einfluß, den der Doktor und ich bis dahin auf die Leute gehabt hatten, war es nun so gut wie vorbei. Da sie überzeugt waren, daß das Schiff zuletzt doch einlaufen mußte, und überdies erfuhren, daß auch der Steuermann selbst es gesagt hatte, hatten sie vorläufig keine Eile damit, besonders da Spunds Eimer sie so freigebig mit starkem Getränk versorgte. Was Bembo betraf, so hörten wir, daß der Steuermann ihn in Eisen legen lassen und im Salon des Kapitäns eingeschlossen hatte. Um keine Vorsicht außer acht zu lassen, hielt er auch das Luk verschlossen. Wir haben den Maori nie wieder gesehen.

Es wurde Mittag, und kein Konsul kam. Und als es Abend wurde, ohne daß auch nur eine Nachricht vom Strand eintraf, wurde der Steuermann mit Recht böse, um so mehr, als er sich mit größter Mühe für Wilsons Besuch vollkommen nüchtern gehalten hatte.

Zwei oder drei Stunden vor Sonnenuntergang kam ein kleiner Schoner aus dem Hafen, der nach der Nachbarinsel Imio oder Moria Kura hielt, die etwa fünfzehn Meilen entfernt klar in Sicht lag. Da der Wind aufhörte, trieb ihn die Strömung gerade vor unseren Bug, so daß wir die Eingeborenen auf dem Verdeck deutlich sehen konnten. Etwa zwanzig lagerten auf Matten und rauchten ihre Pfeifen. Als sie so nahe herantrieben, die weinerlich-betrunkenen Lieder unserer Leute hörten und ihr tolles Betragen sahen, hielten sie uns wohl für ein Seeräuberschiff; jedenfalls legten sie ihre Riemen aus und pullten davon, so schnell sie konnten. Der Anblick unserer beiden Sechspfünder, die die Leute des Spaßes halber aus den Stückpforten rollten, beschleunigte ihre Flucht. Aber sie waren noch nicht weit gekommen, als ein weißer Mann mit einer roten Schärpe um die Brust an Deck erschien, worauf die Leute sofort das Rudern einstellten.

Er rief uns an und sagte, er werde an Bord kommen. Auf dem Deck des Schoners entstand einige Verwirrung, dann wurde ein kleines Kanu über Bord gelassen, und ein oder zwei Minuten später war er bei uns. Es ergab sich, daß er ein alter Kamerad Jermins war, den dieser seit langem für tot gehalten hatte und der jetzt auf der Insel lebte. Dieses Wiedersehen war nur einer der tausend Fälle, die man in einem Roman unwahrscheinlich und übertrieben finden würde, und die in den Abenteuern des wirklichen Lebens sich immer wieder ereignen. Vor fünfzehn Jahren hatten sie zusammen auf der Londoner Bark »Jane«, einem Südseefahrer, als Offiziere Dienst getan. Irgendwo in der Nähe der Neuen Hebriden waren sie in einer Nacht auf ein unbekanntes Riff gefahren, und nach wenigen Stunden war die »Jane« zerschellt. Es gelang indessen, die Boote auszusetzen, einige Vorräte, einen Quadranten und noch ein paar andere Gegenstände mitzunehmen; aber mehrere der Leute waren ertrunken, ehe die Boote klar vom Wrack kamen.

Der Kapitän, Jermin, und der dritte Offizier hatten das Kommando in den drei Booten, die nach einer kleinen englischen Ansiedlung in der Inselbucht auf Neuseeland zu segeln versuchten. Natürlich blieben sie so nah als möglich beisammen. Sie waren etwa eine Woche auf dem Meer, als ein Laskar im Boot des Kapitäns verrückt wurde; da es gefährlich war, ihn im Boot zu behalten, versuchten sie ihn über Bord zu werfen; dabei kenterte das Boot, weil das Segel »scheu« wurde, und da die See gerade hoch ging und die anderen Boote weiter abgekommen waren als sonst, so wurde nur ein Mann gerettet. In der nächsten Nacht blies ein schwerer Sturm; die beiden Boote machten alle Segel fest, banden ihre Ruder zu Bündeln zusammen, warfen sie über Bord und suchten sich, indem sie viel Tau auslaufen ließen, an ihnen vor Anker zu halten. Als der Morgen kam, war Jermin mit seinen Leuten allein auf dem Ozean: das Boot des dritten Offiziers war vermutlich untergegangen. Nach großen Mühen und Entbehrungen sichteten die Überlebenden eine Brigg, die sie an Bord nahm und zuletzt in Sydney ausschiffte.

Seither war unser Steuermann stets aus Sydney ausgefahren, hatte aber nie wieder von seinem verlorenen Kameraden gehört, den er natürlich längst tot geglaubt hatte. Man stelle sich seine Empfindungen vor, als Viner, eben jener dritte Offizier, in dem Augenblick, in dem er bei uns an Deck kam, auf ihn zueilte und ihm heftig die Hand schüttelte. Während des Sturms war die Leine gerissen, das Boot wurde rasch von dem Winde abgetrieben und war gegen Morgen außer Sicht. Da die Insassen in große Not gerieten, landeten sie an einer unbekannten Insel, um Früchte zu sammeln. Die Eingeborenen nahmen sie zunächst freundlich auf, aber da einer der Mannschaft wegen einer Frau in Streit mit ihnen geriet und die anderen seine Partei nahmen, wurden alle niedergemacht mit Ausnahme Viners, der sich gerade in einem benachbarten Dorfe befand. Er blieb mehr als zwei Jahre auf der Insel und entkam zuletzt im Boot eines amerikanischen Walfischfängers, der ihn nach Valparaiso brachte. Seit der Zeit war er als Vordergast auf See gewesen, bis er vor etwa achtzehn Monaten in Taheiti an Land gegangen war; er hatte Glück gehabt: der Schoner, den wir gesehen hatten, gehörte ihm, und er trieb darin Handel mit den Nachbarinseln.

Als mit Anbruch der Dunkelheit die Brise wieder zunahm, kehrte Viner nach seinem Schiff zurück, versprach aber seinem alten Fahrtgenossen, ihn nach drei Tagen im Hafen von Papiti wieder zu besuchen.

Fünfundzwanzigstes Kapitel

Von dem Saufgelage erschöpft, gingen die meisten früh nach unten und überließen das Deck dem Steward und zwei anderen, die Wache hatten. Der Steuermann wollte sie mit Baltimore und dem Dänen um Mitternacht ablösen. Dann sollte das Schiff, das jetzt unter wenig Tuch beigedreht lag, gewendet werden.

Bald nach Mitternacht wurden wir in der Back durch Jermins Löwengebrüll geweckt, der die Klüverfallen aufzuholen befahl, und bald darauf schlug eine Handspake ans Luk und alle Mann wurden an Deck gerufen, um das Schiff in den Hafen zu bringen.

Das kam völlig unerwartet; aber wir vernahmen sogleich, daß der Steuermann, da er jede Hoffnung, die Leute umzustimmen, aufgegeben und zu dem Konsul kein Vertrauen mehr hatte, sich plötzlich entschlossen hatte, einzulaufen. Er wollte bis zum Hafeneingang aufkreuzen, um vor Sonnenaufgang nach einem Lotsen zu signalisieren. Trotzdem weigerten sich die Matrosen absolut, irgend etwas auf dem Schiff zu tun, und blieben auf all meine und des Doktors Bitten taub. Mochte das Schiff sinken oder auflaufen, sie schworen, sie würden nichts mehr anrühren. Dieser dumme Eigensinn kam zum großen Teil von ihrem wüsten Saufen her.

Es wehte eine steife Brise, alle Segel waren beigesetzt, und das Schiff wurde von vier oder fünf Mann bedient, die von zwei durchwachten Nächten erschöpft waren. Das war ein schlimmer Zustand, um so mehr, als der Steuermann immer gleich unbekümmert und waghalsig blieb und wir das Schiff mehrmals dicht am Ufer wenden mußten. Da ich genau wußte, daß, wenn dem Schiff vor Tag ein Unfall begegnete, dies dem Verhalten der Mannschaft zugeschrieben werden und, wenn sie vor ein Seegericht kamen, sehr ernste Folgen haben mußte, so rief ich alle an Deck zu Zeugen an, daß in dem Augenblick, da die »Julia« in den Hafen einfahren sollte, somit alles, was ich gewollt, geschah, ich meinerseits bereit war, alles zu tun, sie sicher hineinzubringen. Der Doktor gab die gleiche Erklärung ab.

So vergingen ängstliche Stunden bis zum Morgen; als die Sonne aufging, befanden wir uns luvwärts von der Hafeneinfahrt und segelten auf sie zu, den Union-Jack am Bug. Aber nirgends sahen wir ein Boot oder einen Lotsen, und nachdem wir mehrmals dicht herangesteuert waren, wurde die Flagge an der Besanpiek gesetzt als Zeichen der Seenot. Aber auch das half nichts. Jermin gab Wilson die Schuld an dieser unglaublichen Lässigkeit, und wütend beschloß er, kühn auf eigene Verantwortung einzulaufen. Er war vor vielen Jahren einmal in dem Hafen gewesen und verließ sich auf sein Gedächtnis. Der Entschluß war für den Mann kennzeichnend. Selbst mit einem tüchtigen Lotsen an Bord ist die Einfahrt in die Bucht von Papiti nicht ungefährlich. Das Ufer macht eine scharfe Kurve und bildet die Bucht, die seewärts durch ein Korallenriff geschlossen ist, an das die Seen unaufhörlich in heftiger Brandung schlagen. Das Riff zieht sich etwa acht oder neun Meilen weit quer durch die Bai, bis zur Venusspitze im Distrikt von Metaveh, am nördlichsten Punkt der Insel, der diesen Namen führt, weil Cook bei seinem ersten Besuch dort sein Observatorium hatte. Dort befindet sich eine Öffnung, durch welche Schiffe einlaufen und durch den glatten tiefen Kanal zwischen Riff und Ufer in den Hafen fahren. Aber die Seeleute pflegen die Einfahrt an der Leeseite vorzuziehen, da der Wind innerhalb des Riffs sehr unstet ist. Diese Einfahrt ist eine Öffnung im Riff gerade gegenüber der Bucht und dem Dorf von Papiti. Sie ist aber sehr eng, und bei den unverläßlichen Winden, den Strömungen und den Felsen, die unter der Wasserfläche liegen, kommt es gelegentlich vor, daß ein Schiff auf die Korallen läuft.

Aber dem Steuermann war nicht bange. Er stellte die Leute, die er hatte, an die Brassen, sprang selbst auf die Schanzen, hieß jeden scharf aufpassen und befahl das Ruder zu legen. Wenige Augenblicke später liefen wir ein. Gegen Mittag flaute der Wind rasch ab, zu beiden Seiten brüllte die Brandung, und es blieb uns kaum Fahrt genug, daß das Schiff dem Steuer gehorchte; dennoch glitten wir weiter, wichen den grünen dunklen Flecken, die da und dort in unserem Weg lagen, geschickt aus, Jermin sah gelegentlich ins Wasser hinab und dann wieder um sich, vollkommen ruhig und ohne ein Wort zu sprechen, und wir kamen glatt durch. Leicht, wie von fächelnden Lüften getrieben, waren wir nach wenigen Minuten außer Gefahr und schwammen in dem stillen Becken innerhalb des Riffs. Es war die prächtigste Leistung, die ich von dem Manne gesehen habe.

Als wir auf die Fregatte und die anderen Fahrzeuge im Hafen zuhielten, kam ein Kanu zwischen ihnen heraus und lief auf uns zu. Ein Knabe und ein alter Mann, beide Insulaner, saßen darin; der Knabe fast nackt, der andere trug einen alten Marineuniformrock. Beide paddelten mit aller Macht, der Alte riß von Zeit zu Zeit sein Ruder aus dem Wasser und schlug dem Jungen damit über den Kopf, worauf beide mit frischer Kraft losruderten. Als sie in Rufweite gekommen waren, sprang der Alte auf, schwang sein Ruder und machte die verrücktesten Bewegungen; dabei quasselte er die ganze Zeit irgend etwas, das wir zunächst nicht verstanden. Endlich konnten wir soviel vernehmen: »Ah! Ihr pimi, ah! Ihr kommen! Warum ihr kommen? Ihr Strafe zahlen für Kommen kein Lotse. Ich sagen, ihr hören? Ich sagen, ihr eita metui (nicht gut). – Ihr hören? Ihr kein Lotse! – Ja, ihr verflucht! Ihr kein Lotse, gar nicht. Ich sagen: verflucht, ihr hören?!«

Diese Ansprache, die, was immer der lästernde alte Kerl meinen mochte, bewies, daß er es ernst meinte, wurde mit lautem Gelächter beantwortet. Das brachte ihn völlig zur Raserei; der Junge, der mit eingehaltenem Ruder um sich guckte, bekam ein tüchtiges Kopfstück, worauf er schnell wieder die Arbeit aufnahm und das Kanu ganz nahe herantrieb. Hier begann der Redner aufs neue, und es zeigte sich, daß seine heftige Ansprache an den Steuermann gerichtet war, der noch immer, sehr deutlich sichtbar, auf den Schanzen stand. Jermin war nicht spaßhaft zumut; mit einem Fluch hieß er den Kerl sich trollen. Da wurde der Alte verrückt vor Wut und fluchte ärger, als ich es je von einem zivilisierten Menschen gehört. »Ihr sabbi[7] mich?« schrie er, »ihr kennen mich ah? gut; mich Jim, mich Lotse, lang schon Lotse!«

»Was?!« rief Jermin überrascht, wie wir alle, »der Lotse bist du, du alter Heide? Ja, warum bist du denn da nicht längst herausgekommen?«

»Ah! mich sabbi – mich wissen – du Pirati – sehen dich lange schon, aber nein mich kommen – ich sabbi dich eita mete nui (unerhört schlecht).«

»Schau', daß du fortpaddelst!« brüllte Jermin wütend, »fort mit dir, oder ich schmeiß' eine Harpune nach dir!«

Aber anstatt zu gehorchen, faßte Jim sein Ruder, ließ das Kanu gerade aufs Fallreep zuschießen und stand mit zwei Sprüngen an Deck. Er zog ein fettiges, seidenes Schnupftuch, das er auf dem Kopf trug, tiefer in die Stirn, gab seinem Marinerock einen kräftigen Riß, um ihn besser sitzen zu machen, dann schritt er auf den Steuermann zu und gab ihm in bilderreicher Rede zu verstehen, daß der gefürchtete Jim selbst vor ihm und das Schiff unter seinem Kommando stehe, bis der Anker ausgeworfen wäre, und daß er hören wolle, wer etwas dagegen zu sagen wage!

Da kaum ein Zweifel blieb, daß er im Recht war, wurde ihm die »Julia« schließlich übergeben. Und nun ging der Edle daran, uns vor Anker zu bringen, sprang zwischen die Ohrhölzer und heulte: »Luf! Luf! Halti ab! Halti ab!«

Er verlangte, daß der Mann im Ruder ihm jedesmal ehrerbietig antwortete. Wir machten schon fast keine Fahrt mehr, und doch trieb der leidenschaftliche alte Kerl es mit seinen Kommandos so toll, als wäre er der Fliegende Holländer in einer Sturmbö.

Jim war wirklich der angestellte Hafenlotse, und das war eine Stellung, die nicht wenig einbrachte, und die wenigstens in seinen Augen eine ungeheure Bedeutung hatte. Daß wir so ohne weiteres eingefahren waren, erschien ihm daher als ein schwerer Schimpf, der sowohl der Würde als der Einträglichkeit seines Amtes Abbruch tat.[8]

Sechsundzwanzigstes Kapitel

Das Dorf Papiti gefiel uns allen sehr gut. Es liegt in einem Halbkreis um die Bucht; die geschmackvollen Häuser der Häuptlinge und der fremden Vertreter sind von einer tropischen Eleganz, die durch die im Wind sich wiegenden Palmen und tiefgrüne Brotfruchthaine im Hintergrund noch gesteigert wird. Die schmutzigen Hütten des gewöhnlichen Volks sind vom Ufer aus nicht sichtbar und nichts stört die Schönheit des Bildes. Ein weißer glatter Strand von Kieseln und Korallenbruch umgibt die Bucht und bildet zugleich die Hauptstraße des Ortes, an der die schönsten Häuser stehen; denn Ebbe und Flut sind hier so unbedeutend, daß sie nicht gefährlich werden.[9]

An der einen Seite der Bucht liegt ein schönes großes Gebäude, die Villa Pritchard; ein grüner Rasen steigt vom Ufer zum Hause an, auf dem die englische Flagge weht. Jenseits des Wassers machen die Trikolore und das Sternenbanner die Wohnungen der anderen Konsuln kenntlich.

Das Bild war damals noch malerischer, weil am Ende des Hafens das Wrack eines großen Schiffes lag; es war an den Strand getrieben, das Hintersteven war tief im Wasser, das Vorderende lag hoch und trocken. Infolge der Lage des Schiffes ragte das Bugspriet fast senkrecht in die Höhe, die Bäume schienen ihre laubigen Zweige über ihm zu wölben. Es war ein alter amerikanischer Walfischfänger, der leck geworden und mit vollen Segeln auf die Insel zugelaufen war, um dort zu kielholen und die nötigen Ausbesserungen vornehmen zu lassen. Es war jedoch vollkommen seeuntüchtig befunden worden, und man hatte die Ölladung gelöscht und auf einem anderen Schiff fortgebracht; alles Brauchbare wurde entfernt und versteigert, der Rumpf blieb liegen. Neugier trieb mich, ehe ich Taheiti verließ, das arme Wrack, das so am fremden Strand gescheitert war, zu besichtigen, und mit großer Erregung las ich an ihrem Hinterende den Namen einer kleinen Stadt am Hudson. Es kam von dem stolzen Strom, an dessen Ufern ich geboren war, in dessen Wassern ich hundertmal gebadet hatte. Ein paar Augenblicke sah ich Palmen und Ulmen, Kanus und Rennboote, Kirchtürme und Bambusstämme, Vergangenheit und Gegenwart in einer traumhaften Vision durcheinandergleiten.

Der Wunsch der Leute war erfüllt; »Klein-Julchen« lag im Hafen, ihr verrosteter kleiner Anker war in dem Korallenwald am Grund der Bucht von Papiti fest. Seit unserer Abfahrt von den Marquesas mochten etwa sechs Wochen vergangen sein.

Die Segel waren noch nicht aufgegeit, als ein Boot längsschiffs kam und unseren hochgeschätzten Freund, Konsul Wilson, brachte.

»Was ist das? Was ist das, Herr Jermin?« begann er und sah sehr böse aus, als er das Deck betrat; »was führt Sie ohne Befehl herein?«

»Sie sind nicht zu uns gekommen, wie Sie versprachen, Herr, und so ging es nicht weiter ohne Leute, die die Arbeit taten«, war die gerade Antwort.

»Also die elenden Schurken sind starrköpfig geblieben, so? Ganz gut! Dafür werden sie noch Blut schwitzen«, und er betrachtete die finsterblickenden Männer mit ungewohnter Furchtlosigkeit. Er fühlte sich im Hafen viel sicherer als außerhalb des Riffs. »Lassen Sie die Meuterer auf dem Achterdeck antreten,« fuhr er fort, »treiben Sie sie nach achtern, Kranke und Gesunde. Ich will ein Wörtlein mit ihnen reden.«

»Nun, Leute!« sagte er, »ihr glaubt, jetzt steht alles gut für euch, nicht wahr? Ihr wolltet das Schiff im Hafen haben, und es ist da. Kapitän Guy ist an Land, und ihr glaubt, ihr könnt jetzt auch gehen. Aber das werden wir schon sehen: ihr sollt jämmerlich enttäuscht werden! Herr Jermin, rufen Sie die Namen derer auf, die den Dienst nicht verweigert haben, und lassen Sie sie an Steuerbord hinübergehen.«

Als dies geschehen war, wurde eine Liste der »Meuterer«, wie er die übrigen zu nennen beliebte, angelegt. Auch der Doktor und ich wurden auf diese Liste gesetzt, obwohl der erstere vortrat und sich auf die Stellung berief, die er auf dem Schiff eingenommen hatte, als es Sydney verließ. Auch der Steuermann, der immer freundlich gewesen war, betonte den Dienst, den wir zwei Nächte vorher geleistet hatten, sowie mein Verhalten, als er seine Absicht, in den Hafen einzulaufen, angekündigt hatte. Ich selbst hielt unabänderlich daran fest, daß gemäß den zwischen mir und Kapitän Guy getroffenen Abmachungen meine Zeit an Bord des Schiffes abgelaufen war, denn die Fahrt war, aus welchen Gründen immer, tatsächlich zu Ende, und ich verlangte meine Entlassung.

Aber Wilson wollte auf nichts hören. Da ihm immerhin etwas in meinem Benehmen auffiel, so fragte er nach meinem Namen und meiner Heimat, sagte aber dann nur höhnisch: »Aha, Sie sind der Bursch, der den Beschwerdebrief geschrieben hat? Ich werde ein Auge auf Sie haben, mein Junge – treten Sie an Ihre Stelle, Herr!«

Das arme lange Gespenst nannte er einen »Sydneyer Schwindelschlinger«; was er mit diesem wohlklingenden Titel meinte, vermag ich nicht zu sagen. Der Doktor aber sagte ihm darauf seine Meinung derart, daß der Konsul ihm wütend Schweigen gebot, widrigenfalls er ihn ans Tauwerk binden und auspeitschen lassen würde. Kurz, es war uns beiden nicht zu helfen: mitgefangen, mitgehangen. Er schickte uns alle nach vorn, verriet aber mit keinem Wort, was er mit uns vorhatte. Nach einem Gespräch mit dem Steuermann stieg er in sein Boot und begab sich an Bord der französischen Fregatte, die nur eine Kabellänge von uns entfernt lag. Nun ahnten wir, was er im Sinn hatte, und da es einmal soweit war, freuten wir uns darüber. Der Franzose sollte in ein oder zwei Tagen nach Valparaiso absegeln; dort war der Sammelpunkt für das englische Südseegeschwader; zweifellos wollte Wilson uns an Bord der Fregatte schaffen, damit sie uns in Valparaiso abliefere; war diese Vermutung richtig, so war das Schlimmste, was uns zustoßen konnte, eine vielleicht nicht sehr angenehme Heimfahrt auf einem von Ihrer Majestät Schiffen, dann mußten wir über kurz oder lang in Portsmouth entlassen werden.

Wir legten nun alle Kleider an, die wir hatten, eine Jacke und eine Hose über der anderen, um jeden Augenblick zur Übersiedlung bereit zu sein. Kriegsschiffe dulden nichts Überflüssiges auf Deck; sollten wir tatsächlich an Bord der Fregatte gehen, so mußten wir unsere Koffer und ihren Inhalt hier lassen.

Etwa eine Stunde war vergangen, als der erste Kutter der »Reine Blanche« längsseits kam; er war mit achtzehn bis zwanzig Matrosen bemannt, alle mit Messern und Enterpistolen bewaffnet; die Offiziere trugen ihre Seitengewehre; der Konsul hatte sich für die Feierlichkeit einen amtlichen Dreimaster geborgt. Das Boot war in schwarzer »Piratenfarbe« gestrichen. Die Mannschaft bestand aus dunkelhaarigen, finster aussehenden Gesellen, die Offiziere waren ungewöhnlich wild dreinschauende kleine Franzosen. Sie sollten uns offenbar einschüchtern.

Wieder wurden wir nach achtern geschickt, jeder Name einzeln aufgerufen, und nach feierlicher Ermahnung, daß dies unsere letzte Aussicht wäre, der Strafe zu entgehen, nochmals gefragt, ob wir den Dienst noch immer verweigerten. Jeder antwortete ohne Zögern: »Jawohl, Herr, das tue ich.« Einige versuchten Erklärungen hinzuzufügen, die Wilson kurz abschnitt, indem er den Delinquenten befahl, sich an Bord des Kutters zu begeben. Die meisten gehorchten auf der Stelle, ja einige tanzten, hüpften und sprangen dabei, sowohl um zu zeigen, daß sie völlig munter blieben, noch mehr aber, daß sie jede vernünftige Forderung zu erfüllen bereit waren.

Auch die Invaliden hatten erklärt, daß sie kein Tau mehr auf der »Julia« anrühren würden, selbst wenn sie auf der Stelle gesund werden sollten, und so kamen sie mit uns, bis auf die zwei, die an Land gebracht werden sollten; sie waren gleichfalls sehr vergnügt, und es fielen Andeutungen, daß sie wohl nicht so krank sein mochten, wie sie vorgaben. Der Bottler wurde als letzter aufgerufen; wir hörten seine Antwort nicht, aber er blieb an Bord. Mit dem Maori geschah nichts. Als wir vom Schiff abstießen, brachten wir drei laute Hochrufe aus, worauf der Konsul Schwindel-Jack und anderen eine scharfe Rüge erteilte.

»Leb' wohl, ›Klein-Julchen‹!« rief der Marine-Bob, als wir unter dem Bug wegglitten. »Fall' nicht über Bord, Tauchen!« rief ein anderer der armen Landratte zu, die mit Weimontu, dem. Dänen und den anderen, die an Bord blieben, uns vom Vorderkastell aus nachblickten.

»Noch drei Hoch für sie!« rief Salem, indem er aufsprang und seinen Hut schwenkte.

»Sie sacré verflugte Lumpe!« brüllte der französische Leutnant, indem er ihm den flachen Degen um die Schultern schlug, »Sie alte nun still!«

Der Doktor und ich waren klüger. Schweigend saßen wir am Vorderende des Kutters. Was mich betrifft, wenn ich auch nicht bereute, was ich getan hatte, so waren meine Gedanken und Empfindungen dennoch alles andere als angenehm.

Wenige Augenblicke später standen wir am Fallreep der Fregatte gereiht; der erste Leutnant, ein älterer Offizier mit gelbem Gesicht und einem schlecht sitzenden Waffenrock mit abgenutzten goldenen Litzen, kam an Deck und sah uns finster an. Sein Kopf war kahl, seine Beine dünn wie Stöcke, ein ungeheurer Schnurrbart hing in seinem Gesicht. Dieser »olle Kambotscher«, denn so wurde er sogleich von unserer Mannschaft getauft, bekam vom Konsul ein Papier, öffnete es und verglich die abgelieferte Ware mit dem Frachtbrief. Wir wurden gründlich nachgezählt, dann wurde ein bescheidener kleiner Seekadett gerufen und wir einem halben Dutzend Kerlen übergeben, die Matrosenmützen und Musketen trugen. Ein wichtigtuender Herr, den wir für einen Schiffskorporal hielten, weil er einen Rohrstock und am Ärmel Goldlitzen trug, schritt voran und führte uns die Leiter hinunter nach dem Zwischendeck. Hier legte man uns höflichst Handschellen an, wobei der Mann mit dem Rohrstock sich alle Mühe gab, aus einem großen wohlassortierten Korb die für jeden passenden auszusuchen. Etwas überrascht über diesen unfreundlichen Empfang murrten einige; aber schließlich wurde alle Schüchternheit überwunden und unsere Füße in schwere Knöcheleisen gesteckt, die an einer großen ans Deck genagelten Stange entlangliefen. Danach konnten wir uns als dauernd eingerichtet betrachten.

»Der Teufel hole ihr altes Eisen!« rief der Doktor, »hätte ich das gewußt, wäre ich nicht mitgekommen!«

»Hahaha!« rief Schwindel-Jack, »jetzt sitzen Sie drin, Doktor, langes Gespenst!«

»Jedenfalls stecken meine Hände und Füße drin«, antwortete der Doktor.

Man gab uns noch eine Schildwache, einen großen unseemännisch aussehenden Kerl, der, mit einem altersschwachen Messer von ungeheuren Dimensionen bewaffnet, auf und ab schritt.

»Gott sei uns gnädig,« rief der Doktor schaudernd, »es muß unangenehm sein, mit solch einem Instrument umgebracht zu werden!«

Bis Abend mußten wir fasten; dann kam ein Junge mit einer Anzahl »Mocken«, die eine dünne safrangelbe Flüssigkeit, enthielten, auf der einzelne Fettaugen schwammen. Der junge Witzbold behauptete, es wäre Suppe; es war aber nur ein öliges Wasser. Jedenfalls war es unsere ganze Mahlzeit. Die Schildwache hatte übrigens die Liebenswürdigkeit, uns vorher die Armbänder abzunehmen, die Mocken gingen von Mund zu Mund und waren bald leer.

Am nächsten Morgen, da die Schildwache uns eben den Rücken wendete, warf jemand – wir vermuteten, ein englischer Matrose – ein paar Orangen zu uns über Bord. Die Schalen benutzten wir später als Tassen.

Am zweiten Tag geschah nichts Erwähnenswertes. Am dritten wurden wir Zeugen einer erheiternden Szene. Ein Mann, den wir für den Bootsmannsmaat hielten, weil er eine silberne Pfeife um den Hals hängen hatte, kam nach unten; er trieb zwei plärrende Jungen vor sich her, und eine ganze Schar verweinter Knäblein folgte. Wie es schien, sollten die beiden ersten auf Befehl eines Offiziers gezüchtigt werden; die anderen waren aus Sympathie mitgekommen. Der Bootsmannsmaat ging auch sogleich ans Werk; er faßte die beiden Schuldigen an ihren weiten Jacken und bearbeitete sie mitleidslos mit seinem Rohrstock. Die anderen Jungen weinten, rangen die Hände und fielen auf die Knie, aber vergeblich, der Bootsmannsmaat schlug gelegentlich auch nach ihnen, worauf sie jedesmal laut aufheulten. Plötzlich erschien ein Seekadett, der dem Mann mit großartiger Miene an Deck zu gehen befahl; dann sprang er auf die Jungen los, die nach allen Richtungen davonliefen.

Mit unendlicher Verachtung sah der Marinebob dieses Verfahren. Er war vor Jahren Vortopältester auf einem Schlachtschiff gewesen; nach seiner Ansicht war das eine ganz unseemännische, lächerliche und jämmerliche Sache; in der englischen Marine machte man es ganz anders.

Siebenundzwanzigstes Kapitel

In der Tat war dieses Verfahren nicht nur kennzeichnend für die unvollkommene Disziplin auf französischen Kriegsschiffen, sondern für die ganze Nation. Auf einem amerikanischen oder englischen Schiff wird ein Junge, der geprügelt werden soll, entweder an einen Geschützverschluß gebunden, oder an die Wanten, genau wie ein Mann; aber er wird nie übermäßig geschlagen. Der junge Kerl wird auch selten oder nie einen Schrei ausstoßen; er beißt sich auf die Lippen und erträgt es als Held; wenn irgend möglich, lächelt er dabei. Und nie zeigen seine Kameraden das geringste Mitleid; im Gegenteil, sie lachen ihn noch aus; benimmt er sich kindisch und weint, dann kriegt er nachher in irgendeiner dunklen Ecke noch einmal Prügel.

Diese rauhe Erziehung trägt ihre Früchte;[10] der Junge wird mit der Zeit eine richtige Teerjacke, ebenso bereit, sich auszuziehen und ein Dutzend Streiche an Bord seines Schiffes in Empfang zu nehmen, als, das Messer in der Hand, an Bord eines feindlichen Schiffes zu springen; wogegen die jungen Franzosen, wie alle Welt weiß, nur sehr mäßige Seeleute werden; und obschon sie sich meist tüchtig schlagen, kämpfen sie doch selten tüchtig genug, um zu siegen. Wie wenig Seeschlachten haben die Franzosen gewonnen, und vor allem, wie wenig Schiffe haben sie geentert! Nur beim Entern zeigt sich der wahre Mut auf See. Ich will damit gar nichts gegen die französische Tapferkeit gesagt haben; es ist nur nicht die richtige Tapferkeit. Zu Lande kämpfen sie besser. Sie sind merkwürdigerweise ausgezeichnete Schiffsbauer, aber keine Seeleute.

Die »Reine Blanche« war wirklich alles, was man aus Holz und Eisen machen kann. Sie war ein neues Schiff und auf ihrer Jungfernfahrt; eine der schweren Fregatten, mit sechzig Geschützen bespickt, wie man sie jetzt überall konstruiert, die aber wir Amerikaner zuerst einführten. In der Schlacht sind es die mörderischsten Fahrzeuge, die je vom Stapel liefen. Sie galt für das »feinste« Schiff der französischen Marine. Das Modell hatte alle kriegerische Anmut, die ein schönes Kriegsschiff haben kann, und doch war etwas von französischem Geflunker daran, zuviel Messingplatten und anderer glitzernder Krimskrams. Achtern kam man aus der Kajüte in eine Galerie, die von zwei überlebensgroßen Karyatiden getragen wurde. Wenn man die reichen Vorhänge, die Spiegel und die Mahagonieinrichtung sah, so konnte man glauben, daß sie für eine Damengesellschaft bestimmt war, die hier frische Luft schöpfen wollte.

Kam man aber auf das Geschützdeck, so sah es ganz anders aus. Welche Batterie von Feuerschlünden, mit ein oder zwei Achtundsechzig-Pfündern als Zugabe! Und auf dem Spardeck Schiffshaubitzen von ungeheurem Kaliber. Da das Schiff so neu ist, sind alle Erfindungen und Verbesserungen der letzten Jahre verwertet und angebracht; es ist nur alles zu technisch-wissenschaftlich, wie es gallische Art ist. Sie haben eine Freude daran, was andere mit ein paar tüchtigen Handgriffen machen, auf komplizierte Weise mit Hebeln und Schrauben auszuführen.

Sie hatten an Bord der »Reine Blanche« auch nicht genug zu essen, und was sie hatten, taugte nicht recht. Anstatt daß die Leute sich an hartem Schiffszwieback die Zähne scharf feilten, wurden täglich erbärmliche kleine Semmeln gebacken. Nicht einmal Grog hatten sie; sie vergifteten ihre Mannschaft mit einem dünnen sauren Wein, etwas Rebensaft mit ganzen Eimern klaren Wassers verdünnt. Die Leute wollen Fleisch haben und bekommen Suppe, ein elendes Surrogat. Seitdem sie die Heimat verlassen hatten, waren sie auf halbe Rationen gesetzt. Die zur Bootsmannschaft gehörten und dadurch Gelegenheit hatten an Land zu kommen, verkauften ihre Rationen an ihre weniger glücklichen Kameraden für das Sechsfache des Wertes. Die Unzufriedenheit der Leute wurde noch dadurch vermehrt, daß sie einen schrecklichen Menschen zum Kapitän hatten, einen jener unausstehlichen Kommisknöpfe, die nur für die Disziplin leben. Im Hafen mußten sie beständig an Rahen und Segeln exerzieren oder mit den Booten manövrieren und auf See unaufhörlich die riesigen Geschütze ein- und ausfahren. Überdies hatten sie den Admiral an Bord, der sicherlich auch sein väterliches Auge offen hielt.

Das unlustige und unexakte Verhalten der Leute im Dienst fiel uns auf. Da war nichts von französischer Lebhaftigkeit zu bemerken, noch von jener raschen Präzision, die man an Bord eines ordentlich gehaltenen Kriegsschiffes findet. Aber es war kein Wunder; wir erfuhren, daß drei Viertel der Leute gepreßt waren. Man hatte sie auf alten Kauffahrteischiffen gefaßt am

Tage, an dem sie von großen Reisen heimkehrten; andere waren aus dem Lande herdenweise nach dem Hafen getrieben und auf See geschickt worden. Ich war ganz überrascht, in dieser Friedenszeit von derartigen Pressen zu hören. Aber die Franzosen wollen sich neuerdings eine große Marine schaffen zum Ersatz für die, die Nelson vor Trafalgar versenkt hat. Hoffentlich bauen sie die Schiffe nicht nur für die Engländer. Wenn ein Krieg käme, wie würde es der französischen Flagge ergeben!

Wenn ich sage, daß die Franzosen keine richtigen Seeleute sind, so will ich damit das Volk nicht unterschätzen. Es ist eine begabte, glänzende und tapfere Nation, und ich als Amerikaner bin stolz, es zu sagen.

Achtundzwanzigstes Kapitel

Fünf Tage und Nächte, wenn ich mich recht erinnere, verbrachten wir an Bord der Fregatte. Am fünften Nachmittag wurde uns mitgeteilt, daß sie am nächsten Morgen nach Valparaiso segeln würden. Wir waren sehr froh darüber und beteten um eine rasche Überfahrt. Aber es zeigte sich, daß der Konsul nicht gewillt war, uns so leichten Kaufs davon kommen zu lassen. Gegen Abend kam zu unserer nicht geringen Überraschung ein Offizier und befahl, uns die Eisen abzunehmen. Dann wurden wir wieder am Fallreep in Reih und Glied gestellt, in einen Kutter eskortiert und ans Ufer gepullt. Dort erwartete uns Wilson und übergab uns einer zahlreichen Wache, die aus Eingeborenen bestand und uns nach einem nahegelegenen Hause führte. Man hieß uns unter einem Schattendach außerhalb des Hauses sitzen, während der Konsul und zwei ältere Leute, Europäer, die auf der Insel wohnten, hineingingen.

Nach einer guten Weile – wir hatten uns indessen mit unserer Wache unterhalten, die ebenso heiter wie gutmütig war – wurde einer von uns aufgerufen und ihm befohlen, ins Haus zu kommen. Einen Augenblick später kam er wieder heraus und sagte, es sei nicht viel los. Er war lediglich gefragt worden, ob er noch auf dem gleichen Entschluß beharre; als er es bejahte, wurde etwas auf ein Stück Papier geschrieben und er mit einer Handbewegung wieder hinausgewiesen. So wurden alle der Reihe nach gerufen, ich als letzter. Im Hause sah ich Wilson und seine zwei Freunde mit Amtsmienen an einem Tische sitzen. Ein Tintenfaß, eine Feder und ein Bogen Papier machten den Raum zum Büro. Die drei Herren in Jacke und Hose sahen höchst respektabel aus, zum mindesten für ein Land, in dem man so selten vollständig angezogene Leute sieht. Einer suchte geradezu feierlich dreinzuschauen; da er aber kurzhalsig war, mit dickem, runden Kopf, so gelang es ihm nur, dumm auszusehen. Dieser Herr hatte die Gnade, ein väterliches Interesse an mir zu nehmen. Ich hatte meinen Entschluß bezüglich des Schiffes für unabänderlich erklärt und wollte mich auf ein Zeichen des Konsuls eben zurückziehen, als der Unbekannte sich zu ihm wendete und zu ihm sagte: »Warten Sie bitte einen Augenblick, Herr Wilson. Lassen Sie mich mit dem jungen Mann sprechen. Kommen Sie her, junger Freund. Es tut mir sehr leid, Sie unter diesem übeln Volk zu sehen; wissen Sie, wohin das führen muß?«

»Ach, das ist der Bursch, der den Beschwerdebrief geschrieben hat«, unterbrach ihn der Konsul; »er und der schuftige Doktor stecken hinter der ganzen Sache. Gehen Sie hinaus, Herr!«

Ich verabschiedete mich wie von der königlichen Familie, indem ich rückwärts gewendet mit vielen Verbeugungen ging. Wilsons sichtliche Voreingenommenheit gegen mich und den Doktor war nicht unerklärlich. Kapitäne sehen gebildete Leute nicht gerne als Vordergasten. Man mag sich noch so ruhig verhalten: sobald es zu Unruhen kommt, wird stets angenommen, daß unsereins, dank seiner geistigen Überlegenheit, die Leute heimlich gegen ihre Offiziere aufgehetzt hätte. So wenig ich von Kapitän Guy gesehen, die Blicke, die er mir zuwarf, als ich eine Woche an Bord war, waren feindselig, und seine Abneigung wurde durch meine Freundschaft mit dem langen Doktor, den er fürchtete und haßte, zweifellos noch gesteigert. Guys Beziehungen zum Konsul erklärten wieder die Feindschaft, die der Konsul gegen mich hegte.

Als das Verhör zu Ende war, erschienen Wilson und seine Freunde an der Tür, und der Konsul sagte mit strengem Gesicht, unsere Hartnäckigkeit wäre äußerste Verblendung; es bliebe uns nun keine Hoffnung mehr, wir hätten die letzte Aussicht auf Verzeihung verscherzt; selbst wenn wir in uns gehen und bitten würden, zu unserer Pflicht auf dem Schiff zurückkehren zu dürfen, würde er es nicht mehr gestatten.

»Ach, hören Sie doch auf mit Ihrem Schwindel, Konsuler!« rief der schwarze Daniel empört, daß man ihn für so dumm hielt, das zu glauben.

Wütend hieß Wilson ihn schweigen; dann rief er einen dicken alten. Eingeborenen heran, redete in der Taheiti-Sprache mit ihm und wies ihn an, uns in Gewahrsam zu bringen.

Darauf mußten wir antreten und uns ordnen; der alte Mann stellte sich an die Spitze des Zuges und führte uns mit lauten Rufen auf einem schönen Pfad durch weite Haine von Kokospalmen und Brotfruchtbäumen. Die übrige Begleitmannschaft trabte wohlgelaunt neben uns her; sie schwatzten in gebrochenem Englisch und gaben uns in jeder Weise zu verstehen, daß sie Wilson keineswegs geneigt wären, und wir prachtvolle Kerle, daß wir so durchhielten. Sie schienen unsere Geschichte genau zu kennen.

Die Landschaft, durch die wir schritten, war wundervoll. Der tropische Tag ging rasch zu Ende, die Sonne sah wie ein riesiges rotes Feuer im Walde aus, als ihre Strahlen schräg durch die endlosen Baumreihen fielen; jedes Blatt hatte einen leuchtenden Rand. Nach dem dumpfen Zwischendeck der »Fregatte« schien die Luft uns doppelt würzig; wir hörten Bäche rauschen, sahen grüne Zweige sich im leichten Winde bewegen, und fern im Innern des Landes stiegen, rötlich in der untergehenden Sonne, die stillen, schroffen Berggipfel empor. Je weiter wir kamen, desto wunderbarer erschien mir der breite beschattete Weg. Starke Holzbrücken führten über breite Wasserläufe; über andere spannte sich ein steinerner Bogen, und überall hätten drei Reiter nebeneinander reiten können.

Dieser wundervolle Weg, weitaus das beste, was die Kultur der Insel gebracht hat, wird von den Fremden der Ginsterweg genannt, warum, weiß ich nicht. Er wurde für die Missionare angelegt, die von einem Missionshaus zum anderen reisten, und führt, beinahe sechzig Meilen lang, um die größere Halbinsel herum, am Rande des tiefen fruchtbaren Bodens am Meer; nur auf der Seite, die der kleineren Halbinsel Tajarbu zunächst liegt, führt er durch ein enges einsames Tal und durchquert die Insel.

Das Innere der Insel ist unbekannt. Die dichtbewaldeten Schluchten, furchtbaren Abgründe und schroffen Bergkämme machen es fast unzugänglich; selbst die Eingeborenen kennen es kaum; anstatt direkt von einem Dorf zum anderen zu reisen., machen sie den Umweg rundherum über die Ginsterstraße.[11] Man reist keineswegs nur zu Fuß, da es jetzt Pferde in Menge gibt. Sie wurden von Chile eingeführt und hatten all das Feuer, die Schnelligkeit und das sanfte Wesen der spanischen Zucht. Sie besitzen also all die Eigenschaften auf die die höheren Klassen Wert legen, die denn auch sehr gute Reiter geworden sind. Die Missionare und die Häuptlinge reisen nur im Sattel, und man kann die letzteren zu jeder Tageszeit in Karriere dahinsprengen sehen; sie reiten wie die Pawnee-Loupsa,[12] und die Bewohner der Sandwich-Inseln desgleichen.

Ich bin selbst meilenweit auf dem Ginsterweg gewandert und der ewig wechselnden Landschaft nie müde geworden; wohin er auch führen mag, durch ebene Wälder und grasbewachsene Schluchten oder über Hügel, auf denen Palmen mit ihren nickenden Kronen stehen, Immer sieht man auf der einen Seite das blaue Meer und auf der anderen die grünen Berggipfel

Neunundzwanzigstes Kapitel

Etwa eine Meile vom Dorfe machten wir in einer herrlichen Gegend halt. Ein Bergbach strömte am Fuß eines grünen Abhangs; auf der einen Seite floß er murmelnd weiter bis zu dem mit glitzernden Muscheln besetzten Strand hinab; dort, verbreiterte er sich und rieselte ins Meer. Auf der anderen Seite war eine lange enge Schlucht, und das Auge konnte dem gewundenen, blitzenden Faden folgen, bis er sich im dunkeln Grün verlor. An der Straße führte eine niedrige Brustwehr aus rauhen Steinen hin, und auf der Höhe des Abhangs, den die Brustwehr umgab, lag ein großes eiförmiges Eingeborenenhaus mit weißglänzendem Dach.

»Calabusa! Calabusa Biriteni!« (Das britische Gefängnis!) rief unser Führer, auf das Gebäude weisend.

Da der Konsul es in den letzten Monaten zum Zwangsaufenthalt für widerspenstige Matrosen benützt hatte, ward es so genannt, um es von ähnlichen Orten in Papiti sowie in der Umgegend zu unterscheiden. So romantisch es aussah, bei näherer Bekanntschaft vermißte man häuslichen Komfort. Es war nichts als ein Gerüst mit einem Dach, ein ganz unfertiges Haus, das nach allen Seiten offen stand, und im Innern wuchs an vielen Stellen Gras. Auch befand sich darin nur ein einziges Möbel, der »Stock«, ein plumpes Werkzeug, das dazu diente, Leute festzuhalten, und das es in den meisten Ländern nicht mehr gibt. Bei den Spaniern Südamerikas ist es noch im Gebrauch, und von ihnen haben es die Taheitier, wie es scheint, übernommen, auch den Namen, der alle Gefängnisse bei ihnen bezeichnet. Der Stock bestand lediglich aus zwei genau gleichen Balken von etwa zwanzig Fuß Länge, der eine lag auf der Kante, der andere genau über ihm, und in regelmäßigen Zwischenräumen waren runde Löcher angebracht – ein Halbrund in jedem Balken –, deren Zweck auf den ersten Blick erkennbar war.

Unser Führer hatte uns inzwischen darüber belehrt, daß er »Käpen Bob« (Kapitän Bob) hieß; und er war ein ganz netter alter Kerl. Er konnte gar nicht anders heißen. Der alte Mann gefiel uns vom ersten Augenblick an so gut, daß wir uns seiner Autorität fröhlich fügten. Sowie wir im Hause waren, hieß er uns zunächst Haufen trockenen Laubes sammeln, um hinter dem Stock ein Lager zu bereiten; dann wurde ein Kokosstamm als Polster hingelegt, ein hartes Kissen, aber die Eingeborenen sind daran gewöhnt. Sie gebrauchen einen kleinen Holzklotz als Kopfkissen, der auf kurzen Füßen steht und oben eine runde Vertiefung trägt, eine Art Kopfschemel.

Als alles soweit bereit war, ging Kapitän Bob daran, uns für die Nacht zu »henapar« – anzuschließen. Der obere Balken wurde bei dem einen Ende aufgehoben, wir mußten unsere Knöchel in die halbkreisförmige Öffnung des unteren legen, der obere wurde wieder gesenkt und beide durch alte Eisenhaken an den Enden zusammengeschlossen. Der ganze Vorgang vollzog sich unter lärmender Heiterkeit der Eingeborenen, und auch wir ließen es an lustigen Bemerkungen nicht fehlen. Kapitän Bob war noch geschäftig wie eine alte Frau, die ihre Kinder zu Bette bringt. Ein Korb gebackenen Teros oder indischer Rübe wurde gebracht, und jeder erhielt ein Stück. Dann wurde eine große Decke aus grobem Tappa über unsere ganze Gesellschaft gebreitet, und nach vielen Ermahnungen, daß wir »moi-moi« und »mehteh« sein, das heißt, schlafen und brav sein sollten, blieben wir uns selbst überlassen.

Nun wurde noch lange über die Aussichten auf die Zukunft geschwatzt; aber der Doktor und ich verhielten uns schweigend. Wir lagen nebeneinander; die anderen hörten auch auf, sie waren noch müde von schlechten Nächten an Bord der »Fregatte« und lagen bald in tiefem Schlaf.

Ich glitt aus einer Träumerei in die andere, fuhr empor und faßte den Doktor an. Er träumte bereits, und ich beschloß, das gleiche zu tun. Wie es die anderen anstellten, weiß ich nicht: ich fand den Schlaf nicht leicht; das Bewußtsein, an einem Fuß gefesselt zu sein, und die Unmöglichkeit, ihn an irgendeine andere Stelle zu bringen, war keineswegs angenehm. Man konnte nur gerade auf dem Rücken liegen, und wenn ich einschlief, bekam ich Alpdrücken schon infolge der unbequemen Lage; im Traum riß ich so heftig an meinem unglücklichen Fuß, daß ich erwachte; ich glaubte, jemand zöge den Stock fort.

Kapitän Bob und seine Freunde wohnten in einem kleinen Flecken in nächster Nähe, und als der Morgen im Osten dämmerte, sahen wir den alten Herrn aus einem Hain kommen, der in gleicher Richtung lag. Er begrüßte uns mit lauter Stimme, und da er alle wach fand, befreite er uns, führte uns zum Bach hinab und befahl, daß alle sich ausziehen und baden sollten. »Alli Manni klar, mei Jungi, henna, henna!« (waschen!) rief er, denn Bob war ein Sprachgelehrter und auf See gewesen, wie er uns noch oft erzählte.

Wir waren allein mit ihm, und nichts wäre leichter gewesen, als durchzubrennen; aber der Gedanke, daß so etwas möglich sei, kam ihm offenbar gar nicht; er ging auch so offen und freundlich mit uns um, daß, wenn wir selbst ans Davonlaufen gedacht hätten, wir uns geschämt hätten, es zu versuchen. Er wußte übrigens, und wir kamen sehr bald gleichfalls dahinter, daß jeder Fluchtversuch fehlschlagen mußte, wenn man es nicht so einrichten konnte, daß man sogleich auch die Insel verließ.

Bob war überhaupt ein ungewöhnlicher Bursche. Schon seine äußere Erscheinung war auffallend. Er war ein dicker Riese, über sechs Fuß hoch und hatte einen Umfang wie eine Tonne. Die ungeheure Körpergröße mancher Taheitier ist vielen Reisenden aufgefallen. Abgesehen von seiner Stellung als Gefängnisdirektor des englischen Konsuls, trieb er Landwirtschaft nach der auf der Insel üblichen Weise: er besaß ein paar Brotfrucht- und Kokos-Haine, die er im Wachstum nicht hinderte; dicht daneben lag ein Tero-Feld, das ihm gehörte und das er manchmal besichtigte. Bob verkaufte die Produkte seines Bodens nur höchst selten; er brauchte sie für sich selbst. Drei Ratsherren bei einem Bürgermeisteressen wären ihm an Appetit nicht gewachsen gewesen. Ein Freund Bobs sagte mir, daß seine Besuche infolge seiner Gefräßigkeit sehr gefürchtet seien. Nach taheitischem Brauch, von dem niemand abgehen kann, herrscht allenthalben die freieste Gastfreundschaft. Zwar ist sie fast immer gegenseitig, aber bei Bob war das ausgeschlossen: der Schaden, den er bei einem Morgenbesuch in der Speisekammer seines Wirts anrichtete, wäre durch einen ganzen Ferienaufenthalt des anderen bei ihm nicht ausgeglichen worden.

Der Alte hatte tatsächlich ein oder zwei Fahrten auf einem Walfischfänger mitgemacht und war stolz auf sein Englisch; da er, was er davon wußte, im Vorderkastell aufgelesen hatte, so kannte er nur Seemannsausdrücke, und die klangen in seinem Munde drollig genug.

Eines Tages fragte ich ihn, wie alt er sei. »Ali?« rief er mit tiefsinnigem Ausdruck, der Tiefe meiner Frage entsprechend, »oh, sehr ali, dausen 'Ahr – mehr – große Mann, wenn Käpen Tuti (Cook) In Sitt komi.« (In Sicht kommen.)

Das war natürlich unmöglich, aber ich richtete meine Rede nach dem Mann und antwortete: »Ah, du sehen Käpen Tuti – nun, wie du lieben Ihn?«

»Oh, er mehteh (gut): Freund von mick und kenni mei Weib!«

Als ich ihm ernsthaft versicherte, daß er damals noch nicht geboren sein konnte, erklärte er, daß er die ganze Zeit von seinem Vater gesprochen habe, und das war ganz gut möglich. Sonderbarerweise erzählen alle diese Leute, jung und alt, daß sie die persönliche Bekanntschaft des großen Seefahrers gemacht hätten, und wenn man ihnen zuhört, erzählen sie Anekdoten ohne Ende von ihm. Und das nur aus dem Wunsch, liebenswürdig zu sein; sie wissen, daß es für die weißen Männer kein angenehmeres Gesprächsthema gibt. Fur Zeit und Möglichkeit haben sie gar keinen Sinn, Tage und Jahre zählen für sie gleich. Nachdem wir bei Sonnenaufgang unser Bad genommen hatten, machte Bob uns wieder in dem Stock fest. Er vergoß beinahe Tränen darüber, daß er so hart gegen uns verfahren mußte, aber er könnte nicht anders, sagte er, sonst würde der Konsul böse werden. Wie lange wir hier im Gefängnis bleiben, noch was nachher mit uns geschehen sollte, wußte er nicht.

Als es Mittag wurde und keine Anzeichen einer Mahlzeit zu bemerken waren, fragte einer von uns, ob wir im Hotel Calabusa nur Wohnung oder auch volle Pension hätten.

»Ganespili fest!« (Gangspill fest) sagte Bob, »kaukau (essen) kommi Schiffi mit Zeit.« Und tatsächlich kam Tauendchen mit einem Holzeimer, der mit dem schändlichen Zwieback der »Julia« gefüllt war. Grinsend sagte er, es wäre ein freundliches Geschenk von Herrn Wilson, und wir würden an diesem Tage sonst nichts bekommen. Jetzt tobten alle, und es war ein Glück für den Kerl, daß er ein paar Beine hatte und die Leute die ihren nicht gebrauchen konnten. Samt und sonders beschlossen wir, das Hartbrot nicht anzurühren, mochte geschehen, was da wollte. Wir sagten das auch den Eingeborenen; die aber lieben nichts so wie Schiffszwieback; je härter desto besser; sie waren daher überglücklich und boten uns dafür täglich ein bestimmtes, nicht sehr großes Maß gebackener Brotfrucht und indischer Rüben zum Tausch. Das wurde abgemacht, und von da an wurde, sobald der Eimer kam, der Inhalt sofort Bob und seinen Freunden abgeliefert, die bis zum späten Abend daran knabberten.

Als unsere recht spärliche Brotfruchtmahlzeit zu Ende war, kam Käpen Bob zu uns gewatschelt; er trug ein paar lange, oben gekrümmte Stangen und mehrere große Körbe, die aus Kokoszweigen geflochten waren. Nicht weit von uns befand sich ein ausgedehnter Orangenhain, der reife Früchte in Menge trug; ich und noch einer wurden ausgewählt, mit Bob zu gehen und Vorrat zu holen. Noch nie hatten wir einen so üppigen Obstgarten gesehen; schon der Duft, der von jedem Zweig strömte, wenn er sich nur ein wenig im Winde bewegte, labte die Sinne. So dicht standen die Bäume, daß ihre Zweige eine Art Kreuzgewölbe bildeten, das ganz mit goldenen Kugeln besetzt war; darunter lag alles in tiefem Schatten; an manchen Stellen bogen die Zweige sich unter ihrer Last bis zum Boden, und das Laub war so dicht, daß man den Stamm nicht sah. Tiefer im Hain sahen wir nur Orangen und wieder Orangen ringsum und nichts sonst. Um die Früchte nicht zu beschädigen, faßte Bob die Zweige mit dem gebogenen Ende seines Stabs und streifte die Orangen in den Korb; wir aber hatten nicht soviel Geduld: wir faßten den Zweig und schüttelten solch einen Regen von Früchten herab, daß unser alter Freund flüchtete; wir hörten auf keine Vorstellung, sondern legten uns in den Schatten und aßen nach Herzenslust. Dann füllten wir den Korb, daß die Früchte hoch angehäuft lagen, und kehrten zu unseren Kameraden zurück, die uns mit frohen Rufen empfingen; und in unglaublich kurzer Zeit waren nur noch die Schalen übrig. Solange wir in der Calabusa wohnten, hatten wir Früchte, soviel wir wollten; darauf, vielleicht aber auch auf andere Gründe, war vermutlich die rasche Wiederherstellung der Kranken zurückzuführen, die bald alle verhältnismäßig wohl waren.

Die Orangen von Taheiti sind köstlich, klein und süß, mit dünner trockener Schale. Vor Cooks Zeit waren sie unbekannt, ihm verdanken die Eingeborenen diese Wohltat. Er führte auch andere Früchte ein, Feigen, Ananas und Zitronen; aber man sieht sie nicht häufig; nur die Limonen wachsen noch in großer Zahl, und die ärmeren Eingeborenen pressen ihren Saft aus, um ihn den Schiffern zu verkaufen. Er wird als Mittel gegen Skorbut sehr geschätzt. Und nicht nur ausländische Früchte und Gemüse verdanken die Gesellschaftsinseln ihren ersten Besuchern; auch Rindvieh und Schafe wurden an verschiedenen Orten zurückgelassen. Darüber wird noch mehr zu sagen sein, und nach allem, was in späteren Jahren für die Insel geschah, kann man Cook und Vancouver in diesem Sinn zum mindesten als ihre größten Wohltäter ansehen.

Dreißigstes Kapitel

Ich war zu einer politisch sehr interessanten Zeit auf die Insel gekommen und hörte von den Eingeborenen viel darüber. Manches erfuhr ich bei einem späteren Besuch sowie aus verläßlichen Berichten, die ich seither in der Heimat erhielt.

Die Franzosen hatten schon wiederholt vergeblich versucht, eine römisch-katholische Mission auf der Insel einzurichten. Die Missionare wurden verspottet und beschimpft; manchmal griffen die Eingeborenen zur Gewalt, und das Ende war jedesmal, daß jene die Insel wieder verlassen mußten. Einmal wurden zwei Geistliche, Laval und Gaset, von den Eingeborenen angegriffen und mißhandelt und zuletzt an Bord eines kleinen Handelsschoners gebracht, der sie auf der wilden Wallis-Insel, zweitausend Meilen westlich von Taheiti, ans Land setzte. Daß die englischen Missionare ihre Verbannung guthießen, leugnen sie selber nicht; ich hörte auch wiederholt, daß sie die Eingeborenen zu ihren Gewalttätigkeiten aufgehetzt hatten. Jedenfalls hätten, sie bei ihrem, unbegrenzten Einfluß auf die Eingeborenen sie leicht hindern können, wenn sie es gewollt hätten.

Dieses Beispiel trauriger Unduldsamkeit der protestantischen Missionare ist leider weder das einzige noch das schlimmste; ich will hier nicht weiter darauf eingehen; neuere Reisende haben genug darüber berichtet. Auch ist das Verhalten der Missionare auf den Südsee-Inseln in letzter Zeit viel besser geworden.

Das Verfahren gegen diese beiden Geistlichen war der wesentliche und jedenfalls der einzige gerechtfertigte Grund, aus dem Du Petit-Thouars Genugtuung verlangte, und führte schließlich dazu, daß er sich der Insel bemächtigte. Er hatte sich auch darüber beschwert, daß die Flagge des französischen Konsuls Merenhout wiederholt beschimpft und das Eigentum eines französischen Ansiedlers von der Regierung gewaltsam weggenommen worden war. Im letztgenannten Fall waren die Eingeborenen durchaus im Recht gewesen: das Gesetz gegen den Handel mit geistigen Getränken, das wiederholt aufgehoben und wieder erneuert wurde, war damals gerade in Kraft, und da auf dem Grundstück eines gewissen Victor, der ein, ganz gemeiner und schuftiger Abenteurer aus Marseille war, ein größerer Vorrat von geistigen Getränken gefunden wurde, erklärten die Taheitier ihn für beschlagnahmt.

Für diese und andere angebliche Übergriffe hatten die Franzosen eine große Geldentschädigung – 10 000 Dollar gefordert, und da die Staatskasse sie nicht leisten konnte, hatten sie die Insel sogleich besetzt und einen Vertrag geschlossen, der den Häuptlingen auf dem Geschützdeck der Fregatte diktiert worden war. Es unterliegt wohl keinem Zweifel, daß auch ohne diese Formalität der Sturz der Pomaris in, den Tuilerien beschlossen worden war

Nachdem der Konteradmiral ein sogenanntes Protektorat errichtet hatte, segelte er ab. Er ließ einen Herrn Bruat als Gouverneur zurück; der Konsul Merenhout wurde zum königlichen Kommissar ernannt, und zwei Zivilbeamte, Reine und Carpegne, als Mitglieder des Staatsrats dem Gouverneur zur Seite gestellt. Militär wurde damals nicht gelandet, sondern erst mehrere Monate später. Gegen Reine und Carpegne hatten die Eingeborenen persönlich nichts einzuwenden, aber Bruat und Merenhout waren ihnen tief verhaßt. Der Gouverneur suchte die Königin einzuschüchtern, legte die Hand an den Degen, bedrohte sie mit der Faust und fluchte heftig, um sie gefügig zu machen. »O König eines großen Volkes,« schrieb Pomari in ihrem Brief an Louis Philippe, »rufe diesen Mann zurück; ich und mein Volk konnen seine Übeltaten nicht länger ertragen. Er ist ein schamloser Mensch.«

Nach der Abfahrt des Admirals legte sich die Aufregung der Eingeborenen zwar nicht vollständig, aber es kam doch zunächst nicht zu offenen Gewalttätigkeiten. Die Königin war nach Imio geflohen; und die Streitigkeiten zwischen den einzelnen Häuptlingen, sowie das unkluge Verhalten der Missionars ließen eine Einigung über ein gemeinsames Vorgehen nicht zustande kommen. Die große Menge des Volks wie die Königin bauten zuversichtlich auf ein rasches Eingreifen, der englischen Regierung, denn sie hatten viele Verbindungen mit England, das auch ihre Unabhängigkeit wiederholt feierlich gewährleistet hatte. Die Missionare boten dem französischen Gouverneur ganz offen Trotz; kindisch prophezeiten sie, daß bald Flotten und Armeen aus England, kommen würden. Was bedeutete ein Fleckchen Erde wie Taheiti für die ungeheuren Interessen Frankreichs und Englands? Die englische Regierung schickte eine Protestnote, die französische eine Antwortnote, und dabei blieb es. Einmal in ihrem langen streitsüchtigen Leben standen der heilige Georg und der heilige Dionys auf gutem Fuß, und sie hatten keine Lust, wegen Taheitis die Klinge zu kreuzen.

Während meines Aufenthalts auf der Insel war, soweit meine Beobachtungen reichten, kaum zu merken, daß ein Regierungswechsel stattgefunden hatte. Die Gesetze, soweit solche vorhanden waren, blieben die gleichen, die Missionare wurden nicht belästigt, und überall herrschte verhältnismäßige Ruhe. Aber ich hörte die Eingeborenen öfters auf die Franzosen schimpfen – die, nebenbei bemerkt, in ganz Polynesien nicht beliebt sind –, und bitter bedauerten sie, daß die Königin nicht gleich von Anfang an Widerstand geleistet hatte. Im Hause des Häuptlings Adia wurde wiederholt die Frage erörtert, ob die Insel in der Lage sei, sich der Franzosen zu erwehren; die Zahl der waffenfähigen Krieger und der Musketen wurde abgeschätzt, die Befestigung der Anhöhen, die Papiti beherrschten, erwogen. Ich sah in alledem Zeichen des Grolls über die Vergewaltigung, die sie erduldet hatten, nicht einen entschlossenen Willen zum Widerstand. Den tapferen, wenn auch vergeblichen Kampf, der so bald auf meine Abreise folgen sollte, hatte ich nicht erwartet.

Nach meinem ersten Besuch hatte Bruat als Gouverneur und Oberrichter die Insel, die vordem in neunzehn Distrikte eingeteilt war, an deren Spitze je ein eingeborener Häuptling stand, in vier Provinzen geteilt, und hatte zu Vorstehern die abtrünnigen Häuptlinge Kitoti, Teti, Utamai und Pareta eingesetzt. Er hatte jedem tausend Dollar bezahlt, um sich ihre Unterstützung bei der Ausführung seiner schlimmen Pläne zu sichern.

Bei Marhenar auf der Halbinsel Tarebu floß das erste Blut in regelrechtem Kampf. Leute, die zu einem der französischen Kriegsschiffe gehörten, hatten Frauen am Ufer fortgeschleppt. Die Eingeborenen fochten verzweifelt und töteten etwa fünfzig Franzosen; sie selbst verloren etwa neunzig Mann. Die französischen Matrosen und Marinesoldaten, die, wie berichtet wurde, völlig betrunken waren, gaben keinen Pardon. Die Überlebenden retteten sich durch die Flucht in die Berge. Es folgten die Gefechte von Hararparpi und Farrarar, in denen die Franzosen nur mäßige Erfolge errangen. Bald nach dem Gefecht von Hararparpi wurden drei Franzosen in einem Paß überfallen und von den erbitterten Eingeborenen niedergemacht. Einer davon war Lefevre, ein berüchtigter Gauner und Spion, den Bruat einem Major Fergus – der Pole gewesen sein soll – als Führer mitgegeben hatte, um das Versteck von vier Häuptlingen zu finden, die der Gouverneur gefangennehmen und hinrichten lassen wollte. Hierdurch wurde der Haß auf beiden Seiten noch mehr entflammt.

Damals veranlaßte Bruat den verräterischen Häuptling Kitoti, der sein gefügiges Werkzeug war, im Tal von Peri ein großes Fest zu geben, zu dem er alle seine Landsleute einlud. Der Gouverneur wünschte so viele als möglich für sich zu gewinnen; er lieferte Wein und Schnaps im Überfluß, und die natürliche Folge war, daß beim Fest alle sich viehisch betranken. Immerhin hatten die Eingeborenen vorher bemerkenswerte Reden gehalten. So auch ein alter Krieger, der einst an der Spitze des berühmten Eioreh-Bundes gestanden. »Dies ist ein sehr gutes Fest,« sagte der trunkene alte Mann, »auch der Wein ist sehr gut, aber ihr übelgesinnten Wih-wihs (Franzosen) und ihr falschherzigen Männer von Taheiti, seid alle sehr schlecht.«

Nach den letzten Nachrichten, die ich bekommen habe, weigert sich die Mehrzahl der Insulaner noch heute, die französische Herrschaft anzuerkennen; was geschehen wird, läßt sich schwer sagen; aber jedenfalls müssen diese Kämpfe die endgültige Vernichtung des Stammes beschleunigen.

Zugleich mit den wenigen Beamten, die Du Petit-Thouars auf der Insel einsetzte, blieben auch mehrere französische Geistliche dort. In einem Artikel des Vertrages war ihnen die freie Ausübung ihres Berufes unter den stärksten Schutzmaßnahmen gewährleistet. Niemand durfte sie bei ihrer Tätigkeit zur Ausbreitung ihres Glaubens stören; aber es war auch niemand verpflichtet, sie ihnen zu erleichtern, noch weniger ihnen etwa ein Mittagessen zu geben. Sie hatten wohl Geld genug, aber für die Eingeborenen war es »tabu«, und während einiger Stunden nach der Ankunft der französischen Priester rührten sie es wirklich nicht an. Diese galten für Sendlinge des Papstes und des Teufels; welcher Insulaner hätte gewagt, nicht nur sein Seelenheil zu gefährden, sondern auch Verderben auf seine Brotfruchternte heraufzubeschwören, indem, er mit ihnen Umgang pflog!? Am ersten Tag mußten die Geistlichen tatsächlich Kokosnüsse im Hain auflesen; aber ehe es Abend wurde, fanden sie in einem nahen Hause christliche Gastfreundschaft für den genauen Gegenwert in harten Dollars.

Zweifellos war die Haltung der englischen Missionare unhöflich, die den katholischen Geistlichen den Aufenthalt auf diese Weise zu verleiden suchten; aber schließlich hatten die letzteren sich grundlos in diese unangenehme Lage gebracht. Sie hätten viel besser getan, sich auf einer der noch unbekannten Inseln im Stillen Ozean niederzulassen, als sich einem Volke aufzudrängen, das sich bereits zu einer anderen christlichen Sekte bekannte.

Einunddreißigstes Kapitel

Da unser Gefängnis allseits offen war und so nahe an der Straße lag, konnte uns jeder Vorübergehende sehen, und da die Taheitier ein müßiges und neugieriges Volk sind, fehlte es uns nicht an Besuch. Einige Tage hindurch war es ein beständiges Kommen und Gehen, und so, schimpflich an einem Fuß festgebunden, erteilten wir passive Audienzen. Das hinderte nicht, daß wir die Löwen der taheitischen Gesellschaft waren. Fremde aus fernen Dörfern, wurden mitgenommen, die »Karhauris« (weiße Männer) zu sehen, etwa wie Leute aus der Provinz, wenn sie in die Stadt kommen, in den Zoologischen Garten geführt werden.

Wir konnten dabei unsere Beobachtungen machen. Was mir schmerzlich auffiel, war die große Zahl kränklicher und entstellter Personen, die Folge einer ansteckenden Krankheit, die bei der Behandlung der Eingeborenen stets so verläuft, daß sie zuletzt Muskeln und Knochen angreift. Bei einer besonders schlimmen Form der Krankheit entsteht eine häßliche Verkrümmung des Rückgrats. Dieses und manche anderen Leiden waren unbekannt, ehe die Insel von den Weißen entdeckt und heimgesucht worden; dafür gab es mehrere Fälle von Fe-Fe oder Elefantiasis, einer Eingeborenenkrankheit, die seit dem fernsten Altertum unter ihnen herrscht. Sie greift nur Beine und Füße an, die bisweilen zum Umfang eines menschlichen Körpers anschwellen, während die Haut sich mit Schuppen bedeckt. Man sollte glauben, daß ein Mensch, der an dieser Krankheit leidet, nicht gehen könnte, aber die Leute sind ganz beweglich, fühlen anscheinend keinen Schmerz und tragen ihr Unglück mit unglaublicher Heiterkeit. Die Fe-Fe entwickelt sich ganz allmählich, Jahre vergehen, ehe das Glied völlig geschwollen ist. Die Eingeborenen schreiben sie verschiedenen Ursachen zu, aber die allgemeine Meinung ist, daß sie vom Genuß unreifer Brotfrüchte und indischer Rüben kommt. Sie gilt für unheilbar, eine Behandlung wird gar nicht versucht, auch nicht im Beginn der Krankheit.

Ich erinnere mich eines armen Matrosen, den ich später auf Rurutu, einer einsamen Insel traf, die man von Taheiti mit dem Segelschiff in zwei Tagen erreichen konnte. Es ist eine ganz kleine Insel, und die Bewohner sind nahezu ausgestorben. Wir setzten ein Boot aus, um zu sehen, ob man noch wie früher Yamswurzeln bekam, da die Yamswurzeln von Rurutu in der Gegend so berühmt waren wie die sizilischen Orangen im Mittelmeer. Als ich ans Ufer stieg, wurde ich zu meinem Erstaunen in der Nähe eines winzigen Kirchleins, das wie ein Blockhaus aussah, von einem weißen Mann angeredet, der aus einer elenden Hütte auf mich zuhumpelte. Sein Bart und Haar waren unrasiert, das Gesicht totenbleich und hager und das eine Bein durch die Fe-Fe zu unglaublicher Größe angeschwollen. Es war das erstemal, daß ich einen Europäer an dieser Krankheit leiden sah, oder auch nur davon gehört hätte, und ich war erschrocken und ergriffen. Er befand sich seit Jahren auf der Insel. Als die ersten Symptome auftraten, hatte er nicht glauben wollen, daß es Elefantiasis sei, und gehofft, sie würden bald wieder schwinden. Als es klar wurde, daß die einzige Aussicht für ihn in raschem Klimawechsel lag, wollte kein Schiff ihn als Matrosen aufnehmen, und als Passagier unterzukommen, war ganz hoffnungslos. Das spricht nicht für die Menschlichkeit der Schiffskapitäne, aber diese Tugend ist in der Südsee überhaupt nicht verbreitet; es werden auch, so viele Forderungen an ihre Mildtätigkeit gestellt, daß sie unempfindlich geworden sind.

Ich bemitleidete den armen Kerl von ganzem Herzen; aber auch, ich konnte nichts tun; unser Kapitän blieb unerbittlich. »Ich habe sechs Monate Fahrt vor mir,« sagte er, »und kann nicht seinetwegen umkehren. Auf der Insel geht's ihm besser, als es ihm auf See gehen würde. Er muß auf Rurutu bleiben und sterben.« Es war nichts zu machen. Ich hörte später noch zweimal durch Matrosen von ihm; seine Versuche waren alle vergeblich geblieben, und sein trauriges Schicksal mußte sich bald erfüllen.

Obwohl das Volk der Taheitier heruntergekommen und entartet ist, findet man unter den Häuptlingen noch sehr ansehnliche Erscheinungen, majestätisch aussehende Männer und winzige Frauen, lieblich wie die Nymphen, die vor einem Jahrhundert um Wallis' Schiffe schwammen. Wenn die Taheitierinnen schön sind, dann sind sie noch immer so verführerisch, wie sie seinerzeit für die Mannschaft der »Bounty« waren; kein Dichter könnte sich junge Mädchen in den Tropen schöner vorstellen; sie sind sanft, mit vollen Formen und träumerischen Augen. Die Hautfarbe ist bei beiden Geschlechtern von Natur aus ganz hell, aber die Männer erscheinen viel dunkler, weil sie sich der Sonne aussetzen. Auch wird eine dunkle Hautfarbe bei einem Mann sehr geschätzt, sie soll körperliche und geistige Kraft anzeigen. Es ist ein alter Spruch bei ihnen:

> »Wenn dunkel die Wange der Mutter,
> Wird der Sohn die Kriegsmuschel blasen,
> Wenn stark ihr Leib, wird Gesetze er geben.«

Da dies ihre Vorstellung von Männlichkeit ist, so darf man sich nicht wundern, wenn die Taheitier die blassen, matt aussehenden Europäer für weibische Schwächlinge hielten; dagegen gelten die Seeleute, deren Wangen wie die Brust eines gebratenen Puters aussehen, für kräftige Kerle, oder wie sie dort sagen: er ist ein »tahita tona«, ein Mann, der Knochen hat.

Dabei fällt mir eine jetzt veraltete häßliche Sitte der Taheitier ein, daß sie aus den Knochen ihrer erschlagenen Feinde Angelhaken und Bohrer zu machen pflegten. Nun, die alten Skandinavier machten, aus den Schädeln Trinkgefäße und Suppenschüsseln.

In der Calabusa Biriteni erregten wir bei unseren zahlreichen Besuchern das lebhafteste Interesse. Stundenlang redeten sie über uns und gerieten dabei in eine ganz unnötige Aufregung; sie hopsten geradezu hin und her. Stets nahmen sie unsere Partei und schimpften auf den Konsul, den sie »eita mehteh« (ganz außerordentlich schlecht) nannten. Sie mußten einen besonderen Groll gegen ihn hegen. Auch die guten Seelen, die Weiber, kamen zu Besuch; sie zeigten sogar ein noch größeres Interesse für uns als die Männer, sahen uns mit sehr bedeutungsvollen Blicken an und sprachen mit unglaublicher Schnelligkeit. Aber ach, wenn sie auch neugierig waren und zweifellos ein gewisses flüchtiges Mitleid für uns empfanden, wirkliche Gefühle waren es nicht. Viele von ihnen nahmen das Lächerliche unserer Lage sehr wohl wahr und spotteten. Etwa am zweiten Tage unserer Gefangenschaft kam ein wildes schönes Mädchen in die Calabusa gelaufen, blieb in einiger Entfernung von uns stehen und sah uns drollig an. Sie war ein ganz herzloses Geschöpf. Der schwarze Daniel, der seinen entzündeten Knöchel rieb und seine Meinung über den Konsul und den Kapitän, energisch äußerte, machte ihr großen Spaß. Nachdem sie genug über ihn gelacht hatte, nahm sie die übrigen in Augenschein; einen nach dem anderen sah sie gründlich und herausfordernd an, und wenn ihr an einem etwas Komisches auffiel, wies sie mit dem Finger auf ihn, warf sich zurück und lachte ein kleines gedämpftes, tiefes Lachen. Es war in unserer Lage natürlich schwer, heroisch auszusehen. Trotzdem war mir der Gedanke nicht angenehm, von der kleinen Hexe verlacht zu werden, obwohl sie nur eine Eingeborene war. Ihre Schönheit mochte daran mit schuld sein. Ich war höchst unpassend gekleidet und lag an einen Holzblock gefesselt da. Dennoch versuchte ich die anmutigste Haltung einzunehmen, die mir möglich war. Ich stützte das Haupt auf die Hand und suchte gedankenschwer auszusehen, das Gesicht hatte ich abgewendet, aber ich fühlte, daß ich rot wurde, wußte, daß ihr Blick auf mir ruhte, und immer heißer wurde meine Wange. Sie lachte nicht; das war entzückend, mein Anblick rührte sie! Jetzt hielt ich es nicht länger aus und richtete mich auf. Da stand sie, ihre Augen wurden größer und größer wie zwei Sterne, ihre ganze Gestalt bebte vor Lustigkeit und um ihren Mund spielte ein Ausdruck, der nur zu deutlich war. Im nächsten Augenblick drehte sie sich blitzschnell um, lachte laut auf, lief aus der Calabusa und kam zu meinem Glück nicht wieder.

Zweiunddreißigstes Kapitel

Ein paar Tage vergingen, und Kapitän Bob belohnte unseren Gehorsam durch Vergünstigungen. Er gestattete uns, den ganzen Tag frei umherzugehen. Nur mußten wir auf Rufweite bleiben. Da er Wilsons ausdrücklichem Befehl zuwiderhandelte, mußte er dafür sorgen, daß der Konsul nichts davon erfuhr. Daß die Eingeborenen uns verraten würden, besorgten wir nicht, aber Ausländer, die auf der Ginsterstraße verkehrten, konnten es tun. So wurden vorsichtshalber Knaben als Späher ausgestellt; sowie sie einen weißen Mann erblickten, schlugen sie Alarm und jeder eilte an sein Loch im offenen Stock, der obere Balken wurde gesenkt, und wir waren Gefangene. Sowie der Wanderer außer Sicht war, wurden wir wieder in Freiheit gesetzt.

Was wir an Lebensmitteln von Kapitän Bob und seinen Freunden erhielten, war so wenig, daß wir oft unerträglichen Hunger hatten. Wir konnten ihnen keinen Vorwurf daraus machen, denn wir sahen bald, daß sie sich absparten, was sie uns gaben, und sie erhielten ja nichts dafür als den täglichen Eimer mit Hartbrot. Not kann für ein Volk wie die Taheitier nur Nahrungsmangel bedeuten; aber das gewöhnliche Volk ist dort zum Teil so arm, daß dieses Elend, das sonst eine traurige Begleiterscheinung der Zivilisation ist, häufig ist. Die Leute in unserer Nachbarschaft hatten Orangen und Zitronen im Überfluß, aber diese Früchte allein erregten nur noch heftigeren Appetit nach anderer Nahrung. Zur Zeit der Brotfruchtreife sind sie besser daran; sonst werden die Erzeugnisse der Insel, auf der es ja so gut wie keine Landwirtschaft gibt, und Früchte nur soweit vorhanden sind, als sie wild wachsen, als Schiffsvorrat verkauft; die Häuptlinge, denen das ganze Land gehört, befriedigen ihre Geldgier, und für das geringe Volk bleibt nichts übrig. Wenn sie nicht ihre Fischnetze hätten, würden viele tatsächlich verhungern.

Da Kapitän Bob in seiner Wachsamkeit allmählich immer mehr nachließ, und wir unsere Wanderungen immer weiter ausdehnten, gelang es uns, durch systematisches Fouragieren uns einigen Ersatz zu schaffen. Zum Glück standen die Häuser der reichen Eingeborenen uns ebenso offen wie die der Armen. Wir wurden hier wie dort gleich gütig behandelt. Manchmal kamen wir zurecht, wenn bei einem Häuptling ein Schwein geschlachtet wurde, denn der Lärm war auf große Entfernung hörbar. Bei solchen Gelegenheiten kommen die Nachbarn zusammen und feiern ein kleines Fest, bei dem jeder Fremde willkommen ist. Das Quieken war daher Musik in unseren Ohren; wir wußten dann, daß in der Gegend etwas im Gange war, und wenn wir plötzlich und lärmend erschienen, erregten wir jedesmal Sensation. Mitunter war das Tier noch am Leben und sträubte sich und wurde bei unserem Eintritt losgelassen; dann trat Schwindel-Jack sogleich auf den Schauplatz, ein Bordmesser zwischen den Zähnen und eine Holzkeule in der Hand. Alle waren gefällig. Die einen halfen beim Absengen der Borsten, andere beim Ausnehmen des Tieres. Nur der lange Doktor und ich nahmen an diesen Vorbereitungen nie teil und sparten unsere Kräfte für die Mahlzeit. Wie alle sehr mageren Leute hatte das lange Gespenst einen mächtigen Appetit. Andere gingen manchmal umher und suchten, was sie verschlingen konnten: er lag immer auf der Lauer. Er hatte auch ein Mittel gefunden, einem Übelstand abzuhelfen, den wir alle fühlten: die Südsee-Insulaner salzen ihre Nahrung fast nie. Daher bat er Tauende, ihm ein wenig Salz und womöglich auch etwas Pfeffer vom Schiff zu bringen. Das geschah, und er tat beides in ein kleines Ledertäschchen, einen »Affenbeutel«, wie die Seeleute es nennen, der gewöhnlich als Geldbörse um den Hals getragen wird. »Meines Erachtens,« sagte er, als er den Beutel verbarg, »tut ein Fremder in Taheiti gut daran, sein Messer zur Hand zu haben und die Streubüchse um den Hals.«

Dreiunddreißigstes Kapitel

Wir waren noch nicht lange an Land, als wir Dr. Johnson auf der Ginsterstraße daherkommen sahen. Wir hatten schon gehört, daß er uns einen Besuch zudachte, und errieten den Grund. Da wir dem Konsul übergeben waren, mußten alle Auslagen für uns aus der amtlichen Kasse bezahlt werden, und, als Wilsons Freund der Bezahlung sicher, war der Herr Doktor nicht abgeneigt, eine Rechnung für ärztliche Besuche auflaufen zu lassen. Über die kleine Schwierigkeit, die darin lag, daß er auf dem Schiff erklärt hatte, wir hätten weder Behandlung noch Arznei nötig, und daß wir jetzt plötzlich beides brauchen sollten, setzte er sich entschlossen hinweg.

Einer der Späher kündete uns sein Nahen an, und es wurde der Vorschlag gemacht, daß wir ihn ruhig hereinlassen und dann im Stock festmachen sollten. Aber das lange Gespenst hatte einen besseren Einfall.

Dr. Johnson kam freundlich lächelnd, er war die Herzlichkeit selbst, stützte sich mit dem Rohrstock auf den oberen Balken des Stocks, blickte nach rechts und nach links, wie wir vor ihm lagen, und »Nun, meine Jungens,« begann er, »wie geht's euch heute?«

Alle sahen so still und bescheiden wie möglich drein und antworteten irgend etwas. Darauf fuhr er fort: »Die armen Kerle, die ich neulich gesehen habe, die Kranken, meine ich, wie befinden sie sich?« und er sah alle forschend an. Endlich wandte er sich an einen, der eine erbarmungswürdige Miene machte und meinte, er sähe wirklich sehr krank aus.

»Ach ja, Herr Doktor,« sagte der Matrose in kläglichem Ton, »ich fürchte mich, Herr Doktor, ich werde bald meine Meßnummer abgeben müssen.« Dabei schloß er die Augen und stöhnte.

»Was meint er?« fragte Dr. Johnson und sah sich nach en anderen um. Der Ausdruck bedeutet in der Seemannssprache sterben.

Schwindel-Jack machte den freiwilligen Dolmetscher. »Er meint, er wird bald abkratzen.«

»Abkratzen? und was heißt das, wenn man von einem Patienten spricht?« Man erklärte es ihm. »Ach so, ich verstehe«, sagte er, trat über den Stock und fühlte dem Mann den Puls. »Wie heißt er?« fragte er und wandte sich zum Marine-Bob.

»Wir nennen ihn den Klingel-Joss«, erwiderte dieser würdige Seemann.

»Ja, Leute, ihr müßt auf den armen Joseph gut acht haben. Ich werde ihm ein Pulver schicken, das er genau nach dem Rezept einnehmen muß. Jemand von euch wird doch lesen können?«

»Der junge Mensch da kann's«, erwiderte Bob, indem er mit dem Arm nach meinem Platz zeigte, als ob er auf ein. Segel fern am Horizont weisen würde.

Nachdem Johnson alle anderen der Reihe nach untersucht hatte – einige waren wirklich krank, andere gaben vor, an den verschiedensten Übeln zu leiden –, drehte er sich um. »Leute,« sagte er, »wenn noch jemandem etwas fehlt, so müßt Ihr es sagen und mich wissen lassen, ich habe auf Anordnung des Konsuls euch täglich zu besuchen, und wenn einer von euch krank ist, so ist's meine Pflicht, ihm das Nötige zu verordnen. So ein plötzlicher Wechsel vom Schiffsessen zur Landdiat bekommt Seeleuten verteufelt schlecht. Seid also vorsichtig beim Obstessen. Guten Tag! Morgen frühzeitig schicke Ich euch die Medizinen!«

Ich möchte annehmen, daß Johnson, obschon er nicht sehr gescheit war, doch ahnte, daß wir ihn verhöhnten. Aber das war ihm gleichgiltig, wenn er seinen Zweck erreichte; falls er uns durchschaute, verriet er es nicht. Am nächsten Morgen kam tatsächlich ein Eingeborener, der ein Körbchen aus Kokosnußstielen trug, in dem Pulver, Pillen-Schachteln und Flaschchen lagen. Auf jeder war der Name und die Verordnung in großer runder Schrift zu lesen. Alle griffen sogleich danach in der sonderbaren Erwartung, daß in einigen der Flaschen auch etwas Alkohol sein könnte. Aber schließlich wurde das Körbchen dem langen Doktor überlassen, der die Etiketten in seiner Eigenschaft als Arzt zu lesen verlangte. Das erste, was er ergriff, war eine größere Phiole, auf der stand: »für William; gut einreiben.«

Die Flasche roch zweifellos nach Weingeist, und sowie der Doktor sie dem Patienten reichte, wandte der sie sogleich Innerlich an, und zwar die ganze Dosis auf einmal. Der Doktor war starr. Jetzt geriet alles in Erregung. Pulver und Pillen wurden für wertlos erklärt, während die glücklichen, die ein Fläschchen erhielten, beneidet wurden. Johnson mußte die Matrosen gekannt haben und hatte offenbar wenigstens einige seiner Heilmittel so zubereitet, daß sie ihnen schmecken konnten, wenigstens vermutete unser Doktor dies. Sicher ist, daß alle die Flaschen nahmen, ihr Inhalt mochte sein, wie er wollte; um die Vorschrift kümmerten sie sich nicht weiter, sie wurden sämtlich ausgetrunken. Auf der größten, – wirklich eine ganz gehörige Flasche, die auch annähernd wie Weinbrand, roch, – stand: »Für Daniel, ordentlich trinken, bis es ihm besser geht.« Dies tat der schwarze Daniel denn auch sogleich, und er würde sie auf einen Zug erledigt haben, wenn man ihm nicht nach hartem Kampf die Flasche entrissen hätte, die nun herumging wie ein fröhlicher Weinkrug. Die alte Teerjacke hatte geklagt, daß das Obstessen im Unmaß ihm nicht bekommen sei.

Als unser Arzt am nächsten Tag kam, fand er die ganze Reihe seiner kostbaren Patienten hinter dem Stock liegend; ihr Befinden war so, wie es den Umständen nach zu erwarten war. Es zeigte sich, daß die Pulver und Pillen gar nicht gewirkt hatten, vielleicht, weil keiner sie genommen hatte. Um sie wirksamer zu machen, schlug einer vor, in Zukunft eine Flasche Pisco mitzuschicken. Schwindel-Jack setzte dem Doktor auseinander, so ungemischt wären die Mittel viel zu trocken, man müsse etwas haben, sie hinunterzuspülen.

Bis dahin hatte unser eigener Doktor der gesamten Heilkunde, das Lange Gespenst, den ganzen Scherz zwar in die Wege geleitet, sich aber nicht daran beteiligt. Beim dritten Besuch Dr. Johnsons nahm er ihn beiseite und hatte eine längere Unterredung mit ihm. Was er ihm sagte, weiß ich nicht, aber aus gewissen sehr deutlichen Zeichen und Gebärden schloß ich, daß er ihm die Symptome einer geheimnisvollen inneren Störung schilderte, die ganz plötzlich bei ihm zum Ausbruch gekommen sein mußte. Da er die medizinischen Ausdrücke beherrschte, machte er offenbar Eindruck. Jedenfalls versprach Johnson laut, ihm zu schicken, was er wünschte.

Als der Medizinjunge am anderen Morgen kam, nahm der Doktor ein kleines Fläschchen in Empfang, das eine dunkle Flüssigkeit enthielt. Diesmal war sonst fast nichts mitgekommen, als eine Korbflasche mit dem Stärkungsmittel, das nach Weinbrand roch. Nach langer Debatte wurde darüber so entschieden, daß einer den Inhalt in kleineren Mengen in eine halbe Kokosschale goß, so daß jeder, der wollte, seinen Teil erhielt. Da weitere ärztliche Labung nicht vorhanden war, gingen die Leute ihrer Wege.

Ein oder zwei Stunden vergingen, als Schwindel-Jack die Aufmerksamkeit auf meinen langen Freund lenkte, der seit dem Fortgehen des Medizinjungen nichts von sich hatte hören lassen. Er lag mit geschlossenen Augen hinter dem Stock; Jack hob seinen Arm auf und ließ ihn wieder fallen wie den eines Toten. Ich brachte diese Erscheinung sogleich mit dem geheimnisvollen Fläschchen in Verbindung. Ich durchsuchte des Doktors Taschen, fand das Fläschchen, hielt es in die Höhe und sah, daß es Laudanum war. Schwindel-Jack riß es mir begeistert aus der Hand, sagte allen anderen, was es sei, und schlug allen ein fröhliches Schläfchen vor. Da ihn einige nicht gleich verstanden, so wurde das allem Anschein nach endgültig entschlafene Gespenst, das so still hielt, daß mir Zweifel an der Echtheit seines Schlafes kamen, umhergerollt, um zu zeigen, welche Wirkung das Mittel hatte. Das gefiel allen glänzend; sie warfen sich sogleich hin, und der Zaubertrank ging von Hand zu Hand. Da sie glaubten, daß sie im Augenblick die Besinnung verlieren müßten, ließ sich jeder, nachdem er seinen Schluck genommen, zurücksinken und schloß die Augen. Angst brauchten wir nicht zu haben, da wir das Narkotikum in so viele gleiche Teile geteilt hatten. Aber ich war doch neugierig zu sehen, wie es wirkte, und richtete mich nach einer Weile ein wenig auf und sah mich um. Es war gegen Mittag und alles still; da wir täglich Siesta hielten, war ich nicht sehr überrascht, alle so ruhig zu finden. Immerhin war mir, als ob einer oder der andere durch die Lider blinzelte.

Jetzt hallten Schritte, und ich sah Dr. Johnson kommen. Er schien nicht wenig betroffen, als er alle seine Patienten leblos hingestreckt sah, alle in tiefen, unerklärlichen Schlaf versenkt. »Daniel!« rief er schließlich, indem er dem Genannten den Rohrstock in die Rippen stieß. »Daniel, mein guter Bursch', steh' auf! Hörst du nicht?«

Aber der schwarze Daniel blieb unbeweglich, und der Doktor stieß den nächsten Schläfer an. »Josef, Josef, komm, wach' auf! Ich bin's, Dr. Johnson!« Aber der Klingel-Joss schlief mit offenem Mund und geschlossenen Augen und war nicht zu wecken. »Herr im Himmel!« rief der

Doktor und hob Stock und Hände in die Höhe, »was haben die? Leute, Leute! Leute, sage ich!« brüllte er, auf und ab rennend, »bewegt euch doch! Was in aller Welt ist denn mit euch los?« und er schlug noch heftiger auf den Stock und schrie noch lauter. Endlich hielt er inne, faltete die Hände über seinem Stockknopf und betrachtete uns. Die Töne des Schnarchorchesters schlugen rhythmisch an sein Ohr, und es kam ihm ein Gedanke, »Ja, ja, die Halunken müssen sich einen angetrunken, haben. Nun, das geht ja mich nichts an; ich gehe!« Und er ging.

Kaum war er außer Hörweite, als fast alle aufsprangen, und in helles Gelächter ausbrachen. So wie ich hatten die meisten den ganzen Vorgang beobachtet. Auch das Lange Gespenst war jetzt völlig wach. Wozu er Laudanum genommen, – wenn er es getan., – mußte er am besten wissen; mich geht's nichts an.

Vierunddreißigstes Kapitel

Wir waren etwa vierzehn Tage in der Calabusa, als Kapitän Bob eines Morgens vom Bade kam; er war völlig nackt, trug aber über einem Arm ein Bündel von altem Tappa und begann sich damit zu bekleiden, um auszugehen. Das geschah in folgender Weise: es war Tappa gröbster Art, ein langes schweres Stück, das er mit dem einen Ende an einem Hybiskuspfeiler befestigte, auf dem das Dach der Calabusa ruhte; dann machte er ein paar Schritte, legte das andere Ende des Stoffs an seine Hüften, und indem er wieder auf den Pfeiler zuschritt und sich dabei beständig drehte, wickelte er sich darein. Dieses einzige Kleidungsstück, das wie ein Reifrock um ihn lag, steigerte seinen ohnedies gewaltigen Umfang ins ungeheure. Er hielt sich an die Sitte der Väter: in der alten Zeit war das »Keihi«, der »große Gürtel«, für beide Geschlechter üblich gewesen, und Bob, der Neuerungen abhold war, hatte es beibehalten.

Nun erst sagte er uns, daß er Befehl habe, uns vor den Konsul zu führen. Wir waren nicht abgeneigt und traten in Marschordnung an. Der alte Mann ging pustend und stöhnend wie eine Maschine an der Spitze, eine Wache von etwa zwanzig Eingeborenen an unserer Seite, und so marschierten wir ins Dorf. Im Konsulat angekommen fanden wir Wilson und vier oder fünf Europäer, die in einer Reihe uns gegenüber saßen und offenbar einen möglichst richterlichen Eindruck auf uns machen sollten. Auf der einen Seite befand sich eine Ruhebank, auf der Kapitän Guy lag. Er sah weit besser aus und hatte, wie wir erfuhren, die Absicht, bald wieder an Bord zu gehen. Er sagte übrigens kein Wort und überließ alles dem Konsul.

Dieser stand jetzt auf, zog aus einer großen, mit einem roten Siegel verschlossenen Rolle ein Papier, das er laut vorlas. Es sollte ein »eidlich beschworenes Zeugnis des John Jermin, ersten Offiziers der britisch-kolonialen Bark »Julia, Schiffer Guy«, sein und enthielt eine ausführliche Darstellung der Ereignisse seit der Ausfahrt aus Sidney bis zur Ankunft im Hafen von Papiti. In den Einzelheiten ziemlich richtig, war es doch so abgefaßt, daß jeder von uns schwer belastet erschien; über die verschiedenen Fehler im Verhalten des Steuermannes war kein Wort gesagt, so daß der feierliche Schlußsatz »und weiter saget der Zeuge nicht aus«, eine wesentliche Bedeutung bekam.

Niemand von uns sprach ein Wort; wir sahen uns alle nach dem Steuermann um, da wir es für unmöglich hielten, daß er seinen Namen dazu hergegeben hatte; aber er war nicht da.

Dann folgte ein Dokument, das die Aussage des Kapitäns enthielt; er hatte auch bei dieser Gelegenheit nicht viel zu sagen gewußt, und das Blatt war bald erledig.

Die dritte beschworene Aussage war die der Seeleute, die an Bord geblieben waren, darunter die des Verräters Spund, der als Kronzeuge gegen uns aufgetreten war. Dieses Dokument war vom Anfang bis zum Ende eine unerhörte Übertreibung, und die Leute hatten es zweifellos unterschrieben, ohne den Inhalt zu kennen. Insbesondere konnte Weimontu nichts davon begriffen haben, dessen Zeichen sich gleichfalls darauf fand. Vergeblich befahl der Konsul Schweigen, während er las. Bei jedem Absatz protestierten die Leute lärmend. Als die Aussage verlesen war, nahm Wilson, der die ganze Zeit steif wie ein Ladestock gestanden, feierlich die Schiffsartikel aus der Zinnkassette. Es war ein verfärbtes und verschimmeltes, widerwärtig aussehendes Aktenstück, das er nur schwer lesen konnte. Als er fertig war, hielt er es in die Höhe, wies auf die Zeichen, die die Mannschaft darunter gesetzt, und fragte uns der Reihe nach, ob wir Unterschrift und Zeichen anerkannten.

»Wozu denn die Frage?« sagte der schwarze Daniel, »Kapitän Guy weiß das ebensogut wie wir.«

»Schweigen Sie, Herr!« rief Wilson, da er den ganzen feierlichen Eindruck, den er machen wollte, zerstört sah.

Es folgte eine kurze Pause; die von der Richterbank sprachen leise mit dem Konsul, während die Mannschaft sich fragte, was der Konsul mit den eidlichen Aussagen bezwecken mochte; die meisten meinten, daß er uns einschüchtern wollte. Und so war es auch, denn er stand wieder auf und sagte: »Ihr seht, Leute, daß alles für das gerichtliche Verfahren gegen euch, vorbereitet ist. Die Rosa«, – ein kleiner australischer Schoner, der im Hafen lag, – »segelt in längstens zehn

Tagen nach Sydney und nimmt euch mit. Die ›Julia‹ fährt von heute in einer Woche aus. Weigert ihr euch noch immer, eure Pflicht zu tun?«

Wir weigerten uns.

Der Konsul und der Kapitän wechselten einen Blick; der des Kapitäns verriet seine bittere Enttäuschung. Er sah mich an, zum erstenmal nahm er das Wort und ersuchte mich vorzutreten. »Waren Sie es nicht, der von der Insel geholt wurde?«

»Jawohl.«

»Sie also verdanken Ihr Leben meiner Menschlichkeit. Das ist Seemannsdankbarkeit, Herr Wilson!«

»O nein, Herr«, sagte ich und machte ihm klar, daß ich sehr genau wußte, warum er das Boot in die Bucht geschickt hatte: er hatte nicht genug Mannschaft und brauchte einen Matrosen; ich wurde wohl durch das Schiff gerettet, aber dem Wohlwollen seines Kapitäns hatte ich nichts zu danken.

Auch der Doktor sagte ein Wörtlein. In zwei Sätzen gab er eine kurzgefaßte aber meisterliche Charakteristik Kapitän Guys, die die anwesenden Seeleute höchlich befriedigte.

Die Lage wurde ernst, denn die Seeleute wurden ausfällig und zeigten Lust, den Konsul und den Kapitän mit nach der Calabusa zu nehmen. Die Richter wurden unruhig und geboten laut Schweigen, das auch schließlich wiederhergestellt wurde. Wilson sprach noch ein letztes Mal von Sidney und dem Gericht und wiederholte, daß noch eine Woche Zeit sei, bis die »Julia« absegelte. Damit entließ er uns und befahl Kapitän Bob und seinen Freunden, uns nach Calabusa zurückzuführen.

Fünfunddreißigstes Kapitel

Es war ein oder zwei Tage später, wir lungerten gerade in der Calabusa Biriteni herum, als drei der französischen Geistlichen uns die Ehre ihres Besuches erwiesen. Da die englischen Missionare uns lediglich ein Paket mit frommen Traktätchen geschickt hatten, fanden wir die französischen viel wohlerzogener. Sie hatten sich in unserer nächsten Nähe angesiedelt; wenn man einen kleinen Spaziergang auf dem Ginsterwege machte, so sah man ein rohgezimmertes Kreuz zwischen den Bäumen und kam bald zu einem ganz reizenden Platz; es war ein sanft gerundeter Hügel, mit alten Brotfruchtbäumen bewachsen, ein Wiesenabhang davor führte zu einem Palmenhain, dazwischen glitzerten die blauen sonnbeglänzten Wogen auf. Auf der Spitze des Hügels stand eine kleine recht einfache Kapelle aus Bambus, über der sich das Kreuz erhob. Wenn die Eingeborenen bei Nacht zwischen den Stäben durchlugten, sahen sie einen kleinen tragbaren Altar, ein Kruzifix, vergoldete Leuchter und Weihrauchgefäße. Weiter ging ihre Neugier nicht; nichts konnte sie bewegen, am Gottesdienst teilzunehmen; die Meßgesänge waren böse Zauberei für sie und die Geistlichen teuflische Hexenmeister.

Dicht neben der Kapelle stand eine Reihe von Häuschen, die einem Häuptling abgemietet und ganz hübsch eingerichtet waren. Die geistlichen Herren wohnten da recht angenehm. Auf den Wegen machten sie einen frommen Eindruck; aber in ihrer Häuslichkeit waren sie ein Klub lustiger Brüder, die nächtens manches Glas mit rotem Likör leerten und spät aufstanden. Sehr schade war, daß sie nicht heiraten konnten, ich meine, um der Damen der Insel und der Moral willen, denn wozu brauchten die geistlichen alten Junggesellen so bildhübsche eingeborene Dienstmädchen? Diese Fräulein waren die ersten Konvertiten und zweifellos voller Hingabe.

Zwei unserer Besucher sahen tatsächlich wie Schwarzkünstler aus, kleine vertrocknete Franzosen, in langen schwarzen Soutanen mit häßlichen dreieckigen Hüten, so groß, daß die ehrwürdigen Herren wie wandernde Pilze aussahen. Ganz anders war der dritte: er trug eine Art gelben Morgenrocks und einen breitrandigen Manilahut, war groß und stämmig, ein sonnengebräunter Fünfziger mit hellen blauen Augen, schönen Zähnen und sprach den unverfälschten Dialekt des Milesius.[13] Kurz, er war ein Irländer. Pater Murphy war sein Name, bei allen protestantischen Missionen wohlbekannt und gründlich verhaßt. Er war in früher Jugend auf ein Priesterseminar in Frankreich geschickt worden, hatte dort die Weihen empfangen und seine Heimat nur ein- oder zweimal wiedergesehen. Er kam munter auf uns zu und fragte sogleich, ob kein Landsmann von ihm unter uns wäre. Da waren ihrer zwei, ein sechzehnjähriger Junge, ein kluger, krausköpfiger Spitzbube, der natürlich Pat hieß. Der andere war ein häßlicher, traurig aussehender Lump, ein gewisser MGee, der sehr früh zur Deportation nach Sydney verurteilt worden war; wenigstens ging so das Gerücht, vielleicht war es Verleumdung. Die meisten meiner rauhen Schiffsgenossen hatten irgendeine versöhnende Eigenschaft; MGee nicht, und bei meinem erzwungenen Verkehr mit ihm habe ich oft bedauert, daß der Galgen sein Teil so spät bekam. Er verriet sich auf den ersten Blick, seine schielenden Augen waren die eines Schurken. Der prächtige Geistliche warf auch nur einen Blick auf ihn und sah sogleich wieder weg; dafür verweilten seine Augen auf Pats gutmütigem Gesicht, der seinerseits mit drolliger Spitzbüberei die ungeheuren Hüte beäugelte, unter denen die zwei kleinen Franzosen wie Schnecken hervorguckten.

Pat und der Geistliche kamen aus derselben Stadt in Meath, und als sie das herausgefunden hatten, da fand Pater Murphy des Fragens kein Ende; Pat war für ihn ein Brief aus der Heimat und noch viel mehr. Die zwei unterhielten sich lange, die Franzosen sprachen ein wenig in gebrochenem Englisch; dann entfernten sich die Besucher, aber Pater Murphy war noch keine hundert Schritt gegangen, als er umkehrte und fragte, ob wir irgend etwas brauchten.

»Ja,« rief einer, »was zu essen!« Darauf versprach er uns selbstgebackenes frisches Weizenbrot zu schicken; das war auf Taheiti ein großer Luxus, und wir alle beglückwünschten Pat zu seinem neuen Freund und sagten ihm, sein Glück sei gemacht.

Am nächsten Morgen erschien denn auch ein französischer Diener des Geistlichen; er brachte ein Bündel Kleider für seinen jungen Landsmann und das versprochene Brot für uns. Da Pats

Anzug an Knien und Ellbogen Löcher aufwies, und er wie wir alle innerlich gleichfalls eine große Leere fühlte, waren diese Gaben hochwillkommen. Nachmittags kam Pater Murphy selbst und fügte zu seinen Geschenken viel guten Rat hinzu; er bedauerte, Pat auf schlechten Wegen zu sehen, und sagte, er werde mit dem Konsul sprechen. Nach zwei oder drei Tagen kam er wieder und sagte Pat, Wilson sei unerbittlich und wolle ihn nur in Freiheit setzen, wenn er an Bord seines Schiffes ginge. Der Geistliche bat ihn auch, dies schnellstens zu tun, damit er der drohenden Strafe entginge; aber Pat blieb fest und mit der ganzen Heftigkeit seemännischer Jugend schwor er, daß er durchhalten würde; er war kaum zu beruhigen, und Pater Murphy sagte nichts mehr.

War es, daß Murphy mit dem Konsul gesprochen oder sonst aus einem Grunde, am anderen Tage schickte Wilson nach Pat; unser guter alter Wärter brachte ihn ins Dorf, und er kam erst nach drei Tagen zurück.

Man hatte ihn an Bord gebracht und in der Kabine reichlich bewirtet; da dies nichts nützte, hatten sie ihn in den Laderaum gestoßen, in doppelte Eisen gelegt und auf Brot und Wasser gesetzt; auch das nützte nichts, und so wurde er nach der Calabusa zurückgeschickt. Sie hatten geglaubt, es bei dem Jungen mit Gewalt durchsetzen zu können.

Das Interesse, das sein freundlicher Landsmann an Pat nahm, kam uns allen sehr zustatten; wir wurden sämtlich katholisch und gingen zu Kapitän Bobs schmerzlichem Erstaunen täglich zur Messe. Als er es entdeckte, drohte er uns den ganzen Tag im Stock zu halten, wenn wir nicht damit aufhörten; er führte aber seine Drohung nicht aus, und so gingen wir alle paar Tage nach der Wohnung des Geistlichen und erhielten stets einen Mundvoll Essen und etwas Tüchtiges zu trinken. Besonders der lange Doktor stand bei Pats Freund in großer Gunst; und so manches Mal bewirtete er uns aus einem sonderbaren Reiseetui, das in einer Ecke seiner Wohnung verborgen lag. Es enthielt vier viereckige Flaschen, die immer voll waren und geleert werden mußten. Der nette alte Irländer war ein prächtiger Kerl im Priestergewand. Sein Gesicht und seine Seele glühten in gleicher Weise. Es ist vielleicht nicht recht, daß ich seine Schwäche erwähne, aber er sprach bisweilen schwer und schwankte manchmal beim Gehen. Dennoch trinke ich niemals französischen Likör, ohne auf Pater Murphys Gesundheit zu trinken. Er lebe hoch! Und möge er auf den Südseeinseln viele fröhliche Proselyten machen!

Sechsunddreißigstes Kapitel

Um das Possenspiel, das er mit den beschworenen Aussagen in Szene gesetzt hatte, ganz durchzuführen, ließ der Konsul uns innerhalb der Woche noch einmal aufs Konsulat kommen. Dort wiederholte sich der gleiche Auftritt; er erreichte nichts und wir wurden zurückgeschickt; unser entschlossenes Verhalten ärgerte ihn ganz außerordentlich.

Wir erklärten uns die ganze Sache so: als Wilson bei unserer Ankunft hörte, wie es auf der »Julia« stand, hatte er zu seinem Freunde, dem kranken Kapitän, offenbar gesagt: »Rege dich nicht wegen dieser Halunken auf, armer Kerl; das richte ich dir schon. Überlasse alles mir und sei ganz unbesorgt!«

Aber Handschellen, Stock, zornige Blicke, Drohungen, dunkle Anspielungen und Zeugenaussagen, alles war fruchtlos geblieben; wir wußten jetzt, daß das Ganze nicht ernst zu nehmen war; wir durchschauten Wilson vollkommen, wußten, daß er nie ernstlich geglaubt hatte, uns vor Gericht bringen zu können, und lachten ihn aus.

Seitdem wir die »Julia« verlassen, hatten wir den Steuermann nicht mehr gesehen, aber oft von ihm gehört. Er war an Bord geblieben und wirtschaftete in der Kajüte mit seinem Freunde Viner, den er bei seinem versprochenen Besuch eingeladen hatte, als sein Gast zu bleiben. Die beiden Kumpane ließen sich's gut gehen, zapften des Kapitäns Fässer an., spielten Karten auf dem Heckbalken und gaben Bälle für die Damen vom Strande. Kurz, sie führten sich derartig auf, daß die Missionare beim Konsul Klage führten und Jermin einen scharfen Verweis erhielt. Dies nahm er sich so zu Herzen, daß er noch mehr trinken mußte als früher, und eines Abends, als er so voller Saft war wie eine reife Traube, regte ihn ein vorbeifahrendes Kanu mit Eingeborenen fürchterlich auf: er schrie den Leuten zu, sie sollten augenblicklich an Bord kommen und ihre Ausweispapiere zeigen. Erschrocken paddelten die Insulaner zum Ufer zurück; Jermin ließ sogleich ein Boot zu Wasser, bewaffnete Weimontu und den Dänen mit Messern, ergriff selbst eines und setzte ihnen mit am Heck des Bootes wehender Schiffsflagge nach. Die erschrockenen Eingeborenen trieben ihr Kanu an den Strand und flohen schreiend durchs Dorf, der Steuermann mit dem blanken Messer um sich schlagend hinter ihnen her; eine Volksmenge sammelte sich an, und der »Karhauri Tani« (der verrückte Fremde) wurde gefaßt und vor Wilson geführt.

Der Zufall wollte, daß der Konsul und Kapitän Guy in einem Eingeborenenhaus in der Nähe gerade beim Kartenspiel saßen; eine Karaffe mit Wein stand vor ihnen auf dem Tisch. Der tobende Jermin wurde vor sie gebracht; aber der Anblick, der sich ihm bot, besänftigte ihn auf der Stelle: er verlangte nur, an Spiel und Trank beteiligt zu werden. Da der Konsul beinahe ebenso betrunken war wie er, und der Kapitän nichts zu sagen wagte, um Jermin nicht zu verletzen, so blieben alle drei beisammen und tranken lustig weiter; die Vergehen des Steuermanns wurden summarisch erledigt und die Eingeborenen nach Hause geschickt.

Damals trieb sich in Papiti eine scheußliche verrunzelte alte Engländerin umher, die unter den Seeleuten als »Mutter Glasel« bekannt war. Von Neuseeland bis zu den Sandwich-Inseln war sie überall in der Südsee gewesen, hatte ein Vergnügungslokal für Seeleute gehalten und sie mit Rum, Karten und Würfeln versehen. Wo es Missionen gab, war dies Verhalten strafbar, und so waren schon auf verschiedenen Inseln ihre Etablissements geschlossen und sie selbst auf dem ersten verfügbaren Schiff abgeschoben worden; aber mit zäher Beharrlichkeit begann sie ihr Geschäft an jedem neuen Orte wieder und war überall bekannt und berüchtigt. Ein geduldiger, einäugiger kleiner Schuster, auf den sie einen bösen Zauber geworfen haben mußte, folgte ihr überallhin nach; er flickte für weiße Leute die Schuhe, kochte für die Alte und ertrug ihr Keifen und Schimpfen ohne Klagen. Sonderbarerweise führte er immer eine zerlesene alte Bibel mit, und sowie das Weib ihm den Rücken wendete, saß er über dem Buch. Gerade das aber brachte die alte Hexe in eine unglaubliche Wut, sie schlug ihm das Buch um die Ohren und versuchte, es ins Feuer zu werfen. Mutter Glasel und ihr Mann Josy waren ein seltsames Paar.

Acht oder vierzehn Tage nach unserer Ankunft war die Alte wieder einmal aufgespürt worden, und man hatte ihr ihr schändliches Gewerbe verboten. Wilson hatte dies verfügt, der sie haßte, und sie gab es ihm mit Zinsen zurück. An dem Abend, an dem die drei sich in dem Hause erlustigten, kam sie gerade vorüber, guckte zwischen den Bambusstäben durch, und nach dem, was sie sah, beschloß sie, ihrem Groll Luft zu machen. Es war eine finstere Nacht; sie holte eine riesige Schiffslaterne, die sie in ihrer Hütte hängen hatte, dann wartete sie geduldig vor dem Haus. Gegen Mitternacht erschien Wilson auf der Straße, von zwei Eingeborenen gestützt, die ihn an den Armen aufrecht hielten. Die Straße lag im tiefsten Schatten: plötzlich stieg vor Wilsons Nase ein helles Licht auf: die alte Hexe kniete vor ihm und hielt die Laterne hoch: »Haha, du scheener Konsuler!« krähte sie, »eine arme alte Person wie mich verfolgste firs Rumverkaufen – ja? und selbst wirste betrunken nach Hause gebracht! Pfui, du Schuft, da haste!« Und sie spie ihn an.

Die erschrockenen Eingeborenen, die ein Gespenst zu sehen glaubten, ließen den Konsul, der selbst zitterte, fallen und rannten davon. Als die Alte ihre Wut ausgetobt hatte, humpelte sie weg, und die drei Schlemmer taumelten gleichfalls nach Hause, so gut es eben ging.

Am Tag nach unserer letzten Unterredung mit Wilson hörten wir, daß Kapitän Guy sich an Bord seines Schiffes begeben hatte, um eine neue Mannschaft einzustellen. Ein anständiges Handgeld wurde geboten, und ein schwerer Sack voll spanischer Dollars sowie die Schiffsartikel der »Julia« lagen auf dem Gangspillkopf. Es gab genug unbeschäftigte Seeleute in Papiti; vornehmlich waren es »Strandräuber«, die sich organisiert hatten und einen Schotten namens Mack zu ihrem Hauptmann gewählt hatten, den sie den Kommodore nannten. Nach den Satzungen der Brüderschaft durfte kein Mitglied sich ohne Erlaubnis der anderen auf einem Schiff anwerben lassen. Jeder entlassene Seemann wurde gezwungen, sich ihnen anzuschließen, und die Bande beherrschte den Hafen. Mack und seine Leute kannten unsere Geschichte; sie hatten uns manchmal aufgesucht und nahmen als Seeleute sowie aus Seelenverwandtschaft scharf gegen Kapitän Guy Stellung. Da sie die Sache für wichtig hielten, kamen sie jetzt in corpore nach der Calabusa und wünschten zu wissen, ob wir es für gut und richtig hielten, wenn einige von ihnen sich auf der »Julia« anwerben ließen. Da wir nur den einen Wunsch hatten, das Schiff so rasch als möglich loszuwerden, so waren wir entschieden dafür; einige gingen so weit, die »Julia« ins Blaue hinein zu loben, sie wäre das beste und schnellste Schiff, Jermin ein guter Kerl und jeder Zoll ein Seemann, der Kapitän ein ruhiger Mensch, der niemandem etwas zuleide tat. Kurz, wir taten, was wir konnten, und der Schwindel-Jack versicherte den Strandräubern feierlich, daß jetzt, da wir alle wieder wohl und kräftig waren, wir selbst an Bord gehen würden und nur des Prinzips wegen an unserer Weigerung festhielten.

Das Ergebnis war, daß schließlich eine neue Mannschaft zusammengebracht wurde, dazu ein verläßlicher Neuengländer als zweiter Offizier und drei tüchtige Walfischjäger als Harpuniere. Auch der Schiffsvorrat wurde wenigstens teilweise wieder aufgefüllt, und soweit es sich auf Taheiti tun ließ, die Schäden des Schiffes ausgebessert. Der Maori wurde, da die Inselbehörden nicht gestatteten, ihn auszuschiffen, gefesselt im Schiffsraum mitgeführt. Was aus ihm geworden ist, haben wir nie erfahren.

Tauchen, das arme arme Tauchen war wenige Tage vorher erkrankt und blieb im Matrosenspital in Taunor, einem kleinen Ort am Ufer zwischen Papiti und Metaveh. Hier tat er bald darauf den letzten Atemzug. Niemand wußte, was ihm fehlte; er starb wohl an all dem Unglück und der schlechten Behandlung, die er erfahren hatte. Mehrere von uns gingen mit, als er im Sande verscharrt wurde, und ich pflanzte einen Pfahl ein, um seine Ruhestätte kenntlich zu machen.

Der Bottier und alle, die an Bord geblieben waren, gehörten natürlich zur neuen Mannschaft. Daß der Konsul und der Kapitän sich erst soviel vergebliche Mühe gemacht hatten, die alte Mannschaft zu behalten, hatte einen sehr einfachen Grund. Jeder Matrose, der in Taheiti angeworben wird, verlangt einen Vorschuß von fünfzehn bis fünfundzwanzig Dollar, und der gleiche Betrag muß für jeden Mann an die Behörde als Hafengebühr bezahlt werden. Außerdem verheuern sich die Leute mit wenig Ausnahmen nur für eine Fahrt und haben daher das Recht, im nächsten Hafen entlassen zu werden; die Folge ist, daß der Kapitän neue Leute werben muß und nochmals die gleichen Kosten hat. In der Kasse der »Julia« aber war es Ebbe oder vielmehr, sie war völlig leer; und um diese Ausgaben zu bestreiten, hatte das wenige öl, das an Bord war, für ein Butterbrot an einen Händler in Papiti verkauft werden müssen.

Es war Sonntags und ein herrlicher Morgen, an dem Kapitän Bob in die Calabusa watschelte und uns mit der Mitteilung überraschte: »Ah, mei Jungi, Schiffi ihr los – segli fort!« Die »Julia« war in See. Der Strand war ganz nahe und an dieser Stelle gänzlich unbewohnt. Wir liefen daher alle hinunter und sahen »Klein-Julchen«, nur eine Kabellänge entfernt, vorübergleiten, die Bramsegel geschwellt, während ein Junge oben mit einem Bein über der Rahe saß und das Vorroil losmachte. Auf Deck war alles in Bewegung, die Matrosen auf der Back sangen: »Lustig, Leute, ho!«, und der brave Jermin stand, barhaupt wie gewöhnlich, auf denn Bugspriet und gab seine Befehle. Neben dem Mann am Ruder stand Kapitän Guy, ruhig und elegant, und rauchte seine Zigarre. Am Korallenriff änderte das Schiff den Kurs, glitt durch die Öffnung und fuhr davon.

So verschwand »Klein-Julchen« drei bis vier Wochen, nachdem sie in den Hafen eingelaufen war, und nie wieder habe ich etwas von ihr gehört.

Siebenunddreißigstes Kapitel

Als das Schiff fort war, brannten wir zu erfahren, was mit uns geschehen sollte. Kapitän Bob konnte uns nichts darüber sagen, nur daß er sich vorläufig noch verpflichtet fühlte, uns in Gewahrsam zu halten. Aber er brachte uns nicht mehr zu Bett, und wir taten, was wir wollten. Am Tag, nachdem die »Julia« ausgelaufen war, kam der Alte sehr bedrückt zu uns und sagte, der Eimer mit Hartbrot komme nun nicht mehr und Wilson weigere sich, irgend etwas für uns zu senden. Wir sahen darin einen Wink, ruhig auseinander und unserer Wege zu gehen. Aber wir wollten uns nicht so leicht abschütteln lassen; jetzt machte es uns ein boshaftes Vergnügen, unseren alten Feind zu ärgern, und wir beschlossen, im Gefängnis zu bleiben. Wir wußten bereits, daß das Verfahren des Konsuls gegen uns ihn zum allgemeinen Gespött gemacht hatte und daß die Leute ihn mit seinen hoffnungsvollen Schützlingen in der Calabusa Biriteni aufzogen. Da wir völlig mittellos waren, solange wir auf der Insel blieben, konnten wir gar keinen besseren Aufenthaltsort als bei Kapitän Bob wählen. Außerdem hatten wir den alten Herrn herzlich liebgewonnen und dachten nicht daran, ihn zu verlassen; wir sagten ihm daher, er möge sich um unsere Kleidung und Nahrung weiter keine Sorge machen und beschlossen, durch Ausdehnung unserer Streifungen uns selbst zu versorgen. Dabei kam uns ein Abschiedsgeschenk Jermins zugute. Er hatte alle unsere Koffer mit ihrem Inhalt ans Land schaffen lassen; sie waren einem kleinen Häuptling in der Nähe übergeben worden, dem der Konsul aufgetragen hatte, sie nicht fortschaffen zu lassen; doch konnten wir zu ihm gehen und uns alles Nötige holen.

Wir begaben uns daher zu Maheini, so hieß der alte Häuptling; Kapitän Bob kam mit und bestand darauf, daß unsere Habseligkeiten uns ausgeliefert würden. Dies geschah denn auch zuletzt, und in feierlichem Zuge wurden die Kisten von den Eingeborenen nach der Calabusa gebracht. Hier brachten wir sie unter, ordneten sie mit vielem Geschmack und machten damit einen solchen Eindruck, daß die Calabusa Biriteni in den Augen des alten Bob und seiner Freunde bald die glänzendste Wirtschaft in Taheiti wurde. So vornehm schien das Haus jetzt, daß, solange wir dort blieben, der eingeborene Gerichtshof seine Sitzungen darin abhielt. Maheini, der Richter, und seine Beisitzer saßen auf einem Koffer, die Angeklagten und Zuschauer lagerten auf dem Fußboden, teils innerhalb des Gebäudes, teils im Schatten der Bäume draußen, während die ehrenwerte Mannschaft der »Julia« über den Stock gelehnt, wie von einer Galerie zusah und Bemerkungen über das Verfahren austauschte.

Schon vor der Abfahrt des Schiffes hatten die Leute fast alle entbehrlichen Kleidungsstücke gegen anderes getauscht; nun wurde beschlossen, vorsichtiger zu sein. Der Inhalt der Kisten war höchst mannigfaltig: Nähzeug, Splißeisen, Kattunstreifen, Tauenden, Klappmesser, kurz, was sich bei einem Seemann findet. Nur an Kleidungsstücken war nicht viel anderes da als alte Jacken, Reste von besseren Röcken, Hosenbeine und hier und da noch ein einzelner Strumpf oder eine Socke. Aber auch das war keineswegs ohne Wert, da die ärmeren Taheitier jeden Gegenstand europäischer Herkunft schätzen. Daß etwas aus »Biriteni, finua pereri« (Britannien, dem Land der Wunder) kommt, genügt. Den höchsten Wert hatten die Koffer selbst, besonders, wenn unversehrte Schlösser daran waren, die wirklich zugingen, so daß der Eigentümer mit dem Schlüssel in der Tasche fortgehen konnte. Schrammen und eingedrückte Stellen setzten den Wert allerdings erheblich herab. Ein alter Mann, der sich in die große und wohlgefüllte Mahagonikiste des Doktors verliebt hatte, so daß es ihm die größte Freude machte, nur darauf sitzen zu dürfen, suchte eine böse Schramme auf dein Deckel, die seine Schönheit beeinträchtigte, durch Einreiben mit Fett zu kurieren. Die Vorliebe für Matrosenkoffer ist unglaublich. Sie halten sie für solche Prunkstücke, daß die Weiber ihre Männer beständig quälen, ihnen einen zu schenken; kein Pfeilertisch im Salon erregt solches Entzücken. Es war daher für uns von nicht geringer Bedeutung, daß wir im Besitz dieser Wertgegenstände waren. Die Taheitier sind Menschen wie andere: die Nachricht, daß es uns so gut ging, führte uns Scharen von »Tejos« (Freunden) zu, die nach der Nationalsitte einen Freundschaftsbund mit uns schließen und uns jeden Wunsch erfüllen wollten.

Diese Freundschaftsbündnisse sind eine merkwürdige Sitte auf den Inseln. Bei einem, durch europäischen Einfluß schon verdorbenen und verbildeten Volk wie die Taheitier, ist es nur mehr Spekulation; aber bei ihren Vätern entsprang diese Sitte einem schönen und heroischen Empfinden. In der Geschichte der Insel wird von wundervollen Freundschaften berichtet, die der von Dämon und Pythias nicht nachstanden, die auf den ersten Blick für einen Fremden empfunden wurden und eine Hingabe bis zum Tode bedeuteten.

Die Polynesier fühlten Liebe und Bewunderung für die ersten Weißen, die zu ihnen kamen, und sie konnten die Wärme ihrer Empfindung nicht besser bezeugen, als indem sie ihnen auf der Stelle ihre Freundschaft antrugen. Darum liest man in alten Reiseberichten von Häuptlingen, die in ihren Kanus vom Strande kamen und mit sonderbaren Zeichen ihren Wunsch kundtaten. Die geringeren Leute sprachen die Matrosen an, und so hat sich die Sitte auf manchen Inseln bis auf den heutigen Tag erhalten.

Einige Tagesfahrten von Taheiti liegt eine kleine Insel, die von Schiffen selten besucht wird und an der das Schiff anlegte, zu dem ich damals gehörte. Jeder von uns hatte sogleich einen Freund. Der meine war Poki, ein hübscher Junge, der nicht genug für mich tun konnte. Jeden Morgen bei Sonnenaufgang kam sein Kanu längsseits, mit Früchten jeder Art beladen. Wenn es geleert war, wurde es mit einer Leine am Bugspriet befestigt und lag den ganzen Tag dort, damit sein Besitzer ans Ufer fahren konnte, so oft ich einen Auftrag für ihn hatte. Eines Tages sagte ich ihm, daß ich Muscheln und merkwürdige Dinge jeder Art sammelte. Das genügte; schon paddelte er nach dem Ausgang der Bucht, und ich sah ihn vierundzwanzig Stunden nicht wieder. Am nächsten Morgen glitt sein Kanu langsam am Ufer hin, ein Zweig mit seinem dichten Laub war als Mast und Segel darin aufgestellt. Damit alles trocken blieb, hatte er am Bug ein Bretterdach mit grünem Weidengeflecht festgemacht. Darunter lagen Haufen gelber Bananen und Kaurimuscheln, junge Kokosnüsse, rote Korallenzweige, zwei oder drei Holzschnitzereien, ein kleiner Taschengötze, schwarz wie Nephrit, und Rollen von bedrucktem Tappa.

Wir erhielten einen Tag Urlaub, und als wir ans Land gingen, war Poki natürlich mein Begleiter und Führer. Seine Heimat war nicht groß, und er kannte jeden Fußbreit. Wer uns begegnete, wurde angehalten und Pokis »Tejo Karhauri nui«, seinem »besonderen weißen Freunde«, feierlich vorgestellt. Er zeigte mir alle hervorragenden Persönlichkeiten der Insel, vor allem eine reizende, junge Dame, die Tochter eines Häuptlings, die so schön war, daß ihr Ruf sich auf den Nachbarinseln verbreitet und von überall Freier herbeigelockt hatte. Unter ihnen war Tuboi, der Erbe Tamatoris, des Königs von Rejatehr, einer der Gesellschaftsinseln. Das Mädchen war wirklich schön; viele Himmel waren in ihrem sonnig glänzenden Auge, und die Rundung ihres Arms, der unter einem zierlichen Tappakleide hervorsah, war wundervoll.

Und so viele Aufmerksamkeiten Poki mir erwies, nie sprach er eine Silbe von einer Belohnung, wenn er auch manchmal ein schlaues Gesicht machte. Endlich kam der Tag der Abfahrt und mit ihm sein Kanu, bis an den Rand mit einem Vorrat von Früchten beladen. Ich gab ihm, was ich aus meinem Koffer irgend entbehren konnte, dann ging ich an Deck, um meinen Platz am Gangspill einzunehmen, denn der Anker wurde gehievt; Poki kam mit und drehte mit mir an derselben Speiche.

Bald war der Anker eingezogen, und wir fuhren aus der Bucht, während mehr als zwanzig Boote uns im Kielwasser folgten. Endlich kehrten sie um; aber solange ich ihn Oberhaupt sehen konnte, stand Poki allein und regungslos am Bug seines Kanus und sah mir nach.

Achtunddreißigstes Kapitel

Durch die Ankunft der Kisten wurde mein Freund, der Doktor, bei weitem der reichste Mann unter uns. Das kam mir um so mehr zustatten, als ich selbst wenig oder nichts besaß; aber weil wir so befreundet waren, bewarben die Eingeborenen sich um meine Gunst fast ebensosehr wie um die seine. Unter anderem trat Kulu als Bewerber um meine Freundschaft auf, und da er ein hübscher Junge, ja in seiner Art ein Stutzer war, ging ich darauf ein; dies befreite mich von den Zudringlichkeiten der anderen; denn der Taheitier, der in Liebesverhältnissen nicht zur Eifersucht neigt, duldet in der Freundschaft keinen Nebenbuhler.

Als Kulu mir seine empfehlenswerten Eigenschaften aufzählte, teilte er mir vor allem mit, daß er ein »Mikkoneri« sei; das bedeutete, daß er zur christlichen Kirche gehöre. Seine Wertschätzung bewies mir mein Tejo dadurch, daß er mir immer wieder versicherte, seine Liebe zu mir sei »nui, nui, nui...«, also unendlich groß. Überall in diesen Meeren bedeutet das Wort »nui« die Menge, und die Wiederholung hat die gleiche Bedeutung, wie wenn wir Nullen hinter eine Ziffer setzen; je mehr Stellen, desto größer ist die Summe. Das Bild ist um so treffender, als Kulus Erklärungen an sich vollkommen wertlos waren. Er war leider ein tönendes Erz und eine klingende Schelle, und zwar von denen, die nur dann Musik machen, wenn sie mit einem silbernen Klöppel angeschlagen werden. Im Verlauf weniger Tage hatten unsere Tejos dem Doktor, mir und den anderen alles abgeschmeichelt, worauf ihre Neigung merklich kühler wurde. So unaufmerksam wurden sie, daß wir uns nicht einmal mehr auf die Lieferung der täglichen Speisen verlassen konnten, die sie uns so treulich versprochen hatten. Kulu sprang eines Tages, nachdem er mich gehörig ausgesogen hatte, ab. Er teilte mir mit, daß ein anderes Freundschaftsgefühl ihn beherrsche; er war auf den ersten Blick von heftiger Zuneigung zu einem jungen Matrosen ergriffen, worden, der eben, von einer erfolgreichen Walfischjagd kommend, mit vollen Taschen auf Taheiti gelandet war. Der Abschied war rührend und unsere Verbindung war zu Ende. Ich wäre auch nicht sehr betrübt gewesen, wenn er nicht die Unzartheit bewiesen hätte, mit meinen Geschenken Staat zu machen, als seine Neigung schon einem anderen galt. Fast täglich traf ich ihn. auf der Ginsterstraße in einem Ruderhemd, das ich ihm in einer glücklicheren Stunde geschenkt hatte. Er schlenderte nachlässig vorbei, sah mich vergnügt an und grüßte mich kühl mit: »Ei'r Ehren, bojoih!«, was etwa ein hingeworfenes »Guten Morgen« bedeutete. Immerhin mußte ich anerkennen, daß Kulu ein erfahrener Weltmann war: acht Tage später schnitt er mich bereits vollständig und nickte nicht einmal, wenn er mich traf; ich war ein Teil der Landschaft für ihn geworden.

Ehe unsere Kisten völlig geleert waren, hatten wir eine große Wäsche am Bach gehalten und unsere besten Sachen gereinigt, um uns anständig anziehen zu können und die europäische Kapelle im Dorf zu besuchen. Jeden Sonntagmorgen hielt ein Mitglied der Mission dort Gottesdienst ab. Es war das erstemal, daß wir Papiti ohne Wache betraten. Etwa vierzig Personen waren in der Kapelle, darunter die Offiziere mehrerer im Hafen liegender Schiffe. Die Predigt war voll Saft und der Geistliche schlug mehrmals kräftig aufs Pult. Auf einem der besten Sitze saß steif wie ein Flaggenstock unser geliebter Beschützer und Hüter Konsul Wilson. Nie werde ich den Ausdruck des Erstaunens in seinem Gesicht vergessen, als er seine interessanten Schützlinge durch die Kirchentür eintreten und in einer Reihe gerade ihm gegenüber Platz nehmen sah. Als der Gottesdienst zu Ende war, warteten wir draußen, um ihn nochmals zu sehen; aber er schien keine Freude daran zu haben, denn er spähte aus einem Fenster und verließ die Kirche nicht eher, als bis wir die Geduld verloren hatten und nach Hause gegangen waren.

Neununddreißigstes Kapitel

Kaum eine Woche war seit der Abfahrt der »Julia« vergangen, als einige der Leute, mit der sprichwörtlichen Unruhe der Seeleute, der Calabusa Biriteni müde wurden und sich an Bord der in der Bucht liegenden Schiffe anzubieten beschlossen. Sie versuchten es auch, aber obwohl der Kommodore der Strandräuber sie warm, empfahl, das Ende war immer, daß die Schiffer, an die sie sich wandten, ihnen sagten, sie stünden in schlechtem Ruf und wären nichts für ihn. Sie wurden so oft abgelehnt, daß wir beinahe alle Hoffnung aufgaben, die Insel auf diese Weise verlassen zu können und uns bei Kapitän Bob wieder häuslich einrichteten.

Um diese Zeit begannen die Walfischfänger, die ihre regelmäßige Jagdzeit haben, in Papiti einzulaufen, und die Mannschaften machten uns ihren Besuch. Das ist auf dem ganzen Stillen Ozean so der Brauch. Jeder Matrose, der an Land steigt, geht geradeswegs nach der Calabusa Biriteni, wo er fast immer ein paar arme Teufel findet, die wegen Desertion oder angeblicher Meuterei oder aus sonst einem Grunde dort in Haft sind. Der Besucher bringt ihnen sein Mitgefühl, und wenn sie danach Bedarf haben, auch Tabak. Nach diesem ist große Nachfrage, es gibt für Gefangene keinen besseren Trost.

Da wir über Konsul und Kapitän glänzend gesiegt hatten, waren wir für diese Menschenfreunde doppelt interessant, und sie konnten unser Verhalten nicht genug loben. Sie brachten uns jedesmal Erfrischungen mit und schmuggelten gelegentlich sogar ein wenig Pisco ein. Einmal, als ihrer mehrere kamen, wurde eine Kalebasse herumgereicht und eine Sammlung für uns eingeleitet; ein andermal schlug einer der Besucher vor, zwei oder drei von uns sollten ihn heimlich des Nachts an Bord seines Schiffs besuchen; er versprach, uns mit Vorräten beladen heimzuschicken. Das schien kein übler Gedanke, und wir gingen sogleich darauf ein. Jedes Schiff wurde der Reihe nach besucht, und wenn wir alle durch waren, wurde von vorne angefangen. Zu diesem Zweck liehen wir Kapitän Bobs Kanu aus, und da wir zu zwei und zwei abwechselten, kam schließlich die Reihe auch an mich und den langen Doktor, denn die Matrosen betrachteten uns als unzertrennlich. Aber gerade bei diesem Unternehmen hatte ich zum Doktor wenig Vertrauen; er war kein Seemann und sehr lang, und ein Kanu ist das heikelste von allen Fahrzeugen.

Wie alle Fähigkeiten der Eingeborenen, ist auch die Schiffsbaukunst auf den Gesellschaftsinseln sehr zurückgegangen. Ihre Kanus sind die mindest eleganten und die unsichersten in der Südsee. Cook berichtet, daß zu seiner Zeit Taheiti eine königliche Flotte von 1720 großen Kriegskanus besaß, die alle schön geschnitzt und reich verziert waren. Heute gibt es nur ganz kleine Boote, die kaum, etwas anderes als ausgehöhlte und an einem Ende zugespitzte Baumstämme sind. Um das Schwanken zu verhindern, bringen die Taheitier, wie alle Polynesier, am Kanu einen Ausleger an, einen Stamm, der, mit dem Kanu parallel, durch eine Anzahl Querhölzer von mindestens zwei Fuß Länge mit ihm verbunden ist. Das Kanu kann nicht kentern, solange es nicht so überlastet wird, daß die Schwimmfähigkeit des Auslegers nicht mehr reicht oder er ganz aus dem Wasser gehoben wird.

Kapitän Bobs Kanu war besonders klein und so seltsam geformt, daß die Matrosen es die »Pillenschachtel« nannten. Es war eine Art Seelentränker, eigentlich nur für einen einzigen Paddler bestimmt, konnte aber im Notfall zwei oder drei Personen tragen; der Ausleger war eine dünne Stange, die bald in der Luft schwebte, bald tief im Wasser schwamm. Als Seemann übernahm ich das Kommando, setzte den langen Doktor mit dem Paddelruder an den Bug, schob das Kanu vom Strand, sprang hinein und setzte mich ans Hinterende; das heißt, ich überließ ihm die Arbeit und übernahm das ehrenvolle und mühelose Amt des Steuerns. Das wäre soweit ganz gut gewesen, wenn sich der Doktor nicht beim Paddeln so ungeschickt angestellt hätte, daß er uns beide unaufhörlich mit Wasser bespritzte. Da er energisch weiterruderte, dachte ich, es würde mit der Zeit schon gehen, aber es ging nicht, und in kurzer Zeit war ich so vollkommen naß, daß ich ihn um aller Barmherzigkeit willen beschwor, inne zu halten, damit ich meine Kleider ausringen könnte. Er drehte sich plötzlich um, das Kanu schwankte gewaltig, der Ausleger flog in die Luft, schlug kräftig gegen des Doktors Kopf, und wir lagen beide im Wasser.

Zum Glück befanden wir uns gerade über einem Korallenriff, dessen Grat keinen halben Faden unter der Oberfläche lag. Ich drückte das eine Ende des ganz mit gefüllten Kanus hinab und ließ es plötzlich los, es schnellte in die Höhe und entleerte dabei den größten Teil des Wassers, so daß wir den Rest leicht ausschöpfen und uns wieder hineinsetzen konnten. Ich schärfte dem Doktor ein, keinen unnötigen Atemzug zu tun, und führte das Kanu nun selber; wirklich machte er sich so klein als irgend möglich, sprach kein einziges Wart und rührte sich nicht. Ich war ganz überrascht, aber die Erklärung war, daß er nicht schwimmen konnte, und wenn uns ein zweiter Unfall zustieß, hatten wir nicht wieder ein Riff unter uns, auf dem wir stehen konnten. »Ersaufen ist ein schäbiger Tod!« sagte er, als ich ihn neckte, »und es soll nicht mein Verschulden sein, wenn es mir begegnet.«

Endlich waren wir am Schiff und näherten uns vorsichtig, wir wollten nicht vom Achterdeck aus angerufen werden. Als wir still unter dem Bug lagen, hörten wir einen leisen Pfiff; das war das verabredete Zeichen, und ein umfangreicher Sack wurde herabgelassen. Wir schnitten ihn los und paddelten so rasch als möglich davon. Die anderen erwarteten uns schon ungeduldig: der Inhalt bestand aus gekochten Süßkartoffeln, Scheiben von eingesalzenem Rind- und Schweinefleisch und einem vorzüglichen Schiffspudding, der aus Mehl und Wasser bereitet wird und etwa die Konsistenz eines nicht vollständig gedörrten Ziegelsteins hat. Mit diesen Leckerbissen und einem tüchtigen Appetit setzten wir uns im Mondlicht ins Freie und veranstalteten ein nächtliches Gelage.

Vierzigstes Kapitel

Die »Pillenschachtel« wurde bisweilen auch zu anderen Zwecken verwendet. Wir machten Vergnügungsfahrten darin. Mitten im Hafen von Papiti liegt eine helle grüne Koralleninsel, die kaum zweihundert Schritt im Durchmesser hat und einen kreisrunden Palmenhain trägt. Auf viele Klafter im Umkreis ist das Wasser so flach, daß man weit hinauswaten kann. Es ist durchsichtig, und auf seinem Grunde sieht man Korallenpflanzen von jeder Farbe und Form: verzweigtes Gehörn, azurblaue Muscheln, wogende Halme wie gekörnte Stäbe und blaßgrüne Moose und Knospen. Stellenweise kann man durch stachlige Zweige auf schneeweißen Sandgrund sehen, aus dem kieselige Knollen hervorwachsen; zwischen ihnen kriechen seltsam gestaltete Geschöpfe, manche von Stacheln starrend, andere in leuchtende Panzer gehüllt, und da und dort runde Wesen, die über und über mit Augen besetzt sind.

Das Inselchen heißt Motu-Otu, und oft bin ich in hellen Mondnächten um Motu-Otu herumgefahren und habe von Zeit zu Zeit angehalten, um den Meeresgarten unter mir zu betrachten. Es gehörte der Königin, die dort eine Residenz hat; ein paar traurig aussehende Bambushäuser, die, vernachlässigt und verfallen, in einer Reihe zwischen den Bäumen liegen. Da die Insel den Hafen beherrscht, hat ihre Majestät sie befestigen lassen; das Ufer ist erhöht und nivelliert und mit einer Brustwehr aus behauenen Korallenblöcken versehen. Dahinter, in weiten Zwischenräumen, liegen rostige alte Kanonen von jeder Art und jedem Kaliber auf langen gebrechlichen Karren, die unter ihrem nutzlosen Gewicht einzusinken drohen. Zwei oder drei sind schon niedergebrochen, und die Rohre liegen halb begraben unter den Brettern. Einige der Kanonen sind vernagelt; sie müssen furchtbar für jeden sein, der sie abzufeuern versucht. Fast alle sind Geschenke, die Pomari zu den verschiedensten Zeiten von Kapitänen britischer Kriegsschiffe erhalten hat, arme, alte, zahnlose Kriegshunde, die hier verkommen, und die einst in großer Meute als die Schlachthunde Altenglands ihr schweres Gebell ertönen ließen. Die Insel regte meine Phantasie an; ich schwor mir, sie zu betreten, obwohl eine alte Schildwache mich im Mondlicht mit einer unförmigen Muskete bedrohte. Da mein Kanu kaum drei Zoll Wassertiefe hatte, konnte ich bis dicht an die Brustwehr heranrudern, ohne den Grund zu streifen, aber jedesmal lief der alte Mann auf mich los und stieß mit seiner Muskete vor, jedoch ohne auf mich anzulegen. Da ich glaubte, er wolle mich nur schrecken, trieb ich mein Kanu zuletzt an die Mauer und beschloß hinüberzuspringen. Es war der unbedachteste Schritt meines Lebens. Nie war eine Nuß in größerer Gefahr, zerschmettert zu werden, als damals mein Schädel; der alte Wächter holte mit dem Kolben zu einem furchtbaren Streich aus, dem ich eben noch ausweichen konnte, dann stieß ich rasch ab und paddelte davon. Der Mann muß stumm gewesen sein, denn er sprach kein Wort; er grinste nur; mit seinem weißen Baumwollkleide glitt er durch den Mondschein wie ein Inselspuk. Ich versuchte den Angriff im Rücken, aber er lief um die Insel herum, und wo ich immer erschien, hielt er mir die Muskete entgegen. Schließlich zog ich mich zurück, und mein Gelübde ist bis heute unerfüllt geblieben.

Wenige Tage, nachdem ich vor den Mauern von Motu-Otu zurückgeschlagen worden, erlebte ich eine merkwürdige Diskussion zwischen einem der intelligentesten Eingeborenen, einem Manne namens Arhitu, und unserem kundigen Thebaner, dem Doktor. Es handelte sich darum, ob ein Eingeborener den europäischen Sonntag feiern dürfe. Als nämlich vor mehr als einem halben Jahrhundert die Missionare mit dem guten Schiff »Duff« auf Taheiti landeten, da waren sie über das Kap der Guten Hoffnung gekommen und hatten, immer nach Osten segelnd, einen kostbaren Tag ihres Lebens verloren, da sie der Zeit von Greenwich um vierundzwanzig Stunden vorausgekommen waren. Infolgedessen finden die Schiffe, die, wie das heute meist der Fall ist, um Kap Hörn kommen, daß es auf Taheiti Sonntag ist, wenn ihrer Ansicht nach Sonnabend sein müßte. Und da man das Logbuch nicht ändern kann, so feiern die Schiffsleute ihren Sabbat einen Tag später. Für die Eingeborenen ist dies höchst verwirrend, aber wie soll man es ihnen erklären? Ich sah einmal einen alten Missionar den Versuch machen; ich verstand zwar von seinen Worten nur wenig, begriff aber seine Gebärden. »Ihr seht diesen Kreis«, sagte er und beschrieb mit seinem Stock einen großen Kreis auf dem Boden; »gut. Ihr seht diesen

Fleck,« und er bezeichnete eine Stelle in der Peripherie, »gut, das ist Biriteni (England), und ich fahre jetzt rundherum nach Taheiti – da fahre ich«, er folgte dem Kreis, »und so geht die Sonne«, er nahm einen anderen Stock und hieß einen säbelbeinigen Eingeborenen in der entgegengesetzten Richtung den Kreis entlang gehen. »So seht ihr, wie wir voneinander weggehen – und da bin ich in Taheiti,« hier hielt er an, »und nun seht, wo Säbelbein ist!«

Aber die Umstehenden behaupteten fest und steif, daß Säbelbein oben in der Luft sein müsse, denn sie wußten aus der Überlieferung, daß die »Duff« angekommen war, als die Sonne hoch im Mittag stand; und der alte Herr, der zweifellos ein braver Mann, aber kein Astronom war, mußte die Sache aufgeben.

Arhitu, der Kasuist, war ein frommer Christ, der den Sabbat gewissenhaft hielt, aber in anderen Dingen dachte er liberaler. Da er hörte, daß ich eine Art »Mikoneri« war, womit er diesmal einen Mann meinte, der lesen und schreiben konnte, so meinte er, ich könnte ihm die kleine Gefälligkeit erweisen und ein paar Zeugnisse für ihn fälschen; er wollte mir dafür ein gutes Mittagessen, aus Schweinebraten und indischen Rüben bestehend, geben. Er pflegte nämlich an Bord der Schiffe zu gehen, um Wäsche zu übernehmen, und die Konkurrenz war groß, da selbst die stolzesten Häuptlinge es nicht verschmähen, persönlich Kunden zu werben, wenn sie auch die Arbeit von ihrer Dienerschaft ausführen lassen. Ein Matrose hatte ihm geraten, sich Papiere zu verschaffen, in denen die Kapitäne verschiedener Kriegsschiffe und Kauffahrer, die die Insel angelaufen hatten, ihn empfahlen und bezeugten, daß er feine Wäsche besonders gut behandle. Da er mich erst seit zwei Stunden kannte, hielt ich dieses Ansinnen für eine ungewöhnliche Frechheit und sagte es ihm auch. Es war ihm jedoch nicht beizubringen, daß die Sache nicht ganz anständig wäre, und so beschloß ich, nicht beleidigt zu sein, sondern beschränkte mich auf die Ablehnung.

Einundvierzigstes Kapitel

Wenn auch das eigenartige Leben bei Kapitän Bob mir gefiel, weil es mich interessierte, so fehlte es doch nicht an verdrießlichen Begleiterscheinungen für feinfühligere Leute. Die übelwollende Schilderung des Konsuls und anderer hatten viele Europäer gegen uns eingenommen, die uns für schlimme Landstreicher ansahen, obwohl sicherlich selten Matrosen sich auf der Insel so gut benommen und die Eingeborenen so wenig belästigt haben wie wir. Aber wenn ein anständig gekleideter Europäer uns begegnete, so war zehn zu eins zu wetten, daß er uns auswich und auf die andere Seite der Straße ging. Die anderen machten sich nicht viel daraus, aber mir war es unangenehm.

An schönen Abenden – aber auf Taheiti sind alle Abende schön! – konnte man zahlreiche Seidenhüte und Sonnenschirme auf der Ginsterstraße sehen, vielleicht auch blasse, kleine, weiße Jungen, kränkliche Ausländer, öfters auch gesetzte ältere Herren mit Rohrstöcken, bei deren Erscheinen die Eingeborenen in ihre Hütten verschwanden. Manchmal sind sie zu Pferde und reiten die paar Meilen bis zur Venusspitze und wieder zurück. Dort hat sich der einzige Überlebende aus der Zahl der ersten Missionare, die auf der Insel landeten, angesiedelt, ein weißhaariger alter Mann, der recht heilig aussah und Wilson hieß – der Vater unseres Freundes, des Konsuls. Wir begegneten diesen kleinen Gruppen öfters, und da sie in mir manche frohe Erinnerung an die Heimat und an Damengesellschaft wachriefen, hätte ich gerne einen anständigen Anzug und Hut gehabt, um sie begrüßen zu dürfen. In meiner Lage war das ausgeschlossen; einmal aber warf mir eine ältere Dame einen guten forschenden Blick zu. Die liebe Frau! – ich habe sie nicht vergessen; sie trug ein Gewand von schottischem Stoff. Aber nicht immer erhielt ich so freundliche Blicke.

Eines Abends kam ich an der Veranda eines Missionarshauses vorbei. Seine Frau und ein hübsches, blondes, junges Mädchen mit Locken saßen im Freien und genossen den Seewind, der kühl und erfrischend von der Brandung am Riff hereinkam. Als ich mich näherte, blickte die alte Dame mich scharf an; selbst ihre Haube schien schweren Tadel auszudrücken. Auch die blauen englischen Augen an ihrer Seite waren auf mich gerichtet, aber o Himmel, wie konnte ein so schönes Geschöpf einen so ansehen! An der Spitzenhaube war mir nichts gelegen; aber von dem Lockenkopf nicht für einen Kavalier gehalten zu werden, war unerträglich. Ich beschloß, meine Erziehung wenigstens durch meinen Gruß zu zeigen; da ich jedoch eine Art Turban trug, der schwer wieder aufzusetzen gewesen wäre, und meine Jacke so weit war, daß auch eine Verbeugung nicht sehr anmutig ausgesehen hätte, so trat ich einfach mit der liebenswürdigsten Miene näher und sagte: »Guten Abend, meine Damen, welch eine entzückende Seeluft!« Bei allen hysterischen Krämpfen und sechspfündigen Kanonen! wer hätte das erwartet? Die junge Dame stieß einen Schrei aus, und die alte fiel beinah in Ohnmacht. Ich aber zog mich im Laufschritt zurück und wagte kaum zu atmen, bis ich mich in der Calabusa in Sicherheit befand.

Zweiundvierzigstes Kapitel

Sonntags besuchte ich stets die Hauptkirche der Eingeborenen, die am Rande des Dorfes nicht weit von der Calabusa gelegen war. Sie galt für das beste Bauwerk taheitischer Architektur. In letzter Zeit haben die Eingeborenen ihre Gotteshäuser mehr für die Dauer erbaut; einmal aber gab es ihrer sechsunddreißig, die nicht viel besser als Scheunen waren, lediglich aus durch Bastzweige zusammengehaltenen Stäben bestanden und sehr bald wieder verfielen. Eines dieser Gebäude war merkwürdig. Pomari II hatte es errichtet und allen Eifer eines neubekehrten Fürsten dabei gezeigt. Es war über siebenhundert Fuß lang und entsprechend breit. Die gewaltige Dachstange wurde in regelmäßigen Zwischenräumen von sechsunddreißig Brotfruchtbaumstämmen getragen; die Wände ruhten auf Palmenschäften; das Dach, das schräg und steil bis zu Mannshöhe über dem Erdboden abfiel, war mit Blättern bedeckt, die Seiten des Gebäudes standen offen. Dies war die königliche Missionskapelle von Pepoar. Bei der Einweihung wurde gleichzeitig von drei verschiedenen Kanzeln gepredigt, unter ungeheurem Zulauf der Bevölkerung aus allen Teilen der Insel. Da die Kirche auf königlichen Befehl errichtet wurde, hatte eine ungeheure Menge am Gerüst mitgearbeitet, beinahe wie beim Tempel Salomonis, nur daß sie in viel schnellerer Zeit vollendet wurde, denn kaum drei Wochen, nachdem der erste Pfeiler in den Grund gerammt war, wurde das letzte Zwergpalmenblatt oben festgebunden. So riesenhaft die den einzelnen Häuptlingen und ihren Untergebenen auferlegte Arbeit auch war, sie wurde dadurch sehr erleichtert, daß jeder Mann seinen Pfeiler, Sparren oder Stange bereits mit dem Dachblatt zusammengebunden gebrauchsfertig mitbrachte. Das so vorbereitete Material wurde zusammengefügt und mit Bastzweigen verbunden. So hörte man tatsächlich »weder Hammer noch Axt noch irgendein eisernes Werkzeug während des ganzen Baues.«

Das merkwürdigste an dieser Südseekathedrale war, daß ein breiter Bach durch sie hindurchfloß. Die Eingeborenen lieben die Nähe fließender Wasser, um ihrer Schönheit und um ihres Nutzens willen, und das Murmeln der Wellen begleitete die Gesänge im Heiligtum. An drei Stellen innerhalb der Kirche führten Brücken über den Bach.

Leider ist dieser großartige Tempel längst verlassen, die tausend Hybiskusträger sind verwittert und heruntergefallen, und der Bach fließt über sie hin. Die gegenwärtige Metropolitankirche von Taheiti ist ganz anders. Sie hat nur mäßigen Umfang, ist mit Brettern bedeckt und weiß getüncht, sie hat Fenster, zwar ohne Rahmen, aber mit Läden, und wäre nicht das Laubdach, sie würde an eine einfache heimische Kapelle erinnern. Alles Fachwerk wurde von fremden Zimmerleuten hergestellt. Der Anblick im Innern ist einzigartig: die Dachsparren sind mit schönen bunten Matten umwunden, und längs dem Hauptdachbalken hängen abwechselnd Quasten oder Fransen von gefärbtem Gras; der Boden ist mit rauhen Brettern belegt. Zwischen den Sitzreihen für die Eingeborenen, die mit Rückenlehnen und gekreuzten Kokosmatten für die Füße versehen sind, führen regelrechte Chorgänge durch den Bau. Die Kanzel aus dunklem glänzenden Holz ist überraschend hoch angebracht, der Prediger sieht die Gemeinde beinahe aus der Vogelperspektive. An drei Seiten läuft eine von Kokosstämmen getragene Galerie um die Kirche. Ihr Geländer ist da und dort in grellem Blau gestrichen; auch an anderen Stellen sieht man Flecken der gleichen Farbe unregelmäßig aufgesetzt, als ob die eifrigen Neubekehrten jeder ein wenig Farbe mitgebracht und an der ersten besten Stelle darauf losgestrichen hätten.

Das Innere ist auffallend düster, denn alles ist in dunkler Farbe gehalten und durch die Fenster dringt nur wenig Licht herein. Ein seltsamer Holzgeruch, den man in fast jedem größeren Gebäude in Polynesien merkt, erfüllt den Kirchenraum, man möchte glauben, daß er von wurmstichigen alten Götzenbildern, die in einer nahen Rumpelkammer liegen, herrührt.

Die Gemeinde gehört größtenteils den besseren Ständen an, den Häuptlingen und ihrem Gefolge. Man erkennt sie sogleich an ihrer Schönheit und ihrem gesunden Aussehen, da sie nicht wie die »Merenhoa«, das gemeine Volk, den verderblichen Übeln des Verkehrs mit den Fremden ausgesetzt waren. Des Sonntags erscheinen sie in Staat; sie werden auch nicht wie das Volk zur Kirche getrieben, sondern gehen freiwillig, schon weil sie intelligenter sind und ihre Würde zu wahren wissen.

Diese Kirche, die ich ihrer hölzernen Säulen wegen die Kokosnußkirche nannte, war das erste christliche Gotteshaus in Polynesien, das ich sah, und machte einen bedeutenden Eindruck. Majestätische Häuptlinge, deren Väter noch die Kriegskeule geschleudert hatten, alte Männer, die noch die Rauchopfer auf Oros Altären hatten dampfen sehen, saßen darin; von draußen tönte eine Glocke, die am Ast eines Brotfruchtbaumes hing und von einem eingeborenen Jungen mit einem Eisenstab angeschlagen wurde. An der gleichen Stelle gellten einst die Sturmklänge der Kriegshörner.

Die Kirche ist voll von Menschen; überall sieht man hellen Kattun, in den die höheren Klassen sich bei festlichen Gelegenheiten hüllen, mit merkwürdigen bunten Mustern und Farben. Manche tragen möglichst europäischen Schnitt, aber das ist schlechter Geschmack; da und dort sieht man sogar Rock und Hose: sie sehen ungeschickt: aus und verderben das Bild. Aber am meisten fallen die Gesichter auf, jedes voll von Leben und Ausdruck, wie überall in Polynesien, wo viele Menschen beisammen sind; die Kleider rauschen, die Leute bewegen sich, alles murmelt und flüstert, die Stimme des sanften alten Predigers, die sich eben erhebt, ist kaum vernehmlich. Ein halb Dutzend Burschen in weißen Hemden und Hosen suchen die Ruhe herzustellen, sie laufen zwischen den Sitzreihen umher und, indem sie den anderen vorhalten, wie unanständig es sei, in der Kirche nicht still zu sein, vergrößern sie den Lärm. Es war höchst komisch.

Mit der Kirche ist eine Sonntagsschule verbunden; die Schüler, eine lebhafte, nichtsnutzige Bande, saßen auf der Galerie. Am Ende einer Bank sah ich den Lehrer sitzen und einen geduckten kleinen Kerl neben ihm: so oft die anderen störten, erhielt der Ärmste ein Kopfstück: die anderen sollten wohl sehen, was sie erwartete, wenn sie sich nicht besser benahmen.

Mitten in der Kirche stand an einen Pfeiler gelehnt ein alter Mann, der ganz anders aussah als die übrigen. Er trug nichts als einen groben kurzen Mantel aus entfärbtem Tappa; aus seiner verblüfften Haltung schloß ich, daß er aus dem Innern der Insel kam und ein neues ungewohntes Schauspiel sah. Er wurde übrigens scharf zurechtgewiesen, weil er anderen die Aussicht nahm, und da er nicht gleich verstand, was man von ihm wollte, packte ihn einer der weißgekleideten Kirchendiener einfach bei der Schulter und drückte ihn auf einen Sitzplatz nieder.

Der alte Missionar auf der Kanzel und die anderen Weißen enthielten sich jeder Einmischung und überließen alles den Eingeborenen; das ist auch in einer größeren Versammlung auf den Südseeinseln die einzige Möglichkeit, mit ihnen fertig zu werden.

Als endlich die Ruhe einigermaßen hergestellt war, begann der Gottesdienst mit Gesang. Der Chor bestand aus zwölf bis fünfzehn Damen der Mission, die auf einer langen Bank links von der Kanzel saßen. Fast die ganze Gemeinde sang mit. Zu meinem Staunen hörte ich als erstes die wohlbekannte Melodie eines unserer alten Kirchenlieder zu einem taheitischen Psalm. Viele Stimmen waren süß und voll. Die Sänger schienen freudig erregt, hielten manchmal inne und sahen umher, dann sangen sie die feierliche Weise fröhlich weiter. Die Taheitier haben ein natürliches Talent für den Gesang und lieben ihn sehr. Oft habe ich flotte und liederliche junge Kerle ein oder zwei Strophen eines Psalms vor sich hinsummen hören, als wäre es der neueste Schlager aus einer Operette. Darin wie in fast allem anderen unterscheiden sich die Taheitier sehr von den Bewohnern der Sandwich-Inseln, wo die Pfarrgemeinden mehr blöken als singen.

Nach dem Psalm kam ein Gebet. Der gute alte Missionar war klug genug, es sehr kurz zu machen, denn die Gemeinde wurde sogleich unruhig. Dann wurde ein Kapitel aus der Taheitischen Bibel gelesen, ein Text ausgewählt, und die Predigt begann. Sie wurde aufmerksamer angehört, als ich erwartet hatte.

Da ich schon gehört hatte, daß die Predigten der Missionare, die für eine primitive Zuhörerschaft bestimmt sind, recht eigenartig seien, daß darin viel von Dampfschiffen, von der Kutsche des Lord Mayors, von der Londoner Feuerwehr die Rede wäre, so hatte ich mir einen Dolmetsch mitgebracht, einen sehr geweckten Matrosen aus Hawaii, den ich kennengelernt hatte. »Paß gut auf, Jack,« sagte ich ihm beim Eintritt, »und sag' mir, soviel du kannst, während er spricht!« Jacks Übersetzung war vielleicht keine kritische; ich teile sie aus der Erinnerung mit und möglichst in seinen Worten.

»Meine guten Freunde,« sagte der Prediger, »ich froh, euch zu sehen und ich lieben sehr, heute bischen mit euch zu plaudern. Gute Freunde, sehr schlechte Zeit jetzt in Taheiti; machen mich weinen. Pomari ist fort, die Insel nicht mehr eure, die Wui-Wuis da. Böse Priester auch da und böses Götzenbild in Weiberkleid mit Messingketten,« – damit war das geschmückte Bild der heiligen Jungfrau in der katholischen Kapelle gemeint – »gute Freunde, ihr nicht mit ihnen sprechen, nicht sie anschauen. Aber ich weiß, ihr nicht tun. Gehören zu diesen Räubern, bösen Wui-Wuis. Werden diese schlechten Menschen müssen gehen sehr schnell. Biriteni Donnerschiffe kommen, und fort sie gehen. Aber nicht mehr darüber jetzt, ich mehr sagen später.

Gute Freunde, viele Walfischschiffe jetzt hier, und viele schlechte Männer kommen darin. Seeleute alle schlecht, das ihr sehr gut wissen. Sie kommen her, weil so schlecht, daß zu Hause nicht bleiben dürfen. Meine gute kleine Mädchen, nicht laufen zu Seeleuten! Nicht gehen, wo sie gehen, sie euch Böses tun. Wo sie herkommen, gute Leute nicht mit ihnen sprechen, sind wie Hunde. Hier sie sprechen zu Pomari und trinken Awa (Branntwein) mit dem großen Pufeh!« Pufeh war einer der obersten Häuptlinge der Insel, der ein lustiges Leben führte.

»Gute Freunde, diese Insel sehr klein, aber sehr böse und sehr arm. Die zwei immer zusammen. Warum Biriteni so groß? Weil diese Insel gute Insel. Schicken Mikoneri zu arme Kanaka. In Biriteni jedermann reich, viele Sachen zu kaufen und viele Sachen zu verkaufen, Häuser viel größer als die von Pomari und viel schöner. Jeder dort fahren in Kutschen, größer als die von Pomari…« Die Königin hatte kurz vorher von der Königin Viktoria eine Karosse geschenkt bekommen. Sie wurde später nach Oahu auf den Sandwich-Inseln geschickt und dort verkauft, um die Schulden der Königin zu bezahlen. – »und tragen schöne Tappa jeden Tag.« Es folgte die Aufzählung weiterer Herrlichkeiten und Genüsse der Zivilisation.

»Gute Freunde, wenig Essen mehr in meinem Haus. Schoner von Sidney nicht bringen Sack Mehl und Kanaka nicht bringen genug Schwein und Früchte. Mikoneri tun sehr viel für Kanaka, Kanaka tun wenig für Mikoneri. So, gute Freunde, ihr flechten viel Kokoskörbchen und füllen und bringen morgen!«

Das war der wesentliche Inhalt des größeren Teils der Predigt, und es läßt sich nicht bestreiten, daß sie der Geistesverfassung der Inselbewohner angepaßt war, die nur für greifbare und neuartige Dinge Sinn und Interesse haben. Der Taheitier denkt nicht, bei ihm ist alles impulsiv, und anstatt Glaubenssätze zu erklären, geben ihnen die Missionare alles in hübschen Bildern und kleinen Ausschnitten, und leichte Gebete, wie aus der Kinderfibel.

Eine dauernde religiöse Wirkung wird denn auch nicht erreicht. In der Tat gibt es vielleicht keine Rasse, die ihrer Natur nach weniger für die Lehren des Christentums geschaffen ist wie die Bevölkerung der Südsee. Ich weiß von der »großen religiösen Erneuerung« auf den Sandwich-Inseln im Jahre 1836, wo mehrere Hunderte in wenigen Wochen in den Schoß der Kirche aufgenommen, wurden. Das geschah nicht aus innerer Überzeugung, und die Leute fielen auch sogleich in ihr altes Lasterleben zurück. Damals herrschte Hungersnot auf der Insel und ein abergläubisches Volk war durch fanatische Prediger davon überzeugt worden, daß die Götter der Missionare die Insel gestraft hätten, weil sie so schlecht gewesen war.

Gerade die Züge im Charakter der Taheitier, die die englischen Missionsgesellschaften bewogen, sie als besonders geeignet zur Bekehrung anzusehen, und die Insel als erste zum Feld ihrer Tätigkeit zu wählen, wurden später die schwersten Hindernisse. Ihr sanftes Wesen, ihre scheinbare Naivität und Fügsamkeit täuschte die Europäer; diese Eigenschaften waren nur Begleiterscheinungen. geistiger und körperlicher Indolenz. Dazu kommt eine starke Sinn- und Genußfreudigkeit und eine Abneigung gegen jeden Zwang, Anlagen, die zur üppigen Natur der Tropen sehr wohl passen, aber der strengen christlichen. Moral entgegengesetzt sind.

Die Eingeborenen sind auch stets bereit, ein leidenschaftliches Interesse an Dingen vorzugeben, für die sie nichts empfinden, sobald sie glauben, daß Personen, deren. Macht sie fürchten oder um deren Gunst sie werben, an diesen Dingen Interesse nehmen. Als sie noch Heider. waren, brachen die Sandwich-Insulaner sich die Zähne aus oder rissen ihre Haare ab und verstümmelten sich mit: scharfen Muscheln, um den untröstlichen Schmerz beim. Tod eines großen

Häuptlings oder eines Mitglieds der königlichen Familie zu zeigen. Und doch berichtet Vancouver, daß dieselben Menschen, die eben noch rasend vor Schmerz schienen, sogleich glückselig wurden, wenn man Ihnen eine kleine Pfeife oder einen Spiegel schenkte.

Auf einer der Gesellschafts-Inseln, – ich glaube, es war Rejatehr, – wünschten die Eingeborenen aus irgendeinem Grunde sich die Missionare besonders geneigt zu machen. Sie benahmen sich daher beim Gottesdienst so, wie sie es früher als Heiden getan: sie stellten sich, als brächte die Predigt sie zur Raserei und Verzückung, rollten die Augen, hatten Schaum vorm Mund, stürzten in Krämpfen hin und ließen sich nach Hause tragen. Die Missionare hielten es für ein Wunder des Höchsten und posaunten es überall aus.

Um zur Kokosnußkirche zurückzukehren: sowie der Segen gesprochen war, zerstreute sich die Gemeinde und belebte die Ginsterstraße mit ihren flatternden Gewändern, dann verloren sie sich in den schattigen Seitenwegen, die von der Hauptstraße abzweigen und zu kleinen Ortschaften in den Hainen oder zu den Villen am Strande führen. Allgemeine Heiterkeit herrschte, als ob sie von einem altmodischen »Hivar«, einem ihrer fröhlichen heidnischen Tanzfeste kämen. Viele ließen ihre Bibel, die sie an Schnüren trugen, hin und her baumeln.

Der Sabbat wird gewissenhaft gefeiert, besonders was die Enthaltung von jeder Arbeit betrifft. Die Kanus sind auf den Strand gezogen, die Netze zum Trocknen ausgebreitet, in den Hütten, die wie Hühnerställe aussehen, liegen die Bewohner müßig wie sonst, schwatzen aber etwas weniger. Nach dem Gottesdienst herrscht Ruhe auf der ganzen Insel, die Täler, die ins Innere führen, sehen noch stiller und verlassener aus. Kurz, es ist der »Tabu-Tag« der Taheitier; das gleiche Wort, das sie als Heiden für ihren Kult gebrauchten, bedeutet jetzt die christliche Sonntagsheiligung.

Dreiundvierzigsts Kapitel

Mein früherer Freund Kuiu, dieser würdige junge Mann, wohnte in einem »Meru Boro«, im »Brotfruchtschatten«, einem hübschen Waldwinkel auf halbem Weg zwischen der Calabusa Biriteni und der Kokosnußkirche. Er war daher ein regelmäßiger Besucher des Gotteshauses. Kulu war ein schneidiger Jüngling. Elegant in seinem gestreiften Kattunhemd, das über seinen weißen Marinehosen herausfordernd gebauscht war, das Haar mit Kokosöl gesalbt, warf er den Damen siegesbewußte Blicke zu, die keineswegs unerwidert blieben.

Aber die taheitischen Schönen haben auch Blicke füreinander; manches Näschen wird gerümpft, wenn ein neuer Baumwollmantel erscheint, der vor kurzem noch in der Kiste eines verliebten Matrosen lag. Einmal sah ich eine Gruppe junger Mädchen in fleckigen Röckchen verächtlich auf eine andere weisen, die ein feuerrotes Röckchen trug: »Oih tuteh auri!« sagten sie mit unsäglicher Verachtung, »itteh meteh!« (»Du bist ein nichtswürdiges Frauenzimmer, wirklich schlecht!«)

Kulu wie die sittenstrengen jungen Damen hatten das Abendmahl genommen, aber noch am selben Abend, nachdem sie die heilige Brotfrucht genossen, begingen einige, wie ich weiß, schlimme Verstöße.

Ich wollte wissen, was ihre religiösen Vorstellungen eigentlich waren, aber das zu erfahren, war eine heikle Aufgabe.

Famo, der vordem der Läufer der Königin gewesen war, hatte sich vom aktiven Dienst zurückgezogen und in einem hübschen kleinen Häuschen, keine hundertfünfzig Schritte von der Calabusa entfernt, niedergelassen; vielleicht hatte er bereits mit dieser Nachbarschaft gerechnet, um seine drei Töchter in die gute Gesellschaft einzuführen. Jedenfalls ließen sich die Schwestern die Huldigungen des galanten Doktors gerne gefallen, und er war zu jeder Zeit und Stunde in ihrem Hause willkommen. Eines Abends sprachen wir vor. Mein langer Freund begann mit den beiden jüngeren Mädchen »Nau« zu spielen, wobei ein Stein unter drei Stößen Tuch gefunden werden muß. Ich ließ mich auf einer Matte neben Idia, der ältesten, nieder, spielte mit ihrem Grasfächer und versuchte meine Kenntnisse des Taheitischen zu vervollkommnen. Die Gelegenheit schien günstig, und ich begann: »Ah, Idia, Mikoneri, oih?« fragte ich. Das hieß etwa: »Nebenbei bemerkt, Fräulein Idia, gehören Sie zur Kirche?«

»Ja, mich mikoneri,« antwortete die Schöne, aber sie schränkte diese Erklärung sogleich in kennzeichnender Weise ein: »Mikoneri ina«, sagte sie (»Christin hier!«), die letzte Silbe nachdrücklich betonend, und sie legte ihre Hand auf den Mund, und mit den gleichen Worten berührte sie Augen und Hände. Dann veränderte sich ihr ganzes Aussehen und mit nicht mißzuverstehenden Gebärden bedeutete sie mir, daß sie in anderer Hinsicht keineswegs »mikoneri« sei. Damit brach sie in ein helles Gelächter aus, in das die zwei Schwestern einstimmten, und auch der Doktor und ich, um nicht gar zu dumm auszusehen. Kurz, sie war, wie Pope sagt:

»Im Herzen wohl ein guter Christ,
Doch heidnisch in dem, was des Fleisches ist.«

Der Übereifer der Missionare, der Zwang und die stete Beaufsichtigung ruft diese religiöse Heuchelei hervor; aber nur beim gemeinen Volk, die Vornehmen werden nicht belästigt. An Sonntagen, an denen in den kleineren Kirchen ein zu geringer Besuch befürchtet wird, werden Leute mit Rohrstöcken als »Einpeitscher« nach der frommen Gemeinde ausgeschickt. Dies ist eine Tatsache, die auch in den »Denkwürdigkeiten aus dem Leben und der evangelischen Sendung des verstorbenen Herrn Daniel Wheeler« einem vortrefflichen Werk, auf das ich mich noch öfter berufen werde, auf S. 763 mit Abscheu erwähnt wird. Diese Leute, die an ihren weißen Drillichanzügen kenntlich sind, bilden eine Art religiöser Polizei. Sie sind an Wochentagen ebenso geschäftig wie an Sonntagen. Sie spionieren zum Schrecken der Eingeborenen auf der ganzen Insel nach Sünden und Schlechtigkeit, und sie treiben auch die Geldstrafen ein, die meistens in Grasmatten bestehen, und die für beharrliches Fernbleiben vom Gottesdienst und ähnliche Vergehen verhängt werden, für die das geistliche Gericht der Mission zuständig ist. Der alte Bob nannte diese Leute »Kennakippers«. Ich vermute, daß dies aus dem englischen Wort »Constabler« verdorben ist. Er hegte bitteren Groll gegen sie, und als er eines Tages nach Hause kam und erfuhr, daß sie ihm gerade einen Besuch abstatteten, verbarg er sich hinter einem Busch, und als sie aus dem Hause kamen, trafen, von unsichtbarer Hand geschleudert, zwei schwere grüne Brotfrüchte jeden der beiden zwischen die Schulterblätter. Unsere Matrosen und verschiedene Eingeborene waren Zeugen und priesen, sobald die Eindringlinge außer Sicht waren, Kapitän Bob in allen Tönen, besonders die Damen. Die Kennakippers sind ihre größten Feinde, denn die lästigen Kujone fallen zu allen Stunden ins Haus und spähen nach ihren kleinen Sünden.

Kulu, der zu Zeiten patriotisch und nachdenklich war, und die Leiden beklagte, die sein Vaterland heimsuchten, schalt auf die Gesetze, die Fremden den Zutritt zu jedem Hauswesen gestatten. Er selbst, der den Damen sehr ergeben war, hatte oft Unannehmlichkeiten dadurch gehabt. Sie schädigen die Leute auch materiell, denn sie laden sich täglich in einer anderen Hütte ihres Sprengels zum Essen ein, und den guten Leuten bleibt nichts übrig, als sie so gastfreundlich als möglich zu bewirten. Die Kennakippers sind unermüdlich; in tiefster Nacht lauern sie vor den Häusern und bei Tag stöbern sie Liebespaare in den Hainen auf.

Sechs Wochen vor meiner Ankunft auf der Insel hatten der Gatte einer Frau und die Gattin eines anderen Mannes Gefallen aneinander gefunden und waren miteinander ausgegangen. Sofort schlugen die Kennakippers Lärm, und eine wilde Verfolgung begann. Aber drei Monate vergingen, ehe man die Sünder entdeckte. Dann wurden wir aus der Calabusa gerufen und sahen einen Pöbelhaufen, der die Liebenden vor Gericht schleppte. Sie waren bis auf den Lendenschurz völlig nackt, ihr Haar war lang, an den Enden gebleicht und mit Blättern und Stengeln verfilzt, ihre Leiber ganz zerkratzt. Sie waren ins Innere geflüchtet, hatten in einem ganz unbewohnten Teil der Insel eine Hütte errichtet und dort zusammen gelebt, bis sie auf einem Spaziergang Pech hatten, entdeckt und, obwohl sie sich ins Dickicht flüchteten, gefangen wurden. Sie wurden verurteilt, hundert Faden am Ginsterweg zu bauen, was mindestens sechs Monate schwerer Arbeit bedeutete.

Oft, wenn ich in einem Hause saß, in ruhigem Gespräch mit den Bewohnern, sah ich sie in die größte Verwirrung und Aufregung geraten, wenn sie hörten, daß ein Kennakipper auftauchte, denn von einem dieser Kirchendiener als »tuteh auri« als »Gottloser« angezeigt zu werden, wird auf Taheiti beinahe so gefürchtet, wie einst in Europa die Inquisition. Oft, wenn sie in ein Haus traten, beschränkten sie sich darauf, pharisäisch Betstunden zu veranstalten. Die Eingeborenen nennen sie daher »Bura Artuas«, »Gottesanbeter«. –

Vierundvierzigstes Kapitel

Der Klang des Tuchklöppels ist in den Tälern von Taheiti längst verstummt. Nur zur Strafe wird das Tuchmachen noch auferlegt. Früher verbrachten die Mädchen die Vormittage damit, wie unsere Damen am Stickrahmen; jetzt leben sie träge dahin; allerdings nähen die meisten ihre Kleider selbst, aber dazu braucht es nur ein oder zwei Stiche. Die Damen der Mission lehren sie nähen.

Der »Kaihi weihenih«, der Unterrock, ist nichts als ein Streifen weißer Baumwolle oder Kattuns, der die Figur vom Gürtel bis zu den Füßen lose umhüllt. Er wird meistens einfach aufgesteckt oder die beiden oberen Enden zusammengebunden, gerät daher auch leicht in Unordnung und läßt sich sehr kokett tragen. Über dem Keihi tragen sie eine Art losen weiten Gewandes, das vorn offen ist und lässig übergeworfen wird., Dazu schreckliche Hüte, Strohbündel, die etwa in Form einer Kohlenschippe geflochten sind und aufrecht auf den Kopf gesteckt werden, während ein oder zwei Ellen roten Bandes wie die Schnüre hinter einem Drachen flattern. Sie werden zwar von den Eingeborenen verfertigt, aber die Frauen der Missionen sollen das Schrecknis eingeführt haben. Strohflechten ist eine der wenigen Arbeiten, die von den höheren Klassen noch betrieben werden. Übrigens trägt kein junges Mädchen diese Hüte; sie überlassen es ihren Müttern, sich so zu verunstalten.

Die Männer suchen sich europäisch zu kleiden, haben aber keine Ahnung von den Beziehungen, die zwischen den einzelnen Teilen unserer Anzüge bestehen. Wer eine Jacke hat, trägt darum noch keine Hose, und ein runder steifer Hut und ein Lendenschurz gehen sehr wohl zusammen. Der junge Matrose, zu dem Kulu übergegangen war, hatte ihm eine alte zottige Pelzjacke geschenkt, die er bis zum Kinn zugeknöpft trug und in der er in tropischer Hitze stolz spazieren ging. Der lange Doktor, der ihn traf, vermutete, daß er eine Schwitzkur machte.

Ein unverheirateter Freund Kapitän Bobs erfreute sich des Besitzes eines vollständigen, europäischen Anzugs, in dem er viele Damenherzen eroberte. Da er militaristische Neigungen hatte, zierte er den Rock mit einem scharlachroten Flecken, den er vorn aufnähte, und brachte an den verschiedensten Stellen Metallknöpfe mit Regimentsnummern an, die er Marinesoldaten auf Urlaub, als sie betrunken waren, heimlich abgeschnitten hatte. Da die Jacke ihm viel zu eng war, standen seine Ellbogen ab wie bei einem Sonntagsreiter, und seine strammen Schenkel füllten die engen Hosenbeine derart aus, daß bei jedem Schritt die Nähte zu platzen drohten.

Es herrscht keine bestimmte Mode mehr auf Taheiti, und oft tragen sie die Kleidung ihrer Väter in der ungeschicktesten Weise, um sie ihrem neuen, durch die Bewunderung alles Europäischen verdorbenen Geschmack anzupassen.

Aber so lächerlich viele von ihnen heute in europäischer Kleidung aussehen, so vortrefflich stand ihnen ihre Nationaltracht, die für unverdorbene Augen durchaus anständig und dem Klima völlig entsprechend war. Die kurzen Röckchen aus farbigem Tappa, die quastenbesetzten Gürtel und all die anderen Kleidungsstücke, die man früher trug, sind heute als unanständig vom Gesetz verboten. Warum den Frauen die Blumenkränze und die Halsketten aus Blüten gleichfalls untersagt sind, habe ich nie begriffen. Offenbar weil sie mit vergessenen heidnischen Gebräuchen zusammenhingen. Desgleichen ist den Eingeborenen viel unschuldiger Zeitvertreib verboten. In alten Zeiten hatten sie athletische Spiele, wie Ringen, Wettlauf, Speerwerfen und Bogenschießen. In all diesen Übungen brachten sie es zu hoher Vollkommenheit, und es wurden große und glänzende Festspiele veranstaltet. Sonst pflegten sie täglich zu tanzen, Fußball zu spielen, Drachen steigen zu lassen, Flöte zu blasen und ihre alten Lieder und Balladen zu singen. All das ist heute bei Strafe verboten und nun auch schon solange außer Gebrauch, daß das meiste vergessen ist.

Ebenso wurde das »Opeio«, das Brotfruchterntefest, abgeschafft, obwohl nach der Schilderung, die Kapitän Bob mir davon gab, nichts daran unsittlich war. Jede Tätowierung ist durch ein strenges Gesetz verboten. Daß die Eingeborenen diese Abschaffung ihrer nationalen Gebräuche und Feste nicht gutwillig hinnahmen, geht schon aus der häufigen Verletzung der Verbote hervor; besonders die »Hivars«, die Tanzfeste, werden viel im geheimen gefeiert.

Gewiß harten die Missionare die beste Absicht, als sie die Taheitier derart entnationalisierten, aber da ihnen keine andern Unterhaltungen an Stelle derer geboten wurden, die ihnen genommen waren, versanken die Taheitier, die mehr als andere Stämme solchen auffrischenden Zeitvertreibs bedurften, in Gleichgültigkeit und Trägheit, oder sie geben sich sinnlichen Genüssen hin, die tausendmal schlimmer und verderblicher sind, als all die Spiele und Feste, die im Tempel von Teni gefeiert wurden.

Fünfundvierzigsts Kapitel

Ich bin den Missionaren gewiß nicht übel gesinnt; ich will nur die Zustände wahrheitsgemäß schildern. Für die Folgeerscheinungen, die der Verkehr zwischen Europäern und Südseeeingeborenen und der Versuch, ihnen Christentum und Zivilisation beizubringen, gezeitigt hat, sind die Zustände auf Taheiti besonders kennzeichnend. Nirgends ist das Experiment so vollständig durchgeführt worden. Die heutige Generation ist schon unter der Leitung ihrer religiösen Lehrer aufgewachsen. Die Mission auf Taheiti besteht seit sechzig Jahren, und wenn ihr auch wie überall Hindernisse, auch durch gewissenlose Europäer, in den Weg gelegt wurden, so ist doch nur selten ein Unternehmen so von guten Wünschen und durch Geldbeiträge gefördert worden. Gewiß, die ersten Missionare waren meist unwissend und von beschränktem Eifer; und wenn ihre Nachfolger heute vielleicht nicht mehr so eifrig, aber auch nicht ganz so uneigennützig sind, wie ihre Vorgänger, so haben sie doch sicherlich das ihre getan. Wir wollen das Ergebnis untersuchen.

Der Götzendienst ist völlig verschwunden und mit ihm barbarische Gebräuche, die im Zusammenhang mit ihm. standen. Dies ist aber vielleicht weniger den Missionen als dem langen ununterbrochenen Verkehr mit Weißen aller Nationen zuzuschreiben, die durch viele Jahre vornehmlich nach Taheiti kamen. Auf den Sandwich-Inseln ist die so bedeutungsvolle Einrichtung des »Tabu« zugleich mit dem gesamten Heidentum durch freiwilligen Entschluß der Eingeborenen schon einige Zeit vor der Ankunft der ersten Missionare völlig abgeschafft worden.

Die zweite bedeutende Veränderung ist die folgende: da so viele einflußreiche und angesehene Europäer sich dauernd auf Taheiti angesiedelt haben, da sehr häufig Kriegsschiffe eintreffen und die taheitische Nationalität anerkennen, so erlaubt man sich ihnen gegenüber nicht mehr die Schandtaten, die man sonst gegen »bloße Wilde« verübt. Infolgedessen finden auch keine Repressalien statt und alle Schiffe sind in den Häfen von Taheiti in völliger Sicherheit. Was die Leistungen der Missionare betrifft, so haben sie sich überall und immer bemüht, die Übel zu lindern, die der Verkehr mit den Weißen nach sich zieht. Ihre Bemühungen sind vielfach unklug und oft unwirksam gewesen, aber wesentlich wird der Erfolg doch durch die natürliche Anlage der Bevölkerung unmöglich gemacht. Immerhin sind die sittlichen Zustände auf Taheiti im ganzen durch die Tätigkeit der Missionare gebessert worden.

Ihre größte und beste Leistung ist, daß sie die ganze Bibel in die taheitische Sprache übersetzt haben. Ich habe mehrere Eingeborene kennengelernt, die sie ohne Schwierigkeiten lasen. Sie haben auch Kirchen gebaut und Schulen für Kinder wie für Erwachsene; die letzteren sind leider heute sehr vernachlässigt, wesentlich infolge der Unruhen, die das Vorgehen der Franzosen verursacht hatte. Über die innere Kirchen- und Schulverfassung weiß ich zu wenig, um darüber etwas sagen zu können. Es handelt sich auch nur um das Ergebnis und die Zustände im allgemeinen, und weil ein einzelner nach seiner persönlichen Erfahrung allein darüber zu urteilen nicht berechtigt sein mag, so möchte ich auch einige bekannte Autoren kurz zitieren, von denen besonders die beiden ersten in dem Werk eines Geistlichen, des hochwürdigen M. Russell, »Über das Wirken der christlichen Missionen in Polynesien« viel zitiert werden.

Der berühmte russische Forschungsreisende Otto von Kotzebue ist vielleicht etwas zu streng gegen die Fehler der Missionare; er sagt: »Eine Religion, die jedes unschuldige Vergnügen verbietet und jede geistige Kraft drückt oder lähmt, scheint mir eine Lästerung des göttlichen Stifters unserer Religion. Gewiß, die Missionare haben neben vielem Üblen auch manches Gute getan. Sie haben den Diebstahl und die Unsittlichkeit eingeschränkt; aber sie haben Unwissenheit, Heuchelei und den Haß gegen jeden anderen Glauben großgezogen, die dem offenen und liebenswürdigen Wesen der Taheitier früher fremd waren.«

Kapitän Beechy sagt, daß er auf Taheiti »Dinge sah, die dem Kurzsichtigsten klar machen mußten, wie tief unsittlich die Zustände geworden sind, und daß der Verkehr der Bevölkerung mit Europäern sie nur verschlechtert und in keiner Weise gehoben hat.«

Daniel Wheeler, ein ehrlicher Quäker, den die reinste Menschenliebe trieb, besuchte 1834 in seinem eigenen Schiff die meisten Missionssiedlungen in der Südsee. Er war auch einige

Zeit in Taheiti, von den Missionaren gastfreundlich aufgenommen, und versuchte selbst auf die Eingeborenen zu wirken. Er findet die sozialen Zustände schlimm und über ihre Religiosität bekennt er offen: »Wie ungern ich es auch sage, eine aufrichtige christliche Gesinnung scheint mir äußerst selten zu sein.«

Das wären die Zeugnisse ehrlicher und unvoreingenommener Männer, die an Ort und Stelle waren. Sie haben die wirklichen Ergebnisse und Zustände untersucht, während man in den Veröffentlichungen in Europa und Amerika einfach triumphierend die Zahl derer anführt, die sich äußerlich zum Christentum bekennen. Diese Bekehrungen sind meistens von Häuptlingen durchgesetzt worden, die irgendeinen weltlichen Vorteil davon hatten oder erwarteten. Auch in den wundergleichen Fällen, in denen die Eingeborenen impulsiv ihre Götzenbilder verbrannten und zum Taufwasser stürzten, zeigte die Plötzlichkeit des Entschlusses auch seine Hohlheit. Williams, der zu Erromanga den Märtyrertod starb, berichtet solch einen Fall, in dem die christlichen Eingeborenen eines Tages ebenso plötzlich und feierlich in großer Versammlung ihre heidnischen Bräuche wiederherstellten.

Auf der Insel Imio, die zur taheitischen Mission gehört, gibt es eine Schule, die der hochwürdige Mr. Simpson und seine Frau leiten und die ausschließlich für die Kinder der Missionare bestimmt ist. Die Schüler lernen dort nur die Anfangsgründe, nicht mehr, als in den Eingeborenenschulen gelehrt wird, sie werden dann, oft in sehr zartem Alter nach England geschickt, um ihre Schulbildung zu vollenden. Trotzdem werden die beiden Rassen sorgfältig getrennt gehalten, damit die kleinen Weißen nicht von den Eingeborenenkindern verdorben würden. Die Eltern suchen sogar in jeder Weise zu verhüten, daß ihre Kinder auch nur die taheitische Sprache lernen. Auf den Sandwich– Inseln ging man noch weiter. Als dort ein Spielplatz für die Kinder der Missionare angelegt wurde, schloß man ihn durch einen viele Fuß hohen Zaun ab, um die verdorbenen kleinen Hawaier fernzuhalten.

Ist es nicht seltsam, daß die Polynesier vor ihrer Berührung mit den Weißen keineswegs so verdorben waren? Der treffliche Kapitän Wilson, der die ersten Missionare nach Taheiti brachte, berichtet, daß »die Einwohner in vielen Dingen feinere Begriffe von Anstand und Sitten hatten, als wir«. Ähnliches berichtet Vancouver von den Sandwich-Insulanern. Daß die Unsittlichkeit beständig schlimmer wird, geht schon aus den Gesetzen gegen die Ausschweifung auf beiden Inselgruppen hervor, die unaufhörlich erneuert und verschärft und ebenso unaufhörlich übertreten werden.

Man kann natürlich nicht erwarten, daß die Missionare dieses Ergebnis und von diesen Zuständen berichten werden. Darum sagt Kapitän Beechy von Ellis' »Polynesischen Forschungen«, daß der Autor die sittlichen Zustände und die Kultur auf Taheiti viel zu günstig geschildert habe, und er fügt hinzu, »da die Eingeborenen mich nicht fürchteten, bin ich besser als die Missionare in der Lage gewesen, ihre wirkliche Gesinnung und ihre Handlungen kennenzulernen.«

Das gleiche darf ich von mir behaupten. Wenn die Arbeitsamkeit eines Volkes ein Gradmesser für seine Zivilisation ist, so sind die Taheitier heute weniger zivilisiert als früher. Wohl ist ihre Trägheit angeboren. Aber wie kommt es, daß die christliche Zivilisation sie noch gesteigert hat, anstatt sie zu vermindern? Wie ich bereits sagte, ist die Herstellung von Tappa in vielen Teilen der Insel außer Gebrauch gekommen. Werkzeug und Hausgerät werden nicht mehr angefertigt, weil die aus Europa eingeführten natürlich viel besser sind. Dies würde auch nichts schaden, wenn die Eingeborenen wenigstens all das herstellen würden, was sie brauchen und wofür sie europäischen Ersatz nicht haben können. Aber sie tun auch das nicht, und so ist die Lebenshaltung des ärmeren Volkes immer schlechter geworden.

Mir, der ich von primitiven Wilden auf den Marquesas kam, schienen die Wohnstätten der armen Taheitier und ihre Lebenshaltung keineswegs schön oder sauber und mit denen der unzivilisierten Taïpis gar nicht zu vergleichen. »Nichts fällt so peinlich auf und ist so erbarmungswürdig,« sagt der gute Quäker Wheeler, »als ihr zielloses und leeres Dasein.« Wohl sind Versuche gemacht worden, sie aus dieser Trägheit zu reißen, aber immer vergeblich. Vor einigen Jahren wurde die Baumwollkultur eingeführt, und wie sie schon alles Neue lieben, gingen sie eifrig ans Werk; aber das rasch erwachte Interesse schwand ebenso rasch wieder, und heute wird auch nicht ein Pfund Baumwolle auf den Inseln erzeugt. Webemaschinen wurden aus London geschickt und in Afreheitu auf Imio eine Fabrik errichtet. Das Sausen der Räder und Spindeln lockte Freiwillige von allen Seiten herbei, die es für eine Vergünstigung hielten, arbeiten zu dürfen; aber sechs Monate später fand sich auch nicht ein einziger, der für Lohn arbeiten wollte; die Maschinen mußten abmontiert und nach Sidney geschickt werden.

Genau so ging es mit dem Zuckerrohr, das auf der Insel heimisch ist und auf dem Boden und in dem Klima in solcher Qualität gedeiht, daß Bligh Setzlinge davon nach Westindien mitnahm. Die Eingeborenen liefen scharenweise in die Felder, sie schwärmten wie die Ameisen, und alles war in außerordentlicher Bewegung: die wenigen Pflanzungen, die heute noch übrig sind, gehören Weißen und werden von Weißen betrieben, die lieber einem versoffenen Matrosen achtzehn bis zwanzig spanische Dollar im Monat zahlen, als einen nüchternen Eingeborenen für seine »Portion Fisch und Rübe« in Dienst nehmen würden.

In Honolulu, der Hauptstadt der Sandwich-Inseln, sieht man schöne Wohnhäuser, mehrere Hotels, Barbierstuben, ja Billardsäle; aber alle gehören Weißen und werden von Weißen besucht. Es gibt Schneider, Schmiede und Zimmerleute; aber es ist kein Eingeborener darunter. Und so geht es natürlich nicht an, all dies als Beweis für die Kultur der Eingeborenen anzuführen.

Handwerk, Fabrikarbeit und Landwirtschaft, wie sie in europäischen Ländern betrieben werden, erfordern eine stetige Beschäftigung und Tätigkeit, die einem indolenten Volk wie den Polynesiern zuwider ist. Sie sind für den Naturzustand geschaffen, den das Klima erlaubt und begünstigt, und für jeden anderen ungeeignet, und sie können als Rasse nur im Naturzustand und in keinem anderen existieren. Im Jahr 1777 schätzte Cook die Bevölkerung von Taheiti auf etwa 200 000 Seelen. »Nach den ungeheuren Mengen, die sich überall zeigten,« sagte er, »kann diese Schätzung nicht zu hoch sein.« Bei einer Volkszählung, die vor vier oder fünf Jahren stattfand, waren es nur mehr neuntausend. In den offiziellen Veröffentlichungen der amerikanischen Forschungsexpedition sowie in den Schilderungen, die der Marinearzt D. Ruschenberger von seiner Reise um die Welt in den Jahren 1835 bis 1837 gab, wird die geradezu unglaubliche Entvölkerung auf den Sandwich-Inseln geschildert: im Bezirk von Rohelo in Hawai sank die Zahl innerhalb von vier Jahren von 8 679 auf 6 175 Seelen!

Dieser erstaunliche Rückgang zeigt nicht nur, wie furchtbar die Übel sein müssen, die ihn zur Folge haben; es ergibt sich daraus auch der unabweisliche Schluß, daß all die Kriege zwischen den Stämmen, die Sitte des Kindesmordes und die andern Ursachen, die in früheren Zeiten schädigend wirkten, im Vergleich dazu nichts sind. Jene verheerenden Übel sind lediglich europäischen Ursprungs. Abgesehen von den Folgen der Trunksucht, zeitweisen Blatternepidemien und anderen Ursachen, genügt es, auf die eine ansteckende Krankheit hinzuweisen, die heute das Blut von mindestens zwei Dritteln der niederen Bevölkerung der Insel vergiftet und von einem Geschlecht zum anderen vererbt wird. Mit Schauder und Schrecken sahen die Insulaner die ersten Verheerungen, die die gräßliche Seuche anrichtete. Der Name, den sie der Krankheit gaben, ist eine Verbindung von allem, was für den Kulturmenschen abscheuerregend und unnennbar ist. Entsetzt und zur Verzweiflung getrieben von ihren Leiden, trugen sie die Kranken vor die Missionare und schrien: »Lüge! Lüge! Ihr sprecht uns vom Heil, und sehet, wir sterben! Wir wollen kein anderes Heil, als in dieser Welt zu leben. Wo ist jemand durch eure Worte gerettet worden? Pomari ist tot, und wir alle sterben an euren verfluchten Krankheiten. Wann werdet ihr von uns ablassen?«

Heute hat die Furchtbarkeit der Krankheit in Einzelfällen etwas abgenommen, aber das Gift ist um so mehr verbreitet.

»Wie furchtbar, wie niederschmetternd ist es,« sagt der alte Quäker Wheeler, »zu denken, daß der Verkehr mit fernen Völkern über diese armen ahnungslosen Inselbewohner einen nie gekannten und unerhörten Fluch gebracht hat!«

Unleugbar sind also die Taheitier, was ihr zeitliches Wohl betrifft, heute schlimmer daran als früher, und obschon die Missionare ihnen auch Gutes gebracht haben, bedeuten diese Wohltaten doch wenig gegenüber dem Unheil, das auf anderen Wegen über sie gekommen ist.

Die Aussichten sind hoffnungslos. Alle Anstrengungen scheitern an dem geschichtlichen Gesetz, das sich bisher immer gleich geblieben ist. Ihr gegenwärtiger Zustand vereint die Verderbnis der Barbarei mit der der Zivilisation, und wie andere unkultivierte Völker werden auch sie an der Berührung mit den Europäern zugrunde gehen. Sie selbst erwarten trauernd ihr Schicksal. Vor einigen Jahren sagte Pomari II zu Tyreman und Bennet, den Abgesandten der Londoner Missionsgesellschaft: »Ihr seid zu einer sehr schlimmen Zeit gekommen. Eure Vorfahren kamen in der Zeit, da Taheiti noch bewohnt war; ihr sehet nur noch die Überbleibsel meines Volkes.«

Und es erfüllt sich die Prophezeiung Tiarmoas, des Hohepriesters von Peri, der vor mehr als einem Jahrhundert lebte. Oft habe ich alte Taheitier sie in leisem traurigen Ton singen hören:

»E herri te fau
e toro te farrero
e nau te tararta.«
»Der Palmbaum wird wachsen,
die Koralle sich breiten,
der Mensch wird schwinden.«

Sechsundvierzigstes Kapitel

Am Tag, ehe die »Julia« aussegelte, machte Dr. Johnson uns den letzten Besuch. Er war an diesem Tage nicht so freundlich wie sonst und er wollte auch nur die Unterschrift der Leute auf einem Papier als Bestätigung, daß sie von ihm die verschiedenen, darauf verzeichneten Medikamente erhalten hatten. Auf Grund dieses Zeugnisses, auf das Kapitän Guy noch sein Indosso setzen sollte, erhielt er seine Bezahlung. Aber er würde die Handzeichen der Schiffsleute nicht bekommen haben, wenn der Doktor oder ich da gewesen wären. Mein langer Freund empfand keine Liebe für Herrn Johnson; im Gegenteil, er haßte ihn von ganzem Herzen und aus guten Gründen. Man soll aber nur den hassen, der es verdient; wirklicher Haß ist gleichsam eine Anerkennung zur linken Hand. Ich fühlte nur eine kühle gleichgültige Verachtung für den geldgierigen Apotheker und widersprach unserm langen Gespenst, wenn er sich über ihn aufhielt und ihm die ausgefallensten Schimpfnamen gab. Wenn der Kollege anwesend war, stellte er sich freundlich, um die Streiche in Gang zu halten, die ihm gespielt wurden. Er bedauerte, daß Johnson zuletzt doch Geld aus der Sache herausgeschlagen hatte, und »ich möchte wissen,« sagte er, »ob er jetzt, da er keine Bezahlung mehr erwarten kann, uns noch einen Besuch machen würde?«

Es war ein ganz merkwürdiger Zufall, daß der Doktor keine fünf Minuten, nachdem er dies gesprochen hatte, in einem unerklärlichen Anfall hinstürzte. Kapitän Bob, der gerade zugegen war, schickte sogleich einen Jungen, dem er die größte Eile gebot, zu Dr. Johnson. Wir trugen den Kranken indessen in die Calabusa, und die Eingeborenen, die sich rasch ansammelten, schlugen die verschiedensten Behandlungen vor. Einer dieser Naturärzte riet, den Patienten an den Schultern festzuhalten, während ein anderer ihn kräftig an den Beinen ziehen sollte. Diese Methode, die für Krampfanfälle empfohlen wurde, nannten sie »Poteta«; aber da ich unseren Freund bereits für lang genug hielt, lehnte ich weiteres Strecken ab.

Jetzt sahen wir auch bereits den Arzt in großer Eile den Ginsterweg entlang kommen. Er bedachte gar nicht, wie unklug es ist, in den Tropen zu eilen, und schwitzte heftig. Er schien also doch wärmerer Empfindungen fähig zu sein; aber es zeigte sich, daß es nur berufliche Wißbegier war, einen in seiner polynesischen Praxis ganz ungewöhnlichen Fall zu beobachten. Die Schiffsleute, die, obwohl sonst zu Scherzen aufgelegt, unter Umständen darauf bestehen, daß alles streng anständig zugeht, verlangten, daß ich mich neben dem langen Gespenst hinsetzen und alle Fragen beantworten sollte.

»Was ist los?« rief Johnson, als er ganz atemlos in die Calabusa trat, »wie ist das geschehen? Schnell!«

Ich berichtete ihm, wie der Anfall gekommen war.

»Merkwürdig,« sagte er, »sehr merkwürdig. – Der Puls ist ganz gut.« Er ließ die Hand des Patienten los und legte ihm die seine aufs Herz. »Aber was bedeutet der Schaum am Mund? – Und mein Gott! Seht das Abdomen!«

Aus der so bezeichneten Gegend tönte ein leises rollendes Geräusch und unter der Baumwolljacke war eine Art Wellenbewegung bemerkbar.

»Vielleicht Kolik, Herr Doktor?« fragte einer der Umstehenden.

»Unsinn!« brüllte der Doktor. »Wer hat je von Bewußtlosigkeit bei Kolik gehört?« Der Patient lag gerade und steif auf dem Rücken und gab außer dem geschilderten kein Lebenszeichen von sich. »Ich werde um zur Ader lassen,« rief Johnson, »lauft, einer von euch, um eine Kalebasse!«

»Leben ahoi!« sang der Marinebob aus, als ob er ein Segel erspäht hätte.

»Was mag nur mit ihm sein?« rief der Arzt. Denn der Mund des Patienten war plötzlich völlig schief geworden und blieb so.

»Vielleicht Veitstanz«, meinte Bob.

»Halten Sie die Kalebasse!« und er hatte die Lanzette bereit. Aber ehe er den Doktor anstechen konnte, bekam dessen Gesicht wieder seinen natürlichen Ausdruck; ein tiefer Seufzer folgte; die Augenlider zuckten, öffneten sich, schlossen sich wieder, und das lange Gespenst rollte in Zuckungen zur Seite und begann hörbar zu atmen. Mit der Zeit erholte er sich hinreichend, um sprechen zu können. Aber Johnson versuchte vergeblich, irgend etwas Zusammenhängendes von ihm zu erfahren; schließlich zog er sich enttäuscht zurück. Bald nach seinem Fortgehen setzte unser Doktor sich auf, und als wir ihn fragten, was ihm fehle, schüttelte er nur geheimnisvoll den Kopf und klagte, wie bitter es sei, an einem Ort krank zu werden, an dem so gar keine Pflege zu haben wäre. Damit erregte er das Mitleid unseres guten alten Wärters, der sich erbot, ihn nach einem Hause zu schicken, in dem er besser versorgt werden würde. Das lange Gespenst war einverstanden und wurde sogleich auf den Schultern von vier Eingeborenen in feierlicher Prozession fortgetragen.

Ich fühle mich nicht berufen, den Ohnmachtsanfall zu erklären; aber seine Zustimmung zu diesem Wohnungswechsel führten wir lediglich auf den Wunsch und die Hoffnung zurück, im Hause irgendeines gutmütigen Eingeborenen regelmäßigere Mahlzeiten zu erhalten; und wir beneideten ihn bereits alle, als er am nächsten Morgen in sehr schlechter Laune wieder bei uns eintraf.

»Hol's der Henker!« sagte er, »es geht mir nur noch schlechter. Gebt mir was zum Frühstück!« Wir ließen unseren geringen Vorrat an Schiffsproviant von einem Träger herab und reichten ihm einen Zwieback. Er kaute daran und erzählte: »Die Kerle trabten mit mir in ein Tal und brachten mich in eine Hütte, in der ein altes Weib allein wohnte. Das wird die Pflegerin sein, dachte ich, und bat sie, ein Schwein zu schlachten und zu backen, denn ich fühlte, daß mein Appetit wiederkam. ›Eita! Eita – oi mettih – mettih nui‹, sagte sie. ›Nein, nein, dich zu krank.‹ ›Der Teufel soll dich mit deinem mettih holen!‹ sagte ich, ›ich will was zu essen!‹ Aber nichts bekam ich. Es wurde schon Nacht und ich mußte bleiben. Ich kroch in eine Ecke und versuchte zu schlafen, aber die alte Person muß die Bräune haben; sie nieste und pustete die ganze Nacht, bis ich zuletzt aufsprang und sie packen wollte; sie humpelte davon wie ein Kobold und ich sah sie nicht mehr. Als die Sonne aufging, machte ich mich auf den Heimweg, und da bin ich.«

Er verließ uns nicht wieder und bekam auch keinen Anfall mehr.

Siebenundvierzigstes Kapitel

Etwa drei Wochen nach der Abfahrt der »Julia« begann unsere Lage schwierig zu werden. Wir erhielten von keiner Seite regelmäßig Nahrung geliefert; Schiffe kamen jetzt seltener; und was noch schlimmer war, alle Eingeborenen bis auf den guten alten Kapitän Bob begannen unser müde zu werden. Das war auch kein Wunder; wir mußten von ihrer Freigebigkeit leben, und sie hatten selbst wenig genug. Außerdem hatten wir manchmal aus Not geräubert, Schweine abgefangen und im Wald gekocht, und die Eigentümer waren durchaus nicht erfreut darüber.

Wir beschlossen daher in corpore zum Konsul zu marschieren. Er hatte uns in diese Lage gebracht und er sollte uns nun verköstigen. Kapitän Bobs Leute erhoben ein wildes Geschrei und suchten uns zurückzuhalten; diese Ansammlung aller Streitkräfte zu einer gemeinsamen Expedition erschreckte sie. Aber wir versicherten, daß wir keinen Angriff auf den Ort vorhatten, und nach langem Palaver ließen sie uns ziehen.

Wir marschierten geradeswegs auf die Villa Pritchard zu, in der der Konsul wohnte. Es ist, wie ich schon erwähnte, ein geräumiges Haus mit einer weiten Veranda, Glasfenstern und was sonst zu einer zivilisierten Wohnung gehört. Auf der Wiese vor der Veranda stehen einzelne Palmen wie Schildwachen. Das Konsulat, ein eigenes kleines Gebäude, liegt innerhalb der gleichen Umzäunung wie Wiese und Haus. Es war geschlossen. Auf der Veranda der Villa sahen wir eine Dame damit beschäftigt, das Haupt eines älteren, fein aussehenden europäischen Herrn, der eine weiße Krawatte trug, zu stutzen; seitdem ich meine Heimat verlassen, hatte ich keine häusliche Szene dieser Art gesehen. Wir aber wollten mit Wilson sprechen, und die Schiffsleute schickten den Doktor hinein, um sich höflich nach seinem Befinden zu erkundigen.

Der Herr und die Dame auf der Veranda sahen ihn scharf an, als er sich näherte, aber gänzlich uneingeschüchtert, grüßte er ernst und höflich und fragte nach dem Konsul. Man sagte ihm, er sei zum Strand hinabgegangen. Wir richteten unsere Schritte gleichfalls dahin; auf dem Wege begegneten wir einem Eingeborenen, der uns sagte, Wilson wisse schon, daß wir kämen, und wolle uns ausweichen. Wir aber waren entschlossen, ihn zu treffen. Als wir durchs Dorf marschierten, sahen wir ihn plötzlich auf uns zukommen; er hatte wohl eingesehen, daß er uns nicht entgehen konnte. »Was wollt ihr von mir, ihr Schufte?« rief er uns zu. Auf diesen Gruß folgte eine entsprechende und keineswegs maßvolle Antwort. Die Eingeborenen begannen sich anzusammeln, auch verschiedene Europäer zeigten sich, und Wilson, dem es peinlich war, im Gespräch mit so unreputierlichen Bekannten getroffen zu werden, wurde unruhig und schritt rasch nach dem Konsulat; wir folgten; er drehte sich wütend um und hieß uns gehen: er wolle nichts mehr mit uns zu tun haben; dann sagte er Kapitän Bob schnell einige Worte auf Taheitisch und eilte fort, ohne anzuhalten, bis die rückwärtige Pforte der Pritchardschen Umzäunung sich hinter ihm geschlossen hatte.

Unser guter alter Wirt war sehr aufgeregt; er wackelte heftig in seinem gewaltigen Unterrock und beschwor uns, nach der Caiabusa zurückzukehren. Nach einigem Hin- und Herreden willigten wir ein.

Wir wußten nun, woran wir waren. Der Konsul hatte erkannt, daß die Anklagen, die er gegen uns vorgebracht hatte, unhaltbar waren, und da es ihm peinlich war, sie förmlich zurückzuziehen, so wollte er uns irgendwie loswerden, aber die Leute sollten nicht merken, daß er selbst unsere Flucht wünschte und uns dazu trieb. Eine andere Erklärung für sein Verhalten gab es nicht. Einige von uns hatten heroische Grundsätze: sie schworen, ihn nicht zu verlassen, es möge geschehen, was da wolle. Ich für meine Person war der Sache satt, und da keine Aussicht schien, auf einem Schiffe fortzukommen, suchte ich nach einem anderen Weg. Und ich verabredete mit dem langen Doktor einen Plan, den wir zunächst geheim hielten.

Ein paar Tage vorher hatte ich zwei junge Amerikaner kennengelernt, Zwillingsbrüder, die auf der Fannings-Insel, einem unbewohnten Fleck Erde, auf dem es aber die herrlichsten Früchte gibt, von einem Schiff desertiert waren. Dort waren sie lange geblieben, hatten sich dann auf den Gesellschaftsinseln umhergetrieben und kamen jetzt von Imio, der nächsten Insel, wo sie im Dienst zweier Fremden gearbeitet hatten, die dort eine Pflanzung besaßen. Diese hatten sie, wie sie sagten, beauftragt, ihnen von Papiti womöglich zwei weiße Feldarbeiter zu schicken. Nun gefiel uns das sehr, bis auf die Feldarbeit; zum Graben und Harken harten wir wenig Lust; aber die Gelegenheit, die Insel zu verlassen, wollten wir nicht unbenutzt lassen. Wir waren daher bereit, den beiden Pflanzern zu folgen, die innerhalb zweier Tage in ihrem Boot nach Papiti kommen sollten.

Als sie kamen, wurden wir ihnen als Peter und Paul vorgestellt, und machten ab, daß Peter und Paul monatlich fünfzehn Silberdollar erhalten sollten, und, falls sie sich dauernd zu bleiben, entschließen könnten, auch mehr; denn das war es, was die Pflanzer wollten. Da die Gefahr bestand, daß die Eingeborenen, die sich über unser Verhältnis zum Konsul nicht im klaren sein mochten, uns festhalten könnten, beschlossen wir in der folgenden Mitternacht abzufahren.

Erst in letzter Stunde teilten wir den anderen unsere Absicht mit; einige wurden böse und warfen uns vor, daß wir sie im Stich ließen; aber die anderen gaben uns recht und meinten, sie würden es bei der ersten Gelegenheit ebenso machen. Wir nahmen Abschied, und ich würde mit stiller Wehmut daran denken – da wir keinen der Leute jemals wiedersahen –, wäre nicht alles dadurch gestört worden, daß MGee bei der Abschiedsumarmung des Doktors Klappmesser aus seiner Tasche stahl.

Wir schlichen uns zum Strand hinab, wo das Boot im Schatten der Bäume wartete. Wir griffen an die Ruder und pullten, bis wir außerhalb des Riffs waren; dann setzten wir das Segel und glitten mit gutem Winde nach Imio hinüber. Es war eine angenehme Fahrt, der Mond schien, die Luft war warm, die Wogen rauschten wie Musik, und über uns war die Tropennacht, ein riesiges purpurnes Gewölbe mit milden zitternden Sternen.

Der Kanal zwischen beiden Inseln war etwa fünf Meilen breit. Auf der einen Seite sieht man die drei großen Gipfel von Taheiti hoch über Bergen und Tälern ragen; auf der anderen die Gebirge von Imio und über ihnen eine einsame grüne Spitze, die unsere neuen Gefährten das »Splißeisen« nannten.

Es waren ganz umgängliche Leute; sie waren auf See gewesen, was sogleich ein Band zwischen uns knüpfte. Zur weiteren Verbesserung der Beziehungen wurde eine Flasche Wein hervorgeholt, eine von mehreren, die sie vom Steward des französischen Admirals bekommen hatten. Sie hatten ihm bei einem früheren Besuch auf Papiti eine Gefälligkeit erwiesen, indem sie den liebebedürftigen Franzosen mit den Damen am Strand bekannt machten. Außerdem hatten sie eine Kalebasse mit Wildschweinbraten, gebackenen Yamswurzeln, Brotfrucht und Kartoffeln von Tombez;[14] auch Pfeifen und Tabak fehlten nicht, und während wir uns so gütlich taten, wurden zahlreiche Geschichten von den umliegenden Inseln erzählt.

Endlich schlug die Brandung am Riff von Imio an unser Ohr; wir glitten durch eine Öffnung in die Lagune, die glatt war wie eine Mädchenwange, landeten und zogen das Boot an den Strand.

Achtundvierzigstes Kapitel

Durch Palmenhaine gelangten wir zu einer Rodung, aus der wir Stimmen hörten, und sahen aus einem Bambushaus Licht schimmern. Das war die Wohnung der Pflanzer; in Ihrer Abwesenheit hielten mehrere Mädchen Haus, sowie ein alter Eingeborener, der in Tappa gehüllt, rauchend In einer Ecke lag. Schnell wurde ein Mahl bereitet; dann versuchten wir zu schlafen; aber eine unerwartete Plage hielt uns wach: Moskitos, die auf Taheiti unbekannt waren, tanzten In Schwärmen um uns.

Am. nächsten Morgen waren wir zeitig auf und schlenderten hinaus, um uns das Land anzusehen. Wir waren in dem Tal von Martehr, das eingeschlossen zwischen Bergen liegt. Da und dort war schroffer Fels, mit bunten Blumenbüschen bewachsen, oder die Blüten schaukelten an den von den Felsen hängenden Zweigen der Schlingpflanzen in der Luft. Das am Meer ziemlich breite Tal verengerte sich nach dem Innern der Insel und stieg zu grotesken Felsformationen empor, die Türmen und Zinnen glichen, und mit üppigem Grün und schaukelnden Palmen überwachsen war. Das ganze Tal war ein wilder Wald, durch den blitzende Bäche schossen und enge Pfade unter Laubwölbung durchs Dickicht führten. In dieser Wildnis stand einsam die Wohnung der Pflanzer; ihre einzigen Nachbarn, einige wenige Fischer mit ihren Familien wohnten in einem kleinen Kokoshain, an dessen Wurzeln die See spülte. Die Pflanzung war etwa dreißig Morgen groß; sie war völlig eben und zum Teil angebaut; zum Schutz gegen die wilden Rinder und Schweine war sie mit einem starken Palisadenzaun aus festgerammten Stämmen und Zweigen eingehegt.

Sie zogen bis dahin hauptsächlich Süßkartoffeln von Tombez, die auf den Schiffen, die in Papiti einlaufen., stets verkäuflich waren; kleinere Flächen waren mit indischen Rüben oder mit Yam bepflanzt, in einer Ecke wuchs ganz anständiges Zuckerrohr, das bereits reifte. Das Haus war neu erbaut, aus Bambus, im Stil der Eingeborenen. Die Einrichtung bestand aus ein paar Schiffskoffern, einer alten Kiste, Kochgeräten und landwirtschaftlichen. Werkzeugen. An einem Träger hingen drei Vogelflinten, und in den entgegengesetzten Ecken des Hauses je eine riesige Hängematte aus getrockneten, an Stangen ausgespannten Stierhäuten.

Rings um die Pflanzung lag dichter Wald; ganz nahe am Hause hatten sie eine verkrüppelte Ava, eine Art Banyanenbaum, absichtlich stehen lassen, so daß er sich, seltsam gestaltet, über die Palisade zwängte und auf der Innenseite angenehmen Schatten spendete. Die Zweige dieses merkwürdigen Baumes breiteten sich so aus, daß die Eingeborenen oft darauf hockten, wie auf Vogelstangen und stundenlang, rauchend und schwatzend, im Baum saßen.

Wir erhielten ein gutes Frühstück, das aus Fisch, Pudding von indischen Rüben, gebackenen Bananen und gebratener Brotfrucht bestand. Die Fische hatten die Eingeborenen vor Sonnenaufgang am Riff gespeert. Bei der Mahlzeit zeigten unsere neuen Bekannten sich freundlich und mitteilsam. Wie fast alle ungebildeten Ausländer, die sich in Polynesien niederlassen, waren auch sie offenbar vor einiger Zeit von einem Schiff desertiert, und da sie gehört hatten, daß man am Schiffsvorrat für die Walfischjäger gut verdienen konnte, hatten sie es damit zu versuchen beschlossen. Auf ihrer Wanderung waren sie nach Martehr gekommen, fanden den Boden dort gut und gingen an die Arbeit. Zunächst suchten sie den Eigentümer des Landes auf und machten ihn zu ihrem »Tejo«. Dies war Tonoi, der Häuptling der Fischer am Strand, der eines Tages, von Branntwein begeistert, den armseligen Tappaschurz von seinen Lenden riß und mich wissen ließ, daß er Pomari blutsverwandt war, während seine Mutter von dem erlauchten Stamm der Hohepriester war, die in alten Tagen mit ihrem Bambuskrummstab über die Heiden von Imio geherrscht hatten. Also ein königliches und zugleich hochehrwürdiges Geschlecht. Leider war der dunkelhäutige Edle zurzeit recht herabgekommen und daher gerne bereit, ein paar nutzlose Morgen Landes zu verkaufen. Als Gegenwert empfing er von den Fremden zwei oder drei rheumatische alte Gewehre, mehrere rote Wollhemden und die Zusage einer Versorgung für seine alten Tage. Er sollte auf ihrer Pflanzung ein Heim finden. Er hätte am liebsten auf dem behaglichen Fuß eines Schwiegervaters mit ihnen gelebt und bot ihnen seine zwei Töchter zu Frauen an; dies wurde jedoch höflich abgelehnt; denn die Abenteurer waren zwar zu einer Liebschaft bereit, wollten sich aber nicht in ehelichen Schlingen fangen lassen, wie glanzvoll die Familienverbindung auch sein mochte.

Tonois Leute, die Fischer im Hain, waren eine traurige Gesellschaft. Die Missionare kamen nicht viel in diesen Winkel, und so lebten sie in Faulheit und Sünde dabin. Wenn man am Morgen zwischen den Bäumen umherwanderte, sah man sie im Schatten eines auf den Strand gezogenen Kanus schlummern, oder rauchend auf einem Baumzweig liegen und noch öfter mit Kieseln spielen, obschon schwer zu sagen gewesen wäre, um was sie spielten, wenn es nicht etwa ein wenig Tabak war. Sie hatten auch anderen müßigen Zeitvertreib, dem sie sich mit Genuß hingaben. Auf die Fischerei verwandten sie den geringsten Teil ihrer Zeit; so lebten sie arm, vergnügt und gottlos. Tonoi, der alte Sünder, verschwendete jeden Vormittag beim Spiel. Er lehnte an einem Baumstamm, und ein anderer alter grauhaariger Eingeborener gewann ihm jede Schnitte Tabak ab, die er von den Pflanzern erhielt. Gegen Abend wanderte er wieder nach ihrem Hause, wo er, rauchend oder schlummernd, bis zum anderen Morgen blieb und zuzeiten über das traurige Geschick seines Hauses schwatzte. Dabei war er, wie so mancher alte Schwätzer, im Grunde glücklich und zufrieden, wenn er nur Quartier und Essen hatte.

Im ganzen war Martehr der stillste Fleck Erde, den man sich denken konnte, und ohne die Moskitos wäre der August dort wirklich angenehm gewesen.

Neunundvierzigstes Kapitel

Beide Pflanzer waren brave Kerle, aber sonst einander so unähnlich wie nur möglich. Der eine war ein langer kräftiger Yankee, in den Hinterwäldern von Maine geboren, mit einem langen blassen Gesicht; der andere ein kurzgewachsenes Londoner Kind, das mitten in der Riesenstadt das Licht der Welt erblickt hatte. Zeke, der Yankee, hatte eine Stimme wie eine zerbrochene Geige; der Kleine, wie sein Kamerad ihn nannte, sprach unverfälschten Londoner Dialekt. Wenn auch klein, war er ein ganz hübscher Junge von fünfundzwanzig Jahren; er hatte die roten Wangen des Angelsachsen, noch röter gebrannt von seinem Wanderleben, offene blaue Augen; blonde Locken hingen ihm über die wohlgebaute Stirn.

Zeke hingegen war keine Schönheit; er war stark, häßlich und ein tüchtiger Arbeiter. Im Vergleich zu dem kleinen Engländer war er ernst und schweigsam, hatte aber Humor; sonst war er offen und gutherzig, dabei schlau und entschlossen und wie der Kleine völlig ungebildet.

Beide kamen sehr gut miteinander aus; aber Zeke hatte die Oberhand. Er hatte dem Kleinen seinen Willen zu unbeugsamer Tätigkeit und seine Hoffnung, durch die Pflanzung ein Vermögen zu erwerben, eingeimpft. Dies tat uns leid; denn das Beispiel harter Arbeit, das sie uns gaben, war uns keineswegs erfreulich; aber zur Reue war es zu spät. Am ersten Tage brauchten wir glücklicherweise nichts zu tun; da sie uns bisher als Gäste behandelt hatten, hielten sie es offenbar nicht für taktvoll, zu schnell Ernst zu machen. Aber am zweiten Tag ging es an die Arbeit.

»Na, Jungs,« sagte Zeke nach dem Frühstück, und blies die Asche aus seiner Pfeife, »jetzt müssen wir uns dranhalten. Kleiner, gib Peter da« – das war der Doktor – »die große Harke, und Paul die andere, und gehen wir.« Der Kleine holte drei Werkzeuge aus dem Winkel, verteilte sie unparteiisch und folgte seinem Kompagnon, der voranging. Einen Augenblick allein gelassen, sahen wir uns vernichtet an. Jeder von uns hielt einen dicken Holzstamm in der Hand, an dessen Ende ein schweres flaches Eisen angebracht war. Das Eisen kam von Sydney, der Stiel war Heimarbeit. Die Harken, von denen wir gehört oder die wir gesehen hatten, waren harmloses Spielzeug im Vergleich zu diesen riesigen Apparaten.

»Was soll damit geschehen?« fragte ich.

»Irgendwie wird man sie wohl in Bewegung setzen müssen,« erwiderte Peter; »Paul, wir sind schlimm hereingefallen. Aber sie rufen uns, komm!« Wir schulterten die Harken, und gingen. Auf der anderen Seite der Pflanzung war der Grund zwar zum Teil gerodet, aber noch nicht umgebrochen, und daran wollten sie jetzt gehen. Ich fragte schüchtern, ob es nicht besser wäre, einen Pflug zu verwenden; einige der wilden Stiere könnten ja eingefangen und zum Ziehen abgerichtet werden. Zeke erwiderte, daß, soviel er wüßte, noch niemals in Polynesien Rinder dazu verwendet worden wären, auch sei der Boden von Martehr so mit Wurzeln durchsetzt und verfilzt, daß man keinen Pflug gebrauchen konnte. Nur die schweren Sydneyer Harken waren für diesen Boden das Richtige. Ich versuchte nun den Yankee in ein freundliches Gespräch über die Landwirtschaft auf jungfräulichem Boden im allgemeinen und im Tal von Martehr im besonderen zu verwickeln; das lange Gespenst nahm sogleich verstandnisvoll Teil; aber das landwirtschaftliche Interesse des Yankee beschränkte sich auf das Stück Land vor uns, und seine Rede auf die Anweisung, wie wir es zu machen hätten. Darauf begann er sogleich selbst, und der Kleine, der bis dahin zugesehen hatte, folgte seinem Beispiel.

Wo vorher ein Dickicht gewesen war, ragten jetzt die dicht am Boden abgeschnittenen Äste aus der Erde; sie ragten nur um soviel hervor, daß man sie fassen und herausreißen konnte. Zunächst wurde der harte Boden gelockert und aufgeschlagen, dann begann der Yankee an einer der Wurzeln zu zerren. »So helft doch!« rief er, und wir zogen alle vier. Aber das zähe Ding widerstand.

»Verdammt!« rief Zeke, »wir müssen ein Seil nehmen; – lauf mal nach dem Haus, Kleiner, und hole eins.«

Das Seil wurde an der Wurzel befestigt; wir schritten reichlich aus und begannen anzuziehen.

»Sing mal dazu, Kleiner!« sagte der Doktor, der trotz der kurzen Bekanntschaft intim wurde. Bei schweren Arbeiten auf See wirkt ein Lied dazu immer befeuernd und erleichternd. Der Kleine begann auch sogleich »Warst du je in Dumbarton?«, einen außerordentlich anregenden, aber etwas unanständigen Chor, der am Gangspill gesungen wird. Der Yankee aber dämpfte seinen Enthusiasmus, indem er ärgerlich ausrief: »Zum Teufel noch mal, laß das Singen! Sei still und zieh ordentlich an!«

Dies taten wir denn auch in peinlichem Schweigen, bis mit einem Ruck, daß uns allen die Ellbogen summten, die Wurzel herauskam und wir sämtlich am Boden lagen. Der Doktor blieb auch gleich liegen, und in der Meinung, daß man ihm nach solcher Leistung weitere Arbeit ersparen würde, nahm er seinen Hut und begann sich zu fächeln.

»Schwerer Fall, das, Peter«, bemerkte der Yankee und begab sich zu ihm. »Aber es hilft ihnen nichts; alle müssen raus, – oder der Teufel soll mich holen. Hurra! Los!«

»Gott sei uns gnädig!« sagte der Doktor, indem er langsam aufstand und sich umsah, »der Mann ist mein Tod!«

Wir griffen wieder zu den Harken und arbeiteten einzeln oder zusammen, je nachdem es nötig war, bis die Mittagszeit kam. Diese Zeit umfaßte etwa drei Stunden, in denen es in diesem abgeschlossenen Tal – da es sich nach der Leeseite öffnete, so daß der Passatwind keinen Zugang fand – so heiß wurde, daß an Arbeit in der Sonne nicht zu denken war. Wie der Kleine sagte, »es war so heiß, daß einem bronzenen Affen die Nase abschmelzen konnte.« Wir kehrten daher ins Haus zurück und der Kleine kochte mit Tonois Hilfe das Mittagessen. Nachdem alle gegessen hatten, legten Zeke und der Londoner sich in die eine Hängematte und boten uns die andere an. Dies schien nicht schlecht, und nach einigen Scharmützeln mit den Moskitos schlummerten wir ein. Die Pflanzer schnarchten bereits; Tonoi schlief auf einer Matte in der Ecke.

Zeke weckte uns. »Auf, Jungens!« rief er, »es ist Zeit, sich dranzuhalten!«

Ich sah den Doktor an und erkannte sofort, daß er einen Entschluß gefaßt hatte. Mit matter Stimme sagte er Zeke, daß er sich nicht wohl fühle, daß er die ganze letzte Zeit nicht wohl gewesen sei, daß aber ein wenig Ruhe ihn bald wiederherstellen würde. Der Amerikaner, der fürchtete, daß er durch zu große Strenge im Anfang ganz um unsere kostbare Mitarbeit kommen könnte, bat uns beide sogleich, nur an uns zu denken und uns durchaus nicht anzustrengen, wenn wir keine Lust hätten. Die Krankheitserklärung meines Freundes ließ er unbeachtet und meinte nur, wenn er so »müde« wäre, täte er besser, in der Hängematte zu bleiben; ich aber könnte ihn auf einer Rinderjagd in den Bergen begleiten. Dazu war ich gerne bereit, und der Doktor, der ein großer Jagdfreund war, machte ein langes Gesicht. Musketen und Munition wurden herabgeholt und, als alles bereit war, rief Zeke: »Tonoi, komm! erameh! (steh auf); wir brauchen dich als Führer. Kleiner, sieh nach allem, und wenn du Lust hast: die Wurzeln im Feld sind dort!«

Ich weiß nicht, ob der Kleine mit dieser Einteilung sehr zufrieden war; aber Zeke hing das Pulverhorn um und wir zogen ab. Tonoi wurde vorausgeschickt und schlug einen Pfad ein, der nach den Bergen führte.

Wir eilten eine kurze Zeit durchs Dickicht, dann kamen wir im Schatten der Hügel zu einer Lichtung, und Zeke wies auf einen überhangenden Felsen, auf dem ein. Stier, den gehörnten Kopf zurückgelegt, regungslos wie eine Statue stand.

Fünfzigstes Kapitel

Vor etwa fünfzig Jahren hatte Vancouver mehrere Rinder, Schafe und Ziegen an verschiedenen Stellen der Gesellschaftsinseln zurückgelassen und die Eingeborenen belehrt, daß sie auf die Tiere sorglich achten und vor allem keines schlachten sollten, ehe sie zu einer ansehnlichen Herde geworden wären.

Die Schafe müssen ausgestorben sein, denn ich habe keine Wollflocke in Polynesien gesehen. Was die Ziegen angeht, so traf man hier und da einen schwarzen menschenfeindlichen Bock, der das spärliche Gras auf unzugänglichen Höhen abweidete und es den süßen Gräsern der Täler vorzuziehen schien. Die Ziegen sind nicht zahlreich. Dagegen haben die Rinder sich stark vermehrt; es ist eine kräftige Rasse, die man besonders auf Imio findet; in Taheiti sah man sie weniger. Auf Imio muß das erste Paar sich ins Innere der Insel verlaufen haben; seine verwilderten Nachkommen finden sich dort in großen Mengen. Die Herden sind Eigentum, der Königin Pomari; die Pflanzer hatten die Erlaubnis erhalten, für ihren Privatgebrauch so viele davon abzuschießen, als sie wollten.

Die Eingeborenen haben große Angst vor den Rindern und wagen sich daher ungern ins Innere; sie segeln lieber rund um die Insel, als daß sie quer hindurch gehen, um ein Dorf an der anderen Seite zu erreichen. Tonoi wußte wundersame Geschichten von ihnen zu erzählen. So berichtete er, daß er einmal mit seinem Bruder übers Gebirg gewandert war, als ein großer Stier brüllend aus dem Walde kam, und beide die Flucht ergriffen. Er war auf einen Baum geklettert, sein Bruder wurde vom Stier eingeholt, niedergetreten, auf die Hörner gespießt, in die Luft geschleudert und wieder aufgefangen; zuletzt lief der Stier mit ihm davon. Tonoi wartete mehr tot als lebendig auf seinem Baum, bis alles vorbei war. Irgendwie gelangte er nach Hause. Am anderen Tage zogen die Nachbarn, mit zwei oder drei Flinten bewaffnet, aus, um die Reste des unglücklichen Bruders zu finden. Sie fanden sie nicht; aber Tonoi sah am anderen Morgen einen Stier über den Bergeskamm schreiten, der eine dunkle Last auf den Hörnern trug.

Auch auf Hawai setzte Vancouver seine Rinder aus. Hawai hat mehr als hundert Meilen im Umfang und eine Fläche von über viertausend Quadratmeilen. Bis vor wenigen Jahren war das Innere fast unbekannt. Die Eingeborenen, wagten aus abergläubischen Gründen nicht, es zu durchforschen: Pili, die schreckliche Göttin der Vulkane Mount Roa und Mount Kia, hütete die Pässe, die nach den Tälern an ihrem Fuß führten. Die Sage erzählt, daß sie jene, die sich gott los hineinwagten, mit Feuerströmen verfolgte. Bei Heilo zeigte man eine glänzende schwarze Klippe, über die ein spiegelnder Strom, nach solch einem übernatürlichen Ausbruch erstarrt, sich ins Meer zu ergießen scheint. Vancouvers Rinder wanderten nach diesen üppigen Tälern und, lange Jahre unbelästigt, vermehrten sie sich zu gewaltigen Herden. Vor etwa zwölf oder fünfzehn Jahren lernten die Eingeborenen den Wert des Leders kennen; darauf ließen sie von ihrem Aberglauben und begannen die Tiere zu jagen. Furchtsam und unerfahren, hatten sie wenig Erfolg. Erst als ein paar spanische Jäger eintrafen, die ihr Handwerk in Kalifornien gelernt hatten, begann die Schlächterei. Die Spanier sahen prächtig aus, in weiten, mit Stachelschweinnadeln durchwirkten Hosen, klingenden Sporen und bunten Manteldecken. Auf wohlzugerittenen Indianerpferden verfolgten sie die Beute bis an den Fuß der Feuerberge; die Einsamkeit hallte von ihren wilden Rufen wider, und vor der Nase der bösen Göttin Pili schleuderten sie ihre Lassos. Das Dorf Heilo an der Küste war ihr Sammelplatz, und weiße Abenteurer von allen Inseln strömten dort zusammen. Es waren zumeist versoffene Kerle, die von den Spaniern die Jagd lernten, leichtsinnig losritten und, da sie keinen festen Sitz hatten, von den Stieren aus dem Sattel gezerrt und zertrampelt wurden.

Das war im Jahre 1835, als der jetzige König Tammahamaha III. noch ein Junge war. Mit königlicher Frechheit beanspruchte er das alleinige Eigentum an dem ganzen Viehstand, zog vergnügt jeden zweiten Silberdollar, der für die Häute bezahlt wurde, ein, und so wurden die Rinder nahezu ausgerottet. Achtzehntausend Stück wurden auf Hawai in drei Jahren zur Strecke gebracht. Als die Herden nahezu vernichtet waren, legte der schlaue junge Fürst ein strenges

Tabu auf die überlebenden Tiere, das zehn Jahre gelten sollte. Innerhalb dieser Zeit, die noch nicht vorüber ist, darf niemand ohne besondere königliche Erlaubnis jagen.

Das Gemetzel erstreckte sich auch auf die unglücklichen Ziegen. In einem Jahre wurden dreitausend Häute an die Händler von Honolulu verkauft, für einen Quartillo, einen Schilling, das Stück.

Einundfünfzigstes Kapitel

Am Fuß des Berges führte ein stiller Pfad zwischen Felsen und Schründen aufwärts. Da und dort sah man in schwindelnde Tiefen. Wir gelangten schließlich auf einen überhängenden bewaldeten Absatz, an dem der beschattete Pfad wie eine Galerie entlanglief. Die Landschaft war wundervoll. Das Laub im Tal erzitterte in dem leise rauschenden Wind; in der Ferne lag blau und still das Meer, und landeinwärts erhob sich Kamm auf Kamm und türmte sich ein Gipfel über dem anderen auf, alle in den Dunstschleier der Tropen getaucht und nur wie in einem Traum zu sehen. Meilenfern lagen stille Täler im tiefen Schatten der Berge; Wasserfälle erhoben ihre Stimme in der Einsamkeit, und hoch über allen ragte in der Mitte das »Splißeisen« wie mit drohendem Finger. An den Bergabhängen sahen wir Rinder in kleinen Rudeln, die ruhig weideten oder langsam talwärts zogen.

Wir suchten einen Abhang zu gewinnen, an dem die nächsten Rinder sich befanden und der etwa ein oder zwei Meilen vor uns lag. Sorgsam hielten wir uns windwärts von den Tieren, denn ihr Geruch und Gehör sind, wie bei allen wilden Geschöpfen außerordentlich scharf; und da wir im Dickicht unversehens auch auf anderes Wild stoßen konnten, krochen wir vorsichtig weiter. Die wilden Schweine der Insel sind sehr bösartig, und da sie oft die Eingeborenen angreifen, folgte ich unwillkürlich Tonois Beispiel und warf von Zeit zu Zeit spähende Blicke unter das Laubwerk, sah auch häufig zurück, um sicher zu sein, daß uns der Rückzug nicht abgeschnitten wurde.

Wir umgingen gerade ein dichtes Gebüsch, als wir das Krachen trockener Zweige dahinter vernahmen. Schon hatte Tonoi einen Zweig gefaßt, bereit, sich emporzuschwingen, während Zeke den Finger am Drücker seines Gewehres hatte. Noch einmal hörten wir das gleiche Geräusch, und ich hob das Gewehr. »Aufgepaßt!« rief der Yankee, ließ sich auf ein Knie nieder und bog die Zweige zur Seite. Sein Gewehr krachte, und wild schnaubend schoß ein schwarzer Eber mit gesträubten Borsten, die kirschroten Lippen mit zwei glänzenden Hauern bewehrt, über den Weg und brach krachend durch das Dickicht auf der anderen Seite. Ich schickte ihm gleichfalls eine Kugel nach, der er keine Beachtung schenkte.

Inzwischen befand sich Tonoi, der erlauchte Nachkomme der Hohepriester von Imio, bereits zwanzig Fuß über dem Boden. »Erameh! Komm herunter, du alter Narr!« rief der Yankee, »das vertrackte Vieh ist ja schon auf der anderen Seite der Insel!«

»Ich glaube,« fuhr er fort, während wir beide frisch luden, »wir werden uns mit dem Feuern auf das verteufelte Schwein die ganze Jagd verdorben haben. Die Bullochsen drüben haben den Knall gehört und schmeißen ihren Schwanz in die Höhe und rennen. Schnell, Paul, wir wollen auf den Felsen dort klettern und schauen, ob was zu sehen ist.«

Aber nichts war zu sehen, außer daß die Rinder klein wie die Ameisen schienen. Da es Abend wurde, schlug Zeke vor, heimzukehren, um nach einer erfrischenden Nachtruhe am anderen Morgen mit der gesamten Macht zu einer tüchtigen Jagd für den ganzen Tag aufzubrechen.

Wir stiegen auf einem anderen Weg abwärts und kamen durch einen wundervollen Wald. Besonders eine Baumart fiel mir auf. Der dunkle moosbewachsene Stamm war über siebzig Fuß hoch; aber erst in einer Höhe von mehreren Fuß über dem Boden sandte er mächtige Äste mit glänzenden tiefgrünen Blättern aus. Weiter unten ragten rund um den Stamm nach allen Richtungen dünne, flache, pfeilerartige Rindenauswüchse, die völlig glatt um mindestens zwei Ellen vorsprangen. Nach oben verdünnten sich diese natürlichen Stützen, bis sie allmählich in den Stamm verliefen. Man konnte merken, daß die wilden Tiere hinter ihnen Schutz gesucht hatten. Zeke nannte den Baum den Kanubaum, da er in alten Zeiten das Holz für die Kriegsflotte der Könige von Taheiti lieferte. Es wird noch jetzt für Kanus gebraucht, denn es ist äußerst fest, so daß die Würmer es nicht angreifen können, und daher sehr dauerhaft.

Als wir etwa auf halbem Wege den Berg hinab aus dem Walde kamen, gelangten wir zu einer Lichtung, die mit Gras und Farnkräutern bewachsen war, und über die einige wenige einsame Bäume in der sinkenden Sonne lange Schatten warfen. Eine Fläche von etwa hundert Quadratfuß war von einer verfallenen Steinmauer umgeben; im Innern wuchsen Sträucher und

Unkraut. Tonoi sagte, es sei ein sehr alter, fast vergessener Begräbnisplatz, auf dem niemand mehr beigesetzt worden war, seitdem die Eingeborenen das Christentum angenommen hatten. In trockenen tiefen Gewölben verschlossen lagen viele tote Heiden. Gern hätte ich die Worte des Alten nachgeprüft und einen Blick in die Katakomben getan, aber sie waren so dicht überwachsen, daß keine Öffnung zu entdecken war.

Ehe wir den Talboden erreichten, kamen wir an einem lang verlassenen Dorf vorbei, das an einem Wasserlauf lag. Nichts war übrig als Steinmauern und steinerner Untergrund, auf dem einst Häuser gestanden; mächtige Bäume und dichtes Gesträuch wuchs wild dazwischen. Ich fragte Tonoi, seit wann hier niemand mehr wohnte. »Mich tammarih (Junge) – viele Kannaka Martehr,« erwiderte er, »jetzt nur arme pehi kannaka (Fischer) übrig – mich geboren hier.«

Die Vegetation im Tal war von der im Hochland sehr verschieden. Der prächtigste Baum in den ebenen Teilen der Insel ist der »Eti«, groß und breit, mit mächtigem Stamm und breiten, lorbeerartigen Blättern. Er hat ein herrliches Holz. In Taheiti hatte man mir ein schmales poliertes Stück gezeigt, aus dem man ein Schränkchen für einen König hätte machen können. Es war aus dem innersten Kernholz ausgesägt, tief scharlachrot, von gelben Adern durchzogen, an manchen Stellen haselnußfarben gewölkt. In demselben Hain wächst neben dem königlichen Eti der wundervoll blühende »Hotu«, eine Pyramide von glänzenden Blättern, die mit zahllosen kleinen, weißen Blüten abwechseln. Aber von all den Bäumen des Tals hatten nur wenige für die Eingeborenen Nutzen; nicht einer von hundert war ein Kokosnuß- oder Brotfruchtbaum. Auch das erklärte mir Tonoi: in den blutigen Religionskämpfen, die auf die Bekehrung des ersten Pomari folgten, hatte Kriegsvolk aus Taheiti ganze Wälder der unschätzbaren Bäume vernichtet, indem sie Gürtelstreifen aus der Rinde schnitten: nach kurzer Zeit standen die Bäume abgestorben und laublos in der Sonne, traurige Denkmale des Schicksals, das die Eingeborenen des Tales traf.

Vierundfünfzigstes Kapitel

Zwei Rinder und ein Eber! Das war keine schlechte Beute an einem Tage! Bei Fackellicht marschierten wir in die Pflanzung ein; das wilde Schwein schaukelte an der Stange, der Doktor sang mit seiner prachtvollen Stimme ein altes Jagdlied, dessen Refrain die wilden Rufe der Eingeborenen übertönte.

Wir zündeten nun außerhalb des Hauses ein großes Feuer an; ein Kuhviertel wurde an einem Zweig des Bananenbaumes aufgehängt, und jeder konnte sich davon abschneiden und backen, was er wollte. Körbe mit gebratener Brotfrucht, Teropudding, Bananenbüschel und junge Kokosnüsse waren von den Eingeborenen bereitgelegt worden. Das Feuer flammte hell, es hielt die Moskitos ab, und der rote Schein fiel auf die Gesichter, die zu glühen schienen. Das Fleisch hatte vollkommenen Wildgeschmack; unser gewaltiger Appetit tat das seine hinzu; ein paar Flaschen weißen Branntweins, die Zeke aus seinem Geheimvorrat holte, machten die Runde. Das Temperament des langen Doktors war unerschöpflich. Nachdem er seine Geschichten erzählt und seine Lieder gesungen hatte, sprang er auf, faßte eine der jungen Damen aus dem Hain um die Hüfte und walzte mit ihr über die Wiesen. Ich würde nicht fertig, wenn ich all seine Streiche und Einfälle in dieser Nacht erzählen wollte. Die Eingeborenen, die nichts lieber haben als lustige Leute, erklärten ihn für »mehteh«, »herrlich«. Es war lange nach Mitternacht, als wir aufbrachen; aber als die anderen sich zur Ruhe begaben, ging Zeke mit der Wirtschaftlichkeit des Yankees erst ans Einsalzen des übrigen Fleisches.

Der folgende Tag war ein Sonntag, und auf meine Bitte begleitete mich der Kleine nach Afreheitu, einer benachbarten Bucht, die Papiti gegenüberlag und Sitz einer Mission war. Dort war auch eine große Kirche und ein Schulhaus, beide ganz verfallen; zwischen Büschen auf einem schönen Hügel stand ein geschmackvolles Landhaus, von dem man die Aussicht über die Wasserstraße hat. Beim Vorübergehen konnte ich gerade noch ein nettes Kattunkleid sehen, das eben mit anmutiger Bewegung durch eine Türe vom Vorplatz verschwand. Dort wohnte der Missionar. Am Ufer tanzte ein schmuckes kleines Segelboot an seiner Vertäuung. In dem tiefer gelegenen Land in der Nachbarschaft zerstreut, lagen mehrere Eingeborenenhütten, die immer noch unsauber genug, aber doch weit besser als die meisten in Taheiti aussahen.

Wir gingen zum Gottesdienst in die Kirche; die Gemeinde war klein, und ich konnte nichts besonders Interessantes beobachten. Immerhin fiel mir auf, daß die Zuhörer merkwürdig unruhig schienen. Die Erklärung war, daß der Prediger das achte Gebot zu seinem Text gewählt hatte.

Ein Engländer hatte in dem Bezirk eine Pflanzung, in der er wie unsere beiden Freunde Tombez-Kartoffeln für den Markt in Papiti zog. Trotz all seinen Vorsichtsmaßregeln machten die Eingeborenen nächtliche Streifzüge auf sein umzäuntes Gebiet und stahlen die Kartoffeln. Einmal feuerte er eine mit Pfeffer und Salz geladene Vogelflinte auf mehrere Schatten ab, die sich auf seinem Grunde bewegten und sogleich flohen. Aber es schien, daß diese Würze ihr Vergnügen nur erhöht hatte; schon in der nächsten Nacht erwischte er eine Bande, die einen Korb voll Kartoffeln unter seinem eigenen Küchendach rostete. Schließlich führte er Klage beim Missionar, der zum Besten der Gemeinde die Predigt hielt, die wir eben angehört hatten.

In Martehr gab es keine Diebe. Allerdings wurden die Leute für ihre Ehrlichkeit bezahlt. Zwischen ihnen und den Pflanzern bestanden geschäftliche Abmachungen: sie erhielten ein bestimmtes Maß Süßkartoffeln auf die Hand; dafür durften sie nicht räubern. Daß ihr Häuptling Tonoi in der Pflanzung wohnte, gewährte weitere Sicherheit.

Als wir nachmittags nach Martehr zurückkamen, machten der Doktor und Zeke sichs gerade bequem. Der Hausherr lag pfeiferauchend auf dem Boden und sah dem Doktor zu, der nach türkischer Art vor einem mächtigen eisernen Kessel sitzend, Kartoffeln und indische Rüben schnitt, dann wieder einen Knochen zerkleinerte und all dies der Reihe nach in den Topf warf, in dem er eine Ochsenbrühe bereitete. Er war in allen gastronomischen Dingen ein Künstler und verbrachte den ganzen Tag mit »experimentellem Kochen«, wie er es nannte. Er schmorte, briet am Rost, würzte Fleischschnitten und unterwarf sie allen möglichen Behandlungen über verschiedenem Feuer. Es war übrigens das erste frische Rindfleisch gewesen, das wir seit mehr als einem Jahr gekostet hatten.

»Es wird bald besser mit ihm gehen,« sagte Zeke, als es Nacht wurde und das lange Gespenst eben ein mächtiges Rippenstück über den Kohlen wendete, »was glaubst du, Paul?«

»Er wird es schon machen,« erwiderte ich, »seine Wangen müssen nur Farbe kriegen.« Es war mir sehr recht, daß der Glaube an die Krankheit des Doktors so rasch dahinschwand; denn er hatte sich daraufhin ein angenehmes Dasein auf der Pflanzung versprochen, und zweifellos auf meine Kosten.

Dreiundfünfzigstes Kapitel

Schön kam über den Bergen von Martehr der fröhliche Morgen unseres zweiten Jagdtages herauf. Über Nacht war alles vorbereitet worden; als wir ins Haus kamen, hatte der Kleine ein gutes Frühstück gemacht; der alte Tonoi war geschäftig wie ein Herbergswirt. Mehrere seiner Leute standen bereit, uns mit Kalebassen, die Proviant enthielten, zu begleiten, und falls die Jagd erfolgreich sein sollte, die Beute heimzuschleppen.

Der Doktor, der am Abend zuvor von unserer Absicht gehört, hatte sich sofort bereit erklärt mitzugehen. Spätere Ereignisse ließen uns in dieser Expedition einen schlauen Gedanken des Yankee sehen; wenn er uns jetzt auf einen Vergnügungsausflug mitnahm, wie konnten wir nachher die Arbeit verweigern? Wir waren ihm noch Dank für den freien Tag schuldig. Überdies versicherte er, daß, ob wir arbeiteten oder nicht, unser Lohn in jedem Fall weiter fällig würde.

Für den Doktor wurde eines der baufälligen alten Gewehre von Tonoi geborgt; es war ungewöhnlich kurz und schwer, mit einem plumpen alten Schloß; man mußte einen kräftigen Finger haben, um es abzuziehen. Das lange Gespenst versuchte es zunächst, indem er auf ein Ziel schoß, und konnte sich überzeugen, daß es ordentlich losging, denn die Ladung flog nach der einen Seite und er nach der anderen. Daraufhin knüpfte er Verhandlungen mit dem Kleinen an, um mit ihm Waffen zu tauschen; aber der Kleine ließ sich nichts abschmeicheln, worauf der Doktor seine Flinte zunächst einem der Träger übergab.

Wir wanderten nun bis ans Talende. Dort führte ein Pfad nach einer Hochebene, die der Lieblingsplatz der wilden Rinder sein sollte. Wir hatten auch kaum die Höhe erklommen, als wir in einiger Entfernung eine kleine Herde in einen Wald eintreten sahen. Wir eilten vorwärts, teilten uns und schlichen uns von vier verschiedenen Seiten an sie heran, jeder Weiße von mehreren Eingeborenen gefolgt.

Ich war bald in dichtem Holz und wollte eben auf eine Lichtung treten, als ich einen Knall hörte und eine Kugel die Rinde von einem nahen Baum riß; im selben Augenblick hörte ich auch ein Stampfen und Krachen, und fünf Rinder, fast in einer Reihe, brachen in die Lichtung und stürmten gerade auf den Platz zu, auf dem ich und drei Eingeborene standen. Es waren kleine schwarze, bösartig aussehende Tiere mit kurzen spitzen Hörnern, roten Nüstern und Augen wie glühende Kohlen. Die dunklen wolligen Köpfe gesenkt, kamen sie heran. Mein eingeborenes Gefolge saß bereits hoch oben in den Baumwipfeln; ich sah mich nach einem Weg zum Rückzug für den Notfall um und legte an; aus dem Wald rief eine Stimme: »Gerade zwischen die Hörner, Paul! Gerade zwischen die Hörner!« Ich zielte auf ein kleines weißes Haarbüschel an der Stirn des vordersten Bullen, drückte ab und sprang zur Seite. Die fünf Tiere schossen vorbei wie ein Sturmwind, daß die Luft hinter ihnen zitterte. Der Yankee sprang vor und schoß sie aus der Flanke an; der wilde kleine Bulle mit dem weißen Haarbüschel peitschte seine Schenkel mit dem langen Schweif und schoß um seine volle Länge vorwärts; aber es war nur ein Streifschuß: im nächsten Augenblick waren sie außer Sicht, und nur nach der Bewegung in den Büschen konnten wir den Weg ihrer Flucht verfolgen.

Als das Gefecht vorüber war, rückte die schwere Artillerie an, in der Gestalt des langen Doktors mit seinem mächtigen Feuerrohr. »Wo sind sie?« rief er atemlos.

»Jetzt so ein oder zwei Meilen weit weg«, erwiderte der Kleine. »Mein Gott, Paul, warum haben Sie dem kleinen Schwarzen kein Blei aufgebrannt?«

Ich entschuldigte meine Ungeschicklichkeit, so gut ich konnte, als Zeke vorsprang und schrie: »Schockschwerenot! Was tun Sie denn, Peter?'«

Wütend über unser Pech, das er der Feigheit der Eingeborenen zuschrieb, hatte Peter sein Gewehr auf einen der zitternden Träger angelegt, der eben vorn Baum herabkletterte. Er drückte auch los; die Kugel flog harmlos in die Höhe, der Kerl sprang auf den Boden und lief blökend wie ein Rind davon, so schnell seine Füße ihn tragen konnten. Die anderen folgten uns mit Furcht und Zittern.

Wir stellten unsere Marschordnung wieder her und wanderten mehrere Stunden, ohne ein Wild zu Gesicht zu bekommen. Die Schüsse waren zu weit hörbar gewesen. Zuletzt bestiegen wir einen hohen Felsen, um einen weiten Ausblick zu haben, und sahen von dort drei Tiere, die auf einer Waldlichtung unter uns ruhig weideten. Wir prüften unsere Gewehre, nahmen ein eiliges Frühstück aus den Kalebassen; dann setzten wir uns in Bewegung. Beim Abstieg sahen wir die Rinder unter uns; erst als wir den Wald betraten, verloren wir sie aus dem Gesicht, sahen sie aber sogleich wieder, als wir uns an die Lichtung heranpirschten. Es war ein Bulle, eine Kuh und ein Kalb. Die Kuh lag ruhig im Schatten am Waldesrand; das Kalb stand mit gespreizten Beinen vor ihr im Gras und leckte ihre Lippen, während der alte Stier daneben stand, mit väterlichen Blicken die häusliche Szene betrachtete und gelegentlich die Nase in die Luft hob.

»Jetzt!« flüsterte Zeke, »wir müssen die armen Dinger kriegen, während sie beisammen sind. Kriecht vorwärts, Jungens, kriecht vorwärts; feuert alle zugleich, aber nicht, ehe ich es sage.«

Wir krochen bis an den Rand der Lichtung, knieten hinter einem Gebüsch nieder und stützten die angelegten Rohre auf Zweige; das verursachte ein leichtes Geräusch; der Stier wendete sich um, senkte den Kopf und stieß ein plötzliches tiefes Gebrüll aus, dann schnoberte er in die Luft; die Kuh erhob sich auf die Vorderknie, sprang dann ängstlich hoch und stand auf den Füßen, während das Kalb mit gespitzten Ohren sich unter sie flüchtete. Im nächsten Augenblick mußten alle drei auf der Flucht sein.

»Ich nehme den Stier,« rief Zeke, »Feuer!«

Das Kalb fiel wie ein Klotz hin; das Muttertier brüllte los und war bereits mit dem Kopf im Dickicht, kehrte aber jammernd zu dem leblosen Kalb zurück und ging um es herum, mit blutenden Nüstern an ihm schnobernd. Ein Krachen im Holz und ein lautes Gebrüll verriet den fliehenden Bullen. Ein zweiter Schuß krachte, und die Kuh fiel. Wir hießen die Eingeborenen nach den erlegten Tieren sehen und eilten dem Bullen nach. Sein fürchterliches Brüllen wies uns den Weg zur Stelle, wo er lag. In die Schulter getroffen, war er vor Schmerz und Schrecken in den Wald gesprungen; als wir ihn erreichten, war er in einer grünen Mulde zur Erde gesunken; er stieß sein schwarzes Maul in eine Lache seines eigenen Blutes und warf es über sich, so daß es in Klümpchen auf sein Fell spritzte. Der Yankee legte an und feuerte; das wilde Tier machte einen Luftsprung und fiel tot hin.

Jetzt waren unsere Insulaner begeistert, voll Mut und Begier; selbst der alte Tonoi hatte nicht mehr die geringste Furcht, ja er wagte, den armen Stier bei den Hörnern zu packen und in seine verglasten Augen zu schauen. Wir zogen unsere Schiffsmesser, häuteten die Tiere ab und hingen sie an Rindenschnüren hoch an den Zweigen eines Baumes auf. Dann nahmen wir Deckung und warteten auf die wilden Schweine, die, wie Zeke versicherte, vom Blutgeruch angezogen, bald kommen würden. Wir hörten sie auch bereits von mehreren Seiten, und einen Augenblick später wühlten sie in den Eingeweiden.

Da nur mit einem einzigen Schuß auf diese Tiere zu rechnen war, wollten wir alle zugleich feuern, aber irgendwie ging des Doktors Rohr zuerst los, und eines der Schweine fiel; die anderen rasten ins Dickicht, wir sprangen ihnen nach, um noch zum Schuß zu kommen; der Londoner voran; wenige Augenblicke später hörten wir den Knall seiner Muskete; ein Aufschrei folgte; wir eilten zur Stelle und sahen ihn im Kampf mit einem kohlschwarzen jungen Eber, dem die Schnauze von der Kugel zum Teil weggerissen war. Das Tier war gerade auf ihn zugelaufen, als er es anschoß, und griff ihn jetzt mit rasender Wut an; es biß auf den Kolben der Büchse, mit dem der Kleine es niederzuschlagen versucht hatte, während er das Rohr festhielt und nach seinem Messer fühlte. Ich war der vorderste und beendete den Kampf, indem ich den Eber mit dem Kolben erschlug.

Da es bereits Abend wurde, beluden wir die Träger. Die Rinder waren so klein, daß ein stämmiger Eingeborener ein ganzes Viertel tragen konnte und anscheinend mühelos damit durch die Büsche eilte und die Felsen hinabstieg. Keiner von uns Weißen hätte das so leicht, nachmachen können. Dagegen wollte keiner der Eingeborenen das junge Wildschwein schleppen; die schwarze Farbe machte es »tabu«: wir mußten es liegen lassen. Das andere, das gefleckt war, wurde mit Zweigen an eine Stange gebunden und von zwei jungen Eingeborenen fortgetragen.

Die Träger voran, machten wir uns auf den Rückweg durchs Tal. Auf halbem Wege wurde es dunkel; wir machten Fackeln aus trockenen Palmzweigen und schickten zwei Burschen voraus, die immer neues Holz auflesen mußten. So bewegten wir uns bei Fackelschein durch den Wald; wo er halbwegs eben war, gingen die Eingeborenen trotz ihrer Last im Laufschritt; ihre nackten Rücken waren mit Blut beschmiert, und aneinander vorbeilaufend, stießen sie von Zeit zu Zeit ein wildes Geschrei aus, daß alle Berghänge widerhallten.

Vierundfünfzigstes Kapitel

Zwei Rinder und ein Eber! Das war keine schlechte Beute an einem Tage! Bei Fackellicht marschierten wir in die Pflanzung ein; das wilde Schwein schaukelte an der Stange, der Doktor sang mit seiner prachtvollen Stimme ein altes Jagdlied, dessen Refrain die wilden Rufe der Eingeborenen übertönte.

Wir zündeten nun außerhalb des Hauses ein großes Feuer an; ein Kuhviertel wurde an einem Zweig des Bananenbaumes aufgehängt, und jeder konnte sich davon abschneiden und backen, was er wollte. Körbe mit gebratener Brotfrucht, Teropudding, Bananenbüschel und junge Kokosnüsse waren von den Eingeborenen bereitgelegt worden. Das Feuer flammte hell, es hielt die Moskitos ab, und der rote Schein fiel auf die Gesichter, die zu glühen schienen. Das Fleisch hatte vollkommenen Wildgeschmack; unser gewaltiger Appetit tat das seine hinzu; ein paar Flaschen weißen Branntweins, die Zeke aus seinem Geheimvorrat holte, machten die Runde. Das Temperament des langen Doktors war unerschöpflich. Nachdem er seine Geschichten erzählt und seine Lieder gesungen hatte, sprang er auf, faßte eine der jungen Damen aus dem Hain um die Hüfte und walzte mit ihr über die Wiesen. Ich würde nicht fertig, wenn ich all seine Streiche und Einfälle in dieser Nacht erzählen wollte. Die Eingeborenen, die nichts lieber haben als lustige Leute, erklärten ihn für »mehteh«, »herrlich«. Es war lange nach Mitternacht, als wir aufbrachen; aber als die anderen sich zur Ruhe begaben, ging Zeke mit der Wirtschaftlichkeit des Yankees erst ans Einsalzen des übrigen Fleisches.

Der folgende Tag war ein Sonntag, und auf meine Bitte begleitete mich der Kleine nach Afreheitu, einer benachbarten Bucht, die Papiti gegenüberlag und Sitz einer Mission war. Dort war auch eine große Kirche und ein Schulhaus, beide ganz verfallen; zwischen Büschen auf einem schönen Hügel stand ein geschmackvolles Landhaus, von dem man die Aussicht über die Wasserstraße hat. Beim Vorübergehen konnte ich gerade noch ein nettes Kattunkleid sehen, das eben mit anmutiger Bewegung durch eine Türe vom Vorplatz verschwand. Dort wohnte der Missionar. Am Ufer tanzte ein schmuckes kleines Segelboot an seiner Vertäuung. In dem tiefer gelegenen Land in der Nachbarschaft zerstreut, lagen mehrere Eingeborenenhütten, die immer noch unsauber genug, aber doch weit besser als die meisten in Taheiti aussahen.

Wir gingen zum Gottesdienst in die Kirche; die Gemeinde war klein, und ich konnte nichts besonders Interessantes beobachten. Immerhin fiel mir auf, daß die Zuhörer merkwürdig unruhig schienen. Die Erklärung war, daß der Prediger das achte Gebot zu seinem Text gewählt hatte.

Ein Engländer hatte in dem Bezirk eine Pflanzung, in der er wie unsere beiden Freunde Tombez-Kartoffeln für den Markt in Papiti zog. Trotz all seinen Vorsichtsmaßregeln machten die Eingeborenen nächtliche Streifzüge auf sein umzäuntes Gebiet und stahlen die Kartoffeln. Einmal feuerte er eine mit Pfeffer und Salz geladene Vogelflinte auf mehrere Schatten ab, die sich auf seinem Grunde bewegten und sogleich flohen. Aber es schien, daß diese Würze ihr Vergnügen nur erhöht hatte; schon in der nächsten Nacht erwischte er eine Bande, die einen Korb voll Kartoffeln unter seinem eigenen Küchendach röstete. Schließlich führte er Klage beim Missionar, der zum Besten der Gemeinde die Predigt hielt, die wir eben angehört hatten.

In Martehr gab es keine Diebe. Allerdings wurden die Leute für ihre Ehrlichkeit bezahlt. Zwischen ihnen und den Pflanzern bestanden geschäftliche Abmachungen: sie erhielten ein bestimmtes Maß Süßkartoffeln auf die Hand; dafür durften sie nicht räubern. Daß ihr Häuptling Tonoi in der Pflanzung wohnte, gewährte weitere Sicherheit.

Als wir nachmittags nach Martehr zurückkamen, machten der Doktor und Zeke sichs gerade bequem. Der Hausherr lag pfeiferauchend auf dem Boden und sah dem Doktor zu, der nach türkischer Art vor einem mächtigen eisernen Kessel sitzend, Kartoffeln und indische Rüben schnitt, dann wieder einen Knochen zerkleinerte und all dies der Reihe nach in den Topf warf, in dem er eine Ochsenbrühe bereitete. Er war in allen gastronomischen Dingen ein Künstler und verbrachte den ganzen Tag mit »experimentellem Kochen«, wie er es nannte. Er schmorte, briet am Rost, würzte Fleischschnitten und unterwarf sie allen möglichen Behandlungen über verschiedenem Feuer. Es war übrigens das erste frische Rindfleisch gewesen, das wir seit mehr als einem Jahr gekostet hatten.

»Es wird bald besser mit ihm gehen,« sagte Zeke, als es Nacht wurde und das lange Gespenst eben ein mächtiges Rippenstück über den Kohlen wendete, »was glaubst du, Paul?«

»Er wird es schon machen,« erwiderte ich, »seine Wangen müssen nur Farbe kriegen.« Es war mir sehr recht, daß der Glaube an die Krankheit des Doktors so rasch dahinschwand; denn er hatte sich daraufhin ein angenehmes Dasein auf der Pflanzung versprochen, und zweifellos auf meine Kosten.

Fünfundfünfzigstes Kapitel

Wir schliefen noch in unserem Kanu, als wir durch Zekes laute Rufe geweckt wurden. Wir paddelten zum Strande und erfuhren, daß während der Nacht ein Kanu aus Papiti angekommen war, das für ein dort im Hafen liegendes Schiff eine Lieferung Kartoffeln bestellt hatte; da sie bis Mittag an Bord sein mußten, sollten wir ihm helfen, sie in sein Segelboot zu schaffen.

Mein langer Freund gehörte zu den Leuten, die mit dem linken Fuß aufstehen und beim Frühstück sehr schlechter Laune sind. Vergeblich bedauerte der Yankee, daß die Sache so dringend wäre und er uns so früh hatte wecken müssen. Der Doktor wurde immer düsterer und gab keine Antwort. Endlich sagte der Yankee ermunternd: »Was meint ihr, Jungs, sollen wir es angehen?«

»Ja, in des Teufels Namen!« erwiderte der Doktor wie eine schnappende Schildkröte, und wir begaben uns ins Haus. Offenbar hielt er es nach den gastronomischen Leistungen vom Vorabend für unmöglich, jetzt nicht mitzutun. Im Hause fanden wir den Kleinen schon bereit mit den Harken, und wir begaben uns nach dem entfernteren Teil des Grundstücks, um die Kartoffeln aus der Erde zu graben.

Der üppige lohfarbene Boden schien besonders für sie geeignet; die großen gelben Kartoffeln rollten aus den aufgeworfenen Hügelchen wie Eier aus dem Nest. Ich war ganz überrascht zu sehen, wie eifrig der Doktor seine Harke schwang. Auch ich arbeitete, von der kühlen Morgenluft erfrischt, tüchtig mit. Zeke und der Londoner schienen sehr erfreut, uns so arbeitswillig zu finden. Bald war die nötige Menge Kartoffeln beisammen; und jetzt kam das Schlimmste: wir mußten sie fast eine Viertel Meile Wegs zum Strand hinabschleppen. Da es auf der ganzen Insel weder Karren noch Handwagen gab, blieben uns nur Rücken und Schultern zur Verfügung. Zeke wußte im voraus, daß dieser Teil der Arbeit uns nicht gefallen konnte; er machte ein möglichst ermunterndes Gesicht, und ohne uns zu Bedenken Zeit zu lassen, lenkte er unsere Aufmerksamkeit mit freudigen Rufen auf einen Stoß grob geflochtener Körbe, die schon bereitlagen. Wir sagten kein Wort, füllten sie, und dann wankten wir alle vier unter der Last dem Strande zu. Zekes anfeuernde Rufe waren unwiderstehlich: auf dem ersten Gang kamen wir alle vier zugleich unten an. Beim zweiten oder dritten begannen meine Schultern sich aufzulehnen; während des Doktors lange Figur sichtlich gebeugter wurde. Und dann stellten wir beide unsere Körbe nieder und erklärten, wir könnten nicht mehr. Aber unsere Brotgeber, die uns offenbar durch einen stummen Appell an unsere Anständigkeit zur Arbeit bewegen wollten, schleppten weiter, ohne auf uns zu achten. Wir verstanden das sehr gut, es hieß: »So, Leute, wir haben euch durch drei Tage beherbergt und verköstigt; gestern habt ihr überhaupt nichts getan als gegessen; jetzt habt einmal die Stirn, dazustehen und uns beim Arbeiten zuzusehen!« Was blieb uns übrig – wir nahmen die Körbe wieder auf. Aber wie sehr wir uns mühten, wir blieben hinter Zeke und dem Kleinen zurück, die, keuchend und schwitzend, ohne anzuhalten weiterschufteten. Aber obgleich ich selbst unter meinem Korbe keuchte, mußte ich doch über das lange Gespenst lachen, wie er, den langen Hals vorgestreckt, die Arme nach hinten unter den Korb geschoben, vorwärts taumelte, während seine langen Stelzen von Zeit zu Zeit unter ihm nachgaben, als ob seine Kniegelenke sich nach der falschen Richtung gedreht hätten.

»So, jetzt trage ich nichts mehr!« rief er plötzlich und schüttete seine Kartoffeln ins Boot, wo der Yankee sie verstaute.

»Nun, dann«, sagte Zeke munter, »könnten Sie und Paul vielleicht die ›Faßmaschine‹ probieren. Kommt nur, ich zeig's euch.« Damit watete er zum Strand und eilte uns voran; wir folgten ihm hinkend; wir hatten kein Zutrauen zu der uns unbekannten »Faßmaschine«. Im Hause machte er eine Art Sänfte zurecht: ein altes Faß hing an einem Seil, das in der Mitte eines Ruders befestigt war. »So! da!« sagte er, als er fertig war. »Damit braucht ihr euch nicht das Rückgrat zu brechen; darunter könnt ihr gerade gehen; versucht's einmal!« Und er legte die Ruderschaufel höflich dem Doktor auf die rechte Schulter, das andere Ende der Stange auf die meine, so daß das Faß zwischen uns schaukelte. »Wundervoll!« rief er, als wir so dastanden.

Es blieb uns nichts übrig; mit gebrochenem Herzen und wundem Rücken kehrten wir zum Feld zurück; der Doktor schien Gebete zu murmeln. Als das Faß beladen war, ging es ein paar Schritte weit ganz gut, und wir hielten die Idee für nicht schlecht. Aber wir blieben nicht lange bei dieser Ansicht. Nach fünf Minuten standen wir still, das Schlagen und Hüpfen des schweren Ruders war nicht zu ertragen. »Wir wollen den Platz wechseln!« rief der Doktor, dem das Ruderblatt ins Schulterblatt schnitt.

Schließlich, indem wir kurze Strecken machten und häufig anhielten, gelang es uns, bis zum Strand zu kommen, wo wir unsere Ladung etwas ärgerlich ausschütteten.

»Warum laßt ihr denn die Eingeborenen nicht helfen?« fragte das Gespenst, sich die Schultern reibend.

»Der Teufel soll die Eingeborenen holen!« sagte der Yankee. »Zwanzig von ihnen können es nicht mit einem Weißen aufnehmen. Die Kerle sind nicht zur Arbeit bestimmt, und sie wissen's auch; was schon einer von denen je tut!« Aber trotz seiner schlechten Meinung mußte Zeke sie zuletzt anstellen. »Erameh!« schrie er einigen zu, die am Ufer liegend bisher unser Verfahren kritisch beobachtet hatten und insbesondere unsere Leistungen mit der Sänfte höchst amüsant gefunden hatten. Der Yankee hieß sie Körbe füllen, füllte seinen eigenen und trieb sie vor sich hin zum Strand hinab, wie die berittenen Indianer auf dem großen Callao die Herden von beladenen Maultieren vor sich hertreiben. Schließlich war das Boot beladen, der Yankee nahm ein paar Eingeborene mit, setzte das Segel und fuhr über den Kanal nach Papiti.

Am nächsten Morgen beim Frühstück kam der alte Tonoi hereingelaufen und sagte uns, daß sie zurückkehrten. Wir eilten zum Strand hinab und sahen das Boot herangleiten; ein Eingeborener döste am Steuer, und am Bug stand Zeke und ließ einen kleinen Sack mit Silbertalern klappern, die er für seine Ladung erhalten hatte.

Sechsundfünfzigstes Kapitel

Es vergingen nun einige ruhige Tage, an denen wir gerade nur soviel arbeiteten, daß wir tüchtigen Hunger bekamen, da die Pflanzer uns mit schwererer Arbeit verschonten. Es wurde immer deutlicher, wie gern sie uns hier behalten wollten; das war auch nicht weiter verwunderlich; denn erstens fanden sie in uns von Anfang an ein paar höfliche und gutmütige Burschen, mit denen sich auskommen ließ, dann aber hatten sie auch bald heraus, daß wir anders waren als die gewöhnlichen Landstreicher; unsere Gesellschaft war für ein paar einsame und ungebildete Leute wie sie unterhaltend und belehrend. Unsere Bildung erregte ihr Staunen und beinahe ihren Neid; den Doktor betrachteten sie geradezu als ein Naturwunder. Der Londoner hatte herausgefunden, daß er ein Buch lesen konnte, ohne die längeren Worte vorher buchstabieren zu müssen; und der Yankee vernahm von ihm im Augenblick die Gesamtsumme mehrerer Posten, die er ihm laut vorsagte, um seine mathematischen Kenntnisse auf die Probe zu stellen. Mein langer Freund gebrauchte so großartige Ausdrücke im Gespräch, daß sie zuletzt den Hut abnahmen, wenn er redete. Kurz, ihre günstige Meinung von ihm stieg mit jedem Tag, und sie versprachen sich wunder was für Vorteile von einer so gelehrten Arbeitskraft. Unter anderem planten sie, ein kleines Fahrzeug von etwa vierzig Tonnen zu erbauen, um mit den Nachbarinseln Handel zu treiben. Mit einer eingeborenen Mannschaft konnten wir dann auf dem Stillen Ozean kreuzen, anlegen, wo wir wollten, und romantische Handelsartikel, Trepang, Perlmuscheln, Pfeilwurz, Ambra, Sandelholz, Kokosnußöl, eßbare Vogelnester einsammeln und vertreiben. Diese Jagdfahrten auf der Südsee ließen sich reizend ausmalen, und der Doktor erklärte sich auch sofort bereit, den künftigen Schoner sicher durch alle Untiefen und Riffe zu steuern. Seine Unverschämtheit war unglaublich. Er hielt ganze Vorträge über Navigationskunde, sprach von Mercators Segelkunst und dem Azimuth-Kompaß und gab eine verwickelte Erklärung, wie man die geographische Länge nach einer von ihm erfundenen Methode unfehlbar feststellen konnte. Wenn der Doktor so seine Phantasie spielen ließ, war es ein Vergnügen, ihm zuzuhören; ich widersprach daher nie, sondern lauschte gleich den Pflanzern in stummer Bewunderung. Aber die Folge war, daß sie, wie ich zu meinem Mißvergnügen bemerkte, mich weit geringer einschätzten als ihn. Vielleicht hatte er zu ihnen privatim eine Bemerkung darüber gemacht, welche ganz andere Stellung er auf der »Julia« gehabt hatte als ich; jedenfalls hielten die Pflanzer ihn bald für einen hervorragenden und berühmten Mann, der aus unbekannten Gründen sein Inkognito wahrte; sie fanden seine unverhohlene Abneigung gegen jede Arbeit verzeihlich und zählten mehr auf die Vorteile, die er ihnen dereinst als wissenschaftlicher Hilfsarbeiter leisten sollte. Natürlich tat auch der Doktor alles, eine für ihn so vorteilhafte Meinung zu erhalten und zu pflegen, und nahm zuzeiten auch mir gegenüber einen so überlegenen Ton an, daß, obwohl ich darüber lachen mußte, ich mich doch ärgerte. Schließlich wurde es mir zuviel, und Ich sagte ihm eines Tages gerade heraus, daß Ich keine Lust hätte, mich seinen Prätensionen zu fügen, und wenn er, als Gentleman auftreten wollte, Ich desgleichen tun würde.

Er lachte herzlich; wir plauderten vergnügt über die Sache und beschlossen, das Tal zu verlassen, sobald es irgendwie geschehen konnte, ohne unsere Wirte zu sehr zu verletzen.

Noch am selben Abend, als wir beim Essen saßen, deutete der Doktor unsere Absicht an. Obwohl er sehr erstaunt und keineswegs erfreut war, verzog Zeke keine Miene. Er dachte lange nach, dann sagte er sehr ernst: »Peter, wollen Sie vielleicht das Kochen übernehmen? Das ist leichte Arbeit, und Sie brauchen nichts anderes zu tun. Paul ist kräftiger; er kann im Feld arbeiten, wenn es Ihm paßt; und in kurzer Zeit werden wir überhaupt angenehmere Arbeit für euch haben; nicht wahr, Kleiner?«

Der Kleine bejahte. Der Vorschlag war soweit ganz gut, besonders für den Doktor; meine Pflichten schienen mir etwas zu unbestimmt. Wir sagten indessen an diesem Abend nichts weiter, und der Yankee verdoppelte seine Bemühungen, uns zufrieden zu stellen.

Eines Morgens vor dem Frühstück schickten sie uns, das Unkraut in einem Kartoffelfeld auszujäten; sie waren im Hause beschäftigt, und wir waren allein. Unkraut ausjäten betrachteten sie als leichte Arbeit und hatten sie uns darum zugewiesen; es mag auch als Gartenarbeit ganz vergnüglich sein, aber auf die Dauer wird es unbequem. Wir schufteten eine geraume Zeit, bis der Doktor, der infolge seiner Länge sich in einem sehr scharfen Winkel bücken mußte, sich plötzlich aufrichtete und, mit der einen Hand nach dem Rücken greifend, ausrief: »Wenn man nur an den Gelenken Löcher hätte, um sie regelmäßig ölen zu können!«

Obgleich die Hoffnung auf eine derartige Verbesserung unseres Körperbaues gering war, war ich doch von Herzen der gleichen Ansicht, denn jeder meiner Rückenwirbel stimmte gefühlsmäßig zu. Die Sonne ging eben auf und brachte jene schwere Morgenmattigkeit, die jeder Anstrengung im warmen Klima so verhängnisvoll wird. Wir hielten es nicht länger aus, schulterten unsere Harken, schritten nach dem Hause, entschlossen, weder die Gutmütigkeit der Pflanzer länger auszunützen, noch selber bei einer Beschäftigung zu bleiben, die uns so gar nicht paßte. Wir sagten es ihnen ganz offen. Zeke schien sehr verstimmt und redete, was er konnte, um uns davon abzubringen; als alles nichts nützte, bat er uns freundlich, wenigstens nicht gleich fortzugehen; wir könnten ruhig als Gäste bei ihm wohnen, bis wir etwas Neues gefunden und einen Plan für die Zukunft gefaßt hätten. Wir dankten ihm aufrichtig für seine Freundlichkeit, blieben aber dabei, daß wir am nächsten Morgen das Tal von Martehr verlassen müßten.

Siebenundfünfzigstes Kapitel

Der Doktor wollte gerne Tameh sehen, ein einsames Dorf im Innern der Insel, das am Ufer eines Sees von beträchtlicher Größe zwischen Wäldern gebettet lag. Von Afreheitu führte ein einsamer Pfad durch die wildeste Landschaft dahin. Wir hatten auch viel von dem See gehört; er war reich an Fischen, die so köstlich schmeckten, daß früher ganze Gesellschaften aus Papiti hinkamen, um zu angeln. Auch wuchsen an seinen Ufern die herrlichsten und besten Früchte der Insel. Die »Wi« oder brasilianische Pflaume erreichte hier die Größe einer Orange, und die prächtige »Arhia«, der rote Apfel von Taheiti, leuchtete dort in tieferen Farben als in irgendeinem anderen Tal. Außerdem fand man in Tameh die schönsten Frauen der ganzen Inselgruppe, die auch noch am wenigsten durch die Berührung mit Europäern verbildet und verdorben waren. Das Dorf lag so fern von der Küste und war von den Zeitungsereignissen so wenig berührt, daß das Leben dort noch fast das gleiche war, wie einst in den Tagen des jungen Otu, des Knaben, der, als Cook nach den Inseln kam, König von Taheiti war. Dahin beschlossen wir zu gehen, eine Zeit dort zu bleiben, dann zum Strande zurückzukehren und rund um die Insel nach Telu zu wandern, einem Hafen, der auf der entgegengesetzten Seite lag.

Wir machten uns sogleich reisefertig. Als ich Taheiti verließ, bestand meine Garderobe nur mehr aus zwei Anzügen, die schon recht abgenützt waren, und um sie zu schonen, hatte ich sie nach Seemannsweise zu einem einzigen zusammengenäht und dabei freilich eine rote Jacke durch Teile einer blauen ergänzt, was eine auffällige Farbenpracht ergab. Der Doktor war nicht viel besser dran. Er hatte sich zuletzt gleichfalls nach Seemannsart kleiden müssen; aber seine leichte baumwollene Jacke war nicht mehr zu brauchen, und er hatte nichts anderes. Der Kleine bot ihm großmütig eine an, die etwas weniger zerfetzt war, aber dieses Almosen wurde stolz abgelehnt: das lange Gespenst zog es vor, die alte taheitische Tracht, die »Rura« anzulegen. Man sieht dieses Kleidungsstück, das einst als Festanzug getragen wurde, jetzt nur noch selten; aber Kapitän Bob hatte uns oft eines gezeigt, das er als Erbstück bewahrte. Es war eine Art Mantel aus gelbem Tappa, ähnlich wie der »Poncho« der südamerikanischen Spanier. Der Kopf wird durch einen Schlitz in der Mitte gesteckt und der Stoff fällt in Falten um den Körper. Tonoi trieb hinreichend grobes braunes Tappa auf, um einen kurzen Mantel dieser Art herzustellen, und in fünf Minuten war der Doktor eingekleidet. Zeke zwar betrachtete diese Toga mit kritischen Blicken; auf unserem Wege, meinte er, zwischen Martehr und Tameh würden wir manche Bäche durchwaten und manchen steilen Felsen erklettern müssen; wenn unser langer Freund in Röcken reisen wollte, würde er besser tun, sie aufzustecken.

Schuhe hatten wir überhaupt nicht. In der bequemen Freiheit, die an der Südsee herrscht, gehen Seeleute meistens barfuß. Meine Schuhe waren an dem Tag, an dem wir das Gebiet des Passat erreichten, über Bord gegangen, und seitdem hatte ich kaum welche getragen. In Martehr wären sie ganz erwünscht gewesen; es waren aber keine zu haben. Auf der Reise, die wir nun vorhatten, waren sie unentbehrlich. Zeke besaß ein Paar gewaltiger alter Stiefel, die wie Sattelsäcke von einem Träger hingen, und überließ sie dem Doktor für ein Messer mit Scheide. Ich machte mir Sandalen aus Stierhaut, wie sie die Indianer in Kalifornien tragen. Die Sohle wird ungefähr nach der Form des Fußes geschnitten und mit drei Lederriemen über dem Spann befestigt; sie waren in einer Minute hergestellt.

Auf dem Kopf trug der Doktor einen alten Panamahut, der aus Grashalmen, fein wie Seidenfäden, geflochten und so elastisch war, daß, wenn man Ihn zusammenrollte, er sogleich wieder seine frühere Form annahm. In diesem Sombrero und seiner »Rura« sah er wie ein herabgekommener spanischer Grande aus. Ich in meinem orientalischen Turban war nicht minder elegant. Mein Hut war wenige Tage, ehe wir nach Papiti kamen, über Bord geflogen, und ich hatte ihn durch eine scheußliche schottische Mütze aus Strickwolle ersetzen müssen, die mir zu heiß war. Vergeblich schnitt ich Luftlöcher hinein, sie schienen augenblicklich zuzuheilen. In der Sonnenhitze war das schwere Zeug auf dem Kopf ganz unerträglich. Da veranlaßte mein würdiger Freund Kulu mich, sie ihm zu schenken; ich riet ihm, die ursprüngliche schottische Farbenpracht durch gründliches Aussieden wieder herzustellen. Mir aber legte ich einen Turban zu. Ich nahm eine neue Segeljacke aus buntem Kattun, die dem Doktor gehört hatte, wand sie mir ums Haupt, so daß die Ärmel rückwärts herabfielen und reichlichen Schutz gegen die Sonne sowie gegen einen Regenschauer gewährten. Die herabhängenden Ärmel machten einen großartigen Eindruck, und der Doktor nannte mich den Pascha mit zwei Roßschweifen.

So angetan, machten wir uns auf den Weg nach Tameh, in dessen grünen Salons wir kein geringes Aufsehen zu erregen gedachten.

Achtundfünfzigstes Kapitel

Lange vor Sonnenaufgang am nächsten Morgen waren meine Sandalen befestigt und der Doktor war in Zekes Stiefel getaucht. Die Pflanzer hofften uns noch einmal zu sehen, ehe wir den Weg nach Telu antraten, sie wünschten uns eine gute Reise und schenkten uns zum Abschied ein oder zwei Pfund virginischen Tabak, den wir in kleine Stücke schneiden sollten, weil dies die gangbarste Scheidemünze auf der Insel war. Zwar lag Tameh nicht mehr als drei bis vier Meilen entfernt; aber wir mußten damit rechnen, daß der Weg durch die Wildnis führte, wollten in der Mittagshitze einige Stunden ruhen, außerdem die Reise bequem machen, und so gedachten wir mit der Abenddämmerung an den See zu gelangen.

Mehrere Stunden wanderten wir langsam durch Wälder und Schluchten, über Berge und Abgründe, und sahen nichts, als manchmal eine Herde von wilden Rindern in der Ferne; wir rasteten öfters und waren gegen Mittag im innersten Teil der Insel angelangt. Wir befanden uns in einer kühlen grünen Schlucht zwischen den Bergen, in der hundert kleine Wasserläufe rieselten, im Schatten großer feierlicher Bäume, auf deren moosigen Stämmen die feuchten Tropfen wie Perlen glänzten. Keine Spur verriet, daß die wilden Rinder sie je betreten hatten. Kein Ton war zu hören, kein Vogel zu sehen, kein Windhauch bewegte die Blätter. Die vollkommene Einsamkeit und das tiefe Schweigen waren bedrückend; nichts war zu sehen als die düsteren regungslosen Stämme. Wir eilten weiter und stiegen einen steilen Abhang auf der anderen Seite empor. Auf halbem Wege kamen wir zu einer Stelle, wo die Erde an den Wurzeln dreier Palmen einen natürlichen Altan bildete. Dort setzten wir uns nieder und sahen in die Schlucht hinab, die jetzt als eine grüne dunkle Masse unter uns lag. Wir zogen eine kleine Kalebasse mit Poïpoï hervor, ein Abschiedsgeschenk Tonois. Nachdem wir uns satt gegessen hatten, machten wir mit zwei Hölzern Feuer, warfen uns auf den Rücken und rauchten. Zuletzt schliefen wir ein, und als wir erwachten, stand die Sonne schon so tief, daß ihre Strahlen unter dem Laub zu uns drangen.

Wir sprangen auf und eilten weiter, und als wir die Bergspitze erreicht hatten, sahen wir zu unserer Überraschung den See und das Dorf vor uns. Wir hatten sie mindestens noch eine Meile entfernt geglaubt. Oben erreichten uns noch die letzten Strahlen der in gelbem Dunst sinkenden Sonne; über das Tal unter uns schlichen bereits lange Schatten; der grüne See spiegelte die Häuser und Bäume an seinem Ufer wieder. Einige kleine Kanus, die da und dort an Pfählen im Wasser befestigt waren, schaukelten auf der Flut; ein einsamer Fischer paddelte nach einer grasbewachsenen Landspitze. Vor den Häusern lagen die Eingeborenen in Gruppen teils auf der Erde oder lehnten lässig an den Bambuswänden.

Mit großem Hallo liefen wir abwärts, und die Dorfbewohner liefen zusammen, um zu sehen, wer da käme. Bald umstanden sie uns in großer Neugier und wollten wissen, was die »Karhauris« in ihr stilles Land führte. Der Doktor machte ihnen begreiflich, daß wir nur als Besucher kämen, worauf sie uns in echt taheitischer Weise willkommen hießen, auf ihre Hütten zeigten und sagten, daß die Hütten uns gehörten, solange wir zu bleiben wünschten.

Es fiel uns auf, wieviel gesünder Männer und Frauen hier aussahen als die Küstenbewohner. Die jungen Mädchen waren weit zurückhaltender und sittsamer, viel sauberer angezogen und sahen weit frischer und schöner aus als die jungen Damen an der Küste.

Wir verbrachten die Nacht im Hause Rartus, eines gastlichen alten Häuptlings, das dicht am Seeufer lag. Während des Abendessens sahen wir durch rauschende Blätter auf das sternbeglänzte Wasser.

Am nächsten Tag schlenderten wir umher und fanden eine glückliche kleine Gemeinde, die von dem Elend, das ihre Landsleute betroffen hatte, so ziemlich verschont geblieben war. Sie waren auch arbeitsamer; Tappa wurde in mehreren Häusern gemacht, europäische Stoffe und andere Gegenstände ausländischer Herkunft waren nur wenig zu sehen. Dem Namen nach waren die Leute Christen, aber sie wohnten so entfernt von aller geistlichen Aufsicht, daß ihre Religion nicht sehr tief ging. Man hatte uns gesagt, daß viele heidnische Spiele und Tänze noch heimlich im Dorfe stattfanden.

Nun hatte unter anderem die Hoffnung, einen echten alten »Hiwar«, einen wirklichen taheitischen Tanz zu sehen, uns hergelockt. Und da Rartu ziemlich freisinnige Ansichten entwickelte, teilten wir ihm unseren Wunsch mit. Erst machte er Umstände, zuckte die Achseln wie ein Franzose, meinte, die Sache wäre gefährlich und könnte für alle Beteiligten unangenehme Folgen haben. Aber es gelang uns, ihn zu überzeugen, daß das alles nicht so schlimm wäre, und so wurde ein »Hiwar«, ein echter heidnischer Fandango, noch für diese Nacht angesetzt.

Neunundfünfzigstes Kapitel

Es gab einige böse Zungen in Tameh, darum wurde die Sache ziemlich geheimnisvoll aufgezogen. Ein oder zwei Stunden vor Mitternacht kam Rartu, warf uns Kleider aus Tappa über und hieß uns, ihm in einiger Entfernung folgen; solang wir im Dorfe waren, mußten wir unsere Gesichter verhüllen. Wir freuten uns des Abenteuers und folgten ihm. Auf weitem Umweg gelangten wir an den entferntesten Teil des Seeufers. Dort lag ein großer tauiger Platz, vom vollen Mond beschienen und mit einem Teppich kleiner dichter Farnkräuter bewachsen, der sich bis zum Wasser herabzog. Man sah die Lichter im Dorf gegenüber unter den Hainen schimmern. Am Rande der Lichtung lag ein großer verfallener Steinhaufen, auf dem einst ein Tempel Oros gestanden hatte. Jetzt stand nur noch eine Hütte auf der untersten Terrasse, in der, wie es schien, heimisches Tuch hergestellt wurde. Zwischen dem Bambus sahen wir Lichter aufleuchten, die lange dünne Schatten auf den Boden warfen; wir hörten auch Stimmen. Wir standen daher auf und sahen nach den Tänzerinnen, die sich fertig machten. Es waren ihrer etwa zwanzig; eine Anzahl häßlicher alter Weiber, offenbar Duennas, waren ihnen behilflich. Das lange Gespenst meinte, man sollte die Alten nach Hause schicken; aber Rartu sagte, das ginge nicht, und sie blieben. Wir wollten nun in die Hütte, aber das Tor war fest verschlossen. Es folgte eine heftige Diskussion mit einer der alten Hexen drinnen, unser Führer wurde unruhig und ersuchte uns, das zu lassen, sonst würden wir alles verderben. Wir mußten in einiger Entfernung warten, da die Mädchen unerkannt zu bleiben wünschten, und versprechen, nicht näher zu kommen, als bis alles vorüber wäre.

Wir warteten ungeduldig; endlich kamen sie. Sie trugen kurze Röckchen aus weißem Tappa und Blumenkränze im Haar. Die alten Weiber folgten ihnen, blieben aber in einer Gruppe am Haus stehen, während die Mädchen ein paar Schritte vortraten; einen Augenblick später standen zwei von ihnen, die größer waren als die anderen, nebeneinander, während die übrigen mit verschlungenen Händen einen Ring um sie schlossen. All dies geschah in tiefem Schweigen. Jetzt reichten die beiden Mädchen einander über ihren Häuptern die Hände und begannen, »Ehlu! Ehlu!« rufend, die Arme hin und her zu bewegen. Gleichzeitig begannen die anderen sich langsam im Kreise zu drehen, wobei die Tänzerinnen mit ein wenig gesenkten Armen seitwärts ausschritten. Immer schneller bewegten sie sich und flogen zuletzt in der Runde; die Busen wogten, das Haar flatterte, die Blumen fielen, und ihre funkelnden Augen schienen einen leuchtenden Kreis zu bilden.

Indessen wechselte das Paar in der Mitte unaufhörlich den Platz, indem sie Tanzschritte aneinander vorüber machten. Sich zur Seite beugend, so daß das lange Haar überfiel, glitten sie hin und her; den einen Fuß beständig erhoben, während die Finger im Mondlicht wirbelten. »Ehlu! Ehlu!« riefen sie wieder; trafen sich in der Mitte des Kreises, schlossen wieder die erhobenen Hände zum Bogen und standen bewegungslos.

»Ehlu! Ehlu!« – Der Kreis bricht auseinander, und tiefatmend stehen alle Mädchen still. Ein oder zwei Augenblicke hört man sie keuchen, und dann, während die tiefe Röte von den Wangen weicht, schreiten sie alle gleichzeitig rückwärts, so daß der Kreis viel weiter wird. Wieder schwingen die zwei Führerinnen ihre Hände, während die anderen weit entfernt im stillen Mondlicht wie schattenhafte Elfen im Kreise stehen. Jetzt stimmen sie einen seltsamen Gesang an und beginnen sich langsam zu bewegen, werden allmählich schneller, bis sie sich zuletzt für einige leidenschaftliche Augenblicke, mit pochenden Brüsten und glühenden Wangen, dem Tanz völlig hingeben und alles andere vergessen. Dann werden die Bewegungen wieder matt und langsam wie vorher, bis sie regungslos stillstehen und plötzlich alle, vorwärtsstürzend, mit einem wilden Chorgesang einander schwindelig in die Arme sinken.

Das ist der Lory-Lory: der »Tanz der rückwärtsgleitenden Mädchen« von Tameh.

Die ganze Zeit hatten wir den Doktor mit Mühe festgehalten, der unter sie stürzen, sich eine Partnerin holen und mittanzen wollte.

An diesem Abend wollten sie uns nichts mehr zeigen. Rartu schleppte uns zu einem Kanu, und widerwillig schifften wir uns ein und paddelten nach dem Dorf hinüber, wo wir noch rechtzeitig ankamen, um vor Sonnenaufgang noch ein paar Stunden gut zu schlafen.

Am nächsten Morgen wollte der Doktor die nächtlichen Tänzerinnen ausfindig machen. Er hoffte sie an ihrem späten Aufstehen zu erkennen; aber er wurde schwer enttäuscht: denn das ganze Dorf lag noch in tiefem Schlaf, und eine Stunde später waren alle wach. Im Lauf des Tages begegnete er mehreren, denen er sogleich sagte, sie wären beim Hiwar gewesen. Es standen einige fremd und anständig aussehende ältere Leute dabei, und die Mädchen sahen verlegen drein, wußten ihm aber sehr geschickt zu erwidern. Denn wenn die Damen von Tameh auch im allgemeinen sanft wie Tauben sind, so haben sie doch den Teufel im Leibe und wissen es zu zeigen; als der Doktor gegen eine von ihnen zudringlich wurde, drehte sie sich um, gab ihm eine Ohrfeige und hieß ihn »Herih perrar!« »sich wegtrollen«.

Sechzigstes Kapitel

In Tameh wohnte ein kleiner scheußlich aussehender alter Mann, der in einem groben Tappamantel im Dorf umherzog, dabei tanzte, sang und Gesichter schnitt. Er folgte uns auf allen Wegen, und wenn niemand es sah, zupfte er uns an den Kleidern und machte uns greuliche Zeichen, die bedeuteten, daß wir mit ihm irgend wohin gehen und etwas ansehen sollten. Vergeblich suchten wir ihn loszuwerden, zuletzt mit Schlägen; aber obwohl er heulte wie besessen, ließ er doch nicht von uns ab. Wir beschworen die Eingeborenen, uns von ihm zu befreien; aber sie lachten nur, und wir mußten ihn ertragen. In der vierten Nacht kamen wir spät von einigen Besuchen im Dorf zurück; als wir um eine dunkle Baumgruppe bogen, trafen wir unseren Kobold, der wieder schwatzte und uns mit den Händen Zeichen machte. Der Doktor fluchte und eilte weiter; mich aber bewog irgend etwas, stehenzubleiben; ich wollte wissen, was das sonderbare Geschöpf von uns wollte. Sowie ich stehen blieb, schlich er sich ganz nahe heran, starrte mir ins Gesicht, zog sich dann zurück und winkte mir, ihm zu folgen. Ich tat es; nach wenigen Augenblicken waren wir außerhalb des Dorfes und im Schatten der Höhen auf der anderen Seite des Tales. Er wartete, bis ich ihn erreicht hatte; dann stiegen wir schweigend nebeneinander den Berg empor und kamen zuletzt zu einer elenden Hütte, die im Schatten der Bäume kaum sichtbar war. Der Kobold schob eine mit Zweigen befestigte Türe zur Seite und bedeutete mir mit Geberden, daß ich eintreten sollte. Da es drinnen völlig dunkel war, machte ich ihm begreiflich, daß er erst Licht machen müßte. Er verschwand im Dunkeln; ich hörte ihn zwei Hölzer aneinander reiben und sah einen Funken, an dem er eine der heimischen Kerzenfackeln anzündete, und gebückt trat ich ein. Es war ein Hundeloch. Halb verfaulte alte Matten, Bruchstücke von Kokosnußschalen und Kalebassen bedeckten den Boden; durch Ritzen im Dach, das da und dort eingefallen war, glänzten die Sterne.

Ich hieß ihn schnell mir zeigen, was er wollte. Er sah sich furchtsam um, als fürchtete er, dabei entdeckt zu werden, und suchte unter dem alten Gerümpel in einer Ecke. Endlich griff er nach einer schwarzgefärbten Kalebasse, deren Hals abgebrochen war und die an der einen Seite ein großes Loch hatte. Irgend etwas schien in das Gefäß hineingestopft, und nach einigem Zerren brachte er ein schadhaftes und vermodertes altes Paar europäischer Hosen hervor, die er eifrig vor mir ausbreitete und mich fragte, wieviel Stücke Tabak ich ihm dafür geben wollte. Ohne zu antworten, eilte ich fort; der Alte schreiend hinter mir her, bis wir das Dorf erreichten; hier gelang es mir, ihm zu entkommen. Ich beschloß, dieses ruhmlose Abenteuer niemals zu verraten. Vergeblich bat mich mein Gefährte am nächsten Morgen, ihm mein nächtliches Erlebnis mitzuteilen; ich hüllte mich in ein geheimnisvolles Schweigen. Immerhin hatte ich einen Vorteil von der Sache; denn der alte Kleiderhändler ließ mich hinfort in Frieden, wogegen er den Doktor ohne Ende verfolgte, der den Himmel vergeblich anflehte, ihn von seinem Plagegeist zu befreien.

Einundsechzigstes Kapitel

»Doktor,« rief ich einige Tage nach diesem Abenteuer, als wir eines Morgens allein auf den Matten im Hause unseres Wirtes lagen und unsere Rohrpfeifen rauchten, »wollen wir uns nicht in Tameh niederlassen?«

»Es wäre vielleicht kein schlechter Gedanke, Paul; aber glaubst du, daß sie es uns auf die Dauer gestatten?«

»Doch, natürlich; sie werden glücklich sein, ein paar Karhauris zu Mitbürgern zu haben.«

»Du hast wirklich recht, mein Lieber! Haha! Ich könnte ja ein Bananenblatt vor die Türe stecken, und mich darauf als praktischen Arzt aus London empfehlen; ich könnte Vorlesungen über polynesische Altertümer halten oder englischen Sprachunterricht in fünf Stunden anzeigen, Dampfwebstühle für Tappa-Manufaktur einrichten, einen Volkspark im Dorf anlegen und ein Fest zu Cooks Ehren einführen!«

»Hoffentlich wirst du inzwischen noch Zeit zum Atemholen finden«, bemerkte ich.

Trotz diesen phantastischen. Projekten dachten wir ganz ernstlich, unseren Aufenthalt im Tal über eine unbestimmte Zeit auszudehnen, und wir machten eben verschiedene Pläne, diese Zeit so vergnügt als möglich zu verbringen, als mehrere Weiber angelaufen kamen und uns baten, eilig zu »herih! herih!« (zu fliehen), wobei sie uns etwas von »Mickonerihs« zuriefen. Vielleicht sollten wir wegen Übertretung der Gesetze gegen Landstreicherei verhaftet werden; jedenfalls eilten wir aus dem Haus, sprangen in ein Kanu, das vor der Türe lag, und paddelten mit aller Macht nach dem entgegengesetzten Ufer. Wir sahen, daß eine Menge Menschen auf Rartus Haus zukam, darunter mehrere Eingeborene, die, nach ihrer halb europäischen. Tracht zu schließen, sicherlich nicht in Tameh zu Hause waren.

Wir eilten tiefer in den Hain und dankten dem Geschick, daß wir so entkommen waren. Denn was wir wirklich fürchteten, war, daß man uns als Schiffsdeserteure aufgreifen und nach dem Strand bringen wollte. Wir konnten auch nicht daran denken, in der Nähe des Dorfes zu bleiben und wieder dahin zurückzukehren; dazu war uns unsere Freiheit zu lieb. So wanderten wir denn nach Martehr zurück zu den Pflanzern, deren Haus wir bei Einbruch der Nacht erreichten. Sie nahmen uns sehr freundlich auf, gaben uns ein tüchtiges Abendbrot und wir saßen noch lange und erörterten unsere Aussichten und Pläne. Wir beschlossen rund um die Insel nach Telu zu gehen. In Tameh waren wir nicht weit davon entfernt gewesen, wollten aber so viel von der Insel sehen, als wir konnten, und waren darum zunächst nach Martehr zurückgekehrt.

Telu, der einzige Hafen von Imio, den europäische Schiffe anlaufen, liegt an der westlichen, Martehr gerade entgegengesetzten Seite der Insel. An dem einen Ufer der Bucht liegt das Dorf Partuwei. Dort befindet sich ein Missionshaus und in der Nähe eine ausgedehnte Zuckerpflanzung, vielleicht die beste in der ganzen Südsee, die von einem Mann aus Sydney betrieben wird. Partuwei ist ein Erbgut des Gatten Pomaris, entzückend gelegen, und der Hof hielt sich manchmal dort auf. Jetzt, seitdem die Königin aus Tahiti geflohen war, bildete es die ständige Residenz. Es war kein belebter Ort wie Papiti; Schiffe legten nur selten an und nur wenige Fremde lebten dort. Ein einsamer Walfischfänger sollte zurzeit im Hafen liegen, der Holz und Wasser einnahm und Leute brauchte.

Alles in allem schien Telu uns glänzende Aussichten zu bieten. Wir konnten uns auf dem Walfischfänger verdingen, oder als Tagelöhner in der Zuckerpflanzung, vor allem aber konnten wir hoffen, in der Umgebung Ihrer Majestät zu irgendeinem reich dotierten Vertrauensposten zu gelangen. Das war durchaus keine phantastische Erwartung. Im Gefolge vieler polynesischer Fürsten findet man weiße Umherstreicher als vornehme Staatspensionäre, die sich im Tropenlicht des Hofes sonnen und das angenehmste Leben führen. Auf Inseln, die von Fremden nur selten besucht werden, pflegt der erste Seemann, der sich dort niederläßt, in den Haushalt des obersten Häuptlings oder Königs aufgenommen; zu werden, wo er die verschiedensten Ämter bekleidet. Als Hofhistoriograph gibt er den Eingeborenen Kunde von fernen Ländern; als Kommissar für Kunst und Wissenschaften lehrt er sie den Gebrauch des Klappmessers, und wie man alte Eisenhaken in Speerspitzen umarbeitet, als Dolmetscher Seiner Majestät vermittelt er den Verkehr mit Fremden; außerdem erteilt er allgemeinen Sprachunterricht, lehrt die Leute englisch sprechen und fluchen, vorzugsweise das letztere. Diese Leute machen gewöhnlich gute Partien, oft heiraten sie, wie Hardy auf Hannamenu, Damen der königlichen Familie. Sehr häufig findet man sie in der Stellung erster Kammerherren. Auf Amboi, einer der Tonga-Inseln, ist ein Landstreicher aus Wales Mundschenk Seiner Kannibalischen Majestät. Er mischt ihm seinen Morgentrank aus Awa und reicht ihn dem Herrscher kniend in einer schön geschnitzten Kokosnußschale. Auf einer anderen Insel der gleichen Gruppe, wo es Sitte ist, das Haar zu einem mächtigen und schwierigen tiaragleichen Aufbau zu frisieren, ist ein alter Marinesoldat königlicher Barbier. Da Seine Majestät nicht sehr reinlich ist, so ist sein Schopf reich bevölkert; und wenn John nicht mit der Frisur beschäftigt ist, so ist es seine Aufgabe, seinen Herrn sachte zu kratzen; ein spitzes Stäbchen, das zu diesem Zweck dient, steckt beständig im Haar des Königs.

Selbst auf den Sandwich-Inseln sind eine Menge Ausländer niederster Herkunft um die Person Tammahammahas beschäftigt. Ein munterer kleiner Neger in einer fleckigen blauen Jacke, die über und über mit rostigen Schellenknöpfen und mit abgenutzten Goldlitzen besetzt ist, Billy Loon genannt, ist königlicher Trommler und Tamburinschläger. Ein Portugiese mit einem Holzbein – das echte verlor er auf der Walfischjagd –, spielt die Geige, und Mordechai, wie er sich nennt, ein höchst verdächtig aussehendes Individuum, unterhält den Hof mit Taschenspielerstückchen. Alle diese Müßiggänger bekommen kein festes Gehalt und sind auf die gelegentliche Freigebigkeit ihres Herrn angewiesen. Hie und da lassen sie in den Tanzhäusern von Honolulu eine Rechnung anstehen, die der erlauchte Tammahammaha III., wenn er höchstselbst diese Häuser besucht, für sie bezahlt. Vor einigen Jahren kam ein Auktionator hin und führte auf den Sandwich-Inseln die erste Versteigerung durch; der König bot begeistert mit und fand die Sache entzückend. Er ersuchte den Mann, bei ihm zu bleiben: er sollte gut versorgt werden. Aber der Auktionator wollte nicht, und so kam er um die Ehre, einen elfenbeinernen Hammer auf einem Samtkissen bei der nächsten Krönungsfeierlichkeit im Zuge tragen zu dürfen.

Wir dachten natürlich nicht an so niedrige Stellungen, sondern hofften, wenn wir der Königin von Taheiti nur vorgestellt wurden, irgendein weit ehrenvolleres Amt zu bekleiden und mit einer anständigen Versorgung in Brotfrucht und Kokosnüssen auf die Zivilliste gesetzt zu werden. Wir hatten gehört, daß die Königin, um den Ansprüchen der Franzosen besser widerstehen zu können, so viel Fremde als möglich um sich versammelte. Ihre Vorliebe für Engländer und Amerikaner war bekannt. Zeke hatte uns mitgeteilt, daß die Räte der Königin in Partuwei ernstlich an einen Angriff auf die Eindringlinge dachten. In diesem Fall rechnete der Doktor als Militärarzt und ich mindestens als Leutnant unterzukommen. Aber wenn wir auch nach Hohem strebten, so ließen wir doch auch geringere Aussichten nicht unbeachtet. Der Doktor hatte mir gesagt, daß er vortrefflich die Geige spiele. Ich riet ihm daher dringend, gleich nach unserer Ankunft in Partuwei sich irgendwo eine Violine zu leihen und, wenn das nicht ging, selbst irgendein derartiges Instrument zu konstruieren und dann um eine Audienz bei der Königin zu bitten. Ihre wohlbekannte Leidenschaft für Musik mußte ihm zugute kommen. »Und wer weiß,« sagte mein witziger Freund, indem er den Kopf zurückwarf und mit dem einen Arm über dem anderen bereits die Bewegung des Fiedelns machend, »ob ich mich nicht in die Gunst Ihrer Majestät hineingeige und eine Art Rizzio der taheitischen Fürstin werde?«

Nur die unrühmliche Art, in der wir Tameh vorzeitig hatten verlassen müssen, ließ den Doktor und mich nicht mit vollem Vertrauen in die Zukunft blicken. Unter Zekes Schutz waren wir vor jeder ungehörigen Einmischung der Eingeborenen sicher. Aber auf einsamen Wanderwegen liefen wir stets Gefahr, als Ausreißer aufgegriffen und nach Taheiti zurückgeschickt zu werden. Die Belohnungen, die immer wieder auf das Ergreifen von Schiffsdeserteuren ausgesetzt werden, machen den Eingeborenen jeden Fremden verdächtig.

Wir hätten daher gerne einen Paß gehabt; aber derartige Papiere waren auf Imio noch vollkommen unbekannt. Da meinte das lange Gespenst, wir könnten von dem Yankee, der auf der ganzen Insel wohlbekannt und geachtet war, ein Papier bekommen, in dem er bestätigte, daß wir in seinen Diensten gestanden hatten und weder Räuber noch Deserteure waren. Auch wenn es in englischer Sprache geschrieben wurde, genügte es für unseren Zweck; denn die unwissenden Eingeborenen haben vor jedem Schriftstück die größte Ehrfurcht und wagten sicherlich nicht, uns zu belästigen, solange sie den Inhalt nicht genau kannten. Im schlimmsten Fall konnten wir uns an den nächsten Missionar wenden und ihn bitten, den Paß zu verlesen. Zeke fühlte sich sehr geschmeichelt, da wir von seinem Ruf eine so hohe Meinung hatten; der Doktor wollte ihm das Schreiben aufsetzen; aber er erklärte, es selbst verfassen zu wollen. Mit einer Hahnenfeder, einem fleckigen Papierbogen und einem mutigen Herzen ging er ans Werk. Er war an schriftliche Aufsätze nicht sehr gewöhnt, und die Geburt war eine schwierige. Aber schließlich kam das merkwürdige Dokument zustande. Es wurde nicht datiert, denn »in dem verdammten Klima hier«, sagte Zeke, »kann man sich unmöglich die Monate merken; Jahreszeiten gibt's nicht, keinen Sommer und keinen Winter, und so denkt man immer, es ist Juli, weil's so verteufelt heiß ist.«

Einen Paß hatten wir nun und überlegten, wie wir am besten nach Telu kommen konnten. Die Insel Imio ist beinahe überall von einem regelrechten Wellenbrecher aus Korallen umgeben, der nicht ganz eine Meile vom Strande liegt. Der glatte Kanal innerhalb des Riffs bietet die beste Verkehrsstraße, um so mehr als alle Niederlassungen mit Ausnahme Tamehs an der See liegen. Die Einwohner sind so träge, daß sie lieber dreißig Meilen um die Insel fahren als eine Viertelstunde über Land zum nächsten Ort gehen. Allerdings hat auch die Furcht vor den wilden Rindern damit zu tun.

Wir wären ganz gerne gleichfalls in einem Kanu gefahren, aber wir konnten keines bekommen. Erstens hatten wir kein Geld, die Miete zu bezahlen; zweitens hätte der Eigentümer es selbst wieder holen und den ganzen Weg am Strande zu Fuß machen müssen. Dazu hatte niemand Lust, und so mußten wir zu Fuß gehen; allerdings hofften wir unterwegs bald ein Kanu zu sehen, das in gleicher Richtung fuhr und uns aufnehmen würde. Die Pflanzer sagten uns, daß es keinen angelegten Weg gäbe und wir nur immer dem Strand folgen und keinen noch so verlockenden Pfad ins Land hinein einschlagen sollten. Kurz, der längste Weg nach Telu war der nächste. Wir konnten gewiß sein, kleine Ortschaften und hie und da einsame Fischerhütten am Strande zu finden, in denen wir reichlich Essen erhalten könnten und niemand Bezahlung fordern würde; Vorräte brauchten wir also nicht mitzunehmen.

Am nächsten Morgen vor Sonnenaufgang wollten wir aufbrechen und die kühlste Tageszeit zur Wanderung benutzen; wir sagten daher unseren freundlichen Wirten schon jetzt Lebewohl, gingen an den Strand hinab, schoben unser schwimmendes Bett ins Wasser und schliefen vergnügt bis zur Morgendämmerung.

Zweiundsechzigstes Kapitel

Am vierten Tage des ersten Monats der Hegira oder der Flucht aus Tameh – denn dies war von nun an unsere Zeitrechnung – standen wir frisch und früh auf und hatten das Tal von Martehr hinter uns, noch ehe selbst die Fischer sich rührten. Der Morgen dämmerte eben am unteren Rande einer Schicht purpurfarbener Wolken, aus denen die dunstigen Bergspitzen von Taheiti ragten. Der tropische Tag schien zu matt, sich zu erheben. Von Zeit zu Zeit färbte er die Wolkenränder grau und rot, aber dieses zarte Licht schwand wieder, und alles lag im Trüben wie vorher. Endlich streute er dünne blasse Strahlen aus, die heller und heller wurden, bis zuletzt der goldene Morgen wie mit einem mächtigen Entschluß aus dem Osten aufsprang und seine leuchtenden Strahlen immer höher und höher nach allen Seiten über den Himmel sendete. Ein schwacher Luftzug kam, mit allen Düften aus den Hainen Taheitis beladen und von seinem Weg über die Wasser gekühlt, herüber; zu unseren Füßen lag der feuchte, weiche Strand, von dem die Wellen sich eben zurückgezogen hatten. Der Doktor war in seiner besten Laune; er legte seine Rura ab und stieg um sich spritzend ins Meer, schwamm ein paar Schritte, watete wieder zum Ufer zurück und hüpfte, tanzte und sprang den Weg entlang.

Was ist selbst die gepriesene Unabhängigkeit, die man im Sattel fühlt, gegen die erste Morgenfreude fröhlicher Fußgänger!?

Leichtherzig und sorgenfrei zogen wir unseres Weges. Wie wundervoll sind die Tropen für jeden Landstreicher, wie wir es waren, und für geldlose Leute überhaupt! In diesen üppigen Gebieten werden alle Bedürfnisse von selbst geringer, und die übrigen sind so leicht befriedigt: auf ein Dach, auf Brennholz und, wenn es sein muß, auch auf Kleidung kann man leicht und vollständig verzichten. Wie schlimm ist es dagegen in unseren harten nördlichen Breiten! Das Los eines armen Teufels zwanzig Grad nördlich vom Wendekreis des Krebses ist beklagenswert.

Aber der Strand wurde immer enger, und zuletzt reichte das Dickicht beinahe bis ans Meer. An Stelle des glatten Sandes war der Boden mit scharfem Korallenbruch bedeckt, der das Gehen höchst unangenehm machte. »Herrgott! mein Fuß!« brüllte der Doktor, und er holte das verletzte Glied, wie von einem elektrischen Schlag getroffen, behufs genauerer Untersuchung in die Höhe. Ein scharfer Splitter war ihm durch ein Loch im Stiefel ins Fleisch gedrungen. Meine Sandalen waren noch schlimmer; sie behielten gleichsam ein Tiefdruckbild von jedem Gegenstand, auf den ich trat.

Als der Strand eine scharfe Krümmung machte, kamen wir wieder auf offenen Grund. In der Ferne auf einem Hügel, dessen Abhang ins Wasser führte, stand ein Fischerhaus. Als wir näher kamen, sahen wir, daß es eben erst und höchst einfach gebaut war; die Bambusstäbe waren noch grün wie Gras und das Blätterdach neu und duftend wie frisch gemähtes Heu. An drei Seiten stand die Hütte offen; wir konnten also bequem hineinsehen. Niemand rührte sich darin, und wir sahen auch nichts als eine plumpe, alte Truhe, wie die Eingeborenen sie herstellen, ein paar Kalebassen und Tappabündel, die von einem Pfahl hingen, und in einer dunkeln Ecke einen Haufen, der noch nicht deutlich erkennbar war. Erst bei genauerer Untersuchung erwies er sich als ein liebevolles, altes Paar, das Arm in Arm, in einen Tappamantel eingerollt, schlief.

»Hallo! Philemon!« rief der Doktor, indem er den, der einen Bart trug, schüttelte. Aber Philemon hörte ihn nicht; dagegen fuhr Baucis, ein verrunzeltes, altes Geschöpf, in Schrecken auf und begann laut zu schreien. Da keiner von uns sie zu knebeln versuchte, beruhigte sie sich, und nachdem sie uns lange angestarrt und ein paar unverständliche Fragen gestellt hatte, versuchte sie ihren noch immer schlummernden Gatten zu wecken. Aber er war nicht zu wecken. Alles Knuffen, und Kneifen sowie alle Liebesworte der treuen Gattin waren vergeblich; er lag auf dem Rücken wie ein Klotz und schnarchte wie ein Kavallerietrompeter.

»Na, meine gute Frau,« sagte das lange Gespenst, »laßt mich einmal versuchen.« Damit faßte er den Schläfer an der Nase, zog ihn daran empor in sitzende Haltung und hielt ihn fest, bis er die Augen öffnete. Philemon sah verblüfft um sich, dann sprang er auf, zog sich in eine Ecke zurück und betrachtete uns ernst und ehrerbietig. »Gestatten Sie, mein lieber Philemon, daß ich Ihnen meinen hochgeschätzten Freund und Kameraden Paul vorstelle«, sagte der Doktor, mich mit höchster Eleganz und Grazie heranführend. Allmählich kam Philemon zu sich, und zu unserer Überraschung redete er sogar ein wenig englisch. Soweit wir ihn verstehen konnten, wollte er sagen, daß er bereits wisse, daß zwei »Karhauris« sich in der Nachbarschaft befänden, daß er sich freue, uns zu sehen, und uns sogleich etwas zu essen bereiten werde. Er war früher in Papiti gewesen, wo die Sprache der Eingeborenen überall mit den beliebtesten Seemannsausdrücken verbrämt ist, schien auch sehr stolz darauf zu sein und teilte es uns sogleich mit, wie ein Provinzler einem überall zu verstehen gibt, daß er seinerzeit in der Hauptstadt gewohnt hat. Er redete uns zuviel, so daß wir ihm scharf bedeuteten, er möge zunächst das Frühstück machen; dann wollten wir seine Geschichten hören. Höchst amüsant war es zu beobachten, wie liebevoll die beiden alten Halbwilden miteinander umgingen, während sie sich mit den Kalebassen beschäftigten. Offenbar sagten sie in ihrer Sprache beständig »ja, mein Lieb« und »nein, mein Leben«, wie es junge Paare tun.

Sie gaben uns auch ein ordentliches Essen und versicherten uns, als wir es lobten, immer wieder, daß sie nichts dafür verlangten; ja mehr, wir sollten nur bleiben, solange wir wollten, und solange wir blieben, wäre ihr Haus und alles, was sie hätten, nicht ihr Eigentum, sondern das unsere; sie selbst wären unsere Sklaven, und die alte Dame in einem Maße, das uns völlig überflüssig schien. Das ist taheitische Gastlichkeit. In Polynesien ist die Gastfreundschaft höchstes Gebot. Ein Eingeborener von Waierar, dem westlichen Teil Taheitis, kommt auf der Reise nach Partuwei, dem östlichsten Dorf von Imio: er ist dort völlig fremd, aber an allen Haustüren rufen die Bewohner ihm zu, bitten ihn, einzutreten und ihr Haus als das seine anzusehen. Der Reisende geht ruhig weiter, prüft jedes Haus, bis er vor einem stehenbleibt, das ihm gefällt, und mit den Worten »Ah, ina mehteh« (»dies scheint gut«) tritt er ein, wirft sich auf die Matten und bittet um eine junge Kokosnuß und um ein Stück gerösteter Brotfrucht, aber dünn geschnitten und gut gebräunt.

Wenn es sich aber dann später zeigt, daß dieser Fremde kein eigenes Haus hat, dann kann er nachher um einen Unterstand betteln gehen. Nur bei den »Karhauris«, den Weißen, wird eine Ausnahme gemacht. Es ist also genau, wie in den zivilisierten Ländern, wo diejenigen, die selbst Häuser und Landgüter haben, mit Einladungen überschüttet werden, während mancher andere anständige Mensch, der einen fadenscheinigen Rock trägt und dem die Einladung wirklich willkommen und wertvoll wäre, lange darum bitten kann. Zur Ehre der alten Taheitier muß ich sagen, daß diese Einschränkung ihrer Gastfreundschaft, wie Kapitän Bob mir sagte, in alten Zeiten unbekannt war und erst mit der neuen Verderbnis aufkam.

Es gilt in Polynesien für einen »Treffer«, wenn es einem Manne gelingt, in eine Familie zu heiraten, mit der der bessere Teil der Gemeinde verwandt ist (bei uns in Europa gibt es das natürlich nicht), denn dann stehen ihm, wenn er auf Reisen geht, um so mehr Häuser offen und um so vollkommener zur Verfügung.

Schließlich verabschiedeten wir uns von Philemon und Baucis, die uns mit ihrem väterlichen Segen entließen, und beschlossen, an der nächsten Stelle, die uns gefiel, wieder zu verweilen. Wir brauchten nicht lange zu suchen. Nach einer angenehmen Wanderung über den muschelbedeckten Strand kamen wir an weite Wiesen, die sich zum Wasser senkten; das Ufer war schilfbewachsen, auf den Wiesen standen Baumgruppen. In einer kleinen, korallenummauerten Bucht schaukelte eine Flotte von Kanus. Wenige Schritte davon entfernt, standen auf einer natürlichen Terrasse mehrere Eingeborenenhäuser mit neuen Dächern, die wie Sommerlauben durch die Blätter glänzten. Näherkommend, hörten wir ein Stimmengewirr, und jetzt erschienen drei fröhliche Mädchen, die von Lebenslust, Gesundheit und Jugend strahlten und voll heiteren Mutwillens waren. Die eine trug ein flatterndes Kattunkleid; ihr langes, schwarzes Haar hing in zwei prachtvollen Flechten, die an den Enden verschlungen und mit grünen Ranken umwunden waren. Aus ihrem freien und selbstbewußten Auftreten schloß ich, daß sie eine junge Dame aus Papiti sein mußte, die bei Verwandten auf dem Lande zu Besuch war. Ihre Begleiterinnen trugen nur winzige Baumwollröckchen und das Haar aufgelöst, und obschon auch sie sehr hübsch waren, waren sie doch zurückhaltend und verlegen, wie es Provinzlerinnen zu sein pflegen. Die zuerst genannte kleine Zigeunerin kam sehr herzlich auf mich zu, begrüßte mich auf taheitische Art und überschüttete mich derart mit Fragen, daß ich nichts davon verstand und noch weniger antworten konnte. Aber soviel war klar, daß wir in Luhulu, wie sie den Ort nannte, herzlich willkommen waren. Der Doktor bot jeder der beiden anderen jungen Damen galant den Arm; sie verstanden diese Höflichkeit zwar nicht, hielten es aber zuletzt für einen scherzhaften Einfall und nahmen es an. Die drei Fräulein stellten sich uns sogleich vor: mein Kamerad führte Farnowar, die Taggeborene, und Farnupu, die Nachtgeborene. Die mit den langen Flechten hieß Marhar-Rarar, die Wachsame oder die Helläugige.

Inzwischen erschienen auch die übrigen Hausbewohner, ein paar alte Männer und Frauen und mehrere stämmige junge Burschen, die sich die Augen rieben und gähnten. Alle drängten sich um uns und fragten, woher wir kämen. Als sie hörten, daß wir mit Zeke bekannt waren, zeigten sie sich hocherfreut; einer erkannte sogar die Stiefel, die der Doktor trug. »Kiki (Zeke) mehte,« riefen sie, »nui nui hanna poterto« (macht viele Kartoffeln).

Es gab nun einen kleinen freundlichen Streit, wer die Ehre haben sollte, uns zu bewirten. Endlich nahm ein hochgewachsener alter Herr namens Marharweh, mit kahlem Kopf und weißem Bart, uns bei der Hand und führte uns in sein Haus. Drinnen wies Marharweh mit seinem Stab auf seine ganze Habe und versicherte uns so oft, daß sein Haus das unsere sei, daß der Doktor zuletzt vorschlug, er möchte die Sache gleich notariell machen.

Es war gegen Mittag, und nach einem leichten Frühstück von gerösteter Brotfrucht, einigen Zügen aus der Pfeife und fröhlichem Geplauder mahnte unser Wirt an die Siesta. Wir folgten dem Rat, und alles legte sich schlafen.

Dreiundsechzigstes Kapitel

Mitten am fröhlichen milden Nachmittag wurden wir zum Essen im Grünen unter einem offenen Schutzdach von Palmenzweigen gerufen, das mit seinem Rande so weit herabreichte, daß wir uns bücken mußten, um darunter zu treten. Der Boden war mit wohlriechenden Farnkräutern, Nehi genannt, bestreut; sie waren frisch gepflückt und verbreiteten, wenn man sie mit dem Fuß bewegte, den süßesten Duft. Auf der einen Seite lagen gelbe Matten mit eingewebten hellroten Rindenstreifen. Hier saßen wir auf türkische Art und sahen über das grüne Ufer auf das weite, blaue, stille Meer hinaus. Wir waren nun so weit um die Insel herumgekommen, daß Taheiti nicht mehr zu sehen war.

Über die Farnkräuter waren mehrere Lagen dicker breiter Purublätter gelegt und über sie neugepflückte Bananenblätter, jedes mindestens vier Fuß lang und sehr breit, ohne die Stiele, so daß sie völlig flach lagen. Dieses grüne Tischtuch war in folgender Weise gedeckt: als Teller dienten Purublätter; neben jedem stand eine einfache Kokosnußschale, die zur Hälfte mit Meerwasser gefüllt war, und ein taheitisches Brötchen, nämlich eine braungeröstete kleine Brotfrucht. Eine ungeheure Kalebasse in der Mitte war mit zahllosen kleinen Päckchen aus feuchten dampfenden Blättern hoch angefüllt, und jedes Blatt enthielt einen kleinen in der Erde gebackenen Fisch. Neben dieser Pyramide stand auf jeder Seite noch eine schöne Kalebasse, die eine bis an den Rand mit goldfarbenem »Pol«, einem Pudding aus rotem Bergwegerich, gefüllt, die andere mit Kuchen aus indischer Rübe, die in einem Mörser zerrieben, mit Kokosmilch vermischt, zu einem Teig geknetet und dann gebacken wird. Zwischen den drei Schüsseln lagen junge, geschälte Kokosnüsse aufgeschichtet, die oben geöffnet waren, so daß jede einen vollen Trinkbecher darstellte.

In einer Ecke war eine Art Seitentisch gebreitet, auf dem in ihrem hellen Kleide die fettesten Bananen lagen, außerdem rote, reife »Ewis« oder »Guavas«, deren purpurnes Fleisch durch die durchsichtige Schale leuchtete, dann Orangen, die zum Teil braun wie Beeren waren, und große stattliche Melonen; ein wunderbarer Haufen, alle Früchte frisch, rötlich reif und rund, vom überquellenden Reichtum des tropischen Bodens zeugend, der all diese Herrlichkeiten trug!

»Welch ein Land der Gärten!« rief der Doktor entzückt und damit kostete er rasch von einer Frucht, die temperamentvolle Herren wie er besonders lieben, nämlich von den reifen, roten Lippen Fräulein Taggeborens, die dastand und zusah.

Marbarweh wies seinen Gästen Plätze an und das Mahl begann. Ich fühlte mich verpflichtet, ihm irgendwie unsere Anerkennung auszusprechen; ich stand daher auf und hob den Kokosnußbecher mit Pflanzenwein ihm entgegen, wobei ich den üblichen Gruß sprach: »Eir Ehren, boyoih.« Er begriff, daß ich ihm eine Höflichkeit nach der Sitte der Weißen erweisen wollte, und mit einem Lächeln und einer höflichen Handbewegung bat er mich, Platz zu nehmen. Kein Volk kann die Leute von Imio an unbefangenem und vornehm-anmutigem Benehmen übertreffen.

Den Doktor, der neben ihm saß, nahm unser Wirt in seinen besonderen Schutz. Er legte eines der Fischpäckchen vor ihn, öffnete es und empfahl ihm den Inhalt ganz besonders. Aber mein Gefährte gehörte zu denen, die für sich zu sorgen wissen. Er aß unzählige »Pihih Li Lis« (kleine Fische), aß seine Brotfrucht und die seines Nebenmannes und bediente sich rechts und links mit all der Sicherheit eines erfahrenen Tischgastes. »Paul,« sagte er schließlich, »du kommst ja nicht vorwärts; warum versuchst du die Pfeffersoße nicht?« Und damit tauchte er einen Bissen in die Nußschale mit Seewasser. Ich folgte seinem Beispiel und fand es bitter, aber wohlschmeckend; es ersetzte das Salz. Auf Imio wird das Seewasser stets in dieser Weise verwendet.

Die Fische waren köstlich; bei dem Backen in der Erde geht kein Saft verloren, und sie werden ungewöhnlich mild und zart. Der Wegerichpudding war fast zuviel, die Kuchen aus indischer Rübe ganz wohlschmeckend und die geröstete Brotfrucht knusprig wie frische Brötchen.

Während des Mahles ging ein eingeborener Bursche mit einem langen Bambusstab rund um die Tafel und klopfte von Zeit zu Zeit vor jedem Gast mit dem Stab auf das Tischtuch, wobei eine helle Masse aus der Höhlung fiel, die »Launih« genannt wurde und etwa wie weißer Käse schmeckte. Sie wird folgendermaßen bereitet: das geröstete Fleisch reifer Kokosnüsse wird mit Kokosmilch und Salzwasser angefeuchtet und unter Verschluß gehalten, bis es in Gärung übergegangen ist.

Während der Mahlzeit wurde lebhaft geplaudert, und an Gesprächigkeit waren uns die Eingeborenen weit überlegen. Die jungen Damen plauderten lebhaft mit und trugen zur allgemeinen Heiterkeit bei. Als der Doktor sich schließlich völlig befriedigt zurücklehnte, sprangen sie auf und bewarfen ihn mit Orangen und Guavas. Mit diesem Spiel endete das Mahl.

Durch hundert launige und seltsame Einfälle machte sich mein langer Freund bei den Leuten beliebt; sie gaben ihm einen langen und komischen Beinamen, der zugleich auf seine Größe und die Rura anspielte, denn dieses Kleidungsstück erregte die Aufmerksamkeit jeder Person, der wir begegneten. Die Leute von Taheiti haben eine Leidenschaft für Spitznamen. An wem sie nur die geringste Eigentümlichkeit entdecken, der erhält einen solchen. Der Kapitän eines Kriegsschiffs, der besonders wichtig und großartig auftrat, mußte, als er Taheiti zum zweitenmal besuchte, entdecken, daß die Eingeborenen ihn nicht sehr ehrerbietig »Puddingkopf« nannten. Davor schützt kein Rang. Der erste Gatte der regierenden Königin war in Hofkreisen als der »Topfbauch« bekannt. Er trug, wie seinerzeit König Georg IV., den größten Teil seines Körpers vor sich her. Sogar »Pomari« selbst, der Name des königlichen Hauses, war ursprünglich nur ein Spitzname und bedeutet wörtlich »einen, der durch die Nase spricht«. Der erste Monarch des Namens hatte sich auf einem Kriegszug, als er in den Bergen übernachten mußte, einen Schnupfen geholt, und ein witziger Höfling hatte ihm sogleich diesen Namen beigelegt.

Wie unendlich verschieden vom beweglichen Polynesier ist darin, wie in allem und jedem, der ernste und würdevolle nordamerikanische Indianer! Während in der Südsee die Namen stets nach irgendeiner humoristischen oder schimpflichen Eigenheit gegeben werden, bringt der rote Mann seine stolze Würde und seine kriegerischen Eigenschaften in ihnen zum Ausdruck; ein aristokratisches und kriegerisches Pathos ist ihm eigen, das sich in Namen wie »Weißer Adler«, »Junge Eiche«, »Feuerauge«, »Gespannter Bogen« verrät.

Vierundsechzigstes Kapitel

Während der Doktor und die Eingeborenen ihr Verdauungsschläfchen hielten, sah ich mir die Landschaft an, die so herrliche Früchte spendete. Zu meiner Überraschung fand ich einen stattlichen Streifen Landes in der Nähe, der auf der Seeseite durch einen Hain von Kokospalmen und Brotfruchtbäumen geschützt war, trefflich angebaut. Süße Kartoffeln, indische Rübe und Yams, Melonen, auch Ananas und andere Früchte wuchsen dort. Sehr schön war eine sorgfältig gehaltene Pflanzung junger Brotfrucht- und Kokosnußbäume: hier schien der sorglose Polynesier einmal an seine Nachkommen zu denken. Aber dies war auch der einzige Fall, in dem ich bei einem Eingeborenen ein wirtschaftliches Verhalten beobachten konnte. Sonst fiel mir bei allen Wanderungen über Taheiti und Imio nur auf, wie spärlich die Fruchtbäume waren, die in Überzahl vorhanden sein könnten. Ganze Täler von unerschöpflicher Fruchtbarkeit, wie in Martehr, bleiben sich selbst und dem wilden Pflanzenwuchs überlassen. Schwemmland am Seeufer, das die Gießbäche von den Bergen bewässern, ist mit wilden, Guavabüschen überwachsen, die die Fremden eingeführt hab und die sich mit so verhängnisvoller Schnelligkeit ausbreiten, daß sie demnächst die ganze Insel bedecken werden. Selbst baumloses Land, das mit sehr geringer Mühe in Obstgärten verwandelt werden könnte, liegt vernachlässigt. Wenn ich an diesen unvergleichlichen Boden und das herrliche Klima dachte, dann erschienen mir die Eingeborenen in der Umgegend von Papiti unbegreiflich, die zum Teil Hunger leiden, aber die Gärten ringsumher wüst liegen lassen. Auf anderen ebenso fruchtbaren Inseln, auf denen die Eingeborenen noch im Urzustand leben, habe ich dies nie gefunden. Diese Lässigkeit ist um so erstaunlicher, als auch die Leute von Taheiti und Imio ihre Fruchtbäume hochschätzen. Sie kennen ihre Schönheit, all ihren Nutzen, die Leichtigkeit der Aufzucht, und trotzdem geschieht nichts. Die Kokospalme ist für den Polynesier der wahrhaftige Baum des Lebens; ihr mannigfacher Nutzen übertrifft selbst den des Brotfruchtbaums. Schon ihr Anblick ist herrlich. Neben ihren stolzen, hohen, graden Stämmen erscheinen die anderen Bäume wie geringere Geschöpfe. Jahr um Jahr ruht der Inselbewohner unter ihrem Schatten; ihre Früchte geben ihm Speise und Trank; mit ihren Zweigen deckt er seine Hütte und flicht aus ihnen die Körbe, in denen er seine Nahrung heimträgt; mit einem Fächer, der aus ihren jungen Blättern geflochten ist, verschafft er sich Kühlung, und ein Hut aus ihren Blättern schützt sein Haupt vor den Sonnenstrahlen; aus dem Faserstoff, der die Stiele an ihrer Basis umhüllt, macht er bisweilen Kleider; die einzelnen elastischen Fasern, an denen man Lambertsnüsse aufreiht, werden als Dochte benützt; die größeren Fruchtschalen, dienen, ausgefeilt und geglättet, als Trinkbecher, die kleineren als Pfeifenköpfe; die getrocknete, zottige, äußere Schale gibt Brennstoff; aus den Fasern dreht er Angelschnüre und Seile; mit einem Balsam, der aus dem Saft der Nuß gewonnen wird, heilt er seine Wunden; mit dem Öl, das aus dem Fruchtfleisch gepreßt wird, balsamiert er seine Toten ein.

Aus dem Stamm sägt er Pfähle, die sein Haus stützen; zu Kohle gebrannt, dient es ihm zum Kochen seiner Nahrung; mit einem Zaun aus Palmholzbohlen über einer Stütze von Steinblöcken hegt er sein Grundstück ein. Mit einem Paddelruder aus ihrem Holze treibt er sein Kanu durchs Wasser; die Keulen und Speere, mit denen er in die Schlacht zieht, sind gleichfalls daraus geschnitzt.

Als Taheiti noch heidnisch war, war ein Kokoszweig das Symbol der königlichen Würde. Palmenzweige, auf das Opfer im Tempel gelegt, heiligten es; mit ihnen trieben die Priester die bösen Geister aus. Das Abbild Oros, des großen Gottes ihrer Sagen, wurde stets in Kokosholz geschnitzt. Auf einer der Tongainseln steht ein Baum, der selbst als Gottheit verehrt wird. Auf den Sandwich-Inseln will man ihn zum nationalen Abzeichen machen.

Um die Kokospalme zu pflanzen, braucht man nur einen geeigneten Platz zu suchen, eine vollausgereifte Nuß in den Boden zu stecken und sich selbst zu überlassen. Nach wenigen Tagen drängt sich ein dünner lanzettförmiger Schößling durch eine winzige Öffnung in der Schale, durchbohrt die zottige Hülle und entfaltet drei blaßgrüne Blätter; nach unten treibt das weiche, weiße, schwammige Fleisch, das die Nuß jetzt vollkommen ausfüllt, ein paar Wurzelfasern; die natürlichen Pfropfen, die zwei Löcher an der entgegengesetzten Seite verschließen, werden ausgestoßen, die Fasern dringen hinaus und wachsen senkrecht in die Erde. Ein oder zwei Tage später, und die Schale, die zur Zeit der Keimreife so hart ist, daß man ihr mit einem Messer kaum beikommen kann, wird von der inneren Kraft gesprengt, und die kräftige junge Pflanze wächst empor; sie bedarf keiner Pflege, keines Pfropfens und reift schnell. Nach vier oder fünf Jahren trägt der Baum Frucht; in zehn Jahren hat er seine Höhe erreicht, wird in den folgenden immer stärker und hält sich beinahe ein Jahrhundert, Während dieser ganzen Zeit trägt er Früchte. Man kann oft an einem Baum zweihundert Nüsse zugleich zählen und daneben ungezählte weiße Blüten, die wieder zu Nüssen werden; und wenn auch ein ganzes Jahr nötig ist, ehe eine Nuß die Keimreife erreicht, so findet man doch nicht zwei Nüsse gleichzeitig am Stamm im selben Reifestadium. Mit Recht sagte ein Reisender, daß der Mann, der nichts weiter tut, der nur eine reife Kokosnuß in die Erde steckt, mehr für sich und seine Nachkommen leistet, als mancher durch seine Lebensarbeit in einem minder glücklichen Klima erreicht.

Am herrlichsten gedeiht der Baum dicht am Seeufer, wenn das Wasser bis an die Wurzeln spült. Das ist natürlich nur auf den Inseln möglich, die von einem Riff eingekreist sind, so daß die Brandung nicht an den Strand schlagen kann. Im Innern des Landes gedeiht er nicht so gut, obwohl er in jedem Boden Früchte trägt.

Auffällig ist, daß, wenn man das grüne Laubbüschel an der Spitze des Baumes abschneidet oder zerstört, er augenblicklich abstirbt; der Stamm, dessen Rinde so hart ist, daß eine Gewehrkugel sie kaum zu durchdringen vermag, verwittert und zerfällt in kurzer Zeit zu Staub. Vielleicht kommt das daher, daß der Stamm aus lauter dünnen, hohlen Fasern besteht, die hart und dicht aneinanderliegend von der Wurzel zum Gipfel laufen, so daß der Lebenssaft wie der Verfall sogleich den ganzen Stamm durchdringen können.

Die schönste und einzige Kokospalmenpflanzung, die ich auf den Inseln sah, befindet sich am Südufer der Bucht von Papiti. Sie wurde vor etwa einem halben Jahrhundert von dem ersten Pomari angelegt; der Boden war dafür besonders geeignet, und heute bilden die Palmen einen herrlichen Hain von etwa einer Meile Länge, durch den der Ginsterweg führt. Keine andere Pflanze, kaum ein Busch ist zwischen den Bäumen zu sehen. Ich wüßte keinen bezaubernderen Ort als diesen Hain in den Mittagstunden. Hoch oben rauschen die grünen Bogen, durch die die Sonnenstrahlen nur wie Funken dringen. Man glaubt durch unendliche Pfeilerhallen zu wandeln; nach allen Richtungen schneiden sich die stattlichen Schiffe und Gewölbe. Weit und breit herrscht das tiefste Schweigen; die Luft ist still und die Farben sind gedämpft und weich wie bei Sonnenuntergang. Nach der langen Windstille des Vormittags kommt der Seewind herein und die Kronen der tausend Bäume beginnen sich zu regen. Wenn die Brise stärker wird, hört man die Zweige aneinander schlagen und sieht die biegsamen Stämme schaukeln. Gegen Abend bewegt sich der ganze Hain hin und her und der Wanderer auf dem Ginsterweg hört von Zeit zu Zeit den Aufschlag der zur Erde fallenden Nüsse. Wie geworfene Bälle fliegen sie durch die Luft und springen oft viele Klafter weit über den Boden.

Fünfundsechzigstes Kapitel

Da wir die Gesellschaft in Luihulu sehr angenehm fanden, insbesondere die jungen Damen ganz umgänglich waren, und wir außerdem das herrliche Essen im Hause des alten Marharweh zu schätzen wußten, nahmen wir seine Einladung, noch ein paar Tage zu bleiben, gerne an. Dann, sagte er, konnten wir uns einem kleinen Ausflug in Kanus nach einem Platz, der ein oder zwei Meilen. entfernt lag, anschließen. Die Eingeborenen sind selbst jeder Anstrengung so abgeneigt, daß sie wirklich glaubten, die Aussicht, ein paar Meilen Fußwegs zu ersparen, würde uns fraglos zum Bleiben bestimmen.

In den Häusern auf dem Hügel wohnte eine gemütliche Vetterngemeinde, deren Haupt unser Wirt war. Marharweh war ein kleiner Häuptling, dem das Land, gehörte. Wie Kapitän Bob war er von der alten Schule und pflegte die Sitten der vergangenen Zeit und des Heidentums. Nirgends, außer in Tarnen, fanden wir die Lebenshaltung der Eingeborenen weniger verdorben und verändert. Das taheitische Mahl nach alter Art, das uns am Tag unserer Ankunft gegeben wurde, entsprach dieser Lebensführung.

Wir verbrachten eine köstliche Zeit. Der Doktor ging seine Wege und ich die meinen; er wanderte mit einer hübschen Gefährtin ins Land hinein, angeblich, um zu botanisieren, während ich mich meistens im Wasser aufhielt und manchmal die Mädchen in einem Kanu mit mir nahm. Oft gingen wir fischen, aber nicht mit stumpfsinnigen Angeln, sondern wir sprangen einfach ins Wasser und jagten unsere Beute, den Speer in der Hand, über die Korallenfelsen. Das ist ein herrlicher Sport. Die Leute von Imio fangen die Fische stets in dieser Weise. Die seichte Lagune zwischen Riff und Ufer und bei der Ebbe das Riff selbst eignen sich besonders dafür. Fast zu jeder Tageszeit, die der Mittagsruhe ausgenommen, kann man Fischjäger an der Arbeit sehen; mit lautem Hallo, die Speere schwingend, sieht man sie nach allen Richtungen durch das aufspritzende Wasser eilen. Bisweilen kann man einen einsamen Eingeborenen weit draußen auf einer Sandbank waten sehen, scharf ausblickend, mit gesenktem Speer. Aber am schönsten ist es bei Fackellicht auf dem großen Riff. Die Fackel ist nichts weiter als ein gut zusammengeschnürtes Bündel von trockenem Rohr, der Speer eine lange leichte Stange mit eiserner Spitze, die auf der einen Seite einen Widerhaken bildet. Nie werde ich die Nacht vergessen, in der der alte Marharweh und wir anderen zum Riff paddelten und bei Mitternacht unter lodernden Fackeln auf die Korallenbänke sprangen. Wir waren mehr als eine Meile vom Land entfernt. Das finstere Meer, das von draußen an die Felsen donnerte, spritzte den Schaum in unsere Gesichter und drohte die Fackeln zu verlöschen; soweit das Auge reichte, sahen wir zwischen dem dunkeln Himmel und dem Wasser einen weißen Streifen wolkigen Schaumes, der den Lauf der Korallenwand verriet. Die wilden Fischer sprangen, ihre Waffen schwingend, brüllend und schreiend wie Dämone, um die Fische aufzuscheuchen, von Bank zu Bank und schleuderten ihre Speere oft mitten in die Brandung.

Fische speeren war nicht der einzige Sport in Luhulu. Dicht am Ufer stand ein mächtiger alter Kokosnußbaum, dessen Wurzeln von den Wellen so ausgewaschen waren, daß der Stamm sich weit hinaus übers Wasser beugte. Von seiner Spitze hing ein kräftiges Rindenseil, dessen Ende etwa acht bis zehn Schritte vom Ufer das Wasser berührte. Das war eine taheitische Schaukel. Ein eingeborener Junge faßt das Seil, schwingt sich erst gemächlich hin und her, bis er plötzlich wie eine Rakete in die Luft steigt, daß er fünfzig und sechzig Fuß hoch über dem Wasser schwebt. Ich hatte nicht das Herz dazu; daher schickte ich einen Jungen hinauf, der eine zweite Schnur oben befestigte, und brachte unten einen bequemen Korb aus grünen Zweigen an, in dem ich mich mit einigen guten Freundinnen stundenlang über Land und Meer schaukelte.

Sechsundsechzigstes Kapitel

Hell war der Morgen und noch heller das Lächeln der jungen Damen, die uns begleiteten, als wir uns in einer Art Familienkanu – so weit und geräumig war es – einschifften und dem gastlichen Marharweh und seiner Gefolgschaft Lebewohl sagten. Sie blieben noch lange am Strande stehen und winkten, während wir davonruderten, und riefen »Eroha! Eroha!« (»Lebt wohl! Lebt wohl!«) solange wir in Hörweite waren. Auch uns machte der Abschied traurig, aber wir versuchten uns mit der Gesellschaft unserer Reisegenossen zu trösten. Von zwei alten Damen im Schiff, die kein Wort mit uns sprachen, ist nicht die Rede, noch von den alten Männern, die ruderten. Wohl aber von drei mutwilligen, dunkeläugigen, jungen Hexen, die sich's in der Gondel bequem machten. An erster Stelle Marhar-Rarar, die helläugige; weder sie noch die beiden Rangen, ihre Gespielinnen, hatten je daran gedacht, an der Fahrt teilzunehmen, bis der Doktor und ich die Absicht ausgesprochen hatten. Ihr Mitkommen war ein toller Streich, und alle drei waren ein paar mutwillige, nichtsnutzige Rangen, die uns ins Gesicht lachten, wenn wir sentimental wurden, und sich beständig über uns lustig machten. Irgend etwas an uns reizte sie unaufhörlich zum Lachen. Der Doktor, der dies seiner bemerkenswerten Erscheinung zuschrieb, vermehrte ihr Vergnügen, indem er den Hanswurst machte. Aber seine Schellenkappe klingelte immer zu einem bestimmten Leitmotiv, und während er den Hansnarren spielte, versuchte er in Wirklichkeit, Hans Liederlich zu sein. Bei uns zu Hause gilt es für vorteilhaft, in Uniform um Damengunst zu werben, bei den Polynesiern hat das bunte Gewand des Narren am meisten Erfolg.

Da sich eine frische Brise erhob, setzten wir unser Bastsegel und glitten zwischen dem weißen Riff und dem grünen Ufer so ruhig dahin, wie auf einem Fluß. Als wir um eine Landspitze bogen, begegneten wir einem anderen Kanu, in dem die Leute mit Macht in entgegengesetzter Richtung ruderten; wir wechselten Rufe, und ein langer Kerl am Bug tanzte wie verrückt umher. Sie schossen wie ein Pfeil vorüber, unsere Reisegenossen riefen vergeblich, daß sie anhalten sollten. Die Leute in unserem Boot sagten uns, es wäre ein königliches Postkanu, das eine Botschaft der Königin nach irgendeinem entfernten Teil der Insel trug.

Wir kamen nun an einigen schattigen Häuschen vorbei, die ganz einladend aussahen, und beschlossen, die Eintönigkeit der Seereise durch einen Spaziergang am Strande zu unterbrechen. Wir trieben unser Kanu durch die Büsche, wo ein verwitterter Palmbaum zum Teil im Wasser lag, und während die alten Leute im Schatten ein Schläfchen taten, führten wir die jungen Damen galant in den Hain, in dem Schlingpflanzen und kriechendes Buschwerk sich um die Stämme wanden.

Am frühen Nachmittag gelangten wir ans Ziel, nach dem die anderen fuhren, einem einsamen Hause, das von vier oder fünf alten Frauen bewohnt war, die, als wir eintraten, im Kreis auf den Matten saßen und aus einer gesprungenen Kalebasse Poï aßen. Sie schienen entzückt, unsere Gefährtinnen zu sehen, wurden aber steif, als wir vorgestellt wurden. Sie betrachteten uns argwöhnisch und wollten wissen, wer wir wären; auch dann behandelten sie uns mit betonter Kälte und Zurückhaltung und schienen unserem Verkehr mit den Mädchen ein Ende machen zu wollen. Wir aber hatten wenig Lust zu bleiben, wo wir nicht willkommen waren, und beschlossen sogleich aufzubrechen, ohne auch nur eine Mahlzeit zu nehmen. Damit aber waren Marhar-Rarar und ihre Freundinnen keineswegs einverstanden, und wie munter sie eben noch gewesen waren, und ohne sich um die Einwendungen der alten Damen zu kümmern, brachen sie in Schluchzen und Klagen aus, denen wir nicht widerstehen konnten. Wir beschlossen zu bleiben, bis auch sie aufbrachen, also bis zum »Ehiharar«, dem Sinken der Sonne.

Als die Stunde kam, schifften sie sich nach einem warmen und gerührten Abschied ein, und als das Kanu um einen Vorsprung bog, nahmen sie den alten Leuten die Ruder aus den Händen und winkten uns schweigend damit zu. Das bedeutete Schmerz und Rührung, denn mit dem Ruder winken beim Abschiednehmen nur die, die auf kein Wiedersehen rechnen.

Wir aber setzten unsere Wanderung am Strande fort und kamen bald zu einem überhängenden hohen Ufer, das, stellenweise mit Bäumen bewachsen, sich um einen beträchtlichen Teil der Insel zog. An seinem Rande führte ein guter Weg entlang, und oft hielten wir an, um das Bild der Landschaft zu genießen. Der Abend war besonders still und schön, selbst für dieses himmlische Klima. So weit das Auge reichte, sahen wir nur den blauen Himmel und den Ozean. Und so weit wir gingen, sahen wir das Riff vor uns, an das die Brandung unaufhörlich schlug und donnerte. Wie sie so immer wieder gegen die Korallenmauer anstürmten, sahen die Wogen aus der Ferne wie eine Reihe anspringender weißer Pferde aus, die, plötzlich angehalten, ihre weißen Mähnen schäumend schütteln. Diese großen natürlichen Wasserbrecher, die fast alle Inseln der Gruppe umgeben, bieten ihnen einen herrlichen Schutz. Wenn die mächtige Dünung des Stillen Ozeans an das lockere Schwemmland gelangen könnte, das an vielen Stellen das Ufer bildet, würde es bald weggespült und die Eingeborenen des fruchtbarsten Landes beraubt sein.

Die Korallenbänke bilden auch alle Häfen auf der Gruppe, und merkwürdig genug liegen die Öffnungen in den Riffen, durch die allein die Schiffe zu ihrem Ankergrund gelangen können, stets gegenüber der Mündung eines fließenden Wassers – für die Schiffer, die des frischen Wassers wegen anlegen, ein unschätzbarer Vorteil. Es scheint, daß das fließende Wasser, das vom Lande kommt, die Salzlösung des Meerwassers so verändert, daß die Korallenbildung an diesen Stellen gehindert wird. Da und dort liegen kleine Inselchen, grün wie Smaragd und mit nickenden Palmen bewachsen, wie Schildwachen an der Einfahrt. Man kann sich keine schönere Unterbrechung der langen weißen Brandung denken. Mit echt taheitischer Liebe zum Wasser wählte Pomari II. solch ein Inselchen, an dem wir auf unserem Wege vorüber kamen, für einen königlichen Landsitz aus.

Siebenundsechzigstes Kapitel

Etwa am zehnten Tage der Hegira waren wir die Gäste Varvys, eines alten Einsiedlers, der ein paar Meilen von Telu wohnte. Etwa einen Steinwurf vom Strande entfernt, stand in einer tiefen Senkung ein phantastischer, moosbewachsener Fels. Er erhob sich wie eine Insel aus einem seichten Bach, der ihn umfloß. Eine knorrige »Aoa«, die den Stein mit ihren Wurzeln umfing, breitete über ihm ihr Laubdach aus; die elastischen Luftwurzeln, die von den größeren Ästen hingen, drangen in jede Ritze des Felsens ein, andere, die den Stein noch nicht erreicht hatten, bewegten sich wie Peitschenschnüre in der Luft.

Varvys Hütte, die mehr einem Hühnerstall aus Bambus glich, lag auf einer abgeplatteten Stelle; die Dachstange hatte er mit einem Ende auf eine Astgabel des Baumes gestützt, während ein gespaltener Zweig, der in einer Ritze steckte, das andere trug.

Obwohl wir ihn anriefen, merkte der Alte, der auf einem Stein kniete und im Bache Fische reinigte, unsere Ankunft doch erst, als der Doktor seine Schulter berührte; er sprang auf und starrte uns an, dann hieß er uns mit vielen ungeschlachten Gebärden willkommen und machte uns gleichzeitig klar, daß er taubstumm wäre. Er winkte uns einzutreten; wir taten es, warfen uns auf eine alte Matte und sahen uns um. Die schmutzigen Bambusse und die Kalebassen sahen nicht eben einladend aus, und der Doktor war dafür, weiter bis Telu zu marschieren, obwohl die Sonne bereits im Sinken war. Zuletzt entschlossen wir uns dennoch, zu bleiben. Nachdem er sich eine Weile in einem verfallenen Schuppen draußen zu tun gemacht hatte, erschien der Alte mit dem Abendessen. In der einen Hand hielt er einen flackernden Docht, in der anderen eine große flache Kalebasse mit spärlichen Lebensmitteln. Seine Augen gingen zwischen uns und der Schüssel hin und her, als wollte er sagen: Was sagt ihr nun, Jungens? Das ist ein Essen! Was? Aber weder die Fische noch die Rüben waren gut; es war eine traurige Mahlzeit. Als sie beendet und die Reste weggeräumt waren, verließ unser Wirt uns für einen Augenblick und kam mit einer Kalebasse von stattlicher Größe zurück; sie hatte einen langen, gebogenen Hals, die Öffnung war mit einem hölzernen Pfropfen verschlossen. Erdkrumen hafteten an ihr, als wäre sie eben ausgegraben worden. Unter seltsamen Gebärden und dem schauerlichen Gekicher der Stummen öffnete der Alte das Gefäß; dabei sah er sich vorsichtig um und wies auf den Krug. Wir wußten, daß berauschende Getränke den Eingeborenen streng verboten waren, und betrachteten den Alten mit Interesse. Er füllte eine Kokosnußschale, stürzte sie hinunter, füllte sie neu und reichte sie mir. Der Geruch war unangenehm und ich machte ein Gesicht; darüber geriet er in so große Erregung, daß ein Wunder geschah. Er riß mir den Becher aus der Hand und rief: »Ah, Karhauri sabbi li-li ina awa tih mehteh!«; das hieß ungefähr: »Was für ein Dummkopf von einem Weißen! Das ist ein herrliches Getränk!«

Wenn ihm ein Frosch aus dem Munde gesprungen wäre, wir hätten nicht erstaunter sein können. Einen Augenblick schien er selbst verwirrt; dann legte er geheimnisvoll den Finger auf den Mund und gab uns zu verstehen, daß er nur zeitweilig der Sprache beraubt war. Der Doktor fand die Sache sehr merkwürdig und wollte seinen Kehlkopf untersuchen, aber darauf ließ er sich nicht ein.

Unser Wirt war uns einigermaßen verdächtig geworden; wir vermuteten, daß seine gespielte Stummheit ihm bei seinem verbotenen Gewerbe zustatten kam. Um ihm zu Gefallen zu sein, nahmen wir einen Schluck von seinem »Awa tih«; es war ein grober Fusel und stark wie die Hölle. Wir fragten ihn, wie er dazu käme, worauf er freudestrahlend das Licht nahm und uns aus der Hütte führte. Wir folgten ihm in den Waid und kamen zu einem verfallenen Dachschuppen aus Baumzweigen; darunter lagen Haufen von welkem Laub und ein mächtiges schwerfälliges Gefäß mit weiter Öffnung, das rauh aus einem großen Stein gehöhlt war. Der alte Mann setzte das Licht in den Steinkrug und verschwand. Er kam mit einem großen breiten Bambusrohr und einem gegabelten. Stock zurück, warf beides hin, zog unter Laub und Gerümpel einen rauhen Holzblock hervor, durch den ein Loch gebohrt war, und legte ihn auf den Krug. Dann pflanzte er den gegabelten Stock in einer Entfernung von etwa vier Fuß in den Boden, legte das eine Ende des Bambusrohrs darauf, steckte das andere in das Loch im Holzblock und setzte eine alte Kalebasse unter das entferntere Ende. Dann sah er uns schlau an, wies mit bewundernder Gebärde auf den ganzen Apparat und rief: »Ah, Karhauri, ina henna henna awa tih!« »So, weißer Mann, wird mein Branntwein gemacht!« Es war ein Destillationsapparat, wie ihn die Eingeborenen gebrauchen, und die Unordnung, in der alles lag, war offenbar eine beabsichtigte, um ihn vor Entdeckung zu schützen. Bevor wir den Platz verließen, nahm der Alte wieder alles auseinander und verbarg die Geräte.

Daß er uns sein Geheimnis enthüllte, war charakteristisch: der »Tuteh Aurihs« oder »Verächter der Missionare« nimmt an, daß alle Ausländer die Herrschaft der Missionare mißbilligen.

Er braute sein Getränk aus »Tih«; einer großen fasrigen Wurzel, ähnlich wie Yam, nur etwas kleiner. Im frischen Zustand ist sie außerordentlich herb, gebacken oder gesotten wird sie süß wie Zucker. Das »Tih« wird gekocht, mazeriert und in einen gewissen Gärungszustand gebracht, dann mit Wasser angerührt, und das Getränk kann destilliert werden.

Wir kehrten zur Hütte zurück, der Alte bot uns Pfeifen an; das lange Gespenst, dem der »Awa Tih« erst: ebensowenig gemundet hatte wie mir, begann Geschmack daran zu finden, der alte Säufer leistete ihm Gesellschaft: und der Doktor hatte bald einen Schwips. Man weiß, es gibt kein stärkeres Band des Wohlwollens und der Sympathie zwischen Männern, als wenn sie sich gemeinsam, betrinken, wenn es auch nur so lange hält, als der Zustand dauert. So saßen, auch Varvy und der Doktor in. schöner Eintracht beisammen und machten nähere Bekanntschaft. Aus übergroßer Höflichkeit versuchte jeder in der Sprache des anderen zu sprechen; und die Folge war ein derartiges Frikassee von Vokalen und Konsonanten, daß man, auch ohne mitzutrinken, betäubt werden, konnte.

Als ich am nächsten Morgen erwachte, hörte ich den Doktor sich mit Grabesstimme für verloren erklären. Er saß, beide Hände an die Stirn gedrückt, da, und sein blasses Gesicht war noch bleicher als sonst. »Das schauderhafte Zeug ist mein Tod!« rief er. »In meinem Kopfe dreht sich alles – was soll ich nur machen, Paul? Ich bin vergiftet!«

Nachdem er einen Kräuterabguß getrunken, den unser Wirt ihm braute, und mittags eine leichte Mahlzeit genommen hatte, wurde ihm besser, und er war bereit weiter zu wandern. Als wir aufbrachen, fehlten die Stiefel und waren trotz allem Suchen nicht zu finden. Rasend vor Wut erklärte der Doktor, Varvy müsse sie gestohlen haben; angesichts seiner Gastfreundschaft hielt ich das für sehr unwahrscheinlich, obwohl ich nicht wußte, wer es sonst getan haben konnte. Der Doktor blieb dabei, daß, wer unschuldige Reisende mit »Awa Tih« zu vergiften vermochte, zu allem fähig wäre. Aber sein Wettern und unser Suchen waren gleich vergebens; die Stiefel waren fort. Wäre das nicht passiert und Varvys Schnaps nicht so schlecht, so würde ich allen Reisenden, die den Strand entlang nach Partuwei wandern, empfehlen, auf dem Felsen einzukehren, um so mehr, als der alte Herr dort gratis ausschenkt.

Achtundsechzigstes Kapitel

Meine Sandalen waren indessen völlig unbrauchbar geworden; daher warf ich sie weg und ging mit dem Doktor barfuß. Auch er war jetzt der Ansicht, Stiefel seien nur eine Last, und barfuß zu gehen sei viel männlicher. Allerdings sagte er das, als wir über weichen Rasen gingen, der noch zu Mittag tauig im Waldesschatten lag. Nun aber kamen wir an einen sandigen Strich, auf den die Sonne niederbrannte, so daß der lose Kies unter unseren Füßen heiß wie ein Ofenrohr war. Was wir da an Schreien und Springen leisteten, war nicht zu übertreffen. Wir hätten bis zum Abend warten müssen, wären nicht im Sandboden kleine, zähe, einzelnstehende Büsche gewachsen, in denen wir unsere Füße kühlen konnten. Dabei mußten wir jeden Schritt überlegen, denn wenn der nächste Busch zu weit war, mußte man zu dem früheren zurück. Als wir diese Feuerwüste überschritten hatten, kam ein angenehmer Weg durch eine Wiese von hohem Gras, der unseren halbverbrannten Füßen wohltat und uns bis zu den ersten Häusern in einem Hain am Rande des Dorfes Partuwei führte. Der Doktor wollte gleich in das allererste eintreten; aber es sah für eine Eingeborenenwohnung so vornehm aus, daß ich zögerte; es mochte der Wohnsitz eines der höheren Häuptlinge sein, von dem wir keinen sehr warmen Empfang erwarten konnten. Während wir noch unentschlossen dastanden, rief eine Stimme aus dem nächsten Hause: »Erameh! Erameh, karhauri!« (Tretet ein! Tretet ein, Fremdlinge!)

Wir traten ein und wurden warm begrüßt. Der Herr des Hauses war ein sehr aristokratisch aussehender Eingeborener in weiten Leinenhosen, einem feinen weißen. Hemd und einer rotseidenen Schärpe, wie sie die Spaniel in Chile tragen. Er kam unbefangen auf uns zu, schlug mit der Hand auf die Brust und stellte sich als Eremiah Pao-Pao vor, was Jeremias Pao-Pao bedeutete.

Wenn ein Eingeborener getauft wird und etwas an seinem Namen dem Missionar bedenklich erscheint, so besteht dieser auf einer Änderung. Unser Wirt hatte Narmo-Nena Pao-Pao geheißen, was etwa bedeutete »Der den Teufeln bei Nacht trotzt«. Der Geistliche hatte ihm gesagt, daß solch ein heidnischer Name unmöglich sei und zum mindesten der Teil, der des Teufels war, ersetzt werden müßte. Es wurden ihm darauf eine Anzahl hochanständiger christlicher Namen vorgelegt, aus denen er wählen durfte: Adamo, Nuar (Noa), Davidar, Iarcobar (Jakob), Iorna (John), Petura (Peter), Eremiah usw. So wurde er Jeremias Pao-Pao, was etwa »Jeremias im Dunkeln« bedeutet.

Wir nannten ihm auch unsere Namen; darauf bat er uns, Platz zu nehmen, setzte sich selbst und stellte uns viele Fragen in einer Sprache, die eine Mischung von Englisch und Taheitisch war. Auch seine Gattin, eine starke, freundlich aussehende Frau von über vierzig Jahren, setzte sich zu uns, nachdem sie erst einen alten Mann beauftragt hatte, das Essen zu bereiten. Wir sahen in unseren beschmutzten und zerrissenen Reisekleidern nicht eben fein aus, und die gute Dame sah uns sehr mitleidig an und sprach in klagenden Lauten darüber.

Sie waren übrigens nicht die einzigen Bewohner des Hauses. In einer Ecke, auf einer großen Lagerstätte, die auf Pfosten stand, lag ein junges Mädchen, das, halb in ihr langes Haar gehüllt, sich erst noch anziehen mußte. Sie war Pao-Paos Tochter, und eine sehr schöne kleine Tochter, nicht über vierzehn, mit der entzückendsten Figur und großen haselnußbraunen Augen. Sie wurde Lu gerufen, und dieser hübsche vornehme Name paßte durchaus zu ihr, denn ein hübscheres und vornehmeres kleines Geschöpf wäre auf Imio nicht zu finden gewesen. Sie war übrigens eine kalte und hochmütige junge Schönheit und schenkte uns nicht die geringste Beachtung, höchstens daß sie uns hier und da mit gleichgültigen Blicken streifte. Da die Tränen, die die Mädchen von Luhulu an unserem Halse geweint hatten, noch kaum getrocknet waren, fühlten wir uns durch diese verächtliche Behandlung nicht wenig gekränkt.

Als wir eintraten, hatte Pao-Pao eben den Teppich von getrockneten Farnkräutern, die am Morgen frisch gestreut worden waren, mit einem Rechen geglättet; auf diesen duftenden Boden wurde auf einem großen Bananenblatt uns das Mahl vorgesetzt. Wir warfen uns hin und aßen gebackenes Schweinefleisch mit Brotfrucht von irdenen Tellern und zum erstenmal seit vielen Monaten mit Messer und Gabel.

Diese und andere Zeichen hoher Kultur erklärten uns die Zurückhaltung der kleinen Lu. Ihre Eltern waren zweifellos Magnaten, und sie eine Erbin.

Als sie hörten, daß wir im Tal von Martehr gewesen waren, wünschten sie zu wissen, was uns nach Telu führte. Wir deuteten nur an, daß wir des Schiffes wegen kämen, das im Hafen lag. Afriti, Pao-Paos Frau, war eine mütterliche Dame. Nach dem Mahl empfahl sie uns ein Schläfchen; und als wir erfrischt erwachten, führte sie uns zur Haustüre und wies in den Hain, wo wir zwischen den Bäumen Wasser schimmern sahen. Wir gingen dahin und fanden einen tiefen schattigen Teich, badeten und kehrten ins Haus zurück. Unsere Wirtin setzte sich zu uns, und nachdem sie den Mantel des Doktors mit großem Interesse betrachtet hatte, befühlte sie mein schmutziges, zerfetztes Gewand zum hundertsten Mal und rief klagend »ah, nui nui oli meni! oli meni!« (Ach! sehr, sehr alt! sehr alt!) Dabei glaubte die gute Frau das beste Englisch zu sprechen. Das Wort »nui« ist so allgemein gebräuchlich, auch bei den Fremden, daß die Eingeborenen es für ein Wort halten, das allen Sprachen gemeinsam ist. »Oli meni« ist die Eingeborenen-Aussprache des englischen »old man« (alter Mann), das sie auf Sachen wie auf Personen anwenden.

Darauf öffnete sie eine Truhe und entnahm ihr zwei vollständig neue Seemannsanzüge, Jacken und Hosen, bot sie uns mit freundlichem Lächeln, schob uns hinter einen Wandschirm aus Kattun und ließ uns dort allein. Ohne uns weiter zu sperren, legten wir die neuen Kleider an und sahen nach dem Mahl, dem Schlaf und dem Bad wie zwei Hochzeiter aus.

Als der Abend kam, wurden Lampen angezündet: die Lampe ist eine halbe grüne Melone, bis zu einem Drittel mit Kokosöl gefüllt; ein aus Tappa gedrehter Docht schwimmt auf der Oberfläche. Es gibt keine bessere. Nachtlampe: ein sanftes, träumerisches Licht dringt aus der durchscheinenden Schale.

Mit der Zeit erschienen noch andere Mitglieder des Haushalts: ein schlanker, junger Mann, sehr elegant, in einem gestreiften Hemde, während viele Ellen von hellem gemusterten Kattun, die er um den Leib geschlungen arte, zur Erde wallten. Er trug auch einen neuen Strohhut, mit drei Bändern darum, einem schwarzen, einem grünen und einem roten Schuhe oder Strümpfe trug er nicht. Dann kam ein Paar zierlicher olivenwangiger kleiner Mädchen, Zwillinge mit sanften Augen und herrlichem Haar, die halb nackt durch das Haus liefen wie ein Gazellenpaar. Sie hatten einen noch jüngeren Bruder, einen schönen dunklen Knaben, mit Augen wie die einer Frau. Alle waren die Kinder Pao-Paos, die er in rechtmäßiger Ehe gezeugt hatte. Außerdem waren noch zwei oder drei alte Damen in schäbigen Kleidern aus nicht sehr sauberem Tuch da, die ihnen auch so schlecht saßen, daß ich die Trägerinnen für ein paar arme Verwandte hielt, die von der Freigebigkeit der Dame Afriti lebten. Es waren traurige demütige alte Weibchen, die wenig redeten und noch weniger aßen und die Augen meist zu Boden schlugen oder sie nur bescheiden hoben.

Ihr Dasein war nur aus der Halbkultur der Insel zu erklären. Fast hätte ich den grinsenden alten Moni vergessen, der das Essen bereitet hatte; sein Kopf war eine kahle glatte Kugel; er hatte einen runden kleinen Bauch und Beine wie eine Katze. Er war Pao-Paos Faktotum, Koch und Kellermeister, hatte auf die Brotfrucht- und Kokosnußbäume zu klettern, um die Früchte zu holen, und stand bei seiner Herrin, mit der er stundenlang rauchte und schwatzte, sehr in Gunst. Ich sah ihn oft unermüdlich arbeiten, bis er plötzlich mitten darin, was es immer sein mochte, aufhörte, sich in eine Ecke warf und ein Schläfchen machte, wonach er wieder aufsprang und mit frischen Kräften weiterschaffte.

Irgend etwas in dem Verhalten Pao-Paos ließ mich schließen, daß er eine Säule der Kirche sein mußte, obschon ich dies nach meinen Erfahrungen in Taheiti kaum mit seinem offenen und herzlichen Wesen vereinen konnte. Aber mein Schluß war richtig: er war eine Art Kirchenältester, war auch ein vermögender Mann und der nahe Verwandte eines hohen Häuptlings. Bevor man zur Ruhe ging, versammelte sich der ganze Haushalt, und er las laut ein Kapitel aus der taheitischen Bibel vor, dann kniete er mit allen anderen hin und betete, worauf man schweigend auseinanderging. Diese Andachten fanden regelmäßig jeden Abend und jeden Morgen statt. Auch vor und nach dem Essen wurde jedesmal ein Tischgebet gesprochen. Nach dem, was ich sonst gesehen hatte, setzte mich der Ton in diesem Hause in Erstaunen. Pao-Pao war in der Tat ein Christ, ja er und seine Frau Afriti die einzigen wahren Christen, die ich unter den Eingeborenen Polynesiens kennengelernt habe.

Neunundsechzigstes Kapitel

Die Art, wie sie uns für die Nacht unterbrachten, war drollig. Am Fußende von Pao-Paos Ehebett stand quer eine kleinere Bettstatt aus Koaholz. Ein leichtes Netzwerk aus den dünnen festen Schnüren, die aus den Fasern der äußeren Kokosnußhülle gedreht werden, bildete den Boden. Darüber war eine schöne Matte gebreitet, oben lag ein Kissen aus getrockneten Farnkräutern und eine Decke aus weißem Tappa. Dies war mein Lager. Der Doktor wurde in einer anderen Ecke untergebracht. Lu schlief allein auf einer kleinen Polsterbank, neben der eine einheimische Kerze brannte; ihr eleganter Bruder schaukelte ihr zu Häupten in einer Schiffshängematte. Die beiden Gazellen hüpften auf eine Matte in der Nähe, und die armen Verwandten nahmen bescheiden eine Ecke vom Lager des alten Dieners in Anspruch, der seinerseits an der offenen Haustür schnarchte. Als alle sich zur Ruhe begeben hatten, setzte Pao-Pao die beleuchtete Melone in der Mitte des Raumes auf den Bodens und alles schlief bis zum Morgen. Als ich erwachte, strömte das Licht schon hell durch die offenen Bambuswände, aber niemand, rührte sich. Ich bewunderte zunächst die wunderschöne Stellung, in der eine der Schläferinnen in der Vergessenheit des Schlummers dalag. Dann besah ich mir das Haus im allgemeinen, das einfach, aber höchst geschmackvoll im Stil der Eingeborenen erbaut war. Es bildete ein etwa fünfzig Fuß langes regelmäßiges Oval, mit niedrigen Seitenwänden aus Rohrgeflecht; das Dach war mit Zwergpalmblättern gedeckt. Die Dachstange befand sich etwa zwanzig Fuß über dem Boden. Es war nicht auf steinernem oder sonstigem Grund errichtet, die bloße Erde war mit Farnkräutern bedeckt, die einen angenehmen und duftenden Teppich bilden; man muß sie nur oft erneuern, sonst werden sie staubig und das Ungeziefer nistet in ihnen, wie es in den Hütten der ärmeren Eingeborenen der Fall ist. Die Einrichtung bestand außer den Lagerstätten aus drei oder vier Schiffskoffern; darin lagen die gekrausten Leinenhemden Pao-Paos, die Kattunkleider seiner Frau und der Kinder, Ketten von Glasperlen;, Bänder, Spiegel, Messer, Farbendrucke, Schlüsselbunde, kleine Tongefäße und Metallknöpfe. In einem dieser Koffer, den Afriti als Hutschachtel benützte, lagen mehrere jener Eingeborenenhüte, die wie Kohlenschaufeln aussehen, mit verschiedenfarbigen Bändern garniert. Auf ihre Hüte und Kleider war unsere gute Wirtin sehr stolz. Des Sonntags ging sie wohl zehnmal aus, und wie die Königin Elisabeth, trug sie jedesmal ein anderes Kleid.

Aus irgendeinem Grunde gab uns Pao-Pao unsere Mahlzeiten stets, bevor die Familie sich zu Tisch setzte, und der Doktor, der in diesen Dingen ein sicheres Urteil hatte, erklärte, daß dies zu unserem Besten war. Soviel war gewiß: wenn wir mit vollem Beutel, reichem Gepäck und Empfehlungsbriefen an die Königin gekommen wären, wir hätten nicht besser aufgenommen und versorgt werden können. Am Tag nach unserer Ankunft brachte uns Moni, der alte Diener, ein in der Erde gebackenes Ferkel zum Mittagessen. Saftstrotzend lag es auf einem hölzernen Tranchierbrett, von gerösteten Brotfruchtschnitten umgeben. Eine große Kalebasse mit Rübenpudding folgte, und der elegante Sohn raffte sich so weit auf, daß er uns Kokosnüsse von einem benachbarten Baum besorgte. Als alles bereit war und alle herumstanden und zusahen, faltete der Doktor fromm seine Hände über dem Schweinchen und sprach ein Tischgebet. Das gefiel allen ganz außerordentlich; Pao-Pao trat auf den Doktor zu und sagte ihm ein paar herzliche Worte, während Afriti ihn mit mütterlicher Liebe ansah und erfreut ausrief: »Ah! mickoneri teta metch!« (Was für ein frommer, junger Mann!)

Nach dieser Mahlzeit brachte sie mir eine Rolle von Grasbindsein von der Art, wie die Matrosen sie in den Rahmen ihrer Persennings einnähen, dann reichte sie mir Nadel und Faden und sagte, ich sollte mir daraus einen Hut machen, den ich auch nötig brauchte. Es waren nur die geflochtenen Streifen zusammenzuheften, und ich wurde noch am gleichen Tage fertig. Dann schmückte Afriti ihn mit einem feuerfarbenen Band, dessen Enden wie bei einer Matrosenkappe rückwärts flatterten, so daß ich den türkischen Titel, den das lange Gespenst mir verliehen hatte, behalten konnte.

Siebzigstes Kapitel

Am nächsten Morgen machten wir sorgfältig Toilette, setzten unsere Sombreros auf und unternahmen einen Spaziergang. Wir wollten vor allem vorsichtig zu erfahren suchen, welche Aussicht weiße Männer auf eine Anstellung bei der Königin hatten. Was Pao-Pao uns darüber gesagt hatte, war nicht ermutigend gewesen; wir beschlossen daher, uns noch anderweitig zu erkundigen.

Partuwei besteht aus kaum mehr als achtzig Häusern, die in einem weiten Hain verstreut liegen. Mitten hindurch fließt ein klarer Bach; die Hauptstraße führt über eine elastische Brücke aus Kokosstämmen. Diese Straße verläuft in breiten Windungen und ist überall schattig; man kann sich keinen schöneren Morgenspaziergang denken. Die Häuser, die ohne jede Rücksicht auf die Straße erbaut sind, liegen zwischen den Bäumen, so daß man bald ihre Fassaden, von anderen nur eine Ecke oder die Rückseite sieht. Manche sind von einem Zaun aus Bambusstäben umgeben, manche haben ein einsames, massives Glasfenster mitten in der Wand, wieder andere eine sonderbare, rauh gezimmerte Holztür, die sich in schiefstehenden Angeln dreht. Sonst sind alle nach der Weise der Eingeborenen gebaut und sehen zum mindesten von außen höchst malerisch aus.

Die Leute, die uns auf unserem Spaziergang begegneten, grüßten uns freundlich und luden uns in ihre Häuser ein, und so machten wir sogleich eine Anzahl kurzer Morgenbesuche. Aber es war offenbar nicht die übliche Besuchsstunde in Partuwei, denn die Damen waren alle noch im Negligé. Das hinderte nicht, daß sie uns sehr freundlich empfingen, besonders den Doktor, den sie sogar streichelten und dem sie liebevoll um den Hals fielen; all dies, weil er ein auffallend buntes Halstuch trug, das Afriti dem frommen jungen Manne geschenkt hatte.

Im allgemeinen machten die Eingeborenen von Partuwei einen viel besseren Eindruck als die von Papiti, zweifellos, weil sie weniger Verkehr mit Fremden hatten.

An einer Krümmung des Weges blieben wir ganz erstaunt stehen: vor uns im Hain lag ein Häuserblock: regelrechte viereckige, mit Brettern gedeckte, zweistöckige Häuser mit Fenstern und Türen! Wir eilten hin und fanden, daß sie bereits im Verfall waren; die Wände waren schmutzig, da und dort mit Moos bewachsen, die Fenster ohne Scheiben, die Türöffnungen ohne Türen; auf der einen Seite hatte sich der ganze Block um beinahe einen Fuß gesenkt. Wir traten ein und konnten durch das Gebälk bis zum Dach hinaufsehen; durch Spalten und Ritzen fiel das Licht auf die Spinnennetze, die überall hingen. Im Innern war es dumpf und. dunkel. Auf ein paar alten Matten in einer Ecke lagerten ein paar eingeborene Landstreicher wie Zigeuner in einer Ruine.

Wir erkundigten uns, wer in aller Welt in Partuwei eine derartige Bauunternehmung versucht haben konnte, und erfuhren, daß der Block einige Jahre zuvor von einem richtigen Yankee – das hätten wir uns denken können! – aufgeführt worden war, der von Beruf Zimmermann und von Natur ein kühner unternehmender Bursche war. Er hatte wegen Krankheit sein Schiff verlassen und ans Land gehen müssen, und als er wieder gesund war, hatte er sich mit Hobel und Stemmeisen nützlich gemacht. Verläßlich und arbeitsam, hatte er das Vertrauen mehrerer Häuptlinge gewonnen und hatte ihnen vorgehalten, daß es den Leuten von Imio an Sinn fürs Gemeinwohl und für Fortschritt in erschreckender Weise fehlte. Insbesondere fand er es beschämend, daß sie in schlechten Bambushütten wohnten, wo man so leicht herrliche Holzpaläste aus Brettern aufführen konnte. Ein alter Häuptling ließ sich bereden, und der Zimmermann erhielt den Auftrag, eine Anzahl solcher Paläste zu erbauen. Leute erhielt er genug, ging an die Arbeit, errichtete eine Sägemühle im Gebirge, ließ Bäume fällen und kaufte Nägel in Papiti. Das Schloß stieg rasch aus der Erde, aber das Dach war kaum gedeckt, als der Bauherr, der sich verspekuliert hatte, zusammenbrach und auch nicht eine Tabakschnitte aufs Pfund zu bezahlen imstande war. Sein Zusammenbruch riß den Zimmermann mit, der auf dem nächsten Schiff, das im Hafen anlegte, seinen Gläubigern davonfuhr.

Die Eingeborenen verachteten den gebrechlichen Holzpalast und blieben oft kopfschüttelnd und höhnend davor stehen.

Wie wir erfuhren, wohnte die Königin am anderen Ende des Dorfes, und wir beschlossen, sogleich dahinzugehen, um zu erfahren, ob irgendwelche Geheimrats- oder Ministerposten frei wären. Wenn auch das meiste nur Scherz meines witzigen Gefährten und Unsinn gewesen war, so dachten wir doch wirklich, bei Hof unseren Vorteil zu finden.

Der Palast war ein eigentümlicher Bau. Ein breiter Damm aus behauenen Korallenblöcken war ins Wasser hinausgeführt; auf ihm standen acht oder zehn sehr große Häuser, die sich bis tief in den benachbarten Hain erstreckten, im Eingeborenenstil, aber ganz reizend gebaut and von einem niederen Bambuszaun umgeben, der ein beträchtliches Grundstück umschloß. Überall auf den Gesellschaftsinseln findet man die Wohnungen der Häuptlinge in der unmittelbaren Nähe des Meeres; sie haben dort den Vorteil der kühlen Seewinde; die störenden Insekten kommen weniger hin, und der Schatten der benachbarten Haine liegt in nächster Nähe.

Innerhalb der Umzäunung sahen wir sechzig bis achtzig wohlgekleidete Eingeborene, Männer wie Frauen; einige lagerten im Schatten der Häuser, andere unter den Bäumen, eine kleine Gruppe stand plaudernd dicht am Zaun in unserer Nähe. Auf diese gingen wir zu, grüßten in der üblichen Weise und wollten eben über die Bambushecke springen, als sie uns ärgerlich sagten, daß dies nicht gestattet sei. Wir erklärten unseren ernsten Wunsch, die Königin zu sehen und deuteten an, daß wir wichtige Nachrichten brächten. Aber das half nichts, und sehr verstimmt mußten wir unverrichteter Dinge nach dem Hause Pao-Paos zurückkehren.

Einundsiebzigstes Kapitel

Wir sprachen nun ganz offen mit Pao-Pao und baten ihn um seinen Rat. In gebrochenem Englisch sagte er uns alles, was wir wissen wollten.

Die Königin dächte in der Tat daran, den Franzosen Widerstand zu leisten, und es hieß, daß mehrere Häuptlinge aus Borabora, Huweinih, Rejatehr und Tehar, den unter dem Winde gelegenen Inseln der Gruppe, zur Zeit mit ihr berieten, ob man nicht eine allgemeine Volkserhebung organisieren könnte, ehe die Eindringlinge sich weitere Übergriffe erlaubten. Sollte man sich wirklich zu einem kriegerischen Vorgehen entschließen, so würde die Königin sicherlich froh sein, soviel Ausländer als möglich ins Heer einzustellen, aber auf Offiziersrang dürften der Doktor und ich nicht rechnen; denn es hätten sich schon eine ganze Anzahl Europäer, die die Königin kannte, freiwillig zu Offizieren angeboten. Auch daß die Königin uns in nächster Zeit Zutritt gewähren würde, hielt Pao-Pao für zweifelhaft, denn sie lebte sehr zurückgezogen; ihre Gesundheit war angegriffen und ihre Stimmung trübe, so daß sie nur ungern Besuche empfing. Früher, vor ihrem Unglück, hatte auch der Geringste Zutritt, selbst einfache Matrosen wurden empfangen.

All dies entmutigte uns keineswegs, und wir beschlossen, die Zeit in Partuwei totzuschlagen, bis sich irgend etwas Günstiges fand. Zunächst beschlossen wir, das Schiff zu besuchen, das weit draußen in der Bucht in geschützter Lage ankerte.

Als wir auf unserem Wege an einem langen niederen. Schuppen vorüberkamen, rief eine Stimme; »Weiße Männer, ahoi!« Wir wendeten uns um und sahen einen rotwangigen Engländer – man erkannte ihn auf den ersten Blick als solchen –, der bis zu seinen Knien in Sägespänen stand und darauf los hobelte. Es stellte sich heraus, daß er ein Schiffszimmermann war, der sein Schiff verlassen, sich zunächst in Taheiti aufgehalten hatte und jetzt in Imio Geschäfte machte. Er hatte Speiseschränke und andere Möbel, gelegentlich auch ein Damen-Nähkästchen, für einen wohlhabenden Häuptling zu liefern. Er war erst wenige Monate hier und besaß bereits Häuser und Land. Es ging ihm gut, und er erfreute sich bester Gesundheit, nur eines fehlte ihm: eine Frau. Und als er auf dieses Thema kam, wurde sein Ausdruck schwermütig, und er lehnte sich niedergeschlagen an die Hobelbank, »Es ist zu arg!« seufzte er, »daß man drei lange Jahre warten soll und die süße kleine Lulli die ganze Zeit im selben Haus mit dem verfluchten Häuptling aus Tehar lebt!«

Wir wurden neugierig und vermuteten, daß der arme Zimmermann sich in eine kokette Dame der Insel verliebt und einen Korb bekommen hatte. Aber dem war nicht so. Es gab ein Gesetz, das bei schwerer Strafe die Ehe einer Eingeborenen mit einem Fremden verbot, wenn dieser nicht mindestens drei Jahre auf der Insel zugebracht hatte und die Absicht bekundete, lebenslänglich dort zu bleiben. Das war das Traurige. Er hätte, sagte William, ohne dieses dumme Gesetz das Mädel schon zehnmal heiraten können, und in letzter Zeit hatte ihre Liebe nachgelassen, und sie kokettierte mit den Fremden aus Tehar. Bis über die Ohren verliebt und um sie sich für alle Fälle zu sichern, hatte er den Verwandten der jungen Dame verschiedentlich Vorschläge gemacht, daß sie sie ihm schon jetzt vor der Hochzeit überlassen sollten; aber davon wollten sie nichts hören; außerdem war ein derartiges Zusammenleben strafbar; wenn es entdeckt wurde, mußten sie Steinmauern und Straßen für die Königin bauen. Der Doktor empfand das tiefste Mitgefühl, »Bill, mein guter Bursche,« sagte er mit zitternder Stimme, »laß nur mich einmal mit ihr reden!« Aber Bill schlug diesen Freundesdienst aus und wollte nicht einmal sagen, wo seine Schöne wohnte. So ließen wir denn den trostlosen Willie an seinem Fichtenbrett hobeln und an Lulli denken und gingen weiter. Was aus seiner Freierei wurde, haben wir nie erfahren.

Wenn man von Pao-Paos Haus nach dem Hafen von Telu ging, sah man das Wasser nicht, bis man aus dem Hain tretend, plötzlich die Bucht vor sich hatte, die viele Reisende für die schönste der Südsee halten. Man glaubt, am Ufer eines tiefen grünen Stroms zu stehen, der sich durch eine Bergschlucht ins Meer ergießt. Ein majestätisches Vorgebirge am anderen Ufer bildet Telu gegenüber eine grüne Wand, an deren Fuß still die tiefen Wasser liegen. Links sieht man die Bai sich erweitern, sieht die Öffnung im Riff, durch die die Schiffe einfahren, und weiter draußen das Meer. Zur Rechten macht sie eine Krümmung um das Vorgebirge und schneidet tief ins Land, fast überall von grünen Bergen eingeschlossen, die mit wunderlichen Spitzen zum Himmel ragen. Nur an einer Stelle ist das Ufer eben und erstreckt sich in einer weiten dunstigen Ebene bis zu einem Amphitheater von Hügeln. Dort liegt die große Zuckerpflanzung, von der ich sprach. Jenseits der Hügelreihe erheben sich die schroffen Spitzen des Gebirges im Inland, unter ihnen das schweigende Splißeisen, das wir so oft von der anderen Seite der Insel bewundert hatten.

Im Hafen lag nur ein einziges Fahrzeug, das gute Schiff »Leviathan«. Wir sprangen in ein Kanu und paddelten hinüber. Obwohl es noch früh am Nachmittag war, schien alles still; als wir an Bord kamen, fanden wir vier oder fünf Matrosen, die unter einer Persenning am Vorderkastell lungerten. Der Empfang war nicht gerade warm; und obschon sie sonst frisch und wohl aussahen, schienen sie zu Ehren unseres Besuches ein besonders mürrisches Gesicht zu machen. Es interessierte sie auch nicht sehr, zu hören, daß wir uns verdingen wollten, und was sie uns von dem Schiff erzählten, klang so, als ob sie uns abzuschrecken suchten. Wir fragten, wo denn die übrige Mannschaft wäre; ein unfreundlicher alter Kerl antwortete: »Eine Bootsmannschaft ist zum Teufel gegangen: fuhr auf der letzten Kreuzfahrt nach einem Walfisch und ist nicht wiedergekehrt. Die Steuerbordwache ist heut nacht ausgerissen, und der Schiffer ist an Land, um sie wiederzukriegen.«

»Anheiern lassen wollt'r eich, Herzichens?« rief ein krausköpfiger kleiner Irländer aus Belfast, »da fahrt nur lieber gleich wieder an Land, Bibchen, sonst nimmt'r eich in See, ob'r wollt oder nicht, der Teifel von'en Schiffer! Seht, daß'r weiterkommt, Kinderchens, steiert klar von so'n Hellteifelj wenn eich's Leben lieb is! Se lassen uns hungern un se quälen uns dod! Hol mal's Kanu von die armen Teifels längseit, Dick, und dann paddelt'r fort, was'r kennt, ja!«

Wir blieben aber dennoch, wollten mehr und Erfreulicheres hören und luden uns zum Abendessen ein. Nie hatte ich besseres Pökelfleisch gegessen als dort in der Back, das Brot war hart, trocken und spröde wie Glas, und beides war reichlich vorhanden. Während wir unten im Logis saßen, hörten wir den Steuermann oben rufen. Seine Stimme war mir sympathisch; es war die eines richtigen Seemannes, nicht die eines Aufsehers.

Auch der »Leviathan« gefiel uns. Wie alle geräumigen alten Walfischjäger, hatte er ein mütterliches Aussehen: breit in den Spanten, mit glatten Decks, und vier pausbäckige Boote an der Brust. Die Segel waren lose aufgegeit, als hätten sie lang gedient und wären leicht zu trimmen. Die Wanten hingen schlaff, und das laufende Gut ging nicht schwer wie in manchen »eleganten« Schiffen, wo es sich in den Blockscheiben klemmt; im Gegenteil, die Taue liefen glatt durch, als ob sie den Weg schon oft gemacht hätten.

Als es dunkelte, stiegen wir wieder in unser Kanu und paddelten ans Ufer, völlig überzeugt, daß das gute Schiff die schlechte Nachrede keineswegs verdiente.

Zweiundsiebzigstes Kapitel

Während unseres Aufenthaltes in Partuwei trafen wir auf eine Bande von sechs alten Landstreichern, die sich im Dorf und Hafen herumtrieben, nachdem sie gerade aus einem anderen Teil der Insel gekommen waren. Wenige Wochen vorher waren sie in Papiti auf einem Walfischfahrer ausgezahlt worden, auf dem sie sich ein halbes Jahr zuvor für eine Fahrt verdungen hatten. Die Fahrt war glänzend verlaufen, und sie waren in Taheiti, jeder mit einer Socke voll klingender Silbertaler, an Land gegangen. Als sie des Aufenthalts müde waren, taten sie sich mit ihrem letzten Geld zusammen und kauften ein Segelboot. Sie wollten damit nach einer unbewohnten Insel fahren, von der sie goldene Herrlichkeiten erzählen gehört hatten. Natürlich konnten sie nicht ohne einen Arzneischrank voll Branntweinflaschen und ein Reservefäßchen für den Notfall im Schiffsraum ausfahren. Und so segelten sie unter ihrer eigenen Flagge, als sie, bereits selber schwankend, bei einer steifen Brise und all ihr »Musselin« gesetzt, mit einem neunfachen Hurra aus der Bai von Papiti hinausfuhren. Der Abend kam, sie waren wohlgelaunt und tranken die Nacht hindurch, der Wind nahm zu und um Mitternacht, während sie sangen:

»So segeln wir, so segeln wir
Nach dem Barbareskenstrand!«

brachen beide Maste glatt ab. Zum Glück vermochte einer noch das Ruder zu halten; den anderen gelang es, an den Schiffsrand zu kriechen und Taue und Taljen durchzuschneiden, so daß sie von den abgebrochenen Stengen klar kamen. Bei dieser Arbeit gingen zwei von ihnen gelassen über Bord, in der irrigen Auffassung, daß draußen eine trockene Werft wäre, von der aus sie die Arbeit besser machen konnten; sie sanken auf den Grund wie Blei. Der Wind wurde zum Sturm; der Mann am Ruder hielt das Boot instinktiv vor dem Wind, und so liefen sie an das gegenüberliegende Ufer von Imio. Wie durch ein Wunder kamen sie durch eine Öffnung im Riff und schossen auf eine Korallenbank in verhältnismäßig ruhigem Wasser. Hier lagen sie bis zum Morgen; da kamen die Eingeborenen in ihren Kanus; mit ihrer Hilfe wurde der Schoner auf die Seite gelegt, – und es ergab sich, daß der Boden eingestoßen war. Darauf verkauften die Abenteurer das Schiff für ein paar Groschen an den Häuptling der Gegend und gingen, ihr kostbares Branntweinfaß vor sich herrollend, an Land. Als das Faß leer war, wanderten sie nach Partuwei.

Am Tag, nachdem wir diesen Kerlen begegneten, stießen wir in den benachbarten Hainen auf mehrere Trupps von Eingeborenen, die, mit schwerfälligen Musketen, rostigen Entermessern und seltsamen Keulen bewaffnet, mit lautem Geschrei das Buschwerk nach der Bande durchsuchten, die über Nacht alle Gesetze der Ortschaft übertreten hatte und daraufhin verduftet war.

Untertags war Pao-Paos Haus der angenehmste Aufenthalt. Nachdem wir alles gesehen hatten, was zu sehen war, verbrachten wir den größten Teil des Vormittags dort, frühstückten spät und speisten um zwei Uhr nachmittags. Manchmal lagen wir auf den Farnkräutern, rauchten und erzählten Geschichten, deren der Doktor so viele wußte wie ein pensionierter Hauptmann. Manchmal schwatzten wir mit den Eingeborenen, so gut es ging, und einmal zu unserer großen Freude brachte Pao-Pao uns Smolletts Romane in drei Bänden, die sich im Koffer eines Matrosen gefunden hatten, der vor einiger Zeit auf der Insel verstorben war. Oh, Amelia, oh, Peregrin, und du Held aller Schurken, Graf Fathom, wieviel schöne Stunden verdanken wir euch!

War es diese Lektüre, war es der Mangel an sentimentalem Zeitvertreib, jedenfalls versuchte der Doktor um diese Zeit, das Herz der kleinen Lu zu erobern. Wie ich schon sagte, war Pao-Paos Tochter von grausamer Zurückhaltung und schenkte uns auch nicht die geringste Beachtung. Oft sprach ich sie in ehrerbietigster Höflichkeit an, sie wendete nicht einmal ihr hübsches olivfarbenes Näschen nach mir. Sie weiß, was für Gesindel die Seeleute sind, dachte ich mir, und will nichts mit uns zu tun haben.

Aber mein Freund dachte nicht so. Er eröffnete den Feldzug nach allen Regeln der Kunst, rückte vorsichtig näher und begnügte sich drei Tage lang damit, die junge Dame etwa fünf Minuten lang nach jeder Mahlzeit anzustarren. Am vierten Tag fragte er sie etwas; am fünften ließ sie eine Nuß mit Salbe fallen und er hob sie auf und reichte sie ihr; am sechsten setzte er sich etwa vier Schritt von ihrer Lagerstatt nieder; und an dem denkwürdigen Morgen des siebenten wollte er seine Batterien spielen lassen.

Die junge Dame lag in den Farnkräutern, das Kinn in die eine Hand gestützt, während sie mit der anderen lässig in der taheitischen Bibel blätterte. Der Doktor kam näher. Sein Nachteil war, daß seine Sprachkenntnisse zu Liebesreden auf Taheitisch nicht reichten; aber da französische Grafen, wie man sagt, in gebrochenem Englisch entzückend den Hof zu machen wissen, warum sollte er es nicht in gebrochenem Taheitisch versuchen? »Ah!« sagte er mit betörendem Lächeln, »oih mickonarih? Oih lesi Bibli?«

Keine Antwort, nicht einmal ein Blick.

»Ah! mehteh! sehr guti lesi Bibli mickonarih.«

Ohne sich zu rühren, begann Lu leise vor sich hin zu lesen. »Mickonarih Bibli lesi guti mehteh«, bemerkte der Doktor nochmals. Man beachte, wie genial er die Worte dreimal verschieden anzuordnen wußte.

Aber es war alles umsonst; die kleine Lu rührte sich nicht. Verzweifelnd hielt er inne; aber er dachte nicht daran, die Sache aufzugeben; im Gegenteil, er warf sich der Länge nach neben ihr hin und begann die Blätter für sie zu wenden. Lu fuhr kaum merklich zusammen, machte mit den Fingern eine Bewegung und lag wieder regungslos. Der Doktor, über seine eigene Kühnheit erschrocken, wußte nicht, was er tun sollte. Schließlich legte er den einen Arm vorsichtig um ihren Leib; im nächsten Augenblick sprang er mit einem heftigen Schrei auf. die kleine Person hatte ihm einen scharfen Dorn in die Hand gebohrt. Dabei lag sie völlig ruhig da, wendete die Blätter und las halblaut vor sich hin. Der lange Doktor hob die Belagerung sofort auf und trat einen nicht sehr geordneten Rückzug nach der Stelle an, an der ich lag und zusah.

Lu mußte den Vorfall ihrem Vater berichtet haben, als er bald darauf eintrat; denn er sah den Doktor sonderbar an, sagte jedoch nichts, und war zehn Minuten später so freundlich wie immer. Lu änderte ihr Verhalten in keiner Weise; der Doktor aber machte keinen Versuch mehr.

Dreiundsiebzigstes Kapitel

Eines Tages ging ich nachdenklich auf einem der vielen Reitwege spazieren, die sich durch die schattigen Haine in der Nachbarschaft von Telu schlängeln, als eine wunderschöne junge Engländerin, entzückend gekleidet, auf einem munteren weißen Pony, eine grüne Gerte in der Hand, auf mich zugaloppierte.

Ich sah mich um, ob ich noch in Polynesien war! Da standen die Palmen; aber wie kam die Dame her?

Ich trat zur Seite und grüßte höflich. Sie warf mir einen unbefangenen Blick zu, streichelte vergnügt ihr Pferdchen, rief »Los, Willie!« und galoppierte zwischen den Bäumen davon. Ich wäre ihr nachgeeilt; aber Willies Hufe schlugen viel zu schnell auf den mit raschelndem welken Laub bedeckten Boden. Daher ging ich geradeswegs nach Hause und erzählte dem Doktor mein Erlebnis. Unsere Nachforschungen ergaben, daß die Fremde bereits seit zwei Jahren auf der Insel wohnte, daß sie aus Sydney und die Frau eines Mr. Bell, Eigentümers der bereits erwähnten Pflanzung, war. Glücklicher Mr. Bell!

Am nächsten Tag machten wir auf der Pflanzung einen Besuch. Ringsumher lag herrliches grünes, ebenes Land, von sanften Hügelwänden umgeben. Auf etwa hundert Morgen stand das Zuckerrohr in verschiedenen Reifestadien. Die Pflanzung machte einen guten Eindruck. Immerhin sahen wir, daß ein beträchtlicher Streifen Landes, der, wie es schien, früher bebaut gewesen, jetzt aufgegeben war. Unter einem ungeheuren offenen Bambusschuppen sahen wir schwerfällige Apparate zum Schneiden des Rohres und große Kessel zum Aussieden des Zuckers, aber alles im Augenblick außer Tätigkeit. In dem einen Kessel saßen zwei oder drei Eingeborene und rauchten, in dem anderen spielten drei Matrosen vom »Leviathan« Karten. Während wir mit ihnen ins Gespräch gerieten, kam ein sonnverbrannter, interessant aussehender Europäer in einem weiten losen Baumwollanzug, der den wohlgebauten Hals und die Brust freiließ; in der Hand trug er einen Guayaquilhut mit einem Rand, breit wie ein chinesischer Sonnenschirm. Es war Mr. Bell. Er empfing uns sehr höflich, zeigte uns sein Grundstück und lud uns zuletzt in eine Laube ein und bot uns Wein an. Das kommt oft vor, aber Mr. Bell stellte die Flasche auf den Tisch, es war der beste Sherry. Er hatte ihn von den Franzosen in Taheiti gekauft, und wir tranken ihn aus natürlichen Bechern: jeder hatte die halbe Schale einer frischen Melone vor sich und füllte sie.

All dies war außerordentlich liebenswürdig von Mr. Bell; aber wir hätten gerne Frau Bell gesehen. Leider war sie am Morgen nach Papiti gefahren um ein paar Missionarsfrauen zu besuchen.

Sehr enttäuscht kehrte ich nach Hause zurück. Die Dame hatte all meine Neugier erregt. Nicht nur, daß sie die schönste weiße Frau war, die ich auf den Südseeinseln gesehen, sie hatte solche Augen, so rosige Wangen und sah zu Pferde so göttlich aus, daß ich Frau Bell bis zu meinem Sterbetag nicht vergessen werde. Ihr Mann, der Pflanzer, war jung, hübsch und kräftig. So mögen denn viele, viele kleine Bells im Lands Imio geboren werden und ihren Eltern Freude bereiten!

Vierundsiebzigstes Kapitel

In Partuwei befindet sich eine der bestgebauten und hübschesten Kapellen der Südsee. Gleich dem Königspalast steht sie auf einem künstlichen Damm, der in Halbkreisform am Ufer der Bucht liegt. Die Kapelle selbst ist auf behauenen Korallenblöcken erbaut, die, an sich sehr bröcklig, an der Luft erhärten sollen. Mit den seltsamen fossilen Bildereindrücken, die sie von der Urzeit her tragen, sehen diese Blöcke merkwürdig aus. Beinahe weiß, wenn sie vom Riff gebrochen werden, dunkeln sie allmählich nach, so daß verschiedene Kirchen auf der Insel einen so düsteren und ehrwürdigen Eindruck machen wie die Paulskirche.

Die Kapelle ist ein Achteck, mit einer Galerie und mit Sitzplätzen für vielleicht vierhundert Personen. Das Innere ist rotbraun gestrichen und hat nur wenige Fensteröffnungen; im Halbdunkel sieht man Bänke und Galerie und die hohe gespenstische Kanzel.

Des Sonntags besuchten wir stets den Gottesdienst; wir erschienen höchst anständig im Familiengefolge Pao-Paos und wurden von allen älteren Personen im Ort vermutlich als musterhafte junge Leute angesehen. Pao-Pao hatte seinen Sitz in einer behaglichen Ecke an einem der Pfeiler aus Palmenholz, die die Galerie trugen; ich saß an den Pfeiler gelehnt, Pao-Pao und seine Frau neben mir, der Doktor und der elegante Sohn auf der anderen Seite, die Kinder und die armen Verwandten hinter uns. Lu blieb nicht bei den Ihren, sondern lief auf die Galerie, wo sie mit ein paar übermütigen Geschöpfen ihres Alters saß, die während der Predigt sich nur die Leute ansahen, mit Fingern zeigten und kicherten. Das allerdings machte Lu nicht mit.

In der Woche fand gelegentlich ein Nachmittags-Gottesdienst in der Kapelle statt, doch ist der Besuch gering. Der Missionar spricht ein Gebet, ein Kirchenlied wird gesungen, dann stehen die, die das Abendmahl nehmen wollen, auf und sprechen auf Taheitisch, mit wunderbaren Stimmen und Gebärden. Der Kirchenälteste Pao-Pao sprach sehr häufig und lange und man hörte ihm gerne zu, obwohl ich seine leidenschaftlichen Ausbrüche nicht verstehen konnte; wenn er seine Arme erhob, stampfte und wilde Blicke um sich warf, sah er wie ein Racheengel aus.

»Armer Mann!« seufzte der Doktor, »ich fürchte, seine Ansichten sind die eines Fanatikers.« Jedenfalls hörten alle auf Pao-Pao, während, wenn andere redeten, die einen schliefen, andere gähnten oder unruhig wurden; ein reizbarer alter Herr in einer Nachtmütze aus Kokosblättern griff sogar nach seinem langen Stock und verließ geräuschvoll die Kirche.

Dicht neben der Kapelle befindet sich ein sehr großes, schon etwas hinfälliges Gebäude mit Fenstern und Fensterläden und einem halb verfallenen Bretterboden, der von Palmenstämmen getragen wurde. Sie nannten es das Schulhaus; wir haben jedoch nie darin Schule halten sehen, wohl aber fanden dort Gerichtssitzungen statt.

Unter anderem waren wir Zeugen eines Verfahrens gegen einen herabgekommenen Marineoffizier und ein vierzehnjähriges Mädchen, die sich zusammen sehr schlecht aufgeführt haben sollten. Der Ausländer war ein langer Mensch von militärischem Aussehen mit dunklen Wangen und schwarzem Backenbart. Wie er berichtete, war eine armierte Brigg, die er kommandiert hatte, an der Küste von Neuseeland gescheitert; seitdem hatte er auf den Inseln privatisiert. Der Doktor wollte wissen, warum er den Verlust nicht gemeldet hatte; Kapitän Crash, wie er sich nannte, gab lange Erklarungen dafür, aus denen wir nicht klug wurden. Vermutlich hatte er Gründe, ähnlichen Unterhaltungen mit dem Admiralitätsamt aus dem Wege zu gehen. Er war ein höchst zweideutiger Herr, der längere Zeit unerlaubten Handel mit französischen Weinen und Likören getrieben hatte, die er von den Kriegsschiffen, die nach Taheiti gekommen waren, herüberschmuggelte. Er hatte eine kleine Hütte und eine Laube in der Nähe des Landungsplatzes, in der sich, wenn keine Schiffe in Telu waren, gelegentlich ein Eingeborener betrank und, sich an den Kokosbäumen festhaltend, nach Hause wankte. An warmen Abenden konnte man den Kapitän selbst pfeiferauchend unter den Bäumen sehen. Belebt wurde seine Laube, wenn ein Schiff in die Bucht einfuhr; dann kehrten die Matrosen bei dem Kapitän ein und tranken, sangen und stritten nach Herzenslust.

Einmal machte die Mannschaft des »Leviathan« dabei einen solchen Lärm, daß die empörten Eingeborenen sich ein Herz faßten und hundert Mann stark über die Ruhestörer herfielen. Die Seeleute kämpften wie die Löwen, wurden aber zuletzt überwältigt und vor Gericht geschleppt; nach einem fürchterlichen Lärm wurden alle, bis auf Kapitän Crash als den Hauptschuldigen, wieder entlassen. Er war in Haft geblieben, bis das Schwurgericht zusammentrat, das für den Nachmittag erwartet wurde. In der Zwischenzeit, so kurz sie war, liefen – und zwar größtenteils von alten Weibern – eine Menge weiterer Anklagen gegen ihn ein, darunter auch eine wegen des kleinen Seitensprungs mit der erwähnten jungen Dame, In der Südsee ist es wie überall: wer einmal strauchelt, dem werden sämtliche Sünden, die er je begangen hat, vorgehalten.

Wir begaben uns ins Schulhaus, um dem Prozeß beizuwohnen und hörten den Lärm schon von weitem; im Haus war er geradezu betäubend. Es waren etwa fünfhundert Eingeborene da, die alle reden wollten. Der Vorsitzende, ein stattlicher, freundlich aussehender alter Mann, saß kreuzbeinig und resigniert auf einer kleinen Plattform; er war der erbliche Häuptling des Bezirks und lebenslänglich Richter in Partuwei. Es lagen mehrere Fälle vor; der des Kapitäns und des Mädchens kam zuerst an die Reihe. Sie bewegten sich frei in der Menge, und wer wollte, redete; es wäre schwer zu sagen gewesen, wann das eigentliche Verfahren begann; Zeugen wurden nicht vereidigt und eine regelrechte Geschworenenbank war nicht vorhanden. Hier und da sprang einer auf und schrie, vermutlich ein Zeuge, die anderen schwatzten indessen weiter. Endlich sprang der alte Richter selbst aufgeregt von seinem Sitz auf, lief unter die Leute und schrie gleichfalls. Das dauerte etwa zwanzig Minuten; zuletzt saß Kapitän Crash auf der Plattform des Vorsitzenden und sah gelassen auf das Toben, in dem sein Schicksal entschieden wurde. Beide, er und das Mädel, wurden schuldig gesprochen. Sie wurde verurteilt, sechs Matten für die Königin zu flechten, der Kapitän mit Rücksicht auf die Zahl seiner Vergehen für immer von der Insel verbannt. Der Spruch schien das Ergebnis der allgemeinen Meinung zu sein, aber zweifellos hatte der Vorsitzende darauf Einfluß genommen und jedenfalls hatte er dem Urteil zugestimmt. Die Strafen wurden auch nicht aufs Geratewohl verhängt. Die Missionare haben zur Erleichterung des Verfahrens eine Art Straftarif eingeführt: für Trinken soviel Tage Arbeit am Ginsterweg, für Gewehrstehlen soviel Faden Steinmauer usw. Die Sache ist ganz einfach: es wird ein Fall von Bigamie bewiesen; der Richter sieht unter B nach: Bigamie: vierzig Tage Ginsterweg und zwanzig Matten für die Königin. Er liest die Stelle vor und das Urteil ist gesprochen.

Nun kamen die anderen Fälle dran. Die Delinquenten, die alle schuldig gesprochen wurden, redeten nicht weniger als die anderen. So sonderbar das Verfahren schien, es entsprach dem rühmlichen englischen Grundsatz, daß jeder nur von seinesgleichen gerichtet werden darf.

Fünfundsiebzigstes Kapitel

Wer Cooks Reiseschilderungen gelesen hat, wird sich Otus erinnern, der zur Zeit des berühmten Seefahrers die größere Halbinsel von Taheiti beherrschte. Später dehnte er mit Hilfe der Mannschaft der »Bounty« seine Herrschaft über die ganze Insel aus. Vor seinem Tod änderte er seinen Namen, und Pomari wurde der königliche Familientitel.

Ihm folgte sein Sohn, Pomari II., der berühmteste Herrscher in der taheitischen Geschichte. Obschon er dem Trunk und schlimmen Ausschweifungen ergeben war und ihm sogar unnatürliche Verbrechen nachgesagt wurden, war er ein großer Freund der Missionare und einer der ersten, die sich taufen ließen. In den Religionskriegen, in die ihn sein Eifer für den neuen Glauben verwickelte, wurde er besiegt und von der Insel vertrieben. Nach kurzer Verbannung kehrte er von Imio mit einem Heer von achthundert Kriegern zurück, schlug die aufständischen Heiden in der Schlacht von Nereii unter großem Blutvergießen und gewann seinen Thron wieder. So triumphierte das Christentum durch Waffengewalt auf Taheiti.

Auf Pomari II., der 1821 starb, folgte sein jugendlicher Sohn Pomari III. Er überlebte seinen Vater nur um sechs Jahre, worauf die Regierung seiner älteren Schwester Emeta, der gegenwärtigen Königin, zufiel, die gewöhnlich Pomari Veheinih I., das heißt die erste weibliche Pomari, genannt wird. Ihre Majestät muß zur Zeit etwa dreißig Jahre alt sein. Sie war zweimal verheiratet. Ihr erster Mann war ein Sohn des alten Königs von Tehar, einer Insel, die etwa hundert Meilen von Taheiti liegt. Die Ehe war unglücklich und wurde geschieden. Der gegenwärtige Gatte der Königin ist ein Häuptling aus Imio. Der Ruf der Königin ist kein tadelloser. Sie und ihre Mutter waren lange Zeit exkommuniziert; die ältere Dame ist es, glaube ich, noch. Die Exkommunikation der Königin erfolgte wesentlich, weil ihr Untreue in der Ehe vorgeworfen wurde. Vor ihrem Unglück pflegte sie, von einem ausgelassenen Hof begleitet, von einer Insel zur anderen zu fahren und überall Feste und Spiele zu veranstalten. Sie liebte den Aufwand. Jahrelang verursachte die Erhaltung eines königlichen Hausregiments der Staatskasse große Kosten. Die Uniform bestand aus Kattunhemden und Hüten aus Pappe; Hosen trugen die Krieger nicht; sie waren mit Musketen jeder Art und jeden Kalibers bewaffnet, und ihr Kommandant war ein großer lärmender Häuptling, der in einem feuerroten Rock einherstolzierte. Diese Helden begleiteten die Königin auf allen ihren Wegen.

Vor einiger Zeit erhielt die Königin von Viktoria, ihrer Schwester auf dem englischen Thron, einen prächtigen, wenn auch unbequemen Kopfschmuck, eine Krone, die vermutlich bei einem Londoner Blechschmied bestellt worden war. Da Krönungsfeierlichkeiten nur selten stattfinden, trug Ihre Majestät diese Krone bei jedem öffentlichen Auftreten, und um ihre Vertrautheit mit europäischen Sitten zu zeigen, lüftete sie sie höflich vor jedem vornehmeren Fremden, wie Kapitänen von Walfischfängern und dergleichen, denen sie bei ihrem Abendspaziergang auf dem Ginsterwege begegnete. Die Ankunft sowie die Abreise des Hofes wurde stets durch den Hofartilleristen im Palast kundgegeben, einen fetten alten Herrn, der schwitzend kleine Vogelflinten, so schnell es irgend ging, lud und immer wieder abfeuerte.

Der Gatte der taheitischen Fürstin hatte es nicht leicht. Schon sein Titel ist kein angenehmer, wenn auch durchaus bezeichnend: er ist »Pomari-Tehnih« »Pomaris Mann«.

Wenn je ein Mann unterm Pantoffel stand, so ist es der Prinz-Gemahl von Taheiti. Eines Tages gab seine Ehelichste einer Abordnung der Schiffskapitäne, die sich gerade in Papiti befanden, Audienz, und er erlaubte sich einen Vorschlag zu machen, der ihr mißfiel; sie wendete sich um, gab ihm eine Ohrfeige und hieß ihn sich nach seinem lumpigen Imio zurücktrollen, wo er den großen Herrn spielen könnte. Kein Wunder, daß der arme Tehnih sich mit der Flasche, oder vielmehr mit der Kalebasse, tröstete. Übrigens trinkt auch seine Gattin und Herrin mehr, als für sie gut ist.

Es mögen etwa sechs Jahre her sein, ein amerikanisches Kriegsschiff lag gerade im Hafen von Papiti, als die Stadt in große Aufregung geriet, weil der betrunkene Tehnih die geheiligte Person der Herrscherin, seiner Gattin, seinerseits tätlich insultiert hatte. Kapitän Bob hat mir die Geschichte erzählt, die er der Klarheit wegen zugleich mimisch darstellte, wobei ich die

Königin spielen mußte. Eines Sonntags morgens war Tehnih von der Königin schimpflich vom Hofe gewiesen worden, worauf sich ein paar Freunde und Trinkgenossen zu ihm gesellten, ihn bedauerten, auf die Königin schalten und ihn zuletzt in ein Haus schleppten, wo unerlaubter Handel mit geistigen Getränken getrieben wurde und alle sich aufs herrlichste besoffen. In diesem Zustand ergingen sie sich des längeren über Pomari Veheinih I.; sie meinten, daß sie sich so eine Behandlung nicht gefallen lassen würden; jedenfalls geriet Tehnih in Wut, und da er hörte, daß Ihre Majestät ausgeritten war, bestieg er sein Roß und galoppierte ihr nach. Am Rande der Stadt kam der Zug von Frauen, in deren Mitte sie ritt, dahergesprengt. Tehnih spornte sein Pferd mitten unter die Frauen, ritt eine um, und alle ergriffen die Flucht, nur Pomari nicht. Sie brachte ihr Pferd zum Stehen und sagte ihm empört ihre Meinung. Aber der wütende Tehnih sprang aus dem Sattel, faßte sie an ihrem langen Kleid, riß sie zu Boden, hielt sie an den Haaren fest und schlug sie wiederholt ins Gesicht. Er wollte sie erwürgen, aber auf das Geschrei der erschrockenen Dienerinnen war eine Menge von Eingeborenen zusammengeeilt, die die fast ohnmächtige Königin aus seinen Händen retteten und fortbrachten. Seine Wut war nicht gestillt. Er lief in den Palast und zerschlug ein wertvolles Porzellanservice, das die Königin kürzlich zum Geschenk erhalten hatte, und er wollte eben neue Schandtaten verüben, als er von rückwärts gepackt und mit rollenden Augen und schäumendem Munde fortgeschleppt wurde.

So sind die Taheitier. Die sanftesten Menschen, die es gibt und schwer aufzubringen; wenn aber einmal in Wut, sind sie wie die Teufel.

Am folgenden Tage wurde Tehnih in aller Stille in einem Kanu nach Imio gebracht, wo er ein paar Wochen. in der Verbannung blieb; dann wurde ihm erlaubt, zurückzukehren.

Obschon Pomari Veheinih I. im Privatleben eine Jesabel ist, soll ihre Regierung mild und nachsichtig sein. Das ist auch richtige Politik, denn sie hat mit der Erbfeindschaft vieler mächtiger Häuptlinge, Nachkommen der alten Könige von Tejarbu zu rechnen, die ihr Großvater Otu entthront hat. Der Führer war Pufeh, ein fähiger, kühner Mann, der aus seiner Feindschaft gegen die Missionare und die Regierung, die sich von ihnen beeinflussen ließ, kein Hehl machte; diese Partei machte sich bereits große Hoffnungen, als die Ankunft der Franzosen die Lage völlig veränderte. Während meines Aufenthaltes in Taheiti wurde erzählt, und zwar ging die Geschichte von der Missionarspartei aus, daß Pufeh und einige andere Häuptlinge das Land verkauft hätten. Die Verleumdung ist durch die Tatsachen widerlegt worden; denn gerade von diesen Häuptlingen sind mehrere im Kampf gegen die Franzosen gefallen.

Unter den Pomaris hatten die großen Häuptlinge auf Taheiti ungefähr dieselbe Stellung wie die Barone unter König Johann. Lehnsherrscher in ihren Tälern, vom Volk als die angestammten Herren anerkannt und geliebt, weigerten sie sich oft, den üblichen Tribut als Vasallen der Krone zu bezahlen, so daß diese ohne Einnahmen blieb.

Durch den Einfluß der Missionare hat das Königtum auf Taheiti an Macht und Würde verloren. Als noch das Heidentum bestand, konnte es sich auf eine zahlreiche Priesterschaft stützen und stand in mystischer Verbindung mit den Götzen des Landes. Der Monarch galt für die Frucht eines Seitensprungs Terarroas, des Saturn der polynesischen Mythologie, und war der leibliche Vetter mehrerer niederer Gottheiten. Seine Person war dreimal heilig; wenn er für noch so kurze Zeit ein gewöhnliches Haus betrat, mußte es nach seinem Fortgehen abgerissen werden; kein gewöhnlicher Sterblicher durfte es nach ihm bewohnen. »Ich bin größer als König Georg,« sagte der junge Otu zu den ersten Missionaren, »er reitet auf einem Pferd und ich auf einem Menschen.« Tatsächlich durchreiste er sein Gebiet auf den Schultern seiner Untertanen, und in jedem Tal war für Ersatz des menschlichen Reittiers gesorgt.

Aber ach, wie vergänglich ist Menschengröße! Vor einigen Jahren übernahm Pomari Veheinih I., des stolzen Otu Enkelin, einen Wäschereibetrieb. Durch ihre Agenten bat sie die fremden Schiffsoffiziere in den Häfen, ihre feine Wäsche ihr anzuvertrauen.

Es ist eine bemerkenswerte Tatsache, daß, während der Einfluß der englischen Missionare in Taheiti der königlichen Würde so geschadet hat, der der amerikanischen Missionare auf den Sandwich-Inseln zielbewußt auf das Gegenteil hinarbeitete.

Sechsundsiebzigstes Kapitel

Im zweiten Monat der Hegira, etwa fünf Wochen nach unserer Ankunft in Partuwei, erhielten wir endlich Einlaß in den königlichen Palast.

Dies geschah so: in Pomaris Gefolge war ein Mann von den Marquesas als Pfleger ihrer Kinder. Nach taheitischem Brauch werden die königlichen Sprossen noch in einem Alter umhergetragen, in dem sie schon ein beträchtliches Gewicht erreicht haben. Dazu war Marbonna der Mann, denn er war groß und muskelkräftig, gebaut wie ein griechischer Athlet, mit einem Arm, so dick wie die Schenkel der entarteten Taheitier. Er hatte sich auf einem französischen Walfischfänger als Matrose verdungen, war in Taheiti ausgerissen, und Pomari hatte ihn gesehen, bewundert und in ihren Dienst genommen. Oft hatten wir ihn im Vorübergehen zwei kräftige Jungen, die ihre Arme um seinen Hals geschlungen hatten, durch den schattigen Hain tragen sehen. Sein Gesicht, tätowiert nach der Sitte seines Stammes, war für die jungen Pomaris wie ein Bilderbuch; mit den Fingern folgten sie freudig den Umrissen der seltsamen Figuren, die darauf zu sehen waren. Ich erkannte auf den ersten Blick, daß er von den Marquesas kam, rief ihn in der Sprache seiner Heimat an, und er drehte sich um, höchst überrascht, einen Weißen zu sehen, der seine Sprache redete. Er war aus Teior, einem Tal auf Nukuhiva. Ich war öfters dort gewesen, und so begegneten wir uns auf Imio wie alte Freunde. Bei unseren häufigen Unterhaltungen über den Zaun erwies er sich als ein natürlicher Philosoph: ein heidnischer Wilder, stellte er moralische Betrachtungen über den lasterhaften christlichen Hof von Taheiti an, und mit tiefer Verachtung sprach er von dem entarteten Volk, unter dem er lebte. Kein Europäer konnte mit mehr Stolz von seiner Heimat sprechen als Marbonna. Sobald er genug Geld verdient hätte, um zwanzig Gewehre und ebensoviel Sack Pulver zu kaufen, wollte er nach seiner Insel zurückkehren, mit der Imio nicht zu vergleichen. wäre.

Er war es, der uns nach ein oder zwei erfolglosen Versuchen Zutritt zum Hofe verschaffte. Er führte uns durch eine beträchtliche Menschenmenge über den Damm bis zu einer Stelle, an der ein alter Mann saß; diesem stellte er uns als ein paar Karhauris vor, die er kannte und die den Palast gerne sehen wollten. Der greise Kämmerling sah uns an und schüttelte seinen Kopf; der Doktor reichte ihm eine Schnitte Tabak als Eintrittsgebühr. Daraufhin erhielten wir die Erlaubnis weiterzugehen. Aber gerade, als wir das erste Haus betreten wollten, wurde Marbonna von verschiedenen Seiten gerufen und mußte uns verlassen. Wir waren allein, aber die unerschütterliche Sicherheit des Doktors kam uns zustatten. Er trat einfach ein und ich folgte ihm. Das Haus war voll von Frauen, die keineswegs überrascht waren, sondern uns freundlich aufnahmen, als hätten sie uns für diesen Nachmittag eingeladen und zum Tee erwartet. Sie nötigten uns sogleich, eine Kalebasse mit Poi und mehrere geröstete Bananen zu essen; dann wurden Pfeifen angezündet und eine muntere Unterhaltung begann. Das Benehmen dieser Hofdamen war vielleicht nicht das feinste, aber sehr frei und unbefangen, etwa so wie das der Schönen am Hof Karls II. war. Einem drolligen kleinen Fräulein, das fließend mit uns reden konnte, suchten wir uns besonders angenehm zu machen, in der Hoffnung, daß sie den Cicerone machen würde. Dazu war sie auch bereit und führte uns ungehindert überall hin; wir betraten jeden Raum, schoben die Vorhänge zur Seite, hoben die Matten auf und guckten in jeden Winkel. Ob die Kleine den Siegelring ihrer Herrin hatte, so daß ihr alles offen stand, weiß ich nicht; aber Marbonna hätte nicht halb soviel für uns tun können. Unter anderem besuchten wir ein schönes großes Haus, das ein Europäer bewohnte, einst der Steuermann eines Handelsschiffes, der eine nahe Verwandte der Königin geheiratet hatte und seitdem zum Haushalt ihrer Majestät gehörte. Er stand spät auf, kleidete sich theatralisch in Kattungewänder, trug viel Schmuck und Ringe, redete in gebieterischem Ton und schien die größte Meinung von sich zu haben. Er lag auf einer Matte inmitten eines bewundernden Kreises von Häuptlingen und. Damen und rauchte aus einer Rohrpfeife. Während alle anderen uns begrüßten, rührte er sich nicht, sondern fuhr fort zu rauchen und zu reden, ohne uns eines Blickes zu würdigen.

Auf unsere dringende Bitte, die Königin sehen zu dürfen, wurden wir nach einem Gebäude geführt, das weitaus das größte von allen war, etwa hundertfünfzig Fuß lang, sehr breit, mit einem tief herabreichenden und sehr steil ansteigenden Dach aus Pandanablättern. Es hatte weder Türen noch Fenster; die Seitenwände wurden lediglich durch Vorhänge aus Tappa und feinen geflochtenen Matten zwischen dünnen Pfeilern, die das niedere Dach stützten, gebildet. Einige davon waren mit Blumengewinden geschmückt, andere teilweise weggezogen, um Licht und Luft den Zutritt zu gewähren. Auch wir schoben einen dieser Vorhänge zur Seite und traten ein. Wir befanden uns in einer riesigen Halle, Von der langen Dachstange, die sich in einer Höhe von vierzig Fuß befand, flatterten befranste Matten und große Quasten. An beiden Seiten lagen viele Matten auf dem Boden übereinander; da und dort hingen dünne Vorhänge als Zwischenwände und bildeten Gemächer, in denen Frauen bei der Abendmahlzeit saßen. Das Plaudern hörte auf und alle verstummten, als wir erschienen, und unsere Führerin sagte ein paar geheimnisvolle Worte zur Erklärung.

Wenn der Anblick an sich schon ein seltsamer war, das allerseltsamste war die wahllose Anhäufung der kostbarsten Gegenstände aus allen Teilen der Welt. Herrliche Schreibtische aus Rosenholz, mit Silber und Perlmutter eingelegt, Karaffen und Kelche aus geschliffenem Glas; plattiertes Tafelgeschirr in erhabener Arbeit, vergoldete Kandelaber, Erdkugeln und mathematische Instrumente, das feinste Porzellan, reich verzierte Schwerter und Jagdflinten, Spitzenhüte und kostbare Gewänder aller Art und zahllose andere Gegenstände europäischer Herkunft standen und lagen zwischen fettigen Kalebassen, die noch halb voll Pol waren, Rollen von altem Tappa, Matten, Paddelrudern, Fischspeeren und allem anderen umher, was zur gewöhnlichen Einrichtung eines taheitischen Hauses gehört. Die europäischen Gegenstände waren zweifellos Geschenke fremder Regierungen; fast alle waren beschädigt, die Gewehre und Schwerter verrostet, das feine Holz zerkratzt; ich sah einen Folioband von Hogarth offen liegen, der feuchte Inhalt einer Kokosnußschale war über das »Zimmer des Wüstlings« ausgegossen, wo diesem unbesonnenen jungen Mann gerade Maß für einen neuen Rock genommen wurde.

Während wir das sonderbare Museum heiter betrachteten, faßte unsere Führerin uns am Ärmel und flüsterte:

»Pomari! Pomari ermeh kaukau.«

»Ah, sie kommt zum Essen,« sagte der Doktor, »wie wär's, Paul, wenn wir vor sie träten?« In diesem Augenblick wurde ein Vorhang in unserer Nähe aufgehoben und die Königin, die allein aus einem nur wenige Schritte entfernten. Gebäude kam, trat ein.

Sie trug ein loses Gewand aus blauer Seide und zwei herrliche Schals, einen roten und einen gelben, um den Hals. Ihre Majestät war barfuß. Sie war von mittlerer Größe, sah ziemlich frauenhaft aus; ihre Züge waren nicht besonders schön, der Mund sinnlich, das Gesicht hatte einen sorgenvollen Ausdruck. Man mochte sie auf etwa vierzig Jahre schätzen, aber sie ist beträchtlich jünger.

Sie schritt auf eines der abgeteilten Gemächer zu; ihre Dienerinnen eilten herbei, geleiteten sie hinein und legten die Matten glatt, auf denen sie sich ausstreckte. Nun erschienen zwei Mädchen, die die Speisen brachten, und zwischen all dem geschliffenen Glas und Porzellan, den Krügen mit Konfekt und eingemachten Früchten aus Pomari Veheinih I., Titularkönigin von Taheiti, Fisch und Poï aus ihren heimischen Kalebassen, ohne Messer und Gabel zu benützen.

»Komm,« flüsterte das lange Gespenst, »wir wollen gleich Audienz nehmen«, und er wollte sich bereits selbst vorstellen, als unsere Führerin ihn erschrocken zurückhielt und zu schweigen bat. Auch die anderen Eingeborenen traten dazwischen, und da er sich durchdrängen wollte, machten sie Lärm, so daß Pomari aufblickte und uns sah.

Sie schien überrascht und verletzt, gab ihren Frauen mit gebieterischer Stimme einen Befehl und wies uns mit einer Handbewegung hinaus. Das kam zwar etwas plötzlich, aber die Hofetikette wollte es offenbar so. Wir zogen uns daher mit einer tiefen Verneigung zurück und verschwanden hinter den Tappagehängen.

Wir verließen das Schloßgebiet, ohne Marbonna wiederzusehen; ehe wir aber über den Zaun voltigierten, belohnten wir unsere hübsche Führerin in besonderer Weise. Als wir einen Augenblick später zurückblickten, sahen wir, wie die kleine Dame von zwei Männern ins Haus geführt wurde, die offenbar nach ihr geschickt worden waren. Hoffentlich erhielt sie nur eine Rüge.

Am nächsten Tag teilte Pao-Pao uns mit, daß ein strenger Befehl ausgegeben worden war, Fremde unter keinen Umständen den Schloßgrund betreten zu lassen.

Siebenundsiebzigstes Kapitel

Da unsere Hoffnungen, an den Hof zu kommen, zunichte geworden waren, beschlossen wir, wieder zur See zu gehen. Wir konnten Pao-Paos Gastfreundschaft nicht länger mißbrauchen, auch war ich des Lebens in Imio müde, und wie alle Seeleute, die an Land sind, zog es mich auf die Wogen hinaus.

Was immer die Leute uns vom »Leviathan« Schlimmes erzählt hatten – ich hatte den Kapitän des Schiffes gesehen, und er gefiel mir. Er war ein Mann in den besten Jahren, ungewöhnlich groß, prachtvoll gebaut, mit sonngebräunten Wangen und einem dunkelroten Fleck auf jeder Wange, der zweifellos von kräftigem Trinken herrührte. Er kam von der Insel Marthas Vineyard (Marthas Weinberg) bei Nantucket, und ich hätte schwören mögen, daß er ein richtiger Seemann und kein Tyrann war.

Bis dahin waren wir den Leuten vom »Leviathan« eher aus dem Wege gegangen, jetzt suchten wir ihre Gesellschaft, um mehr über das Schiff zu erfahren. So lernten wir den dritten Offizier, einen Preußen, kennen; er war lange auf Handelsschiffen gefahren und ein prächtiger, lustiger Mensch mit feuerrotem Gesicht. Wir brachten ihn zu Pao-Pao und bewirteten ihn mit gebackenem Schweinefleisch und Brotfrucht und Pfeifen und Tabak zum Dessert. Was er uns von dem Schiff erzählte, bestätigte unseren Eindruck. Ein gemütlicheres altes Fahrzeug war nie in See gewesen, und der Kapitän war ein Prachtkerl. Essen gab es genug, und auf See nichts zu tun, als am Ankerspill zu sitzen und die Segel zu trimmen. Nur eins sprach gegen das Schiff: es war unter einem bösen Stern vom Stapel gelassen worden und hatte in der Fischerei kein Glück. Die Boote mochten noch so oft zu Wasser gelassen werden, und oft kamen sie an den Walfischen fest, aber immer wieder versagten Lanze und Harpune, wenn die Leute vom »Leviathan« sie schleuderten. Aber was verschlug uns das? Es bedeutete, daß wir den ganzen Spaß der Jagd auf die Ungeheuer haben würden und nicht die scheußliche Arbeit, die nachher kommt, wenn ein Wal erbeutet ist. Also hurra! und auf: nach der japanischen Küste! Denn dahin ging die Fahrt, Und all die schlimmen Geschichten, die man uns beim ersten Besuch auf dem Schiff erzählt hatte, waren Schwindel gewesen; die Leute hatten uns abschrecken wollen, damit der Kapitän, der mehr Mannschaft brauchte, gezwungen würde, länger im Hafen zu bleiben, in dem es ihnen gut gefiel.

Als der Mann von Marthas Weinberg das nächste Mal an Land kam, richteten wir es so ein, daß wir ihm begegneten, und teilten ihm mit, daß wir uns für sein Schiff anheuern lassen wollten. Darauf wollte er Näheres über uns erfahren, vor allem was für Landsleute wir wären. Wir sagten ihm, daß wir vor einiger Zeit einen Walfischfänger in Taheiti verlassen hätten und seither auf einer Pflanzung Beschäftigung gefunden hätten. Was unsere Heimat beträfe, so gehörten zwar Seeleute eigentlich zu keinem Volk; wir wären jedoch beide Yankees. Darauf machte er ein sehr ungläubiges Gesicht und sagte uns offen, daß er uns beide für Leute aus Sydney halte.

Nun muß man wissen, daß die amerikanischen Schiffer in der Südsee eine heillose Angst vor Leuten aus Sydney haben, die leider überall in einem sehr schlechten Ruf stehen. Wenn es an Bord eines Schiffes in der Südsee eine Meuterei gibt, so kann man zehn zu eins wetten, daß einer aus Sydney der Rädelsführer ist, und an Land treiben sie gleichfalls unaufhörlich Unfug. Darum hielten wir es geheim, daß wir zur »Julia« gehört hatten, obwohl ich das schneidige kleine Schiff nur ungern verleugnete. Und darum machte der Doktor schwindelhafte Angaben über seine Herkunft.

Unglücklicherweise zeugten die blauen Matrosenjacken, die wir von Afriti bekommen hatten, gegen uns. Denn merkwürdigerweise trägt der amerikanische Matrose zumeist eine rote Jacke und der englische eine blaue, als hätten sie die Nationalfarben getauscht. Das war dem Kapitän aufgefallen. Wir klärten die Sache auf, aber vergeblich, er hatte nun einmal ein Vorurteil gegen uns, und insbesondere betrachtete er den Doktor mit dem größten Mißfallen; um diesem zu helfen, sprach ich von Kentucky, wo die Leute alle so lang wären, aber darauf biß der Mann vom Weinberg nicht an.

Eines Nachmittags traf ich den Kapitän, Pfeife rauchend, im Hause eines stattlichen alten Eingeborenen, eines gewissen Meh-Meh, der gegen entsprechende Vergütung Fremde gastlich bewirtete.

Die Reste einer üppigen Mahlzeit von gebackenem Schweinefleisch und Rübenpudding standen noch auf dem Tisch; zwei Flaschen mit abgebrochenem Hals lagen auf der Matte. Nach einem guten Essen sind die Menschen liebenswürdiger und eher geneigt, sich überzeugen zu lassen. Ich sagte dem Schiffer, ich wäre gekommen, um die falsche Meinung, die er von meiner Nationalität hätte, zu zerstreuen: ich wäre, Gott sei Dank, ein Amerikaner, er möge es mir nur glauben.

Er sah mir eine Zeitlang ins Auge, mit nicht sehr sicheren Blicken, dann bat er mich, meinen Arm auszustrecken. Ich tat dies einigermaßen erstaunt, da ich nicht wußte, was es mit der Sache zu tun haben konnte; er aber fühlte mir den Puls; einen Augenblick später sprang er hoch erfreut auf und rief: »Ja, jeder Pulsschlag ein Yankee! – Mehmeh! noch eine Flasche!« Die Flasche kam, er enthauptete sie mit einem Streich seines Messers und befahl mir, sie auszutrinken. Dann sagte er, ich sollte morgen an Bord kommen, die Schiffsartikel lägen auf dem Kajütentisch, und ich brauchte sie nur zu unterschreiben. Das ging also herrlich. Ich machte nun eine geschickte Anspielung auf meinen langen Freund. Es war völlig vergeblich; der Weinberger wollte mit ihm nichts zu tun haben; der Vogel war aus Sidney, und nichts könnte ihn von dieser Meinung abbringen. So gut mir die offene Art des Kapitäns gefiel, ärgerte ich mich doch über dieses Vorurteil gegen meinen Kameraden und ging. Als ich dem Doktor die Sache erzählte, lachte er nur und sagte, der Mann vom Weinberg müßte ein schlauer Kerl sein. Ich sollte mich nur auf dem Schiff verdingen – er wußte, wie sehr ich mich fortsehnte. Er sei ja schließlich kein Seemann, und die Stellung einer Landratte auf einem Walfischfänger locke ihn nicht. Überhaupt habe er Lust, noch eine Weile auf Imio zu bleiben.

Ich überlegte es mir und kam zu dem Entschluß, die Insel zu verlassen. Der Drang zur See und die Aussicht, wieder nach Hause zu kommen, waren unwiderstehlich, um so mehr, als der »Leviathan« auf seine letzte Jagd fuhr und innerhalb Jahresfrist Kap Horn umschiffen und heimfahren sollte. Übrigens band ich mich nur für eine einzige Fahrt, denn ich wollte möglichst frei bleiben, um, wenn mich die Lust dazu überkam, schneller und bequemer nach Hause reisen zu können.

Tags darauf paddelte ich nach dem Schiff, unterschrieb und siegelte und ging mit einem Vorschuß, fünfzehn spanischen Dollars, die ich ins Halstuch eingebunden hatte, wieder an Land. Die Hälfte davon drängte ich dem langen Gespenst auf, und da ich Geld kaum brauchte, wollte ich die andere Hälfte Pao-Pao als kleines Entgelt für all seine Güte geben; aber obwohl er den Wert der Münze kannte, nahm er durchaus nichts an.

Drei Tage später kam der Preuße zu Pao-Pao und sagte uns, die Zahl der Leute sei voll, der Kapitän habe mehrere Eingeborene eingestellt und wolle am nächsten Morgen mit der Landbrise auslaufen. Es war Abend, der Doktor verschwand sogleich und kam bald darauf mit ein paar Flaschen Wein zurück, die er im Bausch seiner Jacke verborgen hatte. Er hatte sie sich durch den Mann von den Marquesas von einem Hoflieferanten verschafft. Ich bewog sogar Pao-Pao, eine Schale davon zum Abschied zu trinken, und selbst die kleine Lu, die wohl wußte, daß einer ihrer hoffnungslosen Bewunderer Partuwei für immer verließ, schlürfte ein paar Tropfen aus einem gefalteten Blatt. Die gutherzige Afriti war wirklich traurig. Sie bat mich, die letzte Nacht noch in ihrem Haus zu verbringen, am Morgen wollte sie mich selbst nach dem Schiff hinüberrudern. Aber das nahm ich nicht an. Zur Erinnerung schenkte sie mir eine feine Matte und eine Tapparolle, die ich in meiner Hängematte unterbrachte und in den kühleren Breiten, nach denen wir fuhren, sehr angenehm fand; und oft dachte ich dankbar an die gute Frau zurück.

Als es Nacht wurde, verließen wir die großherzigen Leute und eilten zum Wasser hinab. Auf dem Schiff machten sich die Matrosen noch eine lustige tolle Nacht; sie hatten ein Fäßchen Wein angezapft, das sie sich ebenso verschafft hatten, wie der Doktor seine Flaschen. Zwei Stunden nach Mitternacht war alles still; aber als der erste Lichtstreif über den Bergen dämmerte, tönte eine scharfe Stimme in die Back und befahl, die Leinen loszufieren. Die Anker wurden fröhlich aufgehievt, die Segel gesetzt, und mit dem ersten Lufthauch des tropischen Morgens, der frisch und duftend von den Berghängen kam, glitten wir langsam die Bucht entlang und durch die Öffnung im Riff hinaus. Jetzt drehten wir bei, und die Kanus kamen längsseits, um die Inselbewohner aufzunehmen, die soweit mitgekommen waren. Ich schüttelte dem Doktor lange und herzlich die Hand, ehe er das Fallreep hinabstieg. Ich habe ihn nie wieder gesehen, noch von ihm gehört.

Nun wurden alle Segel gesetzt und, die Rahen vierkant gebraßt; die Brise wurde steifer, und wir entfernten uns rasch von der Küste. Noch einmal schaukelte die Wiege des Seemanns unter mir, und ich ging breitbeinig über das Deck.

Gegen Mittag war die Insel unterm Horizont verschwunden, und der weite Ozean lag vor mir.

Ende

Fußnoten

1. Dieses geistige Getränk hat seinen Namen von einer Stadt in Peru, in der es massenhaft hergestellt wird. Es ist an der ganzen Westküste Südamerikas wohlbekannt, wird auch nach Australien exportiert und ist sehr billig.

2. Der Farbstoff wird vermittels eines Haifischzahns eingeführt, der am Ende eines kurzen Stabes befestigt ist, während der Tätowierer mit einem kleinen Holzhammer auf das andere Ende klopft.

3. Die Leute waren »auf Anteil« gedungen; sie bekamen keine Heuer, waren aber am Ertrag der Fahrt beteiligt.

4. Dies ist ein Spitzname, der in der Südsee herumstreichenden Seeleuten gegeben wird, die sich hie und da für eine kurze Fahrt auf einem Walfischfänger verdingen, aber nicht dauernd auf einem Schiff bleiben; sie werden gewöhnlich im ersten Hafen, in dem das Schiff vor Anker geht, entlassen. Es sind zumeist abenteuerliche Gesellen, die sich auf den Inseln und den Schiffen in der Südsee herumtreiben, an keine Heimkehr denken und in schlechtem Ruf stehen.

5. Die Bay of Islands (Inselbucht) im nördlichen Neuseeland. Die Walfischfänger von Sydney legen dort regelmäßig an und nehmen Mannschaft auf.

6. Diejenigen Sträflinge in Neusüdwales, die »Aussicht auf Besserung« bieten, werden als Dienstboten bei den Ansiedlern verdungen, dürfen also gewissermaßen in Freiheit leben, stehen aber unter behördlicher Aufsicht. Sie bekommen einen Urlaubschein, den sie auf Verlangen vorzeigen müssen, und werden daher »Urlaubscheiner« genannt. Wenigstens gab mir der Doktor diese Erklärung.

7. Aus dem französischen Wort »savez« verdorben, unter den Seeleuten aller Nationen gebraucht und auch den Bewohnern Polynesiens geläufig.

8. In den letzten Jahren haben mehr als 150 Segler jährlich Taheiti angesteuert. Es sind meistens Walfischfänger, die in der Nähe jagen. Die Hafengebühren, die in die Kasse der Königin fließen, sind so hoch, daß schon oft Beschwerde darüber geführt wurde. Jim bekam, glaube ich, fünf Silberdollar für jedes Schiff, das er hineinbrachte.

9. Newtons Theorie von den Gezeiten bewährt sich in Taheiti nicht, da das ganze Jahr hindurch die Wasser ausnahmslos mittags und um Mitternacht zu ebben beginnen, während die Flut bei Sonnenuntergang und Tagesanbruch einsetzt. Daher bedeutet der Ausdruck »Tuirar-Po« gleichzeitig Flut und Mitternacht.

10. Ich möchte nun nicht, daß man glaube, ich wäre für die Prügelstrafe. Aber solange man Flotten braucht, wüßte ich nichts anderes. Der Krieg ist das größte Übel und was dazu gehört, ist ihm wesensverwandt; mehr wüßte ich zur Verteidigung der Prügelstrafe nicht zu sagen.

11. Die Unkenntnis der Eingeborenen ist erstaunlich: zum Beispiel weiß man, daß im Innern ein ziemlich großer See, Weheria genannt, liegt; aber die Berichte über ihn sind sehr widerspruchsvoll. Einige sagten mir, er habe keinen Grund und weder Abfluß noch Zufluß, andere, daß er alle Gewässer der Insel speise. Ein Matrose, den ich kannte, hatte diesen wundervollen See gesehen, als einmal eine Expedition von einer Schaluppe der englischen Marine ihn aufsuchte. Er sei höchst merkwürdig, sagte er, sehr klein, tief und grün, gleichsam ein wundersamer Brunnen mitten in den Bergen und reich an köstlich schmeckenden Fischen.

12. Ein nordamerikanischer Indianerstamm.

13. Ein irischer König im Mittelalter.

14. Tombez ist ein Bezirk in Peru in der Nähe von Cap Blanco, wo vielleicht die besten süßen Kartoffeln wachsen; sie werden dort in großem Maß gezogen; die Wurzel wird sehr groß, manchmal wie eine stattliche Melone.